CW00719884

Dans un souci de clarté, l'auteur a inclus, en annexe de cet ouvrage, une liste des principaux personnages, un organigramme simplifié des services de renseignement français et une *playlist*.

DOA

Citoyens clandestins

Gallimard

DOA (Dead on Arrival) est romancier et scénariste. Il a déjà publié deux romans au Fleuve Noir, *La ligne de sang* et *Les fous d'avril* (prix des Lecteurs Quais du Polar 2005). Lecteur compulsif sur le tard, il aime le cinéma, la BD, David Bowie, la musique électronique et apprécie également la cuisine, les bons vins, le Laphroaig et les Gran Panatelas.

Je m'adresse à vous, mon Dieu, car vous donnez
Ce qu'on ne peut obtenir que de soi.

Donnez-moi, mon Dieu, ce qui vous reste.
Donnez-moi ce qu'on ne vous demande jamais.
Je ne vous demande pas le repos
Ni la tranquillité
Ni celle de l'âme, ni celle du corps.
Je ne vous demande pas la richesse
Ni le succès, ni même la santé.

Tout ça, mon Dieu, on vous le demande tellement
Que vous ne devez plus en avoir.

Donnez-moi, mon Dieu, ce qui vous reste.
Donnez-moi ce que l'on vous refuse.
Je veux l'insécurité et l'inquiétude.
Je veux la tourmente et la bagarre
Et que vous me les donniez, mon Dieu,
Définitivement.
Que je sois sûr de les avoir toujours
Car je n'aurai pas toujours le courage
De vous le demander.

Donnez-moi, mon Dieu, ce qui vous reste.
Donnez-moi ce que les autres ne veulent pas.
Mais donnez-moi aussi le courage
Et la force et la Foi.
Car vous êtes seul à donner
Ce qu'on ne peut obtenir que de soi.

La prière du para
Asp. ANDRÉ ZIRNHELD,
officier parachutiste de la France Libre,
mort au champ d'honneur en 1942.

Dans une affaire aussi dangereuse que la guerre, les pires erreurs sont précisément celles causées par la bonté.

CARL VON CLAUSEWITZ

416978

PROLOGUE

L'Envoyé de Dieu a dit : « Allah se réjouit de voir entrer au Paradis deux hommes dont l'un a tué l'autre. L'un d'eux trouve la mort en combattant pour la cause d'Allah. Allah accepte le repentir de son meurtrier qui devient musulman et trouve à son tour la mort sur la voie d'Allah. »

Hadith rapporté par AL-BOUKHÂRI

Aucune culture ... vait mis du temps à s'imposer.
Chaque morceau avait reçu de son événement, son
moment etc.

24/03/2001

Dans son oreille droite, il y avait la vie. Une voix calme et un peu nasale égrenait des paroles, des émotions, des douleurs.

Aucun express ne m'emmènera vers la félicité…

La tristesse, signe vital.

Aucun navire n'y va, sinon toi…

Il gardait les yeux fermés, pour mieux laisser la musique faire son travail de mémoire. Au fil des mots, les souvenirs remontaient à la surface. Depuis son premier contact avec ce disque, une écoute rapide dans un magasin, puis la négligence, quelques mois, presque toute une année.

Transporté, par-delà les abysses…

Il l'avait acheté après avoir lu une interview publiée au moment de sa sortie, en 1998. Bashung évoquait dans ses réponses une rupture récente et la tentative de construction d'une nouvelle vie, la tête remplie de la précédente. L'image lui avait plu, pas les chansons.

Pas tout de suite.

Délaissant les grands axes, j'ai pris la contre-allée…

Fantaisie militaire avait mis du temps à s'imposer. Chaque morceau avait réclamé son événement, son moment clé.

Je me suis emporté, transporté...

Aucun express avait fait surface un dimanche soir d'automne, un de ces soirs d'attente où l'absence, tellement aiguë, se transforme en présence.

Aucun landau ne me laissera bouche bée...

Histoire de possibles avortés, la chanson était à jamais associée à la sensation de minutes, longues comme des heures, figées dans la pénombre d'un porche, de l'autre côté d'une rue noyée sous la pluie.

Aucun Concorde n'aura ton envergure...

Des minutes passées à chercher des choses là où l'on ne devrait pas regarder, jamais.

Aucun navire n'y va...

À guetter, hors de vue, maudit réflexe, seconde nature, et culpabiliser de ses propres mensonges. Devenir double pour exposer la duplicité. Mentir pour découvrir la vérité, se blesser et tuer.

Aucun.

Son RIO marqua une pause avant de passer à la piste suivante. Fantastique petite machine, la révolution numérique en mouvement. Solide, légère, moins gourmande en énergie qu'un walkman classique, sa mémoire flash contenait plus de chansons qu'une cassette audio. Pratique lorsque l'on était loin de tout, tributaire de contraintes de poids et d'encombrement.

Il garda les paupières closes mais bougea, pour attraper son lecteur MP3 dans sa poche de poitrine, sous les lambeaux de toile, prenant conscience de l'engourdissement de ses membres et de ses articulations endolories. Le froid et un équipement de merde, il plaignait les *spetsnaz*[1]. On le lui avait imposé pour brouiller les pistes. Même sa bouffe venait de là-bas. Au moins n'avait-il pas eu besoin de savoir déchiffrer l'alphabet cyrillique pour comprendre qu'elle serait infecte, c'était

---

1. *Spetsialnoye nazranie* ou *spetsnaz* : unités des forces spéciales russes.

une qualité partagée par les rations de combat de toutes les armées du monde.

Malgré tout, il se sentait bien. Ils n'étaient pas nombreux les fous comme lui qui aimaient vivre aux marges du monde réel, officiel. Ceux qui ne vivaient que pour violer tous ces territoires interdits, dangereux, dont il valait mieux ne pas s'approcher. Ou même discuter. Qui étaient prêts à en payer le prix. Celui de l'inconfort, de la douleur, de la mort, possible, probable, toujours cachée. Vite oubliée. Les toutes premières fois, l'idée qu'il pouvait disparaître en secret l'avait un peu perturbé. Imaginer s'en aller ainsi dans un coin hostile et reculé, sans que personne le sache. Puis l'angoisse était partie, avec le temps. Avec les proches.

Il inhala l'atmosphère minérale et humide de sa gangue de terre. Son abri, son domaine. Ce royaume où il revivait, incarnait à nouveau cet animal sauvage, agile et discret dont il avait adopté le nom il y a longtemps.

Pour le moment, seule comptait son oreille gauche, avec son silence électrostatique. Cette quasi-absence de son qui précède toujours la parole, l'ordre et parfois la mort. La vie. La mort. À droite, la vie ; à gauche, la mort. Droite, gauche, il y avait de quoi s'interroger sur cette répartition inconsciente. Lynx sourit. Pas maintenant.

Il ouvrit enfin les yeux mais ne vit rien d'autre que le noir total qui régnait dans sa cache. Après quelques secondes, il dégagea sa montre, russe également. Les marquages luminescents du cadran perçaient avec peine l'obscurité. L'heure approchait. Il fallait ressortir pour jeter un œil.

Gêné par son *ghillie*[1] artisanal, Lynx se retourna avec difficulté dans le réduit, tâtonna pour attraper son

1. *Ghillie suit* : nom anglo-saxon d'une tenue de camouflage informe qui recouvre entièrement le corps et que l'on fabrique à partir de lambeaux de tissu.

19

fusil et commença à se redresser. Sa tête toucha bientôt l'épaisse trappe de terre et de bois, et il fut contraint de forcer un peu sur sa nuque pour la dégager. Les averses des deux derniers jours avaient fait gonfler les planchettes et rendu le sol, dehors, plutôt collant.

Apporté par l'air extérieur, plus frais, le parfum des sous-bois, organique, couvrit immédiatement toutes les autres odeurs. Il inspira profondément pour en profiter, tout en laissant à ses yeux le temps de s'accommoder à la relative luminosité de la nuit. Juste un instant d'immobilité, d'écoute attentive, puis il s'extirpa complètement de son trou pour ramper patiemment entre les troncs et aller observer la vallée en contrebas.

Lynx réprima un bâillement lorsqu'il se mit enfin à parcourir l'horizon du regard, après quelques minutes d'une lente approche reptatoire. L'état de veille prolongé, le froid et la pluie l'avaient un peu usé et il allait devoir reprendre une dose de Virgyl pour tenir le coup. La dernière si tout se passait bien.

Loin au-delà des gorges, les éclairs de l'orage qui lui tournait autour depuis son arrivée zébraient le ciel à intervalles réguliers. Plus près, à deux cents mètres à peine, seules autres sources de lumière dans le noir, il y avait les fenêtres illuminées de la ferme.

Et à l'intérieur, bientôt, le colis.

Le hangar était isolé du reste des bâtiments de l'APoD[1] de Pristina. Peu éclairé, aussi. Quelques néons jetaient une lumière faiblarde et immédiate sur le tarmac luisant. Devant cette petite enclave réservée aux forces militaires françaises, perdue dans l'aéroport sous contrôle britannique, se trouvait l'ombre pataude et silencieuse d'un Transall C160. Rien ne bougeait et la seule présence humaine visible était une silhouette en combinai-

1. *Airport of debarcation.*

son grand froid qui se découpait, sur fond d'éclairage rougeâtre, dans l'une des portes latérales de l'avion.

Appuyé contre un montant, le capitaine Langevin essayait d'ignorer les effluves de kérosène humide qui remontaient de la piste et lui piquaient le nez. Grand et svelte, il avait le visage recouvert par les stries irrégulières d'un maquillage vert et marron qui le rendaient méconnaissable. Elles ne parvenaient cependant pas à dissimuler tout à fait les rides d'inquiétude qui lui barraient le front. Ses yeux, d'un bleu à la pâleur renforcée par les nuances sombres de son camouflage facial, passèrent sur la forme effilée d'un Falcon blanc, garé à côté du transporteur, pour aller se fixer sur le ciel chargé qui leur pissait dessus.

Le saut à venir promettait d'être mouvementé. Son équipe et lui, tous chuteurs du Groupe, allaient être largués en altitude au-dessus de la zone de contrôle italienne, à proximité d'un bled appelé Pec. De là, ils étaient censés effectuer une dérive sous voile[1] après une ouverture à très grande hauteur, pour rejoindre les gorges de la rivière Decanska Bistrica, près de la frontière albanaise. Ces deux points étaient distants d'une quinzaine de kilomètres, c'est-à-dire pas grand-chose dans des conditions optimales.

Ce qui n'était pas le cas ce soir.

La météo était mauvaise. Les derniers bulletins faisaient état de vents tournants accompagnés d'une couverture nuageuse épaisse et basse. Et de flotte, beaucoup de flotte. L'idéal pour se foutre dedans lorsque l'on navigue à plusieurs, de nuit, au-dessus d'une région hostile, avec des ailes qui allaient se mettre à tourner comme des poids lourds à cause de l'humidité, pour essayer de se poser à flanc de montagne, dans une clairière moins grande que le jardin potager de son foutu pavillon de banlieue.

1. DSV.

21

L'évocation de sa maison lui fit penser à sa femme. Il jeta un regard rapide et coupable au cadran de sa montre, qui affichait la date juste au-dessus de l'heure. Cela faisait trois jours qu'il était parti et aujourd'hui, c'était l'anniversaire de son épouse. Il ne serait pas là pour lui offrir de cadeau. Il l'imaginait chez eux, en compagnie de quelques amis, angoissée derrière des sourires de façade.

Il l'avait prévenue, lorsqu'ils s'étaient rencontrés, que ce genre d'impondérables se produirait. Des événements qu'il ne pourrait jamais partager avec elle. Au début, elle avait plutôt bien accepté la situation. Mais depuis la naissance de leur fils, elle s'inquiétait de plus en plus et s'insurgeait fréquemment contre cet état de fait.

Tout le monde lui aurait donné raison.

Les longues journées de solitude inquiète n'étaient pas bonnes pour une jeune mère. Pas plus que les samedis soir d'anniversaire sans mari. Il y avait en effet sans doute mieux à faire que d'attendre, sur une piste paumée dans un pays de merde, qu'on vous ordonne de décoller, pour ensuite vous jeter d'un avion en parfait état de marche à une altitude ridiculement haute.

Oui, qui ne serait pas d'accord avec ça ?

Lui. Il n'osait pas imaginer ce qu'il pourrait faire d'autre quand, à cause de l'âge, il devrait raccrocher. Il aimait vraiment son job. Langevin se retourna vers l'intérieur du C160 et observa un instant ses treize coéquipiers qui, à l'instar de leur chef, essayaient de tuer le temps tout en restant concentrés. Pas besoin de leur poser la question, pas un n'aurait renoncé à ce genre de samedi soir non plus.

Dritan Cesha, confortablement assis à l'arrière de sa grosse Mercedes noire, suivait des yeux les mouvements des feux arrière du puissant 4x4 d'escorte qui lui ouvrait la route. Confortable, le mot lui convenait parfaitement. Il avait pris du poids, s'habillait mieux, cher, se faisait régulièrement tailler la barbe et couper les cheveux. L'argent et l'âge l'avaient adouci. Non, ramolli en fait. Sinon, il ne serait pas sur cette route ce soir, à foncer vers la frontière albano-kosovar.

Il avait rendez-vous dans une ferme isolée située au-dessus de Decani, avec son ex-ami le *Père du Fleuve*.

Leur association avait pourtant démarré sous les meilleurs auspices. Juste le temps que l'autre monte ses propres filières en douce et se mette à lui faire un peu de concurrence. Il avait laissé filer, commettant la plus grave erreur de sa longue carrière criminelle. Al-Nahr avait développé ses activités plus avant puis s'était mis à prêcher, à influencer les plus jeunes et les exaltés. Ceux-là mêmes qui le traitaient à présent, lui, Dritan Cesha, de vulgaire bandit. Des mots qu'on leur avait mis dans la tête. Des mots qui sortaient directement de la bouche de celui qu'il fallait bien appeler leur cheikh désormais.

Des injures, qui montraient à quel point l'Arabe le méprisait. Depuis quelques semaines, ce mépris était devenu très agressif. Les incidents se multipliaient entre leurs deux organisations et ça, c'était vraiment mauvais pour le *business*.

En d'autres temps, Cesha aurait sans doute réglé le problème différemment, en personne. Mais il devait admettre que les choses avaient changé. Que lui avait changé. Qu'il craignait Abou Al-Nahr. Le *Père du Fleuve* et ses semblables, eux, n'avaient peur que d'une seule chose, démériter aux yeux d'Allah. Ils se moquaient de tout le reste. Même la mort n'était pas un souci. Accepter ce rendez-vous, dans de telles conditions, lui faisait mal au cœur. Mais il n'avait plus le choix.

Dritan regarda la nuque de son bras droit, Hassan Berika, fidèle entre les fidèles, assis devant lui à la place du mort. Hassan était l'homme sur lequel il savait pouvoir compter lorsqu'une situation exigeait un traitement expéditif.

À l'avant, le 4x4 freina. Ils approchaient du poste frontière. Dritan se raidit. Le moment de vérité était arrivé.

Les gardes albanais leur firent signe de passer sans les contrôler et ils entrèrent sur le territoire kosovar. Là, d'autres douaniers les attendaient, en compagnie de militaires italiens qui se tenaient debout devant un blindé léger. Un homme remonta le long de leurs deux voitures, côté passager. De sa lampe torche, il éclaira les habitacles des véhicules l'un après l'autre, puis signala qu'ils pouvaient y aller d'un geste de la main.

Les gangsters albanais redémarrèrent et s'éloignèrent rapidement.

À l'arrière, Dritan paniqua. Les soldats n'avaient pas bougé ! Ils ne semblaient même pas s'être intéressés à eux. Son ventre s'était contracté, il avait subitement envie d'aller aux toilettes. Sa montre indiquait qu'il était l'heure. Il avait encore le temps de renoncer, même s'il savait qu'Hassan et le reste de ses hommes, prêts à en découdre, ne le comprendraient pas. Perdre la face ou peut-être perdre la vie, il fallait se décider. Vite.

For we're like creatures in the wind…
Fondu dans la végétation, le *Wild is the Wind* de Bowie tout bas dans l'oreille droite, Lynx guettait la ferme ainsi que les allées et venues des deux *méchants* déjà sur place. Il aurait pu indiquer à coup sûr où chacun d'entre eux se trouvait à cet instant précis. Au cours des dernières quarante-huit heures, il avait eu le temps d'apprendre par cœur la topographie des lieux.

Après sa DSV, sa priorité numéro un avait été de rejoindre rapidement l'objectif et de fabriquer sa cache individuelle pour s'enterrer. Heureusement pour lui, la pluie s'était révélée utile et, à son arrivée, le sol n'était pas trop dur. Après une grande matinée de repos souterrain suivie d'une longue observation immobile, il était allé identifier quels étaient, à partir de la zone de mise à terre qu'on lui avait indiquée, les axes de pénétration possibles pour l'équipe d'assaut. C'était juste avant que la lumière du premier jour ne disparaisse tout à fait.

Plus tard cette nuit-là, après avoir parcouru les environs de la ferme à la recherche d'éventuels pièges ou sonnettes, il avait investi les bâtiments afin d'en établir un plan précis.

La maison comptait neuf pièces réparties sur un seul niveau, salle de bains et toilettes comprises. Dehors, une grange en L complétait l'édifice. Cette dernière était très largement ouverte sur une cour intérieure. L'ensemble était desservi par un chemin de terre. Il menait à un portail rudimentaire et une route, six ou sept cents mètres plus bas. Par là, on pouvait rejoindre Decani, la ville voisine, à trois kilomètres au sud-est de la ferme.

L'arrière et l'un des flancs de la bicoque, celui où se trouvaient la cuisine et la porte d'entrée, faisaient face à l'amont de la pente, tout comme le côté dégagé de la cour. Lynx avait donc choisi l'emplacement de sa cache de façon à pouvoir couvrir la zone la plus intéressante, celle où devraient se garer d'éventuels véhicules. Celle par laquelle tout le monde serait forcé de transiter.

Après sa reconnaissance, il avait transmis plans et photos par satellite puis attendu. L'endroit était resté désert jusqu'au milieu de la matinée. Vers dix heures, deux hommes étaient arrivés en voiture, sans doute pour préparer la venue de leur chef et s'assurer que rien ne clochait.

Après avoir passé un long moment dans la maison, ils avaient inspecté les environs, en commençant par le bois dans lequel Lynx se terrait. À peine avait-il rejoint son trou que l'un d'entre eux venait en piétiner la trappe. Sans rien remarquer. S'ils avaient pensé à prendre des chiens avec eux, il aurait probablement été découvert. Mais personne ne pense jamais à tout. En revanche, il n'avait pas pu observer ce que les deux types étaient venus faire. Cela l'avait suffisamment ennuyé pour qu'il prenne le risque, plus tard dans l'après-midi, de parcourir le même tronçon de lisière qu'eux.

Sans rien découvrir de particulier.

Lynx chassa ce problème de son esprit et reporta son attention sur la ferme. Pour le moment, ses deux occupants, armés jusqu'aux dents, attendaient à l'intérieur pendant que lui patientait dehors. Afin de faire passer le temps, il se concentra sur l'orage qui continuait à se déployer à l'est. Les nuages, plus sombres que le ciel nocturne, semblaient avoir changé de direction pour venir vers eux. Si c'était le cas, ils ne tarderaient pas à buter sur le flanc de la montagne. Où ils resteraient, coincés par les vents tournants.

Un autre flash puissant illumina la nuit et Lynx se mit à compter, comme son père le lui avait appris lorsqu'il était enfant. Un, deux, trois… Au bout de dix, peut-être onze secondes, le tonnerre se fit entendre. La perturbation était à trois kilomètres. Il attendit l'éclair suivant quelques instants et, cette fois-ci, le grondement lui parvint au bout de seulement neuf secondes. Le ciel n'allait pas tarder à leur tomber sur la tête. Une bonne chose, la pluie forcerait tout le monde à s'abriter et les groupes d'assaut pourraient approcher tranquillement de l'objectif.

Si d'aventure le colis daignait se montrer.

Deux paires de phares, qui suivaient ce que Lynx devinait être la route de Decani, apparurent bientôt. Pile à l'heure. Pendant une ou deux minutes, il les perdit de vue mais n'eut pas de mal à imaginer leur parcours. La bande d'asphalte passait derrière un mouvement de terrain qui masquait également le portail. Ce dernier était invisible de sa position mais également depuis la ferme. Un atout. Une seule voiture remonta le chemin de terre. L'autre s'était arrêtée en bas. Ses occupants ne verraient donc rien de ce qui allait se passer autour de la maison. Il devait à présent rapidement déterminer combien de *méchants* étaient arrivés avec ce second véhicule.

Déjà, commencer par compter ceux qui étaient juste sous son nez. Dans la lunette IL[1] de son fusil, Lynx vit Nabil Al-Sharafî descendre du Land-Rover qui venait de se garer dans la cour. Il était accompagné de trois fidèles. Présence du colis confirmée. Il pouvait battre le rappel des troupes et lancer la phase suivante de l'opération Rhône.

L'adjoint de Langevin et un autre chuteur se tenaient devant les tableaux fixés sur l'une des parois de la soute. Les images satellites y côtoyaient des extraits de cartes militaires, des plans de situation ainsi que les prises de vues envoyées par l'élément de reconnaissance. S'y trouvaient également plusieurs clichés, certains récents, d'autres moins, du colis, qui prenaient en compte les évolutions possibles de sa physionomie, cheveux courts ou longs, avec ou sans barbe, lunettes, etc.

Quelques secondes plus tôt, Langevin avait surpris un regard circonspect de son second. Le dossier d'objectif était plutôt bien ficelé mais il n'avait pas été réalisé par des gens de chez eux. Ni l'un ni l'autre n'aimait ça, question de confiance. Il s'était demandé quel genre de mec était cet Œil de Lynx — indicatif Oscar Lima — l'élément de reconnaissance, et pour quelle raison ce n'était pas l'un des leurs qui avait été envoyé sur place pour acquérir le renseignement de contact.

Cette mission comportait trop de zones d'ombre. Il ne comprenait pas pourquoi on leur avait imposé une dotation d'armes étrangères avec lesquelles il leur avait fallu se familiariser dans l'urgence. Qui plus est, impos-

1. Intensification de lumière.

sible de savoir qui était le commanditaire réel de tout ce bordel. S'agissait-il de la DRM[1] ? Ce serait logique, puisqu'ils effectuaient de plus en plus de *missions kaki*, semblables à celle-ci, à la demande du COS[2]. Mais la présence du Falcon 900 de l'ETEC[3] désignait un autre service, la DGSE[4]. Ce que semblait confirmer la présence des civils descendus du jet plus tôt dans la journée. Il n'avait parlé qu'à un seul d'entre eux, très brièvement. Un type d'une cinquantaine d'années, peut-être un peu plus, qui s'était simplement présenté sous le prénom *Charles*. Langevin ne l'avait plus revu depuis. Pas plus que les autres.

DGSE, Noisy-le-Sec. Cercottes. Oscar Lima devait venir de là-bas. On pourrait nier en cas de pépin et tout régler entre personnes raisonnables. Ce ne serait plus le cas si eux étaient capturés si loin de chez eux. Minimiser les risques, toujours. Il était par ailleurs possible que la mission de cet agent ne se borne pas à l'observation de l'objectif.

Mais cela ne le concernait pas, à chacun son travail. Le sien consistait à rejoindre un point précis pour capturer un type vivant en limitant la casse, de leur côté, avant de retrouver deux hélicos en vue d'une extraction par grappe.

Enfin, pour l'instant, son job c'était surtout d'attendre. Attendre la confirmation de la présence du colis. Attendre le feu vert final qui lancerait l'opération. Ensuite, peut-être, il y aurait le saut, l'assaut puis, bien après, le retour en France, chez lui. L'attente, toujours, encore, qui fatiguait, diluait la concentration, faisait tourner l'esprit à vide et poussait à envisager le pire.

1. Direction du renseignement militaire (voir aussi, en fin d'ouvrage, l'annexe 2).
2. Commandement des opérations spéciales.
3. Escadron de transport entraînement et calibration, anciennement le Groupe de liaison aérienne ministérielle.
4. Direction générale de la sécurité extérieure.

Les mécaniciens de piste sortirent du hangar en courant, suivis, quelques secondes plus tard, par les pilotes du Transall. Langevin, soudain plus alerte, se retourna en direction de son adjoint, qui le regardait avec une certaine impatience dans les yeux. Il hocha la tête.

La phase la plus pénible commence toujours un peu avant. L'appréhension monte, doucement, par vagues, depuis les tripes, et finit par envahir la tête. Quelques secondes, quelques minutes, peut-être une heure. Avant. Ensuite, c'est parti, c'est l'action. Il faut avancer, ne plus penser. Réagir, reproduire.

Mais juste avant...

Se répéter tous ces mantras idiots, enfoncés de force dans le crâne pour se rassurer, de génération en génération, de promo en promo, de stage en stage, d'opération en opération, des grandes phrases comme *La peur n'empêche pas le danger* ou d'autres conneries du même acabit, juste avant, cela ne sert plus à rien. Parce qu'à ce moment-là, il n'y a que la peur. Ou la folie. Furieuse, meurtrière, celle qui appelle la fin des choses, l'entropie.

Lynx n'avait pas peur, seulement froid. Surtout au ventre. Il était resté trop longtemps allongé sur le sol humide. *Le froid, c'est un état d'esprit*, un classique de l'instruction militaire, en général suivi par l'immanquable *Ce qui ne vous tue pas vous rend plus fort*. Il n'était pas mort mais ne se sentait pas particulièrement fort. Il contracta un par un tous les muscles de son corps pour tenter de se réchauffer un peu. Le problème venait surtout de l'équipement russe. Depuis la veille, à chaque nouvelle averse, la parka sous son *ghillie* avait laissé passer un peu plus d'eau.

Mouillé plus fatigué égale frigorifié.

Mais il n'avait pas peur. Et il n'était pas fou. Il ne serait que le spectateur de ce qui allait suivre. Il devrait se contenter de couvrir l'action de ses petits camarades avant de les rejoindre au point de récupération.

Un éclair lui fit lever les yeux vers le ciel. Les nuages étaient proches, il allait se remettre à pleuvoir. Lynx se demanda où en étaient les chuteurs et regarda sa montre pour essayer d'estimer l'heure de leur arrivée. Le décollage de Pristina, à environ quatre-vingts kilomètres, l'ascension jusqu'au plafond opérationnel, le vol et le largage prendraient environ vingt-cinq minutes. La dérive, après l'ouverture, durerait une bonne vingtaine de minutes. Le regroupement sur la zone de saut puis la progression, depuis la crête située à un kilomètre au nord-ouest de la ferme, vingt-cinq minutes encore.

Une heure et quart, peut-être un peu plus, d'attente. Une perte de temps.

Lynx braqua la lunette de son Vintorez sur la ferme. Par la fenêtre de la cuisine illuminée, il aperçut trois hommes qui attendaient en buvant un liquide vert et fumant. Du thé à la menthe bien sucré ? Cela ne fit que renforcer sa sensation de froid. Le colis, un Yéménite connu sous le nom de Nabil Al-Sharafî ou d'Abou Al-Nahr, était avec eux. Abou Al-Nahr, le *Père du Fleuve*. Son enlèvement était la raison d'être de l'opération Rhône et avait inspiré son nom de code.

Lynx dériva sur les deux malchanceux qui étaient de corvée dehors. L'un d'eux s'était abrité à l'entrée de la grange, l'autre avait préféré s'enfermer dans le Land-Rover. La voiture était garée à une dizaine de mètres à peine du premier garde, hors de son champ de vision, dans le noir. Bientôt sous une pluie battante. C'était tentant, personne ne verrait rien.

Pas sa mission, inutile de s'exciter.

Dans son IL, Lynx distinguait la silhouette de l'homme assis à la place du conducteur. Il repéra les contours de sa tête et l'ajusta. Plus tôt, il avait évalué la distance à cent quatre-vingts ou cent quatre-vingt-cinq mètres, avec un léger dévers. Un peu de vent latéral aussi. Il corrigea donc un peu sa visée, puis mima un *pan* silencieux. Voilà, ce ne serait pas plus difficile que cela.

Aucun son ne sortirait du VSS.

Vinovka snaiperskaja spetsialnaya Vintorez. Un fusil qui s'était affranchi des deux principales contraintes dont souffrent toutes les armes à feu lorsqu'on cherche à les rendre silencieuses : les bruits produits par les gaz au moment de la percussion et le *bang* du passage des balles, en général supersoniques, dans l'air. Ce second problème était en partie résolu par l'utilisation de munitions subsoniques. D'un calibre de 9 millimètres, elles étaient chambrées avec des douilles conçues pour atténuer les effets sonores de l'expansion des gaz. Le lourd réducteur de son, qui recouvrait entièrement le canon, venait achever ce travail, tout en servant de cache-flammes. Une arme de tueurs, surtout destinée au combat urbain à cause de sa portée limitée. Testée avec beaucoup de succès en Tchétchénie.

La signature des assassins russes impies.

Lynx visa à nouveau la silhouette qui se tenait à l'entrée de la grange. On lui avait demandé de laisser des traces de son passage. Des étuis percutés, par exemple. Un éclair illumina le flanc de la montagne et la cour. Pendant une seconde, il distingua mieux le visage barbu de l'un des deux types arrivés dans la matinée. Traits crispés, tête rentrée dans les épaules, l'homme subissait la météo.

Tirer quelques salves.

Son doigt effleura la queue de détente du Vintorez avant de revenir se poser sur le pontet. Il expira doucement. Pas encore, ce n'était pas sa mission. Son ventre s'était contracté. Il ne sentait plus le froid. Il fixait sa cible à travers sa lunette. Il devenait sa cible. Il prononça un nouveau *pan* silencieux. Pas sa mission.

Pourquoi avait-il peur subitement ?

Nerveux, Dritan Cesha changea de position sur la banquette arrière de sa Mercedes. Il n'avait aucune envie d'aller jusqu'à Decani. Ce n'était pas ainsi que les choses avaient été prévues. Le rendez-vous ne devait pas avoir lieu, il avait reçu des garanties !

Il s'éclaircit la gorge, prêt à dire quelque chose, mais se ravisa et regarda finalement dehors. Croyait-il vraiment qu'une lumière allait surgir des ténèbres pour le guider ?

« Quelque chose ne va pas ? » Hassan avait perçu la tension de son chef.

Dritan, livide, n'osa pas lui faire face. Il se contenta de repousser la question d'un signe de la main. Un brusque coup de frein fit tourner la tête aux deux hommes. Le 4x4 s'était arrêté. Bientôt, un soldat en arme apparut sur son côté droit. Un *folgore*[1]. Un mouvement, derrière la Mercedes, attira l'attention du mafieux albanais. Un blindé se positionnait en travers de la route pour leur couper toute retraite.

Dritan se détendit d'un seul coup. Les Français avaient tenu parole et les Italiens avaient suivi leurs indications. Il surprit un geste d'Hassan vers sa ceinture, là où il glissait toujours ce Glock 18 dont il était si fier. Ayant retrouvé toute son assurance, Cesha passa rapidement une main à l'avant pour calmer les ardeurs de son bras droit. « Non ! » Il avait parlé d'une voix autoritaire. Ce soir, il redevenait un chef.

Un officier s'était approché de leur voiture et leur ordonna de descendre, couvert par quelques paras en joue. Devant eux, les passagers du tout-terrain étaient déjà dehors, alignés contre la carrosserie. Il y eut quelques secondes de tension, pendant lesquelles Dritan sentit Hassan hésiter. Il lui serra plus fermement l'avant-bras et, d'un signe de tête, l'invita à sortir. Il n'avait aucune envie de mourir bêtement.

1. *Folgore* : brigade parachutiste italienne.

Pas si près du but.

Cesha voulait se débarrasser d'Al-Nahr mais ne pouvait le faire seul, sous peine de se lancer dans un conflit sanglant à l'issue incertaine. Il avait donc cherché de l'aide, une aide puissante, incontestable. Le Kosovo étant sous contrôle international, les possibilités ne manquaient pas. Il fallait juste bien choisir. Les Américains n'étaient pas assez tordus. Tout juste bons, dans son esprit, à jouer les Rambo. Les Anglais marchaient avec eux, il était donc impossible de les solliciter. Il y avait trop de vieilles querelles entre Albanais et Italiens pour imaginer une coopération sans heurts. Restaient les Français. Ils étaient suffisamment malins et pervers pour accepter ce genre de proposition. De plus, Al-Sharafî les intéressait au plus haut point, à cause de ses filières.

Il avait donc pris discrètement contact avec les représentants *diplomatiques* de la France au Kosovo, à qui il avait offert d'organiser rapidement une rencontre avec le Yéménite, sur son territoire, dans la zone de contrôle italienne. Officiellement, Dritan s'y rendrait pour enterrer la hache de guerre. Al-Nahr saisirait à coup sûr cette occasion de se débarrasser de lui à peu de frais et, poussé par son arrogance, viendrait probablement en personne pour assister au massacre.

Ce serait l'occasion rêvée de lui tomber dessus par surprise.

Cesha avait cependant besoin d'un alibi valable, pour que personne ne puisse le soupçonner d'avoir tendu un piège à son concurrent. Il devait donc, lui aussi, *perdre* une chose précieuse. De préférence sur le chemin du rendez-vous.

Un soldat repoussa le chef mafieux contre sa voiture et commença à le fouiller sans ménagement. Il ne broncha pas. À ses côtés, Hassan, qui se rebellait contre un traitement identique, s'effondra sur le sol après avoir reçu un coup de crosse dans le flanc droit.

Les Français avaient mis les Italiens dans le coup. À leur insu. En les prévenant que Dritan et son bras droit seraient sur leur territoire tel jour à telle heure, ils s'étaient assurés que ceux-ci fourniraient à l'Albanais l'excuse dont il avait besoin. Six mois plus tôt, Hassan avait tué deux soldats de la Péninsule dans un bar kosovar. Il était *activement* recherché depuis mais tant qu'il restait en Albanie, on ne pouvait rien contre lui.

Ici en revanche...

Cesha regarda les paras pousser ses hommes de main dans un camion. Déjà, son second avait été isolé du reste du groupe. Le chef mafieux ne put s'empêcher d'éprouver quelques remords lorsqu'il le vit disparaître derrière un blindé. Il se détourna finalement pour suivre l'officier italien jusqu'à son véhicule.

Il s'occuperait bien de la famille d'Hassan.

La version officielle dirait que le C160, de retour d'une mission de fret, avait subi une avarie un peu plus de vingt minutes après son décollage. Cela l'avait forcé à retourner à Pristina, avant de repartir pour la France, quelques heures plus tard. Avec à son bord un colis supplémentaire, officieux.

Dans la soute, il régnait un vacarme assourdissant. Sous l'éclairage minimum, les quatorze ombres casquées, masquées et harnachées des chuteurs étaient secouées au rythme des violents soubresauts qui agitaient l'avion. Ils s'étaient répartis de part et d'autre des hautes bonbonnes d'oxygène, disposées à la place des travées centrales pour pallier l'absence de pressurisation de la cabine.

Langevin regarda son altimètre. Il indiquait qu'ils avaient atteint leur altitude de largage. Il bougea un peu, rajusta sa gaine d'emport et son fourreau d'arme sur ses jambes. D'une main gantée, il appuya une nouvelle fois sur le Velcro de fermeture du sac qui protégeait la tablette SNCO[1] fixée sur sa poitrine. Il était toujours bien en place. Patienter, attendre. Encore. Il avait envie d'être déjà dehors, en vol. Ou au sol.

FIN D'OXY.

Les écrans vidéo installés sur toutes les parois internes de la carlingue leur annoncèrent bientôt que le moment était proche. Les parachutistes se débranchèrent du système général pour ouvrir leurs respirateurs individuels.

Les largueurs quittèrent leurs sièges pour se diriger vers la porte arrière. L'un d'eux s'arrêta et, réflexe futile, approcha une main de son casque, au niveau de son oreille. Il se retourna bientôt, hocha la tête en direction des chuteurs et montra bien haut un tableau indicateur. Deux feux rouges s'étaient allumés au-dessus de sa tête.

Trois minutes.

D'un geste simultané des deux bras, Langevin, déjà debout, invita les membres de son équipe à se lever puis se rapprocher de la tranche axiale qui s'abaissait. Il y eut un appel d'air qui provoqua une violente bourrasque de vent à l'intérieur de la carlingue. La température diminua de quelques degrés supplémentaires. Elle devait friser les moins cinquante. Tenir, encore un peu.

Deux minutes.

Gêné par son équipement, Langevin s'avança jusqu'au bord de la rampe. Il se pencha prudemment et observa le ciel. Il était très noir, impénétrable, vraiment merdeux. L'officier se releva, jeta machinalement un coup d'œil à sa main gauche recouverte de Gore-Tex. Il avait laissé son alliance à sa femme.

Une minute.

Culpabilisé par cette faiblesse passagère, il abaissa rapidement les jumelles de vision nocturne fixées à son casque. Son monde se réduisit à un tunnel vert un peu

1. Système de navigation pour chuteur opérationnel.

trouble. Une sirène puissante couvrit subitement tous les autres bruits de la cabine. Elle l'avait surpris cette fois encore, une réaction idiote. Depuis son premier saut, au brevet, il avait systématiquement l'impression que ce signal arrivait trop tôt, trop vite.

Juste avant de se mettre à courir, Langevin eut le temps d'apercevoir le OK manuel du chef largueur ainsi que le léger changement d'intensité des signaux lumineux qui autorisaient la sortie. Son cerveau marchait au ralenti, moins vite que son corps. Dans sa tête, il était encore focalisé sur les feux, qui venaient de passer du vert au vert, non, du rouge au vert, alors qu'il basculait déjà dans le vide.

Pendant quatre ou cinq secondes, il fut ailleurs, perdu dans un océan monochrome sans consistance, juste bien positionné dans l'air par habitude. Il ne percevait rien d'autre que les vibrations du Transall qui s'éloignait et sa respiration forte, rapide, désincarnée, dans son masque à oxygène. Il n'avait même pas froid. Très vite cependant, il prit conscience de la résistance de l'air, du vent qui se faisait plus bruyant à ses oreilles.

Il retrouva la sensation du haut et du bas, et bascula enfin sur le ventre. Langevin avait atteint sa vitesse maximum et ne tombait plus, il chutait. C'est alors seulement qu'il consulta son altimètre.

Sept mille sept cents.

Sept mille six cent cinquante.

Sept mille six cents.

Il tira sur la poignée d'ouverture.

Une seconde.

Deux secondes.

Choc. Soulagement. Regard rapide vers le haut et les suspentes pour vérifier que sa voile, grise comme la nuit, s'était déployée sans incident. Traction sur le Velcro de sa tablette de navigation pour l'ouvrir, mise sous tension. Route, distance, cap, temps écoulé apparurent sur l'écran à cristaux liquides. RAS. *Rhône Autorité* pouvait prendre contact avec ses équipiers pour commencer la dérive vers la zone de mise à terre.

L'éclair précéda le tonnerre de deux ou trois secondes. L'orage, après avoir tourné, était à présent à moins d'un kilomètre au nord-est, en approche. La pluie ne l'avait pas attendu pour se manifester. Des gouttes d'eau glaciales ruisselaient sur le visage de Lynx et s'infiltraient sous ses fringues détrempées. Son maquillage de combat commençait à couler et lui irritait les yeux.

Mais il s'en foutait, il n'avait pas mal, pas froid. Il n'était plus fatigué. Dans ses veines, le Virgyl s'éclatait avec sa copine adrénaline. Aussi efficace que les amphétamines sans leurs effets secondaires. Un médicament que le jargon médical désignait comme *éveillant*.

Adossé à un arbre au pied duquel il s'était planté tel un buisson épais et difforme, Lynx scrutait les bâtiments. En joue dans la position du tireur assis, le canon du Vintorez reposant au creux de son coude, il oscillait au rythme des rares mouvements repérés dans la ferme. Bashung avait temporairement repris possession de son oreille droite. La gauche baignait toujours dans le silence.

Encore une demi-heure jusqu'à l'arrivée de l'équipe d'assaut.

Le spectre verdâtre d'Al-Nahr quitta la table de la cuisine et deux de ses compagnons d'arme pour disparaître plus loin à l'intérieur de la maison. Quelques minutes plus tôt, le troisième buveur de thé était sorti pour rejoindre les gardes de la cour. Dans son IL, Lynx le voyait à présent s'entretenir avec l'homme de la grange. Leurs deux visages paraissaient si proches l'un de l'autre dans le réticule. C'était une occasion en or. Ils étaient côte à côte, il avait la surprise, son entraînement et l'expérience pour lui. Et son envie, son besoin. Sans la moindre action, sans réelle prise de risque, tout ce qu'il faisait n'avait guère de sens.

Son doigt se rapprocha une nouvelle fois de la queue de détente. Lorsqu'il s'en aperçut, il s'efforça de se raisonner en se disant qu'il n'était pas là pour ça, que c'était trop risqué. Il n'en croyait pas un mot mais il oublia un instant son caprice pour se concentrer sur le comportement des deux *méchants* de la grange. Ils continuaient à parler et l'un d'eux indiquait un point à proximité de la position de Lynx. Ce dernier repensa à la visite de la fin de matinée et pivota sur lui-même, pour inspecter lentement la lisière du bois.

Dans sa lunette, il ne vit d'abord rien de suspect. Puis un mouvement très furtif attira son attention sur deux masses allongées et irrégulières, posées à une cinquantaine de mètres de lui. Il se figea et prit le temps de les observer. Elles ne bougeaient pas et Lynx crut un instant avoir rêvé. C'est alors qu'une longue branche, anormalement rectiligne, se détacha du sol au même endroit.

Le canon d'un fusil.

La forme et la longueur suggéraient un Dragunov, le fusil de tireur d'élite de la section d'infanterie de l'ex-Pacte de Varsovie. Avec un peu de jugeote, on pouvait s'en procurer un sur n'importe quel marché du coin. Il n'y avait donc rien d'étonnant à en trouver entre les mains des criminels locaux. Ce premier affût fut bientôt rejoint par un autre, identique.

Deux snipers, couchés sous des filets ou des bâches de camouflage.

Al-Nahr avait bel et bien l'intention de se débarrasser de son concurrent, comme celui-ci l'avait prédit. Il lui avait réservé une petite surprise qui n'était pas la bienvenue, puisque les groupes d'assaut n'étaient pas au courant. Pour le moment, il était impossible de les prévenir. Sous voile, ils étaient hors de portée de son émetteur-récepteur portatif. Passer par la liaison satellite prendrait du temps et le forcerait à retourner à la cache. Trop risqué et inutile. La base ne pouvait pas plus que lui entrer en contact avec les chuteurs pendant leur dérive.

Lynx se demanda d'où venaient ces deux hommes et se rappela la voiture restée au portail. Il ne put s'empêcher de penser qu'il avait eu de la chance qu'ils ne se positionnent pas plus près de lui.

Il fouilla à nouveau toute la lisière avec son IL. Pas d'autre tireur embusqué.

Il revint sur la maison. Éclair. Toujours deux *méchants* dans la cuisine, bien en évidence. Un dans la voiture garée dans la cour, dont la tête montait et descendait en rythme. Il devait écouter de la musique. Tonnerre. Un devant la grange, toujours le même. Son petit camarade s'était assis dans l'ombre, au fond du bâtiment. Lynx distinguait sa silhouette verdâtre entre les lignes de visée de son réticule. Al-Nahr, toujours invisible.

Deux, enfin, dans les bois. Est-ce qu'ils avaient une radio ? Ils ne bougeaient pas, ne semblaient pas parler. Ils étaient si près de lui, il ne pouvait pas les rater. Il faudrait commencer par eux.

Une excuse.

Ooooooh. Stop…

Nouveau flash. Un. Deux. Le ciel gronda…

With your feet in the air and your head on the ground…

Sans parvenir à occulter tout à fait la voix du chanteur des Pixies, en sourdine dans l'oreille de Lynx. L'ensemble des cibles à sa portée était identifié. Rien ne garantissait cependant qu'il puisse les neutraliser toutes sans se faire remarquer. Mais il était curieux de mettre la réputation du VSS à l'épreuve.

Your head will collapse and you'll ask yourself…

Une envie.

Instinctivement, il trouva les emplacements des crânes des deux snipers. Dans le pire des cas, ce serait vite fini.

Where is my mind…

Un besoin.

L'une des têtes était légèrement en retrait. La première balle la fit s'affaisser d'un seul coup. Lynx entendit à peine le claquement métallique de la culasse du Vintorez et, un court instant, imagina le parcours destructeur de l'ogive, molle, alors qu'elle se déformait dans la boîte crânienne de sa cible. Il respira doucement, décala légèrement sa visée et tira une seconde fois. Le canon du fusil de l'autre sniper sursauta avant de se relever vers le ciel. Il ne bougea plus.

La cour.

D'abord, la voiture.

I was swimmin' in the Caribbean…

Il y eut un éclair et Lynx compta, un, deux, avant de tirer avec le tonnerre, pour couvrir l'éclatement éventuel du pare-brise.

Animals were hiding behind the rocks…

Le verre feuilleté encaissa le coup, il s'étoila juste au point d'impact. Le passager arrêta de battre la cadence. La lunette du VSS remontait déjà vers la grange, le fond de la grange. Lynx inspira, bloqua sa respiration.

Except for the little fish…

De l'index, il effleura la détente. Le garde assis bascula sur le côté, au pied de la caisse qui lui servait de siège. Il avait dû faire du bruit en tombant parce que son copain s'était retourné et s'approchait, curieux. Il s'effondra bientôt face contre terre, frappé au sommet de la nuque.

Where is my mind…

Les deux derniers compagnons d'Al-Nahr étaient toujours dans la cuisine. Ils n'avaient rien remarqué. Sans attendre, Lynx se releva et fonça vers la ferme, à moitié courbé, le canon de l'arme dans la direction dangereuse, les deux yeux fixés sur ses prochaines cibles.

Way out, in the water, see it swimming…

Il parcourut les cent cinquante mètres qui le séparaient du bâtiment en plusieurs sprints zigzagants entrecoupés de brèves pauses d'observation abritées. En chemin, il remarqua que le vasistas des toilettes était allumé, à l'arrière de la maison. Al-Nahr souffrirait-il du syndrome du *pipi de la peur* ?

Il avait de la chance. Trop de chance.

And your head on the ground...

Lynx se posta debout derrière un muret, à quelques mètres de la fenêtre de la cuisine, juste à l'extérieur de son halo lumineux, et se concentra sur la pièce, arme relevée. L'un des deux hommes lui tournait le dos. L'autre était de trois quarts face et avalait son thé à petites gorgées. Devant eux, des verres, un AK47, une théière, du sucre, un talkie-walkie, quelques couverts. Éjection du chargeur. Mise en place d'un nouveau. Lynx bascula le sélecteur de tir du VSS du coup par coup au mode rafale.

Your head will collapse...

Celui qui buvait mourut en premier, sans un cri.

If there is nothing in it...

Les panneaux vitrés, qui avaient tenu le coup lors des premiers tirs, se brisèrent et s'ouvrirent lorsque les balles suivantes frappèrent le second *méchant*.

And you'll ask yourself...

Surpris, celui-ci eut à peine le temps de se lever avant de retomber lourdement sur sa chaise.

Where is my mind...

Lynx bondit dans la cuisine à travers la fenêtre avant de foncer vers les chiottes. Ses pas résonnèrent lourdement dans le couloir. Deux *bang*, un troisième. Le bois de la porte des toilettes vola en éclats à plusieurs endroits. Il s'effondra sur le sol... et attendit, posté à côté du chambranle, dos au mur. Al-Nahr était armé. Les impacts suggéraient un pistolet de gros calibre.

Plus un bruit.

With your feet in the air and your head on the ground...

Lynx s'efforça de retenir sa respiration. Il ne bougeait plus.

Pas de cri, pas de parole, pas d'appel. Pas de radio. S'il restait des hommes au portail, ils n'avaient pas pu entendre les tirs du Yéménite. Trop loin d'eux, à l'intérieur, couverts par la pluie. Le *Père du Fleuve* allait devoir sortir, tôt ou tard.

Silence. Silence. Silence.

Un pas. Deux. Le verrou.

Try this trick and spin it, yeah...

Lynx percuta la porte de toutes ses forces au moment où celle-ci s'entrouvrait. Al-Nahr ne pouvait pas bouger dans les toilettes. Il reçut le panneau en plein visage. Puis, plus brutale encore, la crosse, dans la mâchoire. Il lâcha son arme et s'affaissa sur la cuvette, déjà groggy, juste avant qu'un revers du Vintorez vienne le cueillir au menton. Le fusil se releva, pour porter un troisième coup.

Ooooh...

Inutile. L'excitation de Lynx disparut subitement, avec la fin de la chanson. Il laissa ses bras retomber le long de son corps. De la chance, beaucoup. Trop. La chance, sa malchance.

Oscar Lima ici Romeo Alpha, parlez...

La voix de l'autorité du groupe d'assaut résonna dans son autre oreille et le ramena au présent. Il lui restait une dernière corvée à effectuer : se justifier.

PRIMO

ALPHA

Ange plein de bonté, connaissez-vous la haine,
Les poings crispés dans l'ombre et les larmes
   de fiel,
Quand la Vengeance bat son infernal rappel,
Et de nos facultés se fait le capitaine ?
Ange plein de bonté, connaissez-vous la haine ?

CHARLES BAUDELAIRE
Réversibilité,
in *Les Fleurs du Mal*

L'Envoyé de Dieu a dit : « Il m'a été ordonné
de combattre les hommes afin qu'ils attestent qu'il
n'y a de dieu qu'Allah et que Mohammed est le
messager d'Allah, qu'ils accomplissent la prière et
donnent l'aumône canonique. S'ils font cela, ils
auront préservé, vis-à-vis de moi, leur sang et leurs
biens, sauf ce que l'Islam exige en vertu de son
Droit, et leur jugement sera du ressort de Dieu. »

Hadith rapporté par AL-BOUKHÂRI et MOUSLIM,
in *Les quarante hadiths*
par l'imam YAHYA IBN CHARAF
ED-DINE AN-NAWARI

04/04/2001

Amel Balhimer rentrait chez elle dans le 12e par sa ligne, la 8, Balard-Créteil. Elle leva le nez de son roman dès que son vis-à-vis eut quitté sa place et souffla, soulagée. Elle avait senti les yeux de l'homme se poser sur elle lorsqu'il était monté, quatre stations plus tôt, et ne plus la lâcher. Dans un train vide comme le sien ce soir, le regard trop insistant d'un inconnu ne manquait jamais de la mettre mal à l'aise.

Un autre voyageur entra au moment où le signal de fermeture des portes retentissait. Immanquablement, le type, un peu fort, rougeaud, pas net, vint s'asseoir à côté d'elle. Pourtant, ils n'étaient que trois passagers, elle et deux hommes. Son nouveau voisin semblait également parti pour l'observer attentivement. Excédée, elle songea un instant à lui balancer un regard agressif ou une remarque cinglante mais n'en fit rien.

Juste avant de se replonger dans son livre, Amel aperçut son propre reflet dans une vitre. Ses yeux étaient cernés, un peu éteints, et sa peau, habituellement ambrée et souple, paraissait grise et tirée sous l'éclairage sans concession du métro. Aucune fatigue ne pouvait cependant altérer sa moue boudeuse à l'élégance méditerranéenne.

Je voudrais que quelqu'un m'attende quelque part annonçait le titre sur la couverture. Toutes les filles du magazine lui en avaient parlé mais la lecture des premières pages ne l'avait guère enthousiasmée. À la décharge de l'auteur, peu de choses parvenaient à l'intéresser ces temps-ci. Ses premiers pas de stagiaire dans le monde de la presse, à la rédaction d'un féminin, ne la séduisaient pas vraiment. Aujourd'hui, on l'avait envoyée interviewer un astrologue à la mode, pour préparer un numéro d'été, en kiosque dans trois mois. Une heure passée à écouter un discours délirant l'avait convaincue que cette voie n'était pas pour elle. Le journalisme ne pouvait se réduire à cela. Deux ans d'études au CFJ[1], en dépit de quelques signes avant-coureurs, ne sauraient aboutir à la seule retranscription de prédictions ineptes pour jeunes urbaines avides.

Les gens avaient besoin d'autre chose. Elle, méritait mieux. Son cursus scolaire touchait à sa fin après avoir suivi une voie royale. Elle allait se marier, avec un homme brillant qui, en dépit de sa bonne situation, gardait un esprit aventureux, généreux. Sans avoir le temps de souffler. Autant de choses qui arrivaient d'un coup et allaient la précipiter dans une autre vie.

Une nouvelle fois, Amel essaya d'entamer le second chapitre de son livre. Mais un mouvement régulier sur sa gauche dérangea sa concentration. Elle mit quelques secondes à comprendre ce qu'elle voyait. La main de son voisin, à moitié fermée, allait et venait devant son entrejambe et tenait quelque chose que son cerveau refusait d'identifier. Ce fut seulement lorsqu'elle vit ses yeux, rétrécis, rivés sur elle, dominés par un front en sueur plissé par l'effort, qu'elle admit enfin ce qu'il était en train de faire.

Il se passa la langue sur les lèvres et se mit à haleter plus fort.

1. Centre de formation des journalistes.

Amel se leva d'un bond, se rua dans le couloir de la voiture et passa comme une furie devant le troisième voyageur. Le regard que celui-ci lui adressa la perturba un peu plus. Il ne reflétait pas la moindre surprise mais plutôt quoi, de l'amusement ? De l'envie ? « Tordu ! » C'est finalement lui qu'elle prit à partie avant de se précipiter sur le quai de la station Chemin-Vert, pressée de sortir à l'air libre pour se calmer.

Lorsqu'elle arriva enfin chez elle, bien plus tard, ayant finalement opté pour un retour en taxi, elle se sentait épuisée. Sylvain, son compagnon, l'avait appelée une fois sur son portable et avait laissé un message court : il s'inquiétait de son retard. À présent qu'elle était au pied de son immeuble, elle s'en voulait de ne pas lui avoir répondu. Il ne manquerait pas de se moquer un peu de sa petite lâcheté puisque, féministe convaincue, Amel prônait habituellement l'égalité des sexes en toutes choses et surtout le courage face aux comportements abusifs des hommes.

La jeune femme engagea enfin sa clé dans la serrure de la porte de son appartement et entra, aussitôt accueillie par la voix de Sylvain. « C'est toi ? T'as pas eu mon message ? » Il était dans la cuisine, une pièce qu'il n'affectionnait pas particulièrement. La jeune femme fonça dans le salon sans répondre et s'affala sur le canapé, après s'être débarrassée de son manteau et de ses chaussures.

« Tu en as mis du temps pour rentrer. » Il n'avait pas tardé à la rejoindre. Il était grand, pas très sportif mais élégant, portait ses cheveux blonds tirés en arrière et des lunettes qui soulignaient ses yeux bleus rieurs. « Tu n'as pas eu mon message ? » Bref baiser sur les lèvres.

« Un article à finir.

— Ah... Ma mère a appelé. »

Amel s'efforça de paraître concernée. « Elle va bien ?

— Tu viens ? » Sylvain repartit. Sa voix s'éloigna. « Elle s'inquiète pour cette histoire d'état civil.

49

— Encore ! Combien de fois allons-nous reparler de ça ?

— Allons, tu sais que c'est important pour elle.

— Et pour moi ça ne l'est pas peut-être ? »

Pendant quelques secondes, on n'entendit plus que le bruit de placards qui s'ouvraient et se fermaient. « Si et je le sais, crois-moi. Mais elle est si à cheval sur ces trucs. Tu ne veux pas venir m'aider un…

— C'est avec moi que tu te maries, pas avec ta mère ! Déjà que… » Amel s'interrompit. Elle allait aborder un sujet tabou, l'absence de cérémonie religieuse. Confessions différentes, manque de foi de part et d'autre, ils avaient préféré s'en passer. Une pilule dure à avaler pour leurs mères respectives. À tel point que celle d'Amel ne lui parlait plus et avait annoncé qu'elle n'accompagnerait pas son époux au mariage de leur fille.

Pas question cependant de laisser son nom derrière elle, de perdre cette partie de ses racines. La jeune femme ne voyait pas de raison de se complaire dans cette forme d'infériorité institutionnalisée qui voulait que les femmes abandonnent leur héritage familial. « Ce sera Rouvières-Balhimer, un point c'est tout. »

Sylvain ne répondit rien, il poursuivait ses fouilles. Amel se détendit.

L'homme pénétra dans la mosquée de la rue Poincaré, dans le 20e arrondissement de Paris, au milieu de la foule des croyants qui venaient pour *Isha*, la prière de la nuit. Plus grand que la moyenne, il avait un visage mat, carré, couvert d'une barbe brune clairsemée, dominé par des yeux d'un vert soutenu.

Après avoir remonté un couloir sombre et encombré, il déboucha enfin dans une pièce assez vaste. Délabrée. L'éclairage était déficient. Sols et peintures avaient connu des jours meilleurs, sauf sur le mur *qibla*, orienté du côté de La Mecque, d'un bleu pâle immaculé. Un tiers de l'espace était fermé par une paroi de bois ajouré, derrière laquelle il devinait les ombres des femmes, alors qu'elles prenaient place dans l'aire qui leur était réservée. Elles avaient leur propre entrée, dans le passage Planchard, à l'arrière du bâtiment. À l'abri des regards impudiques.

L'homme rejoignit le centre de la salle de prière en suivant le flot, discipliné, attentif à ceux qui l'entouraient. Il repéra ainsi les *salafis*[1], dispersés parmi les autres fidèles, à leur tenue imposée par la stricte observance de la *sunna*, la parole du Prophète. Longue djellaba, pantalon qui ne remontait pas au-dessus des chevilles et calot blanc, la barbe fournie. De leurs yeux acérés, ils semblaient surveiller tout le monde.

L'un d'eux, leur émir, qu'il connaissait sous le nom de Mohamed, s'approcha de lui. Il était en compagnie d'un autre homme, Nasser Delil, un Libanais petit et grassouillet, au cheveu rare et gris. « *Assalam'aleikum*, Karim, qu'Allah le Juste t'ait en sa grâce. Tu connais déjà Nasser, non ? »

Karim hocha la tête. « Nous nous sommes croisés à *El Djazaïr*.

— Comment vas-tu ces temps-ci, *ghouia*[2] ? Cela fait quelques jours que je ne me suis pas trop inquiété de toi. Tu as retrouvé du travail ? »

Non de la tête.

Mohamed poursuivit, pour le Libanais : « Voilà un jeune homme vraiment prometteur, un pieux musulman. Un moment égaré mais finalement revenu parmi les siens. » Le *salafi*, à peine plus âgé que Karim, posa une main fraternelle sur son épaule et le dévisagea sans rien ajouter, l'incitant à baisser le regard, soumis. « C'est pour cela que nous voulons l'aider. »

Nasser ne s'intéressait déjà plus à ce manège. Jaffar,

1. De *salafi*, ancêtre ou prédécesseur, terme qui désigne les premiers compagnons du Prophète.
2. Mon frère.

un converti, l'avait rejoint pour lui parler à l'oreille. Ils furent cependant vite interrompus par l'arrivée de l'imam, qui se positionna devant le *mihrab*, la niche pratiquée dans le mur *qibla*, avant d'entamer la *Fâtihah*, la première sourate du Coran, celle qui ouvrait la prière.

Allahû akbar !

Bientôt, tous les fidèles, debout derrière lui, bien alignés épaule contre épaule, pied contre pied, les mains ouvertes reposant l'une sur l'autre devant le nombril, la reprirent en chœur.

Au nom de Dieu le Miséricordieux plein de miséricorde… Louanges à Dieu, le Seigneur des mondes… Le Miséricordieux plein de miséricorde… Le Maître du jour du Jugement… C'est Toi que nous adorons et c'est Toi que nous implorons… Conduis-nous vers le droit chemin… Le chemin de ceux que tu combles de bienfaits… Non de ceux qui t'irritent ni de ceux qui s'égarent…

Imper beige et costume sombre, taille et corpulence normales, cheveux courts, noirs comme ses yeux, le jeune cadre au visage anguleux traversa Hyde Park Corner. Il s'engagea sur Piccadilly, direction Leicester Square. Sa longue promenade, l'une des dernières probablement, l'avait conduit de Brompton Road, dans South Kensington, à Mayfair, où se trouvait son appartement. Une déambulation agréable, qu'aucune averse n'était venue troubler. C'était le début du mois d'avril et, pour la première fois depuis longtemps, il se sentait apaisé.

Il avait dîné à *The Collection*, un endroit brièvement à la mode, comme toute chose à Londres. Tout passait trop vite dans cette ville, il ne la comprenait plus. Il ne souhaitait plus la comprendre. La lune de miel était terminée. L'énergie débordante de la capitale britannique, un temps séduisante, faisait à présent office de repoussoir. Il allait donc repartir. C'était en substance ce qu'il avait annoncé aux amis qu'il avait réunis autour de lui ce soir. Il retournait vivre à Paris. Une décision pas vraiment inattendue, que personne à table n'avait commentée.

Pas même Olav, son associé, prévenu un peu plus tôt dans la journée. Elle ne leur posait pas réellement de problème d'ordre professionnel. Ils se voyaient déjà peu et toujours entre deux avions ou deux rendez-vous à l'étranger. Ordinateur portable, téléphone mobile, e-mails et *conference calls* leur étaient plus indispensables que l'*open-space* avec secrétaire qu'ils louaient dans la City pour rassurer clients et banquiers.

Il traversa Piccadilly et s'arrêta à la lisière d'un Green Park obscur dans lequel il ne s'aventura pas. Un *black cab* en maraude passa derrière lui alors qu'il observait Buckingham Palace, endormi de l'autre côté du parc. Son regard se perdit un moment entre les arbres de Saint James, en face des grilles de la demeure royale, et il eut l'impression de contempler l'endroit pour la dernière fois. Une sensation tenace et dérangeante.

Sa sérénité l'avait complètement abandonné.

À regret, il se décida à rejoindre l'autre côté de la rue pour rentrer chez lui. Du courrier l'attendait sur la petite table en bois du hall de son immeuble, mélangé à celui des autres occupants. Il prit le temps de le trier sur place. Quelques factures, l'exemplaire du mois d'un magazine auquel il était abonné, des publicités, le tout libellé au nom de Jean-Loup Servier, *ground floor and basement flat*, 13 Bolton St, London W1. Aucune lettre personnelle, manuscrite, amicale. Il laissa tout en plan.

Parvenu dans le vestibule de son appartement, il mit, ce soir encore, quelques secondes à comprendre ce qui n'allait pas. Il ne se voyait plus dans le mur en face de la porte. Il manquait un miroir. Il évita d'aller dans le salon et se rendit directement dans la cuisine pour se servir un grand verre d'eau. Puis il descendit à l'étage inférieur. Il trouva le dressing un peu vide, à l'instar de sa chambre et des étagères de la salle de bains.

Tout était trop silencieux.

Il ne pouvait vraiment plus vivre ici.

20/04/2001

Le cocktail se tenait dans les locaux du CFJ, rue du Louvre. Il suivait une conférence de fin d'année scolaire donnée par quelques professionnels de la profession. Faits d'armes toujours embellis, *off* salaces et champagne achevaient d'épater la chair fraîche et permettaient d'identifier les plus dégourdis, ambitieux, moins scrupuleux.

Lorsque Sylvain arriva, peu après son habituel pot du vendredi soir entre banquiers, il trouva Amel en compagnie de deux hommes. L'un d'eux s'appelait Leplanté, caricaturiste dans un quotidien national et parrain du mémoire de fin d'études de la jeune femme. Il l'avait déjà rencontré. Gigantesque, efflanqué, la quarantaine passée et le teint cireux, le dessinateur était reconnaissable de loin. L'autre lui était inconnu. Moins grand que son confrère, il avait un visage marqué mais séduisant, encadré par une tignasse châtain bouclée piquée de gris. Il cultivait avec soin un look vaguement baroudeur négligé, barbe de trois jours bien taillée incluse. Son regard ne quitta pas Sylvain lorsqu'il se présenta à lui sous le nom de Bastien Rougeard, journaliste…

« Dans un grand hebdo ! » Amel le coupa, enthousiaste.

Rougeard, modeste, baissa les yeux en s'inclinant.

« Il couvre toutes les grandes affaires criminelles, le terrorisme aussi.

— Mais », Sylvain afficha un large sourire, « je croyais que c'était la politique qui te branchait, non ? » Il prit sa fiancée par la taille et l'attira doucement contre lui.

« Il n'y a que les imbéciles qui ne changent pas d'avis. » Amel n'avait pas remarqué le ton légèrement agacé de la question et poursuivit : « Et puis, le terrorisme et la politique, c'est lié. »

Rougeard opina du chef, sans regarder la jeune femme mais son compagnon. « J'ai commencé ma carrière dans un service politique. J'avais de grandes idées à l'époque. J'ai arrêté quand j'ai compris que le libéralisme triomphant finirait par faire perdre la boule à tous nos dirigeants. La soupe est trop bonne pour se faire la moindre illusion sur les ambitions des uns et des autres. Avec le fait criminel, au moins, pas de surprise, il ne dissimule pas sa réalité sous un voile de probité. Mais assez parlé de moi. Vous êtes donc l'heureux banquier *humaniste* dont Amel nous vante les mérites depuis une heure ? C'est très intéressant, votre projet d'installation au Vietnam. Que donnent vos recherches de boulot ? Pas évident, la finance, là-bas. »

Sylvain détourna les yeux. « Rien pour le moment. » Il préféra éviter de répondre à la provocation. « Tu m'accompagnes au bar ? Il faut que je te parle de quelque chose. »

Le couple s'excusa avant de s'éloigner.

« *Les illusions tombent l'une après l'autre, comme les écorces d'un fruit, et le fruit c'est…* » Leplanté n'eut pas le temps de finir.

« *L'expérience. Sa saveur est amère ; elle a pourtant quelque chose d'âcre qui fortifie*, blablabla… Moi aussi je peux citer du Labrunie, tu sais.

— N'empêche que j'aimerais bien être près de l'arbre quand ça tombera.

— Arrête de penser avec ta queue. »

Le caricaturiste se tourna vers son confrère. « Et c'est toi qui me dis ça ? »

Rougeard, qui observait la foule des étudiants, se mit à rire. « Si on dégageait ? Je te paie un verre ailleurs, on s'emmerde ici. »

Karim, tout habillé, était allongé sur son lit dans le minuscule studio où il vivait, rue des Solitaires, à deux pas de la place des Fêtes. Rien n'était allumé à part une petite télévision silencieuse qu'il ne regardait pas. L'appartement était spartiate, meublé a minima d'Ikea de récup' et assez mal rangé. Au sol, tracts et brochures, rédigés en arabe et en français, se disputaient le peu d'espace disponible avec quelques paires de chaussures et des vêtements sales. Sur la table de nuit, un Coran élimé dominait une pile de cassettes vidéo de prêches, d'attentats-suicides et d'entraînements dans des camps lointains. Elles louaient toutes la force et la grandeur des *moudjahiddins*.

Sa penderie débordait de *sportswear* bas de gamme, de fringues plus traditionnelles et même de trois uniformes sombres qui dataient de l'époque où il était censé avoir travaillé pour une compagnie aérienne, comme employé au sol. Sa boîte avait fait faillite mais il avait conservé quelques fiches de paie qui, avec ses déclarations ASSEDIC et ANPE plus récentes, trônaient en évidence sur la table murale de sa kitchenette.

Impressionnante faillite personnelle, qui ne pouvait qu'influencer favorablement ceux qui s'étaient introduits chez lui dans la journée. Ses marqueurs avaient changé de place. Ce n'était pas la première fois que ses nouveaux amis venaient ainsi lui rendre visite en douce, pendant son absence. Depuis presque trois mois qu'il était arrivé dans le coin, ils l'avaient déjà contrôlé de la sorte à plusieurs reprises. C'était un signe.

Malgré tout, Karim commençait à trouver le temps long. Avril touchait à sa fin et rien n'avait bougé, aucune proposition n'était venue. Il commençait à se demander s'il était à la hauteur et si cette nouvelle vie lui plaisait vraiment. Ce soir, le nom de la rue où il avait élu domicile lui sembla plus que jamais tristement pertinent.

Il soupira et alluma sa lampe de chevet avant d'attraper son vieux Coran. Il n'avait pas d'autre livre, de toute façon.

23/04/2001

« L'appartement m'intéresse. » Jean-Loup Servier précéda l'agent immobilier dans un vaste salon d'angle qui donnait sur la rue de la Roquette, dans le quartier de la Bastille. « De quels justificatifs avez-vous besoin ? » Il marcha jusqu'à l'une des fenêtres pour regarder dehors.

« Déclarations de revenus, fiches de paie et caution solidaire de proches. Vos parents, par exemple.

— Mes parents sont décédés. » Servier avait répondu sans quitter des yeux la façade d'un bar en travaux, au rez-de-chaussée de l'immeuble d'en face.

« Oh ? Je suis désolé. Mais nous pouvons nous contenter de...

— Je peux vous fournir des copies de mes bulletins de salaire et une caution bancaire. Un an de loyer, ça ira ?

— J'imagine que je peux poser la question au propriétaire.

— Je souhaite que les choses aillent vite. » Jean-Loup s'était retourné vers son interlocuteur et scrutait ses réactions. « Je dois repartir en déplacement professionnel à l'étranger demain après-midi. Donc idéalement, je voudrais signer dans la matinée. Voici ma carte, mon numéro de portable figure dessus. »

L'agent immobilier jeta un œil au document. « Consultant ? Dans quel domaine ?

— Développement opérationnel. Nous aidons les jeunes pousses en pleine croissance du secteur des nouvelles technologies à atteindre leur taille critique mieux et plus vite.

— Ah, Internet et tout ça. Moi, je ne sais même pas comment envoyer du courrier avec un ordinateur. Mais ce n'est pas un peu risqué, ce secteur, en ce moment ? »

Tout en l'écoutant, Servier s'était rapproché de l'entrée de l'appartement. « Appelez-moi vite. » Il prit congé et sortit.

En bas de l'escalier principal, il examina la disposition des lieux, en particulier dans la petite cour intérieure pavée qu'il avait remarquée en arrivant. L'une de ses extrémités s'ouvrait sur le hall de son immeuble tandis qu'à l'opposé, une lourde porte de métal semblait conduire aux bâtiments voisins. Il s'en approcha. Blindée, serrure de sécurité.

« Ce passage conduit dans la cité voisine. » La voix familière de l'homme qu'il venait de quitter se fit entendre dans son dos. « Enfin quand je dis cité, c'est plutôt une sorte d'impasse où les ateliers d'artisans ont été remplacés par des lofts. Il y en a plein le quartier. »

Servier hocha la tête. « Et personne ne peut passer ?

— Seul le syndic qui gère les deux copropriétés possède la clé. » De sa main, l'agent immobilier tapota le panneau métallique. » Et puis, c'est du solide, aucun souci à se faire.

— J'imagine. Un peu comme les sociétés au profit desquelles j'interviens, des banques et des fonds d'investissement. Du solide, aucun souci à se faire. »

Karim était accoudé au comptoir d'*El Djazaïr*, un petit bar dont la façade vieillotte donnait sur la place du Guignier. Il sirotait un café serré. En face de lui, Salah, le patron, sortait, dans un nuage de vapeur, un panier métallique du lave-vaisselle.

« Tu n'as pas l'air d'aller bien aujourd'hui, *ghouia*. Que se passe-t-il ? »

Moustachu et charpenté, Salah avait posé sa question tout bas, d'un air de conspirateur. Ils n'étaient pourtant que deux dans la salle principale. Avec les petits vieux qui jouaient comme tous les jours aux dominos, dans la pièce du fond. Mais ils étaient trop loin pour entendre quoi que ce soit. Surtout avec la radio posée sur leur table, qui crachait une musique du bled mâtinée d'interférences.

Les yeux de Karim quittèrent le poste de télévision muet allumé au-dessus du bar. « Le temps ne passe pas vite. Je me sens mal en France.

— Pourquoi tu ne repars pas au pays quelque temps ? »

Le jeune homme soupira et baissa les yeux sur sa tasse. « Quel pays ? Tu sais bien que je ne peux pas... J'aurais trop honte. Je n'ai plus de famille.

— Ton père, hein ?

— Qu'Allah me foudroie si j'adresse encore la parole à ce chien des *kouffars*[1]...

— Tais-toi ! » Du poing, Salah frappa violemment le comptoir. La tasse de café sursauta dans sa soucoupe. Au fond du bar, les deux joueurs avaient levé la tête et ne bougeaient plus. « Respect aux anciens, sinon nous ne valons pas mieux que les animaux et les impies.

— Il a trahi et moi je... » Une émotion sincère étrangla la voix de Karim, alimentée par de vieux souvenirs. Petit, il avait souffert des silences de son père, de ce passé longtemps caché. De ce mot si méprisant, que ses petits camarades lui envoyaient constamment au visage, à l'école. *Harki*. Pire qu'une injure, une marque indélébile. « Ici, ils nous aiment pas, quoi qu'on fasse, et là-bas, ils ne nous veulent pas.

— C'était une autre époque. Il y avait les mensonges, les menaces. Les gens étaient perdus. » Salah posa une main rassurante sur l'épaule du jeune homme, presque paternelle. « Les choses changent, mon fils. Aujourd'hui, toi et moi nous savons, nous luttons. On ne peut plus nous avoir aussi facilement. Tu n'es pas comme lui.

— Si seulement je pouvais montrer que...

1. Mécréants.

— Tu auras ta chance, *inch'Allah.* »

L'arrivée inopinée de Mohamed détourna l'attention de Salah et mit fin à leur conversation. Le religieux avait surgi du couloir qui menait à l'arrière de l'établissement, où se trouvaient les toilettes, la cuisine, la réserve et le bureau du patron. On pouvait y accéder depuis une cour intérieure qui desservait plusieurs immeubles et dont l'entrée se trouvait dans une rue voisine.

L'émir des *salafis* les invita à venir avec lui d'un geste sec. Il n'aimait pas qu'on le voie dans le bar. Avant de le rejoindre, Salah signala aux petits vieux qu'ils devaient surveiller les lieux en son absence, puis il ouvrit la route jusqu'à son antre.

Un carnet noir, ouvert et retourné, était posé négligemment sur son bureau. Le patron s'empressa de le ranger dans le tiroir d'un classeur métallique qu'il referma aussitôt à clé, sous l'œil désapprobateur de Mohamed. Karim n'avait pas perdu une miette de l'incident. Le religieux connaissait vraisemblablement ce document, qui semblait assez important pour que la négligence de Salah pose problème.

« Je pense qu'il est temps que tu ailles dans une école de la vraie foi, mon frère. » La voix du *salafi* interrompit les réflexions du jeune homme.

« Ce serait un honneur pour moi, mais… je ne suis pas sûr d'en être digne. »

Mohamed leva une main pour l'inviter au silence. « J'ai d'abord besoin que tu me rendes un service. Si tu te montres à la hauteur, tu seras accueilli par des savants qui te prodigueront leur enseignement et t'ouvriront la voie de la vérité, la voie de Dieu. » Il s'approcha un peu plus de Karim. « Tu vas partir pour Londres. »

Après la prière du soir, Karim avait marché jusqu'à Belleville, pour manger un kebab. Perdu dans la contemplation distraite d'un restaurant chinois à la décoration outrancière, de l'autre côté de la rue, il avait mâchonné un sandwich trop gras dans un bouiboui où il avait ses habitudes. Le propriétaire, avec qui il avait un peu parlé, faisait partie du réseau d'indics de Mohamed. Volontairement, Karim avait eu du mal à dissimuler sa joie et garder le secret de son départ. Une excitation que l'émir des *salafis* ne tarderait pas à apprendre, pour sa plus grande satisfaction. La motivation des nouvelles recrues était primordiale et appréciée.

Sa couverture était en place.

Le jeune homme quitta la sandwicherie vers vingt-deux heures trente-cinq, son sourire de façade et ses *au revoir* bravaches aux antipodes du malaise qui le rongeait depuis quelques heures. Il se mit à descendre la rue du Faubourg-du-Temple d'un pas lent. De nombreux magasins étaient encore ouverts et, avec les bars et les restaurants, dégueulaient ordures et clientèle sur des trottoirs de plus en plus encombrés.

Karim prit son temps, s'arrêtant à l'occasion pour inspecter une vitrine ou revenir sur ses pas. Il conversa un moment avec un autre fidèle, qu'il connaissait depuis qu'il fréquentait la mosquée Poincaré. L'homme lui était apparu très remonté. La propagande distillée en douce à la salle de prière commençait à marquer les esprits du quartier. Les gens étaient perdus, ils ne savaient plus qui écouter.

Les mensonges. Les menaces.

Le reflet du visage de Karim se matérialisa subitement devant lui. Il détourna les yeux, incapable de soutenir son propre regard. Sa conversation à *El Djazaïr*, au début de l'après-midi, avait conjuré le spectre de son père. Ce père qui, jamais, n'avait agi à la légère, ni ne s'était laissé effrayer ou duper. Contrairement à ce que ce gros imbécile de Salah pensait. Un lettré, qui possédait une réelle conscience politique et dont les décisions avaient été longuement mûries, en accord avec sa mère. Toutes les paroles proférées au bar l'avaient un peu sali, aujourd'hui, et les motifs de Karim n'atténuaient pas la honte qu'il ressentait d'avoir dû se prêter à ce jeu.

Il fallait cependant qu'il libère son esprit pour se projeter dans la manœuvre à venir.

Arrivé sur la place de la République, il bifurqua en direction du boulevard Magenta, comme s'il entamait une boucle pour revenir chez lui. Au lieu de cela, il changea de trottoir à la hauteur de la rue des Vinaigriers, qu'il remonta, s'éloignant du Canal et du 19ᵉ. Il s'engagea dans le passage du Désir, désert, coupa le boulevard de Strasbourg et s'arrêta devant un porche, juste avant la rue du Faubourg-Saint-Denis.

Il était seul. Il n'y avait personne derrière lui, ni à pied ni en véhicule.

Un peu de musique indienne ou pakistanaise s'échappait de l'un des rares appartements encore allumés de la ruelle. Karim se laissa bercer quelques minutes par les *tablas*, avant de rejoindre la rue des Petites-Écuries où il entra dans un bar presque vide. Il commanda un décaféiné et surveilla l'extérieur.

Aucun passant égaré.

Après avoir avalé le contenu de sa tasse d'un trait, il paya et ressortit. Rue d'Enghien, il marcha à nouveau jusqu'au faubourg Saint-Denis, plus animé, où il se laissa happer par un groupe de piétons en goguette qu'il suivit sur une cinquantaine de mètres, calquant son allure et sa silhouette sur les leurs. Nouveaux coups d'œil dans des vitres pour s'assurer que personne ne le suivait, qu'aucun visage déjà entr'aperçu furtivement dans la foule du soir n'y apparaissait.

Rien. Il était temps de mettre fin à son périple.

Rue de Metz, boulevard de Strasbourg, boulevard Saint-Denis, dernier coup de sécurité dans la rue René-Boulanger puis traversée du boulevard Saint-Martin.

Karim s'engagea d'un pas rapide dans le passage Meslay, déboucha dans la rue éponyme et s'engouffra, dix mètres plus loin, dans l'obscur passage des Orgues. Là, caché dans l'ombre, il attendit. Identifier des points de rupture. Des endroits où l'on peut entrer par un accès et sortir par un autre, pour fixer une éventuelle filature ou la forcer à se démasquer.

Pas un chat. Il pouvait y aller.

Karim ressortit dans la rue et atteignit bientôt le passage du Pont-aux-Biches. Second point de rupture avec une difficulté supplémentaire, un code d'accès. Il composa les chiffres, qu'il connaissait par cœur, et disparut à l'intérieur.

« Hé, t'as l'heure ? Tu me files une clope ? » Un clochard affalé au milieu d'un tas de vieilles couvertures l'interpella dès qu'il réapparut dans la rue suivante.

« Je ne fume pas et… » Karim releva sa manche. « Il est vingt-trois heures vingt-cinq.

— T'avances, mec. »

Tous les indicateurs étaient au vert. Une remarque sur un éventuel retard de sa montre lui aurait signalé un problème et aussitôt interrompu la procédure de rendez-vous. Karim remonta le trottoir sur une trentaine de mètres avant de pénétrer dans un immeuble. Il grimpa les escaliers quatre à quatre jusqu'au troisième étage et frappa quatre coups à la seule porte palière. Il attendit vingt secondes l'œil rivé sur sa trotteuse et frappa à nouveau deux coups.

On lui ouvrit.

À l'intérieur, il trouva deux hommes en civil dont les physionomies trahissaient les activités de plein air, de type militaire. Le plus grand des deux était armé d'un MP5SD, un pistolet-mitrailleur équipé d'un réducteur de son, et se contenta de le regarder passer. Il portait une oreillette discrète, comme le clochard en bas. Son compagnon, guère plus loquace, l'accompagna jusqu'à un salon fermé dans lequel il le fit entrer sans attendre.

La pièce était sombre mais on la devinait vaste et presque nue. Au centre, un grand plateau sur tréteaux autour duquel il y avait cinq chaises. L'une d'elles était occupée par un homme d'un certain âge aux cheveux blonds et courts, un peu moins fournis sur le devant du crâne. Il fumait une cigarette sans perdre Karim de vue. Derrière lui, trois grandes fenêtres, occultées par des volets fermés. Sur sa gauche, dans le fond, les contours d'une seconde porte, qui menait dans une partie inconnue de l'appartement.

La seule lumière provenait d'une lampe de travail posée sur la table.

Le jeune homme s'avança et tira une chaise pour s'asseoir en face du fumeur.

« Comment vas-tu ?

— Bien.

— Aucun problème en chemin ? »

Karim fit non de la tête.

« Bon, alors commençons. » Sur la table, devant l'inconnu, il y avait un gobelet, un tas de feuilles blanches sur lequel était posé un porte-mine en plastique bleu clair, plusieurs chemises cartonnées fermées, assez épaisses, et un Nagra. Deux micros étaient branchés, posés sur des petits trépieds, le premier braqué sur Karim, l'autre sur son interlocuteur.

REC-PLAY.

« Lundi 23 avril 2001, 23 h 31. Audition exceptionnelle de l'agent Fennec, à sa demande, par l'officier traitant Louis… Je t'écoute.

— Cet après-midi, Mohamed Touati m'a annoncé que je partais pour Londres. »

Louis laissa tomber sa cigarette dans le gobelet. « Quand ?

— Après-demain.

— Quel est le but de ce voyage ?

— Il veut que j'apporte un colis à l'un de ses amis, un certain Amine. Ensuite, sous réserve que tout se passe bien, Amine doit me conduire dans une école religieuse, pour que j'y étudie.

« — Nature du colis ?

— Inconnue. »

L'officier traitant secoua la tête, il n'aimait pas ça. « Combien de temps, ce séjour ?

— Je ne sais pas.

— Où doit avoir lieu le rendez-vous avec cet Amine ? »

Karim haussa les épaules. « Ces informations ne m'ont pas encore été transmises. Je sais juste que je pars dans deux jours.

— Pour autant qu'on le sache, ils pourraient te refiler un engin explosif et le faire péter pendant ton voyage. »

Un silence plutôt inconfortable s'installa pendant de longues secondes.

« Ne t'inquiète pas, je crois qu'ils vont me tester avec une livraison de moindre importance. Des faux papiers, vraisemblablement. C'est la chance qu'on attendait. On n'a pas fait tout ça pour que je reste ici à identifier les membres potentiels de divers réseaux locaux.

— Cela pourrait toujours servir. En cas d'attentat, par exemple.

— Surveiller ces mecs et stopper ce genre de connerie, c'est le boulot des flics, du ministère de l'Intérieur, pas le nôtre. Nous, jusqu'à nouvel ordre, on est toujours la DRM. On est des militaires, non ? Ma mission est bien, je cite de mémoire, d'*infiltrer des structures de formation et d'entraînement implantées sur des théâtres d'opération extérieurs sur lesquels l'armée française pourrait être amenée à intervenir un jour*, je me trompe ? OK, on a introduit une nouveauté puisqu'on le fait à partir d'ici, mais...

— À toutes fins utiles, je te rappelle que je suis l'un des initiateurs de tout ce bordel, inutile de me faire la leçon. Et merde ! » Louis se leva et se mit à arpenter la pièce. « J'ai pas envie de tout gâcher en t'envoyant au casse-pipe.

— On n'a pas tellement le choix. »

L'officier traitant se rassit et saisit son porte-mine pour noter quelque chose sur la première feuille blanche. « Je te ferai passer de nouvelles consignes de communication demain en fin de matinée. Surveille tes BLM[1]. » Il reposa son stylo. « J'espère que tu as raison. »

L'agent hocha la tête sans rien ajouter.

« Tu es sûr qu'ils ne t'ont pas percé à jour ? Que tout ceci n'est pas une manœuvre destinée à t'attirer dans un piège ? »

Les deux hommes s'observèrent avec attention.

« C'est peu probable, pas le genre. Ce serait trop subtil. Même si… Quelqu'un est revenu chez moi, il y a quelques jours. J'imagine que c'était une ultime vérification avant de me faire part de leurs intentions. Je le sens plutôt bien. »

Louis acquiesça. « Je dois te dire que des gens sont aussi passés chez tes parents récemment. » Il avait légèrement insisté sur le mot *parents*. « Ils ont posé des questions. Apparemment, ta légende tient le coup. »

La *légende* de Karim, une biographie entièrement bidonnée, incluait un faux couple de personnes âgées, à la solde de son service, installé dans le sud-ouest de la France. Avec un ensemble d'autres éléments, leur existence renforçait la plausibilité de son IF, l'identité fausse sous laquelle il intervenait dans le cadre de sa mission. Ses vrais parents vivaient ailleurs, ignorant les activités réelles de leur fils. À l'abri de leurs éventuelles conséquences.

« Quoi d'autre ?

— Pas grand-chose depuis mon dernier rapport. Ah si, Nasser Delil est reparti. Pour longtemps cette fois, semble-t-il. Je crois qu'il a quitté l'Europe. J'ai cru comprendre qu'il devait se rendre au Pakistan bientôt. Mais c'est une information à prendre avec précaution.

1. Boîte aux lettres morte : cachette discrète, convenue à l'avance, destinée à recevoir messages et équipement.

— Nous demanderons des vérifications. Il ne fait pas partie de nos objectifs prioritaires.

— Juste pour en finir avec lui. Je l'ai encore vu une fois ou deux en compagnie de Mohamed Touati mais son contact le plus proche reste Laurent Cécillon, le converti.

— Ah, ce brave Jaffar. Qui se ressemble s'assemble. C'est tout ?

— Mes dernières observations confirment les liens entre la mosquée et une nébuleuse de commerces du quartier, notamment *El Djazaïr*. Je maintiens mes premières hypothèses, l'endroit est un point de rendez-vous, accessoirement un bureau de poste, et le fameux Salah sert d'entremetteur à tout le monde.

— Reçu. Pour l'instant, concentrons-nous sur ce voyage en Angleterre. » Louis arrêta l'enregistreur numérique. Visiblement plus détendu, il sortit son paquet de cigarettes et en alluma une. « Parle-moi un peu de toi. Tu tiens le coup ? »

12/05/2001

La journée avait filé dans une brume cotonneuse d'où émergeaient seulement quelques flashs. La sonnerie du téléphone du château, trop forte, tôt ce matin, et la crainte immédiate qui l'avait suivie, ce sentiment que tout allait trop vite. La douleur aiguë, quand Sonia, sa plus vieille amie, lui avait piqué le crâne, lors de la confection de son chignon. La main ferme de son père, qui lui avait comprimé le bras, juste au moment de pénétrer dans la mairie de Saint-Malo. Les doigts de Sylvain, resserrés autour des siens. Son léger tremblement au moment d'apposer sa signature, sous les chiffres de la date, *12/05/01*, sur le registre de l'état civil. Le vent, l'averse, le froid, à la sortie de l'hôtel de ville. *Mariage pluvieux, mariage heureux.* Amel avait dû l'entendre au moins cinquante fois aujourd'hui.

Le froid.

La température était plus douce à présent. Elle avait bu quelques coupes de champagne et l'alcool lui montait un peu à la tête. Incapable de se concentrer sur la conversation de ses trois interlocutrices, Amel laissa son regard flotter sur les groupes d'invités éparpillés entre les buffets. Ses yeux finirent par croiser ceux de son mari. Mari. Il fallait qu'elle s'y habitue. Sylvain se trouvait au milieu de la vaste terrasse du château de Bonaban, en compagnie de son oncle et d'amis de ses parents. Mais à cet instant précis, il n'était qu'avec elle et son sourire parvint à calmer d'un seul coup les angoisses de la jeune femme. Amel eut soudain envie de ses bras, d'être seule avec lui. De lui.

« Vous devriez vous occuper de votre père, il a l'air de s'ennuyer. Personne ne lui parle. » Sa belle-mère refusait de la tutoyer. Elle n'attendit même pas sa réponse et fila vers d'autres convives.

Le père d'Amel était isolé, un verre de jus de fruit à la main. Il semblait perdu. Peu de proches de la jeune femme étaient présents. Ses grands-parents maternels faisaient bloc derrière leur fille. La mort dans l'âme, sa grande sœur, Myriam, était restée à Paris avec leur mère, pour que celle-ci ne se retrouve pas seule aujourd'hui. Côté paternel, tout le monde vivait au Maroc et personne n'avait voulu faire le déplacement pour une cérémonie non religieuse. Amel n'avait donc avec elle que quelques amis. Et son père, au visage si triste.

Seuls quelques pas les séparaient.

Elle détourna les yeux et surprit un nouveau regard mauvais de sa belle-mère, qui semblait guetter ses moindres faits et gestes. Amel reporta son attention sur son père. Sonia venait de le rejoindre. Soulagée, elle décida qu'il était temps de porter le fer au cœur même du territoire ennemi. Madame Rouvières-Balhimer se dirigea vers madame Rouvières.

Jean-Loup Servier déposa deux gros sacs de voyage dans sa nouvelle chambre et alla pendre sa housse de costumes dans le dressing, au fond de son appartement. Il fit le tour des lieux, pour en prendre véritablement possession et vérifier que les travaux étaient bien achevés. Tout semblait en ordre. Il ne lui manquait plus que quelques objets qui se trouvaient encore à Londres, chez des déménageurs qui devaient passer le mardi suivant. Il s'était débarrassé de tout ce qui n'avait plus de valeur.

Il achèterait le reste en fonction de ses besoins.

Jean-Loup retourna dans sa chambre. Il ouvrit ses bagages et en extirpa quelques affaires. Sa trousse de toilette, une serviette de bain, l'épais volume du *L.A. Quartet* de James Ellroy, qu'il posa sur le manteau de la cheminée. Il étala ensuite un matelas de randonnée autogonflant sur le parquet avant de le recouvrir d'un sac de couchage léger.

Satisfait, affamé, il décida d'aller faire un tour dehors, pour prendre la température du quartier, qu'il n'avait plus fréquenté depuis son départ de Paris, à la fin de ses études. Dans une autre vie. Il trouverait bien un restau correct sur le chemin.

Karim donna les clés de la caisse enregistreuse à son remplaçant avant de lui faire part des dernières consignes. Il expliqua qui téléphonait, où, depuis combien de temps et l'ordre de passage dans la file d'attente. Puis il laissa le brouhaha polyglotte de la boutique de télécommunications derrière lui et commença à remonter Seven Sisters Road. Il travaillait là trois fois par semaine, pour donner un coup de main. Ce qui justifiait sans doute l'absence de salaire. Le reste du temps, il suivait un enseignement religieux.

Il marchait d'un bon pas, pressé de rejoindre l'endroit où il vivait avec quelques condisciples de l'école coranique. Toutes leurs allées et venues étaient surveillées. Le moindre retard, noté, faisait l'objet de réprimandes sans fin.

Karim passa bientôt devant la gare de Finsbury Park et tourna dans Fonthill Road.

Quelques commerces étaient encore ouverts, un vieux *Seven Eleven*, quelques *Takeaway* aux offres culinaires diverses, presque tous tenus par des Égyptiens ou des Pakistanais. On croisait peu de visages pâles dans le quartier. Les seuls étrangers étaient les Jamaïcains de l'importante communauté locale.

Karim se sentait isolé, vulnérable.

Lorsqu'il arriva enfin, dix minutes plus tard, il fut accueilli comme tous les jours par l'atmosphère confinée, saturée d'humidité, de leur domicile. Ils étaient une dizaine d'hommes à vivre là, en vase clos, enfermés à l'abri des regards, et cela se sentait, au propre comme au figuré. Ils se partageaient l'espace d'une petite maison anglaise d'un étage en briques grises, semblable à toutes ses voisines, dans laquelle on avait aménagé trois chambres, sur deux niveaux, et des pièces communes : une cuisine-réfectoire et une salle de bains. L'ameublement était réduit au strict nécessaire, un peu d'électroménager et de vaisselle, souvent sale, une table, quelques chaises et des matelas d'un autre âge, posés à même le sol.

Promiscuité et inconfort maximum, distraction minimum.

Ils ne sortaient pas, sauf pour étudier, *aider la communauté* ou acheter de quoi manger. Ils n'avaient le droit de lire que ce qu'on voulait bien leur donner. Cela se limitait, le plus souvent, à des feuilles de chou islamistes locales. Karim se débrouillait néanmoins pour parcourir les unes des journaux, dans les magasins. Par ailleurs, il avait réussi à communiquer une fois avec ses supérieurs, pour les renseigner sur sa situation. Ils savaient à présent où il était. Cela n'avait guère d'utilité, il leur serait impossible d'intervenir rapidement en cas d'urgence. Il était livré à lui-même.

Partir dans le Nord, bientôt... Bribes de conversation, en arabe, en provenance de la cuisine. *En Écosse...* Lorsque l'agent débarqua dans la pièce, il surprit deux de ses compagnons, des Algériens, qui discutaient en sirotant du café. « *Assalam'aleikum.* Que se passe-t-il avec l'Écosse ? »

Dès que Karim apparut à la porte, ils cessèrent de parler et le détaillèrent de la tête aux pieds, avant de se regarder d'un air entendu pendant quelques instants. L'un d'eux finit néanmoins par lui répondre, réticent. « Il paraît que nous devons aller camper là-bas, pour nous habituer, nous entraîner pour le combat. »

Karim ne laissa rien paraître de ce qu'il pensait de cette forme d'aguerrissement à la sauce fondamentaliste. S'ils disaient vrai cependant, cette petite excursion était plutôt une bonne nouvelle, elle leur permettrait de quitter ce trou à rat quelque temps.

Ses interlocuteurs se levèrent et quittèrent la cuisine. Il les entendit monter les escaliers en murmurant. Ils parlaient de lui.

D'une façon ou d'une autre, ses coreligionnaires avaient appris qu'il était fils de *harki*. Le simple fait que cette information l'ait suivi de Paris à Londres prouvait que l'on se méfiait encore de lui. Cela rendait son intégration plus difficile, même si ce risque avait été pris en compte au moment de lui choisir une IF. Dans un souci de crédibilité et pour limiter les possibilités de révélations involontaires, on lui avait fabriqué une légende proche de sa réalité. Inclure des morceaux de vérité dans une intoxication ne la rendait que plus efficace.

Il était donc le fils d'un traître. Qui n'avait trahi personne, pas même ses propres convictions. Dans la réalité, son père s'était contenté de ne pas adhérer à un soulèvement dont les conséquences probables l'effrayaient. Mais à cette époque, ne pas soutenir revenait à *collaborer*, comme le lui avaient reproché certains de ses collègues enseignants, eux-mêmes originaires de métropole. Une faute lourde, surtout pour un *intellectuel*. Pour survivre, il avait donc dû fuir avec la mère de Karim. Honteux d'une responsabilité qu'on leur avait fait endosser, bientôt victimes d'une tendance à la stigmatisation présente des deux côtés de la Méditerranée. Longtemps oubliés de camp en camp jusqu'à ce qu'ils échouent à Bias, dans la région d'Agen.

C'est là que Karim était venu au monde, à l'automne 1967, derrière des barbelés, dans un préfabriqué de ciment humide et froid infesté de vermine. Né comme un paria, une réalité qui s'était imposée à lui très tôt. Il se souvenait notamment d'un épisode, un matin de printemps, alors qu'il avait un peu plus de quatre ans. Il jouait avec d'autres enfants près de l'entrée de Bias. Un homme, un Français, bien habillé, s'était présenté devant la casemate du gardien. Pendant qu'il attendait, Malika, une fillette un peu plus âgée que Karim à l'époque, avait osé demander à l'étranger pourquoi il était là, ce qu'il avait fait de si mal pour qu'on l'emprisonne dans le camp ?

Ses parents n'étaient pas des traîtres, juste des gens encombrants. Souillures dans la nouvelle histoire officielle d'un jeune État émancipé et poids sur la conscience d'un vieux pays colonial. Trente-quatre ans plus tard, leur fils, petit Français qui n'avait jamais vu l'Algérie, était toujours un paria. Et une taupe. Difficile de vivre avec cette double identité. Il se préférait en simple rejeté, cela lui donnait au moins le beau rôle, celui du rebelle.

Il restait un peu de café. Fennec s'en servit une tasse et monta se préparer pour la prière.

La température était tombée avec l'arrivée de la nuit. Après les interminables sketches et autres discours de circonstance, le repas avait pris fin et les gens avaient commencé à s'amuser vraiment. Depuis le seuil de l'un des salons du château reconverti en salle de danse, Amel surveillait du coin de l'œil Marie, une amie de Sylvain, qui se donnait en spectacle au milieu des autres convives. Un peu éméchée, elle branchait tous les hommes présents, célibataires ou en couple.

Ex-copine de son mari élevée au rang de *meilleure* amie, elle aimait, un peu trop, se prêter au jeu de la séduction. Les deux jeunes femmes ne s'appréciaient guère. À force de provocations, Marie était parvenue à piéger Amel dans un inconfortable jeu de rivalités et de jalousies. Ce soir, son baroud d'honneur était particulièrement outrancier. Elle cherchait le scandale.

Sylvain ne voyait rien ou feignait de ne pas voir. Cependant, certaines compagnes commençaient à grincer des dents. Aussi Amel décida-t-elle d'essayer d'éviter une crise. Elle s'approcha de Marie, qui se déhanchait au milieu du salon, pour lui glisser quelques mots à l'oreille.

L'intensité de la musique diminua en vue d'un changement de disque.

« Quoi ? » Marie s'était mise à hurler au milieu du salon.

Le DJ avait coupé le son.

« Mais pour qui tu te prends ? Occupe-toi de ce qui te regarde ! Sylvain ! » Des yeux, l'ex chercha le marié, sans parvenir à le trouver. « Sylvain ! T'es où ? Dis à ta gazelle de me foutre la paix ! »

Déstabilisée, humiliée, Amel resta un moment immobile au milieu de la piste, sous les regards des invités. Personne ne vint la réconforter. Son mari n'était pas là. Elle se précipita à l'étage, sous l'œil amusé de sa belle-mère, attirée par les cris. Lorsque Sylvain la rejoignit dans leur chambre, quelques minutes plus tard, elle faisait les cent pas pour essayer de se calmer.

« Amel ? Ça va ? Je t'ai cherchée partout... »

En colère, elle commença par le repousser.

« Hé ! » Il s'approcha de nouveau et parvint à prendre sa femme dans ses bras. « J'ai demandé à Marie de partir. Quelqu'un va la ramener à son hôtel.

— Je m'en fous, je ne veux plus jamais revoir cette petite pute ! »

Sylvain ne réagit pas.

Amel s'écarta de lui et le regarda droit dans les yeux. « Tu m'as entendue ? Je ne veux plus jamais la voir. »

Après quelques instants d'hésitation, il acquiesça. « Tu es ma femme et c'est tout ce qui compte.

— Partons loin d'ici, quittons la France. J'ai commencé à réunir de la documentation sur les organisations non gouvernementales implantées au Vietnam. Je vais voir si je peux bosser pour l'une d'entre elles.

— On en reparlera à Paris. Ce soir, c'est notre fête. » Sylvain essaya d'embrasser Amel mais elle détourna la tête pour la poser sur l'épaule du jeune homme.

Mariage pluvieux...

Lumière jaune de l'éclairage urbain dans sa chambre vide. Pas de rideaux à la fenêtre. Allongé sur son sac de couchage, Jean-Loup Servier écoutait le monde extérieur et regardait le plafond. Il essayait de capter les rumeurs qui montaient jusqu'à lui.

Sur le sol, il y avait un exemplaire de magazine dont la couverture faisait la part belle à *Loft Story*, la saga du printemps. Il l'avait chipé dans le restaurant japonais où il avait fini par échouer, rue du Faubourg-Saint-Antoine. Sa voisine l'avait oublié en partant, à la fin d'un repas passé à se disputer avec son compagnon de table à propos de l'issue du jeu. Ils n'étaient pas d'accord sur le nom du gagnant potentiel.

Jean-Loup n'avait pas compris de quoi il retournait

jusqu'à ce qu'il lise les premières pages du dossier de l'hebdomadaire. Il s'était alors rendu compte que s'il avait échappé de justesse au phénomène en Angleterre, son répit avait été de courte durée. Là-bas, l'émission portait un autre nom, *Big Brother*, mais le principe restait le même : enfermer quinze personnes dans une cage et les observer à la loupe, guetter leurs dérapages ou leur effondrement total. Orwell devait se retourner dans sa tombe, le peuple était devenu son propre garde-chiourme.

Ce même peuple passait à présent sous ses fenêtres. Il saisissait des mots, des rires, des cris, des détresses éthyliques, éphémères. Il se sentait à la fois dans et hors de cette foule, en léger décalage. Bientôt viendrait le reflux, le silence, et il se retrouverait seul.

Il ferma les yeux. Son esprit vagabonda vers Londres.

Avec ses fenêtres et ses volets fermés, verrouillés, la chambre était plongée dans une obscurité presque totale. La rue, dehors, était calme. Les compagnons de chambrée de Karim, deux Égyptiens, ronflaient en canon.

Lui ne dormait pas. Il transpirait, il étouffait. Le bruit, sur lequel il se concentrait malgré lui, le dérangeait. Cette nuit, son corps et son esprit refusaient de le laisser tranquille. Cela faisait des mois qu'il n'avait plus tenu de femme dans ses bras, ne s'était pas endormi contre une peau chaude et douce. Il en avait presque oublié la sensation.

L'un des Égyptiens se retourna avant de se remettre à ronfler, plus fort encore. Dans son sommeil, il s'était involontairement rapproché de Fennec.

Il ferma les yeux. Se concentrer sur la mission. Il devait se reposer, question de survie.

Nasser Delil s'empressa de descendre l'escalier métallique qui avait été déployé à l'avant de l'avion de la Pakistan International Airlines. Il débarquait du Turkménistan, avant-dernière étape d'un long périple destiné à brouiller sa piste, soulagé d'avoir survécu au passage des montagnes afghanes. Il avait horreur de voler.

Il faisait beau, plutôt frais, l'air était sec. Il se mêla aux autres passagers pour rejoindre les bâtiments de l'aéroport international de Peshawar, une construction plutôt modeste à la façade marron et blanc. À l'intérieur, on les entassa dans une aile du hall principal, isolée par une fine paroi de verre. Il dut attendre assez longtemps pour pouvoir enfin présenter son faux passeport soudanais à l'un des deux officiers pakistanais chargés des contrôles. L'homme jeta un rapide coup d'œil au document et lui fit signe d'avancer. Il se trouvait en territoire ami et ne risquait pas grand-chose.

Nasser voyageait léger, un seul bagage, et il se retrouva rapidement dehors, sous le porche, devant le parking de l'aéroport. La personne qui devait l'accueillir fendit bientôt la foule jusqu'à lui. Petit et robuste, la barbe plus drue que lors de leur dernière rencontre, Omar le prit dans ses bras et le salua chaleureusement, en arabe. « As-tu fait bon voyage, Michel ?

— Oui, mais je ne suis pas mécontent d'être arrivé, mon frère.

— *Al-hamdoulillah*, suis-moi. »

Son hôte le précéda jusqu'à un 4x4 Toyota blanc couvert de poussière, dont il prit le volant.

Michel. Peu de gens connaissaient son vrai prénom et presque personne ne l'utilisait, à l'exception de quelques intimes. Il le renvoyait à une époque où ses parents vivaient encore, avant les grandes offensives israéliennes contre le Liban. Lorsqu'il s'appelait Michel Hammud et qu'il était chrétien. Avant sa conversion, son engagement pour la cause. Omar n'était pas un intime. Omar luttait aussi pour la cause. Il prenait juste un malin plaisir à lui rappeler qu'il savait des choses sur lui.

« Les affaires avancent-elles comme prévu, *ghouia* ? » La question de son guide le ramena au présent. « Tu viens bien pour la France ? »

Nasser opina du chef. « Djamil est passé ?

— Oui, il y a quelques semaines, début mai. Il m'a dit que son groupe serait prêt à temps. » Puis. « Il ne se doute de rien. »

Le trajet se poursuivit en silence, le long de rues encombrées, colorées, bruyantes. Vivantes. Le Libanais pensa à tout ce qui restait à faire, tout ce qui pouvait mal se passer, surtout lorsque les différentes opérations seraient lancées. Sans l'aide d'Allah, ils n'y arriveraient jamais. Mais Allah les assisterait-il ? Il n'était pas toujours convaincu que le Très Haut, loué soit Son Nom, approuvait leurs actions.

La fatigue aidant, Nasser se sentit soudain très découragé. Il avait besoin de repos, son voyage l'avait épuisé. Cependant, il ne disposait que de peu de temps avant de reprendre la route. Il devait vite rejoindre Kaboul, par la passe de Khaybar, puis se rendre à Kandahar, pour une ultime mise au point avec les proches du Cheikh. Si seulement il pouvait le revoir une dernière fois. Il avait besoin de sa bénédiction et de ses encouragements.

Omar avait dû lire dans les pensées de son passager. « Tu vas pouvoir te reposer dans notre maison pendant deux longs jours. Le camion ne viendra pas te prendre avant le premier juin. Et puis tu ne seras pas seul, quelques compagnons algériens sont là également. »

15/06/2001

Le Ben Nevis, le plus haut sommet de Grande-Bretagne, culminait à un peu plus de mille trois cents mètres et se trouvait à proximité d'une ville appelée Fort William, au nord-ouest de l'Écosse. Si Karim connaissait ces détails, ce n'était pas à cause d'un amour débordant pour ce pays mais parce qu'il était déjà venu ici auparavant, à l'occasion d'un échange interarmes avec les gens d'Hereford. À l'époque, au cours d'un stage prosaïquement intitulé *Evasion, interrogation and counter-interrogation*, on l'avait largué dans la nature dans des conditions peu différentes de celles qu'il subissait maintenant. C'était la nuit, il faisait froid, il pleuvait et il était très mal équipé.

L'agent se tourna vers ses quatre compagnons d'infortune. Accroupis derrière un muret de pierre, ils essayaient de se protéger du vent. Trois d'entre eux étaient des recrues comme lui. Le quatrième se faisait appeler Ahmed *Al-Afghani*, l'Afghan. Il prétendait avoir combattu les Russes et avait la fonction d'instructeur. Lui seul semblait apprécier leur petite excursion, aidé il est vrai par un matériel et des vêtements adéquats.

Ils allaient souffrir. Mouillés sous leurs *K-way* trop légers, ils tremblaient déjà comme des feuilles. L'armée de Zapata en déroute. Pourtant, leur *promenade* n'avait commencé que depuis quelques heures, après un regroupement en ville en fin de journée.

Fennec tiendrait le coup, il lui suffisait d'être patient et de se remémorer ce qu'on lui avait appris. Le but de ces quelques jours n'était pas de former des guerriers, contrairement à ce que les autres pensaient, mais d'identifier les plus résistants, les plus méritants. Et parmi eux, il y aurait Abdelghani, un des deux Algériens de Londres, le seul à avoir fait le voyage avec lui. Il ne semblait toujours pas apprécier Karim, qui se demandait si on ne les avait pas réunis exprès. Quoi qu'il en soit, son compagnon était porté par une foi qui lui insufflerait la force de survivre à cette expédition écossaise. Au cours d'une de leurs rares conversations, l'agent avait compris que la cause avait redonné un sens à la vie d'Abdelghani, refait de lui un homme. Elle lui permettait d'oublier les échecs, les rebuffades et les humiliations qu'il avait subis jusque-là en Europe.

Karim enviait un peu la force de cette conviction. Il avait eu la même, plus jeune, lorsqu'il avait débarqué à Bayonne, après son passage à Montpellier. Elle lui avait permis de survivre à toutes les phases de sa formation, de la dominer et d'aborder avec succès ses premières opérations. Cependant, il devait admettre que ces derniers mois le doute s'était emparé de lui. La peur aussi. Ce jeu était nouveau, pour lui comme pour son organisation. Il n'était pas sûr de l'apprécier.

Fennec regarda vers l'ouest, en direction de Fort William, sans parvenir à apercevoir les lumières de la ville. Une brume épaisse s'était levée avec la nuit, opaque, inquiétante. Des hommes pourraient en surgir à n'importe quel moment pour s'emparer d'eux. Peut-être même les observait-on à cet instant précis. Ils ne verraient rien arriver, seraient incapables de réagir et disparaîtraient sans laisser de traces.

Il frissonna.

Ses *frères* savaient-ils que les *kouffars* entraînaient leurs soldats d'élite dans la région ? Probablement pas. Ils n'auraient jamais accepté de prendre le risque de se faire repérer aussi bêtement.

« Viens. »

Il y avait de l'humidité dans ce mot, prononcé à son oreille d'une voix grave un peu traînante, alcoolisée. Alors qu'elles s'éloignaient, les lèvres d'Isabelle effleurèrent sa joue. Jean-Loup Servier laissa la jeune femme le tirer par la main entre les gens, les tables et les tabourets, jusqu'à la piste de danse encombrée du Milliardaire.

Cabaret au Milliardaire.

C'était un vendredi soir d'été, il retrouvait peu à peu ses marques. Depuis deux semaines, il avait signalé sa présence à quelques connaissances. C'était par l'intermédiaire de l'une d'elles que la longue et blonde Isabelle avait appris son retour à Paris.

Ils ne s'étaient plus parlé depuis son départ pour Londres il y a trois ans. Hors de question qu'ils restent en contact lorsqu'il vivait là-bas. Isabelle aimait Servier, un peu, et d'autres douceurs chimiques également, beaucoup. Trop, au goût de Jean-Loup. Leur aventure n'avait pas duré. Elle l'avait néanmoins rappelé en début de semaine et il s'était laissé porter par cet intérêt renouvelé.

À l'exception de ses cheveux, coupés plus court, à la garçonne, elle n'avait pas beaucoup changé. Éternelle diva élégante, elle traînait toujours dans le même genre d'endroits, avec le même genre de personnes. Ce soir, ils avaient dîné au Georges, au dernier étage de Beaubourg, où elle avait assuré le spectacle dès son apparition, en saluant la moitié de la salle juste avant de lui demander, *cash*, s'il était en forme, parce qu'elle avait besoin de s'amuser. « Tu comprends, je suis en pleine rupture. »

Une entrée en matière suffisamment explicite.

Isabelle se frottait contre lui sur la piste. Discrète et sensuelle, elle lui tourna le dos et, lorsqu'il mit une main sur ses hanches, pour mieux coordonner leurs ondulations, elle la guida vers ses fesses. Elle était fière de son cul, sculpté par de longues heures d'abdos fessiers, et lui avait déjà permis de le toucher, tout à l'heure, alors qu'ils descendaient les escalators du centre Pompidou. Et elle n'avait rien dit lorsque les doigts de Servier s'étaient aventurés plus loin sous le string, pendant leur bref passage dans l'ascenseur du parking.

Jean-Loup avait trop bu. Isabelle était collée à lui. Les autres danseurs étaient collés à lui.

You don't know me...

La musique hurlait dans ses oreilles. La lumière vacillait.

You say that I'm not living right...

Il voyait les gens. Il voyait des ombres. Lumière. Éteinte.

You don't understand me...

Les gens. Des ombres. Isabelle. Collée. Trop fort.

So why do you judge my life...

Gens. Ombres. Noir.

Seuls.

La jeune femme l'avait entraîné hors de la piste, tout au fond de la boîte de nuit, dans une alcôve fermée par une porte qui n'était jamais verrouillée. Elle servait de vestiaire au personnel. À d'autres choses aussi. D'un sac ridiculement petit qu'elle appelait *baguette*, elle tira un sachet de poudre blanche. Sans réfléchir, il lui prêta son porte-cartes, sur lequel elle fit quatre traits. Ils les reniflèrent l'un derrière l'autre avant de s'embrasser, se toucher. La peau, les cheveux, les joues. Un pouce dessine ses lèvres, entre dans sa bouche. Elle le suce. Visages dans les mains. Mains sur ses seins, sur son torse, dans son dos. Sur ses fesses. Sur son sexe. Dans sa bouche.

Isabelle, allumeuse, à genoux devant lui, fit remonter sa langue le long de son pénis, lentement, à plusieurs reprises, avant de l'avaler en entier. Jean-Loup sentit le fond de sa gorge, un léger hoquet. Il pensa aux trois cents personnes qui s'amusaient, à quelques mètres de là, et ricana avant d'agripper les cheveux de la jeune femme d'un geste sec. Mouvement de va-et-vient entre ses lèvres. Elle l'accompagnait en lui comprimant le sexe avec les doigts, de plus en plus fort.

Voulez-vous coucher avec moi, ce soir...

Il éjacula alors que montait le refrain de la dernière version de *Lady Marmalade*.

Nouveau décor. Karim poursuivait son tour d'Europe de l'aspirant jihadiste. En ce début juillet, il se trouvait dans la cuisine d'une petite maison de ville de Molenbeek, dans la banlieue de Bruxelles. La pièce n'avait qu'une fenêtre, partiellement masquée par un voilage épais, et donnait sur un jardin privatif clos de murs, encerclé par une haie de troènes mal taillés. Arrivé il y a deux jours, il n'était pas seul, Abdelghani était là lui aussi, ainsi que cinq autres élèves.

Leur nouveau maître s'appelait Hassan, un Syrien. « Le chlore, ça sert pour l'acide chlorhydrique et l'acide nitrique. Vous le trouvez chez les vendeurs de piscines. »

Ils se tenaient tous debout autour d'une table sur laquelle étaient posés récipients, pots, boîtes, de tailles, de couleurs et de marques diverses, que leur instructeur leur désignait du doigt à mesure qu'il débitait ses explications. « L'acétone, ils l'utilisent pour diluer les peintures, donc on l'achète dans les magasins de bricolage ou certains supermarchés. »

Ils étaient là pour apprendre à concevoir des explosifs artisanaux. Après un après-midi de démonstration dans une casse auto isolée qui appartenait à un autre sympathisant de la cause, ils avaient passé leur seconde journée à faire des courses. Aujourd'hui, ils allaient apprendre à extraire, à partir de produits d'entretien courants achetés la veille, les ingrédients chimiques de base dont ils avaient besoin. « Il y a aussi les engrais, pour le nitrate d'ammonium et de potassium… »

Le Syrien leur avait annoncé qu'il se concentrerait d'abord sur la fabrication et l'utilisation de deux explosifs, le tétranitrite de pentaérythritol, qu'il s'était contenté de présenter sous ses appellations plus simples de penthrite ou PETN, et le RDX. Le premier servait à fabriquer des détonateurs mais pouvait aussi, en quantité suffisante, être utilisé comme charge principale dans une bombe. Le second entrait dans la composition de la plupart des plastics militaires, comme le C4 ou le Semtex.

Karim avait du mal à se concentrer sur les paroles d'Hassan. Ce qu'il racontait n'était pas nouveau pour lui et il aurait même sans doute pu lui apprendre un truc ou deux en retour. Il était inquiet. Quelque chose se préparait dont il pensait avoir saisi certains signes avant-coureurs. Cela avait commencé lors du séjour en Écosse. Le quatrième soir, de retour de Fort William où il était allé chercher des provisions, Ahmed lui était apparu anormalement radieux. L'agent l'avait surpris réfléchissant à voix haute sur *le moment qui approchait*. À compter de ce jour, leur stage d'aguerrissement était d'ailleurs devenu sensiblement plus facile.

De retour à Londres, il avait senti qu'une énergie étrange animait les responsables de leur petit groupe. Un soir, à la mosquée, Fennec avait par ailleurs capté une conversation entre un imam pakistanais de passage et un autre fidèle. Le religieux conseillait à son interlocuteur de renvoyer ses cousins au pays.

Ce qui n'était au départ qu'une impression, une intuition un peu troublante, s'était confirmé depuis son arrivée en Belgique. Les apprentis artificiers restaient en contact avec la *oumma*, la communauté des croyants, locale. Le soir, après les leçons de chimie et la prière, ils passaient leur temps à imprimer des tracts de plus en plus vindicatifs, qui annonçaient le triomphe prochain des *moudjahiddins*. Ils les distribuaient en général le lendemain, à l'entrée des lieux de culte.

Karim pouvait donc constater de visu l'agitation inhabituelle de ses *frères*. À la faveur d'un rapport de situation discret, il avait réussi à faire part de ses craintes à son service. Cela n'avait pas provoqué la moindre réaction. Peut-être manquait-il de recul.

Une base de repli, un plan B, il fallait toujours prévoir un plan B et en changer fréquemment. Lynx se rendit derrière la maison. Façade en meulière couverte de lierre, pas trop grande, un peu à l'écart de la commune de Santeny et adossée à un bois traversé par le Réveillon, le cours d'eau local. Idéalement configurée et discrète, elle possédait un garage double, aux portes assez hautes. Personne ne remarquerait d'éventuelles allées et venues. Tout départ dans l'urgence pourrait être aisément couvert par le petit bout de forêt situé à l'arrière.

Lynx remit ses écouteurs dans ses oreilles et laissa les accords électroniques d'*Afro Left* redéfinir son champ auditif. Il retourna dans la maison avec les clés que le propriétaire lui avait remises, juste avant de partir avec son bail signé et son chèque de caution.

L'endroit était vaste, totalement vide. Il fit le tour des pièces, carnet à la main, pour noter ce dont il aurait besoin. Des rideaux pour masquer les fenêtres et donner un petit air habité à l'endroit. Il choisirait des tons gais, colorés, féminins mais pas trop tape-à-l'œil. Il lui faudrait des lampes avec des prises minuteurs. Un frigo, un four micro-ondes, de la vaisselle jetable, un minimum d'ustensiles de cuisine, quelques chaises pliantes, une table et un lit, juste de quoi tenir quelques jours en cas de pépin.

Lynx entra dans le garage, vide et nu lui aussi, puis descendit à la cave. Elle comportait quatre pièces réparties sur l'ensemble de la surface de la maison. Tout de suite en bas des escaliers, le cagibi de la chaudière, puis deux salles mitoyennes sans réelle séparation. Enfin, tout au fond, un débarras de trois mètres sur trois, entièrement bétonné, dans lequel un vasistas jetait un peu de lumière. Des traces de rangements, sur les murs, suggéraient que l'endroit avait dû servir de cave à vin.

Il était fermé par une porte métallique plutôt solide qui comportait une serrure sans clé. Celle-ci devait se trouver en haut, sur l'un des trousseaux accrochés dans l'entrée. À vérifier.

« Tu as l'air en forme. » Leplanté se leva légèrement et sourit à Amel qui arrivait. Ils étaient au Fumoir, près du Louvre.

« Merci, toi aussi. » Elle prit place sur une banquette. « Tu te fais rare.

— Tiens donc, et c'est toi qui me dis ça ? Alors que depuis que tu es mariée, tu ne donnes plus la moindre nouvelle. D'ailleurs, ça s'est bien passé, la cérémonie ? »

La jeune femme hésita avant de répondre. Elle n'avait pas invité le caricaturiste à ses noces, même s'il l'avait beaucoup aidée au cours de ses deux années de CFJ. Veto de Sylvain qui, pour une raison qui lui échappait, n'avait guère apprécié la dernière soirée avec Leplanté et... « Comment s'appelait-il déjà ?

— Qui ça ?

— Le type avec qui tu étais venu au cocktail de l'école, en mai.

— Rougeard ?

— Oui. Qu'est-ce qu'il... »

Une serveuse vint prendre la commande, rompant le fil de la discussion.

« Alors, comment ça se passe depuis le diplôme ?

— Mal. À part quelques piges pour le féminin où j'ai fait mon dernier stage, je n'ai pas écrit grand-chose. Je me suis aussi pris quelques refus dans la figure. Pas évident d'aller taper à la porte des rédactions.

— Je ne comprends pas. Vous ne deviez pas déménager en Asie ? » Leplanté attendit quelques secondes une réponse qui ne vint pas. « Une fille comme toi devrait essayer la...

— Télévision ? »

Nouveau hochement de tête.

« Je sais, c'est ce que tout le monde me conseille de faire. Ça ou être mannequin, pour les plus mesquins. Les gens ne voient que ma gueule. Mais j'ai envie d'écrire, moi, d'enquêter, de faire bouger les choses ! »

Le caricaturiste sourit sans condescendance devant le soudain débordement d'Amel. C'était un sourire un peu triste. « Je vais voir ce que je peux faire pour toi de mon côté mais tu devrais aussi essayer de contacter Rougeard. » Il marqua une pause. « Je crois qu'il t'avait plutôt appréciée. C'est un journaliste respecté, tu sais, le genre de contact à cultiver. Enfin, si tu veux faire des choses sérieuses.

— Évidemment. Tout pour éviter de devenir spécialiste des crèmes anti-peau d'orange.

— Tu dis ça parce que tu n'en as pas besoin. »

Amel fit comme si elle n'avait pas entendu et but un peu de son café, qui avait fini par arriver. « Il est là, en ce moment, ton ami ?

— Oui, il profite de l'été pour avancer sur d'autres sujets. Comme l'actualité est calme.

— Quel genre de sujets ?

— Je crois qu'il veut écrire un bouquin sur un de ces intellos musulmans à la mode. Ça fait des mois qu'il le suit à la trace pour décortiquer son discours, il le soupçonne du pire.

— Pourquoi le musulman qui pense est-il toujours suspect ? » Le ton d'Amel était soudain devenu un peu hargneux.

« Hé ! Ne confonds pas tout. Rougeard, c'est un mec bien. Écoute, il t'en parlera mieux que moi de son livre. Peut-être même que tu pourras lui être utile et lui offrir un autre point de vue, tiens. Tu as de quoi noter ? Je te file son numéro de portable. »

C'était un samedi matin ensoleillé. Amel s'était réveillée très tôt, fidèle à ses habitudes. Sylvain dormait encore, tard, comme tous les week-ends. Elle avait déjà pris sa douche, son petit déj', relevé ses mails et constaté que personne n'avait cherché à la joindre. Elle resta un long moment devant son PC, sirotant du café à la recherche de l'inspiration pour une ou deux piges bien senties.

En vain.

Amel se leva et se rendit dans sa chambre. Elle s'arrêta sur le seuil pour regarder son mari qui lui tournait le dos. Il ronflait, tout doucement. Elle faillit aller jusqu'au bout de son envie d'enlever jeans et T-shirt pour le réveiller en douceur mais se ravisa. Hier soir, il avait piqué du nez au restaurant, devant tous leurs amis. Trop de fatigue accumulée dans l'année. Sylvain avait besoin de repos, de vacances.

Ils partaient bientôt.

Elle opta finalement pour une promenade solitaire qui lui ferait profiter du soleil et de la relative fraîcheur matinale. La rue de Wattignies était déserte et elle la remonta jusqu'à la rue de Charenton pour continuer en direction de la Bastille. Sur l'avenue Daumesnil, elle longea les arcades sans prêter la moindre attention aux vitrines des ateliers et des boutiques. Elle pensait à son travail. Inaction et manque de perspectives ne lui convenaient pas. Elle ne les supporterait pas longtemps. Sylvain non plus mais pas pour les mêmes raisons. Il lui avait déjà parlé d'enfant à une ou deux reprises. Elle avait éludé, c'était trop tôt pour elle. Lui semblait plus pressé depuis leur mariage. Il avait commencé à remettre d'autres envies en cause. Sans ces projets ni le moindre travail, elle n'avait plus vraiment d'excuse.

Il fallait qu'elle se bouge. Mais la période n'était guère propice et peu d'options s'offraient à elle. Continuer dans la presse féminine et y faire son trou en était une. Rougeard était l'autre. Amel avait son numéro depuis quatre jours mais ne s'était pas encore résolue à l'utiliser. Elle n'aimait pas solliciter les gens, surtout de façon aussi directe.

La place de la Bastille se profilait au bout de la rue de Lyon.

Elle récupéra son portable et son répertoire dans son sac puis composa le numéro tout en marchant, persuadée qu'à cette heure-ci, le journaliste devait encore dormir. Elle pourrait donc lui laisser un message et s'il était intéressé, il la rappellerait. C'était mieux ainsi.

J'écoute…

Amel sursauta en entendant la voix de Rougeard. Il avait décroché dès la première sonnerie. Déstabilisée, elle se mit à balbutier : « Euh… Bonjour. Je suis… Nous… Nous nous sommes rencontrés par l'intermédiaire de M. Leplanté qui… »

Comment vous appelez-vous et qu'est-ce que vous voulez ?

« … Je suis cette étudiante du CFJ avec qui vous avez parlé de faits divers et de politique le soir de… »

Ah oui, au cocktail. C'était nul cette soirée. Amal, c'est ça ?

Toujours sur la défensive, elle le corrigea un peu vite. « Non, Amel. »

Ouais, enfin, Amal, Amel, c'est pareil. Alors, qu'est-ce que vous voulez ?

« Je suis en phase de recherche d'emploi, alors je me suis dit… Ou plutôt, Leplanté m'a dit que vous pourriez me donner des conseils. »

Les conseils, ça sert à rien. Il faut travailler, travailler et travailler encore. C'est tout. Vous avez envie de bosser ?

« Euh… Oui… Bien sûr. » Amel n'osait pas y croire, les choses ne pouvaient pas être aussi simples. Elle s'arrêta pour s'asseoir sur les marches de l'Opéra Bastille.

Je suis sur un bouquin pour lequel j'ai besoin de faire des recherches, d'assister à des conférences. Vous êtes marocaine si je me souviens bien, non ?

« Française d'origine marocaine, oui. » Amel sentit l'agacement de son interlocuteur lorsqu'il continua : *Ouais, bon, je veux dire... Vous parlez l'arabe ?*

« Oui. »

Vous le lisez, vous l'écrivez ?

« Un peu, pas très bien. »

Ça ira. Je vais voir si je peux débloquer quelques fonds auprès de mon éditeur. J'aurais besoin de vous début août.

Pas aussi simples, non.

Allô ? Vous êtes toujours là ?

« Je ne peux pas début août. Je pars en voyage... »

Rougeard n'attendit même pas qu'elle ait fini sa phrase : *Faut savoir ce qu'on veut dans la vie.*

« De noces. »

Tout ce qu'il rajouta, avant de raccrocher, fut : *Vous savez, pour être un bon journaliste, faut se battre.* Le silence se fit à l'autre bout du fil. L'agitation matinale de la place envahit à nouveau tout l'espace sonore. Amel mit longtemps à réaliser qu'elle avait encore le téléphone collé à l'oreille. Quel con mais quel con !

Quelle conne...

23/07/2001

Il y avait eu des manifestations très violentes à Gênes ce week-end-là. Un gamin était mort, tué par la police au cours d'un affrontement. Les uns dénonçaient la violence des émeutiers, les autres celle du capitalisme sauvage symbolisé par le G8. Cela faisait la une du journal anglais déplié devant le nez de Servier. Le type qui le lisait s'en foutait, assis en face de lui dans un salon VIP de Charles-de-Gaulle, il parcourait les pages sport depuis un bon quart d'heure. À moins qu'il ne se soit rendormi.

Jean-Loup attendait le premier vol du lundi pour Copenhague, le *red-eye* de cinq heures cinquante. Pas très loin de lui, deux autres hommes d'affaires en costume gris, chemise blanche et cravate essayaient également de se réveiller. Sur fond de musique insipide, dans une atmosphère recyclée, ses deux clones mâchonnaient les mêmes croissants minuscules qu'ils faisaient passer avec le même mauvais café.

Regard vide sur les pages *Business* de son propre *Financial Times*. Aéroports. *Business*. Anglais. Londres. Une association inconsciente et systématique dont Servier aurait aimé se débarrasser.

Il soupira.

Il avait besoin de vacances, d'éloignement. De sortir des grandes capitales, de quitter leurs aéroports gigantesques et anonymes. D'oublier les sociétés de haute technologie, les auditeurs, les avocats, les banquiers. Véra. Jamais il n'avait voulu tout ça et il ne savait plus où, exactement, il s'était trompé d'embranchement. Il avait juste pris un mauvais chemin, qui lui faisait traverser jours, semaines et mois sans rien retenir. Ou apprécier. Tous identiques, dans l'attente, non, dans l'espoir de lendemains plus riches. Mais plus riches de quoi ?

C'était déjà la fin de la matinée à l'aéroport de Dubaï. Nasser Delil débarqua d'un pas nerveux dans la zone *duty free* du terminal Sheik Rashid, une construction gigantesque et impersonnelle, inspirée par les *shopping malls* américains. Les vitrines débordaient d'articles et de gadgets tous plus luxueux et inutiles les uns que les autres.

Il tourna en rond un long moment, agité, indécis, s'arrêta devant de nombreuses boutiques, pensa à sa famille, renonça à sacrifier au rite des cadeaux, une première fois et puis une autre. Ce n'était pas le moment de se charger inutilement.

Après un énième coup d'œil à sa montre, il se dirigea vers un kiosque et acheta l'édition émiratie du quotidien *Al-Bawaba*. Encore hésitant, il se mit à surveiller son environnement, sans rien apercevoir de suspect. Si leurs ennemis devaient le piéger, ils le feraient maintenant. Mais les services secrets des Émirats n'avaient aucune raison de lui tendre une embuscade. Il menait la danse. Son organisation était à l'initiative de ce rendez-vous et avait réussi, après de nombreux détours, à convaincre leurs contacts qu'ils avaient tout intérêt à prendre ce qu'il s'apprêtait à leur donner.

En dépit de ces précautions, Nasser était tendu. Il fit appel à l'image de sa femme, qu'il reverrait bientôt, pour se donner un peu de courage et rejoignit enfin le premier étage du terminal. Il alla s'asseoir comme convenu à la terrasse d'un certain café, commanda un jus d'orange puis s'efforça de passer pour un voyageur lambda absorbé par sa lecture matinale.

Dix minutes plus tard, un homme barbu vêtu d'un costume fripé vint s'installer à côté de lui. Il se mit lui aussi à lire le journal avec nonchalance, mais ses yeux étaient bien trop distraits et baladeurs pour être convaincants. Police secrète. Le Libanais secoua légèrement la tête devant le manque de discrétion de son voisin. Dans son monde, ce genre d'incompétence n'avait qu'une seule conséquence, la mort. Il regarda furtivement autour de lui mais n'aperçut pas de changement majeur alentour.

Après avoir déposé un peu d'argent sur la table pour régler sa consommation, Nasser se pencha vers le policier et s'adressa à lui en arabe. « *Effendi…* » Il voyageait avec un passeport turc et cette marque de respect typique représentait son unique mot de vocabulaire. C'était l'instant de vérité. Mieux valait ne pas trop penser à ce qui se passerait si son interlocuteur parlait la langue couramment. « Pourriez-vous vous assurer que le serveur récupère bien mon argent ? »

Son voisin acquiesça en prononçant la réponse convenue. « Je lui dirai que vous étiez pressé et que vous avez dû partir. » Puis il feignit de se replonger dans son quotidien.

Le Libanais était déjà sur les escalators lorsqu'il vit l'homme empocher l'enveloppe laissée à son intention sur la table, sous la copie du *Al-Bawaba* du jour. Elle contenait une photo, un portrait, un numéro de passe-port et les références d'un vol à destination de Paris qui devait bientôt transiter par les Émirats arabes unis.

Loin dans le terminal, une voix féminine métallique appela les passagers de l'avion de Nasser à se rendre à leur porte d'embarquement. Dans quelques heures, il serait loin, en sécurité. Dans quelques heures, peut-être une journée, les informations qu'il venait de livrer tomberaient entre les mains avides et tremblantes des représentants locaux des services secrets occidentaux. Ensuite, la peur s'installerait et avec elle la confusion, la précipitation, l'inattention.

« Que t'arrive-t-il Karim ? »

Fennec se détourna de la fenêtre de sa chambre, où il s'était réfugié après *Asr*, la prière de l'après-midi. Hassan se tenait à l'entrée de la pièce.

« Rien. Je… Rien. » Il jouait gros à montrer ainsi son insatisfaction, mais l'opération traînait en longueur. Il était encore en Belgique et aucun départ vers l'Afgha-nistan ou le Pakistan n'avait été évoqué.

« Je te sens absent depuis quelques jours. » Le Syrien était plus qu'un instructeur, il servait aussi de guide, de confesseur. Il surveillait ses recrues de près. « Pendant la prière, on aurait dit que ça n'allait pas. Tu ne te trou-ves pas bien avec nous ?

— Si, mais… j'en ai assez d'être enfermé. Quand re-joindrons-nous les autres frères ?

— Les autres frères ?

— Ceux qui se battent vraiment, en terre de *jihad*. »

Hassan traversa vivement la pièce pour venir se planter devant Karim. « Le *jihad* est partout et surtout ici, au cœur du *Dar-al-Harb*[1], tu dois être patient !

— Je vous ai rejoints pour me battre et… »

Le Syrien le saisit par les bras et le regarda durement pendant quelques secondes. Finalement, il secoua la tête et laissa sa main remonter plus amicalement sur son épaule. « Ta fougue est précieuse, conserve-la bien. Nous avons besoin de combattants qui pensent comme toi. Mais le *jihad* suit de nombreux chemins. Ton heure approche, j'en suis sûr, tu dois faire confiance à Allah. »

Karim ne semblait pas convaincu et Hassan se fit plus comploteur. « Ne t'inquiète pas. Même si nous ne pouvons plus t'envoyer hors d'Europe, le *jihad* ne tardera pas à venir jusqu'à toi. » Il le tira légèrement, pour l'inciter à le suivre. « Viens, les autres nous attendent en bas pour le cours sur les poisons. »

Fennec eut du mal à dormir cette nuit-là.

Même si nous ne pouvons plus t'envoyer hors d'Europe…

Obsédé par les paroles du Syrien.

Le jihad *ne tardera pas à venir jusqu'à toi.*

08/08/2001

Ils avaient quitté la baie de Saint-Paul tôt dans la matinée et venaient de passer les dernières maisons de Petite-France. Amel les regarda disparaître par la vitre arrière du car. À ses côtés, Sylvain essayait de détendre l'atmosphère à la moindre occasion. Il avait quelque chose à se faire pardonner.

---

1. Littéralement : maison ou terre de la guerre, par opposition au *Dar-al-Islam*, domaine de l'islam.

La route se remit à serpenter dans la montagne verdoyante. Elle les conduisait au piton Maïdo, un point de vue unique qui dominait le très réputé cirque de Mafate, haut lieu du tourisme réunionnais.

« Tu vas bouder encore longtemps ? »

La jeune femme marmonna quelques mots incompréhensibles et détourna la tête. Cela durait depuis la veille, quand les projets d'avenir s'étaient une nouvelle fois invités dans une conversation. Sylvain avait encore évoqué son envie de paternité. Il voulait qu'elle arrête de prendre la pilule. Elle avait refusé, trop tôt. Qu'étaient devenues leurs envies d'installation à l'étranger ? Il n'avait rien dit ou plutôt il s'était abrité derrière sa carrière. Il avait trente-quatre ans et franchissait une étape délicate à la banque. Un départ mal planifié pourrait tuer son avenir professionnel. Ce n'était pas le moment. Amel devait être patiente…

« Comme toi, mon chéri. Moi aussi, je dois penser à mon boulot. »

Le ton un peu désinvolte avec lequel elle s'était permis de répondre avait agacé son mari. Un peu sec, il lui avait renvoyé son absence de perspective à la figure. Selon lui, leurs situations respectives n'avaient rien à voir l'une avec l'autre. Il pouvait assurer leurs revenus, pas elle. Elle n'avait donc pas besoin de travailler et pouvait… Amel était sortie de leur chambre à ce moment-là. Elle n'avait pas eu envie de se laisser entraîner dans une dispute.

Au bar de l'hôtel, elle avait commandé un verre. Un autre buveur esseulé l'avait abordée assez rapidement et, en dépit des mises en garde matrimoniales de la jeune femme, avait souhaité poursuivre la discussion.

Sylvain n'avait évidemment pas apprécié. La conversation houleuse était repartie de plus belle dès qu'il était arrivé, avant de se transformer en une véritable dispute qui impliqua bientôt l'étranger. Et celui-ci, d'abord patient, avait fini par ne plus accepter les remarques puis les insultes. Les deux hommes s'étaient battus. Pas très longtemps, juste assez pour être ridicules et couvrir Amel de honte.

En regardant dehors par les vitres de la zone de débarquement, Karim vit qu'il pleuvait sur Francfort. Il avait laissé le même temps derrière lui à Londres. Patient, il se laissa canaliser par le flot des voyageurs aoûtiens. Les vacances. La vraie vie hors de l'inframonde dans lequel il évoluait. L'insouciance. L'ignorance. La connaissance. L'information. Le pouvoir. Il pensa à la mort avec une pointe d'excitation. Pas à la sienne, à celle de tous les gens qui l'entouraient.

Même si son comportement calme et serein ne laissait rien transparaître, il était tendu lorsqu'il se présenta aux guichets de vérification d'identité. Il franchit cette première étape sans problème et s'engagea dans le hall de récupération des bagages.

Sitôt rentré en Angleterre, où il n'était resté que trois jours, on lui avait confié une mission. Une vraie, à la différence de celle qui avait servi de test lorsqu'il avait quitté la France il y a quelques mois. Il avait reçu l'ordre d'apporter un important lot de passeports volés et de fausses cartes de crédit à un contact allemand. Ensuite, il devait rentrer à Paris par le train et attendre de nouvelles instructions. Cette seconde phase ne présentait pas de difficulté majeure. S'il y parvenait. Pour le moment, il transportait une cargaison illégale et encombrante avec laquelle il devait surmonter un dernier obstacle.

À l'autre bout du hall, une queue compacte s'était formée au niveau du contrôle des bagages. Tout le monde semblait pressé de quitter l'enceinte de l'aéroport pour vaquer à ses occupations. Plusieurs hommes en uniforme observaient la foule qui se pressait dans une sorte de goulot d'étranglement. De temps en temps, ils arrêtaient des gens, seuls ou en famille, selon des critères qui ne semblaient pas vraiment établis, et les conduisaient ou non derrière une porte en verre dépoli.

Karim continua d'avancer tranquillement, une serviette en cuir à la main et un trolley derrière lui. L'un des rares hommes d'affaires à évoluer au milieu des touristes. Pour ce voyage, on lui avait conseillé de soigner son image, de s'occidentaliser. Coran alternatif, la fin justifiait les moyens. Comme il ne s'était pas montré immédiatement convaincu, ses *parrains* anglais avaient dépêché un imam persuasif qui lui avait expliqué qu'Allah comprendrait. Allah comprenait décidément tout.

« *Guten Tag sehr geehrter Herr…* » Un des douaniers l'interpella en allemand au moment où il s'apprêtait à sortir.

D'un haussement d'épaules accompagné d'un sourire idiot, Karim signifia qu'il n'avait pas compris.

Son interlocuteur répéta immédiatement sa tirade en anglais. « *Good morning sir, passport please.* » L'examen du document d'identité se fit un peu à l'écart. « *You are coming from London, yes ?* »

Hochement de tête.

« *And what is the reason for your visit ?* » L'agent des douanes détaillait le voyageur de la tête aux pieds. « *Business or pleasure ?*

— *Business and pleasure, of course.* »

Le fonctionnaire ne goûta apparemment pas son humour et invita Karim à le suivre. Le panneau vitré coulissa automatiquement devant eux et révéla l'entrée d'un dédale blanc vivement éclairé. Ils s'y engagèrent, bifurquèrent une fois, puis une autre, croisèrent une famille noire, un gamin maigrelet, pâle et blond à *dreadlocks*, un couple de Français ou de Belges en short, et s'arrêtèrent finalement devant une porte rouge. Le douanier frappa, ouvrit et fit entrer l'agent sans le suivre.

Celui-ci déposa rapidement son trolley à plat sur une table qui occupait tout le centre de la pièce. « Je ne sais pas s'ils me font suivre, alors ne perdons pas de temps. Il y a un double fond sur le panneau inférieur. »

Il ne s'était adressé à aucun des quatre présents en particulier, mais deux d'entre eux, des techniciens vraisemblablement, s'empressèrent d'ouvrir sa valise. Ils commencèrent par fixer l'organisation de son contenu avec plusieurs polaroïds. Ensuite, ils la vidèrent pour accéder aux passeports et aux cartes de crédit. Tout était rangé bien à plat, sur une épaisseur de deux centimètres, sur toute la surface de l'un des grands côtés de la valise. Avec un appareil numérique, ils entreprirent de photographier tous les documents.

Karim se tourna vers Louis qui patientait à côté d'un inconnu. Ce n'était pas prévu. Il devait y avoir un problème. L'officier traitant lui présenta son voisin. « Voici Niklas Sobotka, du BND[1]. »

Poignée de main et rapide signe de tête.

« Pourquoi es-tu là ?

— Ton dernier courrier de Bruxelles nous a un peu inquiétés.

— C'était fait pour.

— Du nouveau ? » L'Allemand parlait français avec un accent à peine perceptible.

« Non, je ne suis pas encore assez impliqué dans l'organisation pour que l'on me parle d'avenir. Des allusions tout au plus. Ils aiment bien laisser les dernières recrues dans le noir. Mais ils sont dans l'attente de quelque chose, j'en suis sûr.

— Jette un œil là-dessus. » Louis lui tendit une liasse de documents. « Tu as déjà vu un de ces mecs ? » Il s'agissait de clichés de surveillance, certains accompagnés de face-profil et de pedigrees plus ou moins complets.

Karim les examina attentivement avant de secouer la tête. « Jamais vus. Qui c'est ?

1. *Bundesnachrichtendienst* : service secret extérieur allemand.

— Vraisemblablement les membres d'un réseau dormant du GSPC[1] implanté à Francfort, en Belgique et surtout chez nous, en région parisienne. Ils sont sous surveillance depuis une grosse semaine. Apparemment, leur objectif est américain, en France. Ils ont prévu d'utiliser un engin-suicide bourré d'explosifs et de produits chimiques, ce qui serait une première en Europe. On sait que c'est pour bientôt mais pas quand exactement, alors on patiente.

— Comment vous êtes-vous retrouvés sur eux ?

— Collaboration interservices. » Le ton de Louis était légèrement ironique. « Suite à une dénonciation anonyme, un bon petit patriote bien de chez nous… » Il guetta une éventuelle réaction de Karim qui ne vint pas. « S'est fait serrer fin juillet par les autorités émiraties à l'aéroport de Dubaï. On ne sait pas comment. Officiellement, ça s'est passé au cours d'un contrôle de routine. Très vite, cette source, rebaptisée *Iguane*, crache ses dents et ses secrets qui sont communiqués aux Américains, qui les transmettent à nos amis de la DGSE. Eux les donnent à notre police mais nous préviennent quand même au passage, parce qu'ils sont gentils avec nous. Et moi je t'en parle, on ne sait jamais. Comme en plus, ça cadre avec ce que tu nous fais remonter. Si jamais un de ces mecs apparaît dans ton environnement à partir de maintenant, tu dois nous prévenir illico. »

Karim acquiesça. « Quelqu'un de chez nous a-t-il déjà parlé au prisonnier ? »

L'officier traitant secoua la tête. « Ce n'est pas nous qui gérons cette histoire, on a juste été mis au courant. On continue comme avant, l'objectif prioritaire de la DRM reste de te faire quitter l'Europe pour rejoindre des bases d'entraînement. » Ses yeux ne quittaient pas

1. Groupe salafiste pour la prédication et le combat, mouvement algérien héritier des Groupes islamiques armés.

le visage de Fennec, il attendit un peu avant de poursuivre : « Tes parents vont bien. Nous leur avons donné de tes nouvelles en début de semaine. »

L'agent détourna le regard et soupira. Sa famille lui manquait.

« Tu as un message pour eux ?

— Non. » Trop empressé.

« On dirait que tu as maigri. Comment te sens-tu ces derniers temps ? »

Karim n'eut pas besoin de répondre, les deux techniciens annoncèrent qu'ils avaient terminé. Il s'empara de son trolley, salua tout le monde et se dépêcha de ressortir dans l'aéroport. Il regarda sa montre. Il s'était écoulé moins d'un quart d'heure depuis qu'on l'avait *interpellé*. Raisonnable.

Accoudé à la balustrade du vieux phare du pic de la Pointe-du-Cap, Jean-Loup Servier regardait les eaux grises de l'Atlantique. Sur sa gauche, quelque part au-delà de la gigantesque anse maritime de False Bay, elles se mêlaient à celles de l'océan Indien. Le ciel était chargé mais il ne pleuvait plus. L'averse s'était arrêtée lorsqu'il était arrivé à Noordhoek. Ses vêtements étaient mouillés et il avait froid. Une sensation accentuée par le vent, fort, qui balayait le promontoire.

En contrebas, sur le dernier petit morceau d'Afrique, il y avait un second phare. S'il se souvenait bien de ce qu'il avait lu au petit déjeuner, on l'avait construit parce que le premier, trop haut, avait une fâcheuse tendance à se perdre dans la brume.

Comme lui.

Après une courte visite inopinée à un ami de Johannesburg, il avait filé au Cap quelques jours. Toujours plus loin, le plus loin possible, au bout du monde. Au bord du gouffre.

Une jeune femme noire vêtue de l'uniforme vert du Cape Point National Park vint s'installer à côté de lui.

Il l'avait aperçue en passant devant la boutique de souvenirs tout à l'heure. C'était l'hiver, la météo était désastreuse, et le *trail* BMW 1150 qu'il avait loué était l'un des rares véhicules garés sur le parking. Elle devait s'ennuyer. Ils restèrent un long moment à contempler l'horizon vide et indistinct avant qu'elle ose lui demander d'où il venait.

« Paris. Je suis français. » Jean-Loup lui avait répondu dans sa langue.

« Votre accent n'est pas français. » Elle semblait surprise. « On dirait un mélange d'anglais et...

— D'américain ? » Il sourit.

Elle opina du chef.

« On me l'a déjà dit. »

Nouveau silence qu'elle brisa bientôt une seconde fois : « Vous n'avez pas choisi la bonne saison.

— Pourquoi ?

— Pour les vacances. » Elle montra le ciel du doigt.

« Ce n'est pas grave. Votre pays est magnifique, avec ou sans pluie. Je pourrais y rester sans aucun problème.

— Vous devriez le faire alors, si vous en avez vraiment envie. » Apparemment fière du compliment, l'employée du parc réagit avec un enthousiasme généreux. « J'ai vu une émission sur Paris, à la télévision, il y a quelques semaines. C'est très joli aussi. Ils ont montré la *tour iffal*...

— Eiffel.

— Oui, c'est ça. Le *Louveur*... C'est dur à prononcer. Comment vous l'écrivez ?

— L-O-U-V-R-E. Le Louvre. »

Jean-Loup laissa la voix de son interlocutrice se perdre dans le vent et reporta son attention sur l'océan. Il n'avait pas envie de penser à Paris, pas encore.

16/08/2001

À LA UNE

BLEUS : LA COUPE DU MONDE EN LIGNE DE MIRE — UNE ENTRÉE EN MATIÈRE RÉUSSIE... À L'ÉCONOMIE ! / BRAQUAGE : POLÉMIQUE AUTOUR DU SILENCE DES AUTORITÉS / LE BRAQUEUR FOU FILAIT LE PARFAIT AMOUR / INTERNET : LE NOUVEAU TERRAIN DE CHASSE DES CANDIDATS AUX PRÉSIDENTIELLES / YA-BA : LA DROGUE QUI REND FOU ENVAHIT LA FRANCE / LES LOFTEURS NON GRATA À SAINT-TROP' / LA NOUVELLE VEDETTE DES CAMPINGS : LE MOBILE HOME [...]

Lorsque le 15 août arrive, Paris est en général déserté. Les services de l'État ont les yeux rivés sur les routes, les gares ou les aéroports. Départs et retours doivent se dérouler sans encombre et tous les fonctionnaires sur le pont se préparent à des journées particulièrement stressantes, fatigantes. Lorsque ce week-end s'étale sur trois jours ou plus, l'attention diminue entre les deux pointes d'activité. Il est alors possible de souffler un peu.

Pour cette raison, Kamel Ksentini avait choisi d'arriver gare de Lyon le 16, un samedi, en provenance de Genève. Il voyageait à contresens, avec un faux passeport suisse qui n'avait même pas été contrôlé dans le train. Touriste neutre d'un pays neutre, il débarquait pendant une période de relâche, au milieu d'un mois de pause. Qui le remarquerait ?

Dans un souci de précaution supplémentaire, il était également en avance sur la date prévue. Personne ne serait au courant de sa présence dans la capitale française avant quelques jours, pas même ceux qui allaient l'assister dans sa mission. Sa paranoïa l'avait poussé à organiser son réseau de façon à limiter les contacts. Il ne rencontrerait qu'une ou deux personnes, pas plus, qui ne connaîtraient rien d'autre de lui que sa fausse identité, son nom de guerre, Abou Al-Djazayer, le *Père d'Alger*, ou sa fonction, artificier. L'homme qu'il avait été dans une autre vie était mort et enterré. Mieux valait pour lui ne plus jamais l'évoquer et se contenter d'être Kamel.

Ksentini prit son temps dans la gare. Il se rendit dans les toilettes publiques de la zone des départs TGV, au sous-sol. Forte odeur de Javel, lavabos blancs, éclairage sec, miroirs cruels. Il commença par se laver les mains. Deux années de clandestinité l'avaient transformé, amaigri. Il s'était débarrassé de sa moustache, avait perdu des cheveux. Ceux qui lui restaient étaient devenus gris. Le stress autant que l'âge. Penser à autre chose. Personne ne l'avait suivi, il était seul. Dans l'une des cabines, il retira sa veste en jeans, ses lunettes de vue, dégrafa les jambes de son pantalon de randonnée, qui se métamorphosa en short, et se coiffa d'un bob.

Changé, Kamel se dirigea vers un Relais H où il prit son temps pour choisir des magazines. Il quitta ensuite la gare par l'entrée située face à la rue de Lyon, sous l'horloge, et traversa le boulevard Diderot pour pénétrer dans un bar. Installé contre la fenêtre, il lut un bon moment et surveilla les environs.

Après avoir patienté une heure, rassuré, Kamel ressortit du café, descendit dans le métro et rejoignit le RER. Il laissa passer le premier train qui se présenta, pour observer les gens qui restaient sur le quai, puis, tel un touriste égaré et distrait, il attendit le dernier moment pour monter dans le convoi suivant.

Lynx retira son sac à dos d'un mouvement sec, à la manière de quelqu'un qui cherche à se débarrasser d'un poids trop important pour ses épaules. Il s'assit sur un banc et regarda la foule étrangère qui déambulait devant lui sur les Champs-Élysées. Pas un sourire qu'il aurait pu suivre dans cette mer de visages inexpressifs. Pas une seule invitation à ne pas se fermer un peu plus. Une musique languide, castratrice, inondait ses oreilles et le protégeait de l'extérieur. Dans ce vide sonore, les gens paraissaient fonctionner au ralenti.

Il faisait chaud, il transpirait, son T-shirt lui collait à la peau. Il était presque semblable à tous ces touristes. Lui ne marchait pas au hasard cependant, pas plus qu'il ne profitait d'une quelconque vacance, insouciant, aléatoire, à la dérive. Il explorait ses trois cercles de sécurité, révisait les cabines téléphoniques à pièces, à carte, les cybercafés, les échappatoires, les points de rupture, les allées. Les impasses.

Il les connaissait par cœur.

Il fut un temps où ce décalage avec la normalité l'amusait. Fendre des foules inconscientes, savoir ce que les autres ignorent, participer d'une réalité dissimulée à l'homme du commun, éternel dommage collatéral d'une guerre clandestine, permanente et violente. Tout cela lui paraissait très excitant. Il avait souscrit au mythe de la caste des seigneurs, une belle histoire. Une excuse pratique.

Un mensonge pesant.

Lynx avait toujours cherché autre chose. Continuer ainsi lui permettait de ne pas avoir à l'admettre, d'éviter que doutes et interrogations le submergent. Il n'était pas en mesure d'aller jusqu'au bout de cette introspection, il n'osait pas, il avait peur. Mais cette crainte générait d'autres angoisses. Lui céder, c'était se trahir. Existe-t-il plus haute trahison que celle que l'on s'inflige à soi-même ?

Deux filles vinrent s'asseoir à côté de lui pour manger des glaces sombres et dégoulinantes. Elles étaient serrées dans leurs shorts, débordaient sous leurs chemisettes. Chair. Obscène. Enflé. Gras. Sacrifice. Animaux. Abattoir. Il ne pourrait jamais réintégrer le troupeau.

Il tendit le cou pour défier l'air surchauffé et le soleil. Avant de se remettre debout, il enfonça un peu plus les écouteurs de son RIO dans ses oreilles, rajusta sur ses épaules les sangles de l'*Eastpak* noir lesté de ses kilos de fonte. De sa tonne de fantômes. Puis, d'un pas *souple, félin et manœuvrier*, il traversa les Champs et fila vers le fleuve. L'oubli est le compagnon de la fatigue et de la douleur. Trois heures jusqu'à Balard et retour. Cinq heures et puis la nuit. Dix heures avant de sombrer dans le sommeil et la délivrance de l'inconscient rêvé. Ou des cauchemars. Tout valait mieux que cette incertitude, *qui suis-je, qu'aurai-je été ?*

31/08/2001

Le général de Stabrath quitta le ministère de la Défense en fin de journée, par une issue discrète qui profitait de la cour d'un immeuble privé. Il était habillé d'un costume beige qui ne parvenait pas à faire oublier tout à fait son port un peu raide, façonné par vingt-six ans d'expérience et de culture militaires. Il portait le cheveu moins ras, plus gris aussi. Avec l'âge, les traits de son visage s'étaient asséchés et creusés. Le *chat maigre* dans toute sa splendeur, le pur *cyrard*, du genre qu'affectionne tant l'armée française, passé par toute une série d'affectations prestigieuses pour finir à la Sous-direction de la recherche de la DRM.

Il y a quelques années, il lui aurait suffi de traverser la place pour entrer dans l'enceinte du Palais-Bourbon et rejoindre le genre de réunion à laquelle il devait assister. Mais les temps avaient changé. Il tourna donc à gauche, pour remonter la rue de Bourgogne en direction de la petite rue de Chanaleilles. Là se trouvait la permanence, plus confidentielle, d'un élu de la République qui souhaitait maintenir une certaine discrétion autour de l'événement de ce soir. Stabrath ne tenait pas à s'y faire voir et seule l'insistance expresse d'un vieil ami de passage à Paris l'avait convaincu de s'y rendre.

Sous le thème prétexte de fumeuses *Confluences mésopotamiennes*, le Cercle de l'amitié franco-irakienne ou CAFI organisait sa rencontre semestrielle. L'Irak n'avait officiellement plus la cote auprès des autorités françaises. Au fil des ans, les rassemblements de ce type s'étaient espacés ou dissimulés derrière de fallacieuses appellations. Les députés s'y montraient plus rarement ou se faisaient représenter par leurs attachés parlementaires, les dignitaires irakiens par leurs secrétaires ou leurs aides de camp, les figures de la société civile par des cadres pas toujours supérieurs. Mais en dépit de cet apparent repli, les relations perduraient, plus secrètes.

Lorsqu'il arriva dans le vaste appartement reconverti en bureaux, Stabrath ne put s'empêcher d'être surpris par le nombre de personnes présentes. Il se fit donner un verre d'eau pétillante par un serveur et chercha du regard celui qu'il venait retrouver. Il le repéra devant une cheminée, à côté de la copie d'un bronze de Barbedienne, en grande conversation avec une journaliste connue pour ses *ménages* complaisants. Les affaires sont les affaires.

Iyad Al-Hillahoui avait pris du poids depuis leur dernière rencontre, il paraissait engoncé dans son costume. Lui aussi était général. Les deux officiers, accompagnateurs de choix des représentants de leurs pays respectifs dans le cadre de diverses négociations commerciales et stratégiques, se connaissaient de longue date. Ils s'estimaient, en dépit de l'épisode tragique du conflit de 1991 et de ses conséquences. Une affaire politique qui n'avait que peu de chose à voir avec le respect et la fraternité des hommes de guerre. Évidemment, l'Irakien ne savait pas que le Français travaillait à présent pour le renseignement. Chacun a droit à son jardin secret.

« Pierre, mon ami… » La journaliste s'était éloignée et Al-Hillahoui avait rejoint Stabrath. « Je suis heureux que tu aies pu venir. » Il maîtrisait bien le français qu'il parlait d'une voix grave aux sonorités roulées. « Comment vas-tu ? » Sans attendre la réponse, il entraîna son homologue à l'écart, sur une terrasse qui dominait les toits du quartier.

« C'est plutôt à toi qu'il faut demander ça, non ? Je suis heureux de constater que tes responsabilités te permettent toujours de venir te détendre chez nous. »

L'Irakien se passa une main sur le ventre en souriant. « Un privilège auquel je ne renoncerais pour rien au monde. » Il redevint soudain plus sérieux et se mit à parler tout bas. « Les choses ne vont pas bien chez nous, mon ami. L'embargo… » Al-Hillahoui baissa les yeux. « Tu sais, cela touche surtout l'homme de la rue. Nous… »

Aucune absolution n'éclaira le regard du général de Stabrath. Pas le genre. Son homologue, au même titre que beaucoup d'autres dignitaires de son pays, continuait à s'enrichir en dépit des sanctions internationales. Ils n'étaient pas les seuls, d'ailleurs.

« Le *raïs* est aux abois, il perd pied. Sa poigne n'est plus aussi forte que par le passé et la contestation commence à se faire entendre de tous les côtés.

— Les temps changent, les potentats passent. C'est dans l'ordre des choses.

— C'est vrai, tu as raison. Même si le destin est considérablement aidé par certaines puissances étrangères qui cherchent à provoquer un changement à la tête de mon pays. Tous les prétextes sont bons pour faire chuter le régime et s'approprier nos richesses.

— J'imagine que tu t'es préparé à cette éventualité. »

L'Irakien hocha la tête et laissa passer quelques secondes avant de reprendre. Ses yeux ne quittaient pas Stabrath. « Je ne suis pas là pour des raisons personnelles, Pierre. C'est de notre amitié qu'il est question. Je prends des risques en te parlant.

— Allons donc, cherches-tu à me faire peur ? » Le général français se força quelque peu à rire pour ponctuer sa phrase et masquer son inquiétude, bien réelle.

« Je crains que nous ne puissions bientôt plus contrôler ce qui se passe chez nous.

— Que veux-tu dire ?

— Notre président ferme les yeux sur beaucoup de dérives, ces derniers temps. Et il nous demande parfois de regarder ailleurs. Ce que je m'apprête à te dire pourrait causer ma perte.

— Alors pourquoi me parles-tu ? »

Al-Hillahoui repoussa cette petite provocation d'un geste de la main. « Le fait que certains de nos cadres puissent entrer en relation disons, commerciale, avec les scorpions d'Allah n'est plus aussi problématique qu'à une époque plus ancienne.

— Vous cherchez à nouer des relations avec les islamistes ?

— Directement non, mais nous ne dissuadons plus beaucoup ce genre d'initiative. Certains, chez nous, ont donc commencé à le faire, pour vendre des bijoux de famille.

— De vieux chars, des avions mal entretenus depuis des années ? Quelques AK47 rouillées, des RPG7 peut-être ? »

Stabrath ne le prenait pas au sérieux, l'Irakien lâcha donc sa bombe. « Des reliquats de la Muthanna. »

La bouche du Français se figea en un rictus douloureux.

Al-Hillahoui savoura ce soudain malaise et porta son estocade. « Pour être tout à fait précis, je devrais peut-être ajouter que ces reliquats proviennent de l'ancienne unité de Dhia'a. »

Al-Muthanna. Officiellement, un site choisi pour l'installation d'un complexe de production de pesticides, construit, au début des années quatre-vingt, avec l'aide d'un certain nombre de pays occidentaux. Dont la France. En réalité, il abritait le siège du programme d'armement chimique irakien, le *projet 299*. Dhia'a était un secret dans le secret de ce complexe.

« La Muthanna a été détruite dans les premières heures de l'opération Tempête du Désert.

— C'est vrai, mais l'essentiel des stocks exploitables avait déjà été évacué à ce moment-là.

— Es-tu en train de me dire que…

— Deux lots d'une trentaine de kilos chacun, qui ont survécu à l'épreuve du temps, ont récemment été vendus, oui.

— Quelqu'un a vendu du *dibis* ? C'est impossible ! » Stabrath explosa. « Comment avez-vous pu laisser faire une chose pareille ? »

Dans le salon ouvert sur la terrasse, des gens s'arrêtèrent de parler pour les regarder.

« Du calme, mon ami. » Al-Hillahoui posa une main sur l'épaule de son homologue français tout en souriant aux autres convives. « Je suis tout aussi », il hésita sur le qualificatif, « ennuyé que toi par cette situation. D'autant que le produit concerné n'est pas vraiment du *dibis*. Il faisait plutôt partie d'un échantillon qu'on… Enfin, on nous l'avait confié à l'époque. Pour nous montrer ce à quoi nous devions parvenir. Tu sais comme moi que nous avons mis du temps à obtenir des résultats satisfaisants dans le domaine des armements non conventionnels. Inutile de te préciser qui… » Il marqua une pause.

Stabrath était livide. La mise en circulation de ces composants chimiques militaires représentait non seulement un grave danger pour les populations civiles du monde entier mais aussi une menace terrible pour la réputation du pays et sa place dans le concert des grandes puissances. Si ces armes refaisaient surface à l'occasion d'une action terroriste… Cette nouvelle ne pouvait tomber plus mal, au moment où tout le monde se préparait pour la bataille électorale à venir.

Le général devait rendre compte à sa hiérarchie au plus vite. Il anticipait déjà la réaction de ses supérieurs. Son patron, proche du chef d'état-major des armées, nommé par le Président, ferait remonter l'information au sommet, sans passer par son ministre de tutelle, inféodé au gouvernement.

Al-Hillahoui coupa court aux réflexions de son interlocuteur. « Quoi qu'il en soit, les lots ont changé de main et nous ne savons malheureusement pas où ils sont. Même si nous avons pu arrêter l'homme qui est à l'origine de la transaction.

— Il faut le faire parler !

— Moins fort, Pierre. » Nouveaux sourires gênés. « Nous avons essayé, sans grand succès. »

Stabrath retrouva quelques couleurs. « Alors amenez-le-nous. Nous obtiendrons les informations nécessaires.

— Tu ne comprends pas. J'ai toute confiance en l'efficacité de vos méthodes, crois-moi, mais vous n'en tirerez rien de plus que nous à présent. Il est mort pendant une séance. »

L'officier français eut du mal à articuler la question suivante : « Et il n'a pas eu le temps de dire quelque chose que l'on pourrait exploiter ? » Sa voix butait sur les mots.

« Si, quand l'interrogateur lui a demandé à qui le produit était destiné, il s'est contenté de lui répéter un nom, toujours le même, *El Hadj.* »

01/09/2001

Nasser Delil était assis à l'ombre, sous l'auvent en tôle d'un bar miteux d'Abou Kamal, ville frontière de Syrie, et regardait passer les camions. À côté de lui, son contact, impatient, tambourinait sur le plateau de leur table. Lui aussi surveillait la route poussiéreuse qui venait de Qaim, au-delà de l'invisible ligne de séparation avec l'Irak.

À l'instar du Cheikh et de ses conseillers, Nasser n'avait qu'une confiance limitée en son voisin, un contrebandier notoire, marionnette de la police secrète locale à ses heures. Ils n'avaient cependant plus le luxe du choix. Une action des services spéciaux russes, en mars dernier, au Kosovo, était parvenue à fortement perturber le fonctionnement de leur principale filière vers l'Europe. Puisque certaines choses ne pouvaient attendre, ils avaient élaboré une solution de remplacement à la va-vite. Celle-ci impliquait le Syrien, un homme aux motivations vulgaires et à la fidélité douteuse. La présence de Nasser, un rouage important de l'organisation qui recourait aujourd'hui à ses services, signifiait pour lui une double promesse, celle d'une somme rondelette — le Cheikh était généreux — ou d'une poursuite plus difficile de ses activités, qui dépendaient largement du système pour lequel officiait le Libanais.

La circulation des camions était ininterrompue dans les deux sens. Parmi ceux qui quittaient la Syrie, une bonne partie, dûment marqués et contrôlés par les gardes-frontière, transportaient médicaments et vivres dans le cadre de l'opération Pétrole contre Nourriture mise en place par l'ONU. Les autres, chargés de marchandises dont l'exportation vers l'Irak était théoriquement prohibée, circulaient sans la moindre inspection. Les Nations unies ne surveillaient que cinq points de passage vers le pays. Dès lors, en dépit des gesticulations des uns et des autres, beaucoup de choses entraient sans encombre.

Et il en sortait plus encore.

Notamment du pétrole de contrebande, dans les pipelines ou sous forme de barils évacués par train, camion ou bateau. Syrie, Jordanie et Turquie, via le Kurdistan, continuaient donc à s'approvisionner en or noir auprès de leur voisin irakien sans le moindre problème. Tout le monde s'arrangeait de cette situation. En particulier ceux, plus prompts que la moyenne à redresser les torts des uns et des autres, qui avaient intérêt à s'acheter une paix économique et politique dans la région. Tout en réalisant de substantiels profits au passage.

Nasser cracha par terre de dégoût, même si la situation d'Abou Kamal, qui n'était pas sous le contrôle de l'ONU, l'arrangeait. Une fois cette dernière formalité réglée, il retournerait en Europe, juste avant que toute circulation ne devienne compliquée.

Le Syrien se leva subitement et, d'un signe de la main, invita le Libanais à le suivre. Un camion s'était détaché de la file principale pour s'arrêter à l'entrée d'une petite rue secondaire.

Tarek Safed était un garde-frontière irakien originaire de Qaim. Il rendait visite à l'un de ses cousins qui était le seul coiffeur du coin. Alors que ce dernier finissait de lui couper les cheveux, Safed vit les deux hommes assis à la terrasse du bar d'en face se lever et traverser la rue dans sa direction. Cela faisait un petit moment qu'il observait leur manège, intrigué par l'attitude du contrebandier syrien, qu'il connaissait de vue et de réputation. C'est lui qu'il avait repéré en premier, avant de remarquer son compagnon, un homme petit, rondouillard, habillé à l'occidentale.

La présence de Tarek n'était pas tout à fait fortuite. On l'entretenait grassement, depuis quelques mois, pour rendre compte des allées et venues suspectes autour de son poste frontière. Un arrangement dont son gouvernement n'avait pas connaissance. Parmi les choses qui avaient attiré son attention, il y avait ce groupe d'étrangers qui s'étaient rapprochés du Syrien. Ces nouveaux *amis* étaient du genre qui intéressait ses employeurs officieux. Les officiels aussi, mais ils payaient moins bien.

Safed alla se poster près de l'entrée du salon de coiffure et suivit des yeux ses deux cibles. Elles se tenaient à côté de la cabine d'un camion chargé de barils et discutaient avec son chauffeur. Le garde-frontière avait immédiatement reconnu ce dernier, malgré sa tenue. C'était un officier de l'armée irakienne, comme lui. Ils avaient servi ensemble dans un régiment d'artillerie pendant la première guerre du Golfe. Que faisait-il ici ? Pourquoi était-il en civil ?

Le contrebandier et son compagnon montèrent dans le véhicule qui disparut dans une ruelle. Tarek décida de les suivre. Il rejoignit la venelle et la parcourut au pas de course. Il eut juste le temps de voir le camion disparaître derrière le portail en planches mal ajustées d'un hangar de fortune. Les trois hommes quittèrent les lieux après moins de deux minutes et s'éloignèrent en parlant. Safed attendit. Un quart d'heure plus tard, personne d'autre n'était entré ou sorti. Poussé par la curiosité, il décida d'aller voir ce que transportait ce véhicule.

Il ne lui fallut pas longtemps pour trouver une fenêtre barricadée grossièrement, à l'arrière du bâtiment. Il entra. Il faisait sombre à l'intérieur et Tarek laissa ses yeux s'habituer au manque de lumière. Il y avait deux camions. Un petit, en mauvais état, et celui, plus gros, qu'il avait vu arriver vingt-cinq minutes plus tôt. Il jeta un coup d'œil rapide dans la cabine. Sale et vieille, elle sentait la transpiration et la poussière. Il ne trouva rien de particulier. Il regarda ensuite sous le châssis, pour s'assurer qu'aucun compartiment secret n'y avait été installé. Tout était normal. Il s'approcha alors de la plate-forme arrière et grimpa entre les barils.

En apparence, il ne s'agissait là que d'une très banale opération de trafic de pétrole. Il cogna le fût le plus proche de lui. Son étouffé, il était plein. Deuxième coup, sur un autre. Pareil. Il s'apprêtait à recommencer l'opération une troisième fois lorsqu'un bruit, juste de l'autre côté du portail, le fit sursauter. Safed s'accroupit et tendit l'oreille. Entre les lattes, il finit par distinguer une silhouette immobile, dehors. Un homme probablement, qui semblait attendre quelqu'un ou quelque chose. L'Irakien pensa qu'on l'avait entendu. Il prenait beaucoup trop de risques. Les contrebandiers n'aimaient pas qu'on mette le nez dans leurs affaires. De plus, il risquait des problèmes avec les autorités locales, il n'avait aucun pouvoir de ce côté-ci de la frontière. On l'exécuterait sommairement, comme un espion.

Un autre individu se présenta devant la porte du hangar et se mit à converser avec le premier. Cela dura un bon moment. Tarek n'osait pas bouger. Les deux inconnus ne parlaient pas très fort et il ne parvint pas à saisir ce qu'ils se disaient. Ils s'éloignèrent finalement au bout de dix minutes et il décida de partir aussi. Il avait eu de la chance mais il était inutile de trop tirer sur la corde.

En se relevant un peu précipitamment, Safed se cogna à un baril qui lui renvoya un son creux, très différent des deux premiers. Il essaya de nouveau et obtint le même bruit. Une observation attentive du sommet du fût lui montra qu'on avait découpé le haut discrètement, pour former une sorte de couvercle. La jointure était grossièrement recouverte de peinture. À l'aide d'un petit couteau, il souleva le capot de métal puis le retira. Lorsqu'il vit ce qu'il y avait à l'intérieur, il eut un réflexe de recul, trébucha et tomba en arrière, paniqué. Il atterrit lourdement sur le dos, au sol. Un peu étourdi par sa chute, il lui fallut quelques secondes pour reprendre ses esprits et comprendre qu'il ne risquait rien. Il serait déjà mort autrement. Il se releva et remonta sur la plate-forme.

Le baril dissimulait un second conteneur cylindrique, moins haut et d'un diamètre inférieur. Blanc, il semblait fait d'un métal beaucoup plus solide que le fût. Sur le dessus, il y avait une série de chiffres et de lettres, un drapeau et le symbole qui l'avait fait réagir quelques instants plus tôt : une tête de mort noire sur un fond carré jaune. Il indiquait la présence d'un agent chimique militaire. Tarek l'avait souvent aperçu sur les caisses d'obus binaires qu'on lui avait appris à manipuler dans l'artillerie. Il sortit le petit appareil numérique qu'on lui avait récemment confié et photographia le couvercle du cylindre nacré.

04/09/2001

« Passons maintenant au dernier point de l'ordre du jour de rentrée, si vous le voulez bien. Où en sommes-nous ? » Le directeur de cabinet avait prononcé ces mots pour couper court à un début de discussion hors de propos. Il se pencha sur les documents posés sur ses genoux. Son patron, le visage bronzé et reposé, ne disait plus rien depuis une dizaine de minutes, se contentant de hocher la tête d'un air pénétré à chaque nouvelle intervention de son second. Il semblait ailleurs.

Face à eux, installés en arc de cercle avec leurs collaborateurs respectifs, se trouvaient tous les grands chefs des services de renseignement de la Défense.

« La situation est fluctuante. » L'amiral qui commandait la DRM prit la parole. « Nous avons enregistré une baisse des communications de nos objectifs ces dernières semaines. Mais pour le moment nous ne sommes pas en mesure de déterminer s'il s'agit d'une tendance de fond, durable. » Il chercha du regard l'approbation de ses homologues qui hochèrent tous la tête de concert.

« Au niveau national, nous avons remarqué une certaine montée de l'agitation communautaire. » Cela faisait un petit moment que le numéro un de la gendarmerie nationale cherchait à intervenir. « Cependant, si la menace d'attentat n'est pas à exclure, elle me semble diffuse, intangible…

— Improbable ? »

L'interrogation du ministre de la Défense le fit taire.

« Cela fait longtemps que la question n'est plus de savoir si un attentat aura lieu mais quand il aura lieu. » Le patron de la DGSE avait pris la parole d'une voix calme. « À l'heure actuelle, les principaux signes avant-coureurs que nous entrevoyons nous viennent des Américains. Ils paniquent. Dernièrement, ils ont multiplié les demandes d'informations pour ne pas en tenir compte. Par ailleurs, ils ont émis un bulletin d'alerte général depuis le début du mois d'août. Même si nous ne savons pas vraiment ce qui le motive. »

Le directeur de cabinet parut réfléchir quelques secondes. « Et les Israéliens ?

— Ils semblent calmes, concentrés sur leurs problèmes internes. Quelques incursions en Afrique. Rien que nous ne puissions gérer.

— Pouvez-vous me garantir l'efficacité de nos procédures de détection ? » Cette nouvelle question ministérielle s'adressait à tout le monde.

À nouveau, le directeur de la DGSE intervint. « Nous avons, dans les six derniers mois, mené quelques opérations avec succès à la suite de renseignements glanés par nos différents services. » Cette magnanimité de façade lui permettait de mouiller ses petits camarades, en particulier les deux représentants de la DRM. « Mais la menace est tellement protéiforme qu'il est difficile de garantir une efficacité totale ou l'intégrité du territoire national. D'autant que plus le temps passe, plus les enjeux et les risques augmentent. L'escalade est inéluctable. La meilleure preuve est l'arrestation de ce ressortissant français d'origine algérienne à…

— Dubaï ? » Le ministre avait lu ses dossiers ou la note de synthèse d'un obscur conseiller. « Le fameux *Iguane* ?

— Oui, monsieur. Comme le veut la procédure, nous avons passé le relais à nos services de police. Ils mènent, avec certains de leurs homologues européens, une opération de surveillance dont le volet français a été baptisé Vent Divin. Et ils se tiennent prêts à intervenir pour neutraliser les autres membres du réseau *Iguane*.

— C'est la DST[1] qui est en charge du dossier ?

— Non, les Renseignements généraux[2]. Apparemment, plusieurs de leurs clients habituels se trouvaient parmi les cibles identifiées, d'où ce choix. La DST s'occupera de la partie judiciaire, au moment opportun.

— Où en sont-ils ?

— Dans l'immédiat, la seule certitude qu'ils ont acquise est que la menace est à prendre au sérieux. Ces gens sont déterminés et dangereux. Cependant, le dossier est encore trop incomplet pour boucler une procédure légale. Un de nos officiers, celui qui a recueilli l'information initiale de l'antenne de la CIA à Dubaï, a été détaché au ministère de l'Intérieur en qualité d'agent de liaison de la DGSE. Quoi qu'il en soit, cela démontre que la France n'est pas à l'abri d'une opération d'envergure à l'arme chimique ou biologique et...

— Et surtout que nous sommes dépendants de sources d'information étrangères. » La voix du directeur de cabinet vint lui couper la parole un peu sèchement. « J'ajouterais même fortuites. Sans cette mystérieuse source émiratie nous n'aurions rien su de ce projet d'attentat contre des intérêts américains chez nous, ici même, à Paris. » Cette dernière remarque, condescendante, donnait l'impression qu'il s'adressait à de mauvais élèves. Les visages se fermèrent.

Le patron des gendarmes tenta une explication. « Dans ce domaine, nous savons que... »

Il fut rapidement interrompu par le ministre. « Que nous ne savons rien. » Ce dernier se redressa dans son fauteuil. « Ou pas grand-chose. Je me demande si une révision des plans d'intervention ne serait pas à l'ordre

1. Direction de la surveillance du territoire.
2. RG.

du jour, de même qu'un relèvement du niveau d'alerte. Il faut faire quelque chose. »

Du moins en donner l'impression. Stabrath, assis derrière son supérieur, garda cette réflexion pour lui-même. « Vous avez raison, monsieur, peut-être serait-il souhaitable de réviser les plans d'intervention, en particulier NBC[1], sur le territoire national. » Il avait jeté un œil en direction des cadres de la DGSE au moment de terminer sa phrase.

Leur réaction ne se fit pas attendre et la voix du *colonel* Montana, le bras droit occulte du directeur des services extérieurs, s'éleva dans le dos de son patron. « Avez-vous des raisons de penser que nous soyons particulièrement menacés ces derniers temps, mon général ? » Le ton était suave mais teinté d'arrogance. L'homme n'était même pas officier d'active mais évoluait dans les cercles du pouvoir et du renseignement depuis de nombreuses années. Il y comptait de sérieux appuis politiques motivés non par une amitié indéfectible mais par la peur. Montana était un homme de dossiers.

« Non, rien de plus que les quelques éléments évoqués aujourd'hui. Toutefois, dans un souci d'anticipation… J'imagine que je ne m'avance pas trop en disant que nous sommes prêts à rencontrer chacun d'entre vous pour évoquer le sujet. » Stabrath chercha du regard l'approbation de son chef, qui lui était acquise d'avance. Sa prise de parole *impromptue* avait été décidée la veille.

« Nous pourrons discuter de tout cela plus tard. » Le directeur de cabinet interrompit sans s'en rendre compte l'échange qui se prolongeait en silence entre les représentants de la DRM et ceux de la DGSE. « Le ministre a un agenda chargé. »

Ce dernier profita de l'intervention de son subordonné pour se lever et venir serrer les mains. « Merci

1. Nucléaire bactériologique chimique.

d'être venus… Beau travail… Merci… Au revoir, amiral… Le devoir m'appelle, un déjeuner important… Oui, vous savez ce que c'est. »

Les effusions se poursuivirent pendant une longue minute puis tous firent mouvement vers la sortie. Juste au moment de quitter les lieux, Stabrath remarqua que le directeur de la DGSE restait en retrait, à l'invitation discrète du ministre de la Défense. La porte se referma sur eux.

« Je suppose que le ministre voulait vous parler du Japon ? » Montana interrogea son patron dès qu'il le rejoignit. Il l'avait attendu une trentaine de minutes à l'arrière de leur voiture, dans la cour du ministère.

« Exact. Il voulait savoir si la réorganisation du Service rencontrait toujours des difficultés.

— Et ?

— Et je lui ai dit que la Direction du renseignement ne poserait plus de problème au groupe des affaires protégées.

— Cette affaire nippone est évidemment de la plus haute importance pour les intérêts de la nation.

— Épargnez-moi l'ironie facile. » Quelques secondes passèrent. « Comment analysez-vous la dernière intervention du général de Stabrath ?

— C'est peut-être une ouverture. Ou une mise en garde.

— C'est aussi ce que je pense, ils sont sûrement au courant.

— Ils savent quelque chose, c'est évident, mais ce doit être limité, puisqu'ils ont pris le risque d'aller à la pêche en public.

— Et de se couvrir. »

Montana sourit, il savait ce qui allait suivre.

« Si seulement on pouvait faire sortir cette histoire, tous mes problèmes seraient résolus d'un seul coup.

— Au début, oui.

— Et ensuite ?

— Tout le monde risquerait d'être emmerdé.

— C'est aussi ce que pense Matignon apparemment. Le ministre est allé consulter…

— Et ? » Montana joua le jeu de son supérieur qui aimait faire durer le plaisir. Cela lui donnait l'impression de maîtriser la situation.

« Pour le moment, on ne bouge pas et on essaie de régler le problème en douceur. Ils veulent garder cette cartouche pour plus tard, au cas où l'opinion publique serait défavorable au Premier ministre. Je me demande quand même si nous ne devrions pas prendre les devants. Avec les clichés et les informations que nous avons récupérés, peut-être que…

— Je crois qu'il est encore un peu tôt pour prendre le risque de provoquer une panique générale. Nous pistons ce Nasser Delil, l'un des hommes photographiés par notre agent le jour où le camion transportant le baril est passé en Syrie. Il a le profil idéal du donneur d'ordre pour une transaction de ce genre. Par lui, nous pourrons sans doute remonter jusqu'à ce lot. Peut-être même coincer ses complices avec un peu de chance. À ce moment-là, il sera temps d'intervenir et de rendre notre initiative un peu plus publique. »

Le directeur de la DGSE objecta pour la forme. Un tel succès lui permettrait de briller auprès des bonnes personnes et il le savait. « Il n'est pas question de laisser ce truc se balader dans la nature. Imaginez les dégâts que causerait son utilisation dans un attentat. »

Montana haussa les épaules. La mise en œuvre d'une telle arme était si compliquée que les dommages réels seraient probablement très limités. L'enjeu n'était pas vraiment là, ils en étaient tous les deux conscients.

« Faites vite alors, sinon…

— Sinon ? »

Il y eut un nouveau blanc. « Toute cette histoire tombe très mal. J'ai d'autres priorités avec les échéances qui approchent. Nous sommes déjà le 4 et il me faudra bientôt rendre des comptes sur les dossiers en cours. Donc, pour revenir à notre problème, il faut avancer vite et discrètement.

— Très bien. » Montana regarda dehors. Leur voiture s'engageait sur le pont de Sully, il faisait beau.

Le minuscule chalutier avait quitté le port de Jablah, au nord de la côte syrienne, avant que le jour se lève. Une légère avance sur l'horaire habituel qui ne surprendrait personne, son capitaine avait coutume de partir pêcher très tôt. Après plusieurs heures de cabotage, il approchait enfin du point de rendez-vous, un soulagement. Il avait hâte de se débarrasser de sa cargaison.

Les consignes et la réputation du contrebandier qui l'avait grassement payé pour effectuer ce transport avaient suffi à effrayer le marin. À l'empêcher de dormir aussi. L'homme lui avait juste dit, d'un air menaçant, que c'était un produit fragile, dangereux et spécialement conditionné. Personne ne devait essayer d'ouvrir l'un ou l'autre des deux barils rouillés qu'on avait apportés la veille du départ, sous peine de mort immédiate. Les fûts, à présent dissimulés sous des filets, avaient donc été embarqués avec précaution et toute la discrétion possible.

Le capitaine regarda sa montre. Il était un peu plus de quatorze heures. La terre se découpait au loin, à bâbord, très blanche sous le soleil. La mer était calme et, depuis quelques minutes, la silhouette d'une autre embarcation était apparue à l'horizon. Elle grossissait à mesure qu'il s'en rapprochait. Bientôt, il prit ses jumelles et vérifia l'identification du navire, un cargo de faible tonnage. Il s'était un peu renseigné hier, après que son commanditaire lui eut donné le nom du bateau, et avait appris que celui-ci, parti de Baniyas, ferait route pour l'Albanie, après une escale à Chypre.

Les barils allaient vraisemblablement en Europe. Tout le monde racontait que le contrebandier frayait désormais avec des *moudjahiddins* et le pêcheur s'était demandé toute la nuit si ceux-ci étaient les destinataires de cette livraison à risque. Puis il s'était dit qu'il était bien rémunéré pour ce travail et que, finalement, ce qui arrivait aux infidèles ne le concernait pas. S'intéressaient-ils à son sort, eux ?

11/09/2001

Jean-Loup Servier se trouvait sur la mezzanine qui dominait le hall de la gare du Nord. Il n'était pas encore six heures du matin. Debout au milieu de la centaine de personnes qui faisaient la queue devant l'accès au terminal des départs Eurostar, des hommes principalement, il essayait, pour passer le temps, de deviner l'occupation de ses voisins. L'écrasante domination de costumes sombres très similaires au sien ne laissait guère de place au doute. Il y avait là une majorité de cadres en déplacement professionnel, hommes d'affaires, financiers ou consultants comme lui.

Dans cette masse grise et globalement apathique, il repéra cependant quelques fausses notes. Une ou deux familles, avec des enfants, excités par la fatigue d'une nuit écourtée et qui supportaient mal l'attente interminable avant l'ouverture des portes. Les gamins parlaient fort, couraient autour de leurs parents, bousculaient parfois les autres voyageurs.

Juste devant Servier, un petit garçon aux cheveux blonds en pétard se blottissait contre sa mère et manquait régulièrement de la déséquilibrer. Ayant remarqué qu'un inconnu l'observait avec attention, il chercha à se cacher derrière les jambes protectrices de la jeune femme et se mit à les serrer violemment. Sans une plainte, elle résista à cet assaut, invincible chêne maternel, avant de le propulser devant elle d'une pichenette empreinte de tendresse. Des policiers venaient de prendre place dans les guichets de contrôle des passeports.

Karim fut brusquement éjecté de son sommeil. Il dormait et rêvait et, l'instant d'après, il avait les yeux ouverts et l'esprit vide. L'angoisse apparue la veille, à la mosquée Poincaré, était toujours là cependant. La nuit ne l'avait pas dissipée.

Pendant le prêche du soir, l'imam, un *salafi* de passage qui assurait l'intérim jusqu'à ce que Mohamed puisse prendre la relève, avait eu des mots très virulents à propos du combat contre les mécréants. Il avait exhorté les croyants à être courageux et dignes dans les épreuves qui s'annonçaient. Sans préciser lesquelles. Puis, à deux reprises, il avait rappelé aux fidèles que jamais le musulman ne doit aider l'impie au détriment de son frère dans la foi. Le châtiment pour un tel crime était l'enfer éternel.

Pourquoi une telle mise en garde ?

Karim repoussa le drap qui le couvrait et s'assit sur le bord de son lit. Il se passa une main sur le visage, sentit sa barbe qui le grattait un peu. Il détestait cette barbe. Le nœud dans son ventre se resserra encore, il avait la sensation d'une catastrophe imminente.

Les paroles du religieux résonnaient dans sa tête. À un moment donné, le *salafi* avait récité un texte qu'il paraissait avoir appris par cœur, la parole d'un autre, dont il n'avait pas précisé le nom. C'était un message à la fois moderne et archaïque, où il était question de bataille pour la *prise de conscience de l'oumma*.

Ce combat devait être mené sur plusieurs fronts. En premier lieu, celui de la dénonciation des traîtres, tous les traîtres, gouvernements inféodés aux croisés et aux juifs, musulmans au service des infidèles et enfin oulémas de palais, en référence aux théologiens qui cautionnaient les mauvais princes, qui s'opposaient aux *imams du sacrifice*, les purs. Celui, également, de la révélation des pillages et de l'occupation que subissait le *Dar-al-Islam*, le royaume d'Islam, et de la nécessité de créer un véritable État musulman, seule entité capable, à terme, de permettre la restauration du *Khalifa*, ce territoire mythique où régnerait le seul successeur véritable du prophète Mahomet.

C'était une parole hostile. Elle ressemblait à une déclaration de guerre.

Amel descendit dans la station de métro Michel-Bizot vers dix heures trente. Elle se rendait à l'autre extrémité de la capitale, à Issy-les-Moulineaux, pour déjeuner en compagnie d'une journaliste. Elles avaient sympathisé pendant son stage de fin d'études et sa consœur l'avait conviée à participer à une réunion de rédaction, dans l'espoir de lui faire glaner quelques piges.

La rame dans laquelle Amel monta était presque vide. Elle s'installa à l'écart des autres voyageurs et tenta de se plonger dans son roman, ce Gavalda qu'elle ne parvenait pas à terminer. Très stressée, elle avait peu d'espoir d'avancer dans sa lecture aujourd'hui. À se demander pourquoi elle s'entêtait à emmener ce bouquin partout avec elle. Son regard se perdit dans l'obscurité du tunnel. Elle pensa à Sylvain, attentionné et surtout très attentif à ses démarches professionnelles. Lui prouver qu'elle pouvait se débrouiller seule était devenu une obsession depuis leur retour de la Réunion.

Son mari avait laissé le mois d'août s'achever tranquillement, sans aucune pression supplémentaire. Mais depuis la rentrée, il questionnait souvent les initiatives de sa femme et suivait leurs progrès. L'argent n'était pas le problème. Il s'agissait encore, toujours, de choix d'avenir. Il avait ce désir de famille, qui entrait dans un cadre social auquel il aspirait de plus en plus. Pour Amel, ces notions étaient synonymes d'enfermement et de renoncement. Elles la ramenaient à une tradition parentale qu'elle avait fuie.

Elle se sentait trahie, en colère.

Lorsque Karim pénétra dans *El Djazaïr*, vers quinze heures, il fut immédiatement frappé par le nombre de clients. Les petits vieux du fond de la salle, habituellement seuls à cette heure-ci de la journée, étaient à peine visibles au milieu d'une foule exclusivement masculine. Mohamed était là lui aussi, en compagnie d'un autre *salafi*. Le manque de discrétion dont ils faisaient preuve en se tenant ostensiblement debout au comptoir était surprenant.

Personne ne lui rendit son salut, personne ne semblait avoir remarqué son entrée. Il comprit rapidement pourquoi on ne l'avait pas entendu. Exceptionnellement, le son de la télévision, qui dispensait généralement ses images en sourdine, était poussé à fond.

La pluie métallique dégringole au pied de…

Karim leva le nez vers l'écran et aperçut un immeuble en feu. Il ne le reconnut pas immédiatement et mit encore un peu plus de temps à réaliser ce qu'il voyait.

Tout ce que nous savons, à l'heure qu'il est…

Une épaisse fumée noire s'élevait d'une haute tour grise et carrée. À côté d'elle, sa jumelle semblait intacte. L'un des deux buildings du World Trade Center se consumait de l'intérieur. Karim ne parvint pas à maîtriser un sursaut de recul. Il regarda autour de lui, anxieux à l'idée que l'un des clients du bar ait remarqué sa réaction. Mais ils étaient tous trop captivés par les images.

En provenance de Boston se serait…

Salah souriait. Comme beaucoup d'autres, Mohamed ricanait. Karim se mit à fixer ses dents, prédatrices, conquérantes. Il se rendit bientôt compte que l'angoisse qui lui tordait le ventre depuis la veille avait cédé la place à une autre émotion, plus lancinante et profonde encore.

La tour brûle…

Ses yeux croisèrent ceux de l'un des deux petits vieux qui secoua la tête de tristesse.

Amel était assise derrière sa copine journaliste, dans la salle de réunion du magazine, en compagnie d'une quinzaine d'autres femmes de tous âges. Elles écoutaient religieusement Sylvie Monnier, la rédactrice en chef, exposer les modifications de rubriques qu'elle souhaitait *implémenter* et les changements de chemin de fer que cela allait entraîner. Mode et bien-être allaient gagner en volume, de même que la publicité, au détriment de l'information et en particulier des sujets de société. La culture souffrirait également.

Alors que la présentation s'achevait, des pas précipités se firent entendre dans le couloir et un assistant, essoufflé et affolé, entra brusquement dans la pièce sans frapper. « Il se passe un truc énorme à New York ! » Il avait craché ces mots sans reprendre son souffle. « Ça brûle de partout ! » Il se jeta sur la télécommande de la télévision qui servait habituellement aux présentations et l'alluma.

Depuis maintenant dix minutes…

Toutes les journalistes se rapprochèrent pour voir de quoi il retournait. Elles découvrirent le spectacle d'un immeuble entouré d'un impénétrable nuage noir. Un premier *mon Dieu !* se fit entendre. Amel regarda autour d'elle les yeux à la fois apeurés et fascinés de ses consœurs, puis se concentra à nouveau sur les images, incrédule.

Avion…

Le point de vue changeait sans cesse, tantôt proche, tantôt éloigné. Vue aérienne, vue de la rue.

À l'instant où je vous parle…

Voix du présentateur, hésitant, mal informé, comme seul fond sonore. *Mon Dieu !* Des hélicoptères. *Mon*

Dieu ! Ils tournoyaient autour d'un World Trade Center qu'on aurait dit blessé. *Mon Dieu !*

Accident…

L'avion est trop bas. L'avion. Il n'était pas à sa place.

Un moyen-courrier avançait dans l'image, à faible altitude, presque au ralenti. Il se dirigeait droit sur le panache de fumée. « Il est dingue, il va… » Amel ne put s'empêcher de crier en même temps que les autres.

L'appareil percuta la seconde tour à mi-hauteur et disparut totalement à l'intérieur, dans un déluge gris bientôt rougi par des flammes. Il y eut un grand fracas de plastique, de verre, de bois et de métal. Tout le monde sursauta et se retourna. Cela ne venait pas de la télé. L'une des journalistes de la rédaction, d'origine américaine, venait de s'affaler lourdement sur la grande table de réunion, évanouie.

Il faut penser à tous ces passagers…

Un silence terrible régnait dans le bureau surpeuplé du PDG de la société londonienne que Servier était venu conseiller aujourd'hui. Personne ne bougeait. Tous avaient les yeux rivés sur la TV privée du boss.

Flying bombs…

Les minutes passaient et les images tournaient en boucle. Le deuxième avion percutait sans fin sa cible. Devant Jean-Loup, l'un des cadres anglais commença à débiter des *fuck, oh fuck* de plus en plus forts, apparemment incapable de se retenir. Étrangement vidé de toute émotion, il se tourna vers son voisin de gauche qui pleurait. *Oh fuck.* C'était un jeune mec, à peine sorti de l'adolescence. *Fuck.* Il marmonnait que son frère vivait à New York, qu'il n'arrivait pas à le joindre. *Oh fuck.* Sur sa poitrine, il tenait serré ce téléphone portable dernier cri dont il était si fier au déjeuner. *Fuck.* À présent, ce n'était plus qu'un inutile bout de plastique. Servier posa une main sur son épaule et sentit les secousses provoquées par les sanglots. *Fuck.*

Third plane... Pentagon...

À l'écran, d'autres images avaient remplacé les tours jumelles new-yorkaises en feu. L'une des façades du siège du pouvoir militaire US était en ruine.

Dark skies lit by giant flames...

Jean-Loup pensa à certains films-catastrophes qu'il avait vus au cinéma et se demanda si cette fois les Américains gagneraient à la fin. En écho à ses pensées, le nom de Bruce Willis, incongru, déplacé, fut prononcé par le commentateur.

Rougeard était déjà à l'arrière d'un taxi lorsque son portable se mit à sonner. Numéro masqué. « J'écoute ! » Il était en rendez-vous chez un éditeur lorsque la nouvelle était tombée et, sans attendre, il s'était précipité dehors pour rejoindre son bureau.

Tu sais, pour New York ? T'es où ? Klein, son rédacteur en chef.

« Je suis en route. »

T'en penses quoi ?

« Pas un accident. Pas deux fois de suite, pas comme ça. Et pas avec ce troisième zinc, à Washington. Il faut que j'appelle des gens. J'arrive. » Le journaliste raccrocha.

À l'avant, le chauffeur de taxi, d'origine africaine ou antillaise, monta le volume de son autoradio. Les programmes habituels avaient été remplacés par des bulletins d'information répétitifs et creux. Rougeard l'entendit lâcher entre ses dents un *Enculés, il faudrait tous les fouetter en public avant de les pendre, ces mecs*. Il ne réagit pas. Il regardait les gens qui marchaient sur les trottoirs comme si de rien n'était et pensa : *combien de temps ?*

Une heure après la déflagration initiale, la première tour jumelle s'écroule sous nos yeux...

Alors que le bâtiment s'effondrait au milieu d'un immense nuage de poussière grise, Salah, Mohamed et quelques autres se mirent à applaudir. Des sifflements montèrent de la foule qui scandait par intermittence des *Allahû akbar* vengeurs. Tasses et verres de thé claquaient sur les tables.

Karim eut envie de se boucher les oreilles et de fermer les yeux.

Images de panique... Débris...

Mais les *salafis* l'observaient. D'un hurlement, il loua à son tour la grandeur de Dieu, dans un déferlement de cette colère nouvelle qui avait remplacé sa tristesse.

Des gens tombent du ciel...

Ils n'avaient rien vu.

L'Amérique...

Il n'avait rien vu.

Sous le choc...

Il n'avait rien fait.

À terre...

Mohamed souriait, visiblement ravi des manifestations d'enthousiasme guerrier de Karim. Tout le monde riait, parlait fort. Au fond du bar, certains repoussaient à grand renfort de gestes les remarques et les dénégations des deux vieux, couvertes par la fureur ambiante.

À côté de Fennec, un jeune homme annonça qu'il ne pleurerait jamais sur le sort des Américains, que la leçon était bonne et méritée. Elle valait pour tous ceux qu'ils tuaient ou avaient tués avec leurs complices juifs.

Boule de feu...

À l'écran, une explosion fit trembler la seconde tour.

Sylvie Monnier s'était presque ressaisie. Sans la voix suraiguë avec laquelle elle hurlait ses instructions tout en écoutant le portable qu'elle avait coincé entre son épaule et son oreille, elle aurait semblé parfaitement normale.

Tragédie... Ce que nous savons... Deux avions... Le World Trade Center n'existe plus.

128

Autour de la table, les filles s'agitaient, s'occupaient. Trois d'entre elles entouraient l'Américaine qui reprenait des couleurs.

À Washington...

Amel s'était rapprochée de la rédactrice en chef, qui parlait plus calmement dans son téléphone, à l'un des directeurs du groupe de presse auquel le féminin appartenait vraisemblablement. « À New York ? Non, elle n'est pas en état... Je sais, mais... Je ne vois pas qui je peux envoyer là-bas...

— Je suis prête à y aller, moi, si vous voulez. » Amel fut surprise d'entendre sa propre voix prononcer ces mots.

La responsable du magazine se retourna brusquement et dévisagea d'un air mauvais celle qui avait osé l'interrompre. Puis, lorsqu'elle s'aperçut qu'il s'agissait de son ex-stagiaire, son visage se figea avant d'être parcouru par une vague de dégoût. Sa bouche se tordit et s'ouvrit un peu avant de se refermer. Du bout des lèvres, la tête légèrement en recul et tournée, la rédactrice en chef annonça qu'elle était trop inexpérimentée. Puis elle s'éloigna pour poursuivre sa conversation ailleurs.

Terroristes... Sèment la peur...

Amel se frotta irrépressiblement les mains. Elle se sentait sale d'un seul coup. Son portable vibra dans la poche de sa veste en jeans. Sylvain.

La confiance disparaît...

Elle ne décrocha pas.

Les mesures de sécurité avaient été renforcées au terminal Eurostar de Waterloo. Tout le monde était arrêté, questionné, des chiens passaient sur tous les bagages. Déjà, les policiers contrôlaient certains voyageurs plus que d'autres.

Dans le salon VIP, une télévision avait annoncé qu'un quatrième avion s'était écrasé en rase campagne. Apparemment, ses passagers s'étaient rebellés contre les pirates de l'air et avaient réussi à reprendre temporairement le contrôle de l'appareil. Des héros sacrificiels, figures rassurantes au milieu d'un chaos indescriptible et honteux. L'Amérique n'avait rien remarqué. Elle n'avait rien entendu, rien pu faire. Elle n'avait plus de chef, son président avait disparu. Il se cachait.

Personne ne parlait dans la voiture de première classe qui ramenait Servier à Paris. Il profita du jour déclinant pour contempler le paysage anglais qui défilait lentement de l'autre côté de la vitre. Il était à peine seize heures et tous les sièges du wagon étaient occupés, une chose assez rare pour être remarquée. D'habitude, ce train-ci rentrait plutôt à vide.

Aucun journal n'était visible et les téléphones portables demeuraient silencieux. Il y avait de l'alcool sur presque toutes les tablettes. Les regards étaient vagues, K-O, à l'image du monde occidental. Les yeux se fuyaient, tentaient de dissimuler leur peur.

Jean-Loup but une gorgée de Coca.

Tard dans la soirée. Assis sur son lit le dos contre le mur, Lynx zappait d'une chaîne d'information câblée à l'autre. Depuis quelques minutes, il avait coupé le son et récupéré son baladeur. Les Prodigy gueulaient dans ses oreilles.

I'm the trouble starter, fuckin' instigator…

À l'infini, des avions s'enfonçaient dans des tours qui brûlaient et disparaissaient dans des nuages opaques…

I'm the fear addicted danger illustrated…

Dans la liesse populaire de pays lointains.

I'm a firestarter, twisted firestarter…

Depuis quelques minutes, Lynx avait recommencé à sourire.

SECUNDO

BRAVO

Ange plein de gaieté, connaissez-vous l'angoisse,
La honte, les remords, les sanglots, les ennuis,
Et les vagues terreurs de ces affreuses nuits
Qui compriment le cœur comme un papier
  qu'on froisse ?
Ange plein de gaieté, connaissez-vous l'angoisse ?

CHARLES BAUDELAIRE
Réversibilité,
in *Les Fleurs du Mal*

L'Envoyé de Dieu a dit : « Dieu a prescrit la
conduite excellente en toute chose. Ainsi, lorsque
vous tuez, faites-le de bonne manière et lorsque
vous égorgez, faites-le de bonne manière ! Affû-
tez bien la lame et ménagez la bête à sacrifier ! »

Hadith rapporté par MOUSLIM,
in *Les quarante hadiths*
par l'imam YAHYA IBN CHARAF
ED-DINE AN-NAWARI

12/09/2001

À LA UNE

L'AMÉRIQUE A PEUR / UN MONDE S'ÉCROULE / L'AMÉRIQUE HUMILIÉE / TERREUR MONDIALE / LES 100 MINUTES DU CAUCHEMAR / LE TERRORISME ISLAMISTE DANS LE COLLIMATEUR / LIGUE DES CHAMPIONS : LYON SE DÉPLACE À BARCELONE [...]

Stabrath attendait dans une brasserie de la place Denfert-Rochereau. Autour de lui de nombreux clients lisaient le journal, l'air sombre. Ses yeux vagabondaient d'un quotidien à l'autre tandis que ses oreilles captaient des bribes de conversations de comptoir qui trahissaient une même émotion, la stupeur. Tout cela glissait sur lui. Il savait déjà tout ce qu'il y avait à savoir et même beaucoup plus. Trop, peut-être. Il était fatigué, la nuit avait été longue. Excitante aussi. Il vivait enfin un tournant de ce siècle. Cette fois, l'histoire ne lui échappait pas.

Il termina son café et en commanda un autre. Celui qu'il attendait était en retard. De quelques jours déjà et même probablement plus. Cela n'avait rien de surprenant, la DGSE et la DRM, bien qu'officiellement sous

135

la tutelle du ministère de la Défense, n'étaient pas inféodées aux mêmes pouvoirs. Des pouvoirs qui s'apprêtaient à se combattre sans merci au cours des mois à venir. Cependant, la marche du monde les avait rattrapés et ils devaient à présent pactiser, au moins sur le front de ce que l'on appelait officiellement *le terrorisme*. En fait, il était surtout question de défendre les intérêts politiques et économiques de la France, le bien commun pour lequel ils passaient le plus clair de leur temps à s'étriper.

L'heure n'était plus à la guéguerre de services.

Le colonel Montana fit son entrée. Il semblait reposé et affichait, sous sa barbe brune parfaitement taillée, ce teint hâlé qu'il entretenait à longueur d'année. L'homme était coquet, d'une élégance pointilleuse qui lui permettait de masquer un léger embonpoint. Il avait des yeux plissés en permanence qui ne fixaient jamais très longtemps les interlocuteurs. « Bonjour, mon général, comment allez-vous ? » L'éminence grise de la DGSE posa un journal sur la table, plié autour d'une enveloppe kraft, et s'installa. « Pas trop éprouvé par les dernières vingt-quatre heures ?

— Pas plus que vous, j'imagine.

— J'ai très bien dormi, pour ma part. » Montana demanda un espresso, « un double », accompagné d'un croissant. « Vous souhaitiez me parler ? »

Longue nuit. Petit déjeuner tardif et improvisé. Donner le change. Stabrath aurait presque eu envie de sourire si le moment n'avait pas été si délicat. « C'est exact. Nous avons un problème.

— Nous ? Vous voulez dire la DRM ?

— Non, *nous* la DRM et la DGSE. »

Un temps, pour marquer l'étonnement. « Quel pourrait bien être ce problème ?

— Mon service a appris qu'un colis encombrant se balade peut-être dans la nature.

136

— Le genre de chose qu'il aurait mieux valu ne jamais faire circuler ou, le cas échéant, détruire depuis longtemps ? »

Le général soupira, regarda autour de lui et fit oui de la tête.

Montana croqua dans sa viennoiserie sans rien manifester.

« Cela n'a pas l'air de vous surprendre.

— Parce que je suis déjà au courant et vous devez bien vous en douter, sinon nous ne serions pas là aujourd'hui. »

Les deux hommes s'observèrent un moment. Le colonel finit par s'essuyer les mains et ouvrit l'enveloppe qu'il avait apportée. Il en sortit un cliché qu'il donna à son homologue de la DRM. Il confirmait les craintes nées des révélations d'Iyad Al-Hillahoui. Les lots existaient bel et bien et leur origine était vérifiée par les éléments d'identification qui apparaissaient sur la photo.

« Savez-vous où se trouve ce baril à présent ? »

Stabrath secoua la tête.

Avec un sourire, Montana rangea la photo et enchaîna. « Il a été vu le 1er septembre, dissimulé à l'arrière d'un camion qui transportait du pétrole de contrebande hors d'Irak.

— Il n'y en avait qu'un ? »

La question du général fit disparaître toute trace de satisfaction sur le visage de son interlocuteur. « Oui, pourquoi ?

— Nous pensons qu'il y a deux lots. Or, je ne vois qu'un seul conteneur acier lourd sur votre document. L'autre a dû vous échapper. Que s'est-il passé avec celui-ci ensuite ?

— Il est entré en Syrie et…

— Vous l'avez perdu ? »

Montana, troublé par ce que venait de lui livrer Stabrath, termina son croissant en silence. Il but une gorgée de café. « Nous disposons de quelques éléments qui peuvent nous permettre de retrouver sa trace. » Il récupéra une seconde photo dans l'enveloppe et la tendit au général.

« Nasser Delil alias Michel Hammud alias Abou El-Kalam.

— Vous le connaissez ?

— Oui. » Stabrath rendit le cliché à l'homme de la DGSE. « Il est temps de jouer cartes sur table. Le paysage que j'aperçois suggère que Delil a été également photographié à la frontière syrienne, exact ? »

Hochement de tête.

« Le même jour ? »

Montana acquiesça à nouveau.

Le général se tut pendant quelques instants. « Nous savons qui est Delil. Nous l'avons déjà croisé. Même s'il n'a pas été, à cette occasion, perçu comme… un client prioritaire.

— C'est fort dommage. Où et quand a eu lieu cette rencontre ?

— Au printemps dernier.

— Une éternité. La chance repasse rarement deux fois les plats.

— Le dispositif déployé à cette époque est toujours en activité, ici, à Paris. » Stabrath laissa à son interlocuteur le temps de prendre la mesure de cette révélation avant de l'interroger à son tour. « Vous êtes sur Delil ? »

Les yeux de Montana cessèrent de naviguer à droite et à gauche et s'étrécirent un peu plus. « Oui, plus ou moins.

— Notre source nous a transmis une autre information, qui nous a donné une idée de la destination finale de cette chose qui nous préoccupe.

— Et où doit-elle atterrir, cette *chose*, comme vous dites ? »

Le général se redressa sur sa chaise avant de répondre, d'une voix empreinte de gravité. « La présence de

Delil dans l'équation ne fait que confirmer notre hypothèse initiale.

— Je serais tout de même curieux de savoir où…

— Avant d'aller plus loin, je veux m'assurer que nous avons tous les deux bien compris ce qui est en jeu. » Stabrath prit une profonde inspiration. « Je parle aujourd'hui au nom de la DRM.

— Les événements d'hier ont quelque peu modifié notre position, comme vous pouvez l'imaginer. Pour le meilleur, assurément. Ma présence ce matin ainsi que ces documents », Montana posa une main ouverte sur l'enveloppe, « constituent un gage de notre bonne volonté, de notre lucidité retrouvées. On me laisse carte blanche pour régler ce problème rapidement et discrètement. J'envisageais déjà, avant de vous rencontrer, certaines solutions mais disons que…

— La mutualisation de nos moyens ne peut qu'augmenter nos chances de succès, c'est cela ? »

Le colonel fit oui de la tête. « Mieux vaut, pour ce dossier particulier, oublier certaines querelles. Nous souhaitons également trouver une solution en famille. Inutile, donc, de mettre l'Intérieur au courant. Leurs priorités, si honorables soient-elles, ne sont pas les mêmes que les nôtres. Ils pourraient ne pas voir *the big picture*, comme disent les Anglo-Saxons, la réalité d'ensemble. » Devant l'absence d'objection de son interlocuteur, Montana enchaîna : « À présent, consentirez-vous à m'expliquer quel est cet élément dont vous disposez et qui vous permet de connaître à coup sûr la destination des lots ? »

Stabrath se rapprocha, pour parler plus bas. « Nous connaissons le nom du commando qui doit les réceptionner. »

À LA UNE

DEUX JOURS PLUS TARD : MACABRE BILAN / NUMÉRO
SPÉCIAL : TOUS LES CLICHÉS DU DRAME / NEW YORK
CRIE VENGEANCE ! CONTRE QUI ? / LA FRANCE SOLI-
DAIRE DES ÉTATS-UNIS / LE SPECTRE DE BEN LADEN /
L'UNION SACRÉE DES PARTIS POLITIQUES FRANÇAIS /
LES DONS DU SANG AFFLUENT, MÊME ARAFAT / TÉLÉ-
VISION : LE PHÉNOMÈNE « MATERNELLES » / MAR-
SEILLE, ELIOT NESS DÉBARQUE À L'OM [...]

« Je ne peux m'empêcher d'être surpris. » Et anxieux, mais Charles Steiner s'abstint de verbaliser cette
remarque. Ce n'était pas le genre de confidence qu'il
avait envie de faire à Montana. Côte à côte, ils remontaient la rue Saint-Honoré à pied. C'était un jour gris,
un peu venteux. Steiner resserra la ceinture de son
imper avant d'en remonter une nouvelle fois le col.

« L'idée a été discutée hier et approuvée par la hiérarchie. Vous devez vous préparer. En attendant le go,
je souhaite que vous me fassiez parvenir au plus vite
une estimation des ressources nécessaires, tant humaines que financières.

— Combien de temps tout cela va-t-il durer ? Compte
tenu des circonstances, j'imagine que les économies de
bouts de chandelle ne sont pas à l'ordre du jour.

— Vous imaginez bien. Attention cependant à faire
preuve de discernement, les poches du contribuable ne
sont pas sans fonds, si secrets soient-ils. »

Du coin de l'œil, Charles vit Montana esquisser un
sourire. À quoi reconnaît-on un parfait imbécile ? Il est
le premier à s'amuser de ses propres plaisanteries.

« Côté argent, nous procéderons comme nous l'avons
toujours fait. L'essentiel des transactions passera par

les voies usuelles, au Duché. Pour le reste, vous vous adresserez directement à moi.

— D'où proviendront les informations ?

— Principalement d'une mission *obs*[1] de notre Direction action qui est déjà en cours. Nom de code : *Alecto*.

— Depuis combien de temps ?

— Le 2 septembre. Les effectifs d'Alecto vont monter en puissance afin de pouvoir vous soutenir au mieux. Nous recevrons par ailleurs une assistance extérieure.

— Qui ?

— La DRM. »

Ils marchèrent un moment en silence. Steiner avançait tête baissée, les mains dans les poches.

Montana devina son malaise. « Que se passe-t-il ?

— Ne craignez-vous pas que, enfin, je veux dire, eux, avec nous, dans une opération de cette nature… » La création de la DRM, au début des années quatre-vingt-dix, s'était faite aux dépens de la DGSE, qui avait ainsi perdu une partie de ses domaines réservés et de ses moyens. Le ressentiment entre les deux services demeurait vivace. « Cela augmente considérablement les risques, non ? À croire que nous n'avons rien retenu des leçons du passé.

— L'essentiel de ces risques se situe en bout de chaîne, de votre côté. Dois-je vous rappeler que c'est pour cela que la DGSE a mis en place des organisations comme la vôtre ? Afin de pouvoir prendre ses distances tout en continuant à intervenir même pour des cas difficiles ? Vos tergiversations m'étonnent. Je pensais qu'en tant qu'ancien chef de cuve, vous vous réjouiriez d'une telle initiative. Pour une fois que nous faisons preuve de courage. »

Ils étaient arrivés devant l'immeuble du *Canard enchaîné*. Ils se concertèrent du regard, traversèrent et poursuivirent leur promenade sur le trottoir d'en face.

---

1. Pour *observation, repérage, surveillance* dans le jargon DGSE.

Charles revint à la charge. « Le jeu en vaut-il la chandelle ?

— À circonstances exceptionnelles, mesures exceptionnelles. » Montana leva le nez pour observer le ciel qui s'assombrissait. « Croyez-moi, lorsque nous avons évoqué les retombées éventuelles de l'utilisation de la petite saloperie qui se balade dans la nature... Il ne s'agit pas seulement de sauver quelques vies humaines, Charles, mais de préserver notre crédibilité, notre influence internationale ainsi que des pans entiers de nos complexes militaro-industriel et pétrochimique. Nous ne pouvons pas nous permettre que des informations sur l'existence et la circulation de ces armes s'ébruitent. Et encore moins que celles-ci soient utilisées dans le cadre d'une action terroriste. Surtout avec ce qui vient de se passer. »

Steiner était partagé entre ses réticences et son envie. Ce serait sans doute la dernière grande opération de sa vie professionnelle.

« On me fait confiance et moi je vous fais confiance. » Montana, bravache, continuait à soliloquer. « Comme toujours, c'est aux grognards de nettoyer les basses fosses des huiles. Avec les échéances qui se profilent à l'horizon, les politiques regardent déjà ailleurs. Ils ne veulent surtout pas que cette histoire leur pète à la gueule. La consigne est de mettre le couvercle, serrer les fesses et faire tourner la machine à signer. » Il s'immobilisa subitement et posa une main solennelle sur l'épaule de Charles. « Aidez-moi à retrouver ces gens et à les stopper. Il est temps d'envoyer un message fort et clair aux Arabes. Rappelez-vous, c'est Lyautey qui disait, je crois, qu'avec eux, il faut montrer sa force pour ne pas avoir à s'en servir. »

Steiner se demanda comment repousser la main envahissante de Montana sans le vexer. Il se sentait ridicule, arrêté en pleine rue sur ce bout de trottoir. Mais il était heureux.

14/09/2001

On Tuesday morning, September 11, 2001, terrorists attacked America in a series of despicable acts of war [...]. Civilized people around the world denounce the evildoers who devised and executed these terrible attacks. Justice demands that those who helped or harbored the terrorists be punished — and punished severely. The enormity of their evil demands it. We will use all the resources of the United States and our cooperating friends and allies to pursue those responsible for this evil, until justice is done.

G.W. BUSH
September 13, 2001

(Le mardi 11 septembre 2001, au matin, des terroristes ont, par une série d'actes de guerre méprisables, attaqué l'Amérique. Les peuples civilisés du monde entier condamnent les criminels qui ont conçu et exécuté ces attaques monstrueuses. La justice impose que ceux qui ont aidé ou accueilli les terroristes soient punis — et sévèrement punis. La menace de leur malfaisance l'impose. Nous utiliserons toutes les ressources des États-Unis ainsi que celles de nos amis et alliés pour traquer les responsables de cette horreur, jusqu'à ce que justice soit rendue.)

Kamel Ksentini s'arrêta sur le pas de sa porte d'entrée et observa longuement la rue. Il s'était déjà livré au même rituel quelques minutes plus tôt, derrière les voilages blancs qui masquaient la fenêtre de sa chambre, au premier étage. Il cherchait un détail incongru, la voiture ou la camionnette qui n'aurait pas dû être là, le piéton immobile ou trop lent. Mais il ne vit rien de nature à l'alarmer. Rassuré, il entama sa promenade quotidienne. Il était bientôt huit heures et demie et, comme tous les matins, il allait marcher une quarantaine de minutes pour se vider la tête, surveiller son périmètre de sécurité et essayer de révéler une éventuelle filature.

Son itinéraire variait tous les jours. Un peu, jamais trop. S'il était surveillé, seule une certaine routine était à même d'endormir la vigilance de guetteurs potentiels et de lui signaler leur présence. Modifier trop radicalement ses habitudes leur mettrait la puce à l'oreille. S'ils existaient. Kamel était cependant relativement certain de ne pas avoir été repéré depuis son arrivée. Pas encore.

Et avec un peu de chance, jamais.

La crainte de la colère d'Allah était la meilleure garantie de la fiabilité de ses complices et il ne craignait donc pas la trahison. Il était à l'abri, au cœur même du territoire ennemi. Mais il restait en éveil.

Les *kouffars* s'agitaient, depuis New York. Il y aurait évidemment des ripostes, certaines dramatiques pour la cause. Cela faisait partie du plan. Les sacrifices faisaient partie du plan. L'ennemi aurait ses victoires, autant de leurres destinés à masquer son opération à lui. Ce plan, personne, pas même les stratèges du mouvement, n'en possédait tous les détails.

Personne n'était donc en mesure de les révéler.

Après une vingtaine de minutes de marche, Kamel s'arrêta devant la barrière d'un collège situé à un peu moins de deux kilomètres de chez lui. Il passait devant tous les jours ou presque. Il y avait un gymnase avec de larges baies vitrées derrière lesquelles, aujourd'hui, des élèves disputaient une partie de handball. Ensuite venaient une cour et, plus loin, le reste des bâtiments scolaires.

Le regard de Kamel se porta vers le portail de l'établissement, à une trentaine de mètres. Quelques gamins attendaient de rentrer en classe. Certains d'entre eux, imitations d'adultes miniatures, discutaient devant la grille l'air sérieux, une cigarette au bec. D'autres descendaient d'un bus en courant ou saluaient des parents qui les avaient accompagnés.

Une femme avait remarqué la présence de l'Algérien. Elle l'observait avec attention. Il prit alors conscience qu'il avait posé ses deux mains sur la barrière. Ses doigts étaient fermement accrochés au treillis de métal. Il les retira vivement. La jeune maman était en compagnie d'autres parents et indiquait sa direction. Ils parlaient de lui. Kamel décida qu'il valait mieux en rester là et s'éloigna sans paniquer. Personne ne le suivit. Il faudrait éviter cet endroit à présent.

Il faut appeler, c'est pas normal...

La voix, masculine, s'était exprimée en arabe.

Sois patient. Il ne faut pas faire...

Celle d'un autre homme, à peine plus aiguë que la première et tout aussi métallique à cause de la retransmission. Il avait répondu dans la même langue.

Je veux savoir. Si tu ne veux pas le faire, je le ferai moi...

Des bruits de pas. Un tiroir est ouvert, fouillé avec vigueur. À l'écran, une image en noir et blanc, en plongée, déformée par un objectif grand angle. Un individu vêtu d'un survêtement se tient devant une commode et cherche quelque chose. Un deuxième individu le rejoint et l'arrête.

Laisse ça...

Le second homme force le premier à reposer dans le tiroir le téléphone portable qu'il tient à la main, tout en continuant sa diatribe.

C'est dangereux. Ça a été créé par les ennemis d'Allah. Il ne faut pas les utiliser. En plus, ça abîme la tête...

« Putain de martyr qui a peur du cancer du cerveau !

— Qu'est-ce que tu dis, Zer' ? » Le capitaine Meunier avait posé sa question sans relever le nez de son exemplaire de *L'Équipe*.

Farid Zeroual, son coéquipier, retira ses écouteurs. Ils se trouvaient dans la petite salle de briefing d'une caserne de CRS proche des lieux de résidence des objectifs qu'ils traitaient depuis le début du mois d'août. Une longue table avait été installée contre un mur, constituée à partir de plusieurs bureaux collés les uns aux autres. Des moniteurs vidéo, des récepteurs, des enregistreurs s'y déployaient en nombre, reliés par un enchevêtrement de câbles. Le policier s'étira. « Ce connard de Frère n° 2 a la trouille d'attraper un cancer de la tête à cause du portable.

— Crétin de barbu. » Meunier posa son journal et, comme son collègue, se mit à fixer les images silencieuses et hypnotiques que diffusaient les différents écrans : les deux hommes qu'ils surveillaient, lancés dans une discussion animée, une autre pièce de l'appartement, déserte, la façade grise d'une tour tristement parallélépipédique, le hall d'entrée d'une résidence, un parking pris de l'intérieur d'une voiture vide, au-dessus du volant.

L'ouverture inopinée de la porte de leur salle les fit sursauter.

« Il va falloir penser à garer les bagnoles mieux que ça. Quand on arrive par l'autoroute, la seule chose qu'on voit ce sont tous les véhicules banalisés qui stationnent dans le parking de la CRS, ça craint. » Le nouvel arrivant s'appelait Ponsot. Il était très grand, large d'épaules, brun aux cheveux courts. Ses yeux marron dominaient un visage étonnament lisse pour un homme de quarante-trois ans. Chef du groupe Islam de la Section opérationnelle de recherche et de surveillance[1] des RG, il était responsable de l'opération Vent Divin.

Il posa deux gros sacs en papier sur un bout de table dégagé. « On est passés prendre à becqueter au chinois. Trigon arrive avec le reste. » Il retira sa veste et la jeta

1. SORS.

146

sur le dossier d'une chaise. « Qu'est-ce qu'ils racontent, les gaziers ?

— N° 2 est en train de virer hypocondriaque.

— Quoi ?

— Cet abruti est prêt à se lancer contre un immeuble le cul posé dans un camion bourré d'explos et de produits d'entretien mais il a peur de son mobile parce que ça *abîme la tête*. » Meunier se tourna vers Zeroual qui acquiesçait en ricanant.

« Ils en ont reparlé, justement, du camion ? »

Les deux subordonnés de Ponsot secouèrent la tête de concert et lui soupira, les choses prenaient trop de temps. Le tuyau initial était arrivé au milieu de l'été, via les services secrets du ministère de la Défense, les espions, les *milis*, dans le jargon des RG. Un ressortissant français suspecté d'activités terroristes avait été interpellé à Dubaï. À la suite d'un interrogatoire *poussé*, *Iguane*, c'était le pseudonyme sous lequel il apparaissait dans les retranscriptions, avait révélé qu'une cellule aux ramifications européennes préparait une action à Paris. La cible visée était l'ambassade américaine, la méthode, un camion-suicide. L'homme avait également donné les noms de complices, dont certains étaient déjà *connus des services de police*, en particulier de la SORS, qui en suivait déjà deux ou trois dans le cadre d'autres dossiers, ce qui expliquait sa place prépondérante au sein du dispositif Vent Divin.

« Qu'est-ce qu'ils branlent ces cons ?

— Frère n° 3 voulait appeler un contact juste avant que tu arrives. Eux aussi, ils en ont marre d'attendre. D'autant que l'absence de nouvelles d'*Iguane* les inquiète de plus en plus. Qu'est-ce qu'ils disent, les grands chefs ? Il y a eu d'autres infos en provenance de Dubaï ?

— Rien. Ah si, les Allemands et les Belges veulent sauter leurs objectifs maintenant.

— Ils ont raison. Elles commencent à me faire chier, ces surveillances.

— C'est néanmoins pour cela qu'on te paye, Zer'. Rappelle-toi ce que je t'ai expliqué lorsque tu as rejoint le groupe. Spécifiquement chargée des affaires d'antiterrorisme au sein des RG, la SORS a pour mission de rechercher, identifier et surveiller les personnes suspectées de préparer des actions hostiles à l'État français dans les limites du territoire national, bla, bla, bla. Bref, que tu allais passer de longues heures à te tourner les pouces en matant des mecs pas fun qui vaquaient à leurs banales occupations quotidiennes. » Ponsot se dirigea vers les sacs de nourriture. « Dis-toi que tu protèges la tranquillité de tes concitoyens et que c'est une très noble tâche. Ça t'aidera à faire passer le temps. » Il en ouvrit un puis l'autre.

Meunier le rejoignit. « Tu y crois, toi, à ces conneries ?

— Je crois qu'on gagnerait à ne pas perdre ce genre de choses de vue, ouï. Qui veut des nems ? »

En début de soirée, Lynx s'installa devant son bureau et alluma son ordinateur portable. Le logiciel de courrier afficha bientôt le message électronique qu'il s'était renvoyé depuis un cybercafé en fin d'après-midi. Le mail avait déjà accompli un chemin compliqué avant qu'il le relève une première fois. Le second transfert lui avait fait parcourir à nouveau de nombreux détours, par des serveurs de redirection installés dans différents pays. Le suivre à la trace n'était pas impossible, juste terriblement difficile. Un risque faible et raisonnable. Par ailleurs, intercepter cette communication ne servirait à rien. Elle était codée par un algorithme asymétrique suffisamment complexe pour dissuader toute tentative de décryptage. Le corps et l'intitulé du message étaient illisibles tels quels, sauf par leur destinataire final.

L'agent entra sa clé de chiffrement personnelle pour faire apparaître en clair le texte du courrier.

Fri 14 Sep 2001, 23:04:15 +2000
From : latrodecte@hotmail.fr
To : latrodecte@alteration.com
TR : *blank*
Fri 14 Sep 2001, 14:38:22 +4000
From : papy@sever.org
To : epeire@lightfoot.com
blank

> *Te souviens-tu de notre séjour à Perpignan ? J'aime-*
> *rais bien refaire un tel voyage en France bientôt.*
> *Qu'en penses-tu ? Il nous faudrait trouver de quoi*
> *nous déplacer et un endroit calme où nous pourrions*
> *nous reposer en paix. Ne t'inquiète pas pour le bud-*
> *get de ces vacances, j'aurai tout ce qu'il faut.*
> *Ton grand-père qui t'aime.*

Voilà trois jours que Lynx attendait ce signal. À présent qu'il lui parvenait, il était surpris par son contenu. Il allait opérer en France pour la première fois. Pour un travail très particulier : l'allusion à Perpignan, déjà plutôt explicite, était renforcée par la seconde partie du message.

Lynx ne savait que penser pour le moment et préféra se concentrer sur ce dont il allait avoir besoin, à commencer par cet *endroit calme* évoqué dans le message. Après quelques minutes de réflexion, il conclut que son refuge de banlieue satisferait parfaitement à cette requête. Il faudrait cependant recourir à quelques aménagements. Il s'occuperait d'en dresser la liste dès le lendemain.

Lynx effaça toute trace du mail avant de lancer un programme de nettoyage de son disque dur spécialement étudié par le Service. Il replia l'écran de son ordinateur, se leva pour aller se poster derrière sa fenêtre, dans le noir, et regarda dehors. Tout était calme. Deux copains marchaient en discutant. Un couple terminait sa soirée, amoureux. Une jeune femme promenait son chien. Une voiture passa dans la rue à vive allure.

Il vivait à côté de ces gens.

Lynx posa son front contre la vitre.

Il vivait à côté de ce monde. Ce monde n'était rien, il n'avait aucun sens.

Fennec terminait lentement son thé à la menthe. Il laissa ses yeux passer par-dessus le rebord de son verre et observa alentour la salle un peu miteuse, bondée et enfumée d'*El Djazaïr*. Il n'y avait que des hommes. Ils discutaient entre eux. L'avant-garde pathétique d'une *Ghazwa*[1] fantasmée, qui refaisait le monde et rêvait sa *Reconquista* à l'envers. Il vivait à côté de ces pseudo-guerriers divins et fous. Il était là mais il n'était plus rien, n'avait jamais rien été, dans ce monde idéal et pieux qui leur appartenait. Une coquille vide. Un leurre.

Mais, et dehors ? Une excuse.

Karim se leva et sortit. Il avait besoin d'air subitement. L'heure de la prière de la nuit approchait. Après, il ne lui resterait plus qu'un seul rituel à accomplir.

Deux heures plus tard, juste avant minuit, il rejoignit l'appartement de la rue Notre-Dame-de-Nazareth. Tendu. Le rendez-vous, inopiné, avait été sollicité par son officier traitant le matin même. En sortant de chez lui, Karim avait aperçu une affichette bien spéciale qui annonçait un concert de rock. Elle était collée à un endroit précis qu'il vérifiait chaque matin. Le groupe n'existait pas en réalité, c'était un signal d'urgence. Il annonçait probablement la fin de son opération. Elle n'avait pas donné les résultats escomptés et se prolongeait à présent inutilement.

1. Sainte bataille ou geste, dont dérive le terme *razzia*.

Il avait échoué.

Louis ne perdit pas de temps et invita son agent à s'asseoir dès que celui-ci entra dans la salle de débriefing. Il déclencha l'enregistrement et prononça la petite phrase d'introduction habituelle avant d'entrer dans le vif du sujet. « Nasser Delil. » Un portrait photographique pris au téléobjectif fut extrait d'une chemise rouge posée devant son traitant et traversa la table. « Tu te souviens de lui ? »

Fennec hocha la tête. « Il était à Paris vers la fin du mois de mars. Je l'ai croisé plusieurs fois en compagnie de Mohamed Touati. Je n'ai jamais su où il vivait. Il a disparu début avril. Pas prioritaire.

— Exact. » Louis regardait fixement son interlocuteur. « Jusqu'à aujourd'hui. » Il y avait une légère tension dans sa voix, ses mots étaient précipités. Il était porteur d'un message dont il n'appréciait guère le contenu.

Karim n'était peut-être pas là pour se voir signifier la fin de sa mission comme il l'avait supposé toute la journée. Changement d'objectif ?

« Quels étaient les autres contacts de Delil ? »

L'officier traitant testait la mémoire de Fennec. Ces informations étaient contenues dans les synthèses hebdomadaires. Il se prêta néanmoins au jeu. « Principalement le dénommé Jaffar, ce converti qui lui servait d'homme à tout faire. Il était constamment à ses côtés. Lui, cela fait quelques semaines que je ne le vois plus non plus. Je le soupçonne d'être parti à l'étranger.

— Il est toujours sur notre territoire. Et à partir de maintenant, tu vas te coller à ses basques pour...

— Quid de l'opération en cours ?

— Suspendue jusqu'à nouvel ordre. Ta nouvelle mission consiste à surveiller Jaffar pour essayer de mettre la main sur Nasser Delil. »

Karim ne put masquer sa surprise. « Il est peu probable que Delil se montre à Paris. » Il était énervé. « Pas en ce moment. Pas avec ce qui se passe. »

Louis ne réagit pas.

« Il va se terrer quelque part et attendre que la tempête se calme. Une action passive risque de ne pas donner grand-chose. Ne serait-il pas plus avisé d'aller le chercher là où il est susceptible d'être accueilli ?

— Les autorités ne négligent aucune piste. Raison de plus pour faire notre part du boulot. »

L'officier traitant semblait très sûr de son fait. Il devait disposer d'autres informations sur les déplacements de Delil. Pourquoi ne pas les partager avec lui ? Karim se demanda également quelles étaient ces *pistes*, qui n'étaient pas *négligées*.

« Je te ferai passer les informations concernant Jaffar par les voies habituelles. Ainsi qu'un nouveau protocole de communication. Il va falloir jouer serré, une extrême prudence est désormais de rigueur. »

Fennec se contenta d'acquiescer après ce dernier conseil qui marquait la fin de leur entrevue. Il se leva, troublé. Cette mise en garde à un agent qui venait de passer plusieurs mois à se protéger de tous les côtés semblait un peu superflue. Elle était inquiétante. Nouvelle mission, nouveaux objectifs. Risques accrus. *Notre part du travail.* Nouveaux joueurs ? Il quitta l'appartement.

Peu après le départ de Karim, le général de Stabrath entra par une porte dérobée et rejoignit Louis au centre de la salle de débriefing. « Il sera à la hauteur ? »

L'officier traitant se contenta de hocher la tête.

« Il n'avait pas l'air très enthousiaste, ni même motivé.

— Je me porte garant du capitaine Ramdane. C'est un bon officier, consciencieux. Pour le moment, il faut qu'il digère.

— Digérer ? Mais quoi donc ?

— Il doit estimer qu'il a raté son coup.

— Raté ?

— Oui, l'opération dans laquelle il s'est engagé n'a pas porté ses fruits. Il n'a pas réussi son infiltration dans les filières d'entraînement extra-européennes. Et puis...

— Et puis ? »

Louis hésita avant de poursuivre. Ils avaient déjà âprement discuté ce point et il avait été contraint de suivre l'avis de son supérieur. « Il n'est pas idiot. Il a sans doute compris que je ne lui disais pas tout et il va se demander pourquoi. Après ces quelques mois d'isolement, cela pourrait l'inquiéter plus que nécessaire. »

Le général balaya cette remarque d'un geste agacé. « La gestion des états d'âme de cet agent est votre problème, commandant, alors démerdez-vous pour qu'il ne vous claque pas dans les doigts. Lui en dire plus ferait peser un risque inutile sur le reste du dispositif en cas de problème. N'oubliez pas que nous ne sommes plus seuls en lice. » Il planta ses yeux dans ceux de Louis. « J'espère pour vous que ce garçon est fiable. Nous n'avons pas le droit à l'erreur. Il faut retrouver cette saloperie... Et le plus tôt sera le mieux. »

16/09/2001

Le commandant Ponsot interrompit la lecture de la bande. « Là, ils se disputaient pour savoir s'il fallait tout détruire et foutre le camp au plus vite. Juste avant, ils évoquaient les arrestations en Belgique et aux Pays-Bas. Ils ont la trouille. » Il se trouvait dans l'une des salles de réunion du ministère de l'Intérieur qui donnait sur la place des Saussaies, en compagnie de ses deux tauliers et des autres chefs de groupe de la SORS. Étaient également présents des cadres de la direction générale et de la section des étrangers, ainsi qu'un officier de liaison de la DGSE, qui s'était juste identifié sous le prénom d'*Arnaud*. Son rôle consistait principalement à faire circuler la paperasse, en particulier les demandes d'utilisation de moyens d'écoute et satellite de l'armée ou de documents confidentiels. Alors, en réunion, il faisait passer le temps en jouant avec une pipe éteinte, qu'il s'empressait d'allumer aussitôt libéré. Ponsot l'aimait bien, l'homme était fin et cultivé, plutôt clairvoyant.

Tous étaient là pour entendre les comptes rendus des dernières interceptions de l'opération Vent Divin. Dehors, il faisait beau. C'était dimanche. Ponsot aurait aimé être ailleurs, avec ses gosses. « Depuis quelques jours, les altercations comme celle-ci se multiplient.

— Nos voisins nous ont foutus dans un beau merdier en précipitant les interpellations. » Le patron de la SORS, qui avait pris la parole pour la première fois de la matinée, se passa une main sur le visage. Il était plus gris qu'à l'accoutumée. « Qu'est-ce qu'on fait maintenant ? »

La question s'adressait à Ponsot, qui commença à répondre. « Pour le moment, la majorité des membres du groupe, menée par l'informaticien, souhaite attendre des consignes de l'étranger. En particulier des nouvelles de Belgique. Ils…

— Ils en pensent quoi, à la DST ? » Le numéro deux de la section avait coupé la parole à son subordonné pour interroger le représentant de la direction générale.

Ce dernier commença par hausser les épaules. « Ils n'en pensent rien. Ils ne se mouillent pas. Le Parquet non plus d'ailleurs. Les juges ne veulent pas s'en occuper pour l'instant, parce que c'est un bâton merdeux, cette histoire. Il n'y a pas grand-chose dans le dossier si ce n'est des intentions et des menaces.

— C'est pourquoi nous devons encore attendre. » Ponsot reprit la main. « Les explos et les composants chimiques doivent être achetés dans la région de Bruxelles, avec des armes. Dès qu'ils les auront, ils se procureront le camion pour aller les chercher. On pourra les coincer lorsqu'ils repasseront la frontière dans l'autre sens.

— Le risque est énorme. Personne ne veut d'une deuxième rue de Rennes, surtout en ce moment. » La remarque émanait d'un autre chef de groupe, qui s'occupait habituellement des Corses. Du fait des événements new-yorkais, ceux-ci n'étaient plus prioritaires.

« Nous concentrons suffisamment de moyens de surveillance sur eux. Les écoutes et les pièges à cons… Pardon, les chevaux de Troie que nous avons installés dans leurs bécanes nous ont donné une liste relativement exhaustive de tous leurs contacts et de leurs bases de repli possibles. » Ponsot s'efforçait de parler calmement. « Vent Divin n'est pas encore mûre. Il faut être patient, au moins quelques jours de plus. Où voulez-vous qu'ils aillent sans qu'on le sache ? »

Le silence se fit dans la salle. Tout le monde attendait la réaction du porte-flingue du directeur. Celui-ci laissa passer quelques secondes avant de se lever d'un bond pour partir. « Pour le moment on continue comme ça. Au travail, messieurs. »

17/09/2001

L'homme avait une cinquantaine d'années et plus beaucoup de cheveux. Il portait un costume gris qui ne déparait pas avec la sévérité de son expression. Rougeard le regarda s'éloigner de leur table et rejoindre l'entrée de la brasserie. Il le suivit des yeux jusqu'aux hautes grilles du Palais de Justice, de l'autre côté du boulevard. Là, un gendarme salua le magistrat d'un rapide geste de la main à son képi et le laissa pénétrer dans la cour de Mai.

Le journaliste attrapa sa bière et la termina d'un trait. Il commençait à rassembler ses affaires pour partir à son tour lorsqu'il fut interrompu par son mobile, qui s'était mis à vibrer. Numéro parisien. Il décrocha.

Bonjour, monsieur Rougeard...

C'était une voix aiguë, féminine, un peu déformée et métallique. Sûrement la piètre qualité de la réception.

« Bonjour... Madame ? »

Comment s'est passé votre entretien avec le juge Thiviers ?

Peut-être que son interlocutrice n'avait pas saisi la question, à cause de la mauvaise communication. Ou du bruit ambiant. Il entendait la ville derrière elle, des passants, des klaxons, des moteurs. Rougeard se fit mentalement la remarque qu'elle ne devait pas être loin pour savoir qu'il venait de rencontrer un magistrat. « Bien. » Il s'approcha de la vitrine de la brasserie pour essayer de repérer les cabines téléphoniques du secteur. Il en trouva quatre. Pas de femme et des tas de gens tout autour, qui rentraient chez eux en cette fin de journée.

Où en est votre livre sur cet intellectuel musulman ? Il avance ? Ce ne doit pas être facile, en ce moment, il y a tellement de travail. Même si le sujet est potentiellement très... vendeur.

« Je... »

Ne vous inquiétez pas, je sais que vous ne faites pas cela pour l'argent.

« Je n'ai pas l'habitude de parler aux gens qui ne se présentent pas. » Le journaliste rejoignit le bar pour payer.

Oh, pardon, où avais-je la tête ? Quelle impolitesse ! Je m'appelle Martine. Je suis une de vos plus ferventes admiratrices. J'adore votre plume...

« Que me voulez-vous ? » Agacé par le ton ironique de cette *Martine*, Rougeard lui avait sèchement coupé la parole. Il récupéra sa monnaie et sortit sur la place Louis-Lépine, à la recherche d'une femme qui se tiendrait devant un téléphone public.

Rien. Prendre contact. Je suis sûre que nous serons appelés à nous reparler bientôt. Bonne soirée.

La ligne fut coupée sur ces dernières paroles.

Rougeard resta un long moment immobile à l'extérieur de la brasserie, sans parvenir à distinguer la moindre silhouette qu'il pourrait associer à ce prénom, *Martine*, probablement bidon. Ce n'était pas la première fois qu'il recevait des appels anonymes de ce type, même si d'habitude ils étaient plus *menaçants*. Instinctivement, il évitait de leur accorder trop d'importance. La plupart du temps, ils étaient le fait de mythomanes ou de frustrés dont l'intimidation était le dernier recours et la meilleure preuve de vulnérabilité.

Ce coup de fil était étrange cependant. Il n'avait perçu aucune agressivité, ni même de tension, bien au contraire. Sa mystérieuse interlocutrice était bien informée. Déjà, elle connaissait son numéro de portable, ce qui n'était pas un exploit pour qui faisait partie de certains cercles. *Martine* venait juste de lui démontrer que c'était son cas. Plus révélatrice encore était sa connaissance de l'identité et de la qualité du magistrat avec qui il avait passé une partie de l'après-midi. Ainsi que la mention du livre sur lequel il travaillait, dont le sujet n'était connu que d'un petit nombre de gens.

Les deux étaient liés, évidemment, et concernaient des thématiques proches du quotidien journalistique qui était le sien : l'expansion de l'islamisme radical, sa propagande et ses manifestations violentes. Les références de *Martine* ne pouvaient être fortuites.

Une prise de contact en rapport avec l'intégrisme musulman, effectuée par une messagère qui avait accès à certaines informations peu ou pas publiques. Elle pouvait être un émissaire politique ou policier. Haut fonctionnaire d'un ministère travaillant avec l'étranger peut-être, ou même de Matignon, voire du Château. Tout était possible.

Elle rappellerait, elle l'avait dit elle-même. Inutile de se perdre en conjectures.

Martine avait néanmoins raison à propos de son travail. L'hebdo lui prenait tout son temps et son livre n'avançait plus. Il lui fallait de l'aide.

Une jeune femme brune et mate de peau, grande, élancée passa devant Rougeard et obliqua vers le marché aux fleurs. Il la regarda avec envie onduler jusqu'aux premières échoppes. Sa silhouette lui rappelait quelqu'un. Il mit quelques secondes à se souvenir de cette autre fille, cette Marocaine magnifique mais un peu gourde et soupe au lait que Leplanté lui avait présentée au printemps dernier. Son nom commençait par un A. Amal… Ou quelque chose d'approchant. Oui c'était ça, Amal. Celle qui l'avait rappelé pendant l'été.

Peut-être serait-elle prête à bosser un peu plus à présent ?

Le journaliste fouilla dans la mémoire de son téléphone portable. Il avait vite pris l'habitude d'y enregistrer systématiquement les numéros de tous ceux qui lui téléphonaient. Il trouva celui qu'il cherchait et, en appuyant sur la touche d'appel, prit note de ne pas oublier d'y inscrire celui de *Martine*.

Dans la rame de métro, Amel s'était collée contre la porte du fond. Elle tournait le dos aux autres passagers. Elle n'avait pas envie d'affronter les regards de la meute ce soir. La fatigue, l'angoisse d'avoir mal fait, le découragement. Peut-être la résignation. Ses lèvres fines s'entrouvrirent et elle souffla sur la vitre. La buée fit presque disparaître intégralement le reflet de son visage, ne restaient que ses yeux. En dépit de l'obscurité du tunnel, on distinguait encore le vert profond de ses iris. Son regard était triste.

La conversation téléphonique qu'elle avait eue un peu plus tôt avec Rougeard repassait en boucle dans sa tête, phrase après phrase. Lorsqu'elle avait décroché, tout à l'heure, elle avait mis quelques secondes à réaliser à qui elle parlait. Le grand Rougeard. Le célèbre Rougeard, qui appelait *pour repartir sur de bonnes bases.* Immédiatement nerveuse. *Amel, c'est Amel, pas Amal.* Sur la défensive, à nouveau. *Ça s'écrit avec un e.*

Toujours à fleur de peau.

Il continuait à se tromper, et alors ? N'était-ce pas elle qui voulait décoller, qui priait tous les jours pour cesser de côtoyer ces bourgeoises décrépites qui pensaient écrire pour la cause des femmes et lui faisaient payer sa jolie gueule à la moindre occasion ? *Tu es sûre que tu ne serais pas mieux sur la couv', ma chérie... Tu es si craquante.* Sa gueule si *exotique.* Elle n'avait pourtant pas pu s'empêcher de rembarrer à nouveau un journaliste d'investigation réputé. Alors qu'il avait pris la peine de la contacter. Tout ça pour un prénom mal prononcé.

Amel, c'est Amel, pas Amal.

Les mots refusaient de la laisser tranquille. Il fallait qu'ils sortent. Elle regarda le répertoire de son portable, passa sur le numéro de ses parents. Son père avait appelé il y a deux semaines. Il voulait des nouvelles. Elle lui en avait donné et puis rien. Comme sa mère, elle lui faisait payer son amour neutre. Sa sœur ? Elle n'avait pas besoin de lui servir de réceptacle à problèmes une fois de plus. Où étaient ses amies ? Là où elle les avait laissées, depuis qu'elle était entrée dans sa nouvelle vie. Sylvain. Il faisait des efforts, elle ne pouvait pas le nier, mais jamais elle n'oserait lui parler de cet incident. Pas question. Le moment serait mal choisi, ça n'allait pas au boulot depuis mardi. Trop de pression, il rentrait stressé, le soir.

Elle n'était pas faite pour ce métier. Trop écorchée vive. Trop immature. Trop bête. *Ça s'écrit avec un e.* Pas assez intelligente pour saisir la première chance que lui donnait un vrai pro.

Je vous rappellerai. Et Rougeard avait raccroché.

19/09/2001

Nasser Delil quitta l'avenue Jean-Jaurès et s'engagea dans la rue de Crimée. Il marchait d'un bon pas et atteignit rapidement les bords du bassin de la Villette. Le jour déclinait, la température avait chuté, quelques groupes de personnes profitaient de la fin de l'été.

Une bouffée de haine subite, déclenchée par l'injustice de cette indolente tranquillité, submergea le Libanais. Ces gens ne savaient pas ce qu'était la douleur, pas assez.

Pas encore.

Agacé par ce spectacle, Delil revint sur ses pas et, après un dernier coup d'œil alentour, franchit enfin le seuil de l'immeuble où il allait passer les prochains jours. Le périple qui l'avait conduit dans ce quartier ce soir, à travers toute l'Europe, lui garantissait une relative sécurité.

Il dédaigna l'ascenseur et emprunta l'escalier pour monter au troisième étage. Sur le palier, il avisa la bonne porte et frappa en suivant un protocole convenu à l'avance.

Jaffar lui ouvrit très vite, un sourire aux lèvres. Ils se donnèrent l'accolade, frères d'armes visiblement heureux de se retrouver après une longue séparation. Le jeune converti n'était pas beaucoup plus grand que Delil. Sa barbe rousse hirsute couvrait un visage qui s'était affiné et endurci au cours des derniers mois. Son corps même semblait avoir gagné en robustesse.

Nasser lui en fit la remarque. « On dirait que tu as pris du muscle depuis le printemps. Tu t'entraînes ?

— Tous les jours.

— C'est bien. Ferme la porte. » Delil laissa son trolley et se rendit jusqu'à l'une des fenêtres qui s'ouvraient sur la rue. Elles étaient fermées par des rideaux jaunes à fleurs. Sans les écarter, il prit le temps d'observer la rue en contrebas. Après quelques secondes de silence, il se tourna vers Jaffar et l'invita à lui faire faire le tour du propriétaire.

L'appartement était petit et meublé de façon simple. « La fille de Salah y loge d'habitude. Le logement appartient à la Ville. Elle viendra relever le courrier tous les jours, pour ne pas éveiller les soupçons, mais dormira chez l'un de ses frères. Tu ne la verras pas. » Jaffar quitta le salon, avec son divan couvert d'un plaid et sa télévision reliée à un décodeur satellite, pour précéder son compagnon dans la chambre.

Là, un lit double pas très large, un petit bureau, encombré de fournitures et de livres de cours, et une penderie en tissu constituaient les seuls éléments de décoration. Ils passèrent dans la salle de bains, qui comportait une douche et une armoire à moitié vidée, avant de terminer par la cuisine, fonctionnelle.

Une fois la courte visite terminée, Delil hocha la tête, satisfait. « Je resterai enfermé ici quinze jours maximum. Tu as pensé aux provisions ? »

Jaffar acquiesça.

« Bien. Les dernières consignes à présent. Tu ne dois jamais m'appeler, c'est inutile. En cas de problème, tu mets le signal dehors et tu disparais. Pas de visite non plus. Sauf dans six jours, pour me rapporter de nouvelles provisions et des journaux. Arabes si possible. Ou si le contact est établi comme prévu. Dans ce cas, tu viens tout de suite me voir pour prendre de nouvelles instructions. Tu as bien compris ?

— Oui, Nasser.

— Comment se sont passés tes séjours à Londres et en Espagne ?

— Très bien. J'ai été accueilli chaleureusement et j'ai beaucoup appris.

— *Inch'Allah*. Tu as toujours été un de nos meilleurs éléments. » Le visage du Libanais se détendit. « Maintenant, va, mon frère... Et sois prudent. » Lorsque Jaffar eut refermé la porte, regonflé à bloc, Delil éteignit toutes les lampes du salon et rejoignit son poste d'observation près de la fenêtre. Il aperçut bientôt son complice qui s'éloignait dans la rue. Personne ne le prit en chasse.

Jean-Loup Servier éteignit la lampe d'atelier d'époque qui dominait son bureau et repoussa sa chaise sans se lever. Il était chez lui, à la Bastille, et venait de terminer la rédaction d'un audit commandé par un fonds de capital-risque de Londres. Cela mettait fin à quelques jours d'emballement professionnel. Il avait besoin d'une pause. Trop de choses à faire en même temps, trop d'allées et venues.

Malgré les surenchères doloristes des Américains, la paranoïa médiatique qui s'était emparée du monde n'avait apparemment pas perturbé très longtemps la vie des gens. Ils s'étaient vite remis au travail sans broncher, pour oublier, faire comme si de rien n'était. Peut-être s'en fichaient-ils, tout simplement, ou avaient-ils des problèmes plus urgents à régler.

The show must go on.

Dans une pénombre claire illuminée par l'éclairage urbain, Servier se mit à parcourir la pièce du regard. Certains des objets sur lesquels ses yeux se posaient l'avaient suivi depuis Londres. Ils lui rappelaient ce bureau, meublé de manière presque identique, qu'il y avait dans le *basement* du 13, Bolton Street. Images de bleu, réminiscences de la décoration, très anglaise, des murs et des sols moquettés. Sensations de fraîcheur, de courants d'air qui provenaient de la porte-fenêtre, souvent ouverte sur la courette de leur immeuble de Mayfair. Il en conservait des impressions très nettes, fortes, quasi physiques tant elles étaient présentes.

C'était dans cette pièce qu'il avait dit adieu à Véra. Lui quittait Londres le lendemain, pour trois semaines.

Le travail, une excuse opportune. Elle restait. Pour partir en silence, tranquillement, pendant son absence. Ce soir-là, elle l'avait repoussé une fois de plus dans ses derniers retranchements. La fois de trop, la goutte qui fait, ce genre de choses. Et, alors qu'enfin apaisée — soulagée ? — elle était revenue se lover contre lui sur ses genoux, devant leur fenêtre sur cour rien qu'à eux, il avait pris conscience que l'odeur familière qui emplissait ses narines allait sous peu lui échapper. Que la caresse de ses doigts sur la peau de celle qui, pour quelques heures encore, partageait sa vie, quitterait bientôt le domaine du sensible pour intégrer celui de la mémoire.

Que leurs larmes silencieuses étaient les dernières.

Servier se rappelait le contact de ses lèvres sur le pull-over qui couvrait l'épaule de la jeune femme. Un dernier baiser asséché, irrité par la laine, juste avant d'aller boucler sa valise. Ainsi que leur histoire. Aujourd'hui, quelques mois plus tard, assis à la même table de verre dépoli, devant une autre fenêtre, dans un nouveau bureau, il reprenait enfin goût à la plainte aiguë de sa plus fidèle compagne, la solitude.

21/09/2001

Ponsot était fatigué. Appuyé contre une voiture, il suivait d'un œil distrait le ballet bien réglé de ses collègues. Les fenêtres, les entrées des barres grises qui donnaient sur la rue ainsi que chaque extrémité de celle-ci étaient surveillées par des unités de CRS. Elles étaient venues en renfort pour permettre aux brigades spécialisées de travailler sereinement. Au milieu des hommes en uniformes, d'autres policiers, officiers des RG, de la DST et fonctionnaires de la PTS[1], circulaient en tous sens avec les prises de la nuit.

---

1. Police technique et scientifique, également connue sous le nom d'Identité judiciaire.

La veille, après qu'une chaîne de télévision eut filmé l'immeuble où habitait l'une de leurs cibles, une autre avait montré un reportage exposant un membre du réseau arrêté en Belgique deux jours plus tôt. C'était à l'occasion de son transfert au tribunal. Jusque-là, l'information avait été tenue secrète.

La réaction des terroristes *présumés*, qui avaient reconnu les vêtements de leur complice, fut immédiate. Ils avaient aussitôt prévenu le reste de la cellule et commencé à faire le ménage. Mais, au lieu de tout détruire et de partir, ils avaient perdu du temps en faisant des copies de leurs fichiers informatiques. Une chance.

Cette diffusion avait néanmoins précipité la conclusion de l'opération Vent Divin.

Initialement, côté policier, personne n'avait voulu bouger. La PJ s'était défilée parce que l'affaire lui avait échappé jusque-là et qu'elle risquait de ne pas figurer sur la photo finale. Hors de question par conséquent de *prêter* ses unités spécialisées pour une intervention. La guerre des petits chefs de service passait avant la prévention des attentats. Finalement, c'était le groupe de Ponsot, mal équipé pour ce genre de travail, qui, dans un flou total, avait reçu l'ordre d'aller au contact. Tant bien que mal, ils avaient réussi à toper presque tout le monde.

Meunier sortit du bâtiment qui avait hébergé une partie des islamistes et se dirigea vers son supérieur.

« Alors ? »

L'adjoint de Ponsot consulta ses notes. « Alors ils ont brûlé quelques papiers et en ont jeté d'autres dans les chiottes. Mais ils n'ont pas eu le temps de bousiller l'essentiel. On a même des doubles, maintenant.

— Tant mieux.

— Et je viens d'avoir Trigon. Il a quitté l'autre appart' et il rentre. Il m'a confirmé que l'informaticien s'est bien tiré sans prendre la peine de se débarrasser de quoi que ce soit.

« — OK. Il va falloir prévenir les Anglais. À tous les coups, il a foutu le camp là-bas. »

Meunier acquiesça. Il sortit un paquet de cigarettes, en alluma une et s'abandonna un instant dans la contemplation du panorama. Des gens les observaient depuis leurs fenêtres et un attroupement s'était formé aux abords de la zone délimitée par les CRS. Aujourd'hui, le spectacle était gratuit. De temps à autre, des cris et des injures s'échappaient de la foule. Ça, les journalistes, qui étaient également présents en nombre, n'en parleraient jamais.

Après quelques secondes de silence, Meunier soupira en exhalant de la fumée. « C'est vraiment des épées, les mecs de Nélaton[1]. Non mais regarde-les faire les coqs. Hier soir, ils étaient moins fiers pour aller au charbon. » Pas de réaction, il continua. « Si je tenais le con qui a lâché l'info à ces fouille-merde de la télé. »

Pour toute réponse, Ponsot montra du doigt la masse de chantier posée à ses pieds. « Tiens, il ne faudra pas oublier de rendre ça au mec de la DDE. » Ils s'en étaient servis cette nuit pour forcer la porte de l'appartement des intégristes. Ils n'avaient pas de bélier. Pas leur boulot. Normalement.

Juste devant eux, deux agents de l'Identité judiciaire aidés par un chauffeur du SGAP[2] chargeaient, à l'arrière d'un fourgon, des PC saisis pendant la perquisition. D'autres les suivaient avec des cartons.

Un déplacement rapide, sur leur droite, attira leur attention. Zeroual. Toujours cagoulé, cela valait mieux pour lui. Il courait dans leur direction et les interpella. « Il faut rentrer au bureau, y a une usine qui vient de péter dans le Sud ! Chimique ! »

Meunier jura de façon inaudible. Le visage de Ponsot se ferma un peu plus. Sans effort, il ramassa la lourde

1. Rue Nélaton, où se trouve le QG de la DST.
2. Secrétariat général pour l'administration de la police.

masse et, ses deux subordonnés sur les talons, se dirigea vers leur voiture de service. L'adrénaline avait
chassé sa fatigue.

Ne pas montrer son angoisse.

Pourvu qu'ils n'aient rien laissé passer.

Indifférent à l'agitation qui venait de s'emparer de
certains de ses collègues, le fonctionnaire du SGAP referma le hayon de son utilitaire, prit place derrière le
volant et démarra. Il roula sans lever le pied jusqu'aux
abords de la capitale mais, au lieu d'emprunter le périphérique pour rejoindre le QG de la DST, dans le
15e arrondissement, il entra dans Le Kremlin-Bicêtre.

Quelques minutes plus tard, au fond de l'impasse
Étienne-Dolet, il pénétra à l'intérieur d'un entrepôt
dont les portes s'étaient ouvertes à son approche. Là,
plusieurs hommes vêtus de blouses blanches se pressè-
rent autour du fourgon pour en extraire les saisies de
l'opération de la nuit précédente. Derrière eux se trouvaient deux longues tables couvertes d'équipement.

Ces techniciens un peu particuliers étaient organisés
selon une chaîne bien précise. Certains se mirent à photographier les scellés encore intègres, pour référence,
avant de passer les pièces à conviction à d'autres, chargés de les répertorier puis de les copier. Une attention
toute particulière fut accordée à la duplication des différents disques durs des PC. À la fin du circuit, trois
personnes se chargeaient de reproduire les condition-
nements et les éléments légaux à l'identique, avant de
ranger à nouveau toutes les saisies dans l'utilitaire.

Un peu plus d'une demi-heure après son arrivée, le
fourgon du SGAP quitta le hangar. Pour expliquer son
retard, le chauffeur mentirait. Il prétexterait avoir
voulu prendre un raccourci qui l'avait conduit dans une
zone en chantier embouteillée, aux abords de Châ-
tillon. Les travaux existaient bel et bien, ses employeurs officieux de la DGSE s'en étaient assurés.

Explosion d'une usine chimique, plus de vingt morts — [...] La ville a été balayée hier matin par le souffle provoqué par l'explosion d'une usine pétrochimique installée à quelques kilomètres du centre. Les environs, jusqu'à plusieurs dizaines de kilomètres à la ronde, sont meurtris [...].

Interpellations d'islamistes en France par des policiers de la DST — [...] Agissant sur commission rogatoire du Parquet antiterroriste de Paris, des policiers de la Direction de la surveillance du territoire (DST) ont interpellé, à l'aube, en région parisienne, plusieurs individus, hommes et femmes, soupçonnés d'appartenir à la mouvance islamiste. Une information judiciaire, ouverte fin août, sur d'éventuelles menaces en France contre les intérêts de plusieurs pays étrangers, dont les États-Unis [...].

Avant de rabattre complètement la porte de son garage, Lynx fit un tour d'horizon. Personne en vue. Il s'enferma et, sans perdre de temps, commença à décharger l'arrière de son utilitaire. Il avait passé sa matinée à acheter tout ce dont il avait besoin. Dans différents magasins. Rouleaux de toile plastique noire, carreaux de mousse isolante, ciment, fers à béton, outils et petites fournitures se retrouvèrent rapidement à la cave. L'agent pourrait bientôt commencer ses travaux, mais avant de poursuivre, il s'accorda une pause.

Sur la petite terrasse située à l'arrière de sa maison, assis en tailleur avec un quotidien sur les genoux, il commença à déguster un sandwich maison. France Info était branchée derrière lui, à l'intérieur. Le soleil brillait.

La une du journal et les bulletins d'information de la radio s'intéressaient principalement à l'explosion de l'usine qui s'était produite la veille, dans le sud de la

France. Les journalistes s'appesantissaient sur l'*importance des dégâts*, les *scènes de dévastation*, le *cratère gigantesque* creusé sur les lieux mêmes du *cataclysme*.

Lynx ne put s'empêcher de penser que les gens du coin avaient eu beaucoup de chance dans leur malheur. L'absence de réaction en chaîne avec les installations voisines, qui abritaient des produits beaucoup plus dangereux, tenait du miracle. Il connaissait bien l'endroit. Dans le cadre de sa formation, il avait préparé et exécuté, avec d'autres stagiaires, des actions offensives sur les différents sites industriels de la zone. L'objectif poursuivi par leurs instructeurs était autant de les entraîner à ce genre d'opérations que de tester la sécurité des cibles visées.

Tous leurs coups de main avaient été couronnés de succès, évidemment.

Le reste de l'actualité faisait la part belle à une vague d'arrestations dans les milieux islamistes. Déjà, les chroniqueurs établissaient des liens insidieux entre les deux événements, évoquaient d'autres scénarios, encore plus catastrophiques que celui du sud-ouest, ou dressaient des parallèles avec les attentats qui avaient été perpétrés dix jours plus tôt à New York. Au lieu d'appeler au courage et à la sérénité, en commençant par manifester son calme, la grande machine à fabriquer de la paranoïa se mettait en branle pour effrayer les masses. Ainsi, même s'ils n'étaient pas impliqués dans l'incident de la veille, les terroristes avaient atteint leur but, l'Occident des *croisés* tremblait de peur et se préparait à la guerre.

Lynx se rinça la bouche avec un peu d'eau et rentra dans la maison. Il jeta tous ses déchets dans un sac-poubelle qu'il emporta avec lui dans le garage. Il s'en débarrasserait en partant. Il réfléchit un instant à ce qu'il allait faire cet après-midi. Il n'avait pas envie de se lancer dans l'aménagement de la cave aujourd'hui et décida de s'occuper en priorité de son utilitaire.

C'était un Ford Transit blanc tout à fait ordinaire, acquis d'occasion auprès d'un artisan maçon qui cherchait à s'en débarrasser pour le remplacer par un neuf. La transaction, parfaitement légale, avait été effectuée grâce à de faux papiers tout à fait vrais fournis par Charles.

Avant de pouvoir se servir de la camionnette pour sa mission, il lui restait deux choses à faire. Tout d'abord, la nettoyer entièrement et la faire réviser. Puis, la semaine suivante, lorsqu'il l'aurait enfin récupérée, remplacer les immatriculations d'origine par l'un des jeux de plaques volés entre-temps sur des véhicules similaires.

Ensuite… Ensuite ce serait l'attente.

29/09/2001

Lynx tourna à gauche pour quitter l'avenue. Rapidement, il bifurqua à nouveau, sur la droite cette fois, et s'engagea dans la rue Léon-Giraud. Après avoir parcouru une cinquantaine de mètres, il gara le Transit sur le trottoir et alluma les *warnings*. C'était le milieu de la matinée, toutes les places disponibles étaient déjà occupées par des voitures. Il sortit de son véhicule pour ouvrir la porte latérale. À l'arrière, bien en évidence, il y avait deux énormes cartons fermés, scellés et vides.

Lynx retourna s'asseoir dans la cabine. Il prit son journal et se mit à lire, comme le ferait n'importe quel chauffeur-livreur contraint de patienter. À peine plus d'une semaine après l'explosion du sud de la France, celle-ci occupait toujours le devant de la scène. Très vite, pour éviter que la population ne cède à la panique, les autorités avaient officiellement privilégié la piste de l'accident industriel. Une hypothèse à présent contestée par des *sources autorisées proches du dossier* et des *experts*. Lesquels, on ne le saurait jamais. Secret professionnel.

Il faisait beau dehors. À travers le pare-brise, le soleil chauffait doucement le visage de Lynx. Il jeta un œil devant lui, puis dans les rétroviseurs. Personne ne semblait vouloir partir. Il se replongea dans sa lecture.

> **Terrorisme, le spectre des réseaux** — [...] Les policiers ont mis au jour des ramifications de ces réseaux dans plusieurs pays européens dont l'Allemagne, la Belgique et la France. Ceux-ci sont organisés en cellules plus ou moins bien cloisonnées [...].

Plus ou moins bien cloisonnées. Écrit comme cela, tout paraissait facile. Le *plus ou moins* donnait un air amateur à la chose et ne rendait pas compte de la difficulté et du temps nécessaires à la pénétration de ce type de réseau.

Ou du danger.

Cette nuit, Charles lui avait remis la synthèse de renseignement à fin d'action[1] rédigée par les équipes Alecto. Elle lui désignait son point d'entrée et confirmait un lien avec les personnes arrêtées par la police ces dernières semaines. Dès aujourd'hui, le dispositif *obs.* serait allégé. Demain soir, il serait complètement démantelé, à la demande de Lynx. Afin qu'il puisse travailler tranquille.

Il devait agir vite. Son colis partait dans moins de deux jours, le 1er octobre à six heures quinze, heure à laquelle un taxi, réservé par téléphone, l'attendrait pour le conduire à l'aéroport. Pour capter cet appel, les hommes de la DGSE avaient utilisé une valise d'interception. Du matériel israélien, capable, dans un périmètre donné, de repérer, identifier et intercepter toutes les communications mobiles. Cet équipement

1. RFA.

se présentait sous la forme d'une mallette de taille moyenne.

Pas de bol pour Delil, c'était le seul coup de fil qu'il avait passé de tout son séjour.

Charles se rendait parfaitement compte que la contrainte de temps réduisait considérablement leur marge de manœuvre, même si l'agent disposait déjà, depuis le milieu de la semaine, de certains éléments du dossier d'objectif.

Lynx savait ainsi que sa cible occupait l'appartement d'une jeune femme, Djemila Saïfi. Étudiante, celle-ci faisait partie d'une association appelée Futur Musulman qui, sous couvert de défense de valeurs culturelles, pratiquait un prosélytisme très actif dans les facs françaises. Des membres de Futur Musulman se portaient d'ailleurs régulièrement candidats aux élections syndicales universitaires.

Le petit deux-pièces de Mlle Saïfi, dont il avait les plans, se trouvait au troisième étage d'un immeuble de la rue de Crimée. En extraire un individu a priori récalcitrant posait donc de nombreux problèmes, de discrétion notamment.

Mais tout ceci ne suffisait pas à expliquer la tension de Steiner.

Charles n'aimait pas cette opération. Ce n'était pas tellement une question de forme. Le fait que tous les risques reposent sur les épaules de l'agent n'était pas inhabituel. Évidemment, cette fois, en cas de pépin, il deviendrait l'un de ces grands salauds de l'Histoire et rejoindrait le panthéon officieux des fidèles sacrifiés de la République. Ceux que le pouvoir emploie en sachant qu'il va devoir détourner le regard. Lynx s'en foutait, il ne croyait pas en des choses aussi désuètes que l'honneur national et la patrie. Il n'avait jamais agi pour le bien de la France. On ne pouvait donc le trahir. Ce qui le faisait avancer, c'était cette liberté qu'il trouvait dans les interstices de la normalité.

Steiner, en revanche, fonctionnait selon d'autres valeurs, plus *nobles*. Il ne pouvait se résoudre servilement à rattraper les errements de gouvernants passés ou présents. Il n'avait pas jugé utile de préciser les motivations de la mission à son agent. Peut-être ne les connaissait-il pas, si improbable que cela puisse paraître. Mais, dans un pays où la lâcheté et la veulerie présidaient depuis longtemps à toutes les décisions politiques, seule une menace aiguë pesant sur divers intérêts particuliers pouvait justifier l'extrémité des mesures que Lynx s'apprêtait à déployer.

En dépit de la *carte blanche* qu'on lui laissait, Charles avait jugé utile de le mettre en garde de façon plus insistante que d'habitude. L'évocation agacée de ses errements lors de l'opération du printemps, qui s'était conclue par une explication musclée sur le tarmac de l'aéroport de Pristina, n'était qu'une façon maladroite de manifester son inquiétude. Plus que toutes les autres fois, Lynx devait éviter de laisser la moindre prise à qui que ce soit. Cela faisait plus de dix ans qu'ils se connaissaient et jamais Charles ne lui avait témoigné son affection de façon aussi *ouverte*.

Un mouvement, devant lui, attira son regard. Une voiture quittait son emplacement de stationnement. L'espace était suffisant pour y garer le Transit. Lynx démarra et manœuvra pour prendre la place laissée vacante. Il éteignit ses *warnings*, récupéra son journal, verrouilla toutes les portes de l'utilitaire avant de s'éloigner tranquillement. Parvenu à la sortie de la rue Léon-Giraud, il roula en boule les gants de chirurgien qu'il venait de retirer et les jeta dans une poubelle.

Assis à côté des deux petits vieux, dans le fond d'*El Djazaïr*, Karim faisait semblant de s'intéresser à leur partie de dominos. En réalité, il observait du coin de l'œil les faits et gestes de Jaffar. Depuis plusieurs jours, celui-ci avait refait surface et repris la routine qui était la sienne au début de l'été, avant sa disparition. Le jour, il livrait des prospectus. Le soir, après la prière, lorsqu'il ne rentrait pas se coucher, il rejoignait un certain Nezza.

Ce dernier avait longtemps été une énigme pour Fennec. Il l'avait croisé dans le bar et à la mosquée à plusieurs reprises depuis le début de son infiltration. Les autres semblaient le tolérer alors que tout dans son allure et son comportement jurait avec le dogme coranique. C'est en filant Jaffar que Karim avait compris. Nezza trafiquait de la came, niveau demi-gros. Il habitait dans le 19e, comme les surveillances du converti le lui avaient révélé. Dans son prochain rapport, l'agent suggérerait à Louis de déployer l'arsenal électronique de la DRM autour du dealer, à défaut de pouvoir mobiliser des moyens humains qualifiés en nombre suffisant.

Jaffar avait l'air nerveux. Il avait débarqué comme une furie, une demi-heure plus tôt, et depuis, assis à une table isolée, il guettait la moindre arrivée dans le bar, agité. Impatient.

Il attendait quelqu'un.

Un homme entra bientôt. Une nouvelle tête que Karim n'avait jamais vue. Il avait un visage carré, orné d'une petite moustache, et les traits tirés avant l'âge de ceux qui pratiquent des activités sportives à outrance. Une impression confirmée par sa taille et sa carrure imposantes, ainsi que sa démarche. Il se déplaçait de façon maîtrisée.

L'inconnu avança jusqu'au comptoir et échangea quelques mots discrets avec le propriétaire, Salah. D'un geste du menton, ce dernier indiqua la table de Jaffar, que le moustachu rejoignit sans attendre. Les deux hommes parlèrent à peine quelques instants et bientôt le converti se retrouva à nouveau seul.

L'autre était parti sans rien consommer.

Karim salua ses deux voisins et se leva pour se rendre aux toilettes. Il ne s'y arrêta pas et quitta immédiatement le bar par la cour. Dehors, il alla se poster à l'écart, de façon à pouvoir observer discrètement l'entrée de l'établissement.

Jaffar sortit et s'éloigna à pied. Fennec marchait derrière lui. Il avait retiré son blouson pour le nouer autour de sa taille. Dans une poche, il récupéra une paire de lunettes à verres neutres et une casquette américaine, avec lesquelles il altéra sa physionomie autant qu'il le pouvait. Ses meilleurs atouts restaient la foule relativement importante du samedi soir, dans laquelle il pouvait se dissimuler, et l'excitation presque palpable du converti, qui le rendait imprudent.

Ils entrèrent dans le métro. Après un périple relativement court mais tendu, Jaffar descendit à la station Laumière. Ce soir, il n'allait pas chez Nezza. Dehors, ils débouchèrent dans l'avenue Jean-Jaurès. Karim laissa sa proie prendre un peu de champ et la vit tourner à gauche, dans une rue perpendiculaire. Il força l'allure pour combler son retard aussitôt que le converti eut disparu et arriva juste à temps pour le voir pénétrer dans un hall d'immeuble.

L'agent ne perdit pas de temps et chercha un abri qui lui permettrait de couvrir l'entrée du bâtiment sans être repéré.

Moins de dix minutes plus tard, Jaffar ressortit, toujours aussi peu attentif à son environnement. Cette négligence pouvait signifier que sa courte escapade n'avait guère d'importance. Mais l'instinct de Karim lui soufflait de patienter, pour voir si quelqu'un d'autre quittait rapidement l'immeuble. Nasser Delil peut-être. Le converti, son seul contact identifié, avait bien reparu récemment.

Le temps de tergiverser, Jaffar avait dépassé le coin de la rue.

Fennec décida d'attendre.

Lynx quitta le métro à la station Ourcq et s'engagea dans la rue des Ardennes pour rejoindre la rue Léon-Giraud par le nord. Ses longs cheveux étaient sales, à l'image de ses fringues, informes, qui avaient connu des jours meilleurs. Il portait des lunettes. Un vieux sac marin, apparemment plein, était jeté sur son épaule.

Le Transit était toujours à sa place. Il le dépassa de quelques pas et, après s'être assuré que personne ne l'observait, fit demi-tour pour monter à l'arrière du véhicule. À l'intérieur, il ouvrit et vida le sac, avant de commencer à se changer. À la place de ses guenilles, il enfila un pantalon de toile bleu marine et un T-shirt de la même couleur, de lourdes bottes en cuir noir puis une veste en jeans. Le reste des fringues qu'il avait emportées lui servirait plus tard.

Il sollicita une fois la gâchette de la matraque électrique également récupérée dans le baluchon. Celle-ci produisit instantanément une étincelle bleue entre ses deux électrodes. Elle était chargée. Le Glock 19 et le holster dans lequel il était glissé trouvèrent leur place sur la ceinture de l'agent dès qu'il eut jeté un œil à la fenêtre d'éjection. Lynx rangea une petite trousse noire, dénichée au fond du sac, dans une poche de la veste de protection prévue pour plus tard. Enfin, il posa devant lui une bonbonne de plastique remplie d'un liquide verdâtre. L'accélérant.

Il était prêt.

Après un rapide coup d'œil à sa montre, il déploya les écouteurs de son RIO et appuya sur la commande de lecture. Il zappa sur les deux premiers morceaux de sa *playlist* pour atteindre celui qu'il désirait.

Hey Joe…

Ce soir, c'était Jimi Hendrix qui s'y collait.

Hey Joe, I said where you goin' with that gun in your hand…

30/09/2001

Karim se réveilla en sursaut. Il avait commis l'erreur de s'asseoir dans son refuge et s'était endormi. Les derniers jours, passés à filer Jaffar et faire bonne figure auprès des autres, avaient été éprouvants. Il bâilla.

La rue de Crimée était déserte. Plus aucune lumière n'était allumée dans l'immeuble où il avait vu le converti entrer, plus tôt dans la soirée. Il vérifia l'heure. Trois heures trente-sept. La dernière fois qu'il avait jeté un œil à sa montre, il était à peine minuit et demi. À ce moment-là, il n'avait encore repéré aucun mouvement suspect. Si quelqu'un était sorti entre-temps, il l'avait manqué. Un médicament éveillant aurait été le bienvenu, mais il ne pouvait se permettre d'en avoir sur lui ou chez lui, cela aurait pu intriguer ses coreligionnaires en cas de fouille intempestive.

Fennec jura entre ses dents. Il regrettait finalement de ne pas avoir suivi Jaffar lorsqu'il était parti. C'était une erreur. À présent, il ne lui restait plus qu'à dégager à son tour. À pied. La promenade allait être longue.

Il se leva et partit.

Just play with me and you won't get burned…

Lorsque Lynx sortit du Transit, sa bonbonne à la main, Hendrix chantait toujours dans ses oreilles. Il prit son temps pour parcourir la rue Léon-Giraud et s'approcher de sa destination.

I have only one itchin' desire…

Satisfait par le calme du voisinage, il traversa la rue de Crimée pour rejoindre l'immeuble où se cachait Nasser Delil. Le digicode transmis par les équipes Alecto lui permit d'entrer et, le plan des lieux en tête, il trouva sans problème l'accès à la cave. En bas, il chemina sans hésitation jusqu'au local électrique à la seule lumière des veilleuses de sécurité.

Let me stand next to your fire…

Il s'arrêta un instant et écouta avant d'entrer dans le réduit de service. Rien. À l'intérieur, il y avait quelques cartons et un vieux siège recouvert de similicuir usé. Parfait.

Yeah, you know what I am talking about…

Lorsqu'il ressortit dans la rue, quelques instants plus tard, la fumée remontait déjà du sous-sol. Il retourna au Transit et rangea la bonbonne vide dans son sac marin. Puis, à l'aide d'un téléphone mobile volé équipé d'une carte prépayée, il appela les pompiers, signala l'incendie en donnant l'adresse et raccrocha aussitôt.

Now listen baby…

Il ne lui restait plus qu'à se préparer pour la suite. Il retira sa veste en jeans, enfila le reste de sa tenue et attendit à nouveau, en musique.

Let me stand next to your fire…

Karim entendit les sirènes avant de voir les gyrophares. Bientôt, un premier véhicule d'intervention rouge passa devant lui, immédiatement suivi par un autre. Il ralentit pour les observer. Ils remontaient l'avenue Jean-Jaurès vers le nord pour tourner apparemment… Dans la rue qu'il venait de quitter, trois minutes plus tôt ! Une voiture de police s'y engagea également.

Sans réfléchir, il se mit à courir.

La rue fut rapidement encombrée par les véhicules des pompiers de Paris. Des policiers, arrivés en renfort, tentaient de bloquer les voisins curieux pour faciliter la circulation des rescapés. Dans l'immeuble, certains soldats du feu cherchaient la source de l'incendie. D'autres s'empressaient d'évacuer les occupants, pour éviter les intoxications que pouvait provoquer l'épaisse fumée noire qui montait du sous-sol.

Nasser Delil se tenait à l'écart, méfiant. Il était sorti avec les premiers secourus. À la différence de ses voisins, il était habillé. Il ne dormait pas lorsque l'alarme s'était déclenchée. Trop tendu après l'interminable attente des dix derniers jours. Longtemps, jusqu'à l'arrivée de Jaffar hier, il avait cru qu'un problème avait fait capoter toute l'opération. Mais le jeune converti avait reçu le signal convenu in extremis et était venu le trouver aussitôt. Nasser lui avait remis le message, dissimulé sous l'habillage de carton d'une gomme d'écolier, avant de le renvoyer.

La suite, dont il ne connaissait pas les détails, ne le concernait plus.

Delil avait réagi à cause de l'odeur de la fumée. Il avait ouvert sa porte d'entrée, aperçu les volutes noirâtres dans la cage d'escalier puis entendu la sirène, désagréable, des détecteurs d'incendie. Sans réfléchir, il était rentré chez lui pour prendre le strict nécessaire, argent, passeports, billets d'avion, avant de descendre.

Nasser observait la foule qui l'entourait. Il cherchait une anomalie sur les visages. Mais il ne vit que des pompiers, des policiers affairés ou des locataires énervés, apeurés ou curieux. Personne ne faisait attention à lui. Le sinistre n'avait pas l'air très grave. Pourtant, il n'était pas tranquille. Il se demanda s'il devait s'enfuir maintenant ou attendre le lendemain. C'était le milieu de la nuit et les secours étaient nombreux. Ils donnaient l'impression de maîtriser la situation. L'incendie ne semblait pas devoir s'étendre aux étages supérieurs.

Un pompier casqué, visière baissée, marchait dans sa direction. Delil s'approcha pour lui demander ce qui risquait de se passer ensuite. Il n'eut pas le temps d'ouvrir la bouche. Parvenu à sa hauteur, le soldat du feu tendit lentement le bras vers lui. Il ressentit une violente douleur au flanc. Ses jambes, subitement paralysées, se dérobèrent et il se vit tomber juste avant de perdre connaissance.

Lynx rattrapa le Libanais au moment où celui-ci commençait à s'effondrer. Pompier exemplaire, il soutint la victime et se fraya un chemin dans la foule pour l'accompagner à l'abri. Les gens s'écartaient pour les laisser passer, sans s'attarder sur eux. Le spectacle était ailleurs.

Parvenu à l'angle de la rue Léon-Giraud, derrière les badauds, l'agent rangea sa matraque électrique dans sa veste de protection et prit Delil sur son épaule. Il rejoignit rapidement le Transit. Une fois à l'intérieur, il retira son casque.

Le pouls du Libanais était assez rapide mais pas inquiétant.

Lynx chercha la petite trousse noire dans sa veste de protection. Elle contenait deux seringues et deux flacons. Il retira la ceinture de Nasser, qu'il utilisa pour lui faire un garrot après avoir relevé l'une de ses manches, trouva une veine au creux du bras et lui fit une injection.

Son colis allait dormir pendant quelques heures.

L'agent recouvrit la tête de l'islamiste avec une cagoule qui ne comportait aucune ouverture. Il lui attacha les poignets et les chevilles dans le dos avec du gaffeur. Enfin, il souleva les deux gros cartons, qui n'avaient pas de fond, et cacha le corps inanimé à l'intérieur.

Il était temps de partir.

Karim avait remis sa casquette et ses lunettes mais n'osait pas trop s'approcher de l'immeuble et des gens. Il avait peur que quelqu'un qui fréquenterait le bar ou la mosquée soit présent et le reconnaisse.

Il chercha une tête connue, celle de Delil. Il avait cru l'entrevoir, quelques instants plus tôt, mais il n'en était pas sûr. La distance, la foule, le manque de lumière fixe. Sa fatigue. Son esprit lui jouait peut-être des tours.

À nouveau, il aperçut celui qu'il pensait être le Libanais parmi les victimes. Il se tenait à l'écart. Plusieurs silhouettes passèrent devant lui. Des pompiers. Puis un pompier tout seul, qui soutenait un autre homme.

L'inconnu suspect n'était plus là. Il avait disparu une seconde fois.

Sans s'en rendre compte, Fennec se rapprocha du cordon délimité par la police, pour mieux voir. Un gardien de la paix l'arrêta de la main et le fit reculer.

De l'autre côté de la rue, il n'y avait plus personne.

Dans le sous-sol de la maison, le petit débarras du fond avait été complètement réaménagé. Sol, murs et plafond étaient garnis d'une couche de carreaux isolants eux-mêmes entièrement recouverts d'une épaisse toile plastique. Un plafonnier projetait une lumière faiblarde dans la pièce transformée en cellule d'isolement. Elle n'était pas chauffée et la température ambiante était légèrement inférieure à celle de l'extérieur.

Lynx regardait Delil, couché à ses pieds, toujours plongé dans son sommeil artificiel. À son arrivée, il avait commencé par le déshabiller et le raser complètement, une mesure vexatoire pour un musulman. Puis il l'avait bâillonné. Il n'avait aucune envie de l'entendre crier. Parce que c'était ce qui allait se passer, dans quelques heures, peut-être demain. Ou un peu plus tard. Mais il crierait.

La tête à nouveau couverte d'une cagoule, pour activer le processus de privation sensorielle, nu, le Libanais gisait sur le côté, entravé aux chevilles et aux poignets. La position était particulièrement inconfortable. Lorsqu'il se réveillerait, il aurait des vertiges, des crampes et des courbatures très désagréables.

Et froid.

L'agent se pencha vers Nasser, pour la touche finale. Il posa un casque stéréo sans fil au niveau des oreilles de son prisonnier et le fixa solidement à l'aide d'un adhésif de chantier. Il se redressa, éteignit et verrouilla la porte derrière lui.

Sur une table, dans la cave principale, Lynx avait installé une minichaîne hi-fi. Parmi une sélection de CD, il choisit un enregistrement continu de bruit blanc, sans la moindre variation ni repère temporel évident. La lecture démarra, en boucle, le volume poussé à fond. Delil était parti pour quelques heures particulièrement éprouvantes, un véritable enfer auditif.

L'horloge digitale de la platine CD indiquait 06:24. Un long repos s'imposait, jusqu'à leur première séance de travail, ce soir.

01/10/2001

Recroquevillé tant bien que mal dans un coin de sa cellule, Nasser Delil tremblait. Il ne faisait plus de bruit après avoir beaucoup hurlé. Il donnait l'impression d'attendre le premier coup. Il savait que Lynx était là, quelque part, près de lui. Peut-être l'avait-il entendu ouvrir la porte, s'il n'était pas encore sourd. Il avait plus sûrement pris conscience de l'arrêt de la musique et craignait de comprendre ce que cela signifiait.

Une odeur difficilement supportable empoisonnait l'atmosphère, accentuée par l'exiguïté de la pièce. Elle provoqua un léger agacement chez l'agent, qui laissa cette émotion s'emparer de lui doucement. Il en avait besoin. Le corps du Libanais était couvert de merde. Il avait uriné et déféqué pendant ses premières heures de détention.

Et il avait bougé, évidemment.

Sans prendre la peine de refermer la cellule, Lynx alla récupérer un cutter et des gants à côté de la chaîne stéréo. Il avala également un comprimé de Virgyl, qu'il fit passer avec du Coca. Il était minuit et demi, sa nuit commençait.

De retour dans la cellule, il attrapa sans ménagement la tête de Nasser, qui n'avait pas osé bouger, et découpa le gaffeur qui maintenait le casque en place. Il lui laissa sa cagoule et le repoussa violemment contre un mur.

Delil se mit à tourner la tête dans tous les sens. Il gémissait, cherchait son kidnappeur.

Lynx attrapa le tuyau d'arrosage qu'il avait déroulé depuis le garage. Un jet froid, haute pression, frappa le prisonnier qui cria et se recroquevilla le plus possible. Le nettoyage dura plusieurs minutes. Un regard, ouvert dans le sol, permettait l'évacuation des eaux usées à mesure qu'elles s'écoulaient. La douche prit fin et la porte claqua. Ce brave Nasser attendrait encore. Un peu de fraîcheur ne ferait pas de mal à son moral.

Plus tard, Lynx revint avec une chaise pliante. Il plaqua fermement Delil au sol et découpa l'adhésif et la mousse qui entravaient et protégeaient ses membres. Une fois libéré, le premier réflexe du Libanais fut d'essayer de cacher ses parties génitales.

« Où est-ce que je... »

L'agent le redressa sans lui répondre et l'assit sur la chaise.

« Qui êtes-vous ? »

Il attrapa un poignet avec violence et, à l'aide de menottes, l'attacha à une cheville à travers le piétement. Cela forçait Delil à se tenir penché vers l'avant, dans une position de soumission peu agréable, tant psychologiquement que physiquement.

« Qu'est-ce que vous me voulez ? Qui êtes-vous ? »

Lynx se pencha vers son prisonnier qui n'avait même pas eu la présence d'esprit d'essayer d'enlever sa cagoule. Elle puait. Elle aussi avait traîné dans la merde. À voix basse, il lui souffla quelques mots à l'oreille, « *you are just a fucking disgusting pig* », dans un anglais parfait.

Puis il sortit.

Vers trois heures du matin, la porte de la cellule s'ouvrit à nouveau. Le Libanais s'était cassé la figure. Il était couché sur le côté, les membres empêtrés dans sa chaise, et ne bougeait pas. Il devait dormir. Lynx lui administra une courte décharge électrique, qui le réveilla en sursaut, et le redressa, sans lui ôter ses menottes.

Nasser était fébrile.

Quelques secondes plus tard, l'agent réapparut dans la pièce avec une seconde chaise et une table en bois, qu'il plaça devant le prisonnier. À nouveau, celui-ci chercha à dissimuler son sexe. Lynx ressortit, apporta une assiette et de l'eau en bouteille. Il entreprit de retirer la cagoule de Delil, qui commença par avoir un mouvement de recul avant de se laisser faire.

Une fois rendus à la lumière, les yeux rougis et cernés du Libanais clignèrent pendant quelques secondes. Il ne vit d'abord pas grand-chose, à part une ombre noire qui allait et venait autour de lui. Il ne pouvait la fixer, parce qu'elle avait un gros œil éblouissant à la place du visage. « Qui êtes-vous ? » L'ombre s'était arrêtée de bouger mais ne lui répondait pas. Il regarda par terre, pour s'habituer à la luminosité ambiante.

Il était mal assis. Il avait froid, faim. Honte. Peur.

Relevant enfin le nez, Nasser jeta un œil à la nourriture, sur la table, puis à la silhouette de son tortionnaire. Apparemment, c'était un homme qu'il avait en face de lui. Un câble sortait de sa combinaison noire et se perdait dans le vif halo blanc qui lui tenait lieu de tête, sous une épaisse tignasse. Il devait communiquer avec d'autres gens, dehors.

Un temps incertain passa, sans qu'un mot soit échangé.

Delil craqua le premier. « Quelle heure est-il ? »

Cette fois, l'inconnu lui répondit. « *English.*

— *What... time ?* »

Première défaite.

« Noon. » D'un geste de la main, l'ombre montra l'assiette dans laquelle se trouvait un sandwich. « *Tuna.* » Puis la bouteille. « *Water.* »

Lynx vit les yeux de son prisonnier, qui évitaient toujours de remonter vers la lumière de sa frontale, faire plusieurs allers-retours entre la nourriture et la boisson. Tentation. Dans son oreille droite, les Pixies enchaînaient les morceaux de *Surfer Rosa* les uns derrière les autres. Le Libanais se méfiait, à raison, et inspecta la capsule de la bouteille d'eau. Elle était intacte.

Ce qui ne voulait pas dire que le liquide n'avait pas été *amélioré*.

Un peu plus tôt, l'agent y avait injecté une solution moyennement concentrée de pilules d'ecstasy diluées. Juste à la base du goulot. Une recette qu'il avait pris l'habitude d'employer au fil du temps. La drogue ne ferait pas parler le prisonnier, elle ne possédait pas cette vertu. À ce dosage, il ne se rendrait même pas compte qu'il absorbait quoi que ce soit. Cela le rendrait juste un peu plus *sociable*.

Le processus de régression qu'il venait d'entamer ferait le reste.

Nasser finit par se précipiter d'abord sur l'eau puis sur le sandwich.

Seconde défaite.

Pendant deux ou trois minutes, l'agent laissa filer les accords de guitare sans répondre aux questions incessantes de son prisonnier. Perdu dans sa musique, il discernait à peine ses bruits de mastication. La vision de la bouche du Libanais, pleine, et de ses dents, maculées de pain, de mayonnaise et de thon, l'incommodait déjà suffisamment.

Alors que Delil s'apprêtait à terminer son repas, Lynx ramassa par terre une chemise cartonnée assez épaisse, qui était restée hors de vue jusque-là. Il la posa sur la table. Sur le recto, bien en évidence, on pouvait lire, inscrit au feutre rouge, *Michel Hammud a.k.a. Nas-*

ser Delil a.k.a. Abou El-Kalam. Après avoir débranché son RIO, il se pencha en avant. « *Do you have any idea why you are here ?* »

Nasser, dont les yeux trahissaient un soudain accès de panique, secoua la tête. Frénétiquement.

« *We are going to talk about you and your life... For as long as we need to.* » Puis : « *If you ask me, the longer, the better.* »

Rougeard s'aperçut qu'Amel ne l'écoutait plus. Le regard un peu vague, elle admirait le spectacle que leur offrait, à travers une immense baie vitrée, la colline de Montmartre.

La montre du journaliste indiquait midi cinq. Il était temps de faire une pause. « Pas de bol, aujourd'hui, il fait gris. » Ils bossaient depuis trois heures sur le compte rendu écrit et audio d'une conférence donnée en banlieue parisienne à la fin du mois d'août. L'orateur, par ailleurs sujet du prochain livre de Rougeard, y exposait sa vision d'une République française respectueuse de l'islam, sous réserve d'en avoir intégré les principes dans ses institutions.

« C'est beau quand même.

— C'était une usine de confection ici, avant la rénovation. Lorsque ma femme a acheté, au milieu des années quatre-vingt, personne ne voulait habiter dans le coin, trop populaire. Le haut du 9e n'était pas encore à la mode. Et puis c'était la crise de l'immobilier, ça ne valait pas un rond. »

Ils se trouvaient sur la mezzanine qui dominait le salon de l'appartement-atelier des Rougeard.

« Je vais aller refaire un peu de café. Ensuite, on s'y remettra pour une petite heure et puis stop. J'ai des gens à voir cet après-midi. Mais je t'invite à manger dans le coin d'abord. Ça te va ? »

Amel acquiesça avec un léger sourire. Elle profita du départ du journaliste pour feuilleter l'un des quotidiens qui encombraient le bureau. Rougeard les recevait presque tous, tous les jours. Le rêve.

AFGHANISTAN : NÉGOCIATIONS DANS L'OMBRE — BEN LADEN *SOUS LE CONTRÔLE* DES TALIBANS ? LE VIEUX ROI EN EXIL ENVISAGE UN RETOUR [...]

Elle avait pensé à ses parents, ce matin. À sa mère, surtout, qui ne lui avait toujours pas pardonné son mariage. Par un étrange coup du sort, la tradition, les convenances, qui les avaient séparées au fil du temps, les rapprochaient désormais à nouveau. Pour le pire puisque, non sans une certaine ironie, le mur invisible qui s'élevait entre elles se voyait également renforcé par les raisons de cette proximité retrouvée.

TÉMOIGNAGE : UNE JEUNE FRANÇAISE DISPARUE LE 11 SEPTEMBRE REFAIT SURFACE APRÈS PLUSIEURS JOURS SANS NOUVELLES / ÉVACUATION DE LA TOUR EIFFEL : FAUSSE ALERTE [...]

La rupture était consommée. Plus un seul signe depuis six mois. Seuls son père et sa sœur maintenaient le contact, en cachette. Mais ils ne venaient jamais chez elle. Chez eux. Chez lui. Amel et Sylvain habitaient toujours l'appartement de ce dernier et, certains jours, en dépit de toutes les attentions de son mari, elle s'y sentait étrangère.

PROCÈS DES MUTUELLES : PREMIÈRES COMPARUTIONS DÈS AUJOURD'HUI / EXPLOSION DE L'USINE : CACOPHONIE ET CONFUSION [...]

Sans s'en rendre compte, Rougeard l'entraînait sur un terrain difficile, douloureux. Mais il lui offrait également son premier vrai job et peut-être même de nouvelles clés. La vision du journaliste n'était pas des plus impartiales, conditionnée par l'actualité, profession oblige. Mais sa connaissance de l'islam allait en réalité bien au-delà du phénomène *islamiste*, pour pouvoir mieux l'appréhender, justement.

Cela s'inscrivait chez lui dans une tradition de *bouffeur de curés* qui s'étendait à présent à tous les fondamentalismes. Il ne prêchait pas, n'imposait rien, proposait juste une lecture sous un jour différent. À elle de parcourir une partie du chemin pour déceler, à travers les documents sur lesquels il lui proposait de plancher, la vérité derrière l'hypocrisie, le danger caché sous les propos rassurants, le verrouillage à l'intérieur du message d'ouverture. Percer à jour la *taqîya*, cet art islamique du double langage qui consiste à dissimuler sa foi et ses convictions pour éviter les persécutions.

HORODATEURS : LUTTE CONTRE LE VANDALISME DANS LES GRANDES VILLES / LES PIÈCES, BIENTÔT LA FIN ? [...]

Pour cela, elle allait devoir approfondir ses connaissances sur cette religion quasi inconnue qui était pourtant la sienne par héritage, ses courants, ses pratiques, son développement à travers le temps et l'espace, afin de la replacer dans une perspective historique et culturelle. Peut-être qu'en chemin, elle trouverait un moyen de renouer le dialogue avec ses proches.

UN SDF TUÉ PAR UN CONDUCTEUR IVRE / CAMBRIOLAGE : UN GENDARME BLESSE UN SUSPECT [...]

Le téléphone se mit à sonner, juste derrière elle. Loin dans l'appartement, Rougeard lui cria de décrocher.

Bonjour, Martine à l'appareil…

« Bonjour. »

Il y eut un blanc, puis : *Pourrais-je parler à Bastien Rougeard ?*

187

« Si vous pouvez patienter, il ne va pas tarder. »

Merci...

Alors qu'elle reposait l'appareil, Amel eut l'impression que la femme, à l'autre bout du fil, prononçait son prénom. La communication n'était pas très bonne et elle n'osa pas interroger son interlocutrice sur ce point. Elle ne connaissait pas de *Martine* et l'autre risquait de la prendre pour une folle. Elle poursuivit donc sa lecture du journal.

CHAUD WEEK-END POUR LA FRANCE, LES INCENDIES EMBRASENT LE PAYS [...]

La BSPP aussi sur la brèche tout le week-end — [...] Vers trois heures du matin, dimanche, un feu s'est déclaré dans le sous-sol d'un immeuble du 19e arrondissement. Plusieurs dizaines de personnes, parmi lesquelles se trouvaient des enfants, ont dû être évacuées en pleine nuit. Elles n'ont pu regagner leurs lits qu'au petit matin, une fois le sinistre maîtrisé [...].

Rougeard, de retour de la cuisine, saisit le combiné. Amel lui mima le nom de l'interlocutrice et il hocha la tête. « Je vous avais presque oubliée », il brancha le haut-parleur du téléphone, « mademoiselle, madame ? »

Je suis déçue. Mais il est vrai qu'avec toutes vos groupies... Que pouvais-je espérer ?

Le visage du journaliste se ferma. « Venons-en au fait, j'ai du boulot. »

J'imagine... Il y eut un long silence avant que la voix de l'inconnue se fasse à nouveau entendre. *Charles Steiner, vous connaissez ?*

« Non, qui est-ce ? »

Renseignez-vous. Vous verrez, c'est un homme intéressant. Comme la première fois, *Martine* mit abruptement fin à leur conversation. *Bonne journée.* Elle coupa

188

la communication sans laisser à Rougeard le temps d'ajouter quoi que ce soit.

Amel était intriguée, elle ne disait rien mais son visage témoignait de sa curiosité.

« Juste une folle. Enfin, je crois. » Le journaliste raccrocha. Il se servit du café. « Elle m'a déjà appelé une fois, il y a une quinzaine de jours. Ça m'était sorti de la tête.

— Que voulait-elle ?

— Prendre contact.

— Plutôt bizarre, comme façon de faire. »

Rougeard souffla sur sa tasse. « Pas tant que ça. Dans ce métier, il n'est pas rare d'être confronté à des mythomanes ou des escrocs.

— C'est-à-dire ?

— On nous refile des fausses infos, pour provoquer une réaction, nuire à quelqu'un ou dissimuler autre chose. De la manip' pure et simple.

— Et ce nom, Steiner ? »

Le journaliste attendit avant de répondre. « Probablement une connerie. Revenons à nos moutons, tu veux bien ? » Il montra les documents étalés sur son bureau d'un geste de la main. « Ça, c'est du concret. »

L'homme était immobile depuis deux minutes, le front appuyé contre la vitre. Il triturait, dans sa poche d'imperméable, le petit disque métallique qu'il venait de retirer du combiné. La Madeleine, grise et massive, se dressait devant lui. Les gouttes de pluie qui ruisselaient sur le verre déformaient ses contours.

Ils étaient sombres, flous et incertains, à l'image de son univers.

Il sursauta lorsqu'une poignée de parapluie se mit à cogner nerveusement l'une des parois de la cabine téléphonique. Une femme. Sa bouche prononçait des mots qu'il ne comprenait pas. Il ouvrit brusquement la porte et, sans s'excuser, bouscula la râleuse impatiente au moment de sortir.

Rougeard avait rendez-vous cet après-midi-là avec un certain Julien Acroute, secrétaire général adjoint du SNAP, le Syndicat national autonome de la police, un syndicat d'officiers théoriquement marqué à gauche. Acroute, dont les activités militantes concernaient l'ensemble des services de l'Intérieur, était l'une des sources du journaliste pour tout ce qui concernait les affaires criminelles. En retour, il l'utilisait parfois pour faire passer les messages pressants de la *base*. Personne n'était dupe du marché et tout le monde y trouvait son compte.

Le policier arriva enfin, légèrement en retard, et se faufila aussi vite que possible jusqu'à Rougeard. Son énorme carcasse eut du mal à circuler entre les tables serrées de la terrasse fermée de la brasserie.

Le journaliste l'avait vu arriver de loin et traverser le pont Saint-Michel et la place éponyme. « Tu étais au 36 ?

— Déjeuner avec des mecs de la Crim'. » Acroute s'affala lourdement sur sa chaise, souffla. « J'ai trop bouffé, moi. » Il fit signe à un serveur et commanda un café. « Je suis pressé, de quoi as-tu besoin ?

— T'as des infos sur le groupe arrêté en banlieue le 21 ? Mes contacts à la ST[1] sont muets comme des carpes, ils ne lâchent plus rien. »

Un large sourire illumina le visage du policier. « En vrai ? » Il laissa passer un peu de temps, observa la foule, sur la place. « C'est la guerre, Bastien, mais pas contre les terros, entre les services et même entre les groupes. Jusqu'à maintenant ça bavassait pour savoir qui a fait ou n'a pas fait quoi, chopé qui, dit quoi. Mais au-dessus, ils font dans leur froc et ils trouvent que ça

1. Pour DST.

parle trop. Ils veulent des résultats. Le moment est mal choisi pour que quelque chose leur pète à la gueule, vois-tu, ça ferait tache. Alors les consignes c'est : vos gueules !

— Tout ça n'arrange pas mes affaires.

— Que cherches-tu au juste ?

— Entre autres ? À savoir ce qu'est devenu ce putain de camion théoriquement rempli d'explosifs dont tout le monde a parlé sans savoir où il était ni s'il existait vraiment.

— L'homme qui a vu l'homme qui a vu l'homme…

— Quoi ?

— Laisse tomber. Moi, je n'ai rien pour toi. J'ai d'autres chats à fouetter. D'ailleurs… » Acroute se ravisa. « Bon, je vais essayer de contacter quelqu'un que je connais, du côté des Saussaies, pour voir s'il veut te parler.

— RG ? »

Le policier hocha la tête.

« Quelle section ?

— Il te le dira s'il le souhaite.

— La confiance règne.

— Entre nous ? Ce serait nouveau. »

Les deux hommes se turent pendant un moment. Acroute vida sa tasse de café et fit mine de partir. « Bon, si tu n'as rien d'autre à me demander.

— Steiner.

— Qui ?

— Charles Steiner.

— Inconnu au bataillon. » Le policier leva une main pour couper court à une nouvelle intervention de Rougeard. « Je verrai. J'ai quand même un vrai job, tu sais. Je te laisse payer. À plus. »

Amel arriva chez elle peu après vingt heures. L'appartement était plongé dans le noir, silencieux. Elle alluma et appela immédiatement Rougeard, impatiente de lui faire part de ses découvertes.

Une femme lui répondit à la troisième sonnerie, sèche. *Allô ?*

« Bonsoir, pourrais-je parler à Bastien ? »

C'est pour toi !

Un choc sourd indiqua que le combiné venait d'être lâché sans ménagement sur une surface dure. Amel entendit un échange lointain dont elle ne perçut pas les détails, juste le ton, plutôt vif, puis des pas qui se rapprochaient nerveusement.

Rougeard. Qui est à l'appareil ?

« Amel. »

Ah, bonsoir. Un problème ?

« Non pas du tout. Je rentre à peine de la TGB[1] et… »

Tu as passé tout l'après-midi là-bas ? Le journaliste paraissait surpris.

« Steiner, peut-être qu'il faudrait s'y intéresser. »

Je t'ai dit que c'était une connerie, laisse tomber.

« Vous… »

Tu.

« Oui, *tu*, pardon… Tu as déjà entendu parler d'une société appelée la SOCTOGeP ? »

La quoi ?

« La Société de traitement opérationnel, gestion et participation, SOCTOGeP. C'est une boîte luxembourgeoise dont Steiner dirige la filiale française, ici, à Paris, rue de Rivoli. »

Et ils font quoi, dans cette boîte ? Rougeard, qui paraissait agacé, avait posé sa question d'un ton ironique.

« C'est assez flou mais c'est lié à la Défense, aux contrats d'armement et à la formation de militaires, en Afrique et dans divers pays du Moyen-Orient. Je n'ai

1. Très Grande Bibliothèque, Bibliothèque nationale de France ou Bibliothèque François-Mitterrand.

trouvé que deux articles qui mentionnent cette société. »

Ah bon, et où ça ?

« Sur Internet. J'ai également vérifié dans le fonds
documentaire de la bibliothèque. Les revues de géostratégie dont ils sont tirés existent bel et bien. J'ai
aussi dégoté une photo de Charles Steiner prise l'an
dernier. Il pose, l'air plutôt mal à l'aise, en compagnie
d'officiers de l'armée ivoirienne. »

Il y eut un long silence. À l'autre bout de la ligne,
Amel entendait la respiration du journaliste.

Et alors ?

« Ben, il y a cette inconnue, cette *Martine*, qui vous…
qui te contacte et te lâche ce nom, Steiner, comme ça.
Et le mec n'est pas bidon. Il gravite dans la nébuleuse
françafricaine. Peut-être ailleurs aussi. Je me suis dit
que… »

Je t'ai expliqué que c'était probablement rien…

« Mais… »

*Laisse-moi finir. Puisque tu y tiens tellement, tu vas
aller jeter un œil aux allées et venues de ce Steiner, voir
ce qu'il fait, qui lui rend visite. Si ça vaut le coup, on
creusera.* Le journaliste laissa passer un temps puis
ajouta : *Et surtout n'imagine pas que je te paierai au-
delà de ce qui a été convenu. Tu as décidé de jouer les
grandes curieuses, alors tu assumes. Salut.*

Il raccrocha.

Sylvain apparut sur le seuil du salon. « Alors cette
première journée, cool ? » Il vint s'asseoir à côté
d'Amel dans le canapé.

— Géniale. » La jeune femme l'embrassa longuement. La bouche encore près de l'oreille de son mari,
elle lui demanda, tout bas : « Et toi ?

— Je suis crevé.

— Vraiment ? » La main d'Amel remonta le long de
la cuisse de Sylvain. « On ne dirait pas. »

Lynx revint dans la cave vers une heure du matin. Après s'être débarrassé de sa combinaison de pluie et de son casque, il interrompit la symphonie bruitiste qui saturait l'univers auditif de Delil depuis quelques heures.

L'odeur acide de l'urine, intenable, lui sauta à la figure dès qu'il ouvrit la cellule.

Le prisonnier était recroquevillé par terre devant la porte métallique. Il tremblait. Lynx le repoussa d'un coup de pied et se réjouit de la réaction ainsi provoquée. Subitement agité de spasmes apparemment incontrôlables, le Libanais brailla et se tordit violemment dans tous les sens pendant deux bonnes minutes.

Anxiété décuplée, signe que son état évoluait normalement.

Son pouls était rapide et régulier.

Insensible aux cris et aux relents organiques, l'agent prit le temps de réfléchir à la prochaine étape. La veille, ils avaient longuement discuté au cours de trois séances d'une heure et demie chacune, entrecoupées de pauses de longueur variable. Exclusivement en anglais, pour rendre les choses un peu plus confuses. Lynx pouvait immédiatement reprendre là où ils en étaient restés, c'est-à-dire pas très loin. Pour le moment, Delil avait décidé de se taire. Presque. Ce n'était ni surprenant, ni un problème.

Pour le moment.

Le jeu qui s'était engagé entre eux faisait appel à la patience autant qu'à l'intelligence. Une manipulation articulée autour de plusieurs actions simultanées, apparemment antagonistes mais en réalité complémentaires. D'une part, l'établissement d'un rapport de confiance qui, petit à petit allait amener Delil à livrer *volontaire-*

ment les informations désirées. Paradoxalement, cette première opération commençait par une phase de déstabilisation.

Lynx avait donc dès le début fait comprendre à son prisonnier qu'il savait des choses sur lui, sans en révéler ni l'étendue ni la nature exacte. Il s'était contenté, au détour de certaines phrases, de lâcher des détails opportuns, pour stimuler l'inquiétude de son sujet et cerner un peu mieux sa personnalité.

La lecture du dossier biographique remis par le Service avait livré quelques pistes de réflexion intéressantes. L'agent confirma ses impressions initiales dès les premiers entretiens. La perte de ses proches, au Liban, avait laissé chez Delil un profond vide affectif, doublé d'une soif de vengeance inextinguible. Sur ce terreau psychologique fertile s'était développé un fort besoin d'appartenance et de reconnaissance. Dopé par un ego démesuré, le Libanais avait besoin de briller et de se sentir important.

Lynx avait ensuite commencé à le *préparer*. Après avoir mis en avant les *qualités* de son prisonnier, par petites touches, il s'était *étonné* qu'on l'ait autant *exposé* en lui faisant prendre le risque de travailler avec *des amateurs aussi peu aguerris*. Autant de révélations qui semaient le doute dans l'esprit de Delil.

Trahison, erreur grossière de ses frères, chaque période d'inactivité était propice à des interrogations sans fin, même si évidemment, face à son tortionnaire, l'homme maintenait une façade provocatrice. Il essayait de tendre des pièges à l'agent, posait des questions, l'agressait verbalement. Sans succès. Lynx se contentait de pousser ses interrogations, ses insinuations, le traitait *correctement*, l'alimentait et le faisait boire.

En quantités et à intervalles très irréguliers.

Bientôt viendrait le moment de rebâtir leur relation et suggérer qu'une porte de sortie honorable existait, qu'une autre *famille* se tenait prête à l'accueillir.

Mais avant cela, il fallait peaufiner l'autre action en cours, la régression. Delil devait s'effondrer totalement pour accueillir favorablement une proposition transgressive. C'était l'objectif du traitement de privation qu'il subissait. Perte des repères sensoriels et temporels, fatigue, froid, drogue, faim, soif, satiété, douleur, repos, inconfort, confort, rejet, dégoût.

Usure.

Deux jours, c'était encore trop court.

Lynx quitta la cellule pour revenir avec de l'eau et un peu de nourriture. Doucement, après l'avoir prévenu d'une voix calme, il retira le casque stéréo des oreilles du Libanais, puis sa cagoule puante. La lampe frontale était toujours là pour aveugler le prisonnier qui sortait d'un long tunnel obscur. Aucun risque d'être reconnu.

Accroupi devant lui, l'agent aida Delil à boire, par petites gorgées, satisfait que ce dernier n'ait même pas pris la peine de vérifier la capsule de la bouteille. Ses défenses se fissuraient. Morceau par morceau, il lui fit ensuite manger une part de pizza au fromage.

Une fois le repas terminé, l'agent tendit ostensiblement la main vers la cagoule et surtout le casque stéréo. Le regard terrorisé de son sujet lui confirma qu'il était sur la bonne voie. Ce soir, il pouvait jouer la proximité. Il se contenta donc de rajuster la cagoule puis de rattacher Delil, de façon un peu plus confortable. « *I'll be back in two minutes with a blanket.* » Lynx quitta la cellule en refermant bruyamment la porte.

Il ne revint avec la couverture promise qu'une heure plus tard. Juste avant de ressortir, il s'approcha de la tête de Nasser et, doucement, lui murmura à l'oreille : « *Think about your family.* »

À LA UNE

TERRORISME : LE REPENTI DE DUBAÏ REVIENT SUR SES
AVEUX / L'AMÉRIQUE VEUT LA PEAU DES TALIBANS /
LA FRANCE RASSURANTE AU MAGHREB / PRÉSIDENTIEL-
LES : APRÈS LA TRÊVE DU 11 SEPTEMBRE, LA GAUCHE
CHERCHE À REPRENDRE L'INITIATIVE / ÉCONOMIE :
ATTENTATS ET MORAL DES MÉNAGES EN BERNE / LA
PRODUCTION DES EUROS PERTURBÉE PAR UNE GRÈVE /
FOOT : PARIS TENTE DE REMONTER LA PENTE / L'ÉTÉ
SANS FIN [...]

« Mercredi 3 octobre 2001, 06 h 07. Audition de l'agent Fennec par l'officier traitant Louis. Que devient notre ami Jaffar ? »

La question surprit Karim, il ne s'attendait pas à commencer ainsi. « Il poursuit sa routine, comme si de rien n'était. Travail dans la journée et Nezza, de plus en plus souvent, le soir. » Le rapport crypté envoyé à sa hiérarchie à la suite de l'incident survenu dans le 19e arrondissement, durant le week-end, n'avait pas provoqué la moindre réaction.

« Bien, reste sur lui.

— Et Delil, des nouvelles ? »

Le visage de Louis se ferma un peu.

« Les priorités ont-elles encore changé ?

— Pourquoi me demandes-tu ça ?

— J'ai reçu pour instruction de repérer Nasser Delil de toute urgence. Il y a trois jours, je vous ai signalé qu'il était peut-être présent à Paris et avait éventuellement été enlevé. » Karim inspira profondément. « De deux choses l'une, soit c'est effectivement le cas et ce kidnapping devrait vous inquiéter. Soit Delil court encore dans la nature et je ne comprends pas pourquoi

197

subitement tout le monde semble se foutre de ce qui peut bien lui arriver. »

Pas de réponse.

« Avons-nous enlevé ce type ?

— Je n'aime pas ce ton.

— Je n'aime pas me faire balader. »

Les deux hommes se défièrent du regard.

Louis interrompit l'enregistrement. « Nous avons de bonnes raisons de croire... »

Karim pensa surveillances, écoutes, interceptions.

« Qu'une action terroriste particulièrement spectaculaire se prépare en France. Au-delà des dégâts matériels et de l'effet psychologique qu'elle pourrait occasionner, nous sommes persuadés que le but réel de cette action est de provoquer une crise politique grave et », l'officier traitant sembla chercher ses mots, « de nous embarrasser auprès de... »

Quelques secondes passèrent.

« Nous embarrasser auprès de qui ?

— Le nom du commando responsable de cette opération serait *El Hadj*.

— Quel rapport avec Delil et Jaffar ? »

Louis expira bruyamment. « Des sources bien informées...

— Lesquelles ? La DGSE, un service étranger ?

— Des sources bien informées nous ont appris que Delil avait supervisé le financement de certains achats d'équipement militaire. Nous savons par ailleurs qu'il gravite à la périphérie de la nébuleuse terroriste algérienne implantée en France. Tu l'as toi-même constaté de visu. Il se trouve qu'il a également fait surface dans des documents récemment saisis par la police.

— Dans les journaux, il me semble avoir reconnu certains des noms que tu m'as montrés à Francfort, cet été. »

L'officier traitant approuva d'un léger hochement du menton.

« Le nom, *El Hadj*, on sait à quoi il fait référence ?

— Les analystes travaillent dessus.

— Avez-vous des hypothèses sur le où et le quand ? Est-ce que la cible de cet attentat ne pourrait pas être le match de foot de samedi ? »

Louis secoua la tête. « Des précautions seront prises pour limiter les débordements. » Puis il ajouta : « Mais cette rencontre n'est probablement pas l'objectif du commando. »

Le ton assuré de son interlocuteur étonna l'agent. « Cet équipement militaire acheté par Delil, on sait de quoi il s'agit exactement ?

— C'est sérieux, ça peut être beaucoup de choses. Des agents chimiques, par exemple. »

Silence.

« Quel genre ? »

Silence.

« Tu comprends mieux à quel point il est important de rester au contact des proches identifiés de Delil, à présent.

— Enlevé...

— Tu dois tout particulièrement surveiller Laurent Cécillon. Des suggestions ? »

Fennec n'avait pas entendu la question, il était ailleurs. « Karim ? »

Les yeux de l'agent, durs, revinrent se poser sur l'officier traitant. « Il faut s'intéresser à Nouari Messaoudi alias Nezza, je crois. J'ai le sentiment qu'il est plus impliqué dans les affaires de Touati que les apparences ne le laissent penser. Jaffar le fréquente de plus en plus et le temps qu'ils passent ensemble m'échappe complètement.

— Rien d'autre ?

— Que se passe-t-il si on me demande de repartir ?

— Tu obéis, pour le reste, on se débrouillera. L'essentiel est de préserver la proximité que tu as réussi à établir avec le groupe du 20ᵉ. »

La première chose que fit Lynx lorsqu'il arriva, vers quatorze heures, fut d'entrer dans la cellule de Delil pour lui remettre le casque stéréo de force sur les oreilles et lui reprendre sa couverture. La petite pièce, dans laquelle le prisonnier s'était soulagé à plusieurs reprises au cours des dernières trente-six heures, empestait à présent la merde. L'agent décida de le maintenir dans cet environnement encore un peu. Il ressortit, poussa le volume de la chaîne hi-fi à fond et remonta à l'étage pour se préparer à la séance à venir.

Allongé sur un lit Picot, Lynx parcourut une nouvelle fois la bio du Libanais. Lorsqu'il eut terminé, il se tourna sur le côté pour examiner les photos qu'on lui avait remises avec le dossier préparatoire. Elles étaient étalées sur le sol de sa chambre, regroupées par époque et par thème. Elles aussi racontaient à leur manière le parcours de Delil, d'où il venait, où il était passé, les personnes qu'il avait rencontrées, celles qui l'avaient initié puis introduit dans les différents cercles de la terreur. Les étapes clés du cheminement de Delil faisaient écho aux soubresauts de l'histoire moyen-orientale de ces trente dernières années.

Lynx se pencha en avant pour s'attarder sur une série de clichés pris l'été dernier. Tout d'abord, à l'aéroport de Dubaï, où les caméras de surveillance avaient surpris le Libanais en plein échange avec un officier des services spéciaux émiratis. Puis, quelques semaines plus tard, à la frontière irako-syrienne, en compagnie d'un contrebandier et d'un cadre de l'armée irakienne déguisé en chauffeur de poids lourd.

Ce que Charles et ses petits camarades recherchaient avait en théorie changé de main à cette occasion, dissimulé dans les fûts de pétrole que transportait le camion photographié avec les trois hommes. Plusieurs gros plans montraient les barils en question, pour qu'il ait une idée de ce qu'il devait éventuellement trouver, mais on n'avait pas pris la peine — ou pas voulu — lui fournir d'illustration de leur contenu. Lynx ne doutait pas une seule seconde que des images de celui-ci existaient. Pourquoi cette omission ?

Il se recoucha sur le dos et ferma les yeux.

Vers seize heures trente, l'agent redescendit à la cave. Il commença par prendre un comprimé de Virgyl puis pénétra dans la cellule. Après avoir repoussé Delil sans ménagement dans un coin de la pièce, ce qui provoqua une nouvelle crise de hurlements convulsifs, il lui retira le casque stéréo et entreprit de laver la pièce à grande eau.

Le Libanais grelotta, aveugle, nu et mouillé, jusqu'en fin d'après-midi. Vers dix-neuf heures, Lynx réinstalla la table et les chaises avant de rattacher son prisonnier à l'une d'entre elles, dans la position d'infériorité inconfortable qui avait été la sienne au cours de tous leurs entretiens. Delil se débattit faiblement lorsque l'agent trancha le gaffeur pour le remplacer par les menottes mais il était à bout de nerfs, exténué et, rapidement, ne résista plus. Il se contentait de pousser des petits cris irréguliers, étouffés et masqués par la version *live* de *Making plans for Nigel* des XTC que l'agent écoutait.

Lynx le laissa ainsi pendant encore trois quarts d'heure puis revint avec son dossier et une bouteille d'eau, normale. Il rendit le prisonnier à la lumière. « Veuillez excuser les manières un peu rudes de mes collègues. » Il avait parlé en français, pour la première fois, d'une voix calme, légèrement transformée par la cagoule d'intervention qu'il portait. Pas de frontale aujourd'hui, Delil aurait le loisir de voir son regard étrangement bleu lorsqu'il le fixerait.

Le Libanais ne répondit pas immédiatement, incapable de réagir à ces nouvelles données. Il n'essayait même plus de dissimuler son sexe flasque sous son gros ventre et se contentait de le dévisager avec des yeux injectés de sang, cernés et abattus. « *I am hungry.*

« — Pardon pour les menottes, question de sécurité. Autant pour vous que pour moi. Vous avez soif ?

— *Hungry*.

— Plus tard. Vous devriez boire un peu. » Lynx indiqua la bouteille du menton.

Le prisonnier la prit et l'ouvrit maladroitement, à l'aide de sa main libre et de ses cuisses. Puis il l'avala d'un trait, sans la moindre hésitation. Lorsqu'il leva le bras pour porter le goulot à sa bouche, l'agent aperçut une longue tache brune, étalée et sèche, qui courait le long de son flanc jusque sous son aisselle. Il l'avait mal nettoyé.

Quelques secondes passèrent, seulement troublées par les déglutitions de Delil.

Juste avant que celui-ci n'ait fini de boire, Lynx reprit la parole. « Michel Hammud. Vous êtes né en… » Il résuma le pedigree du Libanais pendant quelques minutes. « Vos parents, votre frère cadet et vos deux sœurs sont morts à la fin des années quatre-vingt, c'est ça ? »

Delil acquiesça.

« Que s'est-il passé ?

— *I am…* J'ai… très faim. » Devant l'absence de réaction de son interrogateur, le prisonnier continua. « Un missile qui n'est pas allé sur la bonne cible… J'ai froid. » Il oscillait sur sa chaise.

« C'est après cet incident que vous vous êtes converti ?

— Je vous l'ai déjà dit.

— Pas à moi.

— Il faut que… je mange.

— Plus vite vous me répondrez, plus vite vous mangerez. » Lynx attendit. « Alors ?

— Oui, je me suis converti après.

— Pourquoi ?

— J'étais en colère.

« — Est-ce pour cela que vous étiez à Paris ? Parce que vous êtes en colère ?

— Où sommes-nous ?

— Répondez à la question. Que faisiez-vous à Paris, fin septembre ?

— Qui êtes-vous ? Où… où est l'autre ?

— Quel autre ?

— L'Américain. D'où venez-vous ? Qui êtes-vous ? Je veux l'autre ! »

Delil s'énerva, se mit à maugréer, à gesticuler.

Lynx laissa passer l'orage puis lâcha, d'un ton neutre : « Il ne viendra pas. »

Les oscillations s'accentuèrent mais le silence revint.

« Que faisiez-vous à Paris, fin septembre ?

— J'étais là pour mes affaires.

— Quel genre d'affaires ? »

Silence. Puis : « La finance.

— Sur quels marchés financiers travaillez-vous ? »

Rien.

« Connaissez-vous un certain Jaffar ?

— Non.

— C'est un converti, lui aussi. Quelle est la nature de vos relations avec Laurent Cécillon ?

— Je ne connais pas cette personne… *I don't know him !* » Nouvelle explosion.

Lynx récupéra une photo dans son dossier. « Dommage. » Elle montrait Delil et Cécillon pris ensemble à la sortie de la mosquée Poincaré, au printemps dernier. Il y en avait d'autres sur le même thème. « Votre mutisme vous honore mais autant que vous le sachiez, il n'est pas très prudent, ce Cécillon… Et il parle beaucoup, lui. »

Le Libanais regarda les photos avec des yeux vitreux. « J'ai faim.

— Que faisiez-vous à Paris, à la fin du mois ? »

L'échange se poursuivit ainsi pendant un long moment. L'agent revenait inlassablement à la charge avec les mêmes questions, auxquelles se mêlaient flatteries, insinuations, promesses. À mesure que le temps passait, le prisonnier s'affaissait, sa voix se faisait moins ferme. Au bout d'une heure, l'ouverture tant attendue se présenta enfin. « L'autre homme, il… il a parlé de ma famille. » Il commença à hoqueter, comme s'il suffoquait.

Lynx, mutique, observait son sujet dont les bourrelets de graisse tressautaient à chaque soubresaut.

« Il… les mettre à l'abri, oui ? » Delil craquait, il sollicitait une faveur.

« Quelle famille, ils sont morts ? »

Les yeux du Libanais s'ouvrirent en grand, anéantis et fous.

« Nous prendrons soin de vous, si…

— Ma femme, en Autriche… mes enfants. Ce n'est pas possible ! Pas morts !

— Vous avez des enfants ? » Le ton était toujours neutre.

Le prisonnier hocha rapidement la tête à plusieurs reprises. « Oui, oui… Un faux nom. Il faut les protéger. Ma petite fille… »

Lynx ouvrit une seconde fois la pochette qu'il avait apportée avec lui. Autres clichés de surveillance. Une sortie d'école. Des enfants. « Cette famille-là ? » Avec leur mère.

Des larmes se mirent à couler doucement sur les joues de Delil alors que les photos se succédaient. École, école, supermarché, maison, rue, école.

« L'établissement où vos enfants sont scolarisés a très bonne réputation. C'est très joli aussi. Votre fils a apparemment d'excellentes notes, ses professeurs sont contents de lui. Évidemment, question sécurité… Mais nous pouvons y remédier. Il faut faire vite cependant, si jamais vos *frères* apprenaient que vous êtes avec nous… »

Nasser pleurait pour de bon à présent. Ses doigts enserraient l'un des clichés de sa progéniture dans un parc. La fatigue, la peur. La menace fantasmée.

« Que faisiez-vous à Paris, fin septembre ? »

Les yeux embués du prisonnier se relevèrent vers son interlocuteur. « Les protéger. » Puis : « J'étais venu transmettre des informations.

— À qui ?

— Je ne sais pas... Seulement l'intermédiaire. Juste... l'intermédiaire. »

Lynx patienta. La suite ne tarderait plus.

« Elles étaient cachées dans... »

05/10/2001

Le Transit était garé sur le port de la Conférence, en bord de Seine. Front 242 dans les oreilles, Lynx guettait. Trois heures quarante-sept. Il pleuvait et il n'y avait personne, aucune lumière à bord des bateaux-mouches blottis les uns contre les autres.

Des voitures circulaient sur l'autre rive.

À l'arrière de l'utilitaire, Delil, attaché à l'une des parois de la cabine par des menottes, émergeait péniblement de sa torpeur électrique. Il était habillé avec les fringues qu'il portait le soir de son kidnapping. Il remuait légèrement les lèvres, murmurait des choses incompréhensibles. Depuis qu'il avait commencé à se mettre à table, il était impossible de le faire taire. Il avait balancé des tas de choses, certaines intéressantes, d'autres moins, avait livré quelques informations inédites, confirmé des détails que le Service connaissait déjà.

Il était temps d'en finir.

L'agent rejoignit son prisonnier. Il lui retira les pinces ainsi que les bandes de mousse enroulées autour de ses poignets pour éviter les marques. Ils sortirent, Delil, groggy, soutenu par son tortionnaire, puis marchèrent un peu en titubant. Ils pouvaient aisément passer pour deux poivrots égarés.

Lorsqu'ils atteignirent l'extrémité du quai, le Libanais était presque conscient. Lynx le laissa glisser au sol, le repoussa dans l'ombre du mur qui surplombait le port. Le terroriste se cogna durement la tête en chutant. Il reçut néanmoins une courte décharge de matraque pour se tenir tranquille.

De loin, avec la pluie, ils étaient invisibles.

L'agent récupéra sa petite sacoche médicale dans l'une des poches de son pantalon de randonnée cradingue, à l'intérieur se trouvait une seringue plutôt imposante, déjà préparée. Il retira ses écouteurs. « Rien de personnel.

— C'est la tour Eiffel. On... » Delil avait du mal à parler. « Je suis encore à Paris ? » Il sentit qu'on lui relevait une jambe de pantalon, qu'on le retournait sur le ventre.

Lynx testa sa seringue. « Oui. Ne bougez pas.

— Qu'est-ce que... c'est ?

— Un produit pour dormir. »

L'aiguille s'enfonça dans la veine saphène du Libanais, à l'arrière de son genou.

L'agent n'avait pas menti. Il injectait à son prisonnier un curare dépolarisant utilisé en anesthésie, mais à une dose telle que celui-ci ne se réveillerait plus jamais. Bientôt, tous ses muscles se tétaniseraient puis, progressivement paralysé, il finirait par ne plus pouvoir ne serait-ce que respirer et mourrait. Le produit se métaboliserait dans l'organisme quelques minutes après son inoculation, devenant ainsi indétectable.

« Ma famille.

— Vous la reverrez.

— Vous avez... promis. »

Cause de la mort, arrêt respiratoire. À moins qu'il ne se noie avant.

L'agent aida Delil à se relever et se rapprocher de la Seine. Il put sentir les premières contractions musculaires de sa victime sous ses doigts, juste avant de la pousser dans le fleuve. Les averses des jours précédents avaient renforcé le courant et celui-ci entraîna rapidement le corps hors de vue.

Il n'y avait pas un bruit à part celui de l'eau, qui couvrait la rumeur de la ville. Le Zouave du pont de l'Alma n'avait pas encore les pieds mouillés, cependant.

Lynx bâilla. Il remit ses écouteurs en place.

They're coming down…

Retourna tranquillement au Transit.

They're coming down…

Et quitta le port.

They're coming down for you…

Amel en avait assez. Elle trouvait le temps long, il pleuvait, elle se sentait ridicule, pas forcément dans cet ordre-là. Trois jours de planque aux Tuileries, en face de l'entrée de la société de Steiner, rue de Rivoli, à jouer les apprenties espionnes, lui avaient laissé le temps d'envisager de tout envoyer balader.

Sa *mission*, excitante au début, s'avérait excessivement ennuyeuse et pénible. La veille au soir, Sylvain y était même allé de sa mauvaise humeur lorsqu'elle l'avait envoyé acheter des médicaments dans une pharmacie de garde. Sur recommandation de Rougeard, elle refusait de lui dire ce qu'elle faisait, ce qui donnait à son mari des raisons supplémentaires de râler. Mais peut-être se prêtait-elle avec facilité à ce jeu du secret parce qu'elle avait un peu honte de cette mascarade fantasmatique dont elle était l'initiatrice.

Finalement, un job à la télé, ce n'était peut-être pas si mal.

Et puis sa patience était à bout. En dépit de son assiduité, elle n'avait pas encore aperçu l'ombre d'un petit bout de Steiner, dont elle vérifiait régulièrement la silhouette à l'aide de la photo récupérée sur Internet. En revanche, elle avait observé des tas de gens qui entraient et sortaient par la porte de l'immeuble qu'elle surveillait. Mais elle était incapable de dire s'il s'agissait de visiteurs de la SOCTOGeP ou pas. Le bâtiment abritait en effet une *web agency*, deux cabinets médicaux et un d'avocats. Elle avait vérifié.

Évidemment, elle avait pu manquer sa cible, à l'occasion de l'une de ses trop rares pauses. Peut-être aussi s'agissait-il d'un canular ou d'une fausse piste. À plusieurs reprises, Rougeard avait essayé de joindre par téléphone la société que dirigeait théoriquement Steiner. Toujours à des heures différentes. Il était immanquablement tombé sur un standard automatique qui l'avait mis en attente. Une attente interminable. Chaque fois, il avait fini par abandonner.

Aujourd'hui, dernier jour, la comédie avait assez duré.

Amel resserra son écharpe autour de son cou et rajusta son bob imperméable.

Jaffar avait quitté son appartement tard. Pas de travail ce matin. Karim le suivait alors qu'il se dirigeait tranquillement à pied vers le 20ᵉ. Sa destination était probablement la mosquée, pour la prière du vendredi.

Fennec ne lâchait plus le converti d'une semelle depuis son entretien avec Louis. Il travaillait sur l'entourage de Delil à présent, ce qui voulait dire que le Libanais n'était ou ne serait bientôt plus un problème. Seule explication raisonnable, le recours à des mesures radicales, d'un genre qui ne faisait pas partie de la panoplie de la DRM.

Pas comme ça, pas en France.

Bien sûr, la doctrine avait pu évoluer en quelques mois mais cela semblait peu probable. Moins probable, quoi qu'il en soit, que l'intervention d'un autre service, déjà suggérée par les précédentes mises en garde de

Louis. Dans ces conditions, le cloisonnement de l'information faisait de lui une cible, un dommage collatéral potentiel, du fait de sa proximité avec le groupe Poincaré.

Il n'aimait pas ça.

De plus, il y avait ces composants chimiques. Karim ne doutait pas de leur existence. Les précautions oratoires de son officier traitant avaient été purement formelles, peut-être rendues nécessaires par l'enregistrement de l'entretien. L'information avait néanmoins circulé.

Fennec se souvint alors que Louis avait coupé l'appareil.

Un tiers devait les écouter.

On le surveillait de près.

L'utilisation de ces saloperies justifiait-elle tout ce cirque, cette parano, ces risques ? Certainement pas. *Une action terroriste particulièrement spectaculaire...* Tels avaient été les mots de son traitant. Pourtant l'armée travaillait seule, sans filet. Il n'avait pas repéré de flics, ils n'étaient pas dans le coup.

Pas encore.

Peut-être jamais.

Cela pouvait signifier que les huiles voulaient garder cette histoire secrète. Donc la Grande Muette était concernée au premier chef. *Nous embarrasser...* Embarrasser la France. Les militaires, des armes françaises. *Crise politique grave...* Les terroristes avaient mis la main sur des agents chimiques français !

Fennec comprit qu'il n'était pas qu'une simple cible potentielle. Il était seul, au milieu du champ de bataille, dans la ligne de tir. Et ça allait canarder sec. Quarante ans plus tard, allait-il être sacrifié par la République, comme d'autres *harkis* avant lui ?

Perdu dans ses pensées, Karim faillit perdre Jaffar qui, au lieu de pénétrer dans la mosquée par l'entrée des hommes, fit le tour par l'arrière. Il lui laissa un peu de champ et trouva un poste d'observation discret pour surveiller son manège.

Cécillon ne s'engagea pas dans le passage Planchard. Le grand baraqué moustachu aperçu au bar une semaine plus tôt l'attendait à l'angle de la rue. Les deux hommes se serrèrent normalement la main. En apparence. Fennec crut les voir échanger quelque chose mais plusieurs femmes voilées passèrent devant eux et il n'était sûr de rien.

Ils rejoignirent ensuite la salle de prière.

L'agent les suivit deux minutes plus tard.

À l'heure du déjeuner, Amel se résolut à abandonner son poste d'observation pour aller chercher un sandwich au Lina's de la rue Cambon. À l'angle de la rue du Mont-Thabor, distraite par le klaxon strident d'une voiture qui venait de la frôler, elle faillit percuter un type immense aux cheveux ras. L'homme fit à peine attention à elle et poursuivit sa progression volontairement lente. Son regard étrangement fixe observait un point situé devant lui à une vingtaine de mètres.

Là, il n'y avait qu'un seul passant, abrité sous un parapluie. Amel le reconnut au moment où il bifurquait sur la droite, en direction de la Madeleine. C'était Charles Steiner.

Comme si de rien n'était, la jeune femme, une parmi tant d'autres dans ce quartier, traversa la rue pour rejoindre le trottoir d'en face. Elle laissa Steiner et son ombre, un garde du corps vraisemblablement, prendre un peu de champ et leur emboîta le pas.

Alors qu'elle essayait de ne pas perdre de vue la montagne de muscles, Amel pesta intérieurement contre son manque de jugeote. Une entrée à l'arrière du bâtiment, évidemment ! Elle aurait dû aller inspecter l'immeuble. Au moins une fois.

À un rythme de sénateur, les deux hommes devant elle dépassèrent la Madeleine et remontèrent le boulevard Malesherbes. Ils s'engagèrent dans la rue d'Anjou, coupèrent Haussmann et s'arrêtèrent devant un petit restaurant, à l'angle Anjou-Pépinière. Le patron de la SOCTOGeP y entra seul.

Amel eut juste le temps de se mettre hors de vue. Le gorille de Steiner venait de commencer un tour d'horizon. Après quelques secondes, satisfait, il monta à bord d'une berline grise, arrivée par enchantement, et se mit à attendre en compagnie du chauffeur.

Plus rien ne bougeait. La journaliste marcha jusqu'à une boutique toute proche. À l'intérieur, tout en faisant mine de s'intéresser aux articles exposés, elle retira imperméable et chapeau. Vite, vite. Modifier fréquemment sa physionomie, un conseil de Rougeard, appris de la bouche même de ses copains de la DST. Ses mains tremblaient, malhabiles. Vite ! Elle ressortit moins de deux minutes plus tard, soulagée de constater que la voiture et ses occupants étaient toujours là, en double file.

Au culot, elle décida d'aller voir de plus près et passa rapidement devant la façade du bistrot. Steiner était seul, il commandait. Sans s'attarder, la jeune femme traversa la rue de la Pépinière et entra dans une brasserie animée baptisée, avec une pointe d'originalité, *La Pépinière*. Une table venait de se libérer près de la baie vitrée et elle s'y installa aussitôt. De là, elle pourrait guetter sa proie.

Amel s'aperçut alors qu'elle était hors d'haleine et ne put s'empêcher de sourire. Elle était dans l'action.

Dans la salle de prière, Jaffar et le moustachu s'étaient séparés et positionnés loin l'un de l'autre. Deux fidèles qui ne se connaissaient pas. Karim décida de se concentrer sur l'inconnu. C'était la première fois qu'il venait prier le vendredi. L'agent aurait même parié que c'était la première fois qu'il mettait les pieds dans cette mosquée.

Lorsque la cérémonie s'acheva, il le suivit.

Sans perdre de temps, l'homme rejoignit une voiture un peu déglinguée, garée deux rues plus loin. Fennec nota son numéro d'immatriculation alors qu'elle s'éloignait dans un nuage de fumée.

Steiner réapparut sur le seuil du bistrot peu après quatorze heures. Il prit le temps d'observer la rue d'Anjou et tira à deux reprises sur le petit cigare qu'il tenait entre ses doigts.

Amel avait déjà payé et attendait. Sans quitter le vieil homme des yeux, elle se leva à son tour et se dirigea vers la porte de la brasserie, prête à reprendre sa filature. À sa grande surprise, le patron de la SOCTO-GeP traversa la rue. Dans sa direction.

Il venait vers elle.

Désemparée, la jeune femme regarda alentour.

Il allait entrer dans La Pépinière.

Sa table était déjà occupée par deux hommes qui l'examinaient avec insistance. Elle se retourna vers le bar et décida d'aller se cacher dans la foule accoudée au comptoir.

Le zinc avait la forme d'un fer à cheval qui s'arrondissait au centre de la salle principale. Amel rejoignit sa partie la plus éloignée de la porte d'entrée. Elle joua des coudes pour se faire une place entre un trentenaire brun aux yeux fatigués, vêtu d'un élégant costume gris, et un gros malabar dont le blouson de cuir mouillé sentait mauvais.

Steiner pénétra dans la brasserie, s'installa à une table et interpella un serveur. Un peu de temps passa. Son café arriva. Il trempa ses lèvres dans sa tasse, fit la grimace. Une autre minute s'écoula, au cours de laquelle il ne fit rien d'autre que regarder dehors. Sans se presser, il termina son espresso et laissa un peu d'argent sur la table. Puis, le plus naturel possible, il se leva pour quitter la brasserie.

Amel appela le barman lorsqu'elle vit le patron de la SOCTOGeP payer. Elle ouvrit son sac et, sans attendre, posa une pièce de dix francs, récupérée dans son portefeuille, sur le comptoir. Les yeux fixés sur Steiner, elle s'apprêta à partir. Le vieil homme atteignit la porte, tourna à gauche. La journaliste se mit en route pour le suivre mais son voisin, le jeune cadre en costume qui lui tournait le dos, bougea au même moment sans la voir et la percuta violemment.

Amel lâcha son sac à main, dont le contenu se répandit sur le sol. Jurant en arabe entre ses dents, elle se pencha aussitôt pour ramasser ses affaires.

Costume Gris s'accroupit pour l'aider. « Pardon... Je ne vous avais pas vue. Je suis désolé. »

Elle ne l'écoutait pas, trop occupée à essayer de voir ce qui se passait dehors.

« Je m'appelle... »

La journaliste ignora la main que lui tendait son voisin confus et se fraya un chemin jusqu'à la porte de la brasserie. Elle eut juste le temps d'apercevoir la berline grise filer devant La Pépinière. À l'arrière, Steiner la dévisageait. Amel baissa les yeux, trop tard, et, maladroite, poussa la porte pour partir en direction de la gare Saint-Lazare.

En parler à Rougeard.

Resté seul devant le bar, la main toujours levée et l'air un peu bête, Costume Gris regarda la jeune femme disparaître rapidement dans la rue.

« Les gens sont vraiment sans gêne. Elle vous bouscule et même pas un mot d'excuse. » Un serveur était debout à côté de lui. « Ah, vous avez toujours vos papiers... Tant mieux.

— Pardon ?

— Ça, là. »

Son interlocuteur montra un élégant portefeuille qu'il tenait à la main.

« On sait jamais avec ces putains de melons. Y faut se méfier. »

« Tu sais, si ça ne va pas, on peut toujours te trouver un peu de travail. »

Un thé à la menthe posé devant lui, Karim écoutait Salah. « Si, si, c'est bon, je te jure, mon frère.

— Mais on peut t'aider. Les gens honnêtes, on en a toujours besoin.

— Je travaille à droite à gauche. J'aimerais bien bosser dans mon ancienne branche, tu vois. Ce serait plus utile pour tout le monde. » Fennec regarda le patron d'*El Djazaïr* d'un air entendu.

« *Inch'Allah.* » Salah n'avait pas l'air très convaincu par le discours du jeune homme mais n'eut pas le temps d'objecter quoi que ce soit, Mohamed venait d'entrer. Il se dirigea immédiatement vers le bureau du barman, qui le suivit sans un mot.

Sans qu'on les ait sollicités, les deux joueurs de dominos hochèrent la tête de concert. Karim les observa quelques secondes avant de s'engager à son tour dans le couloir qui menait à l'arrière de l'établissement. Il passa les cuisines, vides, et les toilettes, vides elles aussi.

Personne dans la pièce du fond. Ils devaient être dehors.

Sans réfléchir, Karim fit le tour du bureau et ouvrit le premier tiroir, celui où il avait vu Salah ranger un jour son carnet noir. L'agenda était là. Il contenait un répertoire, rempli de noms, d'adresses et de numéros de téléphone. Impossible de tous les retenir ou de les copier. Il passa directement à la partie calendrier. Aux dates de présence confirmée de Delil à Paris, au printemps dernier, il trouva une référence de plusieurs jours à l'adresse incendiée de la rue de Crimée avec une note : *Djemila — laisser appartement. Kacem.*

Djemila était la fille de Salah. Kacem, son fils aîné.

Un claquement métallique fit lever la tête à Fennec. Il tendit l'oreille. Plus rien.

Il tourna rapidement les pages jusqu'en septembre et trouva une indication similaire entre le *18/09* et le *06/10*. Le logement de Djemila avait servi de planque à Delil, aucun doute là-dessus. C'était donc bien lui qu'il avait aperçu le soir où il avait suivi Jaffar. Delil et un autre homme, habillé en pompier.

Des voix retentirent dans le couloir. Mohamed et Salah rentraient de la cour. Il était piégé ! En un réflexe idiot, il s'accroupit derrière le bureau, à la recherche d'une excuse valable. Aussi silencieusement qu'il le pouvait, toujours caché, il rangea le carnet dans le tiroir, qu'il referma.

Les deux hommes se rapprochaient. Leurs paroles devinrent très claires. Ils étaient sur le seuil, à deux mètres à peine de lui. Karim ferma les yeux, retint sa respiration. Sa mission allait échouer, à cause d'un coup de tête. S'enfuir. D'abord maîtriser Mohamed, le plus vif, le plus dangereux. Éventuellement Salah. Sortir par-derrière et aller vers… Non pas par là. Penser à la procédure.

Plus personne ne parlait.

Ne pas repasser par chez lui. Quel était le numéro à appeler déjà ? Sans s'en rendre compte, il se mit à remuer les lèvres et invoquer la *Fâtihah* en silence. *Au nom de Dieu le Miséricordieux plein de miséricorde…*

Il n'y avait plus de bruit.

Louanges à Dieu, le Seigneur des mondes…

Fennec risqua un œil par-dessus le bureau. Ils étaient partis sans le voir. Il se rendit alors compte qu'il n'avait pas fait attention à ce qui s'était dit. Il avait paniqué comme un con.

Il se leva prestement et rejoignit les toilettes dans lesquelles il s'enferma. Après une bonne minute, il ressortit et regagna le bar. Le *salafi* n'était plus là et Salah discutait dans la salle du fond.

Karim lui fit un signe de la main et quitta les lieux.

Rougeard, debout dans sa cuisine, écoutait Amel qui lui racontait ses mésaventures, l'entrée cachée de la SOCTOGeP, à l'arrière de l'immeuble, le garde du corps, le face-à-face avec Steiner. Elle était convaincue que celui-ci l'avait démasquée. Son confrère aussi et il ne trouvait pas cela très rassurant. Il se réjouissait néanmoins d'avoir peut-être mis le doigt sur quelque chose.

« Il n'y a pas grand-chose d'autre à dire. » La jeune femme but une gorgée de thé. « Ah si. J'ai perdu mon portefeuille. » Elle baissa la tête. « Sylvain va me tuer.

— Comment ça ?

— Il va encore dire que je suis...

— Non, je veux dire : comment tu l'as perdu ?

— Un type m'a bousculée, mon sac est tombé. J'étais déconcentrée et j'ai oublié de le ramasser, c'est tout. Quand je suis retournée au bar, ils n'avaient pas...

— Bousculée ? Quand, comment, où ? Décris-moi ce mec. »

Le ton impératif et sérieux de Rougeard surprit Amel. « Hé, ne t'inquiète pas, ce type n'avait rien à voir avec Steiner. Il était juste à côté de moi au bar. Il m'est rentré dedans parce qu'il ne m'a pas vue. Comme je ne faisais pas attention à lui non plus...

— Ça s'est passé dans la brasserie ?

— Oui, au moment où Steiner sortait.

— Je n'aime pas ça.

— Il était déjà là avant que j'arrive. Crois-moi, le garçon en question n'était pas très impressionnant. Je connais le genre, jeune banquier qui ne voit pas assez le soleil. J'en croise plein avec Sylvain. Pas vraiment James Bond. »

Rougeard secoua la tête. Il laissa passer quelques secondes. « Tu es sûre que le vieux n'a parlé à personne ?

— Personne à part un serveur.

— Il n'avait rien avec lui lorsqu'il est entré ? Une enveloppe, une serviette qu'il aurait pu laisser derrière lui ?

— Non, rien d'autre que son parapluie.

— Alors, c'est peut-être qu'il t'avait déjà repérée. Il est venu te voir de près. Ce qui s'est passé ensuite, lorsqu'il t'a matée depuis l'arrière de sa bagnole, le confirme. »

Amel ouvrit la bouche pour dire quelque chose mais se ravisa.

Rougeard l'observait, la mine grave. « Il va falloir réfléchir à la suite à donner à tout ceci.

— Je… Je ne veux pas d'ennuis. »

Le journaliste se mit à rire. « Change de métier, alors. Dis-toi bien que si ce Steiner est aussi solide qu'il en a l'air, ce n'est que le début… mais que c'est aussi pour ça que tu as signé. Lever de gros lièvres, bouger les choses, les révéler comporte une part de risque.

— Tu penses que Steiner, c'est du sérieux ?

— T'as pas encore compris ça ? Gardes du corps, contrats de défense, Afrique et il te repère en moins de deux ? Oui, c'est du lourd. Du très lourd. Reste à savoir ce que nous allons en faire, parce que tout ça ne m'explique pas pourquoi on a fait appel à moi. »

La jeune femme tiqua sur le *moi*. Elle se sentait un peu responsable de l'avancement des choses. Sans elle, Rougeard n'aurait sans doute pas progressé sur cette histoire. Elle s'abstint de le lui faire remarquer, cependant. « Il serait intéressant de savoir qui est *Martine* aussi.

— Exact. Mais bon, on ne trouvera pas la solution ce soir. Tu devrais rentrer te reposer. Je t'offre un taxi, tu l'as bien mérité. Tu demanderas juste un reçu au chauffeur. » Il quitta la cuisine pour aller téléphoner.

Amel dégusta le reste de son thé pour patienter. L'excitation de l'après-midi était retombée et elle se sentait vide, fatiguée. Elle jeta un œil dehors par la fenêtre, ne vit que le noir de la nuit et détourna le regard.

La porte d'entrée de l'appartement s'ouvrit puis claqua. Une femme, la cinquantaine magnifique, se présenta bientôt sur le seuil de la cuisine et se figea lorsqu'elle découvrit qu'elle n'était pas seule.

L'échange silencieux qui suivit, froid, dura jusqu'au retour de Rougeard. « Tu es déjà là ? Je te présente Amel. Amel, Stéphanie, mon épouse.

— Encore une nouvelle stagiaire, je suppose ? » *Madame* tendit une main molle qu'elle retira aussitôt qu'elle eut touché celle de la jeune femme. Elle fit demi-tour et quitta la cuisine sans rien ajouter.

« Ta voiture arrive, tu devrais y aller. Je t'appelle demain. »

Amel acquiesça et s'éclipsa, consciente de gêner. « Merci. » Sur le palier, à peine la porte refermée, elle entendit la voix de Rougeard monter, hargneuse.

06/10/2001

Karim s'était faufilé dans l'immeuble de la rue de Crimée à la suite de l'un des habitants. Personne ne l'avait vu entrer, la rue était déserte. Il monta dans les étages par l'escalier et n'eut aucun mal à identifier l'appartement où Delil s'était caché, le nom de sa locataire légitime figurait sur la sonnette. Il entra sans avoir besoin de forcer la serrure, la porte n'était pas verrouillée.

Une fois à l'intérieur, il laissa ses yeux s'habituer à l'obscurité avant de se déplacer. Les lieux empestaient le renfermé, le brûlé chimique et la vaisselle pas faite. Il aperçut bientôt des journaux et des magazines, dispersés dans le salon, par terre, sur la table et le canapé. Quelques verres et tasses sales traînaient çà et là.

Personne ne semblait être venu depuis plusieurs jours. D'après l'agenda, Delil devait rester à Paris jusqu'au

6 octobre. La consigne était sûrement de ne pas le déranger, sauf cas de force majeure. On pouvait raisonnablement imaginer que ses compagnons ne savaient pas ce qui s'était passé. Et s'ils étaient au courant, ils devaient penser que le Libanais s'était mis à l'abri de lui-même.

Fennec s'avança dans l'appartement. La cuisine était à l'image du salon, négligée. Dans la chambre, il trouva le lit défait, un trolley ouvert entouré de vêtements jetés au sol à mesure qu'on les avait mis, un vieux Coran, par terre lui aussi, sans doute tombé dans la confusion d'un départ précipité.

Mais aucun élément véritablement pertinent, rien qui aurait pu permettre d'identifier formellement le dernier occupant de l'endroit.

C'était un homme cependant, si l'on en croyait les produits d'hygiène exposés sur la tablette du lavabo de la salle de bains. Un homme qui avait temporairement pris la place d'une jeune femme dont l'engagement politique et religieux n'occultait pas totalement la coquetterie. Karim trouva quelques produits cosmétiques, bien rangés dans un placard, en plus du strict nécessaire à la toilette.

Un peu déçu, Fennec quitta l'appartement.

Charles, mal à l'aise, remonta la rue Saint-Denis sur une centaine de mètres avant d'entrer dans un sex-shop. Il franchit un rideau de plastique opaque, une première porte, qui l'amena dans un sas de sécurité où s'ennuyait un videur noir massif, engoncé dans un blazer de mauvaise qualité, et déboucha enfin dans le magasin. Il fut surpris tant par la superficie de l'endroit, insoupçonnable depuis l'extérieur, que par la quantité et la variété des produits proposés.

Bien que ce soit le milieu de la nuit, quelques personnes faisaient leur shopping. Principalement des femmes, certaines plus très jeunes. L'une d'elles, charmante, blonde, à peine vingt ans et vêtue d'un tailleur assez élégant, se tenait, circonspecte, devant un mur de lingerie que Steiner trouva plutôt vulgaire.

À la caisse, on lui indiqua des escaliers dont l'accès s'ouvrait dans le mur du fond de la boutique. Charles les descendit et déboucha dans un couloir plutôt large, qui se trouvait deux niveaux en dessous de celui de la rue. Il était bordé de portes fermées. Des cabines privées, réservées aux essayages, visionnages et plus si affinité.

Il s'avança lentement jusqu'à ce qu'une main lui fasse signe d'approcher.

Lynx l'attira à l'intérieur et referma derrière eux. La pièce baignait dans une lumière rouge désagréable. Un parfum bon marché saturait l'atmosphère, probablement pour couvrir d'autres effluves. L'endroit était équipé du minimum vital, des miroirs jusqu'au plafond, deux méridiennes basses aux assises douteuses, quelques coussins élimés, une télé et un appareil pour lire les vidéos, un caméscope, un bocal rempli de capotes.

« Un vrai petit nid d'amour. » Steiner détailla son agent de la tête aux pieds. « Toi-même, tu as tout du jeune premier romantique. »

Lynx était vêtu d'un trois-quarts de cuir râpé, d'un treillis beige fatigué et d'une chemise froissée. Ses cheveux étaient longs, mal coiffés, gras, et ses yeux bleus très cernés. « Si tes sacs de viande faisaient leur boulot correctement, nous n'aurions pas besoin de recourir à ce genre d'expédients.

— Ils ont été remplacés.

— Parfait. Mais à partir de maintenant, je décide où et quand, vu l'efficacité de tes équipes…

— Tu fais partie de mes équipes. Nous allons nous en occuper. »

L'agent tendit un CD-Rom à Charles. « Les enregistrements les plus intéressants et un compte rendu détaillé.

« — Où est Delil ?

— Il trempe, si on ne l'a pas déjà repêché.

— Raconte-moi. »

Lynx s'installa dans l'une des méridiennes. Steiner l'imita.

« C'était un gros bavard, finalement, ce brave Michel. Il a confirmé avoir supervisé l'achat des lots de Vx, comme vous le saviez déjà. »

Les deux hommes s'observèrent un instant.

« Effectivement, il a beaucoup parlé.

— Plus que toi, oui. Du Vx, bravo les gars. Encore un domaine dans lequel la chimie française est parvenue à briller. » L'agent mima des applaudissements.

Charles s'énerva. « Je ne trouve pas ça très drôle.

— Ah, toi non plus ? Voyons voir, est-ce que je me souviens de mes cours NBC ? C'est loin tout ça… Le Vx, incolore et inodore sous sa forme liquide pure, est un produit chimique découvert dans les années cinquante, par accident, en Angleterre si je ne me trompe pas, dans le cadre de recherches sur les insecticides, qui révéla très vite son potentiel stratégique. C'est, à ce jour, le neurotoxique militaire le plus efficace qui soit. »

Steiner changea de position, agacé.

« Peu volatil, il appartient à la catégorie des agents dits persistants. Innervant, il perturbe la chimie des impulsions nerveuses, ce qui entraîne une mort certaine, rapide et dégueulasse. Hyper-salivation, démiction, défécation, convulsions et tout un tas d'autres réjouissances en *-ion*. On peut l'absorber par les voies respiratoires et surtout par simple contact avec la peau. Une toute petite gouttelette, même pas visible à l'œil nu, et *byebye*. Rapide, mais pas assez pour ne pas en baver. Jamais cette expression n'a été si à propos d'ailleurs. Je continue ? Non ? Pense à me faire passer de l'atropine à notre prochaine rencontre.

— Si ces idiots avaient été capables de le synthétiser correctement seuls, ils n'auraient jamais eu besoin de ces lots de référence. Tu comprends un peu mieux les raisons de tout ce bordel. À une époque où notre industrie pétrochimique est déjà sous le coup de plusieurs actions en justice, il est inutile de rappeler au bon souvenir de l'opinion publique cet épisode glorieux de son histoire passée.

— J'imagine que l'explosion de Toulouse n'arrange pas les choses. Notre affaire, étalée à la une, jetterait sur cette catastrophe un éclairage plutôt...

— Délicat ? Oui. Et il y a un autre problème. » Steiner soupira. « Nous pensons qu'une partie de l'exécutif américain pousse pour trouver une excuse qui justifierait une invasion de l'Irak. Ils savent que nous ne laisserons pas faire sans rien dire et comme nous siégeons au Conseil de sécurité de l'ONU... ils cherchent déjà à décrédibiliser notre parole par tous les moyens. Ils vont probablement faire sortir quelques histoires de corruption dans le cadre de Pétrole contre Nourriture. Parmi celles-ci, certaines concernent des personnes proches du sommet de l'État. »

Lynx ricana : « Avec des amis pareils, plus besoin d'ennemis », puis redevint brusquement sérieux, « comment avez-vous obtenu l'information initiale sur ces lots ?

— La petite action pour laquelle tu t'es distingué au Kosovo... » Charles regarda son agent par en dessous. « Grâce aux révélations d'Al-Nahr à propos de ses filières, la DGSE a pu mettre en place des sonnettes à certains points stratégiques. C'est l'une d'elles qui a donné l'alerte.

— Au moins, ça a servi à quelque chose. Qu'est devenu le *Père du Fleuve* ?

— Eh bien c'est assez ironique. Dans un élan de bonne volonté, nous avons fini par le refiler aux Américains. Il ne nous servait plus à rien et eux le recherchaient dans le cadre des investigations sur les attentats de Nairobi et Dar es-Salaam. »

Hochement de tête, Lynx bâilla. Il voulait en finir. « Le Vx a quitté la Syrie, par la mer. Depuis Jablah. Apparemment, il se trouve toujours dans ses conteneurs acier lourd d'origine donc relativement *safe*. Hammud ne connaissait pas les détails du reste du parcours, d'autres personnes que lui étaient chargées de l'acheminement. Il a cependant livré quelques noms, peut-être que cela vous aidera. Ils sont sur le disque.

— Qu'est-il venu faire à Paris ? »

L'agent trouva des chewing-gums dans l'une des poches de son blouson. « Donner les détails d'une autre transaction destinée à assurer les finances de la cellule *El Hadj*. » Il en offrit un à Charles, qui refusa.

« Il te les a livrés ?

— Le montant et le nom du *hawaladar* choisi pour l'envoi, au Pakistan, c'est tout. C'est dans ma synthèse. Ces gens-là savent vivre. Ils préparent une grosse opération et s'en donnent les moyens. Disperser ce Vx sera compliqué, ils doivent le savoir. Mais tout cela ne vous aidera pas beaucoup, à part pour confirmer l'existence et l'importance de la cellule en question.

— Pourquoi ?

— Ces informations ont déjà été transmises aux intéressés. Il venait de les remettre à son contact lorsque je lui suis tombé dessus. Il s'appelle… » Lynx fouilla sa mémoire pendant quelques secondes, soupira, éprouvé par les quelques jours passés en compagnie de Delil.

« Tu devrais te reposer.

— C'est le Virgyl, ça me déglingue quand j'en prends trop longtemps.

— Tu veux que je te fasse prescrire de quoi compenser ?

— Le mec…

— Quoi ?

« — Cécillon, Laurent Cécillon. Nom de guerre, *Jaffar*. C'est lui qui fait le lien avec le reste de la cellule. Hammud me l'a décrit et je pense qu'il s'agit du rouquin que les gens d'Alecto ont repéré à deux reprises rue de Crimée. »

Charles hocha la tête.

« La procédure de récupération des fonds est expliquée dans un SMS qui a été envoyé à un numéro de mobile précis. La puce à laquelle ce numéro est attribué était dissimulée sous l'emballage d'une gomme d'écolier. C'est cette puce que Delil/Hammud a remise à Cécillon, qui l'a sans doute déjà fait passer à qui de droit. Seul le destinataire final possède le code PIN.

— Au moins, on sait que Cécillon connaît le maillon suivant dans la chaîne.

— Oui. Il va juste falloir le trouver et le surveiller à présent. J'imagine que ce ne sera pas un problème, si ?

— Probablement pas. Autre chose, Delil t'a expliqué pourquoi il avait balancé *Iguane* aux Émiratis ? »

Lynx acquiesça. « Bouc émissaire, dénoncé sur ordre de Kandahar. L'opération qu'il était censé monter était un leurre. Ils voulaient attirer l'attention des polices européennes ailleurs.

— Ça n'a pas vraiment marché, encore un plan à la con.

— Rien ne garantit que d'autres manœuvres similaires ne soient pas en cours et… Nous avons de la chance d'être au courant pour le Vx, tu le sais aussi bien que moi. Jusqu'à preuve du contraire, le produit est toujours en vadrouille, à moins qu'il ne soit déjà arrivé à destination.

— Nous savons à peu près quand ils veulent s'en servir.

— *El Hadj* ? Et si c'était une autre fausse piste ? On vient à peine de commencer à lever le voile sur tout ce bordel. Mieux vaut éviter les conclusions hâtives, crois-moi. » Ils n'avaient aucune certitude sur rien, en dehors de l'existence des lots de toxique et d'un projet visant à les utiliser. Tout le reste n'était que conjectures.

Steiner montra le CD-Rom. « Je vais jeter un œil et rendre compte. Mets-toi au vert en attendant. »

Lorsque l'ascenseur se fut refermé sur Nouari Messaoudi, Mustapha Fodil claqua violemment la porte de son appartement. Ce sale *reubeu* avait encore réussi à l'énerver. Nezza se la pétait trop *boss*, tout ça à cause de son *bizness* et de ses relations avec les autres *frères*, là, qui le prenaient pour un cador.

Seulement vêtu d'un short de sport, Mustapha alla se placer devant le miroir en pied de son petit salon. Il entama une séance de *shadow-boxing,* coups de poing, coups de pied, de plus en plus appuyés. Autant de punitions méritées, infligées à des Nezza imaginaires.

Sa rage un peu dissipée, il s'arrêta et gonfla ses pectoraux dont il était si fier, dessinés à force d'efforts et de sacrifices. Il se pencha en avant, examina sa moustache et décida qu'il devait la retailler un peu.

Gamin, Mustapha avait souffert des quolibets de tous les petits Nouari de son école qui le traitaient de *sale gros*, de *loukoum*, de *grassouille*. Cela avait duré jusqu'à ce que sa taille commence à les dissuader un peu, pour complètement cesser lorsqu'il avait pris ses premiers cours de karaté et de full-contact. Aujourd'hui, il était *senseï*, moniteur fédéral même, et plus personne n'osait lui parler de travers.

Plus personne sauf Nezza.

Sa colère revint aussi vite qu'elle avait disparu. Il allait la faire passer à la salle, lors du premier entraînement du matin. Après, il en parlerait à Khaled et Nourredine, eux ils sauraient quoi faire.

À la une du quotidien étalé sur ses genoux, il n'était question que de la rencontre France-Algérie qui se tiendrait le soir même, au Stade de France. Jean-Loup

Servier ne lisait pas son journal, il était trop fatigué, il n'aimait pas le foot et il ne serait pas là.

Il abaissa le dossier de son fauteuil, desserra sa ceinture de sécurité, suivit vaguement des yeux le parcours de l'hôtesse qui distribuait collations matinales et boissons chaudes.

Servier se projeta dans le week-end écossais qui s'annonçait. Atterrissage à Glasgow dans une heure, déjeuner avec le client dont il avait accepté l'invitation à la dernière minute ensuite. Neuf trous dans l'après-midi. Bouffe, boisson, baise ce soir. Jean-Loup ne doutait pas une seconde de la présence de quelques demoiselles de compagnie, grandes, blondes et importées de Russie ou d'Ukraine de préférence. C'était le genre du mec. *Start-upper* soudain en fonds qui rattrapait à coups de liasses les longues années passées dans l'obscurité de sa chambre d'étudiant tapissée de posters de *heavy metal*.

Demain, ils remettraient ça.

Olav serait là lui aussi. Olav, la voix de la raison, qui l'avait convaincu de l'intérêt de ce voyage *professionnel*.

Jean-Loup regarda la photo qu'il tenait entre ses doigts. Elle montrait un couple souriant, endimanché, qui sortait d'une mairie. Pas très jolie, cette mairie.

Michel Klein aimait faire la grasse matinée, le samedi, après le bouclage éprouvant du vendredi et le départ de l'hebdo à l'imprimerie. Il n'appréciait guère que l'on perturbe ce repos bien mérité. Rougeard ne s'étonna donc pas de découvrir la mine renfrognée de son directeur de publication, accessoirement actionnaire majoritaire du magazine pour lequel il travaillait, lorsqu'il entra dans le bar de la rue Saint-Dominique où ils avaient rendez-vous.

Il était dix heures du matin, tôt, beaucoup trop tôt. Klein avait déjà deux cadavres de cafés devant lui et une clope au bec. Il le salua d'un signe de tête peu enjoué. « J'espère que tu as une bonne raison.

— Non, mais je ne peux plus me passer de toi. » Rougeard commanda deux autres espressos, sans prendre la peine de demander son avis à son compagnon. « J'ai besoin de ton avis et éventuellement de ton feu vert.

— Mon avis ? Putain, dans quoi tu t'es encore fourré ?

— Dans le genre d'histoire qu'il faut creuser vite et sans faire de bruit. À moins, bien sûr, de préférer que la concurrence chope le scoop avant. »

Klein se redressa. Le journaliste raconta. La prise de contact initiale de *Martine*, le second coup de fil, l'implication d'Amel, présentée comme son *assistante*, Steiner, ses gardes du corps, sa société franco-luxembourgeoise qui grenouillait dans le secteur de la défense et sa capacité à déjouer les filatures. Du sérieux.

Le patron de Rougeard écouta, attentif, puis termina son petit noir en silence. Il réfléchissait. « C'est qui cette assistante ? Tu ne m'en as jamais parlé.

— Diplômée du CFJ, motivée. Elle m'aide pour mon bouquin.

— Mignonne, je suppose. »

Le journaliste regarda dehors. « Exotique. Bon, mon histoire ?

— Info ou intox ? Ton Steiner, là, il s'occupe de contrats de défense, c'est bien ça ? A priori, rien à voir avec tes domaines de compétence, que ce soit les affaires criminelles ou l'islamisme radical, alors, pourquoi on te contacte toi ? Pourquoi mon hebdo ? »

Klein avait deux défauts, il était jaloux de son bébé et complètement paranoïaque. À raison, quelques années plus tôt, son magazine s'était retrouvé mêlé à une tentative de déstabilisation politique qui avait failli le couler. « Tu as envisagé une manip' ?

— Bien sûr, mais même ça c'est intéressant. Il faut une raison pour tenter une manip' de ce genre, une raison importante, parce que c'est risqué. Donc soyons prudents mais…

— Tu veux quoi ?

— Un peu de tranquillité, pour pouvoir avancer sur cette informatrice, au moins jusqu'à la mi-octobre. Dis-le aux autres, qu'ils me lâchent un peu la grappe. » Rougeard pensait à son chef de rubrique et à son rédacteur en chef.

Klein secoua la tête. « Ce n'est pas vraiment le moment. Les sujets sur les barbus ne manquent pas et tu es notre grand spécialiste. Tu feras ça en plus, démerde-toi. Je rallongerai. Elle ne sait pas écrire, ton assistante ? Au CFJ, ils leur apprennent bien quelques trucs, non ?

— Sans doute. Mais elle n'a pas de statut.

— Si, maintenant, elle est pigiste. Au moins le temps que durera cette histoire.

— Je préfère pas. » Le regard appuyé de son patron incita Rougeard à développer. « Amel est un peu mon arme secrète. Si elle se montre trop, si elle est identifiée comme une pro, on va se poser des questions et peut-être que cette histoire nous échappera.

— Stagiaire, alors ? À la documentation, ça collera avec ton livre. On la payera même un peu. Tu te débrouilleras bien pour lui faire avaler quelques feuillets en plus du reste. »

Les deux hommes échangèrent un sourire.

« Tu veux venir voir le match à la maison, ce soir ?

— Tu n'es pas invité au stade ? »

Klein fit signe au serveur. « Si tu veux mes billets, je te les donne. Pas question que je foute les pieds là-bas. »

« Tu me files la confiture au chocolat ? »

Sylvain prit un petit pot dans un panier et le donna à son épouse. « Tiens. » Ils partageaient un *brunch* au

Pain Quotidien, rue des Archives. Il avait fait l'effort de se lever plus tôt.

Sans conviction, Amel commença à étaler de la pâte marron clair sur une tranche de pain.

« Tu en fais une tête, tu ne te sens pas bien ?

— Si, si.

— Tu ne m'as pas parlé de ta journée d'hier. Elle en est où, votre grande affaire ?

— Ça avance. »

Sylvain croqua dans un croissant. La bouche pleine, il se permit de faire remarquer son manque d'enthousiasme à la jeune femme.

Elle ne lui avait pas parlé de la perte de ses papiers, ni du fait qu'elle n'avait pas dormi de la nuit. Ce qui n'avait rien à voir avec son histoire de portefeuille. Amel prit la main de son mari dans les siennes, sans rien dire.

« Qu'est-ce qui t'inquiète ? C'est le boulot ? Si tu m'en disais plus, je pourrais…

— Rougeard ne veut pas.

— J'espère que ce n'est pas lui qui t'emmerde au moins.

— Non, c'est un type bien, un bon journaliste. Seules ses histoires l'intéressent, crois-moi.

— Il va te payer le boulot que tu fais pour lui ?

— Je pense, oui. On n'en a pas vraiment parlé.

— Quoi ? »

Amel observa les passants dehors. Les pardessus et les manteaux étaient de sortie. Les parapluies aussi. « Ce n'est pas ça qui compte.

— Ah bon, et c'est quoi alors ?

— La vérité. Dire les choses. Il faut arrêter avec ce culte du fric, ça pourrit tout.

— En attendant, ça te fait bouffer. » Conscient que le ton de sa réponse avait peut-être été un peu trop dur, Sylvain s'excusa. Il posa un baiser sur le front de sa femme, « Je n'aime pas te voir comme ça », lui releva le menton : « J'aimerais bien un petit sourire. Je voudrais t'aider, tu sais, mais il faudrait me faire un peu confiance.

— J'ai confiance. »

Nouari Messaoudi mit du temps à repérer la voiture de son contact au milieu de toutes les autres, dans le parking. Supermarché Carrefour de Montreuil, un samedi midi, la sortie de la semaine. Il monta sans attendre.

« *Assalam'aleikum*, Nezza.

— Farez. Tiens, voilà ce que Mustapha m'a donné. » Nouari tendit une gomme d'écolier à son compagnon qui entreprit d'en retirer l'emballage.

« Tout va bien ? »

Le dealer hésita, regarda autour de lui. Farez l'intimidait. Petit, trapu, barbu, son regard était dur et sans pitié. Un pur, un vrai croyant. Un homme respectable aussi, avec une bonne épouse et deux enfants. Pas comme lui. Nezza avait honte en sa présence et il n'aimait pas ça. L'homme était important, proche du chef de leur cellule. Le seul à le connaître, en fait. « Mustapha…

— Quoi Mustapha ?

— Il m'inquiète. »

Farez ne faisait pas vraiment attention à Nouari. Il venait de mettre à jour une puce de carte prépayée anglaise. C'était ce qu'il attendait, Kamel serait content.

« Il est trop tendu, je kiffe pas.

— Tu sais pourquoi il est là ? »

Nouari secoua la tête.

« C'est les deux frangins Harbaoui, Khaled et Nourredine, qui nous l'ont amené. Ils le connaissent d'une salle de sport où il donne des cours de karaté.

— À Mantes ?

— Oui. Mustapha, il est français, tu vois, il est né ici. Mais ses parents, ils sont algériens, retournés au bled depuis longtemps. Il a grandi avec son oncle. Quand les

GIA ont fait la guerre, au pays, il y a dix ans, son père s'est fait attraper par la police militaire. Ils ont dit qu'il avait aidé un *moudjahiddin*. C'était vrai, mais l'homme était juste son cousin. Ils lui ont quand même tabassé la tête, au vieux. Beaucoup. Aujourd'hui, le père à Mustapha, il bouge plus. Il passe ses journées à mater les murs et la nuit, il crie. »

Nezza frotta nerveusement la jambe de son jeans avec sa main, changea de position, sans croiser le regard de Farez.

« Mustapha déteste le pouvoir en Algérie, les militaires et tous ceux qui les aident, comme les *kouffars* d'ici. C'est pour ça qu'on l'a accepté. Il est pas très malin mais il a la haine. Et il est balèze.

— Ouais, mais il est trop tendu.

— Juste avec toi, mon frère. Sois plus gentil, respecte-le mieux et ça ira, tu verras.

— Mais…

— Fais ce que je te dis. »

Nouari baissa les yeux quelques secondes. « *Inch'Allah.* » Il salua son compagnon et sortit de la voiture.

08/10/2001

À LA UNE

BUSH CONTRE-ATTAQUE : QUATRE VILLES AFGHANES BOMBARDÉES / NOUVEAU MESSAGE TÉLÉVISÉ DE BEN LADEN : PLUS JAMAIS DE SÉCURITÉ POUR LES USA / L'ÉLYSÉE RÉITÈRE SON SOUTIEN ET SES ENGAGEMENTS / DES COMMANDOS FRANÇAIS DÉJÀ SUR PLACE ? / QUADRUPLE MEURTRE AU BAR-TABAC / FOOT : LES RAISONS DU FIASCO / LA FIN DU FRANC FAIT SORTIR LES GROS BILLETS DU BOIS / MODE, LES DÉFILÉS PRINTEMPS-ÉTÉ CONTINUENT […]

Mon 08 Oct 2001, 10:04:15 +2000
From : latrodecte@hotmail.fr
To : latrodecte@alteration.com
TR : *blank*
Mon 08 Oct 2001, 00:38:22 +4000
From : papy@sever.org
To : epeire@lightfoot.com
blank

> *Ce garçon dont tu m'as parlé l'autre jour, je viens de me souvenir que je l'avais bien rencontré, il y a quelque temps. Notre discussion m'a donné envie de le revoir et j'ai demandé à des amis de m'aider à le retrouver. Je sais que tu voudras lui parler quand ce sera fait, aussi je te tiendrai au courant des progrès de mes recherches. Pense à tes petits camarades.*
> *Ton grand-père qui t'aime.*

C'était la fin de la journée. Amel rentrait chez elle fatiguée, un peu déprimée, autant par la météo, pluvieuse, que par l'absence de nouvelles. Rougeard n'avait pas donné signe de vie, elle craignait qu'il ait décidé de faire cavalier seul sur l'affaire de la SOCTO-GeP. Elle s'était néanmoins rendue à la TGB, pour faire avancer les recherches concernant le livre du journaliste. Elle avait profité du haut débit de la bibliothèque pour jeter un œil aux sites professionnels dans l'espoir d'y dénicher une annonce d'emploi intéressante. Sans succès.

Elle arriva au bout de la rue de Wattignies et commença à la remonter. Un homme attendait sous le porche de son immeuble. Taille moyenne, costume sombre, imper. À mesure qu'elle se rapprochait, les détails de sa physionomie devenaient plus clairs, plus familiers également.

Lorsqu'il prit enfin conscience des talons d'Amel qui claquaient sur le trottoir, il tourna la tête et se mit à lui sourire. Il avait un beau sourire, large et franc, qui ne parvenait cependant pas à chasser l'impression de tristesse qui se dégageait de son visage. Cela venait sans doute de la forme de ses yeux, noirs et cernés, qui retombaient un peu, en s'éloignant du nez.

Elle avait déjà vu cet homme. Il devait avoir le même âge que Sylvain, peut-être l'un de ses amis.

Il lui tendit la main lorsqu'elle arriva à sa hauteur. « Jean-Loup Servier. »

Amel ne la saisit pas. Elle venait de reconnaître celui qui l'avait percutée dans La Pépinière et eut un léger mouvement de recul. « Qu'est-ce que vous faites devant chez moi ? Qu'est-ce que vous me voulez ? »

Servier laissa retomber sa main, surpris par la réaction défensive de son interlocutrice. « Pardon, je voulais... J'ai profité d'un taxi qui me ramenait chez moi et... Enfin... »

La journaliste, soulagée par sa confusion spontanée, l'observa tandis qu'il s'embrouillait dans ses explications.

« Je suis venu vous rendre », Jean-Loup se mit à fouiller dans sa serviette, « ça. » Il remit un portefeuille à Amel. Son portefeuille. « Il est tombé par terre. Je ne l'ai pas vu tout de suite mais quand je l'ai trouvé, j'ai préféré le garder. Je ne faisais pas trop confiance au serveur. Désolé de ne pas vous avoir téléphoné plus tôt, j'ai eu beaucoup de travail et... »

Amel récupéra son bien sans rien dire d'autre que *merci*. Elle était à la fois soulagée et agacée qu'il ne l'ait pas appelée avant. Elle avait fait opposition sur tous ses papiers. « Je vous inviterais bien à boire quelque chose mais mon mari va rentrer et... » Elle ne souhaitait pas devoir expliquer toute cette histoire à Sylvain. Inutile, également, de risquer une crise de jalousie.

Servier, qui semblait avoir compris, consulta sa montre. « Il faut que j'y aille. Au revoir. » Il fit demi-tour, examina le ciel avant de quitter l'abri du porche et, la tête dans les épaules, avança de quelques pas.

« Hé ! Monsieur ! »

La voix d'Amel le ramena en arrière.

« Vous avez un numéro de téléphone ou un mail ? Que je puisse au moins vous offrir un café, un de ces jours, si vous êtes libre. »

Nouveau sourire, prévisible, sur le visage de ce Servier. Il lui tendit une élégante carte de visite couleur ivoire.

La journaliste y découvrit des coordonnées professionnelles, toutes anglaises, un titre, *Consultant*, et le nom de la société pour laquelle il travaillait, *NextStep*. « Je vous… appelle.

— Avec plaisir. » Jean-Loup replongea sous la pluie, au pas de course, sa serviette en cuir au-dessus de la tête. Il disparut bientôt derrière l'angle de la rue. On aurait dit qu'il fuyait.

09/10/2001

Le lendemain, toujours aucun appel de Rougeard. Amel désespérait. Un coup de fil à Issy-les-Moulineaux avait suffi à anéantir ses espoirs d'obtenir la moindre pige du féminin. Les offres d'emploi étaient décourageantes, des boulots d'attachée de presse, surtout. Une réalité qu'elle refusait d'admettre. Elle voulait travailler de l'autre côté de la barrière, sur le terrain.

Sur l'histoire de la SOCTOGeP.

Elle avait passé sa matinée à lire et presque terminé, enfin, son Gavalda. Il était temps, l'épreuve avait été pénible sans trop qu'elle sache pourquoi, puisqu'elle aimait ce bouquin, tout compte fait. Il lui restait juste quelques pages qu'elle parcourrait plus tard, elle avait envie de sortir prendre l'air. Elle chercha du regard la carte de visite de Servier, qui lui servait de marque-page, et la découvrit, abandonnée négligemment sur le plateau du secrétaire du salon, devant le clavier de leur PC. Ses yeux s'attardèrent un instant sur le bristol légèrement brillant, l'adresse mail.

Amel alluma l'ordinateur.

Mardi 09/10/01 @ 10:03
De : Amelbal@voila.fr
À : Servier@nextstep.co.uk
Sujet : Toutes mes excuses

> *Bonjour,*
> *Je tenais à vous présenter mes excuses pour avoir été si abrupte hier soir. J'aurais dû vous inviter à prendre un verre mais j'avais peur que cela soit mal interprété. Merci, évidemment, de m'avoir ramené mon portefeuille. Puis-je espérer me racheter en vous offrant ce fameux café ?*
> *Amel Rouvières-Balhimer*

Ponsot avait retrouvé un journaliste du nom de Rougeard dans un bar de la rue La Boétie où il avait ses habitudes, lorsqu'il voulait faire une pause pas trop loin du ministère. Et pas trop près non plus. Il n'avait accepté cette entrevue que parce que Acroute, du SNAP, avait insisté et qu'il lui devait bien ça. Il n'aimait pas les gratte-papier et respectait ainsi avec beaucoup de facilité la consigne de silence de ses chefs.

Depuis le début de l'entretien, le policier restait très vague dans ses réponses à Rougeard, qu'il saupoudrait de détails croustillants mais sans réelle importance.

« Et la coopération entre les différents services anti-terroristes, comment elle se passe ?

— Bien. L'entente parfaite. Nous avons, après tout, des objectifs communs.

— C'est curieux.

— Pourquoi ?

— J'ai entendu dire que le Château avait piqué une crise à ce sujet, justement. »

Ponsot haussa les épaules. « Je ne suis pas au courant. Ces choses-là me dépassent.

— Juste entre nous, vous en pensez quoi d'Al-Qaida ? J'ai l'impression que ça va devenir le nouveau bidule à la mode qu'on va nous servir à toutes les sauces.

— C'est une manie de journaliste, ça, non ? Ou d'Américain, au choix. Tout simplifier à outrance et nommer l'ennemi pour le rendre moins effrayant, par facilité.

— Vous ne croyez pas à l'influence du *wahhabisme* sur le terrorisme international ?

— Je n'ai pas dit ça. Mais là, tout de suite, mon problème à moi ce sont toujours les Algériens. Il y a quelque temps, ils s'appelaient GIA. Maintenant, justement à cause du *wahhabisme*, ils ont peu à peu glissé vers la *salafiya*. Aujourd'hui, ils se regroupent donc principalement sous la bannière du GSPC mais fondamentalement, ce sont toujours les mêmes cinglés. » Ponsot fit signe au barman de leur apporter la note. « Et je ne parle même pas des Marocains ou des Tunisiens. Et des autres.

— Il y a des risques majeurs chez nous ? Genre cette histoire de botulisme, c'est du sérieux ?

— On est en guerre. Plus vite on s'en rendra compte, mieux ce sera. »

Rougeard se pencha vers lui, complice. « On continue dans le *off* ? Ce qui s'est passé à la fin du match de foot samedi, ça vous a surpris ?

— Non.

— Vous vous y attendiez, alors ?

— Non.

— Mais ?

— Mais je m'en branle.

— Pourtant... »

Ponsot se tourna vers le journaliste avec un regard condescendant. « Qu'est-ce que vous croyez ? Qu'on n'a rien de plus important que ça à foutre ? Vous voulez que je vous dise ce que je pense des musulmans qui sont chez nous ? Sur cent individus, il y a vingt irrattrapables, radicaux de tout poil, qui prêchent un islam combattant et dur. Vingt qui sont parfaitement intégrés et ne feront jamais chier. Les soixante qui restent, ceux-là, ils suivront le vent dominant. Ça fait quand même quatre-vingts pour cent d'emmerdeurs en puissance, pour ne pas dire autre chose. Alors les matchs de foot à la con qui se finissent en bordel, perso, je m'en bats un peu les couilles. » Le policier posa quelques pièces sur le comptoir. « On a fini, j'ai du boulot.

— Charles Steiner. »

Ponsot se figea et dévisagea Rougeard.

« Vous le connaissez, n'est-ce pas ?

— Pourquoi vous intéressez-vous à ce monsieur ?

— Une source fiable a attiré mon attention sur lui. C'est quel genre ?

— Le genre bien. Je ne l'ai croisé qu'une seule fois cependant, alors ne vous attendez pas à de grandes révélations.

— Dans le cadre de votre travail ?

Le policier hocha la tête. « Lui travaillait encore pour les *milis*, à l'époque, et moi j'étais à la DST, je n'avais pas encore rejoint les RG. Mais ça fait au moins quinze ans. » Il jaugea son interlocuteur du regard. « Comment avez-vous entendu parler de lui ? Il est dans le privé aujourd'hui et le type d'affaires qu'il traite ne vous intéresse pas, théoriquement.

— C'est ce que tout le monde me dit. Donc, vous avez bossé avec Steiner. Sur quoi ?

— Au tempura, aux mauresques. Je dois y aller, au revoir. »

Aussitôt rentrée du cinéma, Amel alluma son PC. Un mail de Servier l'attendait. Il acceptait sa *proposition de café* mais pas avant la fin de la semaine, *jeudi au plus tôt*, parce qu'il serait *en déplacement à Londres* avant cela.

Elle lui répondit sans attendre et proposa le jeudi en fin de journée puisqu'elle n'avait rien de mieux à faire. Elle se risqua même à l'interroger sur *son job*. Il était à Paris, il était à Londres, à Paris, *peut-être ailleurs*, cela la laissait *rêveuse*. Que faisait-il ? Où vivait-il vraiment ?

Juste au moment où elle envoyait son courrier, son mobile se mit à sonner. Rougeard.

« Enfin ! »

Tu t'inquiétais ? Je te manquais ?

Amel prit une voix calme et détachée. « Même pas. »

Menteuse. Il fallait que je règle quelques détails. Bon, les affaires reprennent, j'ai appris des trucs sur Steiner.

« Quel genre ? »

Je pense que c'était une barbouze, dans une autre vie.

« Une quoi ? »

Une barbouze, un espion. Un officier de la DGSE. C'est un poulet des RG qui me l'a fait comprendre à demi-mot aujourd'hui même.

« Et donc ? »

Et donc, ça nous ouvre des tas de pistes. On va aller rencontrer un de mes amis. Il va beaucoup te plaire, je crois. Libère ton agenda, va y avoir du boulot.

« C'est super, mais... »

Rougeard saisit l'hésitation dans la voix d'Amel. *Ne t'inquiète pas, j'ai d'autres bonnes nouvelles pour toi.* Il lui parla de Klein, de leur accord, dont il enjoliva un peu les termes, évoqua une rémunération, des articles en collaboration, la rassura. C'était facile, il avait fait ça toute sa vie.

Karim traversa à moitié le boulevard de la Villette et alla se poster au centre, derrière l'un des énormes piliers qui soutenaient le métro aérien. Devant lui, à une centaine de mètres, Jaffar venait de pénétrer dans la cité Lepage. Inutile de le suivre plus avant, sa destination était connue, l'appartement de Nouari Messaoudi.

Tous les soirs après la prière, le converti changeait de casquette et redevenait ce qu'il était avant de rencontrer Dieu : dealer. À cette époque, il ne s'appelait que Laurent Cécillon. C'était un gamin malingre, pas très grand, aux cheveux roux et bouclés. Aujourd'hui, son crâne était rasé, son corps plus musclé. Ses yeux, endurcis, avaient vu du pays, traversé des épreuves, croisé la mort. Il était devenu Jaffar, un guerrier.

Comme tous les soirs, il rapportait sa recette à Nezza. Il l'aidait dans son activité *commerciale*. Ils ne trafiquaient rien en direct et intervenaient seulement en qualité de semi-grossistes. Contacts, commandes, paiements, rien d'autre.

Lorsqu'il n'était pas avec Nezza, Cécillon s'isolait. Interactions minima avec les collègues de son travail officiel, pas d'amis identifiés, aucune copine, quelques conversations polies avec certains fidèles de la mosquée. Un fanatique, qui vivait en ascète dans l'attente du grand combat. Sa vie était morne et asociale. Il n'existait que dans son monde, à côté de la réalité.

À l'instar de Karim.

Fennec détourna les yeux et observa son environnement. Il était presque deux heures du matin et, à l'exception d'un groupe assez important de SDF, abrité sous le métro un peu plus loin que lui, personne ne traînait dehors. Ces clochards vivaient dans le coin, alcooliques, bruyants, agressifs, bagarreurs. La police, régulièrement appelée par les riverains, n'avait pas encore réussi à les chasser mais elle passait souvent, pour effectuer des contrôles qui n'avaient d'autre utilité que de compliquer la vie de Karim. Il s'était fait surprendre par une vérification d'identité deux jours plus tôt. Heureusement pour lui, ni Jaffar ni Nezza n'étaient apparus à ce moment-là.

Le souvenir de cette péripétie incita l'agent à opérer un repli stratégique. Il savait ce que Cécillon ferait dans quelques minutes. Il quitterait Messaoudi et rentrerait chez lui, derrière l'hôpital Saint-Louis. Inutile donc de prendre le moindre risque.

Fennec retraversa le boulevard de la Villette et partit en direction de la place du Colonel-Fabien. Il n'avait pas fait vingt mètres, toujours discrètement attentif à ce qui se passait autour de lui, lorsqu'il repéra la lueur.

À peine un point, orangé, aussitôt disparu.

Cigarette dans la nuit, à l'avant d'une voiture garée parmi d'autres le long du trottoir opposé, à l'ombre d'un lampadaire hors d'usage. Une voiture lambda, indécelable sans cette malencontreuse addiction. Deux silhouettes immobiles étaient assises à l'avant, le fumeur et le conducteur.

L'agent pressa le pas de façon imperceptible. Parvenu sur la place, il détala dans la rue Louis-Blanc jusqu'au quai de Jemmapes, tourna à droite le long du canal Saint-Martin, sprinta encore sur une centaine de mètres et traversa le parking d'une résidence pour rejoindre le square Jean-Falk, qui jouxtait le boulevard de la Villette. Là, prudemment, courbé dans le noir, il s'avança aussi loin que possible avant de s'immobiliser enfin, derrière un bosquet.

Attendre.

Il voyait l'entrée de la cité Lepage et la voiture, toujours là avec ses occupants, deux hommes. Vingt minutes s'écoulèrent jusqu'à ce que Jaffar apparaisse au coin de la rue. Rien ne se produisit avant qu'il atteigne à son tour la place du Colonel-Fabien. À ce moment-là, le fumeur sortit et commença à trottiner à sa suite.

Juste après, la bagnole démarra, alla faire demi-tour un peu plus loin et revint sur ses pas, toujours derrière le converti.

Karim observa ce manège sans bouger jusqu'à ce que le véhicule repasse devant lui. Lorsqu'il jugea la distance suffisante, il quitta le square et suivit le piéton, lui-même collé aux basques de Jaffar. Sa filature ne fut pas très longue. De stature moyenne, l'homme, qui portait des vêtements passe-partout, rejoignit bientôt le parking de l'immeuble de Cécillon, rue Zelenski. Il y retrouva son compagnon et leur voiture, à nouveau garée de façon discrète.

Ils surveillaient donc le converti.

Pas Nezza.

Fennec releva le numéro d'immatriculation. Transmettre cette information à Louis lui donnerait une indication sur l'identité de ces gusses. Une réponse claire et franche révélerait leur appartenance aux services du ministère de l'Intérieur. Toute forme d'embarras trahirait ses petits *camarades* de la Défense et confirmerait l'existence d'une opération parallèle à la sienne. Ainsi que beaucoup d'autres choses.

Karim s'éloigna, un peu inquiet. Même si ces types étaient sur le dos de Jaffar, ils n'avaient pu manquer de le repérer. Mieux valait pour lui qu'ils soient de la DRM. Ainsi, ils ne risquaient pas de se tromper de cible.

Son traitant ne lui avait-il pas recommandé d'être très prudent ?

« À tel point que tout le monde a fini par l'appeler *fouette-cul.*

— J'ai un peu de mal à vous croire.

— Et pourtant. » Bernard Dussaux gratifia Amel d'un sourire bienveillant. « Je vais même vous révéler un autre détail croustillant. Dès qu'il passait dans les couloirs, les gens mimaient le claquement d'un fouet et faisaient *clac-clac* avec leur langue. » Il partit d'un grand éclat de rire.

Elle trempa ses lèvres dans le verre de sauternes offert avec insistance par ce vieil ami de Rougeard élégant et charmeur. Ils l'avaient rejoint au Divellec, après son déjeuner. Depuis plus d'une heure, cet ancien haut fonctionnaire des Affaires étrangères à la retraite les régalait d'anecdotes vachardes et salaces. La petite histoire derrière la grande.

Amel buvait ses mots, qui lui ouvraient les portes d'un nouveau monde, le vrai, celui du pouvoir. La tête lui tournait.

« Les choses ne sont pas toujours aussi amusantes, cependant. » Les traits de Dussaux se teintèrent soudain d'une neutralité indéchiffrable et ses yeux trouvèrent ceux de la journaliste. « Tel cet homme politique de premier plan qui a tendance à *taper le gorgeon*, comme le disent très poétiquement mes quelques amis policiers, et après sur sa femme. Le stress, soi-disant. Elle a bien porté plainte à une ou deux reprises mais les procédures ont été égarées. » L'ancien fonctionnaire replia sa serviette devant lui. « Privilège de la fonction.

— Vous ne donnez jamais de nom, ce n'est pas gentil.

— Ma chère enfant, tout le monde connaît les noms, demandez à votre voisin. »

Amel, surprise, se tourna vers Rougeard qui évita son regard. Il fixait Dussaux, dont il connaissait les histoires par cœur. Le laisser faire son petit numéro n'était pas si désagréable, sauf lorsqu'il redevenait sérieux. Le risque était alors de se retrouver embarqué dans un discours aigri et surtout interminable.

« Dans ce cas, pourquoi personne ne dit rien ?

— C'est une très bonne question, à laquelle je ne peux malheureusement pas répondre, puisque je participe moi-même de ce système hypocrite. Comme vous, les gens de presse, le *quatrième pouvoir*. » Le vieil

242

homme ricana. « Nous sommes tous coupables de ce manque de recul et de responsabilité. La couardise gagne du terrain. Et après tout qu'importe, je ne suis pas sûr que le peuple soit prêt à suivre des gens courageux et intègres. Trop dur. Je crois au fond que ce pays a les élites qu'il mérite, des élites à son image.

— À propos d'élites... » Le temps était venu pour Rougeard de remettre la discussion sur ses rails. « Aurais-tu par hasard, au cours de ta très longue carrière, croisé un certain Charles Steiner ?

— Un homme d'exception. »

Attentifs, les deux journalistes se rapprochèrent simultanément. Dussaux était aux anges. « Puis-je te demander qui et pourquoi ? »

Rougeard balaya la question d'une pirouette. « Un article, dans une revue de géostratégie.

— Je vois. Steiner... Un serviteur qui agissait dans l'ombre. Remarquez que cela lui convenait sans doute très bien. Le genre d'homme qui fait des choses nécessaires mais incompatibles avec l'idée que l'on peut avoir d'une démocratie moderne et éclairée.

— Comme piétiner la loi et les droits de l'homme, par exemple ? » La provocation d'Amel fit long feu. Une main douce et ridée vint se poser sur la sienne pour la presser gentiment.

« En d'autres temps on parlait de *realpolitik*. Les gens ont oublié ce concept mais cela ne signifie pas qu'il est obsolète.

— Tu parles au passé, il a cessé ce genre d'activités ? » Rougeard ne voulait pas laisser la discussion dériver. « Et la SOCTOGeP alors, c'est quoi ? Un placard doré qui lui permet de se sucrer sur le dos du contribuable en récompense de ses bons et loyaux services ? »

L'ancien haut fonctionnaire se mit à rire. « Tu vois toujours l'égoïsme, l'ambition personnelle et le mal partout, toi.

« — Qui a invoqué la *realpolitik* ? »

Rougeard menait son ami exactement où il le souhaitait. Amel n'en perdait pas une miette.

« Cette société est tout sauf un placard. Steiner est encore très utile, dans des secteurs aussi stratégiques que la Défense et le pétrole.

— À quel titre ?

— Il les protège. Mais avec des moyens différents de ceux qu'il possédait auparavant. »

Le silence se fit.

« Pourquoi est-on venu nous voir nous, des spécialistes des faits divers, à propos de ce Steiner ? » La question de la jeune femme provoqua une réaction chez ses deux interlocuteurs.

Le visage de Dussaux s'illumina devant ce trop-plein de spontanéité.

Celui de Rougeard, au contraire, se ferma. Cette petite conne venait de révéler l'origine de leurs infos, une source bavarde et volontaire. Par ailleurs, pour qui se prenait-elle ? *Nous ? Spécialistes ?* Mon cul !

« C'est étrange en effet. À ma connaissance, Steiner se tient autant que faire se peut à l'écart des manœuvres et des coups bas. » Le retraité consulta sa montre. « Je vais devoir vous laisser, à mon grand regret. » Il fit signe au maître d'hôtel, qui apporta aussitôt l'addition. Le restaurant était vide et les tables presque entièrement redressées pour le soir. À l'exception de la leur, qui résistait encore à l'ordre compassé du lieu.

Quelques minutes plus tard, les trois convives se retrouvèrent sur le trottoir, face aux Invalides. Dussaux baisa la main d'Amel puis attira Rougeard à l'écart. Il parla doucement, soupesa ses mots. « La *Piscine* traverse une période difficile… » Plus personne n'appelait ainsi la DGSE, à part les anciens. Ce surnom venait de la proximité du QG du Service, boulevard Mortier, avec un stade nautique. « Il y a une guerre de clans.

— Quels clans ? »

Dussaux s'écarta un peu du journaliste et leva un instant les yeux au ciel. Le sommet de l'État. « Le directeur a récemment rappelé auprès de lui un certain Montana et écarté d'autres personnes. Ce Montana a mauvaise réputation. C'est un dur, un manipulateur. Je ne doute pas un seul instant que son retour soit lié aux échéances qui s'approchent. Donc fais attention à toi… » Le vieil homme eut un léger mouvement de tête en direction d'Amel, qui patientait à l'écart. « Faites attention à vous. Si ton histoire de Steiner a quelque chose à voir avec ces manœuvres, ce que je ne sais pas, nous sommes bien d'accord, alors il est possible que tu trouves tes amis *barbus* soudain bien inoffensifs. »

Amel était en retard. Rougeard l'avait gardée longtemps pour évoquer la rencontre avec Dussaux. Essoufflée, elle s'immobilisa sur le seuil du bar, déroutée par l'atmosphère bleutée qui tranchait avec celle, platement lumineuse et classique, de la galerie de l'hôtel Plaza Athénée. Intimidée par l'impression de luxe qui se dégageait de l'endroit.

Un serveur s'approcha d'elle, obséquieux. Blond paille avec une peau très pâle sous l'éclairage froid, il était vêtu d'un strict costume noir à col Mao et l'examina de la tête aux pieds. « Bonsoir, mademoiselle. Une table… Le bar plutôt.

— Je viens retrouver quelqu'un.

— Un jeune homme ? »

Amel acquiesça.

« Je crois qu'il vous attend. Suivez-moi. »

Servier se leva lorsqu'elle arriva et serra la main nerveuse qu'elle lui tendit. Il la rassura, il avait profité de ce délai supplémentaire pour travailler, et montra le téléphone portable et l'assistant personnel posés sur la table, entre deux piles de documents. « Mon bureau. » Une grimace d'autodérision passa sur son visage. « Que voulez-vous boire ?

— Je ne sais pas.

— Un conseil ? Essayez la Rose Royale. Champagne avec des framboises fraîchement pressées. Une invention maison. Très appréciée.

— Pourquoi pas ? »

Jean-Loup ajouta un second whisky à la commande et laissa le serveur repartir.

Amel se tenait raide sur son siège, sac à main sur les genoux. Toujours ailleurs, elle n'avait pas encore pris la peine d'enlever son manteau.

« Dure journée ?

— Au contraire, plutôt intéressante.

— Le boulot ?

— Oui.

— Je ne sais toujours pas ce que vous faites.

— C'est vrai, excusez-moi. » Amel parut tout d'un coup revenir à leur réalité. « Je suis journaliste et là, on est... » Elle hésita, partagée entre son excitation et les consignes de silence qu'elle avait promis d'observer. « Je travaille sur un sujet dont je ne peux pas trop parler.

— Ce n'est pas grave. Mais ça a l'air de vous plaire. »

Elle hocha la tête. « Rougeard pense que... » Elle se mordit la lèvre.

« Un confrère, je suppose ?

— Un journaliste très réputé, je travaille avec lui. Je suis désolée de faire tant de mystères. »

Leurs consommations arrivèrent. Jean-Loup leva son verre.

« Aux portefeuilles baladeurs. »

La journaliste l'imita. « Merci encore. Et pardon pour lundi. C'est juste que... Je ne voulais pas que les choses puissent être mal interprétées.

— Tandis que ce soir... »

Amel baissa les yeux. Elle laissa passer deux gorgées de champagne. « Et vous, que faites-vous dans la vie ?

— Je suis consultant. On me paie pour tenir la main à de jeunes sociétés émergentes du secteur des nouvelles technologies. Je les aide à grandir. C'est très banal.

— Mais vous voyagez beaucoup, apparemment.

— C'est moins drôle qu'on le croit. Tous ces déplacements sont répétitifs et exténuants, à la longue. Bizarrement, ce ne sont pas les gros décalages horaires qui vous perturbent le plus, mais l'accumulation des petits écarts de temps. On finit par s'endormir n'importe quand, n'importe où, tous les lieux de transit se ressemblent et on ne traverse plus qu'un seul immense pays, qui a l'aspect anonyme d'un terminal d'aéroport sans fin.

— N'empêche, vous devez rencontrer beaucoup de monde et ça c'est plutôt bien. »

Servier observa son interlocutrice, un sourire aux lèvres. « Je croise beaucoup de personnes, en effet, mais j'en connais très peu finalement.

— Comment cela ?

— Il est difficile de connaître les gens, vous ne trouvez pas ? Je veux dire véritablement. Même bien intentionnés, ils ont toujours tendance à cacher ce qu'ils pensent, leurs petits travers, leurs histoires honteuses, leurs vraies motivations, leurs croyances. C'est pourtant tout cela qu'il faudrait savoir. Parce qu'un jour ou l'autre, ces choses remontent à la surface par surprise et celui ou celle que vous avez en face de vous redevient un parfait inconnu.

— Chacun a droit à son jardin secret.

— N'est-ce pas seulement en parcourant ce jardin que l'on peut vraiment *rencontrer* quelqu'un ? Une chose plutôt rare donc, grand voyageur ou pas. »

Ils burent en silence.

« Vous révélez facilement vos pensées intimes, vous ? » Les yeux d'Amel ne lâchaient pas Servier.

« Pas plus que les autres, j'imagine. » Il lui renvoya un regard sans agressivité, sans substance non plus. « Mais j'aimerais bien pouvoir le faire un jour. »

Subitement mal à l'aise, la journaliste trouva un

autre sujet de discussion, le premier qui lui passa par la tête. « Vous n'avez pas peur, en avion, depuis que... » Elle le regretta immédiatement.

« Cela fait tout juste un mois, aujourd'hui, non ? » Les iris noirs de Servier ne renvoyaient plus aucune émotion. « Je n'ai pas peur des avions. Seulement des fanatiques et des dogmes qui les fabriquent. Vous croyez en Dieu, n'est-ce pas ? »

L'affirmation avait claqué en fin de phrase, une évidence sèche, et pris Amel de court. Avait-il sous-entendu *votre Dieu* ? « Je crois en quelque chose, une essence supérieure, qui nous transcende. Appelez-la comme vous voulez. Je ne pratique pas. » Lorsqu'il demanda « Vos parents ? » elle ne put s'empêcher de regarder ailleurs.

Sans doute conscient de la tournure négative que prenait leur conversation, Jean-Loup décida de repartir sur un ton plus léger. « De toute façon, je m'efforce de prendre le train aussi souvent que possible à présent. C'est plus difficile à balancer au cinquantième étage d'une tour.

— Des gens sont morts. »

Servier, rappelé à l'ordre, laissa passer quelques secondes. « Morts, oui, pour des croyances jugées plus importantes que des vies humaines. Je me méfie des croyances, je vous l'ai dit. Les religions, les idéologies, les convictions en général, tout cela est bien trop compliqué pour moi. Je préfère me contenter d'avancer au *feeling* avec les gens que je côtoie. Pas facile. La preuve. »

Amel termina sa coupe. « Je vais rentrer, mon mari doit m'attendre. Peut-on demander l'addition ?

— Allez-y, je m'en occupe.

— Pas question, je ne suis...

— S'il vous plaît. Je n'espère même pas me faire pardonner. »

La jeune femme se leva. « Je vous dois donc toujours un café.

— Laissez-vous un peu de temps. »

À LA UNE

INTENSIFICATION DES FRAPPES EN AFGHANISTAN /
L'ALLIANCE DU NORD PEINE À FAIRE PROGRESSER LE
FRONT / MONTÉE DES RADICAUX EN ASIE DU SUD-
EST, LES ISLAMISTES INDONÉSIENS DÉFILENT CONTRE
LES BOMBARDEMENTS US / ANTHRAX : LA BACTÉRIE
GUERRIÈRE. TROIS PERSONNES CONTAMINÉES EN FLO-
RIDE / MANIFESTATION ANTI-GUERRE À PARIS / SOM-
MET FRANCO-ESPAGNOL : QUERELLES DE CLOCHER À
LA TÊTE DE L'ÉTAT / LOI DE SÉCURITÉ SUR LE NET,
LIBERTICIDE ! / UN NOUVEAU RADAR CAPABLE DE
DRESSER 20 000 PV PAR JOUR [...]

Ven 12 Oct 2001 — 08:06:00
De : b.rougeard@wanadoo.fr
À : Amelbal@voila.fr
Sujet : Boulot

> *Je passe à la rédac' régler les quelques détails dont*
> *nous avons parlé hier et je te tiens au courant.*
> *Rougeard*

Vendredi 12/10/01 @ 09:13
De : Amelbal@voila.fr
À : servier@nextstep.co.uk
Sujet : n/a

> *Bonjour,*
> *Je vous dois ce café, j'y tiens. Question de principe.*
> *À bientôt.*
> *Amel Rouvières-Balhimer*

À contrecœur, Klein avait consenti à accompagner Rougeard dehors à l'heure du déjeuner. Habituellement, les jours de bouclage, il restait enfermé dans les locaux de la rédaction. Son journaliste avait insisté, il ne l'aurait pas lâché. Ils devaient parler et un endroit discret était de rigueur.

Alors qu'ils descendaient la rue de Rennes, Rougeard commença par expliquer qu'il avait désormais une idée plus claire du profil de Charles Steiner. Il possédait des informations fiables qui provenaient de deux sources qualifiées de *sérieuses*. Pour calmer d'éventuelles craintes de Klein, il précisa que ses informateurs ne se connaissaient pas et donc ne semblaient pas s'être concertés.

Une fois les détails de ses entretiens avec Ponsot et Dussaux exposés, le journaliste se risqua à émettre des hypothèses.

La première concernait les activités de la SOCTOGeP. Le parcours de Steiner témoignait de son expérience des actions clandestines. Par ailleurs, depuis quelques années, il était de notoriété publique que la DGSE sous-traitait une partie de ses activités à des officines privées, pour différentes raisons, coûts, discrétion, souplesse. La société dirigée par Steiner pouvait très bien être l'un de ces *faux-nez*.

Ce qui amenait Rougeard à sa seconde hypothèse. Si l'on avait fait appel à lui, c'était peut-être parce que la SOCTOGeP intervenait en France, dans un contexte qui cadrait avec ses domaines de prédilection. Il fallait donc envisager la possibilité d'une action en cours sur le territoire national, action à laquelle la DGSE serait mêlée.

« Mais la DGSE n'est pas censée intervenir à l'intérieur des frontières françaises. »

Le journaliste lança un regard oblique à son patron. « Quand bien même nos barbouzes respecteraient cette règle, ce serait une bonne occasion de faire intervenir une structure comme la SOCTOGeP, tu ne crois pas ?

— Admettons. Mais qu'est-ce que cela voudrait dire exactement, que nos services secrets mènent en ce moment une vaste opération anti-barbus illégale dans le pays ? Et pour faire quoi, les tuer tous ? C'est ridicule. Tu oublies le *Rainbow Warrior*. Ça a suffisamment calmé tout le monde.

— Pour un Satanic[1] foiré, combien ont réussi et nous sont passés sous le nez sans qu'on en entende parler ? »

Klein médita les paroles de Rougeard. « Tout cela ne me dit pas pourquoi quelqu'un ferait appel à toi. Que cherche cette *Martine* ?

— C'est peut-être une bonne âme qui veut seulement mettre fin à une affaire pas très catholique. » Le journaliste ricana avant de redevenir sérieux. « Il y a autre chose.

— Allons bon.

— Dussaux m'a mis en garde contre des tensions internes à la DGSE.

— De quel ordre ?

— Politiques. Liées aux échéances à venir. *Martine* roule peut-être pour l'une des factions en présence.

— Et voilà notre manip'. Je te l'avais dit. » La parano de Klein reprenait le dessus.

« Ça, nous le savions depuis le début. Mais une manip' qui couvre quoi, une vraie opération ou une pure intoxication destinée à te faire du tort ? T'as pas envie de le savoir ?

— Qu'espères-tu de moi ?

— Que tu me laisses poursuivre et...

— Et ?

— Je voudrais pouvoir utiliser Yann.

— Trop cher.

1. Opération de sabotage du *Rainbow Warrior*.

251

— Mais c'est le meilleur. J'aimerais qu'il suive certaines personnes pour moi.

— Yann traque des *people*, pas des espions. Il va se faire choper.

— Crois-moi, si ma petite Amel a pu faire tout ce qu'elle a fait, Yann ne risque rien. »

Klein s'arrêta et se tourna vers Rougeard. « Ta petite Amel, hein ? » Il réfléchit pendant quelques secondes. « Dis à ton pote de te faire un prix. »

Fri 12 Oct 2001, 23:38:22 +2000
From : epeire@lightfoot.org
To : papy1988@lightfoot.com
blank

> *Papy,*
> *J'ai bien reçu le livre que tu m'as envoyé. Merci, d'autant que je n'avais plus rien à lire. Je vais m'y plonger dès ce soir. Je te dirai ce que j'en pense très vite.*

Lynx envoya le message et commença à nettoyer le poste de travail qu'il avait utilisé. Il jeta un œil par-dessus son épaule. Derrière son comptoir, le mec du cybercafé essayait de baratiner une gamine qui minaudait à l'entrée. Il ne faisait plus attention à lui. L'agent accéda au gestionnaire réseau puis au serveur de l'établissement. Là aussi, il effaça les traces de sa connexion.

La fille s'écarta lorsqu'il s'approcha pour payer. Il puait. Le caissier lui lança un regard condescendant, agacé par cette irruption malvenue. Il le laissa poser son tas de pièces devant lui et, pressé de se débarrasser de ce clodo au sourire benêt, déclara qu'il était inutile de les recompter, ça irait.

La rue Mouffetard sentait la crêpe. La météo, agréable, avait attiré une population estudiantine bien décidée à profiter du week-end après une longue semaine de cours. Lynx inspira un grand coup et se mêla à la foule.

13/10/2001

Dans la voiture, Sylvain n'avait pas décroché un mot. Son silence durait depuis un échange tendu, au restaurant, devant tous leurs amis. Amel était sortie pour parler à Rougeard qui l'avait appelée en plein dîner et n'était rentrée que vingt minutes plus tard. Son mari lui avait fait une remarque, elle s'était justifiée sèchement et cela l'avait énervé un peu plus. Il ne supportait pas qu'elle puisse laisser *son journaliste* perturber leur soirée.

Retrouver l'appartement n'apaisa pas la querelle.

La jeune femme tenta une nouvelle explication. « Il t'arrive aussi de travailler tard... Et je ne dis jamais rien. Tu devrais te réjouir que les choses bougent pour moi. »

Sylvain ne répondit pas et fila dans la salle de bains.

Découragée, Amel resta seule dans le salon. Après quelques minutes de silence total, elle se leva pour allumer le PC. Elle entendit une porte s'ouvrir derrière elle, des pas. Des mains vinrent bientôt se poser sur ses épaules et commencèrent à les masser. Mais elle avait la tête ailleurs et se dégagea. « Laisse-moi deux minutes, je te rejoins. »

Son mari s'éloigna en silence et s'arrêta dans le couloir. Il la vit lancer sa messagerie, vérifier son courrier et soupirer lorsqu'elle constata que personne ne lui avait écrit.

« Tu attendais un mail ? »

La question fit sursauter Amel. Elle se retourna mais Sylvain n'était déjà plus là. La lumière de leur chambre s'éteignit. Quand elle y pénétra enfin, après avoir arrêté l'ordinateur, il était couché ct tournait le dos à la porte.

Elle dormit peu et se leva tôt.

Au matin, elle n'avait toujours aucun message.

La veille, elle était convenue d'un rendez-vous avec Rougeard. Place de la Bastille, vers dix heures. Son mari n'était pas au courant et elle ne se sentait pas la force de se lancer dans une explication à son réveil. Pas après la nuit qu'elle venait de passer. Elle laissa donc un mot sibyllin dans la cuisine et partit se promener pour passer le temps.

Trois quarts d'heure plus tard, Amel approchait de la place par l'avenue Daumesnil, le long de la Coulée Verte, un itinéraire qu'elle suivait fréquemment.

Jean-Loup Servier surgit brusquement de l'une des arcades, à hauteur de l'avenue Ledru-Rollin, et faillit la percuter. Il la reconnut alors qu'il était sur le point de s'excuser. « Bonjour. Mais que faites-vous là ?

— Je me balade. Et vous, vous commencez ou vous finissez ? »

Il était en survêtement et transpirait. Footing. « Mi-parcours, je tourne autour de chez moi.

— Dommage.

— Pourquoi ?

— J'aurais pu vous offrir ce café. »

Servier jeta un œil à sa montre. Il lui proposa de la rejoindre en bas de chez lui, au Canapé, vingt minutes plus tard, le temps de rentrer prendre une douche. À l'heure dite, elle était assise au fond du bar, sur une haute banquette de velours pourpre installée sous un miroir.

« Lève-tôt ou insomnie ?

— Les deux. » Amel entoura sa tasse de thé de ses deux mains et souffla dessus.

« Malade ? »

Elle fit non de la tête.

« Des soucis ? »

Oui.

« Perso ou pro ?

— Personnels. » Puis : « Vous êtes marié ? » L'interrogation avait jailli sans qu'Amel le souhaite vraiment, conséquence d'un cheminement de pensée qui l'avait conduite de sa dispute avec Sylvain à cette indiscrétion. « Pardon, oubliez ma question.

— On peut se tutoyer ? »

Nouveau hochement de tête, les yeux dans le vague.

« Je ne suis pas marié. Une fois presque, mais ça n'a pas marché.

— Pourquoi ? »

Servier haussa les épaules. « Je n'ai pas su, pu, peut-être pas voulu laisser la demoiselle convoitée accéder à mon *jardin secret.* » Souriant, il avait insisté sur ces deux mots. « Un jour, j'ai fini par comprendre que cela posait problème. Mais c'est arrivé un peu tard, évidemment, quelque chose était cassé. Nous avons fini par nous découvrir différents de ce que nous pensions au départ.

— Tout savoir sur les gens n'empêche rien.

— C'est vrai, mais cela permet de faire des choix et de les assumer.

— Ça me ferait flipper.

— Que s'est-il passé, hier soir ? »

Amel le regarda, un peu déstabilisée.

« Pas besoin d'être grand clerc.

— On était au restau avec des amis, je suis sortie pour répondre au téléphone. C'était Rougeard et...

— Et ton mari n'a pas aimé.

— Non.

— Il sait ce que tu fais ? »

Amel hésita avant de répondre. « En gros, oui. Mais... il s'en fichait avant.

— Jusqu'à Rougeard et ses petites cachotteries, hein ?

— Jusqu'à Rougeard et ses petites cachotteries. »

Servier laissa passer quelques secondes. Dehors, le soleil faisait une timide apparition. « Véra — elle s'ap-

pelait Véra — a commencé à me faire des petites cachotteries, elle aussi. Ça m'a rendu dingue.

— Il y avait de bonnes raisons ?

— Quelqu'un d'autre. »

La journaliste se décida à expliquer, sans entrer dans
les détails ou citer de noms, dans quel univers se situait
l'affaire sur laquelle elle travaillait. « Tu comprends
mieux ?

— Tout cela en vaut-il vraiment la peine ? Ne pour-
rais-tu pas en dire un peu plus à…

— Sylvain ?

— Oui. Au moins ce que tu viens de me dire. Il doit
se sentir exclu. Ou pire.

— Je n'ai pas trahi sa confiance.

— Est-ce que tu le lui as dit ?

— Je ne vois pas pourquoi je devrais le faire.

— Retrouver le sommeil, peut-être ? » Servier ponctua sa phrase d'un clin d'œil.

Lynx ferma la fenêtre du fichier RFA de Cécillon et
déposa son ordinateur portable à côté de lui sur la
couette. Il termina son sandwich en trois bouchées, le
regard captivé par les images silencieuses de la télé allumée en sourdine au pied de son lit.

Il avait remarqué trois choses dans la synthèse remise par Charles.

La première, c'était le décalage entre les dates des
premiers rapports, qui remontaient à quelques mois, et
le début de la mise en place des équipes Alecto, après
l'interrogatoire de Delil, depuis moins de huit jours.
Plusieurs sources le renseignaient sur le converti, l'une
d'entre elles beaucoup plus ancienne que les autres.

À différentes reprises, les agents du Service avaient
repéré un individu de type maghrébin, toujours habillé
comme un parfait petit islamiste, collé aux basques de
Cécillon. Ils n'avaient pu l'identifier correctement ou le
pister. Leurs photos étaient mauvaises et ne permet-

taient pas de se faire une idée précise du mec. Il était donc très prudent. Un pro. On pouvait en déduire sans trop s'avancer qu'il n'appartenait pas à l'opération Alecto et peut-être même pas à la DGSE. Un agent double ou un infiltré. L'autre source ?

La seconde observation concernait les habitudes de Jaffar. Réglé comme du papier à musique — et pas seulement depuis deux semaines — il vivait seul, ce qui simplifiait la vie de tout le monde. Il faisait partie de ces paumés recrutés en bas d'une tour, peut-être en taule dans son cas, chez qui un imam clairvoyant avait décelé des capacités *hors du commun...* à la connerie. Des compliments répétés sur son *intelligence*, son *courage*, sa *compréhension exceptionnelle du Livre* l'avaient sans doute amené à se sentir en confiance, apprécié et à adhérer petit à petit aux idées islamistes jusqu'à devenir un exécutant dévoué. Un pion prêt à tout sacrifier pour la cause.

Lynx nota de suggérer à Steiner de mettre du monde sur Messaoudi, ce revendeur de came que le converti rencontrait tous les jours. La foi de Cécillon était sincère, du moins sincèrement conditionnée, et ne pouvait être contestée. Les deux hommes se connaissaient de longue date, d'un séjour commun au placard, en Isère. Mais même la plus belle des amitiés ne pouvait résister au zèle de l'intégrisme. Leur proximité, leur collaboration même, était surprenante, contre nature, et ne pouvait être motivée que par une raison impérieuse.

Un dernier détail avait enfin attiré l'attention de l'agent : la mention par les *obs* d'incidents répétés provoqués par un groupe de SDF qui vivaient à côté de chez Messaoudi.

Amel préparait le dîner lorsque Sylvain revint du vidéo-club. Après une longue discussion, ils avaient opté pour une soirée calme. La hache de guerre était enterrée, le jeune homme tranquillisé par les explications de sa femme. Elle lui avait parlé de son travail, de ses craintes, de son ambition de dénoncer le cynisme qu'elle découvrait à mesure qu'elle et Rougeard exploraient les *coulisses du pouvoir*. Elle admirait l'énergie et la détermination du journaliste qui ne faiblissaient pas, malgré les années et l'expérience. Il avait toujours envie de ruer dans les brancards.

Sylvain embrassa Amel, se rendit au salon et se déshabilla. Il alluma la télé, zappa quelques secondes, prit conscience que le PC n'était pas éteint. Sa femme s'affairait bruyamment dans la cuisine. Il se leva, approcha de l'ordinateur, eut à peine une hésitation avant d'entrer les codes de messagerie. Jamais il n'avait ressenti le besoin de les utiliser, de vérifier.

Aucun mail reçu aujourd'hui. Un envoyé, pendant qu'il était dehors. Son destinataire était un certain Servier. Il ne le connaissait pas. Amel le remerciait pour *ce matin*. Elle avait passé *un moment agréable* en sa compagnie.

Sylvain sentit sa colère revenir d'un seul coup.

Qui était ce mec ? Elle était censée avoir passé la matinée avec Rougeard, c'est ce qu'elle lui avait dit lorsqu'elle était rentrée. Jamais elle n'avait parlé d'un autre homme.

Il retourna à la boîte principale et remonta la correspondance d'Amel sur quelques jours. Il y avait plusieurs messages de cet inconnu, dont le dernier suggérait un rendez-vous au bar du Plaza Athénée ! Un choix qui n'était pas innocent. Sylvain fréquentait cet endroit, avec certains clients ou des potes de la banque. Et leurs maîtresses. Il avait toujours évité d'y emmener Amel, même s'il n'avait rien à se reprocher. C'était le boulot, pas pour elle.

Le tout premier mail envoyé lui apprit que ce Servier avait *ramené son portefeuille* à sa femme, qui le remerciait. Encore ! Il datait du 9 octobre. Quand avait-elle bien pu perdre ses papiers ? Elle ne lui en avait pas parlé. Elle lui cachait des choses. Pourquoi ?

Sylvain se déconnecta et retourna s'asseoir sur le canapé, l'esprit vide. Il fallut qu'Amel vienne le chercher dans le salon pour qu'il prenne conscience qu'elle l'appelait.

14/10/2001

La voiture de Ponsot quitta le quai de la Rapée et entra sur le parking de l'Institut médico-légal[1]. Sous le ciel couvert, le bâtiment de brique était plus lugubre qu'à l'habitude. Pendant tout le trajet, il avait espéré que ce ne serait pas Magrella qui l'accueillerait. Manque de bol, c'était lui qui guettait son arrivée dehors, profitant d'un moment de tranquillité pour fumer une cigarette.

Les deux flics échangèrent une poignée de main chaleureuse. Ils se connaissaient et s'appréciaient depuis l'école de police, toujours à se refiler des coups de main lorsque c'était possible. Aujourd'hui, ce ne serait pas le cas.

« Merci d'être venu.

— De rien, je me faisais chier avec des conneries au bureau.

— Tu bosses le dimanche maintenant ?

— C'est pas comme si je manquais de boulot ces derniers temps. Comment ça va au 36 ? »

Magrella écrasa sa clope. « Toujours pareil. À part la SAT[2]. Ils ont enfin trouvé des choses à faire. Ils ouvrent des placards de consigne, ils planquent devant des colis suspects.

— Des affaires importantes, quoi.

1. IML.
2. Section antiterroriste, unité rattachée à la brigade criminelle.

« — C'est ça. Viens. »

Ponsot suivit son collègue, chef de groupe à la Crim'
à l'intérieur de l'IML.

« Un flotteur. À l'origine, c'est la 2ᵉ DPJ qui a été
saisie. Mais l'un des passeports retrouvés sur lui a fait
bip lorsqu'il est passé au fichier et le Parquet nous l'a
refilé.

— La rançon de la gloire. »

Après quelques détours par des couloirs tristes et mal
éclairés, ils entrèrent dans l'une des salles d'autopsie.

Ponsot s'arrêta sur le seuil. Trois vivants et quatre
morts les attendaient. Personne ne parlait, on n'entendait que des ronflements électriques, des claquements
métalliques et des épanchements liquides, poisseux.
Les relents de mort dominaient tous les autres, entê-
tants, et il ne put s'empêcher de penser à toutes les petites particules odorantes de chair décomposée qui
flottaient dans l'air, pénétraient dans ses narines et en-
vahissaient son corps.

L'officier des RG réprima un haut-le-cœur.

Magrella lui fit signe d'approcher, le présenta rapidement au médecin légiste, à son assistant et à son adjoint, Jacquet. D'un geste du menton, celui-ci montra
un cadavre boursouflé et à la peau couleur gris-vert, allongé sur la table.

L'odeur était plus forte de ce côté.

Le visage du mort était très déformé et Ponsot mit
un peu de temps à le reconnaître. « Michel Hammud. »
Il n'avait pu se retenir de murmurer son nom.

« Un client à toi ? » Magrella se tenait juste à côté de
lui. Il avait vu ses lèvres remuer.

Des écorchures marquaient le corps à plusieurs endroits, aux extrémités, aux attaches.

Ponsot se tourna vers le légiste, qui faisait une ponc-
tion. « Il est mort de façon violente ?

— Je ne crois pas, non, mais je commence à peine. »
Le médecin posa une seringue pleine sur un plateau.

« Aucun traumatisme majeur apparent. Les micro-blessures que vous voyez là », son doigt sauta d'une cheville à un poignet, au cou, « sont intervenues post-mortem. Lésions de charriage.

— Combien de temps dans l'eau ? »

Le légiste retourna l'une des mains, montra le dessous des doigts. « Le dactylogramme n'est pas détaché ni trop agrandi. Moins de quinze jours ? »

L'officier des RG hocha la tête. « Il avait quoi sur lui ? »

Jacquet prit la parole : « Trois passeports dont un au nom de Nasser Delil. C'est celui qui a fait *tilter* la machine. Deux billets d'avions établis à des noms différents qui correspondent à ceux de deux des passeports. Apparemment, il avait prévu de quitter Paris le 30 septembre au matin. Première escale : Copenhague. On a aussi récupéré de l'argent liquide, quelques centaines de francs, des marks, des dollars. Il portait des boutons de manchette en or et il y avait des résidus de papier cartonné violet dans ses poches de pantalon.

— Tickets de métro ?

— Probablement.

— On n'a pas essayé de le voler, donc ? »

Les autres policiers acquiescèrent.

Ponsot remercia et salua tout le monde puis quitta la pièce. Il en avait assez vu.

Sur le chemin du parking, Magrella, qui l'avait suivi, reposa sa question initiale. « Alors, tu le connais ?

— Si je te dis que non, tu ne me croiras pas. La dernière fois que je l'ai croisé, c'était au printemps. Il est apparu dans l'entourage de certains objectifs que nous traitions. Comme nous n'étions pas les seuls sur lui, on nous a demandé d'éviter de le coller de trop près.

— Qui ?

— À l'époque ? Les Israéliens, je pense. »

Magrella marcha en silence quelques secondes. « Tu crois que… »

Ponsot haussa les épaules. « Tu verras ce que te dira l'autopsie. C'est possible. Ils le suivent depuis longtemps. Michel Hammud menait une guerre personnelle contre eux depuis la mort de sa famille, au Liban, pendant un de leurs raids aériens. Mauvais endroit, mauvais moment, mauvais pilote. Ton noyé offrait ses services à tous les abrutis prêts à casser du sioniste.

— Il faisait quoi ?

— C'était une sorte de financier.

— Hasard, un Libanais financier. »

Ils étaient revenus sur le parking.

« Bon, je fais quoi, moi, maintenant ? Je vais interroger le résident du Mossad ? »

L'officier des RG ne répondit pas.

« Je vois. Il traînait où, au printemps dernier, le gazier ? »

Ponsot regarda ailleurs, soupira. « Je peux juste te dire un truc, Delil, c'est un nom qui va faire réagir les gens de Saint-Éloi.

— Si les *cow-boys* du Parquet antiterroriste récupèrent le bébé, on est baisés.

— Ouais.

— Ouais. »

Karim avait attendu la fin de la prière du soir pour s'assurer que Jaffar partait bien faire sa *tournée* quotidienne. Une fois rassuré, il se rendit chez le converti, rue Zelenski. Il disposait de deux bonnes heures pour s'introduire dans son appartement et y jeter un œil.

L'entrée de l'immeuble dans lequel habitait Laurent Cécillon fonctionnait avec un digicode. Attendre la venue d'un autre habitant impliquait de se faire voir par quelqu'un et l'agent préférait éviter autant que possible qu'on puisse éventuellement l'identifier plus tard. Ses précédentes reconnaissances lui avaient cependant permis de repérer la sortie de secours, à l'arrière du bâ-

timent, côté parking. Fermée par une serrure relativement courante, elle était mal éclairée.

Fennec se faufila le long du mur et s'accroupit devant la porte.

La ville ronronnait, apaisée pour la nuit.

Il récupéra ses outils, un entraîneur et un crochet
palpeur à tête de serpent, tous deux confectionnés à
l'aide de rayons de bicyclette, et les introduisit dans
l'entrée du barillet, pour commencer à le tester. Il respirait calmement, comme on le lui avait appris à l'entraînement, et parcourut les ressorts et les goupilles, à
la recherche des blocages les plus prononcés. Puis il se
mit à *ratisser* l'intérieur du mécanisme. La méthode était
rapide mais peu discrète, elle laissait des traces facilement identifiables par un expert.

Karim déverrouilla la serrure en moins de deux minutes et entra. Seulement aidé par le faisceau d'une lampe
de poche munie d'un filtre rouge, il grimpa l'escalier de
secours jusqu'au troisième, sans pénétrer sur le palier. Il
se contenta de tendre le bras hors de sa cachette pour illuminer les parties communes et repérer le bon appartement, avant d'attendre que tout s'éteigne à nouveau.

Le son d'une télévision lui parvenait de l'un des logements de l'étage, des applaudissements, un jingle. Un
autre.

La minuterie claqua.

À tâtons, Karim s'avança jusqu'à la bonne porte et
se remit au travail dans le noir. Il n'avait pas besoin de
voir, seulement de *sentir*. Cette seconde serrure fut crochetée plus rapidement que la première. Sans perdre
de temps, il pénétra chez Cécillon et referma derrière
lui sans un bruit.

L'appartement était petit, meublé de façon spartiate
et mal entretenu. Des fringues jonchaient le sol de toutes les pièces, cuisine comprise, et la vaisselle n'avait
pas été faite depuis plusieurs jours. En fait, celle-ci se
limitait à quelques verres et tasses. Jaffar mangeait

dans des assiettes en carton qu'il ne prenait même pas la peine de jeter, ou directement dans des conserves, dont les cadavres traînaient un peu partout.

Le salon était équipé d'un petit téléviseur, d'un magnétoscope et d'un lecteur de DVD. Il trouva des cassettes de propagande islamiste identiques aux siennes. Elles provenaient sans doute de la même source, à la mosquée. Les placards et tiroirs de la cuisine étaient presque tous vides, à l'exception d'un, à côté de l'évier. Il contenait quelques outils, des couverts en plastique et une clé carrée, semblable à celles qu'utilisent les contrôleurs, dans les trains.

Dans la chambre, Fennec découvrit des manuels d'arabe, des journaux et des textes rédigés dans cette langue. Toujours le même verbiage belliqueux. Il aperçut également l'inévitable Coran, usé à force d'être lu, et une pile de cahiers d'écolier, noircis d'élégantes volutes de l'*Alif Bae Ya* que Jaffar s'efforçait d'apprendre. Un placard mural mal fermé débordait de vêtements en désordre. À l'intérieur de celui-ci, Karim trouva une grande boîte de rangement Ikea. Elle rassemblait les derniers vestiges de l'ancienne vie du converti, principalement des photos de lui plus jeune, dans son costume mal coupé de Laurent Cécillon.

Fennec souleva le matelas puis déplaça le lit. L'opération mit à jour un panneau de visite, dans le mur. Il était fermé par une serrure pour clé carrée. Il alla récupérer celle de la cuisine pour ouvrir la cache. Elle abritait deux sacs congélation de type Ziploc. Le premier protégeait deux mobiles et un pistolet Makarov PMM, reconnaissable à sa poignée plus large, destinée à accueillir un chargeur grande capacité. L'arme était approvisionnée et emballée dans un chiffon gras avec un magasin supplémentaire. L'autre contenait quatre passeports volés de nationalités différentes, les papiers de Cécillon et un peu d'argent. Karim examina les téléphones. Ils étaient chargés mais sans les cartes SIM, il lui fut impossible d'accéder à leur mémoire. Il se contenta donc, à l'aide d'un numérique, de photographier les étiquettes d'identification collées sous les batteries ainsi que les documents du compartiment secret. Puis il remit tout en place et quitta l'appartement.

Revenu au rez-de-chaussée par l'escalier de secours, l'agent marqua un temps d'arrêt. Il suffisait à présent de sortir sans se faire voir. Il entrebâilla légèrement la porte, aussi doucement qu'il le put, et jeta un œil dehors. Il resta ainsi un long moment, indécis. Quelque chose le dérangeait sans qu'il fût capable de dire quoi. Pourtant, rien ne bougeait dans le parking, aucune lumière n'était allumée dans les immeubles voisins.

Il pleuvait et le vent s'était levé.

Fennec frissonna. Après un quart d'heure d'attente infructueuse et transie, il se décida à lever le camp. Personne ne lui barra le passage.

À travers la vitre d'une voiture derrière laquelle il s'était caché précipitamment, Lynx regarda l'homme s'éloigner. Il avait eu de la chance de percevoir le faible grincement métallique. Il lui avait fallu du temps pour repérer d'où il provenait et se rendre compte que quelqu'un attendait dans le noir. Plusieurs minutes de guet silencieux et immobile. L'inconnu avait eu comme lui l'instinct d'une présence hostile. Il était aguerri, prudent, patient. Un pro, qui tournait lui aussi autour de Cécillon et qui avait déjà signalé sa présence à plusieurs reprises.

15/10/2001

À LA UNE

AFGHANISTAN, OFFENSIVE PHASE II / L'ANTHRAX FAIT PANIQUER LA PLANÈTE / BIOTERRORISME, LA RÉALITÉ DE LA MENACE ? / LE MOUVEMENT PACI-

FISTE S'ÉTEND EN EUROPE / LES VERTS CHOISISSENT UN NOUVEAU CANDIDAT *IRRÉVERSIBLE* / EXTRÊME GAUCHE : ON PREND LES MÊMES ET ON RECOMMENCE / GRÈVE DES TRANSPORTS : PRÉAVIS DE MARDI NOIR / 35 HEURES, LE CASSE-TÊTE DE L'HÔPITAL / OCTOBRE 1961 : BAIN DE SANG À LA MANIF DU FLN — LA FRANCE SE PENCHE ENFIN SUR SON PASSÉ / WEEK-END D'ÉMEUTES À THONON APRÈS LA MORT DE QUATRE JEUNES / UN DÉPUTÉ JUGÉ POUR VIOL / PSG-LYON : 2-2, NUL ESPOIR / DÉBUT DE LA SEMAINE DU GOÛT [...]

Tout le groupe Islam du commandant Ponsot, une quinzaine de policiers, hommes et femmes, se pressait dans l'une des salles de réunion de la rue des Saussaies. Lui, debout contre le mur du fond, attendait que les derniers arrivés referment derrière eux. Il parcourut une dernière fois les pages qu'il tenait à la main puis prit la parole. « Bon, ce matin, j'ai palabré avec le taulier pour aborder la suite du programme maintenant que Vent Divin est derrière nous. Il y a pas mal de réjouissances à venir, vous allez pouvoir oublier les récup' et les grasses mat'... »

Brouhaha dans l'assistance.

« Une partie d'entre vous va aller renforcer un nouveau dispositif de nos copains de la DST. »

Pour une fois que c'est pas nous qui leur mâchons le travail...

« On nous a assigné quatre objectifs qui feraient partie d'un réseau qui va de la banlieue parisienne à l'est de la France. »

Quelqu'un entonna la musique des envahisseurs. *Ils sont parmi nous...* D'autres remarques fusèrent. *À tous les coups, on va encore devoir s'occuper des cosmotanches de la bande...*

Ponsot continua. « Les noms de nos quatre citoyens modèles sont Nourredine et Khaled Harbaoui, deux frangins qui fréquentent une salle de sports de Mantes-la-Jolie dans laquelle enseigne le troisième larron, Mustapha Fodil, et enfin un certain Sami Joublih. »

« Y aura autre chose que du chinois à becter ? » Question de Layrac.

« Meunier fera passer tous les détails aux heureux élus. Simple surveillance, tout le reste est déjà en place. » Ponsot posa ses documents avant de poursuivre. « Michel Hammud. Ce nom vous rappellera peut-être de tendres souvenirs du printemps dernier.

— Le 20ᵉ, la mosquée Poincaré ? » Question de Zeroual.

« C'est pas celle où les *Belphégor* ont une entrée séparée, à l'arrière ? » Question de Trigon.

« C'est bien celle-là, le tuyau donné par les Ritals lorsqu'ils étaient sur la piste des égoutiers de Rome. Michel Hammud alias Nasser Delil se repose en ce moment même, bien au frais, dans un frigo de l'IML. On l'a repêché dans la Seine ce week-end. Aucun signe de violence. Cause probable de la mort : noyade.

— Fatalement, sous l'eau, c'est moins facile de respirer. » La vanne de Trigon provoqua quelques ricanements.

« C'est un copain de la Crim' qui est dessus, chapeauté par le Parquet antiterro. D'ici à ce que la DNAT[1] s'en mêle, il n'y a qu'un petit pas. Souhaitons-lui bon courage.

— En quoi ça nous concerne ? » L'intervention de Mayeul, le cinquième pilier de sa garde rapprochée avec Meunier, Layrac, Zeroual et Trigon, fut accompagnée d'une vague de hochements de tête et de *ouais* inquisiteurs.

« Je pense, et le patron est d'accord avec moi... »
Ça nous change...

1. Division nationale antiterroriste.

Ponsot sourit. « Je pense donc que le pedigree du mec et notre *connaissance approfondie de son environnement* justifient que nous nous intéressions un peu à cette histoire. Au moins pour vérifier qu'elle ne cache rien d'autre. Donc, on va reprendre nos habitudes de mars-avril. » Il se tourna vers son adjoint. « Tu vois avec Nico, de la section technique, pour remettre en place tout ce qu'on avait monté. »

Meunier acquiesça.

« Au boulot, les enfants. »

16/10/2001

Klein avait réclamé un papier sur le thème « Terrorisme / antiterrorisme, les forces en présence en France » et Rougeard souhaitait qu'Amel en rédige une bonne partie. Mais elle n'y entendait rien et une mise à niveau était de rigueur. Il avait donc entrepris de débroussailler le terrain en commençant par exposer les principaux instruments de lutte à la disposition du gouvernement et de la justice. « Tout ce petit monde est organisé en deux grandes familles, celle de la Défense et celle de l'Intérieur. Du côté de la place Beauvau, le ministère de l'Intérieur donc, il y a trois grandes composantes, la DST, la DCRG[1] et la DNAT. Cette dernière dépend de la Direction centrale de la police judiciaire et est proche du Parquet antiterroriste. En théorie, tout est coordonné au sein de l'UCLAT...

— LU quoi ? »

Rougeard ralentit son débit, Amel prenait des notes et avait du mal à suivre.

« L'UCLAT. U-C-L-A-T. » Il épela lentement les initiales. « L'unité de coordination de la lutte antiterroriste. C'est là que se réunissent les grands chefs

1. Direction centrale des renseignements généraux.

lorsqu'ils ne veulent pas partager leurs infos. Parce que dans les faits, tous ces braves gens se tirent constamment la bourre entre eux. Les services ne collaborent que très peu, souvent à contrecœur. Chacun œuvre pour sa chapelle. »

La jeune femme releva le nez et laissa son regard vagabonder un instant. La lumière du soleil inondait l'appartement de Rougeard, pâle et douce. Elle signala qu'elle était prête à continuer.

« Les directions nationales sont évidemment aidées par des antennes locales ou régionales. À Paris par exemple, on a créé la SAT, après les attentats de 86 ou peut-être ceux de 95, tu vérifieras. » Le journaliste donna la signification du sigle et poursuivit son explication. « En gros, ce sont des policiers de la Crim' qui sont censés s'occuper de tout ce qui ressemble de près ou de loin à du terrorisme sur la zone de compétence de la préfecture. »

Nouvelle pause. Le stylo cessa bientôt de glisser sur le carnet.

Rougeard reprit. « Du côté des militaires, donc du ministère de la Défense, quatre services interviennent plus ou moins sur les questions de terrorisme. Le premier, le plus évident, celui que tout le monde oublie toujours, c'est la gendarmerie nationale. Grâce à leur position privilégiée au contact de la population, les pandores font remonter beaucoup d'informations. Ensuite, il y a évidemment la DGSE, les services secrets. Ceux qu'on appelle un peu à tort les *barbouzes*.

— Je croyais pourtant que c'était à cause des fausses barbes des espions ?

— Oui, c'est ça. Si ma mémoire est bonne, c'est un journaliste du *Monde* qui l'a sorti le premier, ce surnom, dans les années soixante. Mais à l'époque, il s'appliquait aux membres des polices parallèles du gaullisme. » Rougeard prit le temps de boire une gorgée de café. « Bon, en plus de la DGSE, il y a la DPSD, la Direction pour la protection et la sécurité de la défense. Eux, ils s'occupent surtout de surveiller les installations et les personnels militaires. Des fois, évidemment, ils débordent. Et puis, *last but not least*, la DRM. Pour simplifier, on va les appeler *forces spéciales*. En fait, c'est beaucoup plus que ça mais disons que la DRM n'intervient que sur des conflits et en uniforme. Théoriquement. C'est une règle à peu près autant respectée que celle qui interdit à la DGSE de travailler en France. »

Rougeard allait passer aux spécificités de chacun lorsque le téléphone se mit à sonner. Il décrocha et brancha immédiatement le haut-parleur.

Martine. Toujours cette même voix suraiguë et métallique. Mauvais portable. Elle lui demandait de ses nouvelles.

« Vous avez le chic pour toujours m'appeler au mauvais moment. »

Comment va votre charmante documentaliste ?

Rougeard secoua la tête en levant les yeux au ciel. « Que voulez-vous ? »

Vous avez lu les pages faits divers de...

Amel se précipita sur la pile de quotidiens et trouva celui qu'indiquait *Martine.*

Cahier local, page deux, en bas à droite.

« Je ne m'occupe pas des agressions de petites vieilles. »

C'est un tort. Bon, vous l'avez ? Non ? Que diriez-vous de nous rencontrer ?

Les deux journalistes échangèrent un regard, surpris de cette proposition inattendue.

Vu votre silence, j'imagine que c'est oui. Très bien. Ce jeudi, à quatorze heures trente, la brasserie qui fait l'angle du quai de Gesvres et de la place de l'Hôtel-de-Ville.

« Pourquoi accepterais-je de vous voir ? »

Parce que vous êtes curieux. Rappelez-vous, jeudi, quatorze heures trente, angle quai de Gesvres...

Martine raccrocha dès qu'elle eut fini de répéter les détails du rendez-vous. Rougeard fit de même et contourna son bureau pour lire par-dessus l'épaule d'Amel.

Cadavre dans la Seine — Ce week-end, la « fluviale » a récupéré un corps remonté à la surface de la Seine. Il s'agit d'un homme, aperçu en milieu d'après-midi, samedi, le long du quai François-Mauriac, dont il a été impossible d'établir l'identité. L'enquête, qui a été confiée à la police judiciaire, n'a pour le moment permis d'établir qu'une seule chose : l'inconnu a séjourné plusieurs jours dans l'eau [...].

Rentrée chez elle en fin de journée, la tête près d'exploser, Amel s'était précipitée sur la théière. Un peu plus tard, une tasse bien chaude à la main, de la musique en fond sonore, elle entreprit de consulter sa messagerie électronique.

Quelques publicités, des newsletters professionnelles et trois lignes de son père, qui s'inquiétait. Elle resta un long moment devant ce message, ne sachant comment répondre. Par fierté, elle ne céda pas à l'envie de parler de sa mère ou d'envisager de passer les voir et se contenta de lui demander des *nouvelles*. Elle avait récemment parlé à sa sœur et savait que tout allait bien. Amel resta vague à propos de son travail — l'une des questions du mail paternel — et se contenta d'évoquer un *projet prometteur*.

Servier n'avait pas réagi à son dernier courrier.

Il n'avait sans doute rien à faire de ses petits problèmes de gamine attardée. Elle se fichait de savoir où il se trouvait mais le lui demanda néanmoins et refusa, dans la même phrase, *d'admettre que voyager autant puisse être si pénible*. Tutoiement de rigueur. Elle termina son mot par une invitation à *se faire vivant* et l'envoya.

Amel se déconnecta et se leva pour retourner à la cuisine. Sylvain se tenait debout derrière elle, silencieux. Le visage de son mari, un instant fermé, se fendit d'un sourire. Il l'embrassa puis se dirigea vers la chaîne hi-fi. La musique s'arrêta.

« Tu ne m'as pas entendu rentrer ? » Il ne lui laissa pas le temps de répondre. « Tu as faim ? Je t'invite au restaurant ce soir, tu choisis. »

17/10/2001

« Audition exceptionnelle de... »

Fennec, les yeux fixés sur la porte du fond, éternellement fermée sur l'inconnu, oublia la voix de son officier traitant.

Les incroyants sont comme une bête qu'on appelle...

Karim.

Et qui n'entend qu'une voix confuse...

Fennec.

Sourds, muets et aveugles, ils ne comprennent pas. Ses nuits étaient longues et agitées, peuplées par les versets du Coran.

« Karim ? Ça va ?

— Ils veulent que je parte demain matin. Mohamed est venu me dire qu'un frère, en Espagne, avait besoin d'un homme de confiance. J'ai accepté. »

Louis acquiesça.

« Ma couverture... Ils ont des doutes. Tous ces petits mensonges sur mes activités à droite et à gauche, ça ne tiendra pas longtemps si je continue à passer ma vie dans le 20e. Cela fait plusieurs fois qu'ils me proposent des boulots dans des boîtes tenues par des *bons croyants*, où ma foi ne serait pas bafouée... »

L'agent parlait vite, sans prendre le temps de respirer.

« Je ne sais pas pourquoi ils m'envoient là-bas. Ils m'ont aussi ordonné d'être à Londres dans deux jours. On m'y attend. Je dois embarquer sur un ferry espagnol demain soir. J'espère que ce voyage est bien ce qu'ils m'ont dit, juste une série de livraisons. Si c'est le cas, je pense qu'il va falloir que j'accepte une de leurs propositions de boulot, après. »

Karim était nerveux. Louis le trouvait fatigué, amaigri. « Pas question, tu dois conserver ta marge de manœuvre. Tu as déjà les détails de ton périple ? » Fennec les lui donna de mémoire. « Nous allons te coller une équipe aux fesses, pour examiner ce qu'ils te confieront et te protéger, au cas où. » Il s'alluma une cigarette. « Cécillon ?

— La routine. Toujours dans le sillage de Messaoudi. J'ai visité son appartement dimanche soir. Il n'y avait pas grand-chose mais j'ai pris quelques clichés. Ils sont à l'endroit habituel. » Karim transmettait ses documents via des sites Internet publics, principalement des serveurs d'albums photos. Il dissimulait les fichiers qu'il souhaitait faire passer à l'intérieur d'autres images, tout à fait innocentes. Ensuite, son service n'avait plus qu'à les récupérer et les retraiter. « Tu ne m'as pas dit si tu avais trouvé à qui appartenait la bagnole dont j'ai relevé le numéro, boulevard de la Villette. »

Louis le fixa, recracha un peu de fumée. « Nous y travaillons. » Il rapprocha le cendrier. « Je peux en revanche te parler de l'autre. Celle que tu as aperçue près de la mosquée. Elle appartient à un certain Mustapha Fodil. C'est ton moustachu baraqué. Il est prof de karaté à Mantes-la-Jolie.

— Il va falloir s'occuper de lui ?

— Pas pour l'instant. La police est sur le coup et tu es déjà trop exposé. Tu dois rester sur Cécillon autant que possible.

— Les flics... C'est lié à notre opération ?

— Non, autre chose. Ne t'inquiète pas.

— Et Delil ? »

Louis évita de le regarder et mit un peu trop de temps à écraser sa cigarette. « Aucune trace. » Il en alluma une autre. « Je te trouve tendu. Tu es sûr que ça va ? »

18/10/2001

Laurent Cécillon arriva chez lui au milieu de la nuit, après une visite éclair à Nezza. Il était fatigué et réprima un bâillement en tâtonnant pour trouver l'interrupteur de son salon. Pas de lumière. L'ampoule avait dû claquer. Il jura entre ses dents et avança jusqu'à sa petite cuisine sans prêter attention aux divers objets qu'il écrasait au passage.

Parvenu sur le seuil, quelque chose le retint d'allumer. Une ombre noire qui ne cadrait pas avec l'image mentale qu'il se faisait de sa kitchenette.

I'm taking a ride with my best friend...

Humaine.

Elle bougea.

I hope he never lets me down again...

Jaffar recula et se tordit de douleur. Il lutta pour porter ses mains à son flanc droit, sans y parvenir, et tressauta à nouveau. Le second choc électrique, prolongé, le fit s'effondrer au sol.

K-O.

Lynx replaça le second écouteur dans son oreille et tendit la main vers la seringue posée à côté de l'évier.

He knows where he is taking me, taking me where I want to be...

La cagoule malodorante de Delil recouvrit bientôt la tête de Cécillon, resserrée au cou par du gaffeur. Poignets, chevilles entravés. Bras fixés le long du corps. L'agent roula son prisonnier dans un sac à viande en plastique et le prit sur son épaule.

We're flying high, we're watching the world pass us by...

Il avait trouvé les clés du converti dans l'une de ses poches. Il ouvrit la porte, vérifia qu'il n'y avait personne sur le palier, marcha jusqu'aux escaliers de secours et y déposa son fardeau.

Never want to come down, never want to put my feet back on the ground...

Puis il revint sur ses pas et verrouilla l'appartement. En bas, le parking était paisible mais il attendit un peu avant de sortir.

Never let me down...

En quelques enjambées, Lynx rejoignit enfin son Transit et, une fois Jaffar chargé, quitta la petite cité de la rue Zelenski.

See the stars, they're shining bright, everything is alright tonight.

Karim n'était pas parvenu à trouver le sommeil. Chez lui, il se sentait à l'étroit. Dehors, cerné de toutes parts. Un peu plus tranquille à l'air libre cependant. Il était donc sorti.

La rencontre avec son officier traitant ne l'avait pas apaisé. Il avait pris l'habitude de considérer ces rendez-vous comme autant de portes de sortie potentielles. Un mot de lui et tout pouvait s'arrêter. On le laisserait aussitôt revenir dans ce monde normal dont le souvenir se dissolvait peu à peu au fil des mois. Leur routine familière était la passerelle rassurante qui reliait ses deux univers. Subitement, il sentait cette issue condamnée. Une pensée idiote, qui le mettait à la fois en colère et mal à l'aise. Malaise que le voyage qui s'annonçait ne faisait que renforcer, malgré les assurances de Louis.

Inconsciemment, réflexe induit par plusieurs semaines de filature, les pas de Fennec l'avaient mené chez Cécillon.

En dépit du calme apparent, il s'approcha prudemment, par le parking.

Un véhicule utilitaire blanc s'éloignait dans la nuit. Il tourna sur le quai.

Karim chercha du regard les fenêtres du converti, au troisième étage, les trouva et constata que tout était éteint dans l'appartement. Il regarda l'heure. Jaffar devait dormir et lui, il fallait qu'il rentre se préparer.

Rougeard avait pris place à l'intérieur de la brasserie, juste derrière la baie vitrée. Amel, assise sur l'une des vasques de la place de l'Hôtel-de-Ville, à une trentaine de mètres de lui, le distinguait parfaitement. Emmitouflée dans un long manteau de laine marron, le cou protégé par une écharpe qui lui couvrait le bas du visage, elle gardait ses deux mains sous un châle. Celui-ci protégeait un appareil photo numérique muni d'un téléobjectif.

Ils attendaient *Martine*.

La journaliste avait le visage tourné vers son confrère. Elle guettait tous ceux qui entraient à la recherche d'une silhouette féminine et ne remarqua pas le garçon qui s'approchait de la brasserie, un document à la main. Ses yeux passèrent sur l'adolescent sans s'arrêter lorsqu'il entra, vagabondèrent un instant et se reposèrent sur Rougeard.

Le gamin était à sa table.

Il lui donnait quelque chose. L'objectif de l'appareil lui montra une enveloppe kraft suivi du départ du messager. Elle se leva alors que ce dernier franchissait la porte, se déplaça un peu pour ne pas le perdre de vue alors qu'il commençait à retraverser la place.

Rougeard ouvrit le pli. Il contenait des photocopies. Un rapport d'autopsie, apparemment authentique, établi pour un individu répondant au nom de Michel Hammud. Cause de la mort : noyade. Il parcourut les photos médico-légales jointes au document, nota l'aspect du corps. L'article évoqué par *Martine* ne parlait-il pas d'un noyé ?

Un Post-it avait été collé sur l'une des pages, on y avait griffonné quelques lignes : *Quelqu'un s'est piqué d'apprendre à nager dans la Seine. Cela pourrait en réjouir certains mais… La Crim' enquête, en réalité, sous l'égide de Saint-Éloi. Surprenant, n'est-ce pas ?* Un mot se détachait du reste, en fin de message : *Hawala.*

Amel vit le garçon s'arrêter au centre de la place. Là un groupe de personnes des deux sexes obstruait partiellement son champ de vision. Il lui sembla que le gamin avait relevé la tête et parlait à quelqu'un. Une silhouette vêtue d'un long manteau noir.

Quelques secondes plus tard, le petit messager repartait, seul. Peu après, tous les adultes se séparèrent à leur tour et s'éloignèrent dans des directions différentes. La journaliste hésita, regarda Rougeard qui la dévisageait et haussa les épaules. Dans le doute, elle leva son appareil et ajusta le manteau dont elle n'apercevait qu'une partie dans la foule. Il avait presque atteint l'entrée du métro et elle eut à peine le temps de prendre deux clichés, mal cadrés.

Et là, elle comprit.

Rougeard l'avait rejointe en courant. « Où ?

— Le métro, là-bas. En pardessus noir. Hé ! Attends… »

Il se précipita vers la station sans écouter. La rame partait au moment où il déboucha sur le quai. Il n'y avait plus personne. Il hurla un *La putain de sa race !* qui fit sourire ou grimacer les voyageurs debout de l'autre côté de la voie.

Amel le retrouva quelques minutes plus tard, assis sur un banc en plastique, l'air abattu, essoufflé. Elle avait réussi à rattraper l'adolescent. « *Martine* n'est pas une femme. » Hors d'haleine, elle inspira profondément. « C'est un mec, un mec ! »

Assis à l'écart sur le pont supérieur du ferry, Karim regardait les lumières du port espagnol qui disparaissaient lentement dans la nuit.

Une jeune femme blonde, cheveux courts et lunettes de vue, vint s'installer à côté de lui. Elle se pencha vers lui, une cigarette entre les doigts. « *Would you have a light ?* » Premier signal. En anglais. Tout allait bien de son côté.

« Ce pont est non-fumeur. » La réponse de Fennec, en français. OK pour lui.

« Je n'avais pas vu. » Second signal, dans la même langue. Elle avait compris.

« Essayez le pont inférieur. » Il était prêt à recevoir les instructions.

« Cabine 318. Deux heures quinze. » L'inconnue le laissa seul.

Rougeard avait dit à Amel de rentrer chez elle et d'attendre de ses nouvelles. Il devait réfléchir et se renseigner après les dernières révélations de *Martine*. Il lui ferait signe dès qu'il en saurait plus. Pour ne pas perdre de temps, il l'avait chargée de quelques recherches documentaires. Une autre journée à la TGB se profilait à l'horizon.

Elle alluma son PC, hésita devant la chaîne hi-fi et opta finalement pour le silence. Elle balança ses chaussures dans un coin du salon et s'installa devant son ordinateur.

Encore des pubs. Pas de nouveau message de son père. Un mail de Servier. Il était *à l'étranger, très occupé*. Il la reverrait *avec plaisir*, dès qu'elle le souhaiterait, *à partir de la semaine suivante*.

Amel ne répondit pas.

Karim entrebâilla sa porte à l'heure dite et vérifia que personne ne surveillait la coursive. Son sac à la main, il rejoignit la cabine 318, s'identifia selon la procédure et entra dès qu'on lui ouvrit.

La jeune femme à la cigarette était là, avec deux autres agents et de l'équipement. Ils le saluèrent et se mirent au travail sans attendre. Fennec transportait des téléphones, des cartes SIM, des papiers volés et du courrier. Ils avaient peu de temps pour tout répertorier et sonoriser, lorsque c'était possible.

Les tentatives de prise de contact de Karim échouèrent les unes après les autres. Personne ne voulait lui parler. Découragé, il s'installa dans un coin et s'assoupit.

Cigarette Girl le réveilla une heure et demie plus tard. Elle lui rendit son sac. « Rangé à l'identique. Maintenant, tu vas jusqu'à la 323. Mêmes consignes. » Elle l'escorta dehors.

À nouveau seul dans la coursive, l'agent hésita. Ce second rendez-vous n'était pas prévu au programme et il n'en comprenait pas le but. Il marcha d'un pas incertain jusqu'à la porte qu'on lui avait indiquée et se planta devant. Il resta un long moment immobile avant de frapper.

Une autre femme lui ouvrit. Très jeune, mignonne mais un peu vulgaire. Elle souriait et l'attira dans sa cabine peu éclairée avant qu'il ait pu réagir. Sans qu'un mot fût prononcé, l'inconnue se frotta contre lui. Fennec sentit une langue, petite et mobile, s'enfoncer entre ses dents. Il eut un mouvement de recul mais elle le suivit. Bassin contre bas-ventre. Une main, qu'il essaya aussitôt de repousser, gêné, trouva son sexe.

Ils luttèrent.

Doigts emmêlés, poignets emprisonnés, bras qui s'échappent, jambes qui s'insinuent. La fille s'acharnait, prenait du plaisir à ce petit jeu de résistance, sûre de son fait.

Karim la saisissait d'un côté mais elle fuyait de l'autre. Sa colère montait.

Son envie aussi, contenue, chaude, douloureuse. Il finit par donner un coup d'épaule sec et agacé pour se dégager et, d'un ample revers du bras gauche, percuta la prostituée qui alla s'écraser sur le lit. Il se précipita sur elle, la saisit par les épaules et se figea à quelques centimètres de son visage, les traits déformés par la rage.

Le peignoir de la fille était ouvert sur toute sa longueur. Elle avait des petits seins, pointus et relevés, un ventre plat avec un piercing au nombril et son pubis, à peine souligné par un trait de poils noirs, était semblable à celui d'une adolescente.

Elle sentait le savon.

Karim croisa le regard de la pute. Rieuse, elle le dévisageait. D'une main, elle commença à caresser sa vulve. Index et majeur, majeur et index. Doucement ils glissèrent, parcoururent la fente, appuyèrent, écartèrent, s'enfoncèrent.

Déjà, sa pression sur les épaules se relâchait.

La jeune femme se lécha les doigts.

Fennec lui saisit brusquement le cou et la plaqua sur le dos. Il défit sa ceinture, ouvrit sa braguette, dégagea son sexe.

« *Condom.* » Ce fut le premier mot de la fille, dans un anglais grave assez calme.

Il n'y prêta pas attention et se contenta de lui faire remonter les jambes, blanches et fines, avant de les écarter sans la moindre douceur.

Elle revint à la charge avec sa capote, plus ferme.

Le pénis de Karim, guidé par sa main libre, frotta le vagin très humide, ses yeux toujours dans ceux de la pute clouée au lit. À son tour de jouer.

Une troisième fois, un peu paniquée, elle lui ordonna de mettre un préservatif. Elle essayait à présent de refermer les cuisses, cria.

« Ta gueule, petite salope. » Tout en marmonnant

entre ses dents, Fennec appuya plus fort sur la gorge, vit la peur dans le regard bleu, le rouge qui montait aux joues. Il avait enfin chassé toute velléité de défi, ne lui restait qu'à prendre ce qu'on lui donnait de si bon cœur. Bon petit soldat, bon petit chien.

La fille suffoquait, hoquetait. Elle cessa de se battre.

« Bonne petite chienne. » Il la pénétra une seule fois, profondément, et se vida.

19/10/2001

À LA UNE

LA FRANCE PROTÈGE SES SITES SENSIBLES : MENACES SUR LES CENTRALES NUCLÉAIRES / LA BOMBE SALE, PROCHAINE ARME DE BEN LADEN ? / ÉPIDÉMIE DE MALADIE DU CHARBON AUX US... ET DE CANULARS EN FRANCE ! / AFGHANISTAN, MISSION IMPOSSIBLE POUR LES ONG CONFRONTÉES AUX TALIBANS / LES QUINZE QUESTIONNENT LA STRATÉGIE AMÉRICAINE / LE PRÉSIDENT PALESTINIEN SUR LA SELLETTE APRÈS L'ASSASSINAT D'UN MINISTRE ISRAÉLIEN / PRÉSIDENTIELLE : NON-CAMPAGNE MAIS VRAIS COUPS BAS / LA COHABITATION EN QUESTION / LA CGT NE SIÉGERA PLUS AU PCF / MUSULMANS DE FRANCE : PAS D'INTÉGRATION SANS RÉFORME DU CULTE / VAL-DE-MARNE, L'ENQUÊTE PROGRESSE : LES DEUX POLICIERS SONT TOMBÉS DANS UN PIÈGE / LE HAMBURGER VERSION FEMME [...]

Hawala : *ce mot signifie change, transfert ou télégramme dans le jargon financier arabe. Il désigne également un système de virement informel très ancien, principalement utilisé au Moyen-Orient et en Asie du Sud-Est, initialement mis en place pour éviter le transport physique des valeurs, toujours dangereux.*

En marge de son texte, Amel nota de rappeler les similitudes avec les lettres de change créées par l'Ordre du Temple. Elle se replongea ensuite un instant dans les photocopies étalées devant elle sur le bureau et se remit à écrire.

Le principe général est simple. Une personne désire envoyer de l'argent rapidement d'un endroit à l'autre. Elle va voir un courtier — hawaladar *ou* hundiwalar *en Inde — qui, moyennant une commission raisonnable, prend contact avec l'un de ses confrères, dans le pays de destination. Ce dernier s'engage alors à payer la somme voulue au récipiendaire du transfert. Toutes les transactions sont codées et le paiement final ne peut s'effectuer qu'à la remise du mot de passe idoine, convenu avec le courtier d'origine.*

Les fondements de cette pratique sont la puissance des liens familiaux et ethniques, garants de la confiance — hundi *en ourdou — accordée aux* hawaladars. *Ses principaux atouts sont la rapidité, des coûts inférieurs et une totale souplesse puisqu'elle ne souffre pas des lenteurs administratives qui plombent les banques classiques. La* hawala *offre d'autres avantages aux individus désireux de dissimuler des fonds : en effet, tout se fait oralement ou presque et les seules traces écrites concernent les crédits / débits globaux entre* hawaladars, *dans lesquels se noient les transactions individuelles.*

Ces compensations entre hundiwalars *interviennent au fur et à mesure, par d'autres virements, en sens inverse, ainsi que par des transferts de biens, marchandises ou encore de dettes, détenues auprès de courtiers tiers. Une fois l'an cependant, une reddition des comptes est effectuée à Dubaï, aux Émirats arabes unis, principale place financière du système.*

Il semblerait que des autorités économiques et judiciaires nationales et transnationales, telles qu'Interpol ou le GAFI — Groupe d'action financière, organisme intergouvernemental rassemblé pour lutter contre le blanchi-

ment des capitaux — s'y intéressent depuis longtemps.
Depuis peu, la CIA et le FBI ont également commencé
à creuser la question, suivant les recommandations de
leur gouvernement. George Bush a en effet clairement
annoncé sa volonté de traquer et geler tous les avoirs fi-
nanciers des personnes liées de près ou de loin au terro-
risme.

Amel fit une seconde pause dans sa synthèse et rédigea un autre rappel de bas de page qui l'invitait à développer l'angle des rapports entre la CIA et les *moudjahiddins* afghans pendant la guerre contre l'URSS. Elle avait lu dans l'un de ses documents que les services secrets américains auraient utilisé la *hawala* pour financer l'armement de la résistance. Dans l'hypothèse d'un article, il y aurait une mise en perspective intéressante à établir avec la situation actuelle.

Elle s'étira, regarda l'heure. Il était presque midi et demi. Elle récupéra son téléphone portable et le ralluma. Une vibration lui annonça bientôt qu'on avait essayé de la joindre. Amel quitta un instant la salle de documentation pour rejoindre le long couloir vitré qui longeait le jardin central de la Bibliothèque François-Mitterrand. Elle écouta un message de Sylvain, vieux d'une trentaine de minutes, qui l'invitait à lui téléphoner. Dehors, il pleuvait. Avant d'appuyer sur le bouton de rappel, elle demeura quelques instants immobile à contempler les gouttes d'eau sonores qui s'écrasaient et glissaient sur les panneaux de verre.

« C'est moi. Tu as essayé de me joindre ? »

Oui. Pourquoi tu marmonnes ? T'es où ?

« À la bibliothèque, je ne peux pas trop parler. Tu voulais quelque chose ? »

T'inviter à déjeuner.

« J'ai encore pas mal de boulot. »

Tu peux bien t'arrêter un moment, non ?

« Je suis vraiment au milieu d'un travail, là. »

Et si je me déplace dans ton coin ?

« C'est que… C'est pour un article avec… » Amel s'interrompit avant de prononcer le nom de Rougeard.

Nous aussi, c'est important. Pause. *Tu m'as suffisamment reproché de ne jamais me libérer pour toi.*

Silence. Des bourrasques de vent agitaient les frondaisons des grands arbres du jardin. Leurs troncs, entravés par des câbles, ne bougeaient pas. « D'accord. Mais vite alors. Je suis à la TGB. »

Je serai là dans une demi-heure, sur les escaliers, côté quai ?

« OK. »

À tout de suite.

Amel raccrocha.

Roland Majours entra dans la brasserie en consultant ostensiblement sa montre. Une très belle montre, qu'il aimait faire voir, autant pour l'admiration qu'elle suscitait chez les connaisseurs que pour manifester son importance d'homme de pouvoir pressé. La petite histoire racontait que, dans la phase de sa vie qui avait précédé son affectation à l'une des directions siégeant à l'UCLAT, il avait sorti un ami riche et généreux d'une profonde ornière. Depuis, il portait la reconnaissance de celui-ci au poignet.

« Salut, Bastien, tu voulais me voir ?

— Tu me manquais. » Rougeard le gratifia d'un large sourire. « Comment va la vie, à Beauvau ?

— Ne m'en parle pas.

— Ambiance tendue ?

— Tu lis les journaux, non ? » Majours se mit à ricaner bêtement, jeta un sucre dans le café que le barman lui avait servi et commença par tremper ses lèvres dans un ballon de cognac. « On court partout comme des poulets sans tête. » Nouveaux rires suivis d'une reprise de *poulets sans tête.* Seconde gorgée de cognac. « Et après on se réunit pendant des heures pour en parler.

Crois-moi, chez nous, c'est pas l'anthrax qui va tuer tout le monde, c'est la *réunionite* aiguë !

— Tu en penses quoi, justement, de cette histoire d'anthrax ?

— Rien, la parano des Américains ne m'intéresse pas. »

Rougeard secoua la tête. « Allons, ne me raconte pas de connerie. On n'est pas concernés un peu, nous aussi ?

— Je t'assure qu'en ce moment on a d'autres chats à fouetter. » Majours se pencha vers lui, conspirateur. « Attention, hein, les bicots sont actifs, je ne dis pas le contraire, et on est bien obligés de les suivre de tous les côtés, même sur de vieilles histoires, comme Strasbourg. Mais rien ne nous a encore montré qu'ils prévoyaient de nous balancer des virus à la gueule. Ni même qu'ils sachent comment faire.

— Pourtant, tout le monde a vu cette vidéo, à la télé. Tu vois celle dont je parle ? Celle ramenée d'Afghanistan, avec le chiot. »

Le fonctionnaire balaya le commentaire d'un revers de la main.

« Trucage ? »

Majours haussa les épaules, avala son café.

« Tu as évoqué Strasbourg. Je croyais que c'était fini ?

— Non, ce n'est pas fini, mais ce que je te dis là est *off*. Tu me laisses quelques jours et je te lâcherai une info ou deux. »

Rougeard acquiesça. « C'est quand même pas très joyeux, tout ça. Ça te plaît à toi d'avoir des batteries de missiles déployées sur le sol national ?

— Tu sais, ce qui m'inquiète vraiment, c'est plutôt que ça participe d'une montée générale du sentiment d'insécurité et que chez nous, ça gueule fort depuis l'exécution des deux gardiens de la paix en banlieue, il y a deux jours. Nos durs soufflent sur les braises. J'imagine que tu as remarqué que la fièvre commençait à monter chez tes confrères aussi. Dans le contexte actuel, où crois-tu qu'ils récupèrent leur…

— Il y avait autre chose que », le journaliste, perdu dans ses pensées, n'avait pas écouté son interlocuteur, « pardon de t'interrompre, mais je voulais savoir si tu as entendu parler d'un cadavre repêché dans la Seine, le week-end dernier. Normalement, il était du ressort de la 2ᵉ DPJ mais apparemment c'est la Crim' qui a récupéré le bébé.

— Je fais dans le terrorisme moi, pas dans l'homicide. » Le fonctionnaire leva le bras pour terminer son cognac.

« Justement. »

Majours interrompit son geste au dernier moment.

« C'est la 14ᵉ section du Parquet qui gère. Drôle d'affaire, tu ne penses pas ? La victime s'appellerait Michel Hammud.

— Tu m'as l'air déjà bien renseigné.

— J'ai mes sources.

— Quelqu'un de chez nous ? »

Rougeard sourit. « Pas de ça entre nous.

— OK. Mais puisque tu as tes sources… » Le ballon vide claqua sur le comptoir. « L'addition, s'il vous plaît. »

Amel regarda un couple d'étudiants à peine plus jeunes qu'elle sortir de sa salle de documentation. Elle les observait depuis un petit moment, incapable de se concentrer sur son travail. Ils se parlaient et riaient à voix basse, complices, dans leur bulle. Elle se sentait vieille, prisonnière d'une logique qu'ils ne soupçonnaient pas encore. Tout était devenu si compliqué subitement.

Sylvain n'avait pas apprécié qu'elle écourte leur déjeuner pour retourner à la bibliothèque, pas plus que son *air absent* à table ou son incapacité à leur accorder plus de temps alors que lui faisait un effort. Il détestait l'impasse dans laquelle se trouvait leur couple, par sa faute à elle. Ils ne parlaient plus d'avenir, seulement de boulot.

Pourquoi avait-elle réagi ?

Il n'avait même plus cherché à lui répondre ensuite et s'était contenté de lui annoncer, de façon plutôt abrupte, comme une vengeance, qu'il partait en séminaire dès le lendemain matin, pour tout le week-end.

Ce week-end.

Sylvain avait oublié.

20/10/2001

Le dossier du Service dressait un portrait relativement complet et triste de Laurent Cécillon. Celui d'un gamin prometteur qui s'était toujours planté devant l'obstacle. Il avait fini par chercher à le contourner par tous les moyens, sans personne pour le guider.

Sauf des crétins dangereux.

Enfance à l'ombre du béton dans une banlieue moche, mauvaises graines près de chez lui, quelques essais transformés et la spirale du *bizness* s'était mise à tourner. Premières embrouilles avec la justice sur un coup d'achat imprudent. Jaffar avait nié, évidemment, crié, sur les conseils de son avocat, au complot policier, trouvé un juge complaisant, trop heureux de faire un peu de social sachant que la même affaire lui livrait des clients plus sérieux. Cécillon s'en était tiré à bon compte et avait même trouvé un poste d'apprenti chez un artisan qui l'aimait bien.

Pas pour longtemps.

Il s'était vite recollé avec d'autres paumés. Mais cette fois, il n'était pas tombé. Une association de réinsertion l'avait rattrapé à temps. Une association de réinsertion subventionnée par la mairie et le département mais dirigée par des membres du *Tabligh*, un mouvement musulman prosélyte dont le nom même signifie *propagation*. Eux s'étaient montrés capables de lui redonner confiance en lui, à force de petits mensonges et de faux-semblants, tout cela avec la bénédiction financière de la République, cette bonne fille laïque et tolérante.

Après sa conversion, Cécillon avait fichu le camp à Londres, puis au Pakistan, probablement pour recevoir un enseignement dans une école coranique. Son retour s'était effectué après un long périple en Europe de l'Est et en Europe centrale.

La synthèse suggérait même un passage par la Tchétchénie.

À son arrivée en France, Jaffar paraissait calmé, rentré dans le rang. Très pieux cependant, ce qui avait rapidement attiré l'attention de services de police plus confidentiels, à cause des lieux de culte qu'il fréquentait. Plusieurs rapports, constitués à partir de surveillances et d'écoutes, démontraient qu'il poursuivait d'autres activités et côtoyait de nouveaux poids lourds, moins connus mais pas forcément moins dangereux. Récemment, il avait repiqué au *bizness*. Pour la bonne cause. Il aidait par son *travail* au financement des *œuvres* et servait, à l'occasion, de coursier.

Lynx prit quelques notes et rangea ses documents, Cécillon l'attendait en bas, dans la cave. Lorsqu'il colla son oreille à la porte de la cellule, une dizaine de minutes plus tard, il n'entendit rien. Après deux jours enragés, ce changement était le signe annonciateur de l'affaiblissement de son prisonnier qui se montrait beaucoup plus combatif que Delil.

Pas sûr cependant qu'il tienne plus longtemps.

L'agent alluma et ouvrit. Jaffar, le corps maculé de taches sombres, dormait en chien de fusil au milieu de la pièce, sur le regard. Il respirait régulièrement et doucement. Les murs tapissés de plastique portaient les stigmates de ses accès de rébellion. Ils étaient couverts de merde jusqu'au plafond.

Pas facile à faire lorsqu'on a les mains et les chevilles attachées.

Le converti gaspillait trop d'énergie dans ce déchaînement de violence résistante et comme il refusait de s'alimenter depuis son arrivée, son corps risquait de le lâcher bientôt.

Lynx décida qu'il était mûr pour une première conversation. Il referma la porte et alla chercher le tuyau d'arrosage dans le garage.

CATASTROPHE : ce n'est pas fini ! Trente jours ont passé et la ville est toujours K-O. Même si, apparemment, c'est un accident qui est à l'origine du sinistre, les stigmates sont toujours bien visibles [...].

GUERRE : les Américains s'infiltrent en Afghanistan. Pages 2 et 3.

OBSÈQUES DES POLICIERS — C'est aujourd'hui que l'on rendra un dernier hommage aux policiers tués cette semaine lors d'un cambriolage sanglant [...].

Ponsot leva les yeux de son journal en entendant frapper. Trigon se tenait à l'entrée de son bureau, des documents à la main. Il entra et s'installa en face de son chef.

« De quoi ils causent dans le canard ?

— De la catastrophe dans le Sud.

— Encore ? Mais ils n'ont pas fini de faire chier avec ça ?

— Un mois, ça se fête. Ça fait vendre du papier.

— Toujours plus que deux cons de flics en tenue qui se font buter.

— Pas sûr. » Ponsot dévisagea Trigon, gardien de la paix lui aussi. « Tu les connaissais, les deux collègues ?

— Non, mais ça ne change rien à l'affaire, c'est pas normal de se faire tirer comme des lapins. »

Signe de tête en direction des documents, à présent posés sur le bureau.

« Les synthèses de la nuit. RAS. Les cibles que nous ont confiées les collègues de Nélaton sont bien sages pour le moment. Soit ces mecs ne savent rien, soit ils se doutent qu'on est là.

— Et le gamin ? » Ponsot ne s'intéressait que moyennement à la nouvelle affaire sur laquelle ils étaient obligés de collaborer avec la DST. Il était bien plus intrigué par la mort d'Hammud et la soudaine disparition de Cécillon.

« Pas vu. Mais on est enfin entrés chez lui.

— C'est mal. Quand ?

— Hier.

— Et ça a donné quoi ?

— Rien. Zer' y retourne ce matin, en facteur, pour parler aux voisins. Mais à mon avis, il est parti le p'tit converti, c'est tout.

— J'y aime pas. » Remonter un dispositif efficace autour de la mosquée du 20ᵉ après la découverte du corps d'Hammud impliquait des moyens dont Ponsot ne disposait pas vraiment. Il se concentrait donc sur les contacts identifiés du Libanais. Jaffar en faisait partie, il était même en tête de liste. Depuis deux jours, cependant, il n'avait pas donné signe de vie. Pas un mot, pas même un son. Et plus aucune apparition rue Poincaré, pour les prières. Soit il avait eu peur après avoir appris la mort de son copain, soit on l'avait envoyé ailleurs. Soit il se cachait dans l'attente d'un mauvais coup que personne n'aurait vu venir. Son appartement était à présent sonorisé, filmé, son mobile écouté : si Cécillon se manifestait à nouveau, ils le sauraient.

« Autre chose ? » Trigon se rappela au bon souvenir de son chef.

« Non, ça ira.

— Bon, alors je vais aller me pieuter. »

Farez Khiari attendait seul dans le noir, devant un entrepôt anonyme planté parmi d'autres au milieu d'une zone industrielle de l'Est parisien. L'A3 passait à proximité et fournissait la seule distraction sonore de ce début de soirée.

Il entendit le bruit du moteur diesel juste avant d'apercevoir les phares du camion tourner dans son allée. Le chauffeur s'arrêta à sa hauteur et baissa la vitre. « Salut, c'est ici la livraison ? »

Farez hocha la tête.

« Putain, on n'a pas idée de m'envoyer en banlieue un samedi soir. J'ai eu un mal de chien à trouver ! Vous faites chier.

— Hé, c'est pas ma faute, hein, je suis pas responsable. Je préférerais être chez moi, j'ai une femme et des gosses. Pas de bol, j'étais de permanence.

— C'est quoi ce hangar ?

— Je sais pas. C'est la mairie qui loue, c'est tout ce qu'on m'a dit. »

Le chauffeur détailla Khiari de la tête aux pieds. Il s'arrêta sur le logo blanc inscrit sur la poche de poitrine de sa combinaison de travail verte. *Ville de Paris*. La même mention figurait sur les portes de l'utilitaire garé devant l'entrepôt. « Bon, on va pas y passer la nuit, je les mets où ? » Sur un signe de son interlocuteur, il s'engagea sur une voie qui longeait le bâtiment.

Kamel Ksentini attendit que le camion soit reparti, une vingtaine de minutes plus tard, pour sortir de l'obscurité. Une douzaine de tuyaux de fonte ductile de deux cents millimètres, longs de six mètres et estampillés d'un pont blanc stylisé, l'attendaient sur le terre-plein herbeux qui s'étendait derrière le hangar.

Farez arriva juste à temps pour le voir faire coulisser un cylindre de métal chromé, d'un diamètre sensiblement équivalent, dans l'embouchure de l'un des tubes. « C'est bon ?

— Regarde. » Ksentini, apparemment satisfait, répéta l'opération plusieurs fois pour son compagnon.

« Ça marche. Quand on aura fini les découpes, il faudra bien nettoyer les tubes et les lubrifier.

— Ils tiendront le coup ?

— Ne t'inquiète pas, mon ami. La fonte aciérée est assez solide pour supporter un dépotage, surtout une fois enterrée, à cause de la pression extérieure du sol. Et puis, la charge initiale n'a pas besoin d'être trop forte pour propulser un cylindre. »

Après un dernier coup d'œil sceptique aux tuyaux, Farez suivit Kamel qui s'éloignait déjà.

En dépit de la lumière aveuglante et douloureuse qui nimbait la tête de son tortionnaire, Jaffar le fixait toujours avec un air de défi. Il baissait juste les yeux un peu plus souvent que lors de leurs deux premières conversations. Deux longues séances de trois heures chacune, entrecoupées d'une pause durant laquelle Lynx avait laissé Cécillon s'endormir. Il l'avait rattaché, comme il le faisait chaque fois qu'il le laissait seul pendant des périodes prolongées, puis il était parti.

Un sommeil profond n'avait pas tardé à gagner le prisonnier épuisé, interrompu moins de dix minutes plus tard. L'agent lui avait fait croire qu'une nuit complète était passée. Un interlude très court donc, suivi d'un interrogatoire poussé et d'une seconde pause, de quelques heures.

Autre *nuit complète*, ponctuée par un réveil à l'eau froide.

Jaffar, la peau encore humide dans la cave glaciale, tremblait sur sa chaise. Attaché, il se tenait relativement tranquille. Mais il s'était débattu lorsqu'il avait repris conscience, beaucoup. Quelques décharges électriques l'avaient ramené à de meilleures dispositions.

Sur la table, entre eux, Lynx avait disposé une assiette de nourriture, de l'eau, droguée, et un dossier. Cécillon avait brièvement regardé la pochette cartonnée, à peine le temps de lire son nom et tous ses alias.

Il n'avait pas fait le moindre geste en direction de son repas ou de la bouteille de flotte.

Un vrai petit dur, qui lui crachait dessus à chaque séance. Avec de moins en moins de salive, cependant.

« Laurent Cécillon. Né le… » Lynx reprit sa litanie : nom, état civil, adresse, noms et adresse des parents. Parcours scolaire. Judiciaire. « Beau programme. »

Jaffar baissa un peu la tête, à contrecœur, et cligna des yeux plusieurs fois avant de redresser le menton. « Au nom de Dieu le Miséricordieux plein de miséricorde. Les êtres des cieux et de la terre glorifient Dieu, car il est le puissant, le sage. » Le converti commença à marmonner des extraits du Coran.

« T'es vraiment un raté, Cécillon. Tu récites, mais la vérité c'est que tu n'es même pas foutu de servir ton nouveau dieu correctement. Tu t'es fait gauler, comme toujours. »

Le prisonnier bougea sur sa chaise. « C'est lui qui… qui chassa de leurs demeures lors du premier rassemblement ceux des gens du Livre qui… ne croyaient pas. » Il tira légèrement sur ses menottes.

« T'as perdu encore une fois. »

L'une des jambes de Jaffar, nerveuse, battait la mesure de façon erratique. « Vous ne pensiez pas qu'ils partiraient et… et eux pensaient que leurs fortins les défendraient contre Dieu.

— Ils t'ont fait confiance et », Lynx soupira, « tu t'es fait prendre.

— Mais Dieu les a atteints par où ils ne se doutaient pas. Il a je… il a jeté l'effroi dans leurs cœurs. » Cécillon ne regardait plus l'agent en face.

« T'es un nul. »

Le poing libre du prisonnier s'ouvrait et se fermait, vengeur. « Ils ont démoli de leurs mains… leurs maisons avec l'aide des croyants.

— Un vrai. »

La chaise du converti se souleva une fois du sol. Il observait Lynx par en dessous, le débit de sa voix de plus en plus rapide. « Tirez-en une leçon.

— Un loser.

— Si... » Haché. « Si... si si Dieu n'avait... pas ordo... ordonné leur... leur bannissement...

— Un raté. Elle doit être contente de s'être débarrassée de toi, ta mère. »

À la mention de sa mère, Jaffar bondit en avant et renversa tout ce qui était posé sur la table. Lynx bascula en arrière, passa en reculant par-dessus le dossier de sa chaise et appuya sa matraque électrique entre les omoplates de son prisonnier, étiré de tout son long pour l'atteindre. Le converti ne hurla que lorsqu'il ressentit le second choc, prolongé. L'agent le repoussa en position assise et lui envoya une troisième décharge, courte, dans la poitrine.

Cécillon s'affala en avant sur ses genoux, à moitié évanoui. Il respirait avec peine.

Sa réaction n'était pas inattendue. Sentiment d'infériorité, culpabilisation, tels étaient les sillons que Lynx avait décidé de creuser après l'analyse de son dossier et son premier entretien de familiarisation. L'évocation de ses échecs successifs avait provoqué chez Jaffar des réactions d'anxiété, de colère ou de défense, assez remarquables en dépit du contrôle qu'il essayait d'exercer sur lui-même.

C'étaient ces petits gestes, ces attitudes corporelles que l'agent guettait. Il acheva de tout remettre en place sur la table et s'installa à nouveau en face du converti, protégé par le faisceau de sa lampe frontale. « Ça fait longtemps que tu n'as pas vu ta famille ? »

Le prisonnier ne réagit pas mais se redressa sur sa chaise, autant qu'il le pouvait.

« Et s'ils mouraient à cause de tes amis... ou même par ta faute ?

— Je m'en tape. Ils ne croient pas au vrai Dieu. »
C'était l'une des rares fois où il ne se contentait pas
d'une sourate du Coran en guise de réponse. Les parents de Cécillon étaient catholiques, pratiquants. « Je
les tuerais moi-même, s'il le fallait, ce sont des mécréants. » Tant de haine dans ses yeux clairs.

« Pourquoi ne l'as-tu pas déjà fait, alors ? »

Le converti regarda ailleurs.

« Ton frère, c'est pareil, tu le tuerais ?

— Pareil. C'est tout ce qu'il mérite.

— Tu ne lui laisserais pas une chance de rencontrer
la vraie foi ? On t'en a bien laissé une, à toi. »

Jaffar ouvrit la bouche pour dire quelque chose et la
referma.

« Tu joues juste les durs pour plaire à tes amis. Ta
foi, elle pue. Tu as besoin de leur prouver que tu es
comme eux et même meilleur qu'eux. Que tu crois
mieux. C'est comme ça qu'ils t'ont eu, hein, en te disant que toi tu comprenais tout mieux que les autres ?
Pour une fois que tu ne ratais pas quelque chose. »

Le converti s'était remis à trembler.

« Et les autres musulmans ? Ceux que les jihadistes
tuent avec leurs bombes, tu en penses quoi ?

— Dieu ne tue jamais les vrais croyants, juste les
suppôts des croisés et des juifs.

— Vraiment ? Le Coran n'enseigne-t-il pas que jamais le musulman ne doit tuer le musulman ?

— De quel droit mentionnes-tu le Livre, chien ? »
Cécillon avait resserré ses bras le long de son corps, en
protection, il se passait nerveusement la langue sur les
lèvres. « Les savants ont dit qu'en cas d'absolue nécessité, on pouvait… Que Dieu pardonnait…

— Les savants, quels savants ? »

Les yeux du prisonnier n'étaient plus aussi déterminés, subitement. « J'ai… J'ai lu une *fatwa* qui le disait. »
Ils évitaient de se perdre du côté de Lynx, passaient
plus souvent sur la table, vers l'eau.

« Laquelle ? »

Silence.

« Tu ne te souviens plus ? »

Cliquetis métalliques de la chaîne des menottes contre le piétement de la chaise.

« Ce sont tes amis qui t'ont dit ça, hein ? Pour te rassurer. Mais tu ne l'as pas lue, toi, la *fatwa*. Qu'est-ce qu'ils t'ont dit d'autre, tes amis ? Sur quoi ils t'ont encore menti ? »

La main de Cécillon se tendit lentement vers la bouteille, ouverte, hésitante.

« Et Delil, qu'est-ce qu'il attendait de toi ? »

Les doigts s'arrêtèrent à quelques millimètres du plastique.

Lynx n'avait encore jamais mentionné le Libanais.

La haine revint dans le regard de Jaffar. Il envoya balader le récipient en plastique contre les parois de la cellule. « Va te faire foutre, enculé ! » Une seconde fois, il bondit et souleva la table du sol dans un accès de rage mais, gêné par ses entraves, il bascula sur le côté.

L'agent, qui s'était reculé contre un mur, le laissa s'exciter sur le sol pendant quelques secondes avant de s'avancer vers lui.

Décharge.

Cécillon s'arc-bouta de douleur dans un cri.

Décharge.

Son corps nu se recroquevilla.

Décharge.

Ses yeux, un instant révulsés et blancs, se fermèrent…

Et se rouvrirent sur du noir. Combien de temps avait-il perdu connaissance ? Il ne savait pas. L'odeur nauséabonde qui l'environnait lui indiqua qu'il portait à nouveau la cagoule immonde. Il sentit qu'on lui retirait ses menottes mais était trop faible pour bouger. Il avait mal partout, des crampes. Il ne se débattit pas. Il était frigorifié. Dans son dos, un bruit semblable à un déchirement. Quelqu'un tira sur ses poignets, ses chevilles, et les colla ensemble. On lui plaqua le visage au sol avant de lui enserrer le cou avec de l'adhésif.

Une respiration, dans son oreille, suivie de la voix, la voix de l'homme à tête de lumière. « Sourate quatre, verset quatre-vingt quinze. Celui qui tuera un croyant volontairement aura l'enfer pour récompense ; il y demeurera éternellement. Dieu, irrité contre lui, le maudira et le condamnera à un supplice terrible. Tu te souviens, toi qui as tout appris par cœur ? Dors bien. »

La porte métallique claqua, Jaffar sombra à nouveau.

Une fois la cellule verrouillée, Lynx posa sa matraque et son rouleau de gaffeur sur la table, à côté de la chaîne hi-fi. Il retira ses gants de latex et souleva son pull, pour récupérer le micro sans fil scotché sur son ventre, l'éteignit. Aussitôt, l'enregistreur numérique s'arrêta de tourner. Il rembobina la DAT pendant quelques secondes, vérifia la qualité de la bande. Tout était OK. À réécouter plus tard, là, il était fatigué.

21/10/2001

À LA UNE

ÉLYSÉE : OFFENSIVE MÉDIATIQUE ET FAMILIALE / ÉMISSIONS TV, DÉPLACEMENTS, LIVRES, INTERVIEWS : L'OVERDOSE PRÉSIDENTIELLE ? / AFGHANISTAN : PREMIERS COMMANDOS US SUR LE TERRAIN / LE PAKISTAN ENVAHI PAR DES COLONNES DE RÉFUGIÉS / NOUVELLES ALERTES AU CHARBON AUX ÉTATS-UNIS / LA FRANCE SE PRÉPARE AVEC BIOTOX / DÉPLOIEMENT DE FORCE À AMIENS : LA POLICE ARRÊTE DEUX SUSPECTS / MEURTRE DES GARDIENS DE LA PAIX : DEUX SUSPECTS INTERPELLÉS EN BANLIEUE PARISIENNE / RÉFORME DE LA JUSTICE : LES SYNDICATS DE MAGISTRATS TRÈS CRITIQUES / GRÈVE DES BÉNÉVOLES DES

Quelques enfants couraient entre les tables. D'autres
criaient et s'agitaient autour d'ateliers dressés à l'une
des extrémités de la vaste salle. Servier s'excusa. « Si
j'avais su que le dimanche était réservé aux familles,
j'aurais choisi un autre endroit. » Ils étaient au Quai
Ouest, un restaurant des bords de Seine, à Issy-les-
Moulineaux, coincés dans un angle, près d'une fenêtre.
« On me l'avait pourtant recommandé. Je suis désolé. »

Amel, souriante, suivit des yeux une cavalcade colo-
rée qui venait de passer à côté d'eux. « J'aurais pu te le
dire, je suis venue déjeuner deux ou trois fois, lorsque
j'étais en stage dans le coin. » Toute joie disparut de
son visage lorsque la petite troupe rejoignit la table parentale. Un petit garçon sauta sur les genoux de son
père, qui l'embrassa sur le front avant de poser un baiser sur les lèvres de la femme assise à côté de lui, occupée à rhabiller un autre gamin, à peine plus âgé.

Servier avait vu. « Ça va ? »

Elle se tourna vers lui, baissa le regard vers son assiette. « Oui, c'est juste que… » Elle ne termina pas sa
phrase et le silence s'installa entre eux.

« Ça m'a surpris que tu acceptes cette invitation, un
dimanche matin. » Jean-Loup lui avait renvoyé un
autre mail puisque le précédent était resté lettre morte.
Elle avait répondu et ils étaient convenus de se voir
pour un café. Le café était devenu *brunch* à l'occasion
d'un coup de fil.

« Sylvain est absent. » La voix d'Amel avait faibli sur
ce dernier mot. « J'avais du temps, alors pourquoi pas ?
Ça me fait plaisir.

— Je vois ça. »

Elle nota la pointe d'ironie de Servier, « excuse-moi », mais ne décela pas la moindre agressivité dans ses yeux cernés, juste de la bienveillance ennuyée. « C'est le quatrième anniversaire de ma rencontre avec Sylvain, aujourd'hui. D'habitude, on sort toujours tous les deux, une soirée rien que pour nous, mais là… il est ailleurs. Pour le travail.

— Ça arrive d'oublier. Le boulot fait parfois négliger les choses importantes et puis on n'a pas toujours le choix, tu devrais le savoir. Tu as essayé d'en discuter avec lui ? »

Amel secoua la tête. « C'est devenu difficile de parler. Je ne comprends pas trop ce qui nous arrive. » Elle regarda ailleurs, attendit quelques secondes. « C'est venu si vite, je ne sais pas quoi faire. » Des larmes montèrent, qu'elle se força à retenir. « Mais ça me fait du bien d'être ici. Chez moi, j'aurais tourné en rond comme une débile.

— Je suis un excellent bouche-trou… » Jean-Loup s'interrompit d'un coup, conscient de la maladresse de ses paroles. « Pardon, ce n'est pas ce que je voulais dire.

— Je sais. Mais c'est à moi de m'excuser, je t'ennuie avec mes conneries.

— Excuses acceptées. On s'arrête là parce que dans deux minutes on va se tomber dans les bras en pleurant et ce serait vraiment la honte, comme ça, devant tout le monde.

— Oui, la honte totale. » Amel souriait à nouveau. « Parle-moi un peu de toi, tu as beaucoup de boulot en ce moment ? Tu as l'air fatigué. »

Servier se mit à rire. « Merci, c'est vraiment gentil. » Il soupira. « Je bosse comme un dingue sur le plan de développement d'une boîte danoise qui conçoit des logiciels de *predictive CRM*.

— De quoi ?

— De *predictive customer relationship management*. De la relation client prédictive, si tu préfères. C'est barbant au possible, mais il faut bien que quelqu'un le fasse. La triste vérité, c'est que je ne vois pas le jour. Heureusement, c'est bientôt fini. Et toi, ton reportage, il avance ? »

La journaliste acquiesça. « Semaine mouvementée mais super-intéressante. Nous avons pu approcher notre source, il... » Elle regarda Jean-Loup.

Il posa gentiment une main sur son bras. « Tu n'as rien à craindre.

— Je ne te connais pas bien. » Amel se mit à jouer avec sa serviette, nerveuse. « Et puis je ne suis pas seule en cause. Rougeard a une réputation. Savoir qu'il bosse en secret sur un sujet brûlant pourrait attirer l'attention de certains confrères. Il ne faut pas qu'on perde notre scoop.

— Je ne dirai rien, promis. » Puis : « C'est si important que ça, ton affaire ?

— Potentiellement, oui. Ne serait-ce que parce que je n'ai pas envie de me planter.

— Politique ?

— Oui.

— Ce doit être excitant de se retrouver dans ce genre d'histoire et d'explorer les coulisses de la réalité. » Les yeux de Servier s'égarèrent dehors, dans les remous de la Seine, grise et grossie par la pluie.

« Excitant, oui, peut-être. Moi, ça me dégoûte en fait.

— À ce point-là ?

— Tout ce que nous commençons à entrevoir, c'est plutôt minable, pas très rassurant sur le fonctionnement des choses. Ça pue la magouille et la manipulation à tous les étages, pour un intérêt *supérieur* qui n'est pas toujours bien identifiable.

— Et ça te surprend ?

— Oui et non. Avant, j'avais des doutes, maintenant je constate. Enfin, j'entrevois. Et puis, parfois, comment dire ? Parfois, j'ai l'impression que ce qu'on fait, c'est juste de jouer les voyeurs, les rapporteurs de choses qui ne sont pas vraiment pour nous. Je ne suis pas sûre d'être très claire.

— Mais tu veux continuer ?

— Oui.

— Pourquoi ?

— Parce que je crois qu'il faut que quelqu'un dise ce genre de vérités. Si personne ne fait rien, jamais, comment tout ça pourrait-il changer ? » Quelques secondes passèrent avant qu'Amel reprenne la parole, à voix basse. « J'ai peur…

— Pardon ? » Servier ne semblait pas avoir entendu. « Rien. »

23/10/2001

Habituellement, Rougeard ne retrouvait pas Julien Acroute directement au SNAP. Celui-ci préférait éviter qu'on les voie ensemble sauf en cas de communications officielles. Aujourd'hui cependant, le journaliste faisait une entorse à cette règle tacite. Il lui rendait visite à l'improviste, au siège du syndicat, dans le 12e arrondissement, excédé de ne pas pouvoir joindre son contact depuis plusieurs jours.

Acroute le rejoignit dans le hall et l'entraîna dehors, agacé. « Qu'est-ce qui te prend de venir ici ?

— Tu ne réponds plus, tu ne rappelles pas, alors me voilà. J'ai besoin de te parler.

— Tu tombes mal. Ça crise à tous les étages, t'as vu ce qui s'est passé hier, non ?

— La manif ?

— Ouais, les collègues râlent et là, crois-moi, c'est pas près de s'arrêter. »

Il pleuvait. Rougeard proposa un café dans la brasserie de l'autre côté de la rue mais le syndicaliste refusa. « Pas le temps. » Ils se contentèrent d'un porche. « Qu'est-ce que tu veux ?

— Le nom que je t'ai donné dans un de mes messages, t'as pu te renseigner un peu ?

— C'était quoi, déjà ? »

Le policier faisait l'imbécile, il gagnait du temps. Le journaliste se retint de réagir, il devait être patient. « Michel Hammud.

— Ah oui, Hammud. On t'a raconté des conneries, il existe pas.

— L'info a été validée par quelqu'un d'autre, une personne digne de confiance. » Le journaliste avait reparlé à Majours, l'homme de l'UCLAT, la veille. Du bout des lèvres, ce dernier avait fini par lui confirmer l'exactitude des renseignements de *Martine*, sans rien ajouter d'autre. Après le malaise palpable du haut fonctionnaire, le mensonge d'Acroute démontrait l'importance des révélations de sa source. « J'aimerais rencontrer quelqu'un de la Crim' ou de l'antiterro. Tu ne peux pas essayer de voir si ton pote là, Ponsot, ne…

— Laisse tomber. » Le syndicaliste lui coupa sèchement la parole et se pencha vers lui. « Il pue ton Libanais. » Sans attendre, il s'éloigna vers son bureau. « Et fous-moi la paix ! » Il avait crié sans se retourner.

Rougeard le laissa partir, à la fois surpris et satisfait de cette réaction. Sans s'en rendre compte, Acroute lui avait appris quelque chose, la nationalité d'Hammud. Et il savait qui aller voir avec ce renseignement.

Un homme vint s'asseoir à la table d'Amel, sans rien lui demander. Agacée, elle leva le nez et découvrit le visage affable de Klein. Ils étaient chez lui, à la rédaction de son magazine, dans sa salle de documentation.

Il n'était pas sans charme, paraissait faire très attention à sa mise, conservait des yeux malicieux et très clairs, semblables à ceux de Sylvain. « Tout se passe bien ? » Il avait juste un physique mou. La jeune femme pensa *affaissé*.

Rougeard avait brièvement fait les présentations en début de matinée, au détour d'un couloir et le plus discrètement possible, pour ne pas trop attirer l'attention, puis il avait filé.

« Je voulais vous féliciter pour le papier sur l'antiterrorisme. Bastien m'a dit à quel point votre aide lui avait été précieuse. Vous êtes faite pour ce boulot, je le sens. »

Amel lui sourit. Elle avait fait un peu plus qu'aider Rougeard, elle avait écrit tout l'article. Lui s'était contenté de jeter un coup d'œil, de corriger quelques coquilles et une ou deux tournures, avant de l'envoyer à la rédac' avec sa signature. C'était le *deal* pour le moment, il fallait garder leur collaboration secrète, question de discrétion. Les gens se poseraient des questions s'ils apprenaient que sa documentaliste pigeait sur des sujets aussi pointus. Il se méfiait de tout le monde, en particulier à l'intérieur de sa propre rédaction. Amel savait cependant que la récompense était au bout de leur affaire. On lui avait promis un poste. Et puis elle était payée, au même titre qu'un pigiste officiel, en plus de la prime du boulot de documentation et du remboursement de ses frais.

« Vous travaillez sur quoi, là ?

— Les réseaux de financement occultes du terrorisme.

— Ah oui, Bastien m'en a parlé. Très bien. » Klein posa sa main sur l'une de celles d'Amel, la serra un peu trop, trop longtemps.

Sa paume était moite.

Elle n'osa pas réagir et se contenta de faire face avec un sourire pincé.

« Je vous laisse, travaillez bien. » Klein se leva et s'en alla. Juste avant de quitter la salle, il se retourna vers elle.

Jaffar buvait, sans s'arrêter, avide. Il termina sa bouteille puis mangea, sans un mot, agité de tics.

Lynx l'observait, *The Wall* dans les oreilles. Le converti avait craqué la veille, après quatre jours de jeûne acharné et quarante-huit heures de silence ponctuées de grognements comme seules réponses à ses questions.

L'agent avait un moment cru s'être planté. Il pensait Cécillon perdu, même s'il était épuisé, considérablement affaibli. Sa raison l'aidait à tenir le coup.

Sa raison.

Il fallait la briser, casser toute logique et l'enfermer dans un labyrinthe sans issue. Des énigmes sans solution, des interrogations sans queue ni tête que Jaffar devait avoir tout le temps de ruminer, jusqu'à l'obsession, pendant ses périodes de repos forcé. Cette méthode, inspirée du grand œuvre de Lewis Carroll, faisait parfois des miracles sur certains profils récalcitrants, après plusieurs jours de régression forcée. Elle pouvait également les rendre fous. Au milieu de questions sur Delil, ses idéaux, son rôle, ses amis, son réseau, Lynx avait donc commencé à glisser des éléments étrangers, des scories, des phrases idiotes, des affirmations improbables.

Le premier indice d'une éventuelle rupture était venu avec l'eau et la nourriture, hier. Après, plus rien. Au cours des vingt-quatre heures et deux séances qui avaient suivi, Cécillon s'était à nouveau enfermé dans un mutisme spasmodique.

L'échec restait une possibilité.

Sans illusion sur son propre état, l'agent regarda le visage de son prisonnier, absorbé par la lente mastication de son sandwich. Ses traits étaient creusés, pâles. Sur sa peau grise, les taches de rousseur avaient presque disparu. Ses yeux, qui ne se levaient que rarement en direction de son tortionnaire, étaient éteints et injectés de sang. Mais il ne parlait pas, pas encore.

Peut-être plus.

« Faut pas dire du mal de ma mère. » La voix de Cécillon, claire, couvrit brusquement la musique en sourdine. « Pourquoi t'as parlé de ma mère ? Pourquoi t'as demandé si c'était une brouteuse de chattes ? »

Une surprise, réconfortante.

Lynx retira lentement ses écouteurs. « À cause de Delil, évidemment. »

Le converti ne put réprimer un rot profond. Un peu de bave chargée de fragments de pain mâché coula sur son menton, sa poitrine. Une lueur d'incompréhension s'était rallumée dans son regard. « Elle le connaît pas, ma mère. » C'était la première fois qu'il admettait le moindre lien avec le Libanais.

La frontale s'éteignit.

Cécillon découvrit une tête cagoulée et put enfin apercevoir les yeux bleus de son tortionnaire, anormalement fixes.

« Je pense que si. »

Quelques secondes s'écoulèrent.

« Non. Nasser, je l'ai rencontré bien après m'être tiré de chez moi. »

Amel trouva Sylvain sur le canapé, devant la télévision, lorsqu'elle arriva chez elle. Il était rentré de son séminaire dans l'après-midi. Elle se sentit immédiatement mal à l'aise et se figea sur le seuil du salon. Pas un mot ne fut échangé pendant de longues secondes. Puis son mari se leva et vint vers elle, pour la prendre dans ses bras. Elle se laissa faire, l'entendit s'excuser à voix basse au creux de son oreille, ne répondit rien, ne bougea pas.

Il l'embrassa et elle toléra sa langue dans sa bouche, concentrée sur autre chose, le texte qu'elle devait terminer, la tranquillité qu'elle avait éprouvée, finalement, sans lui, pendant ces quelques jours. Lorsqu'elle eut jugé le baiser raisonnablement long, Amel se détacha de Sylvain et se déshabilla. Elle posa son manteau sur le dossier de la chaise rangée devant leur ordinateur et alluma celui-ci.

« Qu'est-ce que tu fais ? »

Elle répondit sans se retourner. « J'ai un texte à relire avant de l'envoyer. » Elle sentit bientôt le souffle irrégulier de son mari sur sa nuque.

« Je viens à peine de rentrer et toi…

— Il ne fallait pas partir. » La réplique claqua, rapide et froide.

« Y en a marre de ton boulot de merde ! Putain, mais tu vois pas qu'il est en train de nous flinguer ! »

25/10/2001

La pancarte qui présentait les tarifs des prestations était rédigée en anglais, en français et dans un arabe que Karim ne comprit pas. Passé la surprise initiale, il réalisa que seul l'alphabet était arabe, la langue, elle, était peut-être de l'ourdou. Le petit cybercafé de Barbès-Rochechouart devant lequel il s'était arrêté devait appartenir à des Pakistanais ou des Afghans.

Il entra, immédiatement agressé par la chaleur étouffante et le bruit qui régnaient à l'intérieur de la boutique. Sur le devant, dans l'espace réservé aux ordinateurs, toutes les machines étaient occupées. Au fond, une queue s'était formée le long des cabines téléphoniques et, bien que celles-ci fussent équipées de portes, tout le monde pouvait profiter des conversations en cours.

Au comptoir, un employé prit son argent et lui demanda d'attendre. Après avoir patienté une dizaine de minutes, Karim put enfin s'asseoir devant un PC. Sans perdre de temps, il se connecta sur Google et entra l'objet de sa recherche, *el hadj*. Il voulait voir par lui-même puisque son service le laissait dans le noir. Aux dernières nouvelles, à son retour d'Espagne, les analystes travaillaient toujours sur les significations possibles de ce vocable.

Plus de huit cent mille références qui, au bout de quelques minutes d'exploration, se révélèrent pour l'essentiel peu pertinentes. Des noms surtout, de poètes arabes, de guerriers légendaires, de chanteurs africains et, d'une façon générale, de tous ceux qui avaient effectué le pèlerinage de La Mecque.

Fennec ouvrit une seconde fenêtre et vérifia les dates du prochain grand rassemblement islamique annuel, cinquième pilier auquel tous les vrais croyants étaient tenus de se plier au moins une fois dans leur vie. En 2002, il se déroulerait entre le 8 et le 13 *dilhija* 1422, selon le calendrier lunaire de l'Hégire, soit du 20 au 25 février.

Lorsqu'il avait appris le nom du commando, Karim avait immédiatement pensé que cette fête pourrait être la cible d'un attentat d'envergure. L'hypothèse était plausible pour plusieurs raisons. Ce ne serait pas la première fois que l'Arabie Saoudite, pays régulièrement accusé par les fondamentalistes de faire le jeu des *croisés*, serait prise pour cible à cette période de l'année, un symbole fort.

Par ailleurs, l'objectif réel de tous les stratèges islamistes, avant tout politique, était de reconquérir leurs pays respectifs, par tous les moyens, comme point de départ de la restauration du *Khalifa*, le califat mythique où régnerait le successeur de Mohammed. Il leur serait ensuite possible d'étendre l'*Oumma* au reste du monde. Les créateurs de la nébuleuse Al-Qaida partageaient cette ambition et cherchaient donc à reprendre en main la péninsule Arabique et l'Égypte. Une fois encore, le royaume des Saoud pouvait apparaître comme une priorité évidente, tant sur le plan économique que religieux.

Enfin, l'arme chimique, une arme de l'ennemi, présentait un énorme intérêt. L'utiliser contre des musulmans, dans le plus saint de tous les lieux saints de l'islam, peu de temps après le camouflet de New York, pouvait générer une adhésion populaire sans précédent. Surtout si une propagande bien orchestrée faisait passer cette agression pour des représailles. Un attentat de cet ordre avait le potentiel de déclencher le grand soulèvement révolutionnaire mondial que tous les chefs terroristes attendaient depuis des années.

Cependant, un tel projet allait à l'encontre de la doctrine dite *de l'ennemi lointain* que les penseurs d'Al-Qaida s'étaient récemment mis à suivre, à l'initiative du numéro deux de l'organisation, l'Égyptien Ayman Al-Zawahiri. Le 11 septembre était l'illustration parfaite de leur conception nouvelle du combat. Puisque chez eux ils n'arrivaient à rien depuis des décennies, les fondamentalistes avaient décidé de frapper au cœur ceux qui encourageaient les dirigeants de leurs pays, les Occidentaux. Il s'agissait d'effrayer les soutiens, de les faire vaciller pour qu'en retour ils fassent pression et permettent l'avènement de nouveaux régimes, fondés sur la *Shari'a*, la loi islamique.

Même si elle impliquait un changement stratégique radical, l'hypothèse d'un attentat à La Mecque était effrayante parce que vraisemblable. Le sacrifice d'autres musulmans était couvert par les *fatwas* de certains oulémas intégristes, rien donc ne l'empêchait sur le papier. Une chose le dérangeait cependant, la présence d'éléments algériens dans l'organisation d'une action de cette envergure. Bien qu'en devenant GSPC, le GIA ait juré allégeance au Saoudien Ben Laden et à ses séides, il y avait là des antagonismes ataviques et des défiances qui ne disparaîtraient pas aisément, surtout avec un tel enjeu. Tous les kamikazes du 11 septembre n'étaient-ils pas saoudiens ou presque ?

El hadj... Le GSPC... L'Algérie... Arme chimique française... La France.

Fennec se remit à pianoter sur son clavier et compléta ses critères de recherche. Dès que les premiers résultats s'affichèrent, il s'admonesta en silence pour avoir oublié.

El Hadj Ahmed Messali.

Proche de la gauche française, Messali Hadj fut le fondateur de l'Étoile nord-africaine, en 1926, l'un des premiers partis politiques d'immigrés algériens, puis du Mouvement pour le triomphe des libertés démocratiques, en 1946. Karim le connaissait parce que son père lui en avait parlé un jour, très tard, quand enfin les vieilles blessures s'étaient en partie cicatrisées. Et parce que son fils ne lui avait plus laissé le choix.

Indépendantiste de la première heure, Hadj défendait un modèle politique bâti sur des valeurs culturelles arabo-musulmanes, une forme allégée d'islamisme qui ne se revendiquait pas autant du *jihad* à l'époque. Il finit par se heurter aux autres mouvements d'émancipation, plus laïcs et surtout plus enclins à l'action violente. S'ensuivirent oppositions, scissions et trahisons.

C'est à cette époque que le père de Fennec choisit lui aussi son camp. Il avait suivi l'ascension de Messali, méfiant à l'égard de sa lecture religieuse de la politique mais enthousiasmé par sa ferveur et son relatif pacifisme. Naïvement, il avait cru voir en lui une sorte de Gandhi algérien. Mais les querelles intestines, les luttes de pouvoir et les ambitions personnelles qui avaient peu à peu pourri les rapports au sein du camp indépendantiste le convainquirent que le peuple algérien serait perdant quel que soit le vainqueur de la guerre. Il abandonna alors un temps toute idée de lutte avant d'être récupéré par les Français du 2e bureau d'Alger et de devenir ce traître, le *harki*.

Messali se retrouva lui aussi en butte aux autres courants anti-impérialistes. Il créa le Mouvement national algérien, peu après le début des hostilités, mais très vite l'Armée de libération nationale se retourna contre lui et n'eut de cesse de le neutraliser. Conspué, déçu, El Hadj Ahmed Messali mit un terme à son activité militante et ne retourna jamais en Algérie jusqu'à son décès, en 1974.

Le père de Karim avait fini par confesser être allé voir Messali Hadj, un an avant sa mort. Il avait essayé de parler avec lui, du comment et du pourquoi, de tout ce qui n'avait pas marché, mais n'avait trouvé en face de lui qu'un individu usé, aigri, dont certaines douleurs faisaient écho aux siennes. Un homme qui le détestait et qui, Karim le comprenait aujourd'hui, n'avait pas été en mesure de soulager son père d'une partie de son fardeau de culpabilité.

El Hadj était-il un symbole suffisant derrière lequel des islamistes algériens contemporains pourraient se ranger ? Fennec parcourut plusieurs sites biographiques assez complets. Dans toutes les chronologies, les mêmes dates revenaient systématiquement : création de l'Étoile nord-africaine, du MTLD, du Parti du peuple algérien après la dissolution de l'Étoile, arrestation, résidence surveillée, libération, fondation du MNA. Puis, sur l'une des pages web, il trouva une première référence aux événements du 14 juillet 1953, une manifestation parisienne qui se serait terminée dans un bain de sang.

Il chercha d'autres détails à propos de cet épisode dont personne ne lui avait jamais parlé. Apparemment, ce jour-là, des ouvriers algériens partisans de Messali Hadj défilaient derrière le parti communiste et la CGT. Ils brandissaient pour la première fois des banderoles réclamant l'indépendance. À leur arrivée place de la Nation, la police avait chargé et, devant la résistance des manifestants, ouvert le feu. Le bilan des victimes s'élevait à sept morts, *six Nord-Africains et un syndicaliste*. Même dans l'au-delà, la ségrégation se poursuivait.

Le 14 juillet 1953.

Le 14 juillet…

Karim savait quelque chose à propos de ce jour dont sa mémoire refusait de se rappeler. Le défilé de cette année allait être spécial, pourquoi ? Il entra la date sur Google. La prochaine fête nationale aurait lieu un dimanche. Déjà, de nombreux sites régionaux, départementaux et municipaux annonçaient le détail de leurs festivités et… parmi les en-têtes des résultats, deux mots attirèrent son attention : West Point.

Pas besoin de chercher plus loin, il se souvenait maintenant.

En tant qu'ancien de Saint-Cyr, il avait été convié à participer à certaines célébrations du bicentenaire de l'école. L'invitation était arrivée au milieu du courrier personnel que Louis lui remettait parfois lors de leurs entrevues, pour consultation. Le programme des festivités, joint au carton, mentionnait la participation de cadets de l'académie militaire de West Point, l'institution qui formait les officiers de l'armée américaine. Elle aussi fêtait son bicentenaire en 2002. Le 14 Juillet, ses élèves devaient défiler sur les Champs-Élysées en tête des troupes. Un symbole fort, qui devait permettre de rappeler, voire de resserrer les liens d'amitié qui unissaient la France et les États-Unis.

Jaffar était debout devant Lynx, habillé avec les vêtements qu'il portait le soir de son enlèvement. Étourdi, ses jambes légèrement repliées pendaient mollement sous lui. Il était attaché par les poignets à un crochet métallique fixé dans le plafond au-dessus de sa tête.

Le converti ouvrit péniblement un œil. L'agent, tête et tronc nus, enfilait une paire de gants de moto en cuir léger, renforcés aux jointures. Il portait une paire d'écouteurs dont le câble descendait dans son dos pardessus l'épaule gauche. L'éclairage faiblard de la cellule accentuait les reliefs de son torse fin et musclé, qui semblait plus sec encore. De nombreuses cicatrices, de formes et de tailles diverses, rappelaient que le tortionnaire exerçait un métier à risque et qu'il avait beaucoup d'expérience.

L'adrénaline acheva de réveiller Cécillon et il se mit à dévisager Lynx, à présent immobile les bras le long du corps, miroir impassible qui lui renvoyait son regard. La peur, dans les yeux du prisonnier, fut bientôt remplacée par une colère désespérée.

Out of control...

« ENCULÉ ! »

Le hurlement couvrit un instant la voix du chanteur des Chemical Brothers et agit comme un signal. Lynx frappa Jaffar.

Sometimes I feel that I'm misunderstood...

« SALE FILS DE... »

Un coup puissant, profond, projeté bien au-delà de la zone visée, le foie. Cécillon se plia en deux, réduit au silence.

And it always seems we're runnin' out of time...

Le foie, deux fois. Côtes flottantes, gauche, gauche.

We're out of control...

Sternum, droite. Pénétrante.

« Enc...ulé. »

Out of control...

Jaffar cracha, se mit à baver. Il se déforma sous un impact brutal au thorax. L'agent sentait son corps lâcher un peu plus à chaque impact. Sous ses poings, tout craquait.

Or maybe it's the things you make me do...

La pluie de coups remonta vers le visage, par en dessous, de face. Menton, arcade, arcade, direct. Le nez explosa. Lynx commençait à transpirer. Une odeur métallique s'éleva dans la cellule, enivrante, accentuée par l'impression de chaleur générée par l'effort.

We're out of control...

Cécillon se mit à vomir liquide sur son tortionnaire dont le rythme ne marqua pas le moindre ralentissement. *Low-kicks*, à droite, à gauche. Doublés. Tibias, cuisses. Encore, encore, encore...

But it doesn't mean we're too far down the line...

Plus fort !

We're out of control...

L'agent, en nage, s'arrêta enfin, hors d'haleine.

Out of control...

La punition avait duré moins de dix minutes. Les Chemical Brothers tournaient en boucle dans sa tête. Le cuir, sur ses mains douloureuses, était détrempé.

All the time I should be there for you...

Il se laissa aller un instant contre un mur, pour reprendre son souffle, savourant la fraîcheur du plastique sur son dos.

But maybe I'm just searchin' for the truth...

Le parfum du sang saturait la pièce.

Il se redressa pour s'approcher de Jaffar, qui gémissait faiblement.

We're out of control...

Près du prisonnier, les effluves étaient plus forts. Il lui releva la tête. Les chairs de son visage étaient à vif, offertes. Lynx ouvrit la bouche, tendit la mâchoire, les canines...

Out of control...

Ses dents claquèrent dans le vide. Il s'était ressaisi juste avant de mordre le converti, dont le menton retomba lourdement sur la poitrine.

But you and I are brothers of the soul...

L'agent se recula à nouveau en secouant la tête avant d'examiner son travail et son propre corps, souillé de rouge.

And you and I will come in from the cold...

D'une main tremblante, il essuya compulsivement le cadran de sa montre, avec un gant qui le salissait plus qu'il ne le nettoyait, et mit quelques secondes à comprendre ce qu'il lisait. Il était vingt-trois heures quarante-trois.

We're out of control...

Dans ses oreilles, la musique saturait à l'infini. Lynx détacha Cécillon et le chargea sur son épaule pour l'emporter dans le Transit.

Out of control...

26/10/2001

Les clodos du boulevard de la Villette se chamaillaient à nouveau depuis une dizaine de minutes, encore excités et imbibés au milieu de la nuit. Lynx décida d'agir avant qu'un voisin alerte les autorités. Il rejoignit l'arrière de l'utilitaire, préalablement tapissé de plastique, et dégagea les cartons dans lesquels il avait caché Laurent Cécillon. Ce dernier était couché sur le côté, inconscient mais encore vivant. Il avait perdu connaissance en haut des escaliers de la cave et ne s'était plus réveillé depuis.

L'agent l'acheva avec un étranglement.

Il revêtit ensuite un vieil imperméable, un chapeau graisseux et quitta le Transit en soutenant le corps inerte de Jaffar comme il l'aurait fait avec un poivrot. Ils marchèrent en direction des SDF.

Aucun membre du groupe aviné ne fit attention à eux.

Parvenu suffisamment près, Lynx précipita le converti au milieu des clochards qui se battaient et criaient sous les yeux de leurs compagnons. Avant de s'étaler par terre, le cadavre bouscula un premier homme, noueux, assez âgé, puis un second, complètement édenté, qui lui faisait face avec une bouteille de vin cassée à la main. Cela les excita un peu plus et ils retournèrent leur colère contre cet intrus qui ne tenait même pas debout. À la périphérie de l'assemblée, une autre bagarre éclata, provoquée par l'agent. Trois ou quatre SDF, jusque-là spectateurs, avaient commencé à s'empoigner avec maladresse et violence. Bientôt, un chaos total de verre brisé, de cris et de grognements régna sous le métro aérien.

Alentour, quelques fenêtres s'illuminèrent avant de s'ouvrir.

Le voisinage se réveillait.

Les hostilités se calmèrent assez vite. Lorsque chacun eut retrouvé sa place à l'intérieur du territoire du groupe, une seule victime resta étendue sur le sol, un peu à l'écart des autres.

Jaffar.

Dans la cabine de l'utilitaire, Lynx avait observé attentivement l'accès de sauvagerie libératrice des clochards. Il vit l'un d'entre eux, encore debout, s'approcher du converti et lui décocher un coup de pied. Pas de réaction. L'homme s'accroupit et commença à fouiller les poches du mort, pressé par le hurlement des deuxtons qui se rapprochaient.

Le RIO était posé devant Lynx sur le tableau de bord. Il fit un geste pour l'attraper mais se ravisa. Sa main tremblait encore. Il démarra.

Charles Steiner rejoignit le colonel Montana dans le bois de Boulogne au petit matin. Il le trouva en train d'admirer son bouledogue français qui pissait contre un tronc d'arbre. Une ombre silencieuse et massive se tenait à une dizaine de mètres de lui. Elle ne bougea pas lorsque le nouveau venu approcha de son patron, plus attentive aux travestis titubants qui terminaient leur nuit et croisaient encore dans les parages.

« Où en sommes-nous, Charles ? » L'homme de la DGSE ne le salua pas. Il ne leva même pas le nez pour lui faire face, accaparé par le spectacle que lui offrait son chien.

« À l'heure qu'il est, mon agent a dû en finir avec Laurent Cécillon.

— Déjà ? Pouvons-nous être sûrs que ce garçon a craché tout ce qu'il savait ? » Montana tira sèchement sur la laisse. « Marchons, voulez-vous ? »

Les deux hommes s'enfoncèrent un peu plus profondément entre les arbres.

« Cécillon a dit ce qu'il avait à dire. Nous ne serons jamais certains à cent pour cent qu'il ne nous a pas caché des informations mais... il n'existe aucune méthode qui puisse nous garantir un tel résultat. Je fais confiance à Lynx.

— Ah, c'est donc lui que vous avez mis sur le coup. Le fameux Lynx. J'ai toujours cru que c'était un mythe, un fantasme que vous entreteniez pour amuser la galerie. Depuis combien de temps travaille-t-il pour vous ?

— Quelques années. »

Montana observa le profil de son interlocuteur à la sauvette. « Vous le protégez. Que craignez-vous ? Nous sommes du même bord.

— Vous pouvez être rassuré, Cécillon a confirmé avoir reçu quelque chose de Delil, pardon, Michel Hammud. La fameuse gomme. Il ne savait pas ce qu'elle dissimulait. Il prétend l'avoir remise à un certain Mustapha Fodil, le 5 octobre, à l'occasion d'un rendez-vous convenu à l'avance.

— Nous avons donc vingt et un jours de retard sur eux. C'est trop. Quoi d'autre ?

— Fodil et Hammud ne se connaissaient pas. Ce qui confirme que nous avons affaire à une organisation extrêmement cloisonnée. En un sens cela nous arrange, l'alerte sera donnée moins vite. »

Ils avaient atteint un chemin forestier et laissèrent passer un groupe de joggeurs avant de le traverser. Le chien de Montana s'arrêta bientôt au pied d'un autre arbre. « Cécillon a-t-il parlé de l'opération ?

— Oui et non. Il ne savait rien sur les lots ou ce qu'il est prévu d'en faire. Cependant, il a confirmé que celle-ci devait avoir lieu l'été prochain. Une révélation involontaire de Delil, apparemment.

— Intéressant, cela recoupe les informations déjà en notre possession.

— Il a également parlé de Nouari Messaoudi, le trafiquant de drogue, semi-grossiste, repéré ces dernières semaines dans son environnement. Ce serait par l'intermédiaire de ce Nouari que Jaffar aurait rencontré ses recruteurs algériens, il y a quelques années.

— Nous le savions déjà.

— Oui. Il y a beaucoup de choses que nous savions déjà, dans ces confessions, ou du moins que nous soupçonnions. Pour en revenir à Messaoudi, il ne semble pas directement impliqué dans l'affaire qui nous préoccupe. Selon feu notre jeune converti, il se tient à l'écart de la politique et des religieux. D'ailleurs, ceux-ci ne le tolèrent que parce qu'une partie de son argent revient à la cause. Soit directement pour les *bonnes œuvres* de la mosquée du 20e autour de laquelle tout ce petit monde gravite, soit via des dons à des associations caritatives. Cécillon lui servait de coursier et de garde du corps, à l'occasion. »

Montana se mit à ricaner. « Évidemment, personne ne sait à quoi sert vraiment ce pognon ?

— Nous pouvons envisager beaucoup de choses et même qu'il subvienne effectivement aux besoins de quelques démunis. À mon avis, il finance surtout les séjours et les voyages des jihadistes. Des opérations directement, c'est peu probable. »

L'homme de la DGSE fit subitement demi-tour pour revenir sur ses pas. « On va se concentrer sur Fodil, alors. Je vais donner des ordres pour que les effectifs de notre mission de surveillance Alecto se déploient à nouveau autour de lui. Je vais également transmettre vos informations à qui de droit.

— Y a-t-il du nouveau de votre côté ?

— Nous avons pu retracer la partie maritime de l'itinéraire des fûts. Après être sortis de Syrie par Jablah, ils ont été embarqués sur un cargo qui faisait route vers l'Albanie. Nous pensons que le Vx a ensuite rejoint Tirana entre le 6 et le 8 septembre. À bord du cargo ou après un transfert sur un autre bateau, plus discret. Comment et où a-t-il voyagé après cela, nous ne le savons pas encore. Mais nous y travaillons. »

Montana se tut et leva un doigt pour signaler les chants d'oiseaux qui commençaient à se faire entendre. Il les écouta quelques instants mais l'interlude champêtre ne dura pas. « Récemment, des observateurs avancés dirons-nous, prépositionnés en Afghanistan, ont intercepté et retransmis un certain nombre de communications locales. Ça discute beaucoup, là-bas, en ce moment, ils ont chaud aux fesses. Quoi qu'il en soit, l'une de ces communications évoquait un *mariage* en France, à la date du *4 Jumada' Al-Awwal* mille quatre cent... »

Charles coupa la parole à son interlocuteur. « Le 14 juillet. »

Montana hocha la tête. « Oui, selon le calendrier *Hijra*. Et vous savez ce que signifie *mariage* dans leur jargon, j'imagine ?

— Oui. Avec West Point qui...

— Pas seulement West Point. Il est également question de convier les pompiers de New York au défilé. Les Américains, qui sont aussi au courant de ces interceptions, s'inquiètent. Donc, évidemment mon chef, son chef et le chef au-dessus de lui se font du souci.

— Ne serait-il pas grand temps de dire la vérité et de nous donner tous les moyens disponibles pour intercepter ce toxique ? »

L'homme de la DGSE s'arrêta, forçant Steiner à se retourner. « Trop tôt. Pour l'instant, nous pouvons encore rassurer ceux qui ont besoin de l'être. Nous avons toujours intérêt à remettre la main sur ce Vx le plus discrètement possible. Cela évitera les fuites en tous genres. D'une part, il est inutile de prévenir les terroristes que nous savons. Pas la peine non plus de donner au monde entier l'occasion de nous tomber sur le râble. Je vous rappelle que nous sommes officiellement signataires de tous les traités de non-prolifération des armes chimiques depuis la première conférence de Genève, en 1970, jusqu'à celle de Paris, en 1993.

— Nous prenons tout de même un gros risque juste pour ne pas perdre la face. »

Le ton sur lequel Steiner avait prononcé ces dernières paroles agaça Montana. « Ne pas perdre la face, empêcher un grave attentat et sauvegarder notre tissu industriel, ne le perdez pas de vue. Qu'est-ce qui ne va pas, Steiner ?

— Je trouve juste cette opération bien trop lourde à porter pour nos seules épaules.

— Nous ne sommes pas seuls, je vous l'ai déjà dit.

— Il n'empêche que le Service s'expose beaucoup.

— En cas de pépin, la DGSE n'aura rien à voir avec tout cela. Alecto, qui n'a aucune raison d'être rendue publique, n'est qu'une mission de surveillance, rien d'autre. En cas de problème majeur, elle pourra même aider à mettre à jour les agissements d'un *dangereux psychopathe* soupçonné d'avoir pris la notion de *choc des civilisations* un peu trop au pied de la lettre. »

Charles murmura le nom de Lynx.

« Je ne vois pas ce qui vous trouble. Jusqu'ici, votre agent a été parfait. Il a démontré la pertinence de la méthode choisie. S'il continue ainsi, nous obtiendrons tout ce que nous voulons. Croyez-vous sincèrement que le sort de trois ou quatre fanatiques préoccupe nos concitoyens, ces derniers temps ? De toute façon, ils n'ont aucune raison d'en entendre parler. »

Steiner détourna le regard.

« Quoi ? Auriez-vous quelque chose à confesser, Charles ?

— Deux journalistes s'intéressent à la SOCTOGeP.

— Ce n'est pas la première fois. Vous dirigez, après tout, une société qui fait beaucoup d'affaires avec l'Afrique, dans des domaines sensibles.

— L'un d'eux est un spécialiste des islamistes. »

Le visage de Montana se figea. Il se fit expliquer toute l'histoire et demanda quelles mesures avaient été envisagées.

Charles parla d'écoutes, de surveillances physiques, déplora un manque de moyens, une situation que son interlocuteur balaya d'un revers de la main, *il les aurait, rapidement*, puis il lâcha sa bombe : « Les infos proviennent d'une fuite. Qui dit fuite dit source, taupe, chez moi, éventuellement chez vous.

— Impensable.

— Dans le contexte actuel, ne pensez-vous pas que certains cadres puissent vouloir allumer des contre-feux ? »

Montana comprit que son interlocuteur faisait référence aux tensions qui existaient entre lui, éminence grise du directeur, et le numéro deux officiel de la DGSE. « Nous lavons notre linge sale en famille, pas avec les civils. »

Steiner pensa immédiatement au bureau des affaires protégées, dont la mission actuelle était connue d'un certain nombre d'initiés. S'il n'avait pas été aussi inquiet, il aurait pu sourire de l'aplomb de Montana.

Yann Soux prit une dernière photo des deux hommes côte à côte et ne bougea pas pendant un long moment. Le petit moche avec le chien était parti le premier, en compagnie de son garde du corps. L'autre, celui qu'il suivait avec plus ou moins de bonheur depuis deux semaines, avait attendu presque une minute avant de s'en aller.

Dans le téléobjectif, le vieil homme semblait inquiet, découragé. Le paparazzi profita de son immobilité pour le *shooter* encore deux fois. Il se releva aussitôt Steiner parti. Rapidement, il démonta son appareil et le rangea dans son sac à dos. Puis il replia le filet de camouflage sous lequel il s'était dissimulé pour les suivre à la trace.

Il avait eu de la chance ce matin, de la chance et de l'intuition. Sans être capable d'expliquer pourquoi, il avait décidé de rejoindre le domicile de Steiner très tôt et l'avait surpris juste au moment où il partait de chez lui, seul. Cela avait rendu la filature plus aisée et, pour une fois, il n'avait pas dû abandonner en route, de peur de se faire voir par l'un des malabars habituels. Le patron de la SOCTOGeP était plutôt prudent mais Yann avait l'habitude de traquer des personnalités très jalouses de leur intimité. Il n'avait eu aucun mal à suivre son sujet jusqu'au bois de Boulogne.

Après, tout avait été facile, le terrain jouait en sa faveur. Il avait pu prendre plusieurs portraits du mystérieux interlocuteur de Steiner, un homme suffisamment important pour le faire sortir de chez lui aux aurores.

La moto du paparazzi l'attendait à l'endroit où il l'avait laissée, près de l'entrée du Racing Club de France. Il allait plier les gaules rapidement pour se trouver une petite brasserie dans le 16e et s'enfiler un café bien chaud et un croissant. Rougeard pouvait bien attendre une heure de plus.

Le hall d'entrée vitré du nouveau siège de France Télévisions était tout en hauteur, pas très large, avec des accès protégés par des sas ou des barrières de verre individuelles qui ne s'effaçaient que sur présentation d'une carte magnétique. Il y avait des vigiles, une banque haute et allongée, sur la gauche, derrière laquelle officiaient quelques hôtesses, trois plantes vertes un peu perdues, des publicités et des écrans plats dédiés à la gloire du service public. Des balcons qui dominaient cet atrium peu modeste, les *élus* de passage donnaient l'impression de contempler la plèbe.

Faussement ouvert, froidement accueillant. Oppressant. Telles étaient les impressions premières d'Amel. Rougeard était debout, un peu à l'écart, le téléphone collé contre l'oreille. Il ne tarda pas à revenir vers elle, radieux. « Mon pote photographe a du neuf. Un nouveau joueur que Steiner a rencontré discrètement, tôt ce matin.

— Ça n'a peut-être rien à voir avec nous.

— Peut-être, mais attendons d'en savoir un peu plus avant de nous décourager.

— Quand aurons-nous les clichés ?

— Yann se barre dans le Sud en fin de matinée, sur les traces d'un couple d'acteurs américains qui cherchent une baraque à acheter. Il m'a dit que... »

L'homme qu'ils attendaient se matérialisa devant eux et les interrompit, apparemment pressé. Armand Sibaeï, rédacteur en chef franco-libanais d'une revue sur le Moyen-Orient. Il donna l'accolade à son confrère avant de saluer Amel d'un baisemain. « Désolé de vous avoir fixé rendez-vous dans ces conditions. Je n'ai que peu de temps. Je dois participer à un talk-show et après on m'attend sur un autre plateau, à l'autre bout de la ville. »

Rougeard l'avait décrit, une pointe de jalousie dans le ton, comme un opportuniste cultivé qui surfait sur la vague du terrorisme islamiste pour multiplier les *ménages*.

« J'ai quelques informations sur votre Hammud. C'est un ancien banquier, un ancien chrétien aussi. Sa vie a basculé après un drame familial pour lequel il blâme apparemment les Israéliens. Qui d'ailleurs le lui rendent bien. » Sibaeï s'assit à côté d'eux et se rapprocha, pour parler plus bas. « Votre homme s'est converti avant d'épouser des causes toutes plus radicales les unes que les autres.

— Et la *hawala* ?

— J'y viens. En quittant le système bancaire *officiel*, je n'aime pas ce mot, il donne l'impression d'une légitimité peu méritée, mais passons... Donc Hammud a quitté sa banque pour devenir *hawaladar*. Ce qui lui permet d'apporter sa *modeste* contribution aux combats de ses amis islamistes sans trop se mouiller. Il se contente de tenir les cordons de la bourse et, même si on lui tombait dessus, il serait difficile de l'inculper vraiment. Comment avez-vous entendu parler de lui ? »

Amel et Rougeard se regardèrent. Ils avaient envisagé cette question. Sibaeï n'était pas idiot, il voudrait en savoir plus avant de les tuyauter. Il y avait peut-être un sujet juteux à récupérer. Il n'avait encore rien dit qu'ils n'auraient pu trouver eux-mêmes.

« Allons, Bastien, pour t'aider au mieux, il faut bien que…

— Je travaille sur un sujet plutôt délicat dont je ne peux pas parler. Hammud y est mêlé. J'ai aussi des raisons de croire qu'il est mort. À cause de ça justement. Voilà ce que je te propose : si cette histoire débouche sur quelque chose grâce à tes infos, même de façon limitée, je te rencarde. »

Sibaeï regarda autour de lui avant de reprendre la parole. « OK. Je peux te faire rencontrer un banquier libanais qui te donnera certaines clés pour aborder le monde de ton Michel Hammud. Ça te va ?

— Ça me va. »

Ils se levèrent et se serrèrent la main.

« Je te rappelle, Bastien. » Sibaeï disparut derrière une porte vitrée.

« Je croyais que *nous* travaillions sur cette affaire ?

— Mais évidemment, voyons. » Le ton d'Amel avait pris Rougeard de court. Il se ressaisit rapidement, lui passa un bras autour des épaules et la serra contre lui avant de l'entraîner dehors. « Qu'est-ce qui ne va pas ?

— Rien. Ça va… Ça va bien. »

Il posa un baiser sur son front. « Tant mieux. Tu le sais que j'ai besoin de toi, hein ? Ton aide m'est précieuse, indispensable même. »

Ils marchèrent ainsi, sans rien ajouter, jusqu'à ce qu'ils prennent conscience de cette intimité nouvelle et étrange. Ils s'écartèrent alors l'un de l'autre de concert, toujours sans un mot.

« Trouvons un taxi. »

Quelques minutes plus tard, à l'arrière de la voiture, Rougeard dressa un bilan de ce qu'ils savaient. « *Martine*, que nous ferions mieux d'appeler *Martin*, un individu dont nous ne savons pas grand-chose, a attiré mon », il regarda Amel et lui sourit, « notre attention sur deux personnes, apparemment sans lien entre elles. » Il leva le pouce droit. « Un, Charles Steiner. Ancien de la DGSE, patron d'une boîte qui évolue toujours dans des cercles proches des services secrets, sur les mêmes territoires, à savoir l'Afrique et le Moyen-Orient. Seulement à présent, ses activités ne sont plus secrètes, juste discrètes, du fait même de leur nature, plus économique que politique. Elles n'ont plus rien d'illégal non plus, du moins en surface. Deux », il dressa l'index, « Michel Hammud.

— Ou plutôt son cadavre.

— Ouais. L'homme fricotait avec des terroristes, il les aidait à financer leurs activités et s'est retrouvé à flotter dans la Seine. » Rougeard parlait de la mort de cet homme sans la moindre émotion. « Quel est le lien entre les deux ? »

Amel, moins à l'aise, regardait les quais défiler dehors. Elle parla sans se retourner. « En dehors de *Martine* ? Aucun.

— Oui, tu as sans doute raison. Pour qui travaille *Martine* ? Que cherche-t-il ?

— À gêner Steiner ou, à travers lui, un de ses clients. La SOCTOGeP travaille peut-être sur un projet qui intéresse *Martine* ou des gens qui le paieraient ?

— Ou alors, si je saisis bien le sens de la mise en garde de Dussaux, *Martine* et Steiner appartiennent à deux factions opposées dans la *guéguerre* qui agite la DGSE. Ce que je ne vois pas c'est l'enjeu : la présidentielle ? »

Amel laissa passer quelques secondes. « Pourquoi nous aurait-il parlé d'Hammud, alors ? Et pourquoi toi ? Notre présence dans l'équation ne peut pas être fortuite, si ? »

Rougeard ne répondit pas. Il venait de réaliser la portée des révélations de *Martine*. Si Amel avait raison, la seule explication valable devenait que Steiner était impliqué dans la mort d'Hammud. Et en poussant le raisonnement plus loin, les services secrets français aussi. Il n'osait imaginer ce qui pouvait les amener à de telles extrémités. Il secoua la tête, ignora une nouvelle question de la jeune femme, curieuse de son silence préoccupé. Tout ceci lui paraissait trop énorme. Trop effrayant.

Sylvain trouva son appartement vide en rentrant. Il remarqua cependant le sac à main de sa femme, ouvert sur le canapé, et le PC allumé. Elle n'était pas partie loin et probablement pas depuis longtemps. Des courses certainement. Il hésita puis se dirigea vers l'ordinateur.

Un document Word était ouvert à l'écran. Un projet d'article qui traitait de terrorisme et de réseaux financiers parallèles. Il réduisit la fenêtre de travail et se connecta sur la messagerie d'Amel.

26/10/01 @ 09:02
De : Servier@nextstep.co.uk
À : Amelbal@voila.fr
Sujet : De retour

> *Bonjour,*
> *Après une semaine d'absence et de silence, me revoilà. Je dois admettre que j'ai beaucoup apprécié notre brunch de dimanche dernier et je me demandais si nous pourrions nous revoir bientôt. Ce week-end ? Vais-je avoir de la chance une fois de plus et profiter de l'absence de ton mari ?*
> *JLS*

Le cœur de Sylvain s'était mis à battre rapidement. Il se sentait mal, subitement. Même pas en colère, pas encore, juste blessé. Amel ne lui avait pas parlé de ce *brunch*. Quand était-elle devenue si proche de ce Servier ? Comment ?

Il remonta en arrière de quelques mails sans trouver de propos compromettants, même dans les échanges de sa femme avec ses deux meilleures amies. Il n'était question que d'eux, de leurs difficultés. Elle ne mentait pas, n'exagérait sur aucun des problèmes. Il fut même rassuré de voir qu'elle se reprochait d'être en partie responsable de la crise qu'ils traversaient. Il n'y avait rien d'autre et il passa aux courriers envoyés.

Vendredi 26/10/01 @ 16:41
De : Amelbal@voila.fr
À : Servier@nextstep.co.uk
Sujet : Toutes mes excuses

> *Hello,*
> *Enfin des nouvelles ! Moi aussi, j'ai bien aimé ce moment. Cependant, je préfère que nous attendions la semaine prochaine pour nous voir, Sylvain sera là ce week-end. On se rappelle lundi ?*
> *Amel Rouvières-Balhimer*

Le gong de l'ascenseur retentit sur le palier. Amel arrivait. Sylvain quitta l'ordinateur et disparut dans la chambre.

27/10/2001

La pluie était arrivée au milieu de la nuit. Sylvain ne dormait pas, ne bougeait pas. Il écoutait les gouttes d'eau tomber sur la rambarde métallique de leur balcon. Les épaules de sa femme dépassaient de la couette, à l'autre extrémité du lit. Trop loin. Il tendit le bras vers elle et ne put que l'effleurer. Ce n'était pas suffisant et il glissa sur le matelas. Sa main se posa sur la hanche d'Amel, remonta sous son T-shirt, le seul vêtement qu'elle portait la nuit, et s'arrêta sur sa taille. Il resta ainsi quelques minutes, rassuré par la chaleur sous ses doigts.

Ses doigts.

Les siens.

À lui.

Son ventre se contracta. Il déglutit pour se dégager la gorge, pressa doucement la chair, pour recueillir un peu plus de tiédeur. Il avait l'impression de ne plus rien sentir subitement. Sa main descendit jusqu'à la naissance des fesses, remonta, redescendit, encore, jusqu'à ce que la peau d'Amel, électrisée, lui fasse savoir qu'elle était consciente de lui.

Elle le guida vers son clitoris tout en reculant pour se coller à lui. Petits coups de bassin vers l'arrière. Sylvain souleva une cuisse, fit glisser lentement son pénis en elle, accompagna ses ondulations.

Leurs bouches se trouvèrent et ils s'embrassèrent longuement, presque immobiles.

Le va-et-vient reprit, avec les premiers halètements. Amel se coucha sur le ventre, se laissa faire lorsque son T-shirt passa par-dessus ses épaules. Joueur, il ne le retira pas complètement et se contenta de lui recouvrir la tête.

Sylvain, toujours en elle, lui remonta le bassin et la fessa sèchement.

Elle poussa un petit cri, surprise, et voulut dégager son visage. « Pas ce soir. » Sa voix était faible sous le coton.

Son mari ne la laissa pas faire et lui serra les deux poignets dans le dos d'une main. Il renfonça son sexe d'un coup sec. Une fois puis une autre. Et une autre encore. Il soufflait.

Nouvelle fessée. Douloureuse.

Amel hurla.

Les pénétrations continuaient, de plus en plus dures. Elles claquaient.

« Arrête ! Tu me fais mal. Arrête ! »

Les poignets toujours bloqués, elle se débattit sans résultat. Il s'en fichait. Il la prenait en ahanant et n'arrêtait plus de la frapper.

« T'aimes ça, hein ? » Sylvain éjacula. Il s'effondra sur le dos de sa femme avant de rouler sur le lit, au bout d'un long silence suffoqué.

Amel pleurait.

Kamel Ksentini ne dormait pas non plus. Il était couché tout habillé sur le duvet qui recouvrait son lit de camp, les yeux fixés sur les craquelures et les taches d'humidité du plafond. En colère. Cet endroit le dégoûtait. Il se dégoûtait. Il ne parvenait pas à chasser le souvenir de cette chambre, quelques années auparavant, ouverte sur la mer à travers des rideaux blancs vaporeux. Cette chambre qu'il partageait avec des corps fuselés et bronzés qu'il aimait caresser. Il avait tout, à cette époque. Le prestige, l'argent, le luxe. L'amour.

Kamel passa une main sur son entrejambe.

Ses pensées quittèrent la petite chambre miteuse pour retrouver les membres gracieux et fermes qu'il passait des après-midi entiers à frôler, à lécher.

Il défit sa ceinture, ouvrit sa braguette et commença à se masturber.

Il se rappelait les étreintes dans la pénombre ensoleillée, les étroites pénétrations qu'il fallait toujours un peu forcer. Il aimait toujours se retenir pour prolonger l'instant où les corps lâchaient prise.

Sa main montait, descendait. Résister, attendre, tenir encore.

Une moto passa, bruyante, dans une rue voisine. Les images disparurent avec le retour du plafond moucheté et pourri. Kamel frappa le lit à plusieurs reprises, frustré. Sous les coups, les ressorts grincèrent. Il ne méritait pas ça.

Son envie était partie.

Ils paieraient, oui, ils paieraient. Tous.

Bagarre mortelle dans le nord de Paris — Un jeune homme a été retrouvé allongé à même le sol, défiguré par les coups, sous les voies de la ligne 2. Les secours, appelés en tout début de matinée par un anonyme, n'ont rien pu faire une fois arrivés sur les lieux du drame. Pour l'heure, l'autopsie n'a encore rien appris aux enquêteurs de la brigade criminelle dépêchés sur place. Apparemment, l'homme faisait partie d'un groupe de SDF, déjà signalés aux services de police pour troubles à l'ordre public. Tous ont été conduits au 36 quai des Orfèvres, pour y être entendus. […]

Karim reposa le journal devant lui. « Cécillon ou Messaoudi ?

— Cécillon.

— Quand ?

— Dans la nuit de jeudi à vendredi. » Louis laissa passer un peu de temps. « Hammud, il est…

— Mort aussi ? Je m'en doutais. Pourquoi ne m'avoir rien dit ?

— Pour éviter les erreurs d'inattention. Les gens du 20e ne sont pas au courant.

— Ça va être dur de refermer le couvercle cette fois-ci. Putain ! » Karim bondit de sa chaise et tapa sur la table des deux poings. « Mais pourquoi tu ne m'as rien dit !

— Calme-toi, ça ne sert à rien de… »

La porte du fond s'ouvrit sur le général de Stabrath. Il se dirigea droit sur Karim. « Pierre de Stabrath. Asseyez-vous, capitaine. » L'invitation avait été prononcée d'une voix conciliante mais ferme. « Comment vous sentez-vous ?

— Pas très soutenu.

— Je comprends.

— Non, je ne crois pas, je... »

Le général leva une main pour le faire taire. « Je comprends. Mais le bilan de nos erreurs, et nous en avons commis, surtout vis-à-vis de vous, peut attendre. Pour l'instant, ce qui n'était pour nous qu'une expérimentation prometteuse va peut-être se révéler d'une importance capitale. » Il regarda Fennec pour vérifier qu'il avait bien toute son attention. « Que savez-vous au juste ?

— Comment cela ?

— Qu'est-ce que vous avez compris ? »

Karim ne répondit pas immédiatement. « Hammud et Cécillon font partie d'un réseau. Ce réseau doit être en train de préparer quelque chose, parce que nous nous y intéressons subitement beaucoup et apparemment nous ne sommes pas les seuls. »

Stabrath esquissa un sourire.

« Cette action est liée à une arme chimique, probablement française. Elle doit donc être plutôt ambitieuse et donc potentiellement très destructrice.

— Splendide ! Ne vous l'avais-je pas dit, Louis ? »

L'officier traitant baissa les yeux.

« Capitaine, vous avez raison. Hammud a aidé un groupe baptisé *El Hadj*, qui prévoit d'agir sur le territoire national, à acquérir une quantité indéterminée de neurotoxique. Nous avons pour le moment perdu la trace de ce produit. Mais ce n'est pas tout. » Le général expliqua ensuite à Karim le rôle financier du Libanais et le niveau d'implication de Cécillon. Il s'abstint de livrer trop de détails ou de préciser l'origine de ses informations. « Enfin, nous sommes à présent presque sûrs que leur opération doit avoir lieu...

— À Paris, le 14 juillet 2002. »

Stabrath se tourna vers Louis puis à nouveau vers l'agent.

« *El Hadj*, conclusion logique.

— Évidemment, mais nous l'avons aussi confirmé par des interceptions.

— Il faut prévenir les services de l'Intérieur.

— Pour quoi faire ? Nous vous avons vous, notre pièce maîtresse, au beau milieu de l'échiquier.

— Je ne suis pas un assassin. »

L'officier général le dévisagea longuement, durement. « Qui a parlé d'assassinat ? Et puis, depuis quand la mort de nos ennemis vous préoccupe-t-elle à ce point ?

— Avec tout le respect que je vous dois, mon général, ne me prenez pas pour un imbécile. Je me doute bien que les morts de Delil et Cécillon n'ont rien de naturel.

— Et vous pensez que nous en sommes responsables ?

— Nous ou ceux avec qui nous collaborons apparemment activement, oui. »

Nouvelle pause.

« Je vais vous raconter quelque chose, capitaine. A priori cela ne vous concerne pas directement mais si cela peut vous rassurer sur nos intentions. » Stabrath fit le tour de la table pour passer derrière Louis. « Nous savons qu'Hammud a sacrifié sur ordre le groupe de jihadistes arrêté en banlieue fin septembre. Plusieurs éléments l'attestent sans le moindre doute. Notamment une vidéo qui montre notre brave Libanais en train de remettre des documents permettant d'identifier *Iguane* à un officier des services secrets locaux, cet été, à Dubaï.

— Et donc ?

— Donc cette opération est si délicate que ses commanditaires ont jugé utile de sacrifier certains de leurs pions pour attirer notre attention ailleurs. Je ne serais pas surpris outre mesure que la mort d'Hammud, et peut-être même celle de Cécillon, participe du même principe de précaution, si j'ose dire. »

Les yeux de Karim passèrent du général à son officier traitant. Il fut incapable d'y lire quoi que ce soit. « Nous n'avons rien à voir avec ça ?

— Non.

— Louis ?

— Ça suffit, capitaine ! Mettrez-vous encore longtemps ma parole en doute ? » Stabrath s'était à son tour penché sur la table, qu'il avait frappée du plat de la main.

« Qu'attendez-vous de moi ?

— Vous allez vous mettre totalement à la disposition de vos amis du 20ᵉ et accepter leur proposition de boulot. Il faut vite vous enfoncer plus avant dans leur organisation, par tous les moyens. Il nous faudra aussi accéder à tous les documents qui peuvent nous en apprendre plus sur *El Hadj*. Nous devons les recouper avec les informations dont nous disposons par ailleurs. » Le général refit le tour de la table en parlant. « Nous cherchons également à retrouver la trace de certains individus. »

Louis fit glisser trois photos vers l'agent.

« Qui sont ces types ?

— La mise en œuvre d'un ou plusieurs dispositifs utilisant des neurotoxiques réclame des compétences particulières. Voici les hommes que nous avons retenus comme étant les plus à même d'accomplir ce travail. » Stabrath s'arrêta derrière Fennec et posa une main sur son épaule. « Nous comptons sur vous. »

Karim hocha lentement la tête.

La 607 grise pénétra dans l'aire de Gallardon, sur l'autoroute A10, en fin de matinée. Elle ne s'arrêta pas aux pompes mais se gara directement devant le bâtiment principal de la station-service. L'un des trois occupants, le passager avant, quitta le véhicule en premier et alla faire un tour. Il revint quelques minutes plus tard.

Charles Steiner sortit à son tour de la voiture, seul. Il regarda le ciel, gris et humide, et remonta le col de son manteau. Dans la boutique, il se rendit aux toilettes, se lava les mains, ressortit et rejoignit les tables de la zone restauration. Il n'y avait pas beaucoup de monde. Steiner commanda un café à une jeune femme qui s'ennuyait derrière le bar et s'installa dans le fond, à côté d'un homme aux cheveux sales qui, les yeux mi-clos, écoutait de la musique, affalé sur le dossier de sa chaise. Sur sa table devant lui se trouvaient un verre de jus d'orange et un exemplaire taché de *L'Équipe*.

L'espresso arriva, la barmaid repartit, le voisin de Charles se pencha vers lui. « Vous avez une cigarette ?

— Je ne fume pas.

— Sage décision.

— Vous devriez vous en passer, vous aussi.

— Peut-être. »

Ils burent tous les deux en silence, les yeux dans le vide.

« Quelle est la suite du programme ? » Lynx parlait doucement, presque sans remuer les lèvres.

« Fodil. Les équipes d'Alecto sont déjà sur lui. » Steiner tournait le dos à la salle, personne ne le voyait parler.

« Et Messaoudi ?

— Plus tard.

— Les artificiers ?

— Tout le monde est dessus. Trois candidats avaient été isolés à l'origine mais j'ai appris ce matin qu'il n'y en avait déjà plus que deux. Le troisième, un Anglais d'origine pakistanaise, a été neutralisé par des SAS cette nuit, pas très loin de Bagram. Mais ce n'est pas notre problème dans l'immédiat. En attendant les retours RFA, on m'a fermement conseillé d'avancer sur le front des journalistes. » Charles marqua un temps d'arrêt. « Il a fallu que j'en parle. J'ai besoin de plus de moyens de surveillance.

— Que sais-tu pour le moment ?

— Pas grand-chose. Rougeard est un ancien mao qui ne s'entend plus avec sa femme. Comme c'est elle qui a l'argent, il sauve les apparences. Il a deux maîtresses plus ou moins régulières, des anciennes stagiaires, il boit et prend de la cocaïne à l'occasion. Ses lignes fixes ne nous ont encore rien donné. J'imagine que nous aurons son portable bientôt maintenant que... Et celui de la fille, évidemment. »

Ils échangèrent un regard.

« Rien sur elle ?

— Rien de plus que ce qu'elle semble être. Idem pour le mari. »

Lynx approuva. « Avec la dernière livraison, tu trouveras les données techniques des serrures de leurs appartements respectifs. Fournis-moi de quoi entrer. »

Le visage de Steiner était plus ridé qu'à l'habitude, soucieux.

« Que se passe-t-il ?

— Je n'aime pas cette histoire. Depuis le début. Et la présence de ces deux fouille-merde n'arrange rien à l'affaire. Le Service...

— Quoi ?

— Non rien. Si. » Charles soupira. « Il se peut que ça vienne d'une fuite, de chez nous. »

L'agent se contenta de hocher la tête.

« Il va falloir faire plus attention maintenant. »

Souriait-il ?

« Montana m'a posé des questions sur toi. »

Nouvelle approbation silencieuse, à peine esquissée. Lynx se leva, « vous devriez lire *L'Équipe*, ça vous détendrait », puis se rendit aux toilettes.

Steiner quitta la boutique de la station quelques instants plus tard, le journal sous le bras.

Sonia se rhabillait. Amel la regardait. Elles venaient de passer une grande partie de la journée ensemble. Samedi *shopping* improvisé, un plaisir devenu trop rare. Elles ne s'étaient pas véritablement parlé, avaient juste échangé quelques banalités. Amel muette, honteuse et dégoûtée était perdue loin de sa meilleure copine.

Celle-ci achevait de ramasser ses sacs de fringues. « Tu ne veux vraiment pas venir avec moi jusqu'à Bastille ?

— Non, je vais rester un peu, reprendre un café. »

Sonia dévisagea son amie, préoccupée. Elle lui passa tendrement une main sur la joue. « Tu sais que tu peux venir me voir n'importe quand. »

Sourires. Au revoir.

Restée seule, Amel fit signe à la serveuse qu'elle voulait l'addition. Pour patienter, elle prit son portable et composa un numéro. Pas de sonnerie, le répondeur directement, comme les autres fois. *Hi. You have reached plus four four…* Elle raccrocha.

La jeune femme du restaurant lui apporta sa note et prit la carte bleue qu'elle lui tendait.

« Est-ce que vous connaîtriez un certain Jean-Loup, un client régulier ? Taille moyenne, visage assez sec et carré, cheveux bruns courts. Plutôt élégant.

— Je suis nouvelle, désolée. »

Amel la regarda s'éloigner et revenir avec le terminal électronique. Elle paya et sortit rapidement du Canapé. La pluie ne la dissuada pas de rentrer chez elle à pied.

29/10/2001

À LA UNE

AFGHANISTAN : APRÈS TROIS SEMAINES DE BOMBES, LES TALIBANS S'ACCROCHENT TOUJOURS / LA COALITION ALLIÉE FRAGILISÉE PAR DES TENSIONS EN ARABIE SAOU-

DITE, L'*AMIE* DE L'AMÉRIQUE / ANTHRAX : LE FBI SOUP-
ÇONNE L'EXTRÊME DROITE US / ISRAËL SE RETIRE DE
BETHLÉEM / POLÉMIQUE AUTOUR DU REGROUPEMENT
DES PRISONNIERS CORSES / PRÉSIDENTIELLE : LES PE-
TITS CANDIDATS ET MOI ET MOI ET MOI ! / JUSTICE,
QUERELLE DE MAGISTRATS APRÈS LA FUSILLADE SAN-
GLANTE : LA CONDITIONNELLE N'AURAIT PAS DÛ ÊTRE
ACCORDÉE / UN MOIS APRÈS L'EXPLOSION DE L'USINE,
LE DIFFICILE RETOUR DES EMPLOYÉS SURVIVANTS / ME-
NACE DE GRÈVE DES TRANSPORTEURS DE FONDS : EURO
= ESCLAVAGE ? / PRÉAVIS DE GRÈVE SALARIALE À AIR
FRANCE, LES PILOTES MÈNENT LA FRONDE / UN 7 D'OR
POUR *LOFT STORY* / ÉVÉNEMENT : ENFIN UN NOUVEL
ALBUM DE MICHAEL JACKSON [...]

Lundi 29/10/01 @ 10:04
De : Amelbal@voila.fr
À : Servier@nextstep.co.uk
Sujet : Se voir

> *J'ai appelé samedi et je suis passée au Canapé. J'avais
> besoin de parler mais tu n'étais pas là. N'avions-nous
> pas prévu de nous appeler cette semaine ?*
> *Amel Rouvières-Balhimer*

29/10/01 @ 17:13
De : Servier@nextstep.co.uk
À : Amelbal@voila.fr
Sujet : À Londres

> *N'ayant pas grand-chose à faire ce week-end (tu
> m'avais dit que tu ne serais pas dispo) je suis parti
> à Londres, pour m'avancer dans mon boulot.
> Voyons-nous mercredi, je rentre en début d'après-
> midi. Verre au Marly, 18 heures ? J'ai rendez-vous
> dans le coin juste avant...*
> *JLS*

30/10/2001

Ponsot retrouva Magrella et Jacquet boulevard de la Villette. Il avait accepté de les accompagner pour une vérification de routine chez Nouari Messaoudi, dont le nom était apparu dans le casier de Cécillon. Il ne se faisait cependant aucune illusion, l'invitation des officiers de la Crim' n'était pas sans arrière-pensée. Ils se retrouvaient avec un second islamiste mort sur les bras. Cela faisait beaucoup en peu de temps, même si les circonstances de ce nouveau décès étaient différentes de celles de la première affaire. Une agression par une bande de clochards réputés violents d'un côté et une noyade *accidentelle* de l'autre. Les enquêteurs du 36 ne savaient encore rien des liens qui existaient entre Hammud et Cécillon.

Ce matin, Magrella allait donc à la pêche. « Notre homme doit encore ronquer, à cette heure-ci. » Et pas seulement du côté de Messaoudi.

Les trois policiers s'engagèrent dans la cité Lepage, une venelle qui partait du boulevard et aboutissait dans la rue de Meaux. Ponsot fermait la marche. « Qu'est-ce que vous avez sur lui ?

— On a été voir aux Stups. Ils avaient un dossier, pas bien lourd, et ça les a fait chier de le lâcher. J'ai comme l'impression que notre citoyen d'élite est un de leurs *tontons* et qu'ils préféreraient qu'on lui foute la paix.

— Et sur la mort de Cécillon, tu peux me dire quoi ?

— Rien de plus que ce que je t'ai déjà expliqué au bigophone. Tout porte à croire que le gamin a bien été tabassé à mort par les SDF qui créchaient sous le métro. Son sang était sur les fringues de plusieurs d'entre eux, qui lui avaient par ailleurs piqué certaines de ses affaires. Ces clodos avaient un passif, le ciat[1] avait en-

---

1. Commissariat.

registré plusieurs plaintes de riverains et des mains courantes à n'en plus finir. La BAC[1] venait régulièrement mettre fin à des bagarres.

— Pourquoi tu m'as fait venir, alors ? »

Magrella regarda son homologue de la SORS. « Et toi, pourquoi t'as accepté ? »

Ponsot s'arrêta, aussitôt imité par les deux autres. « Il est possible que Cécillon et Hammud se soient croisés à Paris.

— Avec Messaoudi ?

— Peut-être. Je veux m'assurer que la quasi-simultanéité troublante de leurs décès n'est rien d'autre qu'une coïncidence. »

Ils se remirent en route et entrèrent bientôt dans l'immeuble de Nezza. Premier étage, coup de sonnette. Rien après une trentaine de secondes. Second coup de sonnette, prolongé, et enfin des pas, lourds, lents, pas réveillés, de l'autre côté de la porte.

Le dealer ouvrit, en caleçon, les détailla tous les trois d'un œil blasé et s'effaça pour les laisser entrer sans même leur demander leurs cartes tricolores. Il les précéda dans un salon bordélique au centre duquel trônait un énorme rétroprojecteur et laissa tomber son corps maigrichon dans un canapé en cuir.

Ponsot remarqua des fringues de fille au milieu de tous les vêtements qui jonchaient le sol. Il les indiqua du menton à Jacquet qui se retourna vers Messaoudi. « Putain, pourquoi c'est toujours cradingue chez vous, les mecs ? Il y a quelqu'un avec toi ? »

Un mince sourire de contentement se dessina sous la moustache de Nezza. « Ouais. Vous voulez qu'elle vous fasse du café ? Autre chose ? »

Jacquet ignora la pique. « Laurent Cécillon, ça te dit quelque chose ?

1. Brigade anti-criminalité.

338

— Vous ne seriez pas là si vous ne le saviez pas. Qu'est-ce qu'il a encore fait ?

— Quand l'as-tu vu pour la dernière fois ?

— Pas très longtemps, deux ou trois semaines. On se parle plus trop. Depuis qu'il est passé du côté obscur de la force, il tient des discours que j'aime pas bien. Quand il vient, c'est soit pour me taper, soit pour me ramener dans le droit chemin, alors… »

Ponsot et Magrella échangèrent un regard. Il parlait de Cécillon au présent.

« Je vous jure que j'ai plus trop envie de l'avoir dans les pattes. » Messaoudi s'était mis une main sur le cœur. « Fricoter avec les religieux, c'est pas très bon pour… Enfin, si ces messieurs voient ce que je veux dire.

— On voit, on voit. Alors tu ne sais pas où on peut le trouver là, tout de suite ?

— Non, pourquoi ?

— Parce qu'il est mort. »

Une ombre de surprise passa sur le visage de Nezza qui se ressaisit aussitôt.

Pas assez vite cependant, les policiers avaient perçu son malaise passager.

« Comment c'est arrivé ?

— Tes charmants voisins, qui pieutent sous le métro. Ils l'ont dépouillé un peu fort.

— Et Michel Hammud, ça te dit quelque chose ?

— Qui ça ? »

Ponsot coupa la parole à Magrella, qui s'apprêtait à répondre. « C'est le genre petite fiote qui se laisse cogner, ton ex-fiancé ? Parce que là, il ne s'est pas beaucoup défendu, visiblement. »

Messaoudi se tourna vers lui. Il garda son calme mais ses yeux trahissaient sa colère. « C'était plus vraiment mon pote, je vous l'ai déjà dit. »

Jacquet détourna l'attention de Nezza. Tout en lui parlant, il fouillait des étagères alignées sur le mur situé derrière le rétroprojecteur. « Et tu étais où, dans la nuit de jeudi à vendredi ?

— Certainement pas sous le métro aérien. Je devais être en boîte, je sors en général, le jeudi.

— Y a des gens qui peuvent nous le confirmer ?

— Si je cherche bien... Attendez, je vais choper les *numbers* sur mon portable. » Messaoudi commença à se lever.

Magrella le fit rasseoir. « Laisse tomber. Tu ne saurais pas avec qui il traînait, Cécillon, ces derniers temps ? Les noms de ces fameux barbus que t'avais pas envie de voir.

— Je croyais qu'il s'était fait buter par les cloches du boulevard ? »

Les trois policiers se regardèrent et ne tardèrent pas à dégager, après une ou deux questions supplémentaires, pour la forme, convaincus que Messaoudi ne savait rien de la mort de son ex-complice avant leur visite.

« Cela ne veut pas dire qu'il ne pourrait pas avoir une idée de qui l'a tué. » Magrella reprit la parole aussitôt dehors.

« Si jamais c'est quelqu'un d'autre que les clodos. Parce que entre leurs aveux et les pièces à conviction, tout colle jusqu'à maintenant. Je pense que c'est eux qui ont fait le coup et qu'on se monte la tête pour rien. Et puis entre nous, deux de plus deux de moins, je m'en cogne un peu, de ces putains de bicots. Y en a déjà trop. » Jacquet s'attachait à l'explication simple.

Ils firent tous deux face à leur collègue des RG. « Je crois qu'il a raison. Inutile de vous compliquer l'existence avec des hypothèses invraisemblables.

— Alors on laisse tomber et on considère que notre pote libanais est passé à la flotte tout seul, c'est ça ?

— Je n'ai pas dit ça. Mais jusqu'à nouvel ordre, rien ne te prouve que les deux dossiers soient liés. » Ponsot avait pourtant du mal avec cette coïncidence. Il ne s'étonnait donc pas des doutes de Magrella.

Amel attendait dans un bistrot de la rue de Buci, seule à une table. Le quotidien posé devant elle faisait sa une sur un énième incident corse, qui gênait le Premier ministre à l'aube de sa campagne présidentielle. Le *jihad*, qui se développait en Afghanistan, figurait également en bonne place sur la première page à côté d'une fusillade meurtrière, dans une ville du centre de la France. La jeune femme ne lisait pas le journal. Il n'était même pas tourné dans le bon sens. Elle regardait la rue et ne remarqua la présence de Rougeard que lorsque celui-ci apparut devant elle.

Il la salua d'un baiser sur le front. « Comment vas-tu ?

— Ça va. »

Le journaliste s'empara d'un menu sur la table voisine. « Hé ! *Cheese,* tout va bien. Klein t'adore, il n'arrête pas de me parler de toi et de l'article sur l'antiterro. D'ailleurs, celui sur la *hawala* va aussi sortir, bientôt, dans un autre dossier. »

La bouche d'Amel s'étira en une parodie de sourire. « Pourquoi voulais-tu me voir si vite ?

« *Martine.* » Rougeard parlait sans quitter la carte des yeux. « Ça t'intéresse toujours ? Parce qu'il a repris contact. Cette fois, il nous a envoyé une carte postale au journal.

— Pourquoi n'a-t-il pas appelé ?

— Je ne vais même pas répondre à ça. »

Il fallut quelques secondes à l'explication pour naître et faire son chemin dans l'esprit d'Amel. Plus de contact par téléphone. Téléphone pas sûr. *Martine* était donc surveillé. Eux aussi, probablement. Elle était sur écoute. Elle jouait dans la cour des grands à présent, là où elle avait toujours voulu être.

Elle pensa à Sylvain, qui serait en colère, puis réfléchit qu'elle n'avait pas besoin de lui dire quoi que ce soit, qu'elle n'en avait surtout pas envie. Et qu'elle avait peur.

Rougeard le sentit. « Ne t'inquiète pas. D'abord, ça se passe souvent comme ça et ensuite, il ne peut rien nous arriver. Pas à nous, plus maintenant. La seule chose que ça veut éventuellement dire, c'est que *Martine*, c'est du très lourd.

— Est-ce que tu as une idée de ce qu'il a à nous dire, cette fois ?

— Non. La carte indiquait juste un rendez-vous. Le 31 octobre 2001, demain donc, à seize heures... »

Amel tiqua.

« Au rez-de-chaussée du Train Bleu, à la gare de Lyon. Signée *Martine*.

— Et c'est tout ?

— Oui. » Le journaliste avait remarqué la réaction de son interlocutrice. « Il y a un problème pour demain ?

— Non, non. » À part un rendez-vous avec Servier qu'il était hors de question d'annuler. « Mais... n'importe qui aurait pu envoyer cette carte, non ? » Une messe basse mentionnant de ne *pas oublier de prévenir Yann* fut la seule réponse qu'elle obtint. Elle attendit un peu puis revint à la charge. « Rien d'autre ? »

Rougeard secoua la tête et reposa le menu pour faire signe au garçon, qui l'ignora. « J'ai eu Sibaeï aussi. On a rendez-vous avec son contact au bar du Crillon, en début de semaine prochaine. Maintenant, est-ce que tu vas me dire ce qui ne va pas ? »

Amel hésita, leva les yeux, les rabaissa. « C'est Sylvain. » Se ravisa. « C'est perso. Juste deux ou trois trucs à régler. Ça ne gênera pas le boulot. »

Jean-Loup Servier quitta le Hempel par l'entrée principale et traversa la rue jusqu'au jardin épuré qui donnait son nom à cette dernière, Craven Hill Gardens. Il était à peine vingt heures et il n'avait rendez-vous que dans une heure. À pied, à travers Hyde Park qui était à un jet de pierre, il aurait juste assez de temps pour rejoindre South Kensington, où se trouvaient Olav et leurs clients.

Mais il ne bougea pas, captivé par le dépouillement travaillé du carré de verdure, bloqué par des impulsions contradictoires. Il avait changé ses habitudes et réservé une chambre dans cet hôtel. Véra habitait dans une *mews* située à moins de trois cents mètres sur sa gauche. À cette heure-ci, elle devait être rentrée.

Venir dans ce coin, s'autoriser à penser à elle, envisager de partir dans sa direction, c'était ranimer ce qui était mort, se laisser berner par tous les bons moments disparus que la solitude rendait plus beaux encore. Ils étaient nombreux, séducteurs et masquaient une réalité plus sombre. Celle de la communication devenue impossible, des estomacs noués, des cœurs angoissés trop rapides perdus dans les nuits trop longues.

Des mâchoires serrées à s'en faire péter les dents.

La réalité du passé douloureux, une constante.

Ce n'était pourtant pas le passé que Servier avait fui au milieu du week-end. Non sans une certaine ironie, il était venu chercher refuge à Londres. Mais quel refuge ? Il pouvait tourner à gauche, marcher un peu, juste quelques pas, à peine, d'abord vers le bout du jardin et puis ensuite un peu plus loin. Plus loin, jusqu'à…

Son mobile se mit à sonner. Olav. « *Hi there.* »

Where are you ?

« *Just outside my hotel.* »

Don't move, I'm on my way. We have to talk before dinner.

« *OK, I'll be waiting for you at the bar.* » Jean-Loup fit demi-tour et retraversa la rue.

31/10/2001

Amel et Rougeard étaient arrivés en avance et surveillaient discrètement le rez-de-chaussée du Train

Bleu, depuis le hall de la gare de Lyon. Aujourd'hui, pas question de laisser *Martine* s'échapper. Pour parvenir à coincer leur informateur anonyme, ils avaient décidé d'enfreindre les consignes du rendez-vous. Ils ne l'attendraient pas, comme convenu, à l'intérieur de la brasserie, en évidence, du côté des quais. Ils prenaient un risque mais pariaient sur le fait que, ne les voyant pas, leur mystérieuse source en mal de communication serait obligée de s'approcher suffisamment près de l'établissement, et peut-être même d'y entrer, pour s'assurer de leur présence. En dépit du nombre élevé de baies vitrées, il était impossible de couvrir tous les angles morts de l'endroit depuis l'extérieur.

L'heure approchait.

Les regards des deux journalistes glissaient d'une silhouette masculine à l'autre, à la recherche d'une physionomie proche de celle partiellement immortalisée par Amel sur le parvis de l'Hôtel de Ville. La tâche n'avait rien d'aisé. La clientèle de la brasserie, à l'image de celle de la gare, était essentiellement composée de voyageurs professionnels à trolleys, qui allaient et venaient au gré des départs de trains.

Un homme en imperméable sombre approcha et observa la terrasse pendant quelques instants. La petite cinquantaine, son allure générale, la coupe et la couleur de ses cheveux pouvaient correspondre à celles des clichés. Il poussa jusqu'au bar. Son attitude ne laissait aucun doute, il cherchait quelqu'un.

Rougeard se tourna vers sa compagne, qui haussa les épaules. Ils étaient prêts à se lever pour rejoindre l'inconnu lorsqu'une jeune fille apparut et lui sauta dans les bras. Il l'embrassa sur les deux joues. Père et fille. Ils disparurent derrière un des rares pans de mur de l'établissement.

Seize heures deux. Il devait être là.

Les yeux d'Amel s'arrêtèrent un instant sur un type au visage poupin barré de lunettes à montures d'écaille épaisses. En dépit du manteau bleu marine qu'il portait et du fait qu'il semblait examiner la brasserie avec insistance, elle l'élimina de la liste des *Martine* potentiels. Trop jeune, il devait avoir à peine quatre ou cinq ans de plus qu'elle.

Pas le profil et elle ne se souvenait pas de lunettes.

D'ailleurs, il s'éloignait déjà.

Ce n'est que lorsqu'il réapparut trois minutes plus tard, toujours aussi intéressé par la clientèle assise à l'intérieur, qu'elle commença à faire attention à lui. Il avait fait le tour par l'extérieur vraisemblablement, et revenait par l'autre côté du Train Bleu. Sa démarche un peu pataude et hésitante était familière. Amel l'avait déjà aperçu, dans l'objectif d'un appareil photo. « Il est là… Enfin, je crois. »

Du doigt, elle le montra à Rougeard qui suivit la direction qu'elle lui indiquait, repéra l'individu en question, se tourna à nouveau vers elle, surpris, et hocha finalement la tête devant son air décidé.

Le journaliste se leva et se dirigea comme convenu vers la brasserie.

Amel avait vu juste. Manteau Bleu le repéra vite et ne le lâcha plus. Elle le vit se pencher vers un routard qui faisait la manche à côté de lui, assis sur un vieux sac à dos. Il parla, montra le bar et récupéra une enveloppe dans sa serviette en cuir pour la remettre au mendiant, qui partit vers Rougeard.

Martine se concentrait sur sa trajectoire dans la foule, il ne faisait attention à rien d'autre.

« Martine ? »

Il sursauta en entendant la voix. Une femme, souriante, très jolie, presque aussi grande que lui avec ses talons, lui avait parlé. Tout près. Tout bas. Il la connaissait. Il fit un pas en arrière, sur le point de se retourner pour filer.

Sa réaction balaya les derniers doutes d'Amel. Elle l'attrapa par le bras. « Nous savons à quoi vous ressemblez à présent.

— Laissez-moi, je ne sais pas qui vous êtes.

— Nous voulons juste parler un peu. »

L'homme se dégagea nerveusement et se mit en route. « Laissez-moi tranquille. Vous vous trompez de personne. »

Ils furent bientôt rejoints par le routard, revenu de sa livraison et plutôt mécontent de voir son commanditaire s'éloigner. « Et mon fric ? » Il se plaça en travers du chemin. « Tu voulais te barrer, hein, enculé ? » D'une main, il saisit le col du manteau bleu. « File-moi mes thunes. » L'autre poing était menaçant.

Rougeard s'interposa à temps. « Combien il t'a promis ?

— Dix sacs. »

Le journaliste paya et le coursier déguenillé dégagea, satisfait. *Martine*, livide, se laissa guider vers le Train Bleu. À l'étage, ils trouvèrent un coin isolé et s'installèrent. Personne ne parla pendant un petit moment. L'informateur n'osait pas regarder ses interlocuteurs. L'enveloppe encore intacte était posée sur la table, entre eux, un lien ou une barrière.

« Qu'est-ce qu'il y a là-dedans ? » Amel ouvrit les hostilités, impatiente.

« Comment vous appelez-vous ? » Rougeard.

« Des informations sur un certain Laurent Cécillon. Il est mort en fin de semaine dernière, tabassé par des clochards sous le métro aérien, dans le 19e. Officiellement.

— En quoi cela nous intéresse-t-il ?

— Qui êtes-vous ? »

Martine regarda ses deux interrogateurs tour à tour. Il s'arrêta sur Amel. « C'était un converti, proche du GSPC et accessoirement un des derniers contacts connus d'un noyé lui-même suspect d'accointances avec des islamistes.

— Comment savez-vous tout cela ? Pour qui travaillez-vous ? Quel est votre nom ? » Rougeard attrapa l'informateur par le poignet au moment où celui-ci se levait pour partir. Il le tira fermement vers le bas.

« Je vous en prie, laissez-moi. Ils me tueront s'ils apprennent que…

— Vous êtes bien la fameuse *Martine* ?

— Oui, c'est moi.

— La voix ?

— Truquée électroniquement.

— Qui sont ces *ils* ? La SOCTOGeP ou peut-être même mieux, la DGSE. Quelqu'un d'autre ? »

Toujours à moitié tordu au-dessus de la table, le jeune homme supplia une nouvelle fois. « Je ne peux pas rester, on va s'apercevoir de mon absence.

— Vous savez, d'une façon ou d'une autre, nous finirons par savoir qui vous êtes. » Rougeard relâcha le poignet.

Amel posa une photo sur la table. Elle montrait Charles Steiner, sur fond de verdure, en compagnie d'un autre homme.

Martine resta debout à côté d'eux, immobile, incapable de détourner les yeux du cliché. Un éclair de lucidité traversa son regard et il fit un rapide tour d'horizon avant de se rasseoir, résigné.

« Nous connaissons Steiner mais », Rougeard montra le second personnage, « lui, en revanche…

— Il se fait appeler Montana. Colonel Montana. Je ne crois pas que ce soit son vrai nom. »

Le journaliste se souvint alors de la mise en garde de Dussaux. Il évita de réagir. Amel n'était pas au courant.

Elle enchaîna comme si de rien n'était. « Pour qui travaille-t-il ?

— Pour les services se…

— La DGSE ?

— Oui.

— Et vous ? C'est votre patron ? »

Martine soupira.

« Comment vous appelez-vous ?

Le visage du jeune homme était de plus en plus pâle, ses yeux, affolés derrière ses lunettes. « Jean-François. » Il avait répondu à contrecœur.

Rougeard décida de pousser l'avantage. « Jean-François comment ? »

Il n'irait pas plus loin.

« C'est quoi, la SOCTOGeP ?

— Une officine de stratégie et... et de sécurité.

— Liée à la DGSE ? »

Pas de réponse.

« Sécurité, ça veut dire quoi ? Quel est le rapport avec les informations que vous nous faites passer ? Cette boîte est-elle mêlée de près ou de loin à la mort de ces deux hommes sur lesquels vous essayez d'attirer notre attention ? »

Silence.

Du regard, Jean-François chercha une échappatoire dans la salle.

Une main claqua sur la table qui fit sursauter Amel et l'informateur. « Répondez-moi ! Pourquoi m'avez-vous contacté ? » Rougeard prenait un risque en forçant ainsi la main à sa source, mais il la sentait sur le point de craquer.

« Je... J'en ai assez. Je ne supporte plus ce... Je ne peux plus me taire ! Il faut que ça s'arrête ! » Le jeune homme se leva à nouveau mais cette fois, le journaliste ne bougea pas et, d'un geste discret de la main, invita Amel à faire de même.

« Faites votre boulot, enquêtez, les réponses sont là. » Sur cette dernière rafale de mots, Jean-François fila sans attendre.

« Il reviendra. » Rougeard dégagea un petit enregistreur numérique de la poche de son blouson. « Tu verras. » Il vérifia la qualité de ce qu'il avait capté. « Parfait. » Son mobile se mit à sonner. Alors qu'il décrochait, il vit Amel jeter un coup d'œil à sa montre. « C'est bon ? » Puis : « Au poil. Tu me les fais vite passer, hein ? » Il raccrocha. « C'était Yann. Il aura des portraits exploitables.

— Pourquoi l'as-tu laissé partir ?

— Il nous en avait assez dit pour aujourd'hui. » Le journaliste ouvrit l'enveloppe, examina superficiellement son contenu. « Putain, c'est du super-lourd cette histoire. T'as vu, il nous a pratiquement avoué qu'il couvre quelque chose qui le fait flipper. Ce doit être vraiment grave. Je suis sûr que l'hypothèse du *nettoyage* des islamistes est sérieuse.

— Peut-être qu'il jouait la comédie.

— Ils ne sont pas aussi bons que ça, ma chérie, crois-moi.

— C'est qui ce Montana ? Tu n'as presque rien demandé sur lui, tu le connais ? »

Rougeard posa une main ferme sur l'épaule d'Amel et se pencha vers elle. « On est les meilleurs. On va sortir une histoire énorme, fie-toi à mon pif, il ne m'a jamais trompé. »

Nouvelle vérification de l'heure. « Il avait vraiment l'air à bout. Je ne trouve pas ça très cool de…

— À bout ? À bout ! » Rougeard balaya l'objection d'un coup de menton dédaigneux. « Et qui est venu me trouver, hein, qui ? Mais qu'est-ce que tu crois, qu'on rentre dans ce genre de milieu par hasard, sans être adoubé, mesuré, testé ? Ces types-là savent très bien où ils mettent les pieds alors leurs remords à deux balles, je m'en contrefous. Tant pis pour lui. Nous, on est là pour la vérité, on est les soupapes de sécurité du système. Et on va la sortir la vérité, tout entière !

— Tant pis pour les dégâts collatéraux, alors ?

— Exactement.

— Tant pis pour les risques aussi ?

— T'as la trouille ? » Rougeard la dévisagea.

Amel baissa les yeux, hocha la tête, demeura penchée au-dessus de sa montre.

« T'as un rendez-vous ou quoi ?

— Oui.

— Alors casse-toi. Je voulais t'offrir un verre pour fêter ça mais là tu m'énerves. »

Elle hésita à se lever mais, devant le silence renfrogné de son compagnon, finit par se mettre debout après avoir rassemblé ses affaires.

Rougeard ne bougea pas. Il se contenta de lui rappeler leur rendez-vous du lundi suivant : « Si tu veux toujours bosser sur ce truc ! »

Ces derniers mots résonnaient toujours dans la tête d'Amel alors qu'elle arrivait sur le quai de la ligne 1. Elle ne se montrait pas sous son meilleur jour mais elle avait besoin de retrouver Servier, il l'apaisait. Il fallait qu'elle le voie.

Son portable se mit à sonner. Imaginant un appel de Rougeard qui lui laisserait une chance de se rattraper, elle s'empressa de le trouver dans son sac. Ce n'était que Sylvain. Elle décrocha malgré tout.

C'est moi. Tu es déjà à la maison ?

« Non, pas encore. »

Je rentre. J'ai besoin de parler. Il faut que... Tu me manques. Je m'en veux, tu sais. J'ai été nul.

Quelque chose dans la voix de son mari fit vaciller la rancœur d'Amel.

Rentre...

Un instant auparavant, elle avait failli ne pas répondre. À présent, elle ne savait plus.

S'il te plaît.

Sylvain l'aimait. Ils s'étaient un peu égarés...

On passera la soirée ensemble. J'en ai besoin. J'ai besoin de toi dans ma vie.

Ils pouvaient se retrouver. Amel songea à ce qu'elle allait raconter à Servier. Aller le voir ressemblait à une trahison subitement. « D'accord. »

Le métro arriva, précédé par une bourrasque de vent. Elle ne monta pas à bord, regarda son téléphone, à nouveau inactif.

L'accent anglais de l'annonce du répondeur était toujours aussi impeccable, la voix à la fois douce et déterminée. Rassurante. « J'ai un impondérable, je suis désolée. Je te rappelle. » Elle était nulle.

Kamel avait fixé rendez-vous à Farez Khiari à proximité de l'une des carrières qui parsemaient la forêt départementale des Flambertins, dans les Yvelines. Dissimulé entre les arbres, il observait son complice qui remontait le sentier en direction d'une clairière. Il le laissa passer puis attendit quelques minutes. Personne ne semblait l'avoir suivi. Il le rejoignit néanmoins avec précaution, à l'intérieur du bois, à l'abri des regards.

Farez trépignait sur place, impatient et sans doute peu rassuré de se trouver dans un bois à la tombée du jour. Il sursauta lorsque Kamel apparut subitement derrière lui. « Tu m'as fait peur.

— *Assalam'aleikum*, *ghouia*. Est-ce le message de Nouari qui t'a rendu si nerveux ? Que se passe-t-il de si important pour que tu me déranges ainsi ?

— La police. Elle est venue chez lui.

— Pourquoi ?

— Jaffar est mort. Ils sont venus poser des questions sur lui.

— Qui est Jaffar ?

— Le premier messager.

— *In-al-din-al-mouk*[1]. » Ksentini jura tout bas.

« Nezza a dit qu'il ne fallait pas que tu t'inquiètes.

— Pourquoi a-t-il appelé alors ?

— Juste pour prévenir, parce que c'est la consigne. Il pense que ce n'est pas grave, en fait. Jaffar a été agressé par une bande de clodos. Ils lui ont volé ses affaires et puis ils lui ont tapé dessus.

— Et Nouari a cru ça ?

1. La putain de ta mère.

351

— Oui, c'était dans les journaux et c'est aussi ce que les policiers lui ont dit. Il a des copains chez eux, tu sais. Des mecs qui palpent un peu, qui lui racontent des choses. Tout est vrai, les clochards sont là depuis des mois et ils emmerdent tout le monde.

— Oui, même nous apparemment. »

Les deux hommes se dévisagèrent.

« Tu le crois, toi, Nezza ? Tu commences à le connaître maintenant, non ? »

Farez acquiesça. « Il est fiable et très prudent. À cause de ce qu'il fait pour nous, tu comprends. Il a bien regardé, personne ne le surveille. Ceux qui sont venus le voir, c'était la brigade des crimes, pas des espions. Et il sait y faire avec la police. »

Kamel imagina Nezza qui se vantait de son expérience et de son intelligence devant Khiari, qui continuait à se justifier.

« *Asma*, Nouari va parler avec nos frères du 20ᵉ, ils feront attention. »

Ksentini n'aimait pas cette histoire mais il n'avait guère le choix. Le dealer faisait partie du plan pour le moment. Un risque acceptable, ils ne s'étaient jamais vus. De plus, il ne pouvait se permettre de montrer quoi que ce soit à son interlocuteur. Entre eux deux, il ne devait pas y avoir le moindre doute, jusqu'à la fin. Ils avaient trop de choses à accomplir ensemble. « Très bien, *arroua* ! »

Les deux hommes s'enfoncèrent dans les bois et grimpèrent une petite colline qui bordait la clairière. Celle-ci n'était en fait qu'une ancienne carrière que les arbres avaient à nouveau encerclée à défaut de pouvoir l'engloutir.

Parvenu au sommet, Kamel fit signe à son compagnon de s'approcher du bord et d'observer l'espace dégagé qui s'ouvrait sous leurs pieds. Dans l'une des poches de son blouson, il récupéra une sorte de télé-commande dans laquelle il glissa une pile plate de 9 volts. Le petit boîtier de plastique de fabrication artisanale ne comportait qu'une diode et un interrupteur. Il repoussa celui-ci. Une lumière verte s'alluma. « C'est armé, *chouffe* !

— Quoi ? »

L'interrupteur revint dans sa position initiale.

Un *bang* assourdi brisa le silence. Un peu de terre sauta au centre de la clairière et puis plus rien. Deux ou trois secondes s'écoulèrent avant qu'une seconde détonation, plus claire et métallique, se fasse entendre. Un cylindre de métal poli, semblable à celui que Kamel avait essayé dans l'un des tuyaux, quelques semaines auparavant, bondit dans les airs à grande vitesse. Farez crut voir un fil s'étirer derrière le tube chromé. Lorsqu'il arriva à leur hauteur, à une cinquantaine de mètres devant eux, une troisième explosion le fit éclater.

Une poudre blanche se répandit dans les airs, sur une surface d'une dizaine de mètres de diamètre. Tandis que le nuage blanc retombait avec lenteur, le compagnon de Ksentini se jeta au sol.

« N'aie pas peur, *ghouia*. Tu ne crains rien, c'est de la farine. »

Farez se releva.

« Il fallait que je teste la propulsion et l'éparpillement. Je suis content, ça marche bien. Même si cette fois la charge de dépotage était moins puissante que celle que j'utiliserai dans la version finale du dispositif.

— Pourquoi ? »

Ksentini montra le haut des arbres. « Il ne fallait pas que ça aille au-dessus, pour éviter que ça fasse trop de bruit.

— Je comprends. Tu utiliseras une télécommande comme celle-là pour…

— Pas sûr. Peut-être que j'essaierai avec un téléphone portable. Je n'ai pas encore choisi, les deux systèmes ont leurs avantages et leurs inconvénients.

« — C'est une bombe impressionnante, mais une seule, ce sera assez ? »

Kamel se mit à rire. « Il n'y en aura pas une mais douze, réparties tout autour du site, qui se déclencheront en même temps pour noyer la zone sous un nuage de gaz. Je me suis inspiré d'une arme qui date de la Première Guerre mondiale des *kouffars*.

— Comment elle s'appelle ?

— Le lanceur Livens. Ce sont ces *hataï*[1] d'Anglais qui ont inventé ça. C'est comme des mortiers semi-enterrés, mais je l'ai modifié puisqu'il faut que les tuyaux soient complètement invisibles dans le sol.

— Comment tu les dégageras ?

— Avec une petite charge formée, à l'embouchure des tubes. Après, ça fonctionne comme une mine…

— Bondissante, je sais. » Khiari lui coupa la parole, fier de lui. « J'ai vu le câble. La charge de dépotage fait sauter le cylindre en l'air, il tire un fil derrière lui et quand il se casse, ça amorce la troisième charge et le cylindre pète. »

Kamel approuva, surpris par les connaissances de son complice. « Oui, pas trop fort, pour ne pas faire brûler le produit à l'intérieur. Juste assez pour le vaporiser tout autour. Tu as fait l'armée, toi. Où ça ?

— Dans le génie, près de Bourg-en-Bresse, pour le service. C'était il y a longtemps.

— Pourquoi tu fais tout ça, Farez ? Tu as ta famille en France, un travail. »

La question était inattendue. « Tu ne fais pas confiance à ma foi ? » Un éclair de colère passa dans les yeux de Khiari.

« Si c'était le cas, tu serais déjà mort. » Le ton égal et froid de Ksentini calma son compagnon. « Nous n'en avons jamais parlé et j'aimerais savoir.

1. Tapettes.

354

« — Allah, loué soit Son Nom, n'a pas voulu tout ça pour nous. Pas que nous naissions pour devenir les chiens des culs-blancs. Pas qu'ils puissent piller notre pays en faisant de nos dirigeants leurs complices.

— Notre pays ? Tu es français.

— Tu m'insultes ?

— Non, non, calme-toi. » Kamel leva les mains en signe d'apaisement.

« Je suis comme toi, *Abou Al-Djazayer*, un d'Alger ! Mon vrai pays, c'est là-bas, pas ici. Ici, ce sont les porcs des juifs, ils méritent juste d'être égorgés !

— Et tes enfants ?

— Je les renverrai avec ma femme au *bled*, au moment voulu. »

Kamel approuva en silence et posa une main sur l'épaule de son compagnon. « Viens, mon frère, nettoyons tout et partons. Nous avons encore beaucoup de choses à faire avant de pouvoir rentrer chez nous victorieux. »

Jean-François quitta la SOCTOGeP en fin de journée et marcha jusqu'au jardin du Palais-Royal. Il y pénétra par la rue Montpensier et, pendant quelques minutes, feignit d'être intéressé par les boutiques de la galerie. À l'heure dite, il trouva une chaise — elles parsemaient le parc, à la disposition du public — et, après avoir compté les arcades depuis la rue de Beaujolais, s'installa devant le pilier qu'on lui avait indiqué.

Un cadre fatigué qui profitait d'un moment de calme avant de rentrer chez lui.

L'odeur de tabac à pipe envahit bientôt ses narines et une voix familière, derrière lui, fit remarquer que les jours étaient beaucoup plus courts. « Ça sent l'hiver.

— Oui, c'est dommage, le jardin est si beau en plein soleil.

— Monsieur Donjon.

— Arnaud. Ça va ?

— Oui. Tout s'est bien passé ? »

Jean-François Donjon ne se retourna pas pour répondre. Son contact se tenait juste derrière lui, assez près pour lui parler mais hors de son champ de vision. « Je leur ai donné les éléments sur Cécillon. Ils peuvent aussi commencer à établir des liens entre Steiner et Montana, donc entre la SOCTOGeP, la DGSE et de là, l'État. Et puis je suis là, moi, maintenant.

— Pour le moment. Encore une ou deux révélations et tu pourras dégager selon le protocole prévu. »

Un groupe d'étrangers, bruyant, passa dans la galerie. Le fumeur de pipe les laissa s'éloigner avant de poursuivre : « Steiner se doute de quelque chose ?

— Il sait qu'il a une taupe dans son équipe, oui, mais il ne sait pas encore qui. Ce n'est pas un problème. Je pense que les journalistes lui fourniront mon identité rapidement, de gré ou de force. Ils m'ont photographié aujourd'hui. »

L'interlocuteur de Jean-François grogna en exhalant de la fumée.

« Ils sont plutôt bons. Je ne sais pas comment ils se sont débrouillés mais ils ont réussi à prendre Steiner et Montana ensemble. Charles a décidé de s'occuper d'eux et comme je viens de te le dire, il ne tardera pas à savoir ce qu'ils ont appris. »

Il y eut un nouveau grognement, suivi d'une mise en garde. Puis l'odeur de tabac se dissipa lentement dans l'air du soir. Donjon attendit encore une quinzaine de minutes et s'en alla à son tour.

02/11/2001

Thur 01 Nov 2001, 23:04:15 +2000
From : latrodecte@hotmail.fr
To : latrodecte@alteration.com
TR : *blank*

Fri 02 Nov 2001, 10:38:22 +4000
From : papy@sever.org
To : epeire@lightfoot.com
blank

La famille ! Tes proches cousins font encore des leurs. Figure-toi qu'ils ont décidé de s'occuper d'organiser la prochaine fête familiale. Nous voilà sur le banc de touche. Mais cela ne saurait durer, je suis sûr qu'ils vont finir par avoir besoin de nous, comme toujours.
Ton grand-père qui t'aime.

04/11/2001

Salah était parti depuis plus de deux heures. Karim avait vu le rideau métallique du bar se fermer, l'homme s'éloigner lentement, le quartier se laisser gagner par le calme de la nuit. Mais il tergiversait encore, incapable de bouger de sa cachette, tendu. Ce fut finalement la pensée des autres agents qui attendaient dans un camion banalisé, à quelques pâtés de maisons de là, qui le décida.

Prudemment, Fennec traversa la rue et rejoignit l'entrée de la cour située à l'arrière d'*El Djazaïr*. Il composa le code qu'il se répétait inlassablement en silence depuis le début de sa planque et entra, en prenant soin d'accompagner la fermeture de la lourde porte de bois, pour qu'elle ne fasse pas de bruit.

Pénombre.

À l'aide de ses outils, il força rapidement la serrure du bar. La vitesse était préférable à la discrétion. Tant pis pour les marques, mieux valait éviter que quelqu'un arrive et le surprenne. Une fois à l'intérieur, Karim se servit du verrou pour refermer derrière lui. Immobile et silencieux, il laissa à ses yeux le temps de s'habituer

357

à l'obscurité plus épaisse et écouta, à la recherche d'un bruit suspect.

Rien.

Quelques pas, coup d'œil aux toilettes, à la cuisine, à la salle principale. Vides.

La trappe de la cave était bloquée de l'extérieur.

Il était seul.

Il revint vers le bureau. Fermé à clé. Nouveau crochetage, en douceur cette fois-ci. Il se retrouva vite dans la petite pièce, toujours aussi encombrée.

Fennec était revenu pour un agenda et un carnet d'adresses. La DRM en avait fait des objectifs prioritaires et pris le risque d'exposer son agent, le seul à connaître parfaitement les lieux, pour les récupérer. La désinvolture de cette décision l'avait agacé.

Les tiroirs du bureau étaient verrouillés par une serrure très basique. Aucun problème. C'était sans compter avec son état de tension et la transpiration qui rendait ses mains fébriles et glissantes. Il les laissa retomber le long de son corps.

Il devait se calmer.

Il avait tout encaissé, brimades, haine, solitude forcée. Pour rien. Le dégoût aussi. On lui cachait des choses. Les motivations réelles. Ce n'était pas à lui de faire ça. Il n'aurait pas dû être là. Le Service outrepassait ses prérogatives pour une urgence qui réclamait plus de moyens que ceux qui étaient déployés.

Fennec se força à inspirer lentement. Il s'essuya le visage, moite. Il avait trop chaud dans cette doudoune.

Ne pas laisser la panique et la fatigue prendre le dessus. Trop longtemps qu'il était immergé. Il commençait à se garder de tous les côtés. Trop de questions. Personne, il ne pouvait plus se confier à personne. Il repensait sans cesse à ses parents, à son père, aux choix d'alors et à ceux qui lui étaient propres, aujourd'hui. S'il s'agissait bien des siens. S'il n'avait pas été juste question de plaire, de rassurer, de continuer une chose démarrée par d'autres, sans lui et qu'il avait eu la prétention de conclure.

De s'intégrer et de laver les affronts, enfin.

Il s'était éloigné du chemin. Des siens. Ils le tueraient s'ils le trouvaient. Comme un traître, comme un chien. Ils ne devaient pas le trouver. Il n'était pas un chien. Il ne devrait pas être là.

Karim regarda ses mains, elles tremblaient toujours. Il les frotta contre son pantalon de toile blanc.

Ce n'était pas vrai. C'était la pression. On l'avait fait sortir de sa routine ce soir mais il était entraîné à ça. À éviter le confort, à maintenir le cap dans l'adversité et le doute.

Il... devait... se... calmer.

Il souffla, s'attaqua une seconde fois à la serrure du bureau. Elle s'ouvrit.

Rien dans les tiroirs. Désemparé, Fennec regarda autour de lui. Il y avait tant de choses à fouiller. Jamais il n'y arriverait. Ce n'était pas à lui de faire ça. Il fallait qu'il sorte.

Respire.

Doucement.

Méthode. Le classeur métallique, juste là, d'abord. Après, il serait toujours temps d'aviser. L'entraîneur, le palpeur, les goupilles. Doucement. *Clac !* C'était bon. Fennec décolla sa langue de son palais. Tiroir du bas. Rien. Le milieu. Non plus. Le haut. Il sourit et vérifia qu'il avait bien trouvé ce qu'il cherchait d'un petit coup de sa lampe de poche à filtre rouge.

À présent, il devait sortir sans se faire voir et tout rapporter aux autres. Entre deux maux, Louis avait choisi le moindre, préserver son agent. Ne pas lui faire prendre le risque de rester trop longtemps sur place pour copier les documents. Tant pis s'ils ne parvenaient pas à les remettre en place. Au mieux, Salah penserait les avoir égarés, au pire il comprendrait le vol. Cela rendrait tout le monde beaucoup plus méfiant mais

Karim serait à l'abri et pourrait toujours espérer travailler clandestinement.

Cette solution impliquait néanmoins de revenir une seconde fois. Mieux valait donc ne pas traîner dans l'immédiat.

Fennec déboucha dans la rue des Rigoles cinq minutes plus tard. Alors qu'il commençait à la remonter, il réalisa qu'il marchait vers la mosquée et pesta contre l'imbécile qui avait choisi l'emplacement du point de rendez-vous. Une silhouette venait à sa rencontre, sur le trottoir opposé. C'était un homme. Il se mit à regarder droit devant lui.

Avancer, ne pas tourner la tête.

« Karim ! »

La voix de Mohamed.

« Qu'est-ce que tu fais là, *ghouia* ? » Le *salafi* s'était arrêté et l'observait d'un œil sévère.

L'avait-il vu sursauter ?

Fennec traversa. Il s'était remis à suer malgré la fraîcheur de la nuit et il sentit sa transpiration glisser le long de son dos, sous les documents volés qu'il avait passés dans la ceinture de son pantalon. Ils lui brûlaient la peau. « Je n'arrivais pas à dormir. » Il servit une excuse préparée à l'avance, tête baissée. « Ça m'arrive souvent, ces derniers temps. Je suis sorti marcher et j'allais vers la mosquée. C'est le seul endroit où je suis en paix.

— C'est bien. Mais tu es trop en avance pour *Imsak*.

— Et toi, pourquoi es-tu là ? »

La question de Karim énerva Mohamed, dont le visage se ferma un peu plus. Il lui répondit sèchement. « Je veillais. Je vais bientôt être imam, souviens-toi. » Le *salafi* et ses sbires étaient finalement parvenus à leurs fins. Ils avaient réussi à prendre peu à peu le contrôle de la rue Poincaré. « La salle de prière est fermée à cette heure-ci, tu aurais dû le savoir. » Sa voix se radoucit subitement. « Si tu le souhaites cependant, je peux aller là-bas avec toi et t'ouvrir, pour que nous puissions prier ensemble un moment.

— Je m'en voudrais, mon frère, de te fatiguer. Tu es très occupé et je ne suis rien qu'un imbécile capricieux. Je vais rentrer.

— Laisse-moi t'accompagner quelques instants, alors. Tu traverses une épreuve et il sera bientôt de ma responsabilité d'aider les gens comme toi. »

Les deux hommes se mirent en route.

« Parle-moi de ce qui t'inquiète, Karim.

— Je me fais chier. Je ne veux plus attendre.

— Tu n'as toujours pas retrouvé de travail ?

— Non, j'ai la honte. Mais j'ai cherché, *ouallah*[1] !

— Je te crois. » Mohamed leva une main pour l'apaiser. « Nous pouvons trouver quelque chose pour toi. Pourquoi cette impatience ?

— Depuis que j'ai retrouvé le chemin d'Allah, que Son Nom soit loué, je voudrais aider.

— Et tu l'as fait. »

Karim baissa la tête en la secouant. « Oui, mais ce n'est presque rien.

— Ne dis pas ça. Tu nous as rendu beaucoup de services. Ton temps viendra, les autres frères ont dû te le dire, non ? Les temps sont difficiles et nous aurons bientôt besoin de gens de confiance, comme toi. En attendant, je vais parler autour de moi pour ce travail.

— *Choukrane, cheikh.* »

Ils se séparèrent dans la rue du Jourdain. Fennec ne rebroussa pas chemin immédiatement et rentra normalement chez lui. Dans son appartement, il s'empressa de jeter un œil dehors, pour vérifier que personne ne l'avait filé. Rassuré, il alluma une lumière et ressortit aussitôt, par le parking souterrain. Il devait se dépêcher, les autres l'attendaient.

---

1. Je te jure.

Amel laissa Sylvain prendre un peu d'avance dans l'allée. Absente, elle regardait sans vraiment les voir les objets que proposaient les brocanteurs du marché Dauphine.

Son mari revint sur ses pas pour la chercher. « Viens voir. » Il l'entraîna dans l'un des magasins où était exposé un bureau de tri de la poste, très haut, avec ses casiers à courrier. « Tu ne trouve pas qu'il est chouette ? Il n'est même pas très cher.

— Il est trop haut, il ne rentrera pas chez nous.

— Pas si on déménage. J'aimerais bien acheter bientôt. Un endroit plus grand, avec un vrai bureau et une chambre supplémentaire. »

Amel ne réagit pas. Elle n'avait pas fait attention.

Sylvain admirait encore le meuble, un sourire aux lèvres. « Qu'en penses-tu ?

— Il est bien.

— Non, de l'idée de l'appartement.

— Excuse-moi, je n'ai pas entendu, j'avais la tête ailleurs. »

— Je vois ça. C'est le boulot qui ne va pas ? »

Amel se laissa prendre par les épaules. Elle posa la tête sur la poitrine de son mari, entendit son cœur battre, vite, malgré le bruit ambiant. Il essayait de paraître calme mais il était angoissé, nerveux.

Elle aussi.

« Tu as bien fait de lâcher l'affaire avec ton journaliste. »

Quelques jours plus tôt, elle lui aurait sans doute donné raison. Mais après quarante-huit heures sans nouvelles de Rougeard, elle avait craqué. Ce qu'il lui offrait était ce qu'elle désirait le plus et elle l'avait rappelé, sans rien dire.

Elle serait au Crillon le lendemain. Elle en avait besoin.

« Concentrons-nous sur nous, c'est tout ce qui compte. Pensons à nous. »

Elle ne faisait que ça.

05/11/2001

Fin d'après-midi. La clientèle du bar du Crillon était essentiellement masculine et moyen-orientale. Amel était installée près du comptoir, seule, élégante. Trois hommes lui avaient déjà offert à boire, surpris et un peu agacés qu'elle ait décliné leurs invitations insistantes. Elle-même n'aimait guère être prise pour une professionnelle. Une confusion confirmée par les regards noirs que lui jetait le barman depuis qu'elle s'était assise.

Rougeard apparut enfin et se dirigea vers sa table. Aussitôt, l'un des clients qui l'avaient abordée se souleva légèrement et adressa un signe de la main à son compagnon. Les deux journalistes se levèrent et le rejoignirent.

Leur interlocuteur tendit la main à Rougeard. Il se présenta. « Rafic Soughayar. Armand vous avait brièvement décrit, en me parlant de vous. Asseyez-vous. » Plutôt grand et adipeux, il accorda à peine un regard à la jeune femme qui se retrouva debout, sans siège. Aucun des deux hommes ne bougea pour l'aider et elle dut aller chercher toute seule de quoi s'asseoir.

Elle revint au moment où le banquier expliquait qu'il était un fin connaisseur de la *hawala*. « Je travaille entre l'Europe et Dubaï, dans le système bancaire classique, et je m'occupe de dresser des passerelles entre ces deux univers justement. »

Quelqu'un vint prendre la commande. Soughayar ne s'inquiéta que de son invité masculin et laissa Amel se débrouiller, une fois encore. Elle vit que Rougeard n'était pas dupe du petit jeu de leur hôte. Elle capta aussi son clin d'œil. Inutile de s'énerver.

Le Libanais se lança dans une longue explication sur les activités des *hawaladars*, leur poids financier, leur histoire, trop content de pouvoir étaler sa science devant un auditoire attentif. Il n'interrompait son monologue que pour avaler une gorgée de son cocktail de fruits.

Si Rougeard semblait prendre son mal en patience, Amel ne tarda pas à s'ennuyer. Ils savaient déjà tout cela. Elle se rendit compte, un peu tard, qu'elle avait formulé cette pensée à voix haute.

Soughayar s'en offusqua immédiatement. « Mais alors, puisque vous êtes si informés, pourquoi me faire perdre mon temps ? »

Rougeard intervint sans attendre, pour détourner l'attention du Libanais de cette effrontée qui osait l'humilier ainsi. « En fait, je pensais qu'Armand vous aurait mis au courant. Nous cherchons des informations sur l'un de vos compatriotes, lui-même *hawaladar*.

— Comment s'appelle cette personne ?

— Hammud. Michel Hammud. »

Le banquier prit le temps de réfléchir, pour la forme. Il but même encore un peu, très lentement. « Il m'en avait touché un mot en effet. J'ai entendu parler de ce monsieur, mais je ne le connais pas assez bien moi-même. » Il goûta la déception qui s'afficha un instant sur le visage de ses interlocuteurs. « Mais je peux peut-être vous faire rencontrer quelqu'un qui vous en dira plus sur lui. C'est un Syrien, il est à la retraite mais il a pratiqué dans le temps. Je crois qu'il a fréquenté votre Hammud.

— Un Syrien ?

— Vous semblez surpris. Il y a beaucoup plus d'amitié entre nos deux pays qu'on le pense habituellement. Et ne vous en faites pas, il habite à Paris. Son fils a fait ses études ici et il s'est retiré auprès de lui.

— Est-il envisageable de voir ce monsieur rapidement ?

— Je ferai mon possible. J'ai bon espoir de le convaincre de vous recevoir. » Soughayar jeta un coup d'œil bref mais lourd de sens à Amel. « Pour les convenances, je pense qu'il serait préférable que vous y alliez seul. » Il sentit l'hésitation du journaliste et s'amusa de le voir finalement accepter.

« Je vous prie de m'excuser, je dois partir. » La jeune femme se leva. Elle attrapa ses affaires d'un geste nerveux et quitta le bar.

Le banquier la suivit des yeux et Rougeard le vit jubiler. Il rejoignit Amel un quart d'heure plus tard. Elle faisait les cent pas devant l'église de la Madeleine, furieuse, et ne lui laissa pas le temps d'ouvrir la bouche. « Comment as-tu pu accepter de marcher dans la combine de ce gros porc ? Tu sais ce qu'il a fait avant que tu arrives ? Tu le sais, hein ?

— Il t'a prise pour une pute. »

Amel retrouva immédiatement son calme, surprise qu'il ait compris.

« Les poules de luxe sont monnaie courante dans les grands hôtels. Tout y est beau en surface mais la réalité est plus pourrie. Regarde-toi, tu es magnifique, très élégante, trop même. Pas étonnant qu'il t'ait fait des avances.

— Ça n'excuse pas son comportement ensuite.

— Non. Mais il avait perdu la face, alors ça l'explique. C'est un homme, un Oriental qui plus est. Tu devrais comprendre, toi qui… »

Elle le dévisagea, un peu plus furieuse.

« Pardon…

— Moi qui quoi ? Dis-le !

— Non… Je m'excuse. J'ai été… Pardon. »

Il y eut un moment électrique, qui passa.

« Il est quand même mal placé pour venir me donner des leçons de *convenances*. » Amel parodia une moue dédaigneuse en lâchant ce dernier mot.

Rougeard piqua un fou rire qui arracha un sourire à sa compagne. « D'accord, tu as gagné, c'est un gros con. » Il rigola encore un peu puis se calma. « Soyons sérieux deux secondes. Le Syrien qu'il a évoqué s'appelle Ziad Makhlouf. Il m'a promis d'organiser un rendez-vous ce vendredi. Je vais y aller seul mais… »

Le sourire s'envola d'un coup.

« Mais, attends avant de t'énerver, d'accord ? J'ai besoin que tu fasses une chose très importante. Il faut aller rendre visite à la famille de Laurent Cécillon, le dernier mort que *Martine* nous a indiqué. D'après les infos qu'il nous a passées, ils habitent apparemment à Vaulx-en-Velin, dans la banlieue de Lyon. Tu en profiteras pour te rencarder sur l'ambiance générale. Les banlieues chaudes en période de tension et de guerre, ça peut toujours nous fournir un angle. Ne te loupe pas, hein, je compte sur toi. »

Amel hocha la tête, sa mauvaise humeur complètement dissipée.

Rougeard regarda sa montre. « Qu'est-ce que tu fais, là ? Tu dois rentrer ou tu as le temps de prendre un verre ? Je voudrais te faire découvrir un endroit un peu spécial. Je suis sûr que tu aimeras.

— Va pour le verre. »

Pas l'ombre d'une hésitation.

Quelques heures plus tard, ils étaient toujours ensemble dans un bar du 3ᵉ, à côté du musée Picasso. Pas très grand, pas très beau, plein. Journalistes, créatifs, activistes underground, intellectuels en friche, tenants de la *hype*, l'avant-garde furtive et autopersuadée de la pensée *qui compte*. Vin et bière coulaient à flots. Amel reconnut quelques plumes, parla à beaucoup de monde. Elle devint l'objet de nombreuses attentions. On lui présenta des confrères illustres, souriants et avides. Pour s'accrocher à la jeunesse, ils débitaient, joueurs, leurs récits rodés de vieux guerriers blessés à un auditoire immature qui soignait ses angoisses avec la douleur des autres. Peter Pan volait dans la salle, au-dessus de la foule et du bruit.

Libérée par l'alcool, vacillante, Amel entendait sans écouter, simplement heureuse d'être là. Elle ne distinguait plus les voix dans le brouhaha général. Rougeard se matérialisa à ses côtés au moment opportun et l'entraîna vers une table pour la faire asseoir.

« Où étais-tu passé ? Tu m'as abandonnée et ce… ce n'est pas gentil. » Elle s'était penchée vers lui pour parler, son élocution hachée et lourde.

« J'étais par là-bas », le journaliste indiqua une vague direction, vers le fond de la salle, « avec des gens. Mais je te surveillais.

— Je sais. » Les yeux verts d'Amel reculèrent et retrouvèrent un peu de leur acuité. Ils sondèrent ceux de Rougeard, provocateurs.

« Ah bon ? Tu sais ?

— Parfaitement.

— Et tu sais quoi ?

— De toute façon, Sylvain… Il est jaloux de toi depuis le début. » Elle se mit un doigt sur la bouche. « Ooouuuups ! » Sourit dans le vide. « Je… je dis que des conneries. » Rigola bêtement. « Il faut… je rentre. » Essaya de se lever. « S'il me voit comme ça. » Et retomba sur sa chaise en se prenant la tête dans les mains. « Il ne faut pas. Il ne faut pas.

— Viens. » Rougeard l'aida à se mettre debout et l'escorta jusque vers les toilettes.

« Où on va ?

— Te remettre d'aplomb. »

Ils descendirent péniblement quelques marches et débouchèrent dans une pièce couverte du sol au plafond de débris de céramique noire. Le bruit, au-dessus de leurs têtes, était étouffé, lointain. Ça sentait les chiottes mais au moins c'était plus calme.

Rougeard lui passa un peu d'eau sur le visage puis la fit entrer devant lui dans la cabine des femmes. Il l'appuya contre un mur. « Ne bouge pas. »

Amel se remit à rire pour rien.

Le journaliste récupéra un carnet en moleskine dans l'une de ses poches de veste, sa carte de crédit et une petite fiole en plastique. Il tendit un billet à sa compagne. « Essaie de le rouler bien serré.

— C'est pour quoi faire ? Je ne veux pas...

— Fais-le, t'as rien à craindre, c'est que de l'argent. »

Pendant que la jeune femme s'exécutait tant bien que mal, le journaliste étala un peu de poudre blanche sur le calepin, la tamisa à l'aide de sa Visa et traça quatre lignes fines. Il prit le tube de papier et s'envoya deux traits de coke. « Tiens. »

Amel prit le billet qu'on lui tendait sans trop réfléchir. Elle interrogea Rougeard des yeux, peu rassurée.

« Ça va te faire du bien, te réveiller un peu.

— J'ai jamais...

— Dans le nez et tu aspires. Tu fermes l'autre narine avec le doigt. »

La jeune femme tituba. « Je veux pas.

— T'as peur ? »

Amel hocha la tête, mais la tentation faisait son chemin dans le vert de ses iris, aidée par l'alcool et l'excitation. Elle s'inclina vers l'avant finalement, par à-coups, avec lenteur, et aspira un peu, mal, avant de souffler pour reprendre sa respiration. Toujours à moitié penchée, elle se mit à glousser devant la chemise et la veste de Rougeard, maculées de blanc, et leva un peu la tête pour observer sa réaction. Il avait l'air sérieux mais pas en colère.

« Embrasse-moi. »

Les mots semblèrent lointains et irréels. Leurs bouches se collèrent l'une à l'autre, maladroites. Amel sentit une main lui peloter les fesses et remonter jusqu'à sa nuque. Elle-même se frottait à Rougeard, caressait un sexe qui durcissait sous ses doigts.

Il lui tira sèchement les cheveux en arrière et lui indiqua sa poitrine. « Lèche. »

La jeune femme se mit à nettoyer la coke avec sa langue. Le goût était amer, chimique. Après quelques secondes, il lui sembla entendre *J'ai envie que tu me prennes dans ta bouche* et la tension sur sa chevelure se relâcha.

06/11/2001

À l'origine, ils s'étaient donné rendez-vous dans un restaurant des quais de Seine, proche du Pont-Neuf. Amel était arrivée avec les traits tirés, montrant rapidement assez peu d'entrain pour le menu. Servier s'était alors risqué à lui proposer une balade au bord de l'eau, qu'elle avait acceptée avec soulagement.

Il faisait beau, pas trop froid et de nombreux Parisiens avaient eu comme eux envie de profiter de cet interlude clément, probablement l'un des derniers avant l'hiver.

Ils s'arrêtèrent sur le port de Montebello, en face de Notre-Dame. Elle, nerveuse, n'arrêtait pas de boire de l'eau. Lui, discret, l'observait en mâchonnant un *panino* élastique acheté en chemin.

Amel avait remis ses lunettes noires dès qu'ils s'étaient retrouvés dehors, pour cacher ses yeux rougis et fatigués par le manque de sommeil ou autre chose. Ses mains, intenables, vissaient et dévissaient le bouchon de la bouteille. « Ça fait du bien d'être dehors. » Son débit verbal était précipité. Elle butait sur certains mots qui la faisaient monter dans les aigus.

Elle resserra les mâchoires, déglutit.

Servier approuva la bouche pleine. Il posa le reste de son sandwich à côté de lui, enroulé dans une serviette en papier. « Tourne-toi vers moi.

— Pour quoi faire ? »

Il ne répondit pas et se contenta de répéter son invitation d'un geste des deux bras.

Amel s'exécuta devant son insistance silencieuse.

Il lui retira ses lunettes. « Regarde-moi. Lève la tête, regarde-moi. » Et les remit en place après quelques secondes. « Qu'est-ce que tu as pris ? »

La réponse ne vint pas.

« Cocaïne ?

— Oui.

— Première fois ?

— Oui.

— Tu vas te bouffer les dents du fond toute la journée. Avec qui ?

— Rougeard. » Puis : « Je ne sais pas ce qui m'a pris.

— Tu as voulu essayer. Ça arrive à beaucoup de gens.

— Comme toi ?

— Oui. » Servier se leva pour aller jeter son sandwich avant de revenir s'asseoir à côté d'elle. « Tu as passé la nuit avec lui ?

— Une partie. » Amel but une autre gorgée d'eau. « Hier après-midi, des gens m'ont prise pour une pute. » Un temps. « Ils n'avaient peut-être pas tort. » Elle regarda Servier. « Je suis désolée.

— De quoi ? Tu ne m'as rien fait et je n'ai pas à te juger.

— Pourquoi es-tu là, alors ?

— Pour t'écouter. Si tu en as envie. »

Avec une certaine réticence, Amel détricota les derniers mois. Elle commença par certains événements saillants puis, à mesure qu'elle reculait dans le temps, sa parole se libéra et devint plus personnelle. Elle passa en revue l'école de journalisme, ses ambitions, son mariage et les envies contradictoires qu'il avait fait naître. Elle fit quelques incursions dans un passé plus lointain, sa rencontre avec Sylvain, les tensions avec sa famille autour de la tradition, qu'elle laissa cependant en grande partie dans le noir. Elle évoqua également Rougeard et les professionnels de son calibre, ce qu'ils représentaient lorsqu'elle était étudiante. Elle prit bientôt conscience qu'après ses parents elle associait maintenant son mari à l'enfermement. La liberté, l'évasion, c'était son travail qui les lui donnait.

Et son boulot, c'était Rougeard. Pour le pire ou pour le meilleur.

Servier le lui fit remarquer.

« Mais non, je ne l'aime pas. Enfin pas comme tu le penses. C'est un bon journaliste, un homme cultivé. Il a de l'expérience. Il est sincère.

— Et il est donc plutôt séduisant, non ?

— J'ai juste commis une erreur. Je ne recommencerai pas.

— Qu'est-ce que tu vas faire maintenant ?

— Je crois que je vais tout lâcher. Avec Rougeard je veux dire.

— Comme ça, d'un coup ? Et après ?

— Après ? Sylvain. Je…

— Je sais à quoi tu penses. Si tu fais ça, non seulement tu n'arrangeras rien mais tu vas le regretter longtemps. Il faut retrouver un équilibre entre les deux.

— Comme toi qui passes ta vie à bosser pour éviter de trop penser au reste ? » Les mots avaient été crachés avec hargne. Amel se reprit immédiatement. « Pardon. Tu as peut-être raison. Mais tu ne sais pas tout, l'affaire sur laquelle je bosse, elle me fait un peu peur. » Elle s'interrompit pour suivre des yeux un bateau de touristes qui passait devant eux, à moitié vide.

Servier ne la pressa pas, c'était inutile.

La journaliste se remit à parler et expliqua en détail le dossier *Martine*, ainsi qu'ils l'appelaient entre eux. En cours de route, elle répondit à une ou deux questions, puis conclut en exposant les hypothèses qu'ils avaient envisagées. « Rougeard est même persuadé que nous sommes sur écoute. Ça me fout la trouille, surtout si ses théories sont justes.

— Vous avez les noms de ceux que vous pensez être les commanditaires, c'est ça ?

— Oui, et leurs photos. Et on a un prénom pour la taupe. Des photos de lui aussi.

— Vous avez réussi à prendre des clichés de vrais espions ? »

Amel perçut une certaine admiration dans la voix de son interlocuteur. Leur histoire aiguisait sa curiosité. « Rougeard a fait appel à un de ses copains. » Elle-même se sentait à nouveau plutôt fière de bosser sur un sujet visiblement exceptionnel. « Un mec qui chasse du *people* à longueur d'année. Il s'appelle Yann Soux.

— Ça a dû le changer de sa routine habituelle.

— La seule fois où je l'ai rencontré, il m'a dit que les gens qui nous intéressent étaient beaucoup moins difficiles à suivre que les vedettes qu'il traque habituellement.

— Ils ne doivent pas avoir l'habitude de trop se méfier ici.

— Tout le monde dit que nos services secrets sont nuls. »

Servier hocha la tête avec les mêmes yeux vides déjà aperçus à une ou deux reprises. Il poursuivit sur un ton très sérieux. « Tu dois quand même faire très attention. Nuls ou pas, si ce que tu racontes est vrai, ces gens ne sont pas des saints. »

Amel s'énerva à nouveau. « Je le sais bien ! » Elle frissonna.

Jean-Loup était revenu au présent. Il lui passa un bras autour des épaules. « Excuse-moi. Tu ne gardes pas des copies de ces photos chez toi, au moins ? Il vaudrait mieux t'en débarrasser sinon.

— Je n'en ai pas, non. Rougeard en a emporté une dizaine à l'hebdo. Pour les montrer à Klein, le boss. Sinon, je crois que c'est Yann qui a tout. » La journaliste souffla, frustrée. « Putain, j'ai toujours râlé contre la parano ambiante et voilà que je m'y mets.

— T'es en pleine descente et tu es fatiguée. Demain, tout sera un peu plus clair.

— Tu crois vraiment ? » Amel continua tout bas : « Merci d'être là.

— Pardon ?

— Je disais que j'appréciais que tu sois là. Tu es la seule chose un peu positive qui me soit arrivée récemment.

— Un *peu* positive ? » Jean-Loup hoqueta un rire faussement ironique. « Je ne vois pas pourquoi. Je suis largué dans ce genre d'histoire, très mal placé pour te dire quoi que ce soit. Ne te laisse pas entraîner trop loin dans les délires de ce Rougeard, c'est tout.

— Tu laisserais tomber, toi, si tu pensais qu'une affaire pas claire, voire franchement dégueulasse était en train de se passer ? Si tu pouvais y mettre un terme en la révélant au grand jour ? »

Servier ne répondit pas.

« Je dois faire un saut à Lyon dans deux jours.

— Le 9 ? Pour quoi faire ?

— Rencontrer la famille du jeune type mort, le deuxième sur lequel on nous a tuyautés. Apparemment, il avait rejoint les rangs des islamistes. J'y vais pour essayer d'en dresser un portrait plus complet que ce que nous avons. J'ai promis à Rougeard que je le ferais. Pour la suite, je verrai en rentrant. »

Amel se tourna vers Jean-Loup pour lui demander quelque chose mais il anticipa sa question. « Je pars en fin de semaine. À l'étranger. » Il la regarda en retour, devinant le vert étincelant derrière les lunettes. « Je ne rentrerai pas avant le mercredi ou le jeudi suivant.

— Pas avant une semaine.

— Oui. Promets-moi de faire attention à toi. »

09/11/2001

Ablis, dans les Yvelines. La voiture grise, banale, banalisée, était garée à l'angle des rues de la Mairie et des Acacias. Juste avant le pont, hors de vue du groupe de logements sociaux construits sur l'ancienne plate-forme ferroviaire de la ville. Hors de vue de l'appartement de Nourredine Harbaoui. Son frère cadet, Khaled, s'y trouvait également, hébergé le temps de lui donner un coup de main sur un chantier au noir. Ils travaillaient la nuit et n'étaient pas rentrés se coucher depuis longtemps.

« On perd notre temps avec ces mecs. Je les sens pas. » Meunier était au volant. Il bâilla.

Ponsot avait la tête appuyée contre la vitre, côté passager. « Nélaton a l'air de croire le contraire. Selon eux, ils aident côté logistique.

— On n'a pas vu ou entendu grand-chose en trois semaines, si ? Ce sera pas la première fois qu'ils se foutent dedans. »

À l'arrière, Zeroual était allongé en travers de la banquette. Il se redressa pour se placer entre les deux fauteuils. « Je croyais qu'ils les avaient remontés à partir des listes d'appels d'un mec du groupe de Strasbourg ?

— C'est ce qu'ils disent.

— Et la salle de prière de Mantes, celle où va aussi le fameux Mustapha Fodil ? »

Ponsot réprima un bâillement. « Ça n'a rien donné ou presque. On connaît déjà les barbus qui sont derrière et on sait qu'ils ne sont pas gentils. Mais ce ne sont pas les seuls dans ce cas. C'est bien Trigon qui est sur l'interpel' de Fodil, non ? »

Son adjoint acquiesça, laissa passer un peu de temps, rota. « Voilà, c'est tout ce que ça m'inspire.

— Au moins, le bon peuple a l'impression que son argent est bien dépensé. » Zeroual se recoucha. « Réveillez-moi quand ça bouge.

— Dans le 20e, ça donne quoi ?

— Aux dernières nouvelles, peau de balle, ô chef vénéré.

— Qu'est-ce qu'on a, là-bas ?

— De la vidéo embarquée, sur la mosquée, le bar et chez *Momo* Touati. Chez Cécillon, on a tout démonté vite fait, rapport aux collègues du 36.

— Messaoudi ?

— Tu as dit de pas y toucher. Et puis on n'a pas assez de monde.

— Ils me fatiguent, tous. On va arrêter. Tout ça ne sert à rien. » Ponsot aperçut un mouvement dans le rétroviseur extérieur. Il regarda sa montre, il était six heures moins dix. « Tiens, on dirait qu'ils en ont marre d'attendre. »

Alors qu'il prononçait ces mots, plusieurs policiers en civils cagoulés, vêtus de gilets pare-balles et armés de pistolets automatiques passèrent en courant de chaque côté de leur voiture. Loin derrière, au bout de la rue, des fourgons de CRS prenaient position pour bloquer le passage.

Meunier monta le volume de la radio de bord. « Ouais, c'est parti pour le cirque. »

Ponsot ouvrit sa portière. « On récupère tout vite fait et on se barre, le reste ne nous concerne pas. »

La mère de Laurent Cécillon avait pleuré lors de leur premier contact téléphonique. Amel était un peu angoissée à l'idée de la rencontrer dans quelques heures. Elle supportait mal le chagrin des autres. Un nouveau voyageur entra dans le wagon presque vide. TGV, première classe, Rougeard ne s'était pas fichu d'elle. Même s'il la laissait s'occuper d'une corvée dont il n'avait probablement aucune envie de se charger lui-même.

Elle s'était ménagé un peu de temps avant d'affronter les larmes de la mère du défunt et avait d'abord pris rendez-vous avec une fonctionnaire de la mairie de Vaulx-en-Velin chargée de la communication. Elle espérait ainsi glaner quelques informations locales, éventuellement des précisions sur la famille Cécillon et repousser la confrontation fatidique.

L'idée que Rougeard lui avait confié une corvée refit surface. Cette fois, le confort de son voyage à venir n'y fit rien. Il s'était réservé le morceau de choix. Elle aurait aimé assister à l'entrevue avec le Syrien. Elle aurait dû y être. La piste était là-bas, auprès de cet homme.

Celui qu'on l'empêchait de voir.

Rougeard était moins gêné aux entournures lorsque... les souvenirs embrumés des toilettes du bar firent passer sa crise d'orgueil et réveillèrent sa culpabilité et son dégoût. L'accouplement, il n'y avait pas d'autre mot, avait été bref. Il avait joui très vite et elle aussi. Évidemment, il avait voulu recommencer dès le lendemain. Mais elle était restée chez elle, auprès de Sylvain, et avait limité leurs échanges au strict minimum professionnel. Quelques mails et coups de fil, rien d'autre.

Tout cela en pure perte, sa situation n'avait pas évolué.

Son mari avait essayé de lui faire l'amour ce matin mais elle s'était défilée. Il ne disait rien, se montrait compréhensif et patient, se pensait fautif. Et il l'était mais elle aussi, et ses refus n'avaient plus grand-chose à voir avec l'*incident* initial. Plus de sexe entre eux depuis cette nuit-là. Elle se demanda combien de temps cette comédie pourrait durer.

Avant de la quitter, mardi, Servier lui avait conseillé la vérité. Il disait que rien ne pouvait tenir durablement sur des non-dits ou pire, des mensonges. Que ce que l'on cherchait à cacher finissait toujours par remonter à la surface, d'une façon ou d'une autre. Il avait essayé de plaisanter, arguant que la moindre des choses, pour des journalistes justiciers, était d'être eux-mêmes irréprochables, mais le cœur n'y était pas. Sa voix lui avait paru teintée de regrets, peut-être des remords. Elle ne parvenait pas, cependant, à l'imaginer en tricheur.

À bien y réfléchir, elle n'avait guère d'idées à son sujet. Plus elle le voyait, moins elle le comprenait. Il n'était pas ce garçon timide croisé un soir de pluie. La façade du dragueur flambeur, sûr de lui et monolithique, manifestée lors de leur seconde rencontre, ne correspondait pas non plus. Il ne montrait presque rien évidemment, sauf qu'il appréciait de la retrouver. Enfin, peut-être pas tant que ça. Leur rendez-vous de mardi s'était conclu de façon étrange. Il était absent et distant lorsqu'il l'avait quittée, comme si elle lui avait transmis une partie de son cafard.

Le train se mit en route. Amel ferma les yeux.

La salle où elle fut reçue plus tard à la mairie, après un déjeuner rapide, résonnait dès que l'on élevait la voix. Elle était en compagnie d'une femme d'une quarantaine d'années qui lui dressait un portrait idyllique de la situation locale.

« Ce que vous dites me surprend. Je me suis un peu documentée avant de venir vous rencontrer et les statistiques semblent démentir vos propos. Même si, évidemment, on ne parle plus de vos cités *sensibles* autant que dans les années quatre-vingt-dix.

— Je serais curieuse de voir ces chiffres. » La fonctionnaire municipale hésita. « Et quand bien même, la criminalité a augmenté partout, hein ? Nous ne pouvons être tenus pour responsables d'une tendance qui semble être générale. Nous comptons sur de nombreuses bonnes volontés qui, tant au niveau municipal qu'associatif…

— Je n'en doute pas.

— Et puis que pouvons-nous faire, hein ? La région et l'État ont baissé les bras, et les moyens de la commune sont limités.

— Donc en fait, Vaulx-en-Velin n'est pas aussi apaisé que ça ? Chez vous aussi, les tensions intercommunautaires et interreligieuses sont exacerbées ? »

Il y eut quelques secondes de silence pendant lesquelles les deux femmes se jaugèrent du regard.

La chargée de com' jeta un œil derrière elle, vers la porte de la salle de réunion, pour vérifier qu'elle était bien fermée. Elle se pencha vers Amel. « Ce que je vais vous dire doit rester entre nous, hein ? Tout ce qu'on fait, ça ne sert à rien. Ça ne sert plus à rien. Tout le monde s'en fiche et ceux qui ne s'en fichent pas ne sont plus soutenus, ni politiquement ni financièrement. Il n'y a plus d'argent et de toute façon, maintenant, on se méfie.

— On se méfie de quoi ?

— Vous savez, on a abandonné le terrain, on ne le comprend plus. Un temps, on a fait confiance aux religieux sans faire attention à leurs discours et on s'est acheté la paix urbaine à vil prix, en les subventionnant. Pendant des années, ces gens ont propagé des messages haineux, antirépublicains. Les politiques se sont fait avoir et aujourd'hui ils ne savent plus comment faire.

— Et ils viennent d'où, ces gens ? »

Une légère tension, dans le ton d'Amel, incita la fonctionnaire à ne plus lui répondre.

Ziad Makhlouf habitait dans une tour située en bas de la rue de la Mare, dans le 20ᵉ arrondissement. Une fois sur place, Rougeard identifia le bon immeuble, trouva l'entrée et composa le code d'appel qu'on lui avait communiqué.

Après une courte attente, il y eut un craquement électrostatique et une petite voix plutôt âgée monta du haut-parleur. « Bonjour. Qui est là ?

— Bastien Rougeard.

— Je vous attendais. Je descends, ne bougez pas. »

Pour patienter, le journaliste s'écarta du sas vitré pour observer le jardin de la cité HLM. Ses quelques allées plantées avaient du mal à chasser le spectacle de décrépitude triste offert par les quatre barres plutôt hautes et très soixante-dix qui l'entouraient.

Au pied des bâtiments, deux groupes revendiquaient chacun leur morceau de cet ultime territoire préservé du béton. Le premier, composé de garçons issus de tous les horizons de l'immigration, était l'illustration parfaite de la France *black-blanc-beur* consumériste qui arborait les logos de marques connues, tous plus flashy les uns que les autres, en guise de revendications identitaires. Flamboyants, chahuteurs, leur présence ne passait pas inaperçue. À l'opposé, trois jeunes Maghrébins, à peine plus âgés que ceux de l'autre groupe et vêtus de tenues que Rougeard aurait volontiers qualifiées de *traditionnelles*, discutaient discrètement tout en surveillant le coin.

La présence du journaliste ne leur avait pas échappé et leurs œillades appuyées lui firent rapidement comprendre qu'il n'était pas forcément le bienvenu. Peut-être l'avaient-ils percé à jour, pris pour le représentant curieux d'une quelconque administration, ou pire, pour un flic.

« Je vois que vous avez déjà repéré notre version locale de l'œil de Moscou. » La voix entendue un peu plus tôt dans l'interphone se manifesta derrière lui.

Rougeard se retourna pour découvrir un homme de petite taille appuyé sur une canne. Il portait un épais gilet de laine grise sur un pantalon de toile sombre et une chemise immaculée boutonnée jusqu'au cou. Un fin collier de barbe, blanc comme ses cheveux, encadrait son visage et, derrière ses lunettes carrées à monture métallique, ses yeux mobiles semblaient amusés.

« Je suis Ziad Makhlouf. »

Ils se serrèrent la main.

« Merci d'avoir accepté de me rencontrer.

— Marchons un peu, voulez-vous ? C'est l'heure de ma promenade quotidienne. Et puis comme ça, nous pourrons voir à quel point vous intéressez nos jeunes amis. »

Ils quittèrent le jardin et rejoignirent la rue de Ménilmontant, qu'ils commencèrent à remonter en direction de la rue des Pyrénées.

« J'ai bien connu le père de Michel Hammud. Je l'ai rencontré l'année où je me suis installé au Liban, quand j'ai quitté mon pays. Le fils, je ne l'ai côtoyé que quelque temps, quand ses parents vivaient encore. Un peu après leur mort aussi, lorsqu'il a cessé d'être un banquier *normal*. » Makhlouf parlait un bon français, teinté d'un très léger accent oriental. « Nous exercions le même métier après tout, dans le même pays. La *hawala* étant fondée sur la réputation et la confiance, nous étions régulièrement amenés à travailler ensemble. Au début, je l'ai beaucoup aidé mais sa conversion l'a peu à peu poussé vers des relations professionnelles moins recommandables. Très vite, en dépit de toute l'affection que j'avais éprouvée pour sa famille, j'ai cessé de commercer avec lui. Ce qu'il fait, les gens qu'il voit, c'est *haram*, mauvais.

— Ces gens mauvais, qui sont-ils ?

— Ceux qu'on appelle communément des terroristes.

— Et ils n'en sont pas ? »

Le Syrien esquissa un sourire. « Eux-mêmes se considèrent plutôt comme des combattants de la liberté, des révolutionnaires si vous voulez, ou des guerriers saints. Tout dépend du point de vue que l'on adopte. Parmi les raisons qui les poussent à agir, il en est de bonnes et de moins bonnes.

— À quel groupe appartiennent-ils ? Al-Qaida ?

— Al-Qaida n'existe pas en tant que groupe. »

Rougeard, surpris, marqua un temps d'arrêt avant de rattraper son interlocuteur qui avait continué sans lui. « Alors qui le gouvernement américain poursuit-il depuis deux mois ? Depuis bien plus longtemps que ça même. Ben Laden...

— Ses propres fantômes.

— Oui, je sais que cette organisation est née avec la bénédiction des États-Unis, mais aujourd'hui…

— Aujourd'hui, Al-Qaida, la *base*, est devenue un idéal plus qu'autre chose. C'est un étendard sous lequel viennent se rassembler toutes sortes de fanatiques qui disent agir au nom des peuples musulmans opprimés. Mais ce ne sont que des menteurs, de la racaille. » Une certaine rancœur apparut dans les mots du Syrien. Elle augmenta à mesure qu'il développait son propos. « Si cet idéal peut exercer une telle influence, c'est en partie grâce à vous, les Occidentaux. Vos ordinateurs, vos satellites, vos télévisions, vos journaux lui assurent bien plus d'impact que les quelques faits d'armes dont s'enorgueillissent ceux qui disent agir en son nom. » Il termina sur un ton presque haineux.

« Vous ne les portez pas dans votre cœur, je me trompe ?

— Pardon. Il faut croire que je suis un *mouradh* imparfait. » Makhlouf se mit à rire.

« Je ne…

— Je suis né à Alep, monsieur Rougeard, un des bastions du soufisme en Syrie. Un *mouradh* est, selon notre tradition, un initié qui a atteint le plus haut degré de perfection et dont l'âme est théoriquement apaisée, débarrassée de ses passions. »

Le journaliste prit le temps de digérer la révélation du vieil homme. Il comprenait à présent un peu mieux son agressivité éruptive tant vis-à-vis des suppôts d'Al-Qaida, généralement inspirés par une vision *wahhabite* de l'islam, ultra-orthodoxe, à l'opposé de celle des *soufis*, qu'ils combattaient, que du monde occidental. Le soufisme était un courant piétiste qui prônait le renoncement aux biens matériels. « Il y a quand même bien un noyau homogène chez les disciples ou les alliés revendiqués d'Oussama Ben Laden.

— Lequel ?

— Le salafisme.

— Ah ! Les salafistes, *salafis*, *salafs*, ils se donnent tant de noms. Ils appartiennent à beaucoup de courants assez différents les uns des autres. C'est étrange toutes ces interprétations pour des gens qui annoncent se contenter de lire le Coran et la *sunna* au premier degré, vous ne trouvez pas ? » Le Syrien se moquait mais il était à nouveau tendu. « Les *talafs*, les égarés, je les appelle, moi. Et le fils de mon ami Hammud s'est perdu avec eux. La dernière fois que je l'ai aperçu, c'était dans le quartier, en leur compagnie. Cela m'a fait très mal de le voir ainsi. Ses parents…

— Que s'est-il passé ? »

Makhlouf se tut pendant quelques secondes, perdu dans ses souvenirs. « Cela fait une dizaine d'années que je vis en France. À la mort de ma femme, j'ai rejoint mon fils, qui faisait ses études de médecine chez vous. Il pratique aujourd'hui, en province, et il s'est marié à une Française. » La colère avait cédé la place à la fierté. « Et comme lui, je suis tombé amoureux de votre pays et de sa culture, même si vos compatriotes ne partagent pas aisément ceux-ci avec les étrangers. Lorsque j'ai interrompu mes activités d'*hawaladar*, je me suis impliqué du mieux que je le pouvais dans la vie locale. Il me semblait important d'essayer de faire connaître ma culture ainsi que de rétablir le vrai message de l'islam. »

Presque alarmé, il attrapa le journaliste par la manche et le força à s'arrêter. « Notre religion n'est pas que haine et violence, nous avons tant d'autres choses à donner. »

Rougeard comprit que le Syrien attendait son assentiment. « Je vous crois. Et Hammud ?

— J'y viens, j'y viens. »

Makhlouf, prudent, se retourna une fois avant de se remettre en route. « J'ai commencé à organiser des lectures et des cours via une petite association qui œuvrait en collaboration avec la mosquée du quartier. Pendant longtemps, tout s'est très bien passé. Il y a deux ans, les salafistes sont apparus. Des Algériens surtout. En douceur, ils ont réussi à prendre le contrôle de la salle de prière, comme des serpents perfides. Quand les gens ont enfin réalisé ce qui se passait, il était trop tard. Des fidèles sont partis, d'autres, moins ouverts, sont venus. Il y a eu des rumeurs sur des filières de recrutement vers des maquis, en Algérie, et même vers d'autres terres de *jihad*, soi-disant. J'étais partagé, je me méfiais de ces gens mais en même temps je ne voulais pas y croire. Ici, tout ce qui porte la barbe est suspect. »

Le vieil homme baissa la tête. « Je me suis trompé. J'ai péché par naïveté, comme les autres. Je l'ai compris lorsque j'ai croisé Michel Hammud une première fois dans le quartier, l'an dernier, en compagnie de celui qui est devenu le nouveau maître de la mosquée. Je l'ai revu à plusieurs reprises par la suite, souvent mal accompagné, par le même individu ou ses sbires. J'ai bien essayé de prendre contact avec lui, mais il a feint de ne pas me reconnaître.

— Comment s'appelle cet homme, celui qu'Hammud venait voir ?

— Mohamed Touati.

— Rencontrait-il d'autres gens ?

— C'est possible. Mais je ne passais pas mon temps à surveiller ses faits et gestes.

— En réalité, je pensais à une personne en particulier. » Le journaliste trouva une photo de Cécillon, que *Martine* avait jointe aux documents qu'il leur avait remis, et la montra à Makhlouf. « L'avez-vous déjà vu avec Michel Hammud ? »

Le Syrien regarda attentivement le cliché. « Je connais ce garçon. Il venait à la mosquée. Il est possible qu'il ait croisé Hammud là-bas. Mais il est mort, non ?

— Vous étiez au courant ? »

Le Syrien se mit à rire. « Les nouvelles vont vite dans le coin, vous savez. Pourquoi me parlez-vous de lui ?

— Visiblement, il traînait par ici, comme Hammud. Et ils avaient des idées, comment dire, assez proches.

— Mais encore ? »

Rougeard se demanda s'il devait parler de la mort du Libanais. Apparemment, son interlocuteur n'était pas au courant. Ou alors il cachait bien son jeu. Il préféra se taire, dans le doute. « Rien d'autre pour le moment, j'essaie justement d'établir des connexions. Elles ne sont pas forcément toutes solides.

— Une chose est sûre, ce garçon était proche de Mohamed.

— Ah, c'est déjà un début. Et où peut-on le trouver, ce Mohamed… Touati, c'est ça ?

— Le plus simple, c'est d'aller à la mosquée, il y est tous les jours désormais. Il veille jalousement sur son territoire, comme une vieille chienne sur ses bâtards. Mais gardez-vous de lui, c'est un homme dangereux. »

Rougeard sortit son carnet de notes et l'ouvrit. « Vous pouvez me donner l'adresse ? »

« Alors, *ghouia*, comment ça se passe au marché ? »

Karim était accoudé au comptoir d'*El Djazaïr* et discutait avec Salah. « Je suis très fatigué. Je n'avais plus l'habitude du travail manuel. » Mohamed lui avait trouvé un emploi chez un grossiste en viande *hallal*. Il se levait très tôt le matin et charriait des carcasses jusqu'à quatorze heures tous les jours. « Mais je me sens beaucoup mieux depuis que… »

Un garçon que Fennec n'avait jamais vu entra précipitamment. Il fit signe au patron qu'il voulait lui parler à l'oreille. Celui-ci s'inclina vers le nouveau venu, écouta quelques secondes puis se redressa, visiblement énervé. « Pourquoi tu viens me le dire à moi, hein ? Va prévenir Mohamed, il est à la mosquée. »

Le gamin déguerpit aussi vite qu'il était entré.

Salah secouait la tête.

« Que se passe-t-il ?

— C'est encore le vieux Makhlouf qui nous emmerde. »

Karim connaissait le vieil homme. Il l'avait croisé une ou deux fois à la mosquée, au début de son infiltration. Après un dernier esclandre monumental, il avait cessé d'y venir. Mais il profitait de la moindre occasion pour déranger les activités des *salafis* du 20ᵉ. « Qu'estce qu'il a encore ?

— *Ould el kharba*, ce fils de pute est encore en train de baver avec un étranger. Et il paraît que l'étranger prend des notes.

— Un journaliste ? Que veut-il ?

— Qu'est-ce que je sais, moi ? » Salah se rapprocha de Karim, l'air conspirateur. « Un de ces jours, le vieux, on va le faire taire pour de bon. »

Une boîte. Une boîte marron et blanc. Telle fut la première image qui vint à l'esprit d'Amel lorsque son taxi s'arrêta au pied de l'immeuble des Cécillon, dans la cité du Pré-de-l'Herpe.

« Vous êtes sûre de vouloir que je vous laisse là ? » Le chauffeur se retourna. Il semblait surpris et peu rassuré pour elle. Et pour lui-même.

La journaliste le paya, demanda une fiche et s'empressa de sortir de la voiture.

Il faisait beau. La lumière était très claire. Tout était calme, désert. Pour un peu, elle aurait qualifié l'endroit de *tranquille*. Mais ce n'était qu'une fausse impression, la réputation du quartier n'était guère brillante et vraisemblablement pas usurpée. Évidemment, on parlait plus souvent du Mas-du-Taureau, le *no man's land* voisin, rendu célèbre dans les années quatre-vingt-dix parce qu'il avait engendré Khaled Kelkal, un apprenti terroriste abattu par des gendarmes, ailleurs dans la banlieue lyonnaise. Mais le Pré n'avait rien à lui envier.

Les signes de déliquescence étaient partout, détails dérangeants qui remontaient à la surface lorsqu'on s'attardait sur le tableau. Carcasses de voitures calcinées au milieu d'autres véhicules encore survivants, poubelles brûlées, tas d'immondices, graffitis aux slogans tous plus violents les uns que les autres, espaces verts plus entretenus, vitres brisées. Sa vision initiale se brouilla et redevint déprimante.

Amel monta les quatre marches qui la séparaient de la porte du bâtiment et entra. Elle se retrouva dans un hall sombre. Sur sa gauche, des boîtes aux lettres défoncées et un plan de l'immeuble. En face, un ascenseur. À droite, des escaliers, occupés par trois garçons, plus jeunes qu'elle. Survêt' relevés au milieu d'un mollet, signe de reconnaissance des pseudo-descendants d'esclaves, baskets, casquettes et blousons de cuir sombres. Des caricatures. Ils s'arrêtèrent de parler et fumer pour l'examiner.

Elle les ignora.

Elle trouva sur le plan l'emplacement de l'appartement des Cécillon, au troisième, et se dirigea d'un pas rapide vers l'ascenseur. Le bouton d'appel s'enfonça sans ressortir, ce qui provoqua quelques rires moqueurs dans son dos. Amel attendit un peu puis essaya de triturer la commande, sans succès. La cabine ne semblait pas avoir bougé de place, où qu'elle se trouvât.

« Hé, *Mururoa* ! Y marche pas, l'ascenseur. »

La journaliste se retourna.

Celui qui lui avait parlé se tenait le plus bas sur l'escalier. Il la dévisageait avec un air suffisant et menaçant. « Si tu veux monter, il va falloir nous passer dessus. » Il se tourna un instant vers ses copains, qui hochèrent la tête. C'était sans doute lui le chef. « À moins qu'on fasse le contraire. » Nouveaux éclats de rire.

Amel lui renvoya un regard furieux, agitée par plusieurs émotions contradictoires. La colère. Elle pensa à son père qui aurait explosé s'il avait été là. Il détestait cette *racaille désœuvrée* et cela leur avait valu de nombreuses explications tendues. Le soulagement. Parce que ce matin elle s'était habillée sobrement, en pantalon et chaussures plates. Et enfin la peur.

Il était trop tard pour reculer à présent. Elle se composa un visage neutre et avança vers l'escalier. Les trois garçons ne bougèrent pas, se turent. Ils ricanaient à peine. Dans ce quasi-silence, on n'entendait que ses pas mal assurés, sur le carrelage de l'entrée, ainsi que des télévisions ou des radios, en sourdine, dans les étages.

Elle commençait à enjamber le premier gamin lorsqu'elle sentit une main remonter à l'intérieur de sa cuisse puis effleurer son pubis. Électrisée par ce contact étranger indésirable, Amel paniqua et recula contre un mur. Piégée. Les adolescents étaient debout à présent. Ils n'avaient beau avoir que seize ou dix-sept ans, elle ressentit leur proximité comme une menace aiguë.

« Je suis journaliste. Vous…

— Et alors, *tchébi*, qu'est-ce que j'en ai à battre ? » Le chef.

« On est pas assez bien pour toi ? » Un second, plus grand et plein de boutons d'acné.

« Tu crois que tu peux venir avec tes *airbags* comme *ac*. » Le troisième. Il mima une énorme paire de seins devant lui. « Tu crois que tu peux nous passer devant sans demander la permission ? » Ses doigts s'insinuaient sous la veste de son tailleur. « Tu nous as pris pour des *clandés* ou quoi ? »

Amel essaya de les repousser avec de grands moulinets avant de refermer les bras devant elle, autour de sa serviette en cuir.

« *Téma* comme elle est *péfli* la *meuf*. » Le petit chef lui attrapa sèchement l'avant-bras. « Viens par là toi ! » Il commença à la tirer vers le centre du hall.

« Lâchez-moi !

— Viens ou je te *marave* la tête tout de suite ! »

Une voix grave et puissante résonna dans les escaliers, juste au-dessus d'eux. À peine un grognement. Un homme se tenait là, massif, l'air sévère. La barbe touffue qui entourait son visage le rendait plus terrible encore.

Les gamins s'écartèrent un peu. D'un seul geste sec, l'inconnu les convainquit de battre en retraite. Ils finirent par quitter le hall, après un dernier coup d'œil venimeux à la journaliste. « Sale pute de ta race ! »

Amel les regarda partir avant de tendre la main à son sauveur. « Merci. »

Il portait une épaisse doudoune par-dessus une longue djellaba grise et un pantalon blanc qui s'arrêtait à la hauteur des chevilles. Sa tête était recouverte d'un calot de la même couleur. « Ta tenue est indécente, ma sœur. » L'homme la regarda avec un air de dégoût. « Tu ne devrais pas provoquer les gens. » Il s'éloigna sans rien ajouter.

Il fallut quelques secondes à Amel pour encaisser le coup. Sa peur, qui commençait à refluer, fut rapidement submergée par un sentiment de honte. Elle se sentait salie, plus encore par les derniers mots prononcés par le *barbu* — voilà à quoi il était à présent réduit dans son esprit — que par l'agression qu'elle venait de subir. Elle ne put s'empêcher de repenser à l'incident du bar du Crillon et à ce qui s'était passé ensuite avec Rougeard. Ce qu'elle avait accepté pour elle-même et pour son mari.

Les jambes tremblantes, elle se mit à gravir les marches vers le troisième étage. Elle monta dans un état second, K-O debout. Lorsque Mme Cécillon lui ouvrit enfin sa porte, son instinct maternel capta immédiatement le malaise de la jeune femme. Elle la conduisit sans rien demander jusqu'au canapé élimé de son petit salon et disparut pour lui préparer « une tisane bien chaude ».

Elle revint quelques minutes plus tard avec un plateau de plastique bariolé. Amel s'était un peu calmée. Elles commencèrent par boire sans échanger autre chose que des formules de politesse intimidées. Quelque part dans l'appartement, une radio diffusait de la musique. La journaliste profita de cet interlude pour achever de passer la pièce puis son interlocutrice en revue. Elles étaient à l'image l'une de l'autre, étriquées, vieillies avant l'âge.

Il y avait une série de photos de famille sur une commode proche. Mme Cécillon remarqua qu'Amel les examinait attentivement. « Celui au centre, c'est mon Laurent. » Elle inclina la tête sur le côté, attendrie. « Il était beau, n'est-ce pas ? Et tellement différent de son frère. Plus intelligent, beaucoup plus. Plus angoissé aussi. On a toujours fait du mieux qu'on a pu avec lui mais sans grand succès. Il s'est éloigné de nous, on ne le comprenait plus. Son père en a beaucoup souffert. Il a même fini par refuser de lui parler. » Elle se crut obligée de se justifier. « Mon mari n'est pas un père indigne, mademoiselle. Au fond de lui, je sais qu'il se sent responsable de tout et ça le bloque. C'est pour ça qu'il n'est pas là aujourd'hui.

— Je comprends, ne vous inquiétez pas. Ça vous ennuie si je prends des notes ? » Amel n'attendit pas la réponse à sa question et récupéra un carnet dans sa serviette.

La mère de Laurent Cécillon semblait incapable de détacher son regard triste de la photo de son fils. « Mon petit a eu très vite du mal à l'école. Il comprenait bien mais il avait peur des tests. Chaque examen se transformait en véritable obstacle infranchissable, il en faisait des cauchemars la nuit. C'était comme ça pour tout, même pour le sport. Il avait tellement peur de nous décevoir. Ou d'avoir l'air ridicule devant les autres. Ça lui faisait perdre tous ses moyens. Nous l'avons compris bien trop tard. » Elle se tourna enfin vers la journaliste. « Ses frustrations, il les compensait par de l'agressivité. Il croyait qu'en faisant peur à tout le monde il serait respecté. Il a commencé à traîner avec les autres petits durs du quartier, vous savez, ceux qu'on appelle un peu trop vite les *petites frappes*, la *racaille*. »

Bizarrement, Mme Cécillon ne semblait pas en colère. Il y avait toujours de la tendresse dans sa voix.

« Ce sont eux qui lui ont fait faire des bêtises ?

— Oh, vous savez, ils s'entraînaient entre eux. Mon Laurent n'était pas le dernier pour faire l'idiot.

— On dirait que vous ne leur en voulez pas.

— Aux autres gamins ? Non. Pourquoi je leur en voudrais d'abord ? Vous avez vu la vie qu'ils ont ? On leur offre quoi, comme rêves, à part toujours plus de trucs à acheter qu'ils ne peuvent pas se payer ? Personne ne leur tend la main à nos enfants. Personne ne les accepte. Ceux qui viennent pour aider soi-disant, les associations ou les politiciens, ils sont souvent là pour de mauvaises raisons.

— C'est-à-dire ?

— Ils viennent pour eux, parce que ça leur sert ou que ça les rassure, ou par naïveté. Et ils ne se rendent pas compte, jusqu'à ce que ça leur pète à la gueule. Les gens vraiment bien, ils ne sont pas très nombreux et surtout pas soutenus. Alors au bout d'un moment, ils laissent tomber et c'est normal. C'est trop dur. »

À nouveau, on n'entendit plus que la radio. Amel dressa l'oreille pour essayer de saisir ce que disait le présentateur et réalisa que le poste n'était pas dans l'appartement mais chez le voisin.

La mère de Laurent Cécillon se remit à parler. « La première fois que mon fils s'est fait coincer, c'était pour du petit *deal*, rien de bien grave. » Elle soupira. « C'est l'assistante sociale qui était en poste à l'époque et le juge pour enfants qui lui ont rattrapé le coup. C'étaient des bonnes personnes. Ils l'ont aidé à trouver une formation, un poste d'apprenti. Mais ça n'a pas marché non plus et il est retourné faire des conneries avec les copains qui lui restaient. La police leur tournait autour constamment, c'était sûr que ça allait mal finir. Ils les cherchaient tout le temps. Les gamins du coin ne sont pas des anges, ne me faites pas dire ce que je n'ai pas dit, mais même quand ils ne font rien, les flics les traitent mal. Par chez nous, la police, c'est une bande comme les autres, c'est pour ça qu'ils ne sont pas respectés. Personne ne respecte personne, de toute façon.

— Sauf les religieux, apparemment. En venant, j'ai... » Amel n'en dit pas plus, elle n'avait aucune envie d'expliquer ce qui lui était arrivé.

Mme Cécillon ne l'interrogea pas. C'était une femme discrète, effacée. Résignée. « C'est grâce à eux que mon Laurent s'en est sorti, vous savez. Enfin, c'est ce qu'on a cru au début. Ce que j'ai cru. Mon mari ne les a jamais aimés, ces gens. Il est très catholique et... enfin, il ne les aimait pas. Moi, je croyais sincèrement qu'ils allaient me le ramener dans le droit chemin, mon Laurent.

— Ça n'a pas été le cas ?

— Si, ils le tenaient bien mais, au final, c'était pour mieux l'éloigner de nous, pour l'isoler. J'ai lu des articles sur les sectes et eux, c'est pareil. Au début, il les voyait un après-midi par semaine. Après, ça a été le soir aussi. Il a commencé à parler de religion en permanence, de tout ce qui était interdit. Ensuite, il a fait sa conversion. Il partait de plus en plus souvent, à cette époque-là, pour des séjours qu'on ne savait pas où c'était. Il nous appelait moins. Un jour, il m'a même jeté à la figure qu'il avait honte de moi. »

Amel vit les yeux de son hôtesse se remplir de larmes. Le moment qu'elle avait tant redouté en venant était arrivé. Elle ne sut quoi dire ou faire et resta assise à regarder ailleurs pendant que Mme Cécillon reniflait bruyamment.

« Il avait honte de nous, vous vous rendez compte ? Il a traité son père de mécréant et… et il a essayé d'entraîner son frère avec lui. Mais ça n'a pas marché alors il s'est fâché avec lui aussi. Après, on ne l'a plus revu pendant très longtemps.

— Vous avez su où il était allé ?

— Il n'a jamais voulu nous dire exactement tout ce qu'il avait fait. Mais une fois, après des mois sans nouvelles, il est repassé quelques jours et il nous a dit qu'on lui avait donné un nom de guerre, un vrai. *Jeffar* ou quelque chose comme ça. Il était très fier. Il disait que ses frères l'avaient baptisé comme ça au Kosovo, qu'il était allé là-bas après un séjour à Londres. Il a passé son temps en dehors de chez nous, pendant ce séjour, et puis il est reparti comme ça, une nuit, sans nous dire au revoir. »

Il y eut une nouvelle pause. La journaliste laissa à son interlocutrice le temps de se reprendre et en profita pour relire ses notes. Lorsqu'elle jugea qu'elle avait assez attendu, elle reprit l'entretien. « Comment avez-vous appris que…

— Des policiers de Paris nous ont appelés pour nous le dire. Ils ont raconté qu'il avait été agressé par des clochards et qu'ils l'avaient battu à mort. Des clochards, vous m'entendez ! Je les ai pas crus. Mon Laurent, il se serait jamais laissé faire par des vieux clodos. Et puis il était pas tout seul à Paris. Une fois il m'avait dit qu'il était tout le temps avec ses amis algériens et que c'étaient tous des anciens soldats. Il les appelait les *Afghans* parce qu'ils avaient fait la guerre par là-bas. Il voulait même y repartir avec eux.

— Ils vous ont dit autre chose, les policiers ? Ils vous ont posé des questions ?

— Ils m'ont mal parlé. Ils n'ont eu aucun respect pour nous, voilà ce qu'ils ont fait. Je sais que mon fils, il a fait des bêtises, mais c'est mon petit. Qu'est-ce qu'ils croient ? Que ça me fait pas de mal de le voir comme ça ? Ils ont besoin de me faire la morale, hein, dites ? Ils ont besoin de toujours nous rabaisser comme ça ? De nous faire sentir qu'on est des mauvais parents ? C'est tout juste s'ils nous accusent pas, hein ! »

Amel évita de réagir à la rancœur de Mme Cécillon. Lorsque son interlocutrice se fut calmée, elle reposa sa question à propos d'éventuelles demandes de la police.

« Ceux de Paris, ils étaient plus gentils que les autres, ceux d'ici, qui venaient d'habitude. Ceux-là ils sont revenus, en plus, après sa mort. Ils étaient agressifs, comme toujours. Ils voulaient savoir quand on l'avait vu pour la dernière fois, Laurent, à qui il avait rendu visite, si des gens étaient venus le trouver, toutes ces choses qu'ils nous ont déjà demandées des dizaines de fois. Mais qu'est-ce qu'ils croient ? » Elle se remit en colère. « Qu'on se pose pas de questions nous autres ? Qu'est-ce qu'ils en savent des nuits sans dormir, hein ? Je suis sûre qu'ils le surveillaient, mon Laurent, ils voulaient sa mort depuis longtemps. C'est eux qui l'ont tué, je vous jure que c'est eux ! Sales flics ! » Mme Cécillon se remit à pleurer de plus belle.

La journaliste comprit qu'elle ne pourrait rien tirer de plus de cette femme, mieux valait la laisser en paix. Elle attendit poliment que la nouvelle crise de larmes cesse et prit congé. Sur le seuil de l'appartement, elle se vit contrainte de promettre qu'elle ne salirait pas la mémoire du fils Cécillon. Une promesse qu'elle ne savait pas comment tenir.

Lorsque la prière de l'après-midi s'acheva, Karim sortit de la mosquée avec l'espoir de trouver Mohamed. Officiellement, il voulait le remercier pour le travail, ce qu'il n'avait pas encore eu l'occasion de faire de vive voix. En réalité, il espérait en apprendre plus sur l'incident avec Makhlouf.

Il aperçut le *salafi* en grande discussion avec plusieurs adeptes, non loin de l'entrée, et il allait se diriger vers lui lorsque le gamin entrevu plus tôt dans la journée à *El Djazaïr* apparut derrière l'un des hommes du groupe. Il montrait quelque chose du doigt, de l'autre côté de la rue.

En suivant du regard la direction indiquée, Fennec découvrit un homme de taille et corpulence moyennes, qui portait un trois-quarts en cuir usé et un sac en bandoulière. La petite cinquantaine, cheveux châtains bouclés, visage assez viril et marqué, aux traits à peine ramollis. Journaliste. L'*étranger* avec Makhlouf.

Mohamed passa dans son champ de vision. Il traversait la rue pour rejoindre l'intrus. Il l'interpella en arabe. Celui-ci, d'abord apparemment amusé, finit par reculer devant la véhémence du *salafi*, qui avait reçu le renfort de plusieurs fidèles. Des mains s'agitèrent, il y eut des mots forts, des cris. Quelqu'un attrapa le col de l'inconnu qui se dégagea et battit en retraite, en se protégeant derrière la sacro-sainte liberté de la presse.

Karim s'était discrètement rapproché de Mohamed. Il lui glissa une parole à l'oreille. Le religieux se tourna vers lui, surpris puis sérieux et, sans rien dire, hocha la tête. L'agent ne perdit pas de temps et se mit à suivre le journaliste.

Cela faisait presque une heure que le gratte-papier se trouvait seul à table dans une brasserie de la porte Dorée. Il avait passé quelques coups de fil, écrit, puis s'était mis à lire le journal. Fennec l'avait suivi dans le métro sans aucun problème. En dépit de l'incident devant la mosquée, l'homme n'avait même pas vérifié si quelqu'un l'avait filé pour lui faire passer l'envie de fouiner dans le quartier. Lorsqu'il était entré dans la brasserie, plus tard, Karim s'était contenté de traverser l'avenue et positionné dans une zone mal éclairée par les lampadaires, derrière un rang de voitures en stationnement, à une trentaine de mètres de celui qu'il surveillait.

La curiosité de l'agent était principalement motivée par son instinct de survie. Le contexte général pouvait suffire à expliquer que cette zone de la capitale, qui comptait une forte population immigrée, ait pu attirer l'attention de la presse. Les bons reporters avaient des sources à l'Intérieur. Il était donc possible que celui-ci soit au courant de l'implantation de courants salafistes dans le 20e. Il n'y avait a priori pas de quoi s'alarmer, la probabilité qu'il ait su quoi que ce soit d'une opération des services secrets dans ce secteur était quasi nulle. Cependant, il n'appréciait pas cette intrusion indésirable dans son environnement immédiat. Même si ce journaliste n'était au courant de rien, sa présence pouvait lui poser des problèmes un jour. Il lui faudrait signaler rapidement cette nouvelle donnée à Louis. Jusque-là, mieux valait collecter le plus d'informations possible.

Un taxi s'arrêta devant la brasserie. Il était un peu moins de vingt et une heures. Karim vit une jeune femme descendre de la voiture. Sa silhouette était agréable, élancée, mais il ne put distinguer son visage. Il reporta son attention sur le journaliste et constata alors que la fille le rejoignait. Ils se saluèrent d'un baiser unique sur la joue et il lui sembla que la nouvelle venue résistait un peu à ce contact ambigu. Fennec avait immédiatement pensé à une consœur mais il se dit qu'il s'agissait peut-être d'une ex ou d'une maîtresse. Ou les trois. Il savait également à quoi elle ressemblait désormais. Elle s'était tournée vers la rue en s'asseyant. Type méditerranéen, peut-être espagnole ou italienne, plutôt jolie.

Le couple se rassit et se mit à parler. Leur conversation dura une trentaine de minutes au cours desquelles ils consultèrent tous les deux des notes. Réunion de travail donc, mais pas seulement. À plusieurs reprises, l'homme tenta de prendre la main de la fille. Deux fois elle s'échappa mais à la troisième approche elle se laissa faire et sourit timidement. À un moment, elle regarda sa montre puis ils parlèrent quelques secondes et prirent visiblement une décision, puisqu'ils se levèrent pour partir.

Karim les suivit de loin, alors qu'ils s'enfonçaient dans l'avenue de la Porte-Dorée, en direction du centre de Paris. Ils tournèrent dans l'avenue du Général-Michel-Bizot puis dans la rue de Wattignies. En chemin, le journaliste embrassa une fois le cou de sa compagne. Elle ne réagit pas.

Ils s'arrêtèrent devant la porte d'un immeuble moderne. La jeune femme sortit son portable, composa un numéro, n'obtint pas de réponse. Fennec aurait parié qu'elle venait de vérifier la présence ou l'absence de quelqu'un. Elle se dirigea vers le digicode puis entra à moitié. L'homme se tenait derrière elle. Elle se retourna vers lui. Leurs visages étaient très proches. Il essaya de l'embrasser, échoua une première fois, réussit à la seconde tentative, après un peu de baratin. Elle le laissa passer. Nouveau baiser devant l'ascenseur, qui se prolongea à l'intérieur. Les portes automatiques se refermèrent.

Fennec traversa la rue en courant jusqu'à l'entrée. Le cadran rouge au-dessus de la cabine s'arrêta au chiffre *4*. Il se retira à nouveau à l'abri des regards mais surveilla la façade. Une lumière apparut en retrait d'un balcon-terrasse, à l'étage concerné. Elle ne resta allumée qu'une minute à peine.

Le journaliste ressortit après une demi-heure. Un taxi était là depuis quelques secondes et il s'engouffra dedans. Inutile d'essayer de le suivre. Karim pensa : *petit coup rapide, confrères et amants*. Toujours pas de lumière au niveau du balcon. Il décida néanmoins d'attendre que quelqu'un arrive pour se glisser à sa suite dans le hall. Il devait essayer de trouver le nom de l'occupante de l'appartement du quatrième.

Il était encore tôt, il avait ses chances.

Un grand type en costume gris, la trentaine, se pointa devant l'immeuble vingt minutes plus tard. Fennec s'était positionné de façon à pouvoir apercevoir les mouvements sur le digicode. La porte ne tarda pas à s'ouvrir, puis l'ascenseur et il n'y eut bientôt plus personne dans l'entrée.

Karim patienta encore. Il leva les yeux, vit la fenêtre située derrière le balcon s'illuminer et traversa la rue. Après quelques tentatives sur le clavier alphanumérique, il trouva le bon code et put s'introduire à son tour dans le bâtiment. Le plan des étages indiquait que le quatrième ne comportait que deux appartements et celui de droite, celui qui l'intéressait, était occupé par *Amel et Sylvain Rouvières-Balhimer.*

Méditerranéenne. Amel Balhimer. Maghrébine, comme lui. Jeune, peut-être journaliste, mariée. Jolie.

Adultère.

Tout serait dans le rapport.

10/11/2001

L'appartement que Lynx souhaitait visiter était au premier étage d'un bâtiment administratif transformé en immeuble d'habitation. On y accédait par un escalier en colimaçon métallique qui partait d'un jardin privatif, au rez-de-chaussée, où se trouvait également un second logement. Il était arrivé très tôt, vers quatre heures trente du matin, et, après avoir pris le temps de s'habituer au voisinage, principalement constitué de tours de faible hauteur, il enfila des gants et se mit au travail sur la porte d'entrée.

Il lui fallut un peu moins de deux minutes pour déjouer la serrure. La veille, pénétrer chez Rougeard avait demandé presque autant de temps. C'était sa seconde visite éclair chez le journaliste et il n'avait rien trouvé qui soit réellement important. L'essentiel de ses archives de travail était composé d'anciens articles ou de notes concernant des projets de livres, en cours ou avortés. Néanmoins, Lynx avait cette fois pris la peine de copier son disque dur ainsi que la mémoire de son agenda électronique à des fins d'analyse par les spécialistes du Service. Rougeard semblait très prudent, il ne gardait apparemment rien de compromettant chez lui. Même dans le vieux coffre-fort, découvert par hasard alors qu'il faisait un dernier tour de l'appartement. Le journaliste n'avait même pas pris la peine d'en dissimuler les clés. Elles se trouvaient accrochées à un tableau mural, dans la cuisine. L'agent était ressorti de là-bas à la fois déçu et rassuré.

Chez Yann Soux en revanche, il venait chercher des documents bien précis. Il avait besoin de temps et avait dû attendre que le paparazzi s'éloigne quelques jours. C'était le cas ce week-end. Le photographe se trouvait à Deauville pour couvrir une fête d'anniversaire plutôt confidentielle, avec la bénédiction des VIP concernés. Lynx disposait de la journée entière et de la nuit suivante.

Il commença par se familiariser avec les lieux. Inutile d'allumer ou de se servir d'une torche, tout le mur droit de l'appartement était percé par de larges et hautes fenêtres de verre dépoli qui laissaient pénétrer l'éclairage jaunâtre de la rue.

L'espace intérieur était organisé en deux niveaux. Au rez-de-chaussée, une seule pièce, immense, délimitée par des plates-formes de hauteurs différentes qui avaient chacune leur vocation propre. Le coin-cuisine, chromé, design, moderne, le coin-détente, projecteur, canapés profonds, bibliothèque avec les livres qu'il fallait avoir lu, et le coin-travail. Celui-ci s'articulait autour d'un long plan de travail en bois épais, posé sur trois tréteaux. Venaient s'y ajouter des étagères alourdies d'ouvrages professionnels, de magazines, de boîtiers, d'objectifs et autres accessoires de photographie, et des casiers métalliques roulants.

À l'étage supérieur, une mezzanine partiellement ouverte sur le reste de l'appartement, l'agent trouva deux chambres, une penderie, une salle de bains et des toilettes. Tout sentait la peinture fraîche et l'absence de chaleur humaine. Non seulement Soux n'habitait pas là depuis longtemps mais il n'y passait pas beaucoup de temps.

Cet espace quasi nu était un avantage pour Lynx, il offrait moins de cachettes qu'un appartement plus *encombré*. Il décida de s'attaquer en premier lieu au *bureau* et, avant de l'examiner de près, alluma le gros Mac qui trônait au centre du plan de travail. La poussière qui recouvrait les boîtiers argentiques du photographe, l'omniprésence de notices d'emploi pour de l'équipement dernier cri ainsi que les câbles orphelins qui garnissaient l'arrière de son ordinateur suggéraient que Soux était passé au numérique. Et il ne remarqua aucun appareil de ce type.

Avant de déplacer quoi que ce soit, Lynx vérifia que le paparazzi n'avait pas laissé de repères à certains endroits stratégiques qui pourraient lui indiquer que des objets avaient été déplacés ou des tiroirs ouverts. Lui-même le faisait constamment, paranoïa professionnelle oblige. Il ne trouva rien. Dans le sac à dos dont il s'était équipé, il récupéra un polaroïd et fit une série de clichés du coin-travail, qu'il laissa sécher sur la table.

Il prit ensuite un disque dur externe spécialement fourni par le Service qu'il brancha à l'arrière du Mac et lança une copie de tout ce que contenait l'ordinateur. Puis, RIO sur les oreilles, Lynx fit un nouveau tour d'horizon de l'appartement, pour réfléchir à la marche à suivre.

Son exploration initiale avait révélé que l'occupant des lieux était peu préoccupé par le confort et la mode — Soux avait une garde-robe limitée et fonctionnelle

— et plutôt sportif. Il possédait en effet beaucoup d'accessoires divers, pour plusieurs disciplines plutôt extrêmes, montagne, chute libre, plongée sous-marine. Son dossier indiquait qu'il avait effectué son service militaire chez les plongeurs spécialistes de l'aide au franchissement du génie, tous également brevetés parachutistes. Une formation physique et rigoureuse. Le paparazzi en avait gardé d'autres stigmates. Par exemple, il possédait une impressionnante collection de matériels militaires, treillis, filets de camouflage, maquillage de combat, qu'il paraissait utiliser régulièrement dans le cadre de son travail. L'homme était prêt à aller très loin pour obtenir ses clichés. N'avait-il pas réussi à piéger Steiner et Montana ?

Où conservait-il ces photos ?

Il pouvait les avoir avec lui en permanence. Soux était parti avec sa moto ce week-end et donc voyageait avec le strict minimum, surtout s'il devait transporter de l'équipement. Peu de chances qu'il se soit chargé de quoi que ce soit de superflu. Il aurait pu avoir un coffre à la banque, mais le Service n'en avait pas trouvé la moindre trace. Restait la possibilité la plus évidente, cet appartement.

Lynx n'avait pas repéré d'armoire forte apparente. Les murs étaient presque entièrement nus, à l'exception de quelques grands tirages photographiques sous verre. Mais ceux-ci ne dissimulaient rien. Il existait des tas de cachettes très évidentes dans les lieux d'habitation, des cachettes auxquelles tout le monde pensait presque systématiquement… Sans imaginer que d'éventuels voleurs pouvaient y avoir réfléchi, eux aussi, ou les connaître d'expérience.

L'agent passa donc en revue les parties supérieures et inférieures de tous les meubles un peu volumineux, chercha des doubles fonds dans les tiroirs, dont il explora également les logements et les faces inférieures. Il inspecta le réservoir des toilettes, la trappe de visite de la baignoire, celle du chauffe-eau, les matelas, les étagères en hauteur et termina par la cheminée.

Celle du photographe était purement ornementale et n'avait apparemment jamais servi. Il se pencha sous le manteau et découvrit immédiatement la grande pochette de rangement posée sur un support métallique. Celui-ci était vissé à l'intérieur du conduit, dans la poutre en chêne qui servait d'ornement.

Lynx s'en empara, elle contenait une bonne centaine de CD-Rom gravés, et retourna vers le bureau.

La copie de la mémoire du Mac était terminée. Lynx débrancha son matériel avant de réfléchir à ce qu'il allait faire avec les disques qu'il venait de trouver. Il lui serait impossible de tous les dupliquer sur place. Il hésita à appeler Charles pour faire déplacer une équipe du Service avec l'équipement adéquat puis préféra jeter un coup d'œil rapide à leur contenu avant d'opter pour cette solution. Très vite, il s'aperçut que tout était classé par date, année après année. Il isola donc les CD estampillés 2001 et commença à les explorer sur le Mac.

Les fichiers étaient rangés dans des dossiers nominatifs, en clair. Certains des noms qu'ils portaient étaient assez connus. Lynx vérifia par quelques coups de sonde au hasard que les sujets des photos correspondaient toujours bien au patronyme de classement puis se mit à la recherche d'un STEINER, d'un MONTANA, d'un ROUGEARD ou, au pire, d'un document portant un titre incongru.

Nezza alla vérifier l'arrière de l'entrepôt pendant que Farez inspectait une dernière fois l'intérieur. Il n'y avait plus rien. Ils avaient même pris soin d'embarquer les cales de bois qui avaient été utilisées pour découper des tuyaux. Il se demanda à quoi tout cela allait servir et si ce que Khiari et le mystérieux chef de la cellule avaient en tête impliquait de détourner des canalisations pour empoisonner de l'eau.

Autour de lui, la zone industrielle était déserte. Personne ne les avait dérangés pendant le déménagement. C'était le milieu de la matinée, un samedi. Rien ne bougeait, à part du côté de l'autoroute toute proche.

Farez lui avait appris l'arrestation de Fodil et des frères Harbaoui la veille, vers midi. Nouari ne savait toujours pas comment l'autre s'était débrouillé pour être au courant avant lui et, malgré son insistance, il avait refusé de le lui dire. Il avait simplement ordonné de dégoter un utilitaire de douze mètres cubes ou plus puis d'attendre des nouvelles. Plus tard dans la soirée, après une très longue veille, Nezza avait reçu d'autres consignes. Il devait rejoindre son complice ici, au milieu de la nuit.

Nouari s'était immédiatement aperçu qu'une partie de l'entrepôt avait déjà été déménagée tout en s'abstenant de dire quoi que ce soit. Cette hypothèse avait été confirmée par l'absence d'un quelconque véhicule à son arrivée. Farez n'était pourtant certainement pas venu à pied. Il ne restait que de l'équipement lourd et encombrant, comme ces tuyaux, par exemple. Heureusement, ils avaient déjà été sciés. Sans cela, jamais le camion que Nouari avait trouvé n'aurait pu les transporter.

« Alors ? »

La voix de Farez fit sursauter Nezza. « C'est bon, il n'y a plus rien.

— Très bien, mon frère. Je vais te déposer au RER. Après, tu rentres chez toi et tu attends que je te rappelle pour te dire où récupérer le camion.

— Mais…

— Mais rien, c'est comme ça et c'est mieux pour toi, *ghouia*, crois-moi. »

Rien. Après presque trois heures passées sur le Mac, Lynx n'avait pas trouvé ce qu'il cherchait. Retour à la case départ, ce n'étaient pas les bons CD. Il retira ses écouteurs et éteignit son RIO, lassé de réécouter les mêmes morceaux pour la énième fois. Il examina à nouveau l'appartement, découragé. Reprendre sa fouille à zéro ne l'enchantait guère. Deux choix s'offraient à lui. Passer en revue d'un seul coup, partout, une série de cachettes un peu moins évidentes, comme les rayonnages de livres et les livres eux-mêmes. Ou privilégier une approche minutieuse, secteur par secteur, en partant du plus évident pour aller vers le plus tordu dans chacun de ceux-ci.

Lynx opta pour cette seconde méthode et décida de recommencer par le coin-travail. Il explora d'abord les tiroirs, les boîtes, puis les classeurs, les étagères et vérifia tous les CD-Rom qu'il trouvait au passage, laissant volontairement de côté ceux qui correspondaient sans le moindre doute à des logiciels commerciaux.

Une nouvelle heure de recherche s'écoula, infructueuse. Agacé, il se laissa tomber dans le fauteuil du bureau, s'étira pendant quelques secondes, soupira et s'écarta violemment du plateau de bois. Son geste un peu brusque ébranla la table et fit vaciller la tour du Mac, qu'il rattrapa de justesse.

Au moment où il la saisissait, il entendit un bruit semblable à celui que produirait un composant détaché.

Lynx regarda l'écran du Mac. Tout était normal. Il bougea la souris, cliqua sur des dossiers et des applications. L'ordinateur fonctionnait bien. Avec précaution, il manipula l'unité centrale dans tous les sens. Chaque fois qu'il l'inclinait dans une nouvelle direction, un objet se déplaçait à l'intérieur.

Il ouvrit la trappe de visite et révéla la carte mère, ses câbles, ses périphériques et un CD-Rom sans aucun marquage, dans une pochette translucide, accompagné d'une carte mémoire pour appareil numérique.

Lynx glissa le disque dans le lecteur de l'ordinateur et confirma qu'il avait bien mis la main sur ce qu'il désirait. Le premier cliché qu'il choisit d'ouvrir montrait Steiner et Montana en grande conversation. Le dossier dont il était issu contenait une cinquantaine de fichiers, sauvegardés sous différents formats graphiques. Il le parcourut rapidement, pour s'assurer qu'aucune image de lui ne figurait dans cette collection très sensible. Il n'en trouva pas mais découvrit en revanche plusieurs photos d'un jeune type inconnu, pris à son insu alors qu'il parlait avec Amel et Rougeard. Le décor à l'arrière-plan suggérait un lieu public, peut-être une gare.

11/11/2001

Il pleuvait lorsque Mustapha Fodil, Nourredine et Khaled Harbaoui quittèrent l'immeuble de la DST, rue Nélaton, dans le 15ᵉ arrondissement parisien. C'était le petit matin, ils venaient de subir une longue nuit d'interrogatoires et leurs visages en disaient long sur leur état de fatigue. Un quatrième homme, arrêté le même jour, les accompagnait. Aucun d'entre eux n'avait parlé et s'ils n'avaient rien lâché, ce n'était pas tant par courage ou détermination que parce que les policiers les avaient questionnés sur des sujets à propos desquels ils ne savaient rien.

Mustapha et les deux frères abandonnèrent rapidement leur compagnon d'infortune et s'empressèrent de rejoindre le métro le plus proche, sans échanger le moindre mot. Arrivés à Bir-Hakeim, ils se précipitèrent dans la station, sans prendre la peine de tenir la porte à l'homme d'un certain âge accompagné de son petit chien qu'ils venaient de doubler dans les escaliers.

Ils se séparèrent dans les couloirs. Fodil prit la direction Charles-de-Gaulle-Étoile tandis que les Harbaoui rejoignaient la correspondance avec la station de RER Champ-de-Mars.

Mustapha attendait sur le quai lorsque l'homme au chien refit son apparition. Il ne lui accorda pas plus d'attention cette fois-ci. Il était trop inquiet pour cela. Il s'engouffra dans la première rame qui se présenta et s'impatienta tout au long du trajet jusqu'au 20ᵉ.

Ses pires craintes se vérifièrent lorsqu'il trouva *El Djazaïr* porte close. Il se sentit brusquement désemparé, conséquence de plusieurs jours sans réel repos et de l'absence de consignes claires en de telles circonstances. Le bar était son seul point de contact avec le reste du groupe, que devait-il faire ? Nourredine et Khaled attendaient eux aussi des nouvelles et c'est lui qui devait les leur transmettre.

Paniqué, Mustapha tourna un moment en rond devant le bar. Après quelques minutes, il parvint à se calmer et se rappela qu'il était un combattant qui devait garder son sang-froid. Il réalisa subitement qu'il prenait peut-être un risque à venir dans le coin le jour même de sa libération et, à nouveau effrayé, se mit à regarder tout autour de lui à la recherche d'une éventuelle filature. Il ne remarqua rien de particulier mais décida de dégager au plus vite. Leurs complices étaient sans doute déjà au courant des arrestations. Mieux valait qu'il rentre chez lui et attende qu'ils reprennent contact.

Mustapha s'éloigna en direction du métro. En chemin, il passa devant un autre bar ouvert, lui, le dimanche matin. À l'intérieur, l'homme au chien buvait un café au comptoir.

Lundi matin. Les magistrats du Parquet antiterroriste mettaient un point final à une conférence de presse semi-confidentielle à propos des interpellations de *groupes actifs en France et traqués sans relâche* de la semaine précédente. Rougeard y avait assisté en compagnie d'Amel. Opération de com' et de propagande pure et simple. Le discours des juges s'était révélé inintéressant, sans réelle nouveauté. Rien ne l'avait titillé à l'exception de la présence renfrognée de Ponsot, l'officier de la SORS qu'Acroute lui avait présenté il y a deux mois. Rougeard avait cherché à le joindre à plusieurs reprises depuis cette première rencontre, sans succès.

Pas question de le laisser filer aujourd'hui.

Les deux journalistes suivirent le policier à sa sortie de la salle de conférence et le rejoignirent dans la rue. Il ne sembla pas transporté de joie lorsqu'il les vit se matérialiser à ses côtés et ne s'arrêta pas de marcher.

« Ces conférences de presse sont vraiment bidons. Quel temps perdu, vous ne trouvez pas ? » Rougeard n'obtint aucune réaction à cette mise en bouche. « Ils ne nous ont pas appris grand-chose, ce matin. Ces hommes qui ont été arrêtés, ce sont des salafistes jihadistes ?

— Ils sont tous jihadistes. »

Amel décida de se mêler à la conversation. « Je croyais qu'il y avait une différence entre les jihadistes et les *cheikistes*, dans le salafisme ? »

Le flic se tourna vers elle. Il était immense, son regard dur. « En théorie, oui. En pratique, c'est *kif-kif*.

— Et ceux-là, alors, c'est quoi ? » Rougeard revint à la charge.

« Des minables.

— Ça, je ne peux pas l'écrire.

— Démerdez-vous. De toute façon, à quoi ça sert que je vous donne ce genre de détails, vous simplifiez toujours tout. »

Le journaliste encaissa sans broncher. « Ils sont algériens ?

— Oui, pour la majorité d'entre eux.

— GSPC ? »

Ponsot marqua une légère pause, dévisagea le journaliste puis accéléra le pas en secouant la tête.

Amel reprit la parole. « Nous avons entendu dire que cette mouvance s'était enracinée dans la capitale, notamment dans le 19e et surtout le 20e arrondissement, est-ce que vous êtes en mesure de nous le confirmer ? »

Le visage de l'officier de la SORS se crispa un peu. Il ne répondit rien.

Rougeard tenta son va-tout. « Que pouvez-vous nous raconter sur la mort récente d'un jeune converti du nom de Laurent Cécillon, alias *Jeffar* ? Avait-il un lien quelconque avec les individus arrêtés la semaine dernière ? Son décès est-il... »

Ponsot s'arrêta de nouveau. Il essayait avec peine de garder son calme. « Qui vous a parlé de ce mec ? »

— Secret professionnel. Mais on peut s'entraider, non ? »

Rougeard pensa qu'il avait dû faire mouche. Le policier sembla hésiter quelques secondes avant de se raviser. « Non, on ne peut pas. Cécillon s'est fait tabasser par des clodos. C'est comme ça qu'il est mort, un point c'est tout. La faute à pas de chance.

— Vous savez qui est chargé de l'enquête ? »

Pas de réponse.

« Ses activités auraient-elles pu être liées de près ou de loin à celles d'un certain Charles Steiner ? » L'intervention d'Amel stoppa net l'élan de Ponsot qui allait se remettre en route. Il parut réellement surpris.

Derrière, Rougeard faisait des grimaces.

Le flic se retourna vers lui. « Qu'est-ce qui se passe encore avec Steiner ? »

Le journaliste haussa les épaules. « Donnant-donnant.

— Un conseil, Rougeard, si vous le permettez. Évitez d'aller renifler le cul de certaines personnes. Et n'allez plus trop vous balader dans certains quartiers. Votre carte de presse n'est pas une protection suffisante avec tout le monde. Vous avez eu de la chance une fois, ça ne durera peut-être pas.

— Ça fait deux.

— Deux quoi ?

— Deux conseils. »

Ponsot se mit à rire et, sans les saluer, alla rejoindre une voiture banalisée qui attendait non loin de là. Il y avait trois autres hommes à bord. Ils dégagèrent.

Dès que les policiers se furent éloignés, Rougeard explosa. « Putain, mais t'avais besoin de lui reparler de Steiner ? »

Son coup de gueule fit se retourner quelques passants et légèrement reculer Amel, qui tenta de se justifier. « Il fait bien partie de notre enquête, non ? Vous en avez bien déjà discuté tous les deux, non ?

— T'as qu'à tout lui dire, aussi, tant que tu y es ! Quand on en a parlé, ce n'était pas dans le même contexte. Pourquoi tu crois que j'ai rien dit sur Hammud ?

— Au moins, il a réagi.

— Ah ça oui, il a réagi. Mais on ne sait pas ce qui va se passer, maintenant. On avait déjà ce qu'on voulait.

— Ah bon ?

— Oui, ce qu'il a répondu à propos de Cécillon était suffisamment éclairant. Et puis j'ai mes autres sources, bon sang ! Majours, le mec de l'UCLAT, il m'a déjà confirmé que l'histoire d'Hammud les emmerdait. Et ça les emmerde encore plus qu'on soit au courant. Lui comme ses chefs, et probablement des gars comme Ponsot aussi. Maintenant, faudrait peut-être essayer de ne pas nous tirer une balle dans le pied en sabotant notre propre boulot, hein ? » Il sembla se calmer un instant avant de repartir de plus belle. « Putain de merde !

Si ce connard de flic connaît certains de nos confrères, il va peut-être leur lâcher le morceau ! »

Amel regarda Rougeard avec un air légèrement dégoûté. Il lui faisait l'effet d'un gosse capricieux à qui quelqu'un risquait de piquer son jouet. Elle contre-attaqua. « Peut-être bien que oui, il lâchera l'info. Je ne sais pas pour toi, mais moi, ce n'est plus vraiment ça qui me gêne, ce sont surtout ses menaces à demi-mot. Je n'ai aucune envie d'avoir des ennuis.

— Si tu veux une vie pépère, change de métier, je te l'ai déjà dit. » Rougeard se mit à marcher en direction de la place Saint-Michel.

La jeune femme le suivit à distance, pour laisser passer l'orage.

Le journaliste s'arrêta pour l'attendre quelques minutes plus tard. « Bon, au moins, on n'a pas tout perdu. Notre boulot les gêne, c'est déjà ça. Et lui aussi nous a appris une chose. » Il passa un bras autour de l'épaule d'Amel et l'embrassa sur la tempe.

« Laquelle ?

— Il sait visiblement que j'étais dans le 20ᵉ vendredi. Ils ont des informateurs là-bas, ou mieux, des équipes de surveillance. Le coin les intéresse aussi. » Pause, quelques pas. « Récapitulons ce qu'on sait. Une source bien informée nous renseigne sur un ancien des services secrets, un financier occulte du terrorisme moyen-oriental et une petite main combattante islamiste. Implicitement, il établit un lien entre les trois. Nous vérifions la possibilité de ce lien entre au moins deux des trois, les islamistes, via l'imam d'une mosquée du 20ᵉ. » Stop. « Ensuite, on peut raisonnablement penser que s'ils sont liés, ces trois-là ne sont sans doute pas dans le même camp…

— Oui. Et si on va un peu plus loin, compte tenu du passé de Steiner, je le verrais plutôt œuvrer contre les deux autres.

— Nous sommes d'accord. »

Ils reprirent leur déambulation.

« Là-dessus, Ponsot. Il sait pour Cécillon, c'est sûr. En dépit de la version officielle qu'il nous a servie, je doute qu'il soit convaincu par cette mort accidentelle. Et il y a cette autre mort accidentelle qui emmerde la maison poulaga, Michel Hammud. Bon, ce Ponsot connaît Steiner, je le sais, il me l'a dit. Il ne m'a raconté que des bonnes choses sur lui. Et il a été surpris que tu le mentionnes, tout à l'heure. Surpris peut-être parce qu'on s'approche d'une vérité et qu'il a eu peur.

— Quelle vérité ?

— Ben, ce qu'on vient de dire. Steiner, ou des gens sous ses ordres, élimine des terroristes en puissance. En plus, il est fort possible qu'ils se couvrent entre eux. Ce ne serait pas la première fois qu'ils se rendraient ce genre de *service* entre services, si j'ose dire.

— Tu ne crois pas que tu vas un peu loin, là ? Moi je pense qu'il a juste été surpris de voir le nom de Steiner mêlé à ces affaires. Et en plus, on ne sait pas pourquoi ils feraient tout ça.

— C'est la guerre, le *choc des civilisations*.

— On est en démocratie.

— Ce que tu peux être naïve. Tu crois qu'ils en ont quelque chose à foutre de la démocratie ?

— N'empêche, il faudrait quand même un sacré motif pour que quelqu'un décide en haut lieu d'éliminer des gens comme ça, tu ne crois pas ? »

Rougeard hocha la tête. « Oui, tu as au moins raison sur ce point, parce que d'habitude ces gens-là sont plutôt des sans-couilles. Ils ne bougent que lorsqu'ils ont vraiment peur de quelque chose. Je me demande ce que ça peut être. Il va falloir travailler là-dessus.

— Et si ce n'était rien, juste une intox de ce Jean-François ? On ne sait même pas si c'est son vrai nom. Ne devrait-on pas envisager cette possibilité aussi ? Rappelle-toi ce que tu me disais au début. Et ce qu'a dit ton ami Dussaux. » Amel détourna les yeux. « En tout cas, excuse-moi d'avoir trop parlé. Je suis désolée. »

Rougeard ne l'avait pas vraiment écoutée, mais il lui sourit et se pencha vers elle pour lui murmurer quelque chose à l'oreille.

La jeune femme secoua la tête.

« Allez, il y a un petit hôtel très sympa juste à côté.

— Pas aujourd'hui, je… j'ai mes règles. » Elle n'avait pas trouvé de meilleure excuse.

13/11/2001

Remise en liberté de quatre islamistes présumés — Quatre des neuf islamistes présumés qui avaient été interpellés la semaine dernière à l'initiative du Parquet antiterroriste de Paris ont été relâchés après 48 heures de garde à vue. Les cinq autres, tous ressortissants algériens, sont toujours détenus dans les locaux de la DST. [...]

14/11/2001

Une autre journée de travail s'était achevée, semblable aux précédentes. Karim terminait son café assis à une table d'*El Djazaïr* et lisait une feuille de chou haineuse vendue à la sortie de la mosquée. La frontière entre sa vraie personnalité et son identité d'emprunt s'estompait. Son quotidien était de moins en moins celui d'un opérationnel. Il se métamorphosait en ce fils d'immigré paumé à la foi chancelante dont il avait revêtu les oripeaux et dont il croisait les semblables tous les jours à la prière.

Ses traitants n'avaient pas rétabli le contact depuis la nuit de la remise des carnets. Il avait envoyé un message à propos des journalistes sans obtenir de réaction. Et aucun de ses *frères* ne semblait particulièrement pressé de faire appel à lui pour autre chose que de transporter de la viande morte.

Tout était ralenti, trop calme, ennuyeux. Dangereux.

Il ne fallait pas baisser la garde.

Il décida de s'atteler à la surveillance du journaliste qui était venu dans le quartier en fin de semaine dernière. Il connaissait déjà le nom de la fille. Il lui fallait celui du mec à présent, ainsi que le titre du journal pour lequel ils bossaient. Cette Amel serait son point de contact, il allait l'approcher.

Mohamed l'avait évidemment questionné sur le sujet et il lui avait servi un beau mensonge en guise de réponse. Contrit, Fennec avait admis avoir perdu l'homme après plusieurs trajets dans le métro, entre deux rendez-vous. Cela justifiait qu'il ait mis autant de temps à venir rendre compte ce soir-là. Le *salafi* l'avait houspillé pour la forme avant de l'inviter sèchement à téléphoner régulièrement au bar, la prochaine fois.

Nezza fit son apparition à la porte d'*El Djazaïr*. Il aperçut Karim mais ne le salua pas et rejoignit directement Salah au bout de son comptoir. Ils se mirent à parler en regardant l'agent. Il était vraisemblablement le sujet de leur conversation et ne tarda pas à être invité à venir vers eux.

« *Assalam'aleikum*, tu t'appelles Karim, c'est ça ?

— *Salam*. Oui. Et toi ? » Fennec feignait de voir le dealer pour la première fois.

Salah intervint. « Karim, je te présente Nouari, il nous aide beaucoup.

— Nezza plutôt, tout le monde m'appelle comme ça. Tu es content de charrier de la viande, mon frère, pas envie de changer ?

— Non, pourquoi ?

— Eh bien, je vais peut-être avoir besoin de toi pour… » Nouari ne termina pas sa phrase. Quelqu'un venait d'entrer et son regard avait changé d'un seul coup. Il détourna la tête.

412

Fennec, qui tournait le dos à la porte, ne pouvait voir de qui il s'agissait. Il constata cependant que la réaction du patron était à l'image de celle du dealer. Mais au lieu de regarder ailleurs Salah se précipita vers le nouveau venu.

Nezza entraîna Karim vers le bureau du fond. Ce dernier en profita pour jeter un œil derrière lui et aperçut Mustapha Fodil, le grand baraqué qu'il avait déjà vu en compagnie de Cécillon. Il semblait agité.

L'agent eut à peine le temps de saisir quelques mots. *Rien pour toi… Mais et pour Nourredine et Khaled ?*

Le patron d'*El Djazaïr* les retrouva moins d'une minute plus tard dans la cour située à l'arrière du bar. Il avait visiblement expédié l'affaire. « Alors, Karim, tu en penses quoi ?

— Je ne sais pas, que va dire Mohamed ? »

Salah et Nezza se regardèrent.

« Ne t'inquiète pas pour lui, il est au courant. »

L'imam avait donc donné sa bénédiction.

« Ce que je fais est important pour la cause. » Nouari joignit le pouce et l'index devant son visage et les frotta l'un contre l'autre pour signifier *argent*.

Fennec hocha la tête.

Il n'a pas l'air très heureux, ce cher Mustapha. C'est la réflexion que se fit Lynx lorsqu'il vit son colis sortir du bar, les traits crispés. Après s'être assuré que personne d'autre n'emboîtait le pas de l'apprenti jihadiste, l'agent le prit en chasse et le suivit en direction du métro Belleville. Dans la station, sur le quai, il s'installa à une dizaine de mètres de lui, en retrait, pour se maintenir hors de son champ de vision. Inoffensif, il n'était qu'un paumé de plus en voie d'exclusion sociale qui buvait, maladroit, à même la canette de bière qui dépassait ostensiblement de son sac en papier.

La rame arriva. Fodil monta. Lynx tituba dans la voiture suivante, près de la jonction des wagons.

Il était sur son dos depuis deux jours, lorsqu'il avait pris le relais de la dernière équipe *obs*. Ne plus le perdre et le coincer au plus vite, telles étaient les consignes. Elles sentaient la précipitation et la panique, conséquences inévitables de la proximité des journalistes. Ils auraient dû tout plier mais préféraient continuer, en limitant la casse le plus possible.

Lynx comprenait même s'il trouvait que ses donneurs d'ordres prenaient trop de risques. C'était la première fois qu'il le percevait de façon aussi aiguë. Un réflexe raisonnable aurait été pour lui de tout lâcher dès à présent mais il ne se décidait pas à partir. Mieux encore, il savait qu'il irait jusqu'au bout de cette mission. Ce n'était évidemment pas une question de patriotisme, rien n'avait changé sur ce plan. Ni de goût immodéré pour le danger. Non, la cause était plus personnelle, égoïste même. Il recherchait quelque chose depuis longtemps, une chose que l'horizon indépassable de son conditionnement l'avait empêché d'atteindre jusque-là.

Ce n'était plus le cas. Il se sentait enfin véritablement et complètement libre.

Fodil ne bougeait pas. Visage toujours fermé, il regardait ses pieds.

Un objet heurta les chevilles de Lynx qui se retourna légèrement. Un ballon. Une petite fille le dévisageait sans oser s'approcher. Sa mère, assise à côté d'elle les bras chargés de sacs, un bébé devant elle, faisait de même, agacée.

L'agent sourit à la gamine derrière ses cheveux gras et donna un petit coup de talon.

Les yeux de la fillette s'illuminèrent. Le métro s'arrêta. Fodil bougea pour sortir.

Lynx fit un clin d'œil à l'enfant, rota, ce qui provoqua un petit rire, et quitta son wagon.

Ponsot trouva une bande vidéo accompagnée d'un mot de Trigon sur son bureau. Il l'invitait *à jeter un œil à ce montage* et lui donnait deux indications de minutage précises. La première se rapportait à un film réalisé à la sortie de la mosquée Poincaré qui montrait *les aventures de Bastien Rougeard, journaliste de son état*, le vendredi précédent, 9 novembre 2001, aux alentours de quinze heures trente-cinq. Commentaire de son subordonné : *Dommage qu'il ne se soit pas fait démonter la tronche, ce con.* Le second minutage concernait un enregistrement dont le sens était laissé à l'appréciation de Ponsot qui n'aurait *aucun mal à reconnaître l'endroit* où il avait été pris. Trigon précisait juste que l'action se déroulait le dimanche 11 novembre 2001, tôt le matin.

Amel se trouvait chez elle, seule, dans le silence. L'ordinateur était allumé devant elle, son bloc-notes ouvert sur une page presque blanche à côté du clavier. Les phrases ne venaient pas. Elle devait pondre une synthèse de tous les éléments en leur possession et réfléchir à plusieurs angles à présenter à Klein. Le directeur de l'hebdo s'impatientait. Il désirait sortir quelque chose de précis, vite, et arrêter de tourner autour du pot avec des papiers connexes. Rougeard tentait de refréner ses ardeurs. Il ne voulait vraiment pas lâcher l'histoire dans la nature trop tôt ou mettre la puce à l'oreille de leurs confrères. Il avait peur que tout lui échappe et, tant qu'il n'avait pas tous les éléments en main, il préférait bétonner son scoop et la fermer.

Bloquée. Isolée. Fragile.

C'étaient les trois seuls mots qu'Amel avait pu coucher sur le papier. Elle regarda son téléphone portable. Il était éteint, un réflexe idiot. Elle avait lu quelque part que l'on pouvait écouter à tout moment ce qui se passait autour d'un portable en veille.

Surveiller.

Elle écrivit, s'arrêta.

Intolérable. Se battre. Journaliste.

Amel ratura ce qu'elle venait d'écrire.

Pourquoi ?

Son stylo glissait sur le bloc, à la dérive. Elle n'était plus sûre de rien. Elle avait quitté le CFJ et... oublié. Si vite ?

Illusions.

Tout semblait si creux. Sa réalité ne correspondait pas à l'idée qu'elle s'en était toujours faite. Au fil des heures, elle avait dressé des bilans, envisagé des tas de scénarios idiots, à propos de son avenir et de l'histoire qui les préoccupait, elle et Rougeard. On ne les laisserait pas aller au bout. On chercherait à les faire taire. Tous les moyens seraient bons.

Menacée.

Ils devaient déjà tout savoir sur eux. Ils devaient être au courant pour... Et pour la drogue aussi. Ils le diraient à Sylvain. Ils le diraient à ses parents.

Honte.

Ou pire. Ils pouvaient faire bien pire.

Peur.

Ou ils ne diraient rien, parce qu'il n'y avait rien à dire, ni personne qui surveillait.

Ridicule.

Amel s'empara de la souris et lança Explorer pour aller sur sa messagerie. Lorsque sa boîte de réception s'ouvrit, elle prit conscience que celle-ci ne contenait que peu de mails personnels. Où étaient passés tous ses copains d'école ? Sylvain ne lui écrivait presque plus jamais. Ses amies utilisaient plutôt le téléphone. Ses parents...

Les anciens courriers de Servier étaient les plus nombreux. Elle s'était connectée pour lui écrire mais l'idée ne lui apparaissait plus si judicieuse. Il n'avait plus donné signe de vie depuis leur rencontre sur les quais de Seine. Même s'il était loin, il aurait pu au moins lui écrire quelques lignes. Elle restait sur la note légèrement négative — elle n'arrivait pas à mettre un mot plus précis sur son impression d'alors — qui avait marqué la fin de leur dernier déjeuner improvisé.

Elle parcourut machinalement les pages *Messages reçus*, constata que le dernier courrier de sa mère remontait au mois d'avril dernier. Elle l'ouvrit, le relut. L'ultime tentative de dissuasion maternelle. Très sèche, désespérée.

Elle cliqua sur *Répondre* puis dans le même élan ferma la fenêtre qui venait de s'ouvrir. Elle choisit *Nouveau message* et chercha dans son carnet d'adresses à qui écrire. Elle s'arrêta finalement sur l'e-mail de son père. Revenir à la case départ.

Je sais que je ne donne pas beaucoup de nouvelles ces derniers temps...

Amel renifla.

Mais cela ne veut pas dire que vous ne me manquez pas...

Elle ferma les yeux, inspira longuement.

Tout est juste devenu très compliqué...

La barre grise dans laquelle vivait Mustapha Fodil s'élevait en face du parking du stade de Mantes-la-Jolie, au Val-Fourré. Le Transit de Lynx, dont l'apparence avait été volontairement dégradée, était garé au pied de cet immeuble, à côté d'un véhicule similaire, et muni de plaques minéralogiques locales volées la veille.

Après avoir longtemps attendu à l'arrière de l'utilitaire pour éviter de se faire remarquer, l'agent en était sorti, profitant de la tombée de la nuit pour se fondre dans l'obscurité. Il changeait régulièrement de position et se maintenait loin des regards des guetteurs, des habitants et de la police. Jamais l'expression *jungle urbaine* ne lui avait semblé plus appropriée. Il se trouvait sur un territoire hostile, une nouvelle zone de *combat localité* à ajouter à la longue liste de celles qu'il avait traversées.

Vingt et une heures quinze.

Fodil était enfermé chez lui depuis plusieurs heures et, peu à peu, l'activité du voisinage comme le trafic automobile avaient décru. Les seules voitures qui circulaient encore étaient celles de la BAC et de ceux qu'elle était censée surveiller. Le reste de la population se préparait pour la soirée et la nuit à venir. Progressivement, les halos de dizaines de téléviseurs avaient commencé à illuminer les fenêtres des tours, derrière lesquelles Lynx apercevait parfois une silhouette fugitive. Peu de mouvement, jamais de silence. Juste des cris, de vagues échanges, des aboiements de chien et surtout la musique lancinante qui montait des entrailles souterraines de l'immeuble de Mustapha.

À intervalles irréguliers, des petits groupes de trois ou quatre étaient passés à côté de l'agent sans le voir. Ils faisaient l'aller-retour entre les caves de la barre qui l'intéressait et celles de sa voisine. Les sous-sols semblaient déborder d'activité. Ces déplacements aléatoires allaient lui compliquer la tâche et il se mit à espérer que tout s'arrêterait rapidement.

Lynx avait décidé de frapper dans la nuit et il n'avait pas besoin d'être dérangé en route, alors qu'il transporterait un homme inconscient et plutôt corpulent jusqu'à son Transit.

Il bougea une nouvelle fois, l'œil rivé sur l'appartement de Fodil. Il s'éteignit brusquement alors qu'il n'était pas encore vingt et une heures trente. Impossible que son colis se couche aussi tôt. Deux minutes à peine s'étaient écoulées lorsqu'il vit Mustapha sortir de l'immeuble en survêtement, un sac de sport sur l'épaule. Il salua trois gamins qui discutaient au pied de la tour et marcha jusqu'à la rue, avant de traverser en direction du gymnase. Il allait s'entraîner.

Lynx le suivit, attendit un peu, entra à sa suite dans le complexe sportif et se retrouva à l'entrée d'un couloir court et plongé dans le noir. Il débouchait dans la salle principale. Quatre personnes se trouvaient à l'intérieur. Deux adolescents sur un tatami, qui combattaient en kimono. Deux adultes juste à l'extérieur de celui-ci, son colis et un homme plus âgé et un peu enrobé. Ils parlaient.

L'agent parvint à saisir quelques phrases. Il était question de *retour*, de *gamins qui seraient contents* que Fodil *reprenne les cours* parce qu'il *leur manquait*. L'islamiste, le visage toujours un peu crispé, posa une main sur l'épaule de son interlocuteur et s'en alla en direction des vestiaires.

Lynx s'éclipsa lui aussi et fit un rapide tour du bâtiment. Le parking était trop éclairé et désert — il n'y avait qu'une seule voiture, une Renault grise — pour se garer. En revanche, il remarqua une voie de service, à l'arrière, protégée par l'obscurité. Elle longeait un mur seulement percé d'une sortie de secours. S'il ne se trompait pas, cette issue devait conduire aux vestiaires, qui étaient de ce côté, mais à l'intérieur.

Il attendrait là, le Transit garé dans la bonne direction, prêt à partir.

Au bout d'une quarantaine de minutes, Lynx vit la Renault quitter les lieux avec trois occupants à bord. Pas de colis. L'intérieur du bâtiment était encore allumé. Fodil était toujours là, seul. L'agent tira sur ses gants en cuir pour les rajuster, vérifia machinalement la présence de la trousse médicale dans sa poche de pantalon et abandonna l'utilitaire. Quelques instants plus tard, après avoir crocheté la serrure de la sortie de secours, il pénétrait dans le gymnase.

Mustapha rejoignit les vestiaires en s'essuyant les aisselles avec son T-shirt détrempé par la transpiration. Il jeta négligemment ses gants de frappe sur un banc proche et acheva de se déshabiller devant l'un des nombreux miroirs qui ornaient les murs de la pièce. Il appréciait l'image de puissance physique que lui renvoyait la glace, fruit de nombreuses heures de souffrance. Il contracta ses pectoraux puis ses abdominaux sur lesquels il passa une main presque féminine dans sa gestuelle.

Fodil était fier de son corps, rassuré.

Il se dirigeait vers les douches lorsqu'il prit conscience qu'il n'était pas seul. Un type cagoulé en *bomber* et treillis camouflé se tenait debout entre les casiers métalliques. Parfaitement immobile, le mec le dévisageait de ses yeux bleus sans vie. Passé la surprise et la panique, Mustapha reprit un peu confiance en lui. Ce *hataï* était plus petit que lui et pas armé. Et il osait venir le provoquer ? Lui était échauffé, entraîné. Il leva les mains pour faire signe à l'inconnu d'approcher.

Pas de réaction.

Fodil n'attendit pas. Sûr de lui, il propulsa sa hanche droite pour balancer un *mawashi-geri* hostile destiné à plier son adversaire en deux du premier coup. Le sol était humide, lui pieds nus, il ne mesura pas la puissance de son coup de pied circulaire et glissa. Il ne tomba pas mais fut un peu déséquilibré.

L'homme à la cagoule avait déjà réagi. Il esquiva facilement, par une torsion du buste suivie d'un pas chassé vers l'avant, le long de la jambe d'attaque relevée, qu'il lui saisit par en dessous.

Fodil ne perdit pas de temps. Il enchaîna par deux coups de poing mal ajustés qui touchèrent son agresseur au torse. Avec moins de force que prévu cependant, parce que celui-ci se rapprochait. Il ressentit alors une crispation intolérable au flanc gauche. Il n'avait pas prêté attention à l'autre bras.

Que lui avait-il fait ?

Ses appuis se dérobèrent sous lui et l'inconnu le lâcha pour ne pas être entraîné dans sa chute. La dernière chose que vit Mustapha fut une matraque, une toute petite matraque, qui revenait vers lui et s'abaissait sur son torse.

Noir.

We got to pump the stuff to make us tough...

Lynx retira sa cagoule et s'approcha du corps.

From the heart. It's a start, a work of art...

Le pouls était stable.

To revolutionize make a change nothin's strange...

Il injecta le tranquillisant à Fodil.

People, people we are the same...

Rassembla ses affaires dans son sac de sport.

No we're not the same. Cause we don't know the game...

Et le chargea avec peine sur son épaule pour ressortir.

What we need is awareness, we can't get careless...

Cela faisait un bon quart d'heure qu'ils guettaient la camionnette blanche garée à l'arrière du gymnase, curieux de savoir pourquoi quelqu'un l'avait abandonnée là en pleine nuit. Lorsqu'ils virent un *lascar* sortir du bâtiment avec un autre *keum* à *oilepé* sur l'épaule, ils devinrent subitement très intéressés et décidèrent d'aller jeter un œil de plus près.

« Hé, tu crois pas qu'on devrait appeler les autres ?

— Ta gueule, Kenny ! On est trois, il est tout seul. »

Moussa, petit et râblé, précéda ses deux potes, Ali, un grand échalas toujours caché sous le même *thermosweat* orange qui lui valait son surnom, et Abdel.

Lynx aperçut les silhouettes qui se matérialisaient à l'avant du Transit du coin de l'œil, au dernier moment. Il referma la porte latérale sur Fodil et fit quelques pas vers ses visiteurs. Il était trop tard pour essayer de démarrer et passer en force.

My beloved let's get down to business...

Celui qui se tenait devant les deux autres gueulait en tordant la bouche, avec une gestuelle agressive. Il lui postillonnait dessus.

Mental self defensive fitness...

L'agent ne l'entendait pas, ne lui répondait pas. Il le regardait en souriant bêtement.

Yo bum rush the show. You gotta go for what you know...

Le parleur fit un pas en avant, pénétra dans sa zone de sécurité.

Make everybody see, in order to fight the powers that be...

Erreur.

Lemme hear you say...

Plus de retour en arrière. Plus que la surprise, décisive.

Fight the power...

La main gauche de Lynx, ouverte, remonta vers la trachée de Grande Gueule dans un flash et l'écrasa sans ménagement.

Moussa tituba en arrière en se tenant la gorge.

Fight the power...

L'agent ne se préoccupait déjà plus de lui. Sa matraque était apparue au bout de son bras droit et s'enfonça dans le visage du second adversaire le plus proche, le grand en *sweat* capuche. Décharge.

Fight the power...

Trop longue. Le troisième était rapide. Et puissant, il savait cogner. Lynx ressentit un choc au milieu du dos qui le déséquilibra et le propulsa en avant.

Fight the...

Son RIO se brisa dans la chute et les Public Enemy s'arrêtèrent de chanter dans ses oreilles, remplacés par une autre litanie.

« Alors enculé, t'es content ? »

Son adversaire était déjà sur lui.

« Sale bâtard de ta race ! »

L'agent se recroquevilla pour encaisser une pluie de coups qui commençait à s'abattre sur lui.

« Enculé ! J'vais t'niquer ta face, enculé ! »

Il se protégea la tête du mieux qu'il put et attendit une pause dans l'agression. Elle ne tarda pas, une seconde à peine, une attaque mal dirigée, trop précipitée. Lynx roula sur le côté, réussit à s'accroupir et eut juste le temps de placer ses deux bras devant son visage, pour absorber un nouveau coup de pied lancé contre lui.

Choc amorti, à peine.

Il eut le souffle coupé mais tint bon. Il attrapa une cheville. Son agresseur essaya de se dégager, le tira dans sa direction et lui donna l'élan nécessaire pour se redresser. L'agent le poussa contre le capot du Transit et poursuivit son offensive d'un direct dans le nez. Il sentit le cartilage exploser sous ses phalanges au moment de l'impact et perçut instantanément la chaleur du sang à travers son gant. Il doubla par un second *atemi*, exactement au même endroit, avant d'attraper son adversaire par les cheveux pour l'abaisser vers lui. Coups de genou aux côtes, à gauche, à droite. Lynx trouva son rythme et ne s'arrêta que lorsqu'il ne sentit plus aucune résistance.

Le corps inanimé tomba au sol.

Coup d'œil immédiat aux deux autres. Le grand à la capuche était *out*, le choc électrique l'avait sonné pour le compte. Le petit énervé rampait péniblement pour s'éloigner. L'agent récupéra sa matraque et marcha sur lui. Il lui plaqua violemment la gueule dans le bitume avant de lui assener une décharge dans la nuque.

Il massa ses bras et ses épaules endoloris, tâta doucement sa cage thoracique et ses flancs, à la recherche d'un point plus sensible que les autres. Rien. Sa main rencontra néanmoins la bosse de son RIO, dans la poche de son blouson. L'écran de son baladeur pissait ses cristaux liquides. Plus aucun bouton ne fonctionnait.

Lynx le rangea rageusement, décocha un dernier coup de pied à Grande Gueule et dégagea.

Ponsot était seul dans une salle vidéo du ministère de l'Intérieur. Télécommande à la main, il visionnait les enregistrements du 20ᵉ remontés par Trigon. Il avait vu Rougeard apparaître à proximité de la mosquée Poincaré puis être rejoint par Mohamed Touati, un agitateur religieux déjà croisé par les policiers de la SORS à plusieurs reprises. Ils possédaient de longues heures d'enregistrements infructueux sur cet homme, soupçonné d'être un peu plus qu'un prêcheur vindicatif. Mais toutes leurs surveillances s'étaient avérées inutiles, ils n'avaient pas obtenu le moindre résultat tangible.

Les choses allaient peut-être changer.

L'incident du 9 novembre n'avait d'autre intérêt que la présence du journaliste dans le coin et c'était surtout la seconde séquence isolée par son subordonné qui éveillait sa curiosité.

Ponsot rembobina un peu la bande pour effectuer un cinquième visionnage et relança la lecture.

Une fois encore, un homme pénétra dans le champ de leur caméra. Jusqu'à lundi, celle-ci se trouvait à bord d'une voiture garée le long d'un trottoir, dissimulée dans le dossier du siège conducteur. Elle avait filmé un immeuble précis pendant une dizaine de jours.

À l'écran, l'individu, de dos, se dirigea jusqu'à la devanture d'*El Djazaïr*, cet autre point sensible du 20ᵉ identifié mais pas encore traité correctement. Non prioritaire. Arrivé devant l'établissement fermé, l'homme tourna en rond, s'énerva et finit par manifester son irritation en cognant le rideau métallique à plusieurs reprises.

Jusque-là, rien d'extraordinaire. Ce n'était peut-être qu'un poivrot excité de plus. Mais à présent, le mécontent se retournait à l'image et, aux abois, regardait dans la direction de la caméra.

Ponsot appuya sur pause.

Mustapha Fodil le dévisageait, désemparé. Derrière lui, le bar au rideau métallique baissé. Le policier lui renvoya son regard, inquiet lui aussi.

Le bar.

Hammud, financier occulte de plusieurs mouvements intégristes, avait fréquenté cet endroit. Hammud était mort. Laurent Cécillon, un converti, petite main du *jihad*, avait fréquenté ce bar. Cécillon était mort.

Jusque-là, Ponsot avait nié l'évidence parce que ça l'arrangeait.

Mustapha Fodil, suspecté et arrêté par les collègues de la DST dans le cadre d'une autre affaire, fréquentait aussi ce bar apparemment, puisqu'il s'y était rendu quelques heures à peine après sa sortie de garde à vue. Et il n'avait pas l'air serein. Aux dernières nouvelles, Fodil était toujours vivant. Il fallait rapidement déterminer si un autre lien existait entre lui, Cécillon et Hammud.

La connexion était bien réelle en revanche entre le converti et Rougeard. Le journaliste n'avait-il pas interrogé Ponsot à son sujet ? Il aurait donné cher pour savoir ce qui avait motivé ces questionnements. Rougeard lui avait également parlé de quelqu'un d'autre, il y a quelques semaines : Steiner. Et lundi, la gamine qu'il traînait partout avec lui avait à nouveau ramené l'ex-espion sur le tapis, en suggérant la possibilité d'une relation Steiner-Cécillon.

Le grand Charles était un ancien du service action de la DGSE. Ça, le policier ne l'avait pas précisé au journaliste. L'unique affaire qui les avait réunis remontait aux années quatre-vingt. Leurs deux services, qui évoluaient dans des univers parallèles qui s'ouvraient rarement l'un à l'autre, avaient dû s'entendre pour mettre fin — en douceur — aux agissements d'agents de renseignement irakiens. Ceux-ci s'étaient permis de venir en France recruter des dissidents iraniens. Une initiative qui aurait pu provoquer un incident diplomatique majeur avec le régime de Téhéran, incident qui aurait certainement été suivi d'une nouvelle vague d'attentats, comparable à celle de 1985-1986.

Ponsot avait également omis de révéler autre chose à Rougeard : on ne quittait jamais tout à fait la DGSE. Il allait devoir parler à son patron demain matin à la première heure. À Magrella aussi, pour le prévenir.

Et à *Arnaud*.

15/11/2001

À LA UNE

LE BEAUJOLAIS NOUVEAU EST ARRIVÉ ! / AFGHANIS-
TAN : BIENTÔT LA VICTOIRE / CRASH DE L'AIRBUS DE
NEW YORK : LE DESTIN RATTRAPE UNE RESCAPÉE DU
11 SEPTEMBRE / INONDATIONS À ALGER : LOURD BI-
LAN ET GROGNE POPULAIRE / MATIGNON ET LE LIVRE
QUI DÉRANGE / LE PREMIER MINISTRE VEUT LUTTER
CONTRE LA PROSTITUTION / LE DÉFICIT BUDGÉTAIRE
DE LA FRANCE ATTEINT DE NOUVEAUX SOMMETS /
MÉDECINE GÉNÉRALE : GRÈVE DES GARDES / MOULI-
NEX : LE PLAN SOCIAL IMPOSSIBLE / LE PS DU RHÔNE
DANS LA TOURMENTE DES FINANCEMENTS OCCULTES
/ EXPLOSION DE L'USINE : MANIFESTATION DES *SANS-
FENÊTRES* / COUPS DE FEU CONTRE DES POLICIERS /
LE PÉDOPHILE RÉCIDIVE / INTERPELLATION D'UN
GANG DE GENS DU VOYAGE / AGRESSION D'UNE
CONDUCTRICE DE MÉTRO / CINÉMA : RAMBO REMPI-
LERAIT EN AFGHANISTAN [...]

Amel referma le quotidien. C'était le dernier de la pile du jour. Aucun fait divers ne lui avait mis la puce à l'oreille. Cela la rassurait un peu, même si cette absence ne signifiait pas nécessairement qu'il ne se passait rien, juste que personne n'avait encore rien vu. Ou dit. Cela renforçait juste ses doutes sur leur délire d'escadrons de la mort pilotés par un ancien espion pour éliminer certains islamistes présumés de la capitale.

Une pensée réconfortante.

Rougeard était à côté d'elle, debout devant son bureau, sur la mezzanine, face au Sacré-Cœur. Il téléphonait à Klein, plaisantait avec lui. Il faisait beau, la vue était toujours aussi spectaculaire. Tout avait l'air normal et calme, bien que la presse semblât penser le contraire. Les journaux ne parlaient que de guerres, d'accidents, d'agressions, d'escroqueries, de fermetures d'usines, de grèves.

Et de vin, pour oublier.

Bruit d'un combiné qu'on raccroche.

Rougeard tendit à Amel une feuille sur laquelle il venait de noter quelques informations. « Tiens, j'ai ce qu'il nous fallait. »

La jeune femme la prit du bout des doigts, ne la lut pas. Ses yeux erraient dehors.

« Ça ne va pas ?

— Si si. » Quelques secondes passèrent. « C'est moi ou il y a de plus en plus de papiers agressifs et racoleurs sur la violence ? »

Rougeard la dévisagea avec une certaine condescendance. « Rien de neuf sous le soleil. Viens, on a des trucs plus urgents à faire. »

Ils quittèrent Pigalle pour se rendre dans le 10ᵉ, rue Zelenski, chez Laurent Cécillon.

Sur place, ils furent accueillis par un petit bout de femme plutôt âgée qui se prétendait concierge et les fit pénétrer dans l'immeuble. « Aucune envie de le connaître, moi, ce gamin. » Elle parlait en roulant les *r*. « J'savais juste où il habitait et ça m'suffisait bien. » Elle regarda autour d'elle. « J'aimais pas ses copains. Que des Noirs et des Arabes. » La vieille prit alors conscience de la présence d'Amel. « Vous comprenez, je les ai attrapés plein de fois à fumer de la drogue dans les escaliers de secours. » Elle marqua un temps d'arrêt, pour voir si son excuse avait marché. Non. « Allez voir la voisine, au troisième, elle vous dira pareil, hein. Ch'uis pas méchante, moi, hein. »

Les journalistes la laissèrent dans le hall et rejoignirent l'ascenseur.

Des scellés intacts ornaient toujours l'entrée de l'appartement de Cécillon, signe que la police était venue et repartie. Il y avait deux autres portes palières à l'étage, du bruit derrière une seule.

Ils sonnèrent.

Une jeune femme vint leur ouvrir après quelques instants. Amel fit les présentations, obtint le prénom de leur interlocutrice, Fatema. Celle-ci commença par leur expliquer qu'elle ne croisait pas son voisin très souvent. Elle l'entendait surtout, lui et tous ceux qui venaient lui rendre visite. « Toujours très tard. Y faisaient jamais attention et comme les murs y sont pas épais.

— Quel genre de personnes recevait-il ?

— Des racailles, des drogués, enfin... pas tout le temps. Une nuit, avec mon mari, on a vu des religieux de la mosquée avec lui. On était sortis parce qu'ils parlaient trop fort sur le palier. On a failli avoir des ennuis ce soir-là. Ces gens-là y sont très stricts. » Fatema hésita. « Très sévères. Mon mari, il a changé de mosquée, depuis qu'y sont arrivés ceux-là. Y lui plaisaient pas. »

Rougeard intervint. « Il s'agissait bien de personnes de la mosquée Poincaré, c'est ça ? »

La voisine hocha la tête.

Les journalistes prirent congé après une ou deux questions supplémentaires qui ne leur apprirent rien de plus. Ils firent un tour rapide de quelques magasins du coin. Peu de gens reconnurent Cécillon sur la photo qu'ils avaient avec eux. Le seul commerçant qui réagit fut un épicier qui se crispa immédiatement lorsqu'il vit le cliché. Sans plus leur adresser la parole, il disparut dans sa réserve et ne revint pas, même après qu'ils l'eurent appelé plusieurs fois.

Rougeard décida de mettre fin à leur périple dans le quartier et proposa d'aller prendre un café au bord du canal Saint-Martin. Une fois installés, ils firent le point.

« Le moins qu'on puisse dire, commença Amel, c'est que ce garçon n'aimait pas trop attirer l'attention.

— Oui, au moins en dehors de chez lui parce que dans son immeuble...

— Tu ne trouves pas que son profil est plutôt... Ah ! Je ne trouve plus le mot. » Amel s'interrompit et claqua plusieurs fois des doigts, agacée. « Brouillé ? Paradoxal ?

— Comment ça ?

— Eh bien, il se convertit et, d'après sa mère, arrête ses conneries de jeunesse, le vol, le deal, etc. Il part traîner ses guêtres sur différents fronts du *jihad* et, plus récemment, il fréquente assidûment une mosquée récupérée par les salafistes. En tout cas d'après l'homme que tu as rencontré vendredi dernier. Pourtant...

— Pourtant, il reçoit régulièrement des drogués chez lui ? » Rougeard acquiesça. « Tu as raison, c'est étrange. Sauf si on prête foi aux discours paranoïaques des flics qui prétendent que le trafic de came finance en partie les activités terroristes. Mais là, je t'avoue, moi, j'ai du mal.

— C'est tout de même vrai en Afghanistan avec la culture du pavot.

— Oui mais c'est là-bas, pas ici. Et les Afghans ne sont pas les seuls. C'est presque devenu le seul moyen de subsister pour une bonne partie de la population. Les intégristes en profitent.

— C'est le cas chez nous aussi dans certaines banlieues. Beaucoup de chômage et peu d'espoir, ça pousse les gens à la faute. Mais il n'y a pas que ça qui me gêne. Tu te souviens du rapport d'autopsie remis par *Martine* ? » Amel n'arrivait décidément pas à appeler leur informateur par son prénom, Jean-François. Il sonnait faux à ses oreilles.

« Oui et ?

— Après analyse, le légiste avait relevé, dans l'organisme de Cécillon, des traces de méthylène dioxymétamphétamine, plus communément connu sous le nom de MDMA ou ecstasy, dixit toi-même.

— Exact.

— Il se droguait encore, tu crois ?

— Ça expliquerait peut-être pourquoi il fréquentait d'autres camés. Soit ils venaient le livrer, soit il leur revendait de quoi entretenir son propre vice en douce. Perso, je le vois plus comme ça.

— Et les religieux qui lui rendaient aussi visite, on en fait quoi ? »

Rougeard secoua la tête. « La voisine nous a raconté qu'elle ne les avait vus qu'une seule fois. Et qu'ils *parlaient fort*, ce jour-là. Peut-être s'engueulaient-ils ? Rien ne nous dit que les barbus n'étaient pas venus sermonner Cécillon. »

Les journalistes terminèrent leurs cafés en silence.

Au moment de payer, Rougeard annonça qu'il voulait faire une dernière chose. « Makhlouf a parlé d'un bar, dans le 20ᵉ, où certains des piliers de la mosquée se retrouvent souvent. Il m'a donné l'adresse. J'aimerais bien aller voir mais depuis l'incident de la semaine dernière, j'ai peur d'être un peu grillé. Tu ne voudrais pas faire un tour là-bas et, si possible, jeter un œil à l'intérieur, pour prendre la température ? »

Amel ouvrit la bouche pour dire quelque chose mais n'en eut pas le temps.

« Je resterai dans le coin, promis, pas loin. Juste un coup d'œil rapide. Si tu sens que ça craint trop, tu n'entres pas. »

Karim se tenait au bout du comptoir d'*El Djazaïr* et guettait l'arrivée de Nezza, qui lui avait donné rendez-vous. C'est ainsi qu'il aperçut la mince silhouette féminine qui s'était arrêtée de l'autre côté de la place du Guignier et regardait dans sa direction, ou plutôt celle du bar. Elle lui sembla immédiatement familière mais il lui fallut quelques secondes pour reconnaître la fille qu'il avait vue en compagnie du journaliste, quelques jours plus tôt. Amel quelque chose.

L'agent scruta en vain les environs à la recherche de son confrère, persuadé qu'elle n'était pas là seule, ou par hasard.

Elle continuait à fixer la façade du troquet, une ombre d'hésitation sur le visage. Fennec la vit tourner la tête à droite et à gauche, incertaine, le regard anxieux. Elle semblait en proie à un conflit intérieur et il craignait de deviner quel en était le motif.

Une très mauvaise idée.

Elle se mit en route vers *El Djazaïr*. Karim prit sa décision en une fraction de seconde. Il abandonna le comptoir pour ouvrir la porte et se positionna, bien visible, dans l'embrasure, les yeux braqués sur cette folle. Il prit l'air le plus menaçant possible et constata bientôt qu'elle l'avait aperçu.

Ils se dévisagèrent à distance.

Amel franchit le centre de la place.

Fennec croisa lentement les bras sur sa poitrine, apparemment imperturbable. Plus elle se rapprochait de son objectif, moins elle semblait convaincue. Elle ne changeait pourtant pas de direction.

Karim passa imperceptiblement d'un pied sur l'autre, tendu.

Tire-toi de là.

Si elle tentait de forcer le passage, les autres la détroncheraient. Ils risquaient ensuite de vouloir la faire suivre pour en apprendre un peu plus. Cela les mettrait en danger tous les deux. Elle, parce que Mohamed et ses sbires n'aimaient pas les fouineurs et lui, parce qu'ils appréciaient encore moins les menteurs.

Encore quelques pas.

Barre-toi.

Fennec durcit un peu plus son regard.

Casse-toi.

Au dernier moment, la jeune femme bifurqua devant lui en baissant la tête et continua sur le trottoir, vers la droite.

Karim souffla.

« Alors, *ghouia*, qu'est-ce qui t'arrive ? » La voix de Salah monta derrière lui, très proche. Ses yeux avaient suivi ceux de l'agent, juste à temps pour voir Amel tourner au coin de la place. Le barman se mit à rire. « Tu passes trop de temps tout seul, mon frère. Il faut que tu te trouves une femme, une vraie. Mais pas une comme celle-là. Elle est pas correcte. *Arroua*[1], je t'offre le café. »

Le père d'Amel sortit de sa voiture, de l'autre côté de la rue, au moment où sa fille s'apprêtait à entrer dans son immeuble. Il lui fit un petit signe de la main et elle traversa pour le rejoindre. Ils s'embrassèrent.

« Que fais-tu là ? Monte un moment à la maison.

— Non, non. Je ne veux pas déranger. » Son père, fidèle à lui-même, effacé.

« Mais si…

— Non, ça ira. Laisse-moi te regarder. »

Amel se recula un peu, sentit les vieilles mains familières, rugueuses et chaudes, prendre les siennes, sourit timidement.

« Tu as l'air fatiguée, Méli. » Ce surnom, réminiscence d'une autre vie, plus facile. Ses parents l'en avaient affublée après avoir découvert le mot *méli-mélo*. Ils trouvaient depuis toujours qu'il collait bien à la personnalité de leur cadette.

Elle changea de sujet. « Tu attends depuis longtemps ?

1. Viens.

432

— Un peu moins d'une heure. » La voix paternelle ne vibrait d'aucun reproche. « Mais j'avais mon livre, alors je ne me suis pas ennuyé. » Il continuait de la dévisager en silence. « Nous nous inquiétons pour toi. » Il n'ajouta rien.

Amel ne fit pas plus de remarque sur ce *nous*, peut-être une simple précaution oratoire, qui lui faisait néanmoins plaisir. « Il ne faut pas. Tout va bien.

— Tu es sûre ?

— Oui, ne te tracasse pas. Je suis juste fatiguée à cause du travail.

— Et ça se passe comme tu veux ?

— Oui, *baba*. » Non, mais elle ne souhaitait pas en parler.

L'incident du bar lui avait ouvert les yeux. Elle s'était rendu compte qu'elle n'était pas à la hauteur et cela lui avait déplu. Planter Rougeard, planter son job, ce n'était pas ce qu'elle désirait. Amel ressentait une honte profonde après sa petite lâcheté. Il lui fallait faire des choix et arrêter de se plaindre, de subir. Elle se redressa un peu, afficha un large sourire. Elle s'en voulait également pour le moment de faiblesse qui avait provoqué la visite de ce soir.

C'était la dernière fois.

Ils tombèrent spontanément dans les bras l'un de l'autre et restèrent ainsi une longue minute. Puis ils se séparèrent. Son père remonta en voiture et disparut. Dans l'ascenseur, Amel réalisa qu'il ne lui avait pas demandé la moindre nouvelle de Sylvain.

Mustapha Fodil couinait, pleurait et reniflait beaucoup. Il parlait, déballait, racontait, livrait tout, sur lui, sur sa famille, son histoire. Encore et encore, il s'expliquait, se justifiait, *ad nauseam*. L'armure de guerrier impitoyable dont il s'était revêtu toutes ces années se dissolvait dans ses sanglots.

Lynx aurait presque eu pitié de lui si sa voix, que l'émotion faisait dérailler, ne l'avait pas autant irrité. Il n'avait nul besoin de le forcer, l'enlèvement et les premières vingt-quatre heures de préparation avaient fini d'achever les résistances de son prisonnier. Elles étaient déjà bien entamées après les quelques jours d'angoisse qu'il venait de traverser. Dans l'esprit de Fodil, l'ostracisme dont ses anciens camarades avaient fait preuve à son égard depuis son arrestation ne pouvait signifier que deux choses, un rejet définitif ou une élimination prochaine.

Deux perspectives qui le terrifiaient mais arrangeaient Lynx.

Mustapha le prenait pour l'un de ses *frères*. L'agent l'avait compris lorsqu'il l'avait un peu bousculé dans sa cellule, après une première nuit d'isolement. Aveugle et sourd, son prisonnier s'était mis à l'appeler *ghouia* à tout bout de champ et à lui promettre de devenir un musulman encore meilleur à la mosquée s'il le laissait en vie. Une confusion dont il fallait se servir et, lors de leur première confrontation, Lynx était venu juste cagoulé, sans ses lentilles de contact bleues.

Fodil renifla bruyamment. « Mon frère, je te jure, j'ai jamais parlé à personne d'autre que Nourredine et Khaled et, et… Et Nouari. J'ai juste fait ce qu'il me disait, Nezza.

— C'est ça que t'as dit à la police ?

— Non non, pitié ! *Oualla ya karbi !* Aux *keufs*, j'ai rien dit. Ils m'ont parlé d'autres gens que je les connais pas. »

Mustapha se remit à chouiner, c'était une larve. Lynx se leva légèrement de sa chaise et le gifla avec le dos de son poing.

Farez Khiari attendait debout devant un comptoir d'accueil du vaste entrepôt LOCASYS94, à Saint-Maur-des-Fossés. Il se concentrait sur son ventre qui gargouillait et refusait de le laisser en paix. Premier jour de ramadan, il avait déjà faim.

« Bonjour, monsieur, en quoi puis-je vous aider ? » Un employé était apparu derrière un rayonnage réservé au matériel de percement.

« Bonjour. J'ai besoin d'une tronçonneuse à béton et d'une carotteuse.

— Suivez-moi. » Le vendeur joignit le geste à la parole. « Quel diamètre ?

— Pardon ?

— Quel diamètre pour la carotteuse ?

— 250 mm.

— Dans ce cas… » L'employé sembla hésiter. « Une carotteuse à colonne sera plus indiquée. Venez, c'est là-bas que ça se passe. »

Ils s'arrêtèrent devant une série d'appareils électriques oblongs, dont certains étaient plutôt volumineux. Khiari précisa qu'il voulait percer sur une distance de trois mètres et écouta ensuite attentivement les explications du vendeur.

« J'en aurai besoin jusqu'au 4 décembre.

— Aucun problème. Nous demandons juste une caution supplémentaire pour les longues périodes de location. »

Farez acquiesça et suivit à nouveau l'employé pour remplir les formulaires de location. Il fit établir la facture au nom de l'entreprise de Nourredine Harbaoui et paya avec un carnet de chèques qui tirait sur le compte de cette même société. Lorsque le vendeur lui demanda une carte d'identité, il lui remit celle de l'aîné des frères Harbaoui maquillée avec sa photo.

« Vous pouvez amener votre camionnette à l'arrière de l'entrepôt. On va vous apporter votre matériel et vous aider à le charger. Bonne journée et merci.

— Au revoir. »

Ponsot remonta à pied la rue du Départ et prit place à l'arrière d'une voiture garée le long du trottoir. « Alors ? »

Devant lui, Meunier et Trigon attendaient, les yeux rivés sur une brasserie de la rue de Rennes.

Son adjoint lui répondit. « Bastien Rougeard et sa copine sont là depuis vingt minutes. Michel Klein vient d'entrer. » Grésillements de la radio de bord. « Zer' est à l'intérieur. »

Ponsot acquiesça.

Klein se fit expliquer à nouveau plus en détail les avancées de la semaine précédente, en particulier la visite à Lyon et la rencontre avec Ziad Makhlouf. Lorsque l'exposé fut terminé, il demanda à ses journalistes ce qu'ils en pensaient.

Amel prit la parole. « Hypothèse simple, nous avons raison d'imaginer le pire et il y a une opération d'élimination. Nous ne savons pas pourquoi. Personne ne nous a renseignés sur ce point. Or, sans cette justification, comment donner le moindre crédit à notre théorie ?

— Alors, il faut imaginer quels motifs pourraient justifier de tels débordements. Une fois que vous aurez isolé les causes potentielles, vous pourrez avancer. Moi, j'en vois une évidente. Ils veulent dissimuler quelque chose, une magouille, une menace et ils agissent dans la précipitation. »

Rougeard secoua la tête. Depuis ce matin, il était bougon. Il avait réfléchi toute la nuit, tordu leurs informations pour les envisager sous toutes les coutures et était parvenu à des conclusions qui lui déplaisaient.

Parce qu'elles n'étaient plus aussi spectaculaires et surtout parce que les services secrets n'y jouaient plus les croque-mitaines. Cela le contrariait d'autant plus que ses déductions allaient dans le sens de la mise en garde de Dussaux et surtout de ce qu'il savait de la piètre qualité des barbouzeries françaises. Il soupira. « Nous devons aussi envisager une autre possibilité. Que tout ceci ne soit qu'une opération d'intoxication, comme tu le pensais, et que nous soyons effectivement confrontés à des règlements de comptes intervenant à plusieurs niveaux. »

Klein se tourna vers lui. « Explique-toi.

— Nous savons que Steiner est un ancien de la DGSE, de la vieille garde. Il a sans doute des amitiés tout aussi traditionnelles. Nous savons également qu'il a bossé pour le Service au Moyen-Orient et qu'il continue sans doute à le faire sous couvert de la SOCTO-GeP. Hammud est d'origine libanaise. Tu vois où je veux en venir ?

— Tu penses que le Liban pourrait constituer un nœud entre eux ? »

Rougeard hocha la tête. « Oui, et subitement cela nous donne une lecture différente des choses. Les deux hommes se rencontrent au Liban et, même si officiellement ils sont dans des camps opposés, en fait, ils deviennent *amis*, entre guillemets. » Le journaliste mima le signe avec ses doigts.

« Hammud agent double, c'est ça ?

— Exactement. Et quelqu'un de son camp l'aurait découvert puis exécuté, ici, à Paris. Maintenant, revenons à la DGSE. Dussaux a dit *tensions internes*. J'ai creusé un peu. Les élections approchent, il y a des amitiés politiques qui s'opposent entre elles. Et si Steiner était le vecteur utilisé pour déstabiliser l'une des parties en présence ? On lâche le nom à qui de droit ou on flingue directement une de ses sources, Hammud, puis on prévient des journalistes. Comme ça, on essaie de le mouiller et, à travers lui, de toucher ou neutraliser d'autres gens.

— Mais il vous manque encore des éléments pour donner corps à un tel complot, non ? Votre informateur ne vous a plus contactés, si je ne m'abuse.

— Il le fera encore, j'en suis convaincu. »

Klein se tourna vers Amel. Il voulait son avis.

Elle opina du chef sans rien ajouter.

« Que fais-tu du converti ? Comment s'intègre-t-il dans le tableau ?

— Je ne sais pas. Pas encore. J'imagine qu'il a peut-être été le bras armé des anciens amis du Libanais, si c'est par eux qu'on est passé pour l'éliminer. Là, peut-être que Steiner a mordu le trait et s'est vengé. Quoi qu'il en soit, sa mort ne dérange personne, au contraire, elle brouille les cartes ou implique un peu plus le patron de la SOCTOGeP. »

Amel reprit la parole. « Il est également possible que son décès n'ait rien à voir avec tout ça. Cécillon vivait à la jonction de deux univers assez violents, le trafic de drogue et l'islamisme combattant. On pourrait très bien imaginer que ça lui pendait au nez, d'une façon ou d'une autre. Une fois de plus, il n'est peut-être qu'une coïncidence heureuse que l'on utilise pour mieux nous perdre. »

Le directeur de la rédaction demeura un moment silencieux. « Évidemment, cette histoire-là n'est plus du tout la même. Je n'aime pas ça. » Il fit claquer sa langue contre son palais. « Je te l'avais bien dit, qu'ils essaieraient de nous enfumer.

— Calme-toi, rien n'est encore sûr.

— Peut-être, raison de plus pour être prudent. Maintenant, si tu peux me sortir une histoire pareille en pleine campagne électorale, alors là… » Sa phrase resta en suspens.

Rougeard reconnut l'étincelle d'envie qui brillait dans les yeux de Klein. Il le dévisageait avec insistance en ignorant totalement leur voisine de table. Il aperçut aussi la colère jalouse qui animait ceux d'Amel et cela l'irrita.

« Ils sortent. » Le haut-parleur crachota la voix de Zeroual.

Les policiers virent les deux journalistes et leur patron quitter la brasserie quelques secondes plus tard et partir dans trois directions différentes.

Ponsot se pencha en avant entre les sièges. « Qui on a, dans le coin ?

— Nous deux. » Meunier montra Trigon d'un geste de la main. « Zeroual et Layrac, en bécane, un peu plus loin. Tous les autres sont sur les barbus, je me suis dit que pour des journalistes ce n'était pas la peine de…

— Tu as bien fait. Dis à Zer' de filer le train à la fille et, avec la bécane, vous vous occupez de Rougeard. Klein, on s'en fout, il ne bouge jamais de son bureau et on connaît tous ses amis. » Ponsot glissa sur la banquette arrière. « Vous me tenez au courant. » Il quitta la voiture.

17/11/2001

Il s'était mis à pleuvoir dans la soirée. La température était tombée de quelques degrés. Ponsot marchait sur les grands boulevards abrité sous un vieux parapluie. Il était resté longtemps au bureau, à attendre les comptes rendus des uns et des autres, à rédiger un blanc pour son supérieur. Vers vingt-trois heures, il était sorti manger un morceau puis avait flâné.

Il entra dans le bar sans nom et sans âge où l'attendait *Arnaud*.

Arnaud, le prénom, probablement faux, de cet *ami*, sans patronyme et sans âge lui non plus, qui exerçait le même métier pour le compte du ministère de la

Défense. L'extérieur et l'intérieur ne travaillaient pas souvent ensemble. Leur coopération par la voie officielle était plus fantasmée que réelle et, lorsqu'elle prenait corps, c'était le plus souvent dans des zones grises, informelles, lorsque les *Arnaud* appréciaient les Ponsot. Et vice versa.

Le policier commanda tandis que le *mili* attaquait bille en tête. « Il me pose un cas de conscience, ton Hammud, parce que l'ambiance est tendue, chez nous, ces temps-ci.

— Je suis au courant.

— Je n'en doute pas. Chez vous aussi, d'ailleurs, ça s'agite on dirait.

— Nos syndicats ?

— Ouais. Pas trop compris pour qui ils roulent.

— Moi non plus, autre chose à foutre.

— T'es trop pur pour ce job, mais ça, je te l'ai déjà dit, me semble-t-il.

— J'essaie juste de ne pas me tromper d'ennemi. »

Les deux hommes buvaient du whisky. Single malt. Ils avaient commencé à venir dans ce bar en septembre pour cette raison. Ils prirent le temps de déguster quelques gorgées avant qu'*Arnaud* ne parle à nouveau. « Pour une raison qui m'échappe, ce Libanais se trouve mêlé à nos petites salades. Son dossier est à présent *protégé*, si j'ai bien compris les allusions qu'on m'a faites lorsque j'ai commencé à gratter. En ce moment, c'est à la mode, chez nous, de protéger les dossiers. Pourquoi t'intéresse-t-il tant, ce brave homme ? »

Ponsot termina son verre et demanda à son interlocuteur, qui sortait sa pipe, s'il en voulait un autre. Approbation, seconde tournée. « Figure-toi qu'il a eu la mauvaise idée de mourir. On l'a repêché dans la Seine. Jusque-là, rien ne me dit que ça n'est pas juste un accident mais... »

Arnaud lui coupa la parole. « Mais tu n'arrives pas à te convaincre que des types comme lui tombent à l'eau, *juste comme ça*. J'ai bon ?

— Ouais.

— Et c'est tout ? »

Le policier haussa les épaules. « Je trouve que c'est déjà pas mal. » Il ne voulait pas parler de Cécillon ou de Steiner. Ni même des journalistes. Pas encore.

« Je n'étais pas au courant de ce dernier détail. Sa noyade, je veux dire. »

Quelque chose dans la manière dont *Arnaud* avait prononcé ces paroles mit la puce à l'oreille de Ponsot. Son ton un peu forcé, un peu faux, peut-être. Il n'était pas sûr.

« *Protégé*. Cette classification, chez nous, est déjà en soit assez révélatrice, comme tu le sais. Théoriquement, rien ne sort de ces dossiers-là, mais parce que c'est toi, je me suis quand même démerdé. Pas facile, ceux qui s'en occupent ne sont pas vraiment mes amis. »

Un jour, il y aurait une faveur à rendre.

« Hammud a beaucoup traîné au Pakistan et en Afghanistan, l'été dernier. En Syrie aussi, près de la frontière irakienne.

— Je croyais que ses potes n'étaient pas très fans du vieux Saddam. Que pouvait-il bien chercher là-bas ? »

Arnaud se mit à rire doucement. « Tu as raison, le *raïs* est un laïc. Officiellement, il ne parle pas aux fondamentalistes, qui eux-mêmes l'ont toujours conspué. Hammud s'est peut-être montré plus ouvert que ses frères. Trop ouvert, qui sait ?

— Que veux-tu dire ?

— La France est une amie de longue date de l'Irak, ce n'est un secret pour personne. Une vieille amitié, ça ne s'oublie pas. Tu es évidemment au courant des opérations policières qui ont eu lieu en septembre puisque tu y participais. »

Ponsot approuva en silence.

« Qu'est-ce qui est à l'origine de ces interpellations ?

— Des surveillances, des écoutes, des recoupements, le travail habituel.

— Non, je veux dire avant tout ça.

— Un tuyau venu des Émirats arabes unis. Qui a transité par vous, si je me souviens bien. Ils avaient obtenu les aveux de l'un de nos ressortissants.

— Exact. Ce tuyau, les flics émiratis ne l'ont pas eu par hasard. C'est un informateur qui le leur a donné. Un informateur plutôt inattendu.

— Hammud ?

— Encore gagné. Alors tu vois, les types comme lui ne *tombent* peut-être pas dans la Seine, mais serait-il si étonnant qu'on y ait balancé une balance ? » *Arnaud* avala cul sec le reste de son verre, tira une dernière fois sur sa pipe et se leva pour partir, après avoir salué son compagnon. « Fais attention à toi. »

Lynx se tenait sur le seuil de la cellule.

Fodil était à ses pieds, le suppliait. Lorsque la porte s'était ouverte, son premier réflexe avait été d'aller trembler le plus loin possible, puis il s'était repris pour ramper jusqu'à son tortionnaire. Il était terrifié.

Il fallait en finir avec cet interrogatoire. Lynx avait ce qu'il voulait mais il tergiversait. Pour de mauvaises raisons. Il soupira et se pencha vers Mustapha pour lui retirer sa cagoule raide de vomi et de salive séchée, puante. Il vit les yeux du prisonnier cligner violemment, se réhabituer à la lumière et être ensuite gagnés par la surprise et une peur plus grande encore que toutes celles ressenties jusqu'alors. Il découvrait le vrai visage de son ravisseur et comprenait son erreur.

L'agent l'observa un moment sans rien dire puis, impulsion de l'instant, passa doucement sa main sur la joue mal rasée de Fodil. « Je vais te libérer mais avant cela, je dois t'endormir, tu comprends ? »

Hochements de tête frénétiques. Il allait se laisser faire et tout irait bien.

Lynx s'était résolu à employer le même procédé de mise à mort que pour Hammud mais n'avait pas encore d'idée pour ce qui devrait suivre. Il retourna le prisonnier sur le ventre pour accéder à l'arrière de son genou.

Fodil rua alors que l'aiguille allait s'enfoncer dans sa chair. L'agent fut déséquilibré et planta la seringue dans le sol. Il sentit le choc contre le béton à travers la mousse et le claquement sec du métal qui cassait. Foutue.

Mustapha ne perdit pas de temps, il poussa sur ses deux jambes attachées et percuta durement le buste de son tortionnaire. Lynx tomba en arrière et reçut tout le poids de son prisonnier sur lui. Celui-ci essayait maladroitement de l'étouffer et de lui donner des coups de tête pour l'assommer.

Un seul d'entre eux porta, sur le front, inefficace.

Après quelques instants de lutte brouillonne, l'agent, qui n'était pas entravé, parvint à repousser son adversaire. D'une poussée des pieds, il envoya Fodil s'écraser dans un coin de la cellule. En colère, il se releva rapidement et se jeta sur lui et le noya sous un déluge de crochets au visage.

Lorsque Mustapha fut à moitié étourdi, Lynx passa dans son dos et lui fit une prise d'étranglement. L'islamiste commença à se débattre, gueula de toute son énergie. L'étreinte se resserra. Bientôt, il n'y eut plus que des grognements, provoqués par les efforts rageurs des deux combattants. Fodil tenta une manœuvre désespérée. Il se propulsa en arrière vers le haut, se tordit et coinça son kidnappeur contre une paroi. Mais la prise était bonne, de plus en plus bloquée, infaillible. Il y eut un claquement sec et ils glissèrent le long du mur.

Immobilité et silence.

Lynx resta assis de longues minutes sans bouger, les bras autour du cou du mort.

Amel reprit conscience brusquement, avec l'image des yeux accusateurs de l'homme du bar, dans le 20ᵉ, en tête. Il l'avait poursuivie toute la nuit, accompagné par son *sauveur* de Lyon, menaces et anathèmes à la bouche, index brandis gigantesques et vengeurs.

Elle s'éveillait face à Sylvain, une boule de peur au ventre. Lui-même était tourné vers elle, le visage apaisé. Cette expression sereine qu'elle avait si souvent vue au cours des quatre dernières années ne l'émerveillait plus. Elle ne la tranquillisa pas et raviva la culpabilité onirique qui avait agité son sommeil. Il devint difficile de le regarder plus longtemps, même endormi.

La jeune femme bascula sur le dos. L'odeur de son mari s'éloigna un peu. Ce qu'elle faisait avec Rougeard, professionnellement, retrouva un certain sens. Il y avait là plusieurs combats à mener et elle se sentait prête à y reprendre part. Plus question de se laisser intimider par qui que ce soit.

Amel tourna légèrement la tête vers la droite. Son réveil lui confirma qu'il était encore très tôt. Trop. Ils s'étaient couchés depuis moins de quatre heures et elle n'avait déjà plus envie de dormir. Une urgence impatiente. Elle n'aurait pu décrire autrement le sentiment qui s'était emparé d'elle ces deux derniers jours et lui faisait trouver tout ce qu'elle vivait insupportablement long et ennuyeux. Il lui fallait avancer, défaire, corriger, vite. C'était idiot.

Hier soir, au restaurant, Sylvain l'avait trouvée fatiguée. Elle ne s'était pas mêlée aux conversations et avait rongé son frein en silence, incapable de s'intéresser à ce qui se jouait autour de la table. Pour passer le temps, elle avait écrit un texto à Servier puis guetté sa réponse. Qui n'était toujours pas arrivée lorsqu'elle avait éteint son téléphone, vers une heure du matin. Cela n'avait fait que renforcer ses frustrations.

Son mari lui en avait fait la remarque sur le chemin du retour. *Éteinte.* Dans la voiture, il s'était servi de ce mot, tout en pensant *absente*, avant de se retenir, devant son silence obstiné, de plus creuser la question. Ni l'un ni l'autre n'avaient eu le souhait de glisser sur ce terrain délicat. Pas tout de suite. Le moment de choisir entre confiance et conscience n'était pas encore venu, s'il venait jamais.

Amel essaya de se souvenir de l'endroit où elle avait laissé son portable. Dans son sac, loin de la chambre. Elle se leva avec précaution pour ne pas réveiller Sylvain. La journée s'annonçait longue.

Kamel et Farez se trouvaient dans un tunnel mal éclairé, humide, froid et malodorant. Ils portaient tous deux des lunettes translucides, des casques de protection sur les oreilles et des pantalons étanches d'égoutier. Au-dessus de leurs têtes, la voûte était éclairée sur une surface d'environ deux mètres carrés par des projecteurs puissants qu'ils avaient installés dans la nuit.

Sur un signe de tête de Ksentini, Farez mit en marche la carotteuse. Bien calée sur les parois et le sol de l'égout, elle commença à entamer le plafond. Un liquide de refroidissement et de lubrification, chargé de poussière grise, s'écoula aussitôt à leurs pieds pour aller se mêler aux eaux usées.

La machine s'arrêta après une demi-heure de travail non-stop et ils la retirèrent avec précaution de l'orifice qu'elle venait de percer.

Il était parfait, comme l'attesta rapidement la sonde de contrôle que Kamel envoya dans le trou. Il montra la carotte de béton. « Coupe un bouchon d'une cinquantaine de centimètres de long. Moi, je vais démonter l'équipement et commencer à ranger. »

Trois nouvelles heures passèrent, pendant lesquelles ils s'activèrent sans perdre une minute. Le tunnel se vida et retrouva petit à petit l'aspect qu'il avait à leur arrivée, peu après minuit. L'utilitaire avec lequel ils étaient venus, qui arborait le logo de la Ville de Paris, accueillait à nouveau tout leur matériel. Les déchets étaient partis dans le collecteur principal voisin.

Lorsque Farez retrouva Kamel, de retour à la surface, celui-ci examinait attentivement la voûte. « Il ne reste presque pas de trace visible. Si on ne sait pas que c'est là, il est impossible de se rendre compte que quelqu'un a percé le plafond. Beau travail, mon frère. » Il posa une main chaleureuse sur l'épaule de Khiari, qui avait réussi à dissimuler leur travail. « Quand aura lieu la prochaine visite d'entretien, tu m'as dit ?

— Lorsque j'ai vérifié sur TIGRE[1], elle était prévue pour le 22 novembre.

— Dans cinq jours, c'est bien ça ? »

Farez acquiesça. « Après, plus rien pendant quatre mois. On sera tranquilles pour travailler dans toute la zone. On pourra même laisser de l'équipement sur place. Sur les plans, j'ai découvert l'emplacement d'un local technique que nous pourrons utiliser. Tu veux que je te montre ? »

Ksentini secoua la tête. « Une autre fois. Voyons d'abord si quelqu'un remarque notre passage. Allons-nous-en, j'en ai assez de cette odeur. »

La gare désaffectée dominait une courte impasse du 13e arrondissement. Les portes et les fenêtres du rez-de-chaussée avaient été murées, dans l'espoir de prévenir tout accès. Une illusion. Un escalier, théoriquement fermé par un portail métallique et un grillage, permettait ce soir de rejoindre les voies de la petite ceinture. De là, les gens pouvaient entrer dans le bâtiment par le quai.

Un *beat* électronique sourd, rapide et répétitif envahissait tout l'espace sonore du quartier et avait accompagné leur approche. Karim aperçut bientôt des flashs stroboscopiques derrière les vitres sales et, par intermittence, commença à deviner des silhouettes qui

1. Traitement informatisé de la gestion du réseau des égouts : logiciel qui gère l'entretien du sous-sol parisien.

s'agitaient à l'intérieur de l'immeuble. Elles étaient nombreuses. Il était onze heures du soir, un samedi, et il effectuait sa première tournée de clients avec Nezza.

Au pied des marches, un groupe d'une trentaine de gamins, tous amaigris, tous habillés de la même manière, *sweaters* à capuche noir et kaki, treillis, tatoués, percés, marqués, stigmatisés, montait la garde et filtrait les entrants, protégés par des chiens faméliques. Bières et joints circulaient sans complexe.

Ils arrivaient à pied, par la rue du Loiret, et Fennec repéra immédiatement la voiture garée à une trentaine de mètres de l'entrée, avec ses trois hommes à bord. Flics. Probablement pas seuls. Ils ne semblaient pas s'intéresser à ce qui se passait au portail. Ils n'étaient pas là pour ça, n'y pouvaient pas grand-chose et le savaient. Il les soupçonna d'être plutôt à l'affût de dealers suffisamment stupides pour oser se pointer à découvert. Un peu comme eux deux, avec leurs tronches de délits de faciès et leurs échantillons de pilules, de coke et de hash dans un sac à dos. Sans oublier le 9 mm que Nezza avait glissé dans sa ceinture. Se laisser embarquer dans une fusillade ou se faire arrêter pour trafic de stupéfiants n'était pas la meilleure façon de conclure une carrière d'officier de renseignement plutôt brillante.

Karim donna un léger coup de coude à Nouari qui acquiesça d'un très léger signe de tête — il avait vu — mais continua à marcher sans montrer le moindre signe de panique. Ils parvinrent sans encombre au portail. Son compagnon salua une ou deux connaissances et s'engagea dans l'escalier. Alors qu'il montait, il moqua en arabe tous ces *hataï* dégénérés qui lui achetaient sa merde pour se casser la tête. Ses derniers mots se perdirent dans les vagues de basses, dont l'intensité grandissait à mesure qu'ils gravissaient les marches. Une fois sur le quai, ce ne fut plus qu'un simple mouvement du menton qui invita Fennec à prendre la mesure des lieux.

Une foule compacte sautillait sur place, absente, égarée dans la contemplation étourdie de hauts murs d'enceintes qui faisaient littéralement vibrer l'atmosphère. À l'exception de quelques bengales colorés et des expectorations de cracheurs de feu autour desquels de petits groupes s'étaient formés, aucune lumière permanente n'illuminait l'intérieur du bâtiment.

Nezza et Karim plongèrent dans cette obscurité solide et grouillante. Des gens les bousculèrent, visages fermés et défiants, ou absents, masculins ou féminins, c'était impossible à dire. La musique était assourdissante, amplifiée par le béton. L'ambiance aurait dû être à la fête mais transpirait plutôt une violence refoulée dans l'oubli.

Nouari hurla dans l'oreille de l'agent : « *Chouffe*-les, tous ces *bolos* de merde. »

Hochement de tête. Fennec n'avait pas à se forcer, il était d'accord avec lui. L'idée qu'il faisait tout ça pour rien le frappa d'un seul coup et une pointe de rage se mit à lui asticoter les tripes. Tous ces gens n'en valaient pas la peine.

« On se grouille, j'ai pas envie de squatter dans le coin. Plus que deux après celle-là et on se barre. *Arroua !* » Nezza se remit en route à la recherche de ses acheteurs.

18/11/2001

Lynx transpirait malgré le froid sec. L'épuisement et l'effort. Il titubait sous le poids de Fodil et peinait à franchir l'obstacle du sous-bois touffu dans lequel il s'était engagé. Pas de sentier et des ronciers denses qui lui déchiraient la peau des jambes à travers la toile de son treillis. Il accueillait cette douleur avec soulagement, elle le maintenait éveillé, en alerte.

Le ciel était couvert, opaque, dénué d'étoiles ou de lune. Il avançait sans torche, au jugé, sûr de sa mémoire. Pendant une dizaine de minutes, il n'y eut pas d'autre bruit que celui de son corps qui fendait la végétation. Puis il déboucha dans la petite clairière, capta l'écoulement du ruisseau, se laissa guider jusqu'à la berge. Parvenu à destination, il jeta le cadavre à terre et le fit rouler hors de la bâche agricole dans laquelle il l'avait transporté.

Lynx retrouva instinctivement les rochers familiers et s'assit pour souffler. La ligne des arbres formait une enceinte noire tout autour de lui, de part et d'autre du cours d'eau. Un vent léger s'était levé et agitait les branches nues. Il ne les voyait pas, il les entendait. Leur bruissement accompagnait le léger clapotis, sa respiration et l'absence de la moindre musique pour le distraire. Il pesta contre la perte de son RIO et ferma les yeux sur la silhouette blanchâtre étendue devant lui.

Il n'avait aucun mal à se souvenir de l'endroit tel qu'il l'avait découvert la première fois. Un repaire secret, celui d'une copine de Sup de Co Paris qui avait grandi dans le coin. Personne ne venait ici, le chemin le plus proche était à cinq cents mètres. Aux beaux jours, on pouvait y dormir, s'y baigner, y admirer le corps de l'autre. Faire l'amour en toute tranquillité. Combien de fois ? C'était loin, au printemps 1987, une saison de fin d'année scolaire, de fin d'études et bientôt de fin de vie.

Madame Peel. Il ne se rappelait que de ce surnom dont toute la promo l'avait affublée. Une copie conforme de Diana Rigg. Trois ans à se côtoyer sans se parler et, peu de temps avant le grand départ, entre deux examens mal révisés, quelques terrasses de cafés, des week-ends de glande hors de Paris chez les uns ou les autres, une rencontre, agréable, brève. *Madame Peel* n'était pas libre lorsqu'ils s'étaient trouvés, elle avait juste eu envie de s'amuser un peu. Il s'était laissé faire et avait vécu trois semaines sans réelle conséquence.

On ne pouvait pas regretter les choses qui n'avaient pas été.

Lynx se demanda si sa famille habitait toujours là et si la belle *Emma* avait finalement épousé son *John Steed* officiel. Ou un autre. Il ne le saurait jamais. Leur liaison était morte à l'arrivée de juillet et il ne l'avait jamais plus revue ensuite. Quelques années plus tard, l'élève de grande école bien programmé avait quitté ce monde. Il était mort, aussi mort que Mustapha Fodil, et avait commencé à n'apprécier les forêts que la nuit.

Il se leva. *Time to go*, il lui restait des déchets à brûler. Il replia grossièrement la bâche plastique et disparut dans l'obscurité.

Karim, vidé, ouvrit la porte de son studio de la rue des Solitaires. Ses oreilles bourdonnaient d'avoir subi les assauts de basses une grande partie de la nuit. Il avait froid, faim. Sa montre lui indiqua qu'il restait quelques heures avant le lever du jour. Il avait le temps de se préparer à manger et de dormir un peu avant la journée de jeûne à venir.

Tous les paumés de cette nuit l'avaient mis en colère. Nezza l'avait mis en colère. Cette mission le mettait en colère. Lorsqu'il s'était porté volontaire, il s'agissait de participer à une infiltration qui devait lui faire remonter une filière de l'intérieur, jusqu'à une zone de guerre, en Afghanistan. Une opération d'un genre nouveau, audacieuse, mais militaire. Pas un job en civil où il devenait peu à peu le pantin des uns et des autres et perdait sa santé mentale en d'incessantes digressions paranoïaques.

Fennec s'allongea un moment pour essayer de faire retomber sa tension. La rage céda la place au désespoir. Il avait l'impression d'avancer dans un tunnel qui n'aurait plus jamais de fin. Il se sentait à nouveau isolé et vulnérable. Bayonne, le terrain, les entraînements, ses coéquipiers, tout cela était trop loin. Sa famille lui manquait. Plus rien n'avait de sens. Il ferma les yeux. Les rouvrit aussitôt, angoissé à l'idée de se laisser emporter par le sommeil. Il avait pourtant besoin de repos. Il se mit à prier, pour chasser l'agitation de sa tête, récita deux sourates en silence et sombra en pensant à la journaliste.

Six heures du matin, Amel buvait un café dans le salon. Sylvain dormait encore. Le silence de l'appartement n'était perturbé que par le ronronnement du ventilateur du PC, allumé non loin de là. Son téléphone portable était posé sur la table devant elle, entre ses deux pieds nus. Pas de message aujourd'hui, ni de mail. Rougeard était parti en week-end et s'était manifesté pour la dernière fois hier, par un texto salace. Ils n'avaient pas encore parlé. Servier ne donnait plus signe de vie, sans raison apparente.

Cette disparition agitait ses pensées autant que son avenir professionnel. Remettre de la distance entre elle et son mentor risquait de bousculer beaucoup de choses.

Tout l'inquiétait.

Elle mit quelques instants à réaliser que les vibrations qu'elle ressentait sous la plante des pieds provenaient de son mobile. Le temps qu'elle s'en saisisse, son correspondant avait raccroché. À moins que la messagerie n'ait pris en charge le coup de fil. Amel attendit. Rien ne se produisit. Elle vérifia l'identité de celui ou celle qui avait tenté de la joindre et découvrit *JLS* dans sa liste d'appels entrants. Elle lui téléphona aussitôt.

Il décrocha et s'excusa. *Je voulais laisser un message mais quand j'ai vu que ça sonnait, j'ai préféré couper.*

« Le téléphone est sur vibreur. J'étais déjà debout. » La jeune femme parlait doucement.

Insomnie ?

451

« Pas plus que d'habitude, et toi ? »

Pas plus que d'habitude.

« Tu as une petite voix. »

Je suis explosé. Le taf'.

« Il y a un problème, tu as besoin de quelque chose ? »

Je voulais te parler.

« De quoi ? »

Juste parler.

Silence, deux souffles.

« Tu n'as pas eu mes messages ? »

Si... Trop de boulot, jamais le bon moment.

« Tu n'as pas envie d'un café ? »

Là, tout de suite ?

« Oui. »

Où ?

L'officier de gendarmerie s'arrêta au bord du périmètre délimité par les techniciens en investigation criminelle[1] qui parcouraient la scène de crime. Il les observa quelques instants, ombres blanches cagoulées qui allaient et venaient avec précaution autour d'une pâle forme humaine allongée près du ruisseau. Sur la droite, un itinéraire que tous évitaient soigneusement était matérialisé par des piquets colorés. Probablement le trajet emprunté pour transporter le cadavre. Il courait jusqu'à un chemin forestier carrossable qui serpentait dans les bois, à quelques centaines de mètres du cours d'eau. Là-bas, un autre espace avait été isolé pour relever les traces de passage d'un véhicule.

Un homme d'une cinquantaine d'années se tenait à l'écart, près d'un arbre. Ses vêtements, le fusil cassé qu'il portait sous le bras et le chien attaché qui piaffait derrière lui ne laissaient aucun doute sur les raisons de sa présence en forêt de Senlis, un dimanche matin aux

1. TIC.

452

aurores. Il parlait avec un maréchal des logis que le lieutenant appela à lui.

Les deux gendarmes se saluèrent.

« Alors ?

— Le corps a été découvert par le chien de ce monsieur », le sous-officier indiqua le chasseur du doigt, « vers sept heures trente ce matin. Il a tout de suite appelé avec son portable.

— Une chance qu'il ait eu du réseau. D'habitude, ces bidules ne marchent jamais.

— C'est vrai. » Le sous-officier se mit à rire avant de se calmer d'un coup devant la mine glaciale de son supérieur. « Bon, euh, ensuite il a pu guider la première patrouille. Il les attendait plus haut, sur le GR[1] qui traverse le bois. » Nouveau geste pour montrer une autre direction.

Le lieutenant approuva du chef. « Que disent les TIC ?

— D'après eux, le cadavre n'est pas là depuis longtemps, moins de vingt-quatre heures. Il a plu avant-hier et aucun indice ne laisse supposer qu'il était déjà dehors à ce moment-là.

— Son identité ?

— Inconnue. Pas de papiers sur lui, pas de vêtements. Les traces papillaires sont déjà parties, aucune nouvelle pour l'instant. On peut juste dire que c'est un homme de type maghrébin, jeune et sportif.

— Les causes de la mort ?

— Le légiste est en route. Mais à voir la gueule du cou et sans vouloir jouer les Madame Soleil…

— On attendra l'avis médical.

— Oui, mon lieutenant. On a relevé des marques de coups sur le visage, quelques-unes sur le corps, avec des espèces de brûlures superficielles. »

L'officier acquiesça une dernière fois et congédia son subordonné. Il regarda la clairière et la seule pensée

---

1. Sentier de grande randonnée.

qui lui vint à l'esprit fut que ce coin devait être plutôt joli avant. Sa femme aurait aimé se promener par ici.

Servier arriva sur les Champs-Élysées à pied, par l'avenue George-V, après deux heures de dérive hasardeuse et étourdie. Amel, dans le même état, l'avait abandonné plus tôt devant le marché couvert d'Aligre pour retourner chez elle. Lorsqu'il entra dans le Virgin Mégastore, les effets du vin consommé ce matin étaient presque dissipés. Une ivresse née d'une impulsion de l'instant, alors qu'ils passaient devant Le Baron Rouge, le bar à huîtres des maraîchers.

Il monta au premier étage, commença à déambuler entre les rayons de CD. Rien ne le tenta a priori et, après quelques minutes peu inspirées, il essaya de se souvenir des dernières critiques musicales qu'il avait lues. Un papier du *Timeout London* lui revint en mémoire et il se dirigea vers les *Indépendants* à la recherche des Doves, un groupe électro-pop anglais dont le premier album était sorti depuis deux mois.

Jean-Loup trouva ce qu'il désirait et rejoignit une borne d'écoute.

Les premiers morceaux l'entraînèrent dans l'univers tristement rêveur du trio de Manchester. Sur la pochette retournée, il lut le titre de la quatrième plage musicale, *Sea Song*. Elle commençait par un long solo de guitare acoustique. Il laissa filer les notes et ses yeux, qui se mirent à flotter alentour à la rencontre d'une silhouette familière, d'un regard amical ou même hostile, d'une trace d'attention.

Rien.

Drive with me… Do the things you won't believe…

Il continua à étudier les langages corporels les plus proches, tous ces petits gestes si révélateurs. Personne ne se distingua dans le bruit visuel ambiant.

Drive with me… Past the city and down to sea…

Amel n'avait pas l'habitude de boire si tôt le matin et

les premières gorgées s'étaient révélées difficiles à faire passer. Elle avait toussé.

Crushing dreams… Leave me be, I cannot sleep…

Un peu de vin blanc s'était échappé de ses lèvres. Sans y prendre garde, Servier avait tendu la main pour lui essuyer le menton avec son pouce.

Importants, les petits gestes.

Drown with me… Past the city, down to sea…

Même idée au même moment, leurs doigts s'étaient touchés. Il l'avait laissée finir après quelques secondes et la gêne entre eux était réapparue, plus forte.

Rush of dreams… Leave in peace, let me be…

La suite, de longs silences entrecoupés de paroles superficielles. Ils avaient abrégé la dégustation.

Oh, it's the pain ; it's ingrained in me…

Cette fille avait des problèmes.

Oh, soothe my pain ; it's ingrained in me…

Dont il n'était pas la solution.

Drive with me…

Le morceau prit fin et Jean-Loup reposa le casque stéréo sur la borne, convaincu. Il garda le disque et monta au second. Là, il se dirigea vers le fond du magasin, à l'endroit où il savait pouvoir trouver ce dont il avait besoin. Un vendeur l'accueillit, le genre passionné, et se montra très prévenant. Un peu trop au goût de Servier qui n'avait pas besoin d'une explication par le menu. Il interrompit son interlocuteur poliment et obtint en retour un regard condescendant. Celui qu'un initié adresserait à un néophyte un peu bête. Il récupéra néanmoins son article et redescendit au rez-de-chaussée pour payer.

« Gardez bien le ticket… »

Jean-Loup adressa un sourire à la caissière alors qu'elle lui remettait son reçu.

« Il sert de garantie pour le baladeur. »

Il récupéra son nouveau RIO et sortit.

TERTIO

CHARLIE

Ange plein de bonheur, de joie et de lumières,
David mourant aurait demandé la santé
Aux émanations de ton corps enchanté ;
Mais de toi je n'implore, ange, que tes prières,
Ange plein de bonheur, de joie et de lumières !

CHARLES BAUDELAIRE
Réversibilité,
in *Les Fleurs du Mal*

L'Envoyé de Dieu a dit : « Quiconque parmi
vous voit une chose condamnable, qu'il s'y op-
pose par sa main. S'il ne le peut, que ce soit alors
par sa langue. Et s'il ne le peut aussi, que ce soit
par son cœur, et cela est ce qui est le plus faible
dans la foi. »

Hadith rapporté par MOUSLIM,
in *Les quarante hadiths*
par l'imam YAHYA IBN CHARAF
ED-DINE AN-NAWARI

20/11/2001

Tue 20 Nov 2001, 19:04:15 +2000
From : latrodecte@hotmail.fr
To : latrodecte@alteration.com
TR : *blank*
Mon 19 Nov 2001, 13:38:22 +4000
From : papy@sever.org
To : epeire@lightfoot.com
blank

> *J'ai été enchanté par ta dernière lettre. Merci d'avoir pris le temps de me raconter toutes ces anecdotes. Tout cela m'a donné à réfléchir et je crois que tu as raison, je vais suivre tes recommandations. Je te répondrai bientôt pour te livrer le fruit de mes réflexions. En attendant, je te fais parvenir un colis avec quelques recettes de ma conception dont tu me diras des nouvelles.*
> *Ton grand-père qui t'aime.*

La voiture dans laquelle Magrella, son adjoint, Jacquet, et Ponsot avaient pris place quitta le parking de la résidence de Mustapha Fodil sous les regards vaguement provocateurs de gamins attirés par l'agitation policière inhabituelle.

461

Ils étaient conduits par un capitaine du commissariat local appelé Trillard. « Regardez-les, tous ces p'tits cons. Putain, ça va pas être beau, dans quelques années. »

Magrella était assis à côté de lui à l'avant du véhicule. « Ils y étaient, ceux-là, les nuits précédentes ?

— Y a de fortes chances.

— Que s'est-il passé ? » La voix de Jacquet monta depuis la banquette arrière.

« D'après ce qu'on sait, trois clampins se sont fait rosser par une bande rivale probablement descendue d'une autre cité et ça a déclenché des expéditions punitives dans tous les sens. Un vrai bordel ! Et nous, on était au milieu pour en prendre plein la gueule. » Il continua, sur un ton ironique : « L'une des *victimes* initiales a sévèrement ramassé, elle est à l'hosto. Putain, si ça tenait qu'à moi, je les laisserais se fumer entre eux tous ces enculés, et je compterais les points. »

Ils passèrent devant un gymnase et Trillard fit un geste de la main pour leur montrer la voie de service dans laquelle le premier règlement de comptes avait eu lieu. Magrella se retourna vers Ponsot. Échange de regards entendus. L'officier des RG hocha la tête et l'enquêteur de la Crim' reprit la parole : « Mustapha Fodil était prof de karaté, où travaillait-il ?

— Dans le gymnase qu'on vient de dépasser.

— L'altercation qui a déclenché les émeutes, elle a eu lieu quand ?

— Dans la nuit du 14 au 15, il y a cinq jours, pourquoi ? »

Ponsot prit alors la parole pour la première fois. « Vous êtes sûr que c'est une histoire de bandes ?

— C'est ce que dit le gamin hospitalisé.

— J'aimerais lui parler, on peut passer le voir ?

— Si vous voulez. » Trillard haussa les épaules. « Mais je ne vois pas à quoi ça va vous servir. » Avant de s'attarder sur ce collègue étrange dans le rétroviseur. « Que se passe-t-il avec ce Fodil ? Je suis assez honoré que le 36 vienne nous voir, nous les obscurs, mais je croyais que c'étaient les gendarmes qui étaient sur le coup. Qu'est-ce que vous soupçonnez exactement ? »

Magrella répondit, le regard perdu dans le paysage de béton : « On ne soupçonne rien. Nous avons hérité de son dossier dans le cadre d'une autre affaire.

— Quel genre d'affaire ?

— L'hosto est encore loin ? »

« Comme je le pensais, Nezza soutient l'organisation du 20ᵉ. » Karim se trouvait dans le salon obscur de la planque de République, en face de Louis qui fumait une cigarette. « Sa façade est une chaîne de laveries automatiques. Il possède aussi plusieurs kebabs, disséminés un peu partout dans l'Est parisien. Ça couvre son trafic. Il intervient au niveau gros semi-gros. Achat de marchandises en quantité dans le 92 qu'il écoule ensuite via ce réseau de semi-grossistes dont je t'ai déjà fourni un organigramme approximatif.

— Comment as-tu eu accès à ces informations ?

— Parce qu'on m'a demandé de l'aider.

— Qui ?

— Touati. »

L'officier traitant hocha la tête. « Ça consiste en quoi cette aide ?

— Je l'assiste, je lui sers de relais. Je prends des commandes, je vais chercher certains paiements.

— Quoi d'autre ? »

L'agent ne répondit pas immédiatement, il regardait la porte du fond et son officier traitant dut reposer sa question. « Autre chose ?

— Une partie des liquidités ainsi dégagées alimente sans doute les petits *business* de Mohamed Touati. Tout ce qui est transport, hébergement, billets d'avion, propagande, ce genre de choses. Peut-être même une partie de l'entretien de la mosquée. Nouari est apparemment très généreux. Je suis sûr que de l'argent fiche également le camp à l'étranger.

— Es-tu allé déjà chez lui ?

— Oui. Quatre fois.

— Rien de spécial ?

— Il ne m'a jamais laissé complètement seul. Je n'ai pu me livrer qu'à des examens superficiels. » Un temps. « Rien remarqué. » Karim avait parlé tout bas, ses yeux étaient à nouveau fixés sur la porte située derrière son officier traitant.

« Je n'ai pas entendu.

— Pardon ?

— Parle plus fort.

— Rien remarqué de spécial dans son appartement. »

Louis observa attentivement son agent avant de continuer l'entretien. « Et dans son comportement, son quotidien, les gens qu'il rencontre, tout est réglo ? enfin je veux dire…

— Je vois très bien ce que tu veux dire. » Il y eut un instant de gêne puis Fennec lâcha son info, visiblement à contrecœur. « Je suis presque sûr qu'il a des contacts avec un troisième groupe d'intérêts qui est extérieur au cercle du 20ᵉ et à son réseau de revente de came. À plusieurs reprises, il a complètement disparu de la circulation. Pendant quelques heures. Il m'a laissé monter sur deux coups d'achat et un paiement tout seul.

— Une fille ?

— Possible mais peu probable. J'ai croisé quelques-unes des poules qu'il se tape, il les ramène toujours chez lui. C'est autre chose. Je me suis renseigné discrètement. Même dans l'entourage de Touati personne ne savait où il était. »

Louis nota quelques mots sur les sempiternelles feuilles blanches qui traînaient devant lui. « Il va falloir trouver la raison de ces escapades secrètes. Pour le moment, tout ce que nous avons sur lui, c'est qu'il finance la cause de ses frères avec de l'argent sale. C'est bien mais on s'en fout. Il faut que tu parviennes à déterminer s'il est impliqué plus profondément dans la lutte armée.

— Cela veut-il dire qu'il devient mon objectif prioritaire ? »

Les deux hommes se dévisagèrent.

« En quelque sorte.

— Pourquoi lui ?

— Je ne me pose pas ce genre de question. Je fais ce qu'on me dit de faire. »

Karim interpréta cette remarque de son traitant comme un rappel à l'ordre déguisé. Aussitôt, ses yeux dérivèrent vers le fond de la pièce.

Louis se retourna brièvement pour suivre son regard. « Il y a une tache, sur le mur du fond ?

— Il est là, n'est-ce pas ?

— Qui ça ?

— Stabrath, il nous observe, non ?

— Non.

— Menteur.

— Que t'arrive-t-il, Karim ?

— Je n'aime pas que l'on se foute de moi.

— Ce n'est pas la première fois que tu me fais ce reproche, et moi non plus, je n'aime pas ça. Reprends-toi ! »

Quelques secondes passèrent, tendues.

« Va voir, si ça peut te rassurer. »

L'agent hésita, fit mine de se lever, se ravisa. « La fille.

— Quelle fille ?

— La journaliste.

— Eh bien ?

— Je t'ai envoyé deux photos de l'homme avec lequel elle travaille pour que vous puissiez l'identifier. Elles sont à l'endroit habituel, avec l'adresse où j'ai pu les suivre, dans le 9e. Je pense que c'est là que lui habite.

— Très bien. » Louis avait répondu d'une voix trop

détachée. Se rendant compte de son erreur, il se reprit aussitôt : « Nous allons nous en occuper. »

La maladresse de son traitant déclencha une nouvelle vague d'inquiétude silencieuse chez Fennec. Louis ne semblait pas considérer la présence de ces journalistes comme un problème sérieux. Il ne l'avait même pas interrogé pour voir s'il connaissait les raisons de leur apparition dans le 20e. Ils étaient venus se renseigner sur Hammud. Lui l'avait appris par les *salafis* peu de temps après que ceux-ci furent allés rendre visite au vieux Makhlouf, chez lui, un soir.

Tout cela ne pouvait vouloir dire qu'une chose, Louis le savait déjà. Deux hypothèses étaient donc envisageables. Soit son service maîtrisait la situation, en direct ou via l'opération parallèle. Dans ce cas, les deux gratte-papier ne pourraient pas faire un pas sans que tout le monde soit au courant. Seconde possibilité, la DRM avait créé la situation, dans le cadre d'une autre manipulation, une intoxication.

Mais l'agent ne voyait pas le moindre intérêt de faire une chose pareille qui faisait prendre des risques énormes à toute la mission, en particulier à lui, l'agent de pointe. S'il était repéré par la presse au milieu des autres jihadistes, et s'il s'en sortait vivant, il y aurait des interrogations. La police s'en mêlerait, elle finirait par découvrir des choses, exposer toute l'affaire. Cela créerait un scandale unique en son genre. Qui plus est, son service n'était pas seul en cause et ce que faisaient les autres, du moins ce que Karim les soupçonnait de faire, était bien pire encore. Le révéler au grand jour jetterait un discrédit sans précédent sur le renseignement français et sur le pays.

S'il s'en sortait vivant.

Inconsciemment, les yeux de Fennec glissèrent une quatrième fois sur la porte.

Il aurait dû aller voir. Tout cela n'avait aucun sens. On l'isolait de plus en plus, il ne comprenait pas pourquoi. Son esprit tourna quelques secondes en surrégime, jusqu'à ce que l'évidence le frappe. On l'isolait. Et pendant ce temps, on éliminait des supposés terroristes préparant un attentat à l'arme chimique. Une fois le produit récupéré, il faudrait mettre au point une histoire plausible, pour le cas où quelqu'un voudrait creuser. Il faudrait un tueur, un bouc émissaire, et des gens pour le voir, des témoins impartiaux.

Lui.

Les journalistes.

Il se tourna vers son officier traitant et n'aima pas ce qu'il crut deviner dans ses yeux.

Le général de Stabrath apparut dans le salon peu de temps après le départ de l'agent. « J'ai bien cru que vous alliez le perdre. Je l'ai trouvé très tendu.

— Ça fait trop longtemps. Nous devons le retirer de là. » Louis, qui ne s'était pas levé, alluma une autre cigarette.

« Pas encore. Nous ne l'exfiltrerons que lorsque nous serons sûrs.

— Il est instable, mon général. Vous prenez un gros risque.

— Pas *vous*, commandant, *nous*. C'est votre poulain, vous l'avez sélectionné, à vous de l'accompagner jusqu'au bout. Sous mes bons auspices, évidemment. »

« Faisons vite parce que je n'ai pas beaucoup de temps. »

Rougeard s'installa en face de Dussaux. Il venait de le rejoindre dans un bar discret proche de l'École militaire. « Je te remercie d'avoir accepté de me voir. Je…

— Je ne suis venu que par amitié pour toi. » L'exhaut fonctionnaire semblait agité.

« Alors, cette photo que je t'ai fait passer, elle dit quoi ?

— Elle dit que tu devrais écouter mon conseil et rester loin des affaires de Charles Steiner.

— Cela signifie-t-il que ce Jean-François travaille pour lui, à la SOCTOGeP ? »

Le regard de Dussaux se fit fuyant mais il finit par répondre, à voix basse : « C'est ce que j'ai cru comprendre, oui.

— Tu as cru comprendre ? Mais encore, c'est officiel ou pas ? Est-ce qu'il y a quelque chose d'officiel, d'ailleurs, dans les affaires de cette boîte ? »

Nouvelles tergiversations.

Le journaliste s'aperçut que le ton de ses questions était un peu vif et il reprit plus calmement : « Connais-tu son nom, au moins ? »

L'ex-haut fonctionnaire secoua la tête, ouvrit la bouche pour parler, la referma, changea d'avis. « Je te l'ai dit, à cause des échéances à venir...

— La période est délicate, je t'ai bien compris et, crois-moi, je te prends au sérieux. Dois-je comprendre que je suis victime d'une manœuvre ? »

Pas de réponse.

« Pour qui roule Steiner ? »

Dussaux se redressa. « Tout ce que je peux dire, c'est que travailler pour quelqu'un ne signifie pas que l'on est proche de lui.

— C'est tout ? Allons, il faut que ça sorte, tu ne peux pas te taire. Nous devons...

— Nous devons ? Toi et moi ? Mais je dois quoi, moi ? Je me suis éloigné de tout ça, Bastien. C'est toi le journaliste, à toi de creuser. Mais j'imagine déjà ce qui va se passer, tu t'arrêteras tout seul ou Klein te bloquera, comme d'habitude.

— Je ne peux pas te laisser dire ça. Tu sais très bien que je ne serai jamais comme tous ces...

— Je ne suis pas la petite gourde qui te sert de caution à bon compte et accessoirement de maîtresse quand ça te chante ! Épargne-moi donc les grandes envolées. Et je sais très bien deux choses, ta carrière n'est pas terminée et ma retraite commence à peine. Je dois y aller. » L'ancien haut fonctionnaire posa de l'argent sur la table et se leva.

Rougeard l'imita et ils sortirent sans un mot. Sur le trottoir, ils se serrèrent rapidement la main et partirent dans deux directions opposées, sans s'apercevoir que de l'autre côté de la rue un couple de touristes venait de les prendre en photo.

21/11/2001

Les Scandinaves, toujours en avance, expérimentaient les réseaux sans fil dans les lieux publics depuis quelques mois déjà, en particulier dans certains aéroports comme celui de Kastrup, à Copenhague. Servier, installé dans l'un des salons VIP du terminal des départs, déplia l'écran de son ordinateur portable et se connecta. Il avait un peu de temps devant lui avant son décollage.

D'un œil distrait, il se mit à suivre alternativement les mouvements aléatoires des passagers, les en-têtes de mails qui apparaissaient les uns après les autres dans la fenêtre de son logiciel de courrier et BBC World, que diffusaient en sourdine plusieurs écrans plats disséminés dans la pièce. Homme d'affaires, guerre en Afghanistan, homme d'affaires, Olav, sommet de l'ONU, SPAM, femme d'affaires, RE : mail d'Olav par l'avocat de Nextstep, leur boîte, inondations, hôtesses, SPAM, putain de merde, stewards, touristes, RE : RE : mail d'Olav par un de leurs clients les plus importants, barmaid.

« Would you like anything to drink, sir ? »

Tremblement de terre. Amel.

« Just a coffee, please. Black, no sugar. »

Il consulta l'échange entre son associé, le client et leur conseil. La correspondance était courtoise mais ferme et portait sur plusieurs points cruciaux d'un dossier suédois en cours. Pour le moment, il n'était qu'en copie sur les différents messages mais il était convenu depuis la veille qu'il entrerait aujourd'hui dans la danse avec le rôle du conciliateur. Une technique bien rodée, celle du gentil, lui, et du méchant, Olav.

Servier commença à rédiger sa réponse, son café arriva, « *thank you* », les télés changèrent de programme, un peu de temps passa et il traita un à un tous les messages qu'il avait reçus. Le tableau des départs ne signalait toujours pas l'embarquement de son vol.

Il fit passer son curseur plusieurs fois sur le message d'Amel et, finalement, double-cliqua sur l'en-tête.

Mercredi 21/11/01 @ 08:41
De : Amelbal@voila.fr
À : Servier@nextstep.co.uk
Sujet :

> *Bonjour,*
> *Ce que je fais est nul et lâche. Je préfère qu'on ne se voie pas pendant quelque temps. Peut-être longtemps. Tout est trop confus. J'espère que tu comprends.*
> *Amel*

Des déplacements, autour de lui, finirent par réveiller ses sens. Des voyageurs qui se levaient. Annonce dans le hall. Coup d'œil au panneau d'affichage. Seize minutes très précisément s'étaient écoulées depuis la dernière fois qu'il l'avait consulté. C'était l'heure. Le doigt de Servier flotta un instant au-dessus du pavé tactile de son PC portable puis il supprima le mail de la journaliste, éteignit son ordinateur et le rangea pour partir.

23/11/2001

À LA UNE

CINQUIÈME BRONCA POLICIÈRE EN UN MOIS / L'INSÉCU-
RITÉ ÉBRANLE LE GOUVERNEMENT / 20 000 POLICIERS
DANS LES RUES / ASSISES : MEURTRE D'UNE POLICIÈRE
PARISIENNE, LES ACCUSÉS DÉMENTENT / VIOLENCES :
MULTIPLES AGRESSIONS DE JOUEURS DE FOOT AMATEUR
APRÈS LES MATCHS / VIOLENCES : TROIS JEUNES MIS EN
EXAMEN POUR AVOIR TORTURÉ UN HANDICAPÉ / VIO-
LENCES : UNE ÉGLISE SACCAGÉE / PÉDOPHILIE : LE DÉ-
PUTÉ RESTE EN PRISON / PÉDOPHILIE : LE GOUROU
EN JUGEMENT / GESTION DE LA VILLE DE PARIS :
LOURD PASSIF DE DYSFONCTIONNEMENTS ET D'IRRÉGU-
LARITÉS / FIN DU CONFLIT MOULINEX / MANIFESTATIONS
POUR LES PRIMES DE NOËL, QUELQUES CENTAINES DE
PERSONNES SE RASSEMBLENT EN FRANCE / GRÈVE À LA
SNCF, LE TRAFIC TGV PERTURBÉ / FINANCEMENT OC-
CULTE — UN FAUX POUR MOUILLER LE PREMIER MINIS-
TRE / AFGHANISTAN : LES TALIBANS TOUJOURS D'ATTA-
QUE / THANKSGIVING DIGNE ET DOULOUREUX : DES
CENTAINES DE MILLIERS DE NEW-YORKAIS DESCENDENT
DANS LA RUE / EURO : GARE AUX ALLERGIES MÉTALLI-
QUES / CE SOIR SUR TF1 [...]

— *Si, si, il y a aussi un hangar.*
— *Un hangar, où ?*
— *Quelque part dans l'est de Paris.*
— *Qu'est-ce qu'il y a dans ce hangar ?*
— *Je sais pas... Tout ce que je connais, c'est le nom
de celui qui l'a loué.*
— *C'est qui ?*
— *Nourredine.*
— *Harbaoui ?*
— *Oui, Nourredine Harbaoui... C'est ça. Nourredine.*

471

— *L'adresse ?*

— *Je la sais pas,* ghouia.

— *Allons, ne me prends pas pour un idiot, l'adresse ?*

— *Je la sais pas, mon frère,* ouallah ya karbi *! J'y suis jamais allé !*

— *Comment t'es au courant alors ?*

— *Un jour, ils m'ont pas vu quand j'étais arrivé, Nourredine et Khaled. Alors, je les ai écoutés…*

— *Tu espionnes tes frères ?*

— *Je le ferai plus,* ghouia, *je te jure, je le ferai plus.*

— *Parle-moi encore de ce hangar…*

Il avait fallu deux jours à Charles pour trouver une adresse, à Bondy, d'après les maigres révélations de Mustapha Fodil.

Lynx patientait depuis une heure, couché dans un *no man's land* post-industriel enclavé entre l'autoroute et la clôture de la zone d'activités dans laquelle se trouvait son objectif. En vain, il avait espéré que les derniers employés d'un atelier tout proche partiraient peu après minuit mais il devait se rendre à l'évidence, il s'agissait d'une équipe de nuit, ils resteraient jusqu'au matin. Tant pis. Un léger brouillard était en train de se lever et, avec la nuit sans lune, il allait lui offrir un peu de protection.

Servier fit glisser par-dessus sa tête le filet de camouflage gris sous lequel il s'était allongé et le fourra dans sa besace avant de se relever. Courbé, il rejoignit le grillage en plusieurs bonds irréguliers et, à l'aide d'une pince coupante, sectionna le treillis métallique en un *L* horizontal, en partant du sol. Le morceau ainsi libéré, qui mesurait approximativement soixante centimètres de large sur quarante de haut, lui permit de ramper à l'intérieur du parc, précédé par son sac à dos noir, puis de courir jusqu'à un muret proche derrière lequel il s'accroupit pour observer.

Devant lui passait une voie de desserte, bordée d'arbres et bien éclairée par des lampadaires jaunes. De l'autre côté de celle-ci, il y avait une enceinte bétonnée assez haute, qui entourait l'entrepôt qu'il devait visiter. Rien à droite. Rien à gauche. Il sprinta, rejoignit le mur, prit appui dessus avec la pointe du pied droit, lança son bras pour s'agripper au plus loin et roula sur le ventre par-dessus le sommet avant de disparaître. De l'autre côté, le terrain était plongé dans le noir.

Lynx attendit et écouta. Rien.

Nouveau bond d'une quinzaine de mètres jusqu'à l'arrière du hangar. Du regard, il balaya le terrain qu'il venait de traverser selon cette nouvelle perspective, jusqu'à ses pieds. Là, il repéra des empreintes dans le sol. Plusieurs objets longs, fins et lourds avaient été déposés ici. De brefs coups de lampe torche accrochèrent les reflets de minuscules débris métalliques répandus sur une surface d'environ deux mètres carrés. L'agent en préleva un peu sur le bout de son gant et les porta à son nez. Effluves caractéristiques du carbone et de l'acier chauffés. Quelqu'un avait découpé quelque chose à l'aide d'une scie circulaire.

Lynx ne remarqua rien d'autre.

Juste au-dessus de sa tête, à hauteur d'homme, une ligne de fenêtres aux carreaux sales courait sur toute la largeur du mur. Il longea la paroi vers la gauche, jusqu'à l'angle, aucune ouverture de ce côté, et revint sur ses pas jusqu'à l'autre coin. Idem. Le bâtiment était profond d'une trentaine de mètres et ses principaux accès devaient se trouver sur l'avant. Trop visible, trop vulnérable. Les vitres, donc.

À l'aide d'une monoculaire IL trouvée dans son sac, l'agent commença par inspecter l'intérieur de l'entrepôt. Dans un halo verdâtre, il découvrit que la construction était séparée en deux par un mur transversal qui s'élevait, nu, à trois ou quatre mètres des fenêtres derrière lesquelles il se tenait. La partie qu'il observait était totalement vide. Pas de système d'alarme ou de piège visible sur les montants.

Ventouse, ciseau à découper le verre, il s'apprêtait à se mettre au travail lorsqu'il arrêta son geste. Trop propre, trop révélateur. Il rangea ses outils et se mit à regarder autour de lui à la recherche d'une lourde pierre. Puis, l'ayant trouvée, il écouta. Le trafic autoroutier était soutenu et il ne lui fallut pas longtemps pour identifier le bruit qu'il recherchait, le moteur d'un poids lourd, dont le grondement augmentait à mesure qu'il s'approchait. Lorsqu'il fut suffisamment puissant, Lynx lança son projectile à travers un carreau, à proximité d'une clenche. Du verre se brisa, tomba sur un sol de béton et résonna, à peine.

Nouvelle attente. Deux longues minutes. Aucune réaction. Servier sortit de l'ombre et avança jusqu'à la fenêtre fracturée pour la déverrouiller en glissant son bras à l'intérieur. Il s'introduisit dans la première salle, l'examina, ne trouva rien et passa à la seconde, sur l'avant. Il n'eut pas plus de chance, à un détail près. D'après les marques dans la poussière, cette partie était apparemment la seule à avoir été utilisée, avant d'être vidée avec grand soin. Récemment, toujours d'après cette même poussière. Aux endroits où des objets avaient auparavant été posés, le dépôt grisâtre était très fin, presque inexistant. Il nota également les traces de passage d'un ou plusieurs véhicules.

Lynx ressortit rapidement, déçu et inquiet. Il pensait trouver des éléments qui leur auraient permis de remonter plus vite la filière ou de mettre en place une surveillance efficace, afin d'identifier d'autres membres du commando. Le déménagement récent dont il n'avait pu que constater les indices n'était pas bon signe.

Il pouvait avoir été motivé par les morts successives de trois membres du réseau, même si l'on pouvait en douter. Le décès d'Hammud n'était pas connu du public, la police l'avait complètement passé sous silence. Celui de Cécillon était toujours officiellement la triste conséquence d'une agression. Quant à celui de Fodil, il n'avait pas encore été annoncé. De l'aveu même de l'islamiste, ses *frères* lui avaient tourné le dos dès son arrestation, avant de rompre tout contact avec lui. C'était pour cela que Lynx penchait pour une explication plus simple. Les interpellations opérées par la DST avaient fait peur aux autres jihadistes qui s'étaient empressés de disparaître dans la nature. Peut-être pas définitivement, mais suffisamment pour brouiller les pistes et semer d'éventuels enquêteurs.

L'agent avait un instant caressé l'espoir de récupérer les produits sur lesquels Charles et ses petits camarades voulaient mettre la main. Cela aurait mis fin à sa mission. Une perspective qu'il aurait, pour une fois, accueillie avec soulagement.

L'organigramme qui s'esquissait sous leurs yeux demeurait très incomplet, même s'ils avaient déjà découvert le financier, Hammud, deux petites mains, Cécillon et Fodil, et deux soutiens logistiques, les frères Harbaoui. L'activité professionnelle de l'aîné lui avait, dans un premier temps, permis de louer cet endroit. Cela ne faisait pas longtemps, le bail avait démarré en juin dernier, et il ne l'utilisait pas pour lui-même. Depuis quelques années déjà, Nourredine Harbaoui se servait d'un autre entrepôt pour sa société.

La cellule opérationnelle manquait toujours à l'appel. Son importance était inconnue, de même que sa localisation et ses objectifs réels. La fin novembre approchait et le seul élément en leur possession pour la pister était Nouari Messaoudi, désigné à plusieurs reprises par Fodil comme un membre actif de leur organisation. Il était peut-être celui qui faisait le lien avec les artificiers. Ou les kamikazes, s'il s'agissait de ce type d'attentat.

Il était donc le prochain sur la liste de Lynx, après les Harbaoui.

Servier retourna vers l'enceinte extérieure de l'entrepôt vide. Il s'apprêtait à la franchir lorsqu'il aperçut un poteau étrange qu'il n'avait pas remarqué à l'aller. Dans l'autre sens, il était dissimulé par la ligne d'arbres qui longeait la route. Son rythme cardiaque accéléra et il se laissa retomber derrière le mur.

Lynx releva prudemment la tête. Au sommet du mât, il y avait une caméra. Il se baissa à nouveau pour attraper les jumelles qu'il avait emportées dans son sac. Quelques secondes d'observation le rassurèrent. L'appareil de surveillance était orienté selon un angle qui ne lui permettait pas de filmer le hangar. Et il était fixe. Il y avait une raison à cela, pas d'issue de ce côté. Elle ne couvrait que des bâtiments dont les portes s'ouvraient sur la desserte. Cela lui donna une idée et il rejoignit l'avant de l'entrepôt, mais par l'extérieur cette fois, en faisant attention de rester dans l'ombre. Il repéra vite un autre poteau équipé de la même manière. Le portail d'accès de l'ancienne cachette d'*El Hadj* était plein champ. Avec un peu de chance, il y aurait des enregistrements chez quelqu'un. La boîte qui s'occupait de la sécurité de la zone d'activités, par exemple.

Ponsot passa rapidement sur les premières pages du journal, entièrement dévolues au mouvement de grogne des policiers, et se rendit directement dans la rubrique faits de société. Là, il découvrit les quelques lignes indiquées par Magrella, qui conduisait à côté de lui, remerciements sans frais de gendarmes ou d'un substitut frustrés qui supportaient mal d'avoir été écartés d'une enquête prometteuse.

Homicide — Le cadavre d'un homme âgé de 30 à 40 ans a été découvert par un chasseur, dimanche dernier, au matin, dans une forêt de l'Oise. Les traces relevées sur son visage, son cou et son torse laissent supposer un homicide. Selon une source proche de l'enquête, la victime, qui n'a toujours pas été identifiée, n'aurait pas été tuée sur place mais transportée post-mortem. Il semblerait également qu'elle n'ait séjourné que quelques heures dans les bois [...].

« T'en penses quoi ? »

Ponsot secoua la tête de dépit. « On a de la chance que les cruchots n'aient pas lâché le nom de Fodil à la presse. Ça nous laisse un peu de temps pour nous organiser.

— Nous ? » Magrella glissa un regard en coin à son collègue.

« Oui, nous. Tu bosses sur une série de décès liés par les profils des victimes et je m'occupe d'un embryon de réseau que feu tes clients ont, de leur vivant, approché à un moment ou à un autre.

— Un embryon de réseau, depuis quand ?

— Quelques mois. Certaines de nos observations nous ont permis d'établir des liens entre eux. » Ponsot ne souhaitait pas parler plus précisément du bar du 20ᵉ, que les trois morts avaient fréquenté. Inutile que la Crim' débarque sur place avec ses gros sabots. Toute intervention intempestive pourrait se révéler contre-productive.

« Puisqu'il s'agit de nous à présent, sommes-nous d'accord pour raisonner à partir de l'hypothèse d'un enlèvement de Fodil ?

— D'après ce qu'ont fini par nous raconter le gamin de l'hôpital et ses deux compères, et la façon dont il a fini, je ne vois pas comment faire autrement.

— Tu te rends compte que cela jette une lumière un peu différente sur les deux autres dossiers. Si nous parvenons à établir la preuve d'une relation entre nos lascars, bien sûr.

— Elle existe, cette relation, crois-moi. »

Magrella acquiesça. Il se faufila entre deux camions de livraison et s'engagea sur le boulevard Haussmann, puis il reprit la parole. « Tu sais, chez nous, au 36, les affirmations de ce genre, ça ne pèse pas lourd. Il nous faut du concret pour étayer les procédures. Par ailleurs, *un type super-grand et balèze, pas du quartier, qui s'est débarrassé de nous en moins de deux,* ça va être un peu court pour retrouver notre mystérieux kidnappeur.

— Ces braves gosses ont déjà manifesté un sens civique extraordinaire en essayant d'empêcher leur agresseur de faire un mauvais coup, tu ne voudrais pas non plus qu'ils soient parvenus à l'identifier ou même à l'arrêter, quand même ? Je retiens trois choses de leurs déclarations. La présence de l'objet paralysant dont celui qui les a corrigés a fait usage et qui est probablement à l'origine de certaines des marques observées sur le corps de Fodil. Je penche personnellement pour une matraque électrique. Peut-être du genre de celles qu'on utilise pour le bétail, dans les abattoirs. Ensuite, il y a le véhicule utilitaire de couleur claire et, enfin, l'allure négligée du bonhomme.

— Ouais, les cheveux gras, les fringues crades qui puent, les gamins ont bien insisté là-dessus. Si notre SDF ninja voulait passer inaperçu, c'est raté.

— Oui et non. » Ponsot pivota sur le siège passager et s'adossa à la portière. « Clodo ou presque, c'est la couverture idéale, en milieu urbain. Les gens ont tendance à te laisser tranquille, ils évitent même de croiser ton regard. Et pourtant, on te remarque. En focalisant l'attention sur son apparence, notre homme a réussi à détourner d'éventuels témoins oculaires de l'essentiel. Qui se serait méfié de lui et de quels éléments physiques tangibles disposons-nous pour l'identifier ?

— Aucun. À part sa taille et sa coupe de cheveux.

— Je crois que tu peux les oublier. La taille, je pense que c'est une façon pour nos charlots du Val-Fourré de ne pas perdre totalement la face dans la mesure où leur histoire de bande rivale est tombée à l'eau. Comme je suis sûr qu'ils n'iront pas raconter la vraie version d'eux-mêmes, et que j'aimerais éviter que ça fuite pour le moment, essayons, nous aussi, de garder ça pour nous. »

Magrella hocha la tête, klaxonna, accéléra. L'avenue de l'Opéra se profilait devant eux.

À côté de lui, Ponsot poursuivit son raisonnement. « Quant à la coupe de cheveux, je n'y accorderais pas trop d'attention, si j'étais toi. Ces tifs longs et sales qui tombent devant le visage, ils sont un peu trop évidents.

— Un autre leurre ? »

L'officier de la SORS haussa les épaules.

« T'es en train de m'esquisser un drôle de portrait, là. Je ne suis pas sûr de vouloir te suivre.

— Essaie quand même.

— OK, mais… Bon, reprenons un peu les éléments dont nous disposons, ne serait-ce que pour le seul cas Fodil. Il disparaît le 14 au soir. Plus aucun de ses voisins, que nous avons interrogés, ne l'a vu après cette date. Son cadavre refait surface quatre jours plus tard, à poil, dans la forêt de Senlis. Entre nous, c'est un coup de bol qu'il ait été retrouvé si vite. Il a apparemment passé un sale quart d'heure et, selon le légiste, quelqu'un lui a brisé la nuque à mains nues, je le cite, *de façon experte*.

— Il a même écrit *étranglement*, si je me souviens bien.

— C'est ça. » Magrella acquiesça. « Le soir de la disparition de Fodil, trois clampins de sa cité tombent sur un type louche qui ressemble à un clodo et charge un homme inconscient à bord d'un utilitaire. Il y a bagarre et… ?

— Et le type louche a le dessus.

— Exactement. Nos gaziers ne sont pas des tueurs sanguinaires mais probablement pas des enfants de chœur non plus. Pourtant, ils en prennent plein la tronche. D'après leurs témoignages respectifs, leur adversaire utilise une arme qui paralyse et ressemble à une matraque, encaisse et rend très bien les coups. Mais ce n'est pas ça le plus important : où se déroule cet échange viril ? » Magrella, qui venait de s'arrêter à un feu, se tourna vers son collègue.

« À l'arrière du gymnase dans lequel Fodil travaille habituellement.

— Gymnase qui est le dernier endroit où on l'aperçoit en bonne santé, dans l'heure qui précède l'altercation avec nos trois citoyens modèles. Même si ceux-ci sont incapables d'identifier Mustapha, on peut raisonnablement penser que c'était lui qu'ils ont vu se faire embarquer dans le véhicule. Juste avant de les corriger, super-SDF avait donc également neutralisé un professeur de karaté plutôt réputé dans le quartier.

— Nous avons donc affaire à un individu, un », Ponsot redressa le pouce, « déterminé. Il agit vite, dans un environnement hostile, sans perdre son sang-froid. Deux », l'index, « organisé. Il vient avec un véhicule d'extraction, il est armé et il s'est introduit dans un bâtiment par une issue de secours verrouillée. Du moins, en théorie.

— Et trois, il est entraîné au combat.

— Nous sommes d'accord. Si maintenant on part du principe que nos trois victimes étaient en relation de leur vivant, ne peut-on aussi envisager qu'elles l'aient été dans la mort ?

— Et que l'ombre de notre faux clodo plane au-dessus de ce qui s'apparenterait dès lors à des homicides volontaires, c'est ça ?

— Tout à fait, Thierry.

— On ne me l'a jamais faite, celle-là, tiens. »

Ils traversèrent le Louvre et, sitôt de l'autre côté, Magrella tourna à gauche sur les quais, en direction du Pont-Neuf. « Jusqu'à nouvel ordre, la mort d'Hammud est toujours accidentelle.

— As-tu demandé la seconde expertise médico-légale dont tu m'avais parlé ?

— Oui, m'sieur.

480

— Et ?

— Et le légiste a trouvé deux séries de marques très légères qui pourraient être des brûlures de type électrique, similaires à celles relevées sur les corps de Fodil et de Cécillon. C'est l'écartement des points de lésion, qui correspond probablement à celui des électrodes, qui le démontrerait. Surtout, il a trouvé des traces de stupéfiants dans les cheveux du Libanais. Enfin, ceux qui avaient repoussé.

— MDMA ?

— MDMA.

— Et chez Fodil ?

— Aussi, mais cette fois dans le sang et les urines, comme pour Cécillon.

— L'organisme n'avait pas encore évacué le produit. Ces deux-là ont été drogués peu de temps avant leur mort. »

Magrella acquiesça. « C'est ce que pense également le doc. Il n'en demeure pas moins qu'on ne sait toujours pas de quoi Hammud est mort. Personnellement, je ne vois pas un mec *déterminé*, *organisé* et *entraîné* », il insista sur ces trois mots, « prendre le risque de jeter sa victime à l'eau vivante en espérant qu'elle va se noyer.

— Moi non plus. Il y a sans doute autre chose.

— Et pour Cécillon ? On a une douzaine de clodos qui admettent l'avoir frappé.

— Et ils l'ont sans doute fait. Mais le gamin n'est pas arrivé là tout seul.

— Aucun des SDF n'a parlé d'une autre personne.

— Étaient-ils en état de s'apercevoir de la présence d'un tiers ? Qu'est-ce qui ressemble plus à un clodo bourré qu'un autre…

— Super-clodo pas bourré ? »

Les deux policiers se turent. La circulation était dense sur le quai Anatole-France et ils avançaient au pas. Après quelques minutes, l'officier de la brigade criminelle interrompit leur réflexion silencieuse. « Dis donc, trois gusses drogués et travaillés à l'électricité, ça te fait penser à quoi, toi ? »

Ponsot attendit un peu avant de réagir. « J'ai une chose à t'avouer, non, en fait j'en ai deux. La première te concerne directement. Telle quelle, elle ne peut servir à rien dans ta procédure mais ouvre une piste de réflexion. Tu me suis ?

— Tu peux y aller, ça ne sortira pas d'ici. D'ailleurs, n'est-ce pas pour cette raison que nous tournons en rond autour de ton bureau ?

— Une personne bien informée m'a laissé entendre que la mort d'Hammud pouvait être le résultat d'un règlement de comptes entre barbus.

— Comment ça ?

— Je ne vais pas entrer dans les détails mais, pour on ne sait trop quelle raison, notre flotteur aurait lâché un nom qui a conduit à plusieurs arrestations et au démantèlement d'un réseau, qui s'apprêtait à frapper en Europe, en France plus exactement. »

Magrella siffla entre ses dents. « Celui de septembre ? »

Hochement de tête.

« Et ses copains se seraient vengés ?

— C'est ça.

— Et pour les deux autres ?

— Hammud et Cécillon, très proches. Peut-être complices sur ce coup-là, qui sait ? Fodil, ça reste à vérifier, mais le lien existe.

— C'est quoi ce lien dont tu sembles si sûr ? »

Ponsot ne répondit pas.

« Comment vous savez tout ça ?

— Qu'est-ce que tu crois qu'on fait à longueur de journée ? On surveille et on se renseigne. J'ai, enfin j'avais, une assez bonne source à l'endroit où deux de tes victimes traînaient leurs guêtres, dans le 20ᵉ. Elle m'a confirmé, entre autres détails, la proximité du Libanais et du converti. C'est également elle qui m'a parlé de ce deuxième élément que je voulais te confier. Un journaliste est allé renifler dans ce secteur. Il a rencontré mon contact pour lui parler de... je te le donne en mille ?

— Hammud ?

— Gagné. De Cécillon aussi.

— Et Fodil ?

— Lorsque le gratte-papier est passé voir mon contact, frère Mustapha n'était pas encore mort, il se trouvait rue Nélaton, bien au chaud.

— Comment s'appelle ce digne représentant du quatrième pouvoir ?

— Bastien Rougeard.

— L'ex-mao ?

— Lui-même. Tu le connais ?

— Il est venu au Quai deux ou trois fois. Il couvre aussi les affaires criminelles.

— À cause de ses conneries, ma source s'est fait repérer et a dû aller se mettre au vert chez son fils, en province. Qui plus est, Rougeard n'est pas tout seul sur ce coup-là.

— C'est-à-dire ?

— Une fille bosse avec lui, également journaliste, jeune, tout juste diplômée. CFJ après Sciences-po Paris, la voie royale. Officiellement, elle lui sert de documentaliste pour un bouquin qu'il est en train d'écrire. En réalité, elle l'assiste dans cette enquête sur les deux islamistes morts. Nous savons par exemple qu'il l'a envoyée dans la banlieue de Lyon pour rencontrer la mère du converti. Accessoirement, ils baisent ensemble.

— Espionner les journalistes, c'est mal. »

Ponsot jeta un coup d'œil du côté de Magrella et vit qu'il souriait. « Elle m'intéresse, cette petite.

— Pourquoi, elle est jolie ? »

L'officier des RG ignora la remarque. « T'ai-je dit que ses parents sont marocains ? Il semblerait que leur foi ait repris du poil de la bête au cours des trois dernières années. Ils s'apprêtent à faire le *hadj*, le grand pèlerinage à La Mecque que tout bon musulman doit effectuer une fois dans sa vie. Sa sœur pratique et est mariée à un musulman très pratiquant lui aussi.

— Et donc pour toutes ces raisons, cette jeune femme est une dangereuse terroriste ?

— Non. Néanmoins, je me demande pourquoi elle s'est subitement rendue quatre fois à la grande mosquée de Paris cette semaine. Aux heures des prières, cela va de soi.

— Il peut y avoir des tas de bonnes raisons. Moi, je suis plus inquiet de savoir comment ils ont été mis sur la piste de nos barbus.

— Je n'en ai pas la moindre idée. Ça ne peut pas venir de chez vous ?

— Pas plus que de chez vous. » Les deux policiers échangèrent un regard puis Magrella alla au bout de sa réponse. « Peut-être l'Institut médico-légal, mais j'en doute. Ils ne savent rien des pedigrees des trois macchabées. »

Leur voiture s'engagea sur le pont de la Concorde, qu'ils venaient de rejoindre.

« Bon, on fait quoi maintenant ?

— Tu veux trouver un meurtrier, je veux savoir pourquoi on a tué ces types.

— Je croyais que ta source t'avait dit que…

— Ma source n'a pas la science infuse et elle n'a mentionné que le Libanais. Pas les deux autres. Je lui fais confiance mais, comme tu le sais…

— La confiance n'exclut pas le contrôle. »

Ponsot sourit. « Si, comme nous le pensons, Superclodo est un frère vengeur, il doit se cacher dans la nébuleuse formée par les anciennes relations de nos trois cocos. Personne ne parlera si on essaie de forcer la porte. Pire encore, celui ou ceux qui nous intéressent risquent de s'enfuir. Je pense qu'il serait préférable pour nous d'observer et d'attendre.

— Encore ce *nous*.

484

— Simple échange de bons procédés entre vieux amis.

— On ne fait pas du rens', nous.

— Je sais. Je te propose juste de nous contenter de regarder un peu ce qui se passe, dans un premier temps. Saint-Éloi ne te met pas la pression, si ?

— Non, ils ont d'autres dossiers qui les font plus mouiller que mes minables petites affaires de droit commun. Je ne crois pas que le juge nous prenne très au sérieux.

— Je vois le genre. C'est con mais ça nous arrange.

— De qui on s'occupe, alors ?

— Je voudrais que tu colles aux basques de Messaoudi. »

Magrella fit claquer sa langue contre son palais, contrarié. « Les stups ne vont pas être ravis que je piste un de leurs tontons.

— Ils n'ont pas besoin de le savoir.

— C'est la maison.

— Messaoudi était encore proche de Cécillon, contrairement à ce qu'il nous a dit. »

L'officier de la Crim' tourna dans l'avenue de Marigny.

Ponsot montra du doigt l'angle avec l'avenue Gabriel. « Laisse-moi là, je vais finir à pied.

— T'as honte de moi ?

— Ce doit être ça.

— Il faut que je pense un peu à tout ce que tu m'as dit.

— Réfléchis vite. »

Magrella opina du chef. « En tout cas, c'était marrant, cette petite réunion improvisée. À refaire. »

La portière claqua et la voiture démarra.

En regardant son collègue s'éloigner, Ponsot se demanda s'il avait bien fait de ne pas évoquer Steiner. Dès lors que l'on envisageait la possibilité de son implication, le pourquoi de toute cette histoire prenait une dimension beaucoup plus inquiétante. Il préféra chasser cette interrogation de son esprit. Dans l'immédiat, il allait devoir affronter son patron et le convaincre de maintenir le dispositif du 20ᵉ en place.

La voiture de Rougeard remontait la rue Saint-Fargeau à une allure modérée. Amel était assise à l'avant, à côté de lui. Il était un peu plus de midi et, à la hauteur du passage Planchard, ils aperçurent les premières silhouettes, voilées de bleu et de noir, pressées de se rendre à la prière du vendredi.

La jeune femme arborait une tenue identique mais n'avait pas encore dissimulé son visage. Elle n'était plus très sûre de vouloir aller jusqu'au bout de leur projet. Elle avait peur. Toutes les révisions de la semaine, à la grande mosquée du 5ᵉ arrondissement, lui semblaient soudain terriblement lointaines.

Rougeard s'engagea dans une ruelle et s'arrêta à cheval sur un trottoir. Sa passagère observait ses doigts gantés, déployés au-dessus de ses genoux, qui tremblaient légèrement.

Le journaliste prit les mains d'Amel dans les siennes et les serra doucement pour la calmer. « Tout se passera bien. Souviens-toi que ce que tu as à faire est très simple. Tu entres, tu te conformes au rituel, tu observes et tu enregistres tout ce que tu peux. Ce sera parfait pour un papier d'ambiance dans notre dossier. Je vois déjà le titre, *Voyage au cœur de l'islamisme parisien, dans les coulisses des prêcheurs de la haine.*

— Ce n'est pas le sujet.

— Je sais, le sujet c'est *Guerre à la terreur, quels moyens pour quelles fins ?*, enfin, si on ne se trompe pas. Mais tout cela », Rougeard fit un geste dans la direction générale de la mosquée Poincaré, « en fait quand même partie. » Son regard se perdit au bout de la rue. « Putain, si on était aux States, on recevrait un Pulitzer pour ce genre de sujet.

— On peut encore avoir l'Albert-Londres. » Amel avait lâché sa réplique sur un ton à moitié sérieux.

« Moi non, trop vieux. Toi peut-être, un jour. Pour l'instant, tu n'as pas encore assez de copains. Ton magnéto, il est OK ? »

De l'index, Amel suivit machinalement le fil de son micro, qui partait de la naissance de ses seins, sous le *khimâr*[1], et remontait jusqu'à son cou. « Je crois, oui.

— Alors il faut y aller. Je t'attendrai à l'endroit convenu. »

Elle acquiesça mécaniquement avant de se couvrir la face avec son *niqâb*[2]. Gênée par le voile, elle dut pencher exagérément la tête pour parvenir à localiser la poignée de la portière. Elle sortit maladroitement de la voiture.

Rougeard n'attendit pas et s'éloigna aussitôt la portière refermée.

Par habitude, Karim faisait systématiquement un long tour de sécurité, toujours différent, avant de se rendre à la prière. Au moment de s'engager dans le passage Gambetta pour rejoindre la rue Saint-Fargeau, il avait immédiatement aperçu la voiture mal garée, avec deux personnes à son bord. À l'abri d'un angle d'immeuble, il avait observé quelques instants le manège de ses occupants pour tenter de les identifier. Ce ne fut pas difficile. Le conducteur était ce plumitif qui avait tant fait enrager Mohamed. À côté de lui se tenait une femme, trahie par sa tenue, semblable à celles que portaient les musulmanes qui venaient prier à l'abri du mur de séparation de la mosquée. L'agent devina son identité sans même voir son visage. Amel Balhimer. Soupçons confirmés par sa silhouette et sa démarche, à la minute où elle quitta le véhicule.

Les journalistes étaient de retour dans le quartier et

1. Mantille ou châle plus ou moins long qui couvre le corps de la femme.
2. Ensemble de voiles qui cachent le visage de la femme.

l'accoutrement de la jeune femme, aujourd'hui, à cette heure-ci, ne pouvait signifier qu'une seule chose : elle s'apprêtait à rejoindre la mosquée Poincaré.

La voiture démarra et passa devant l'agent.

Karim regarda alentour. Il n'y avait personne d'autre que lui et la journaliste, qui avançait lentement en direction de la rue Saint-Fargeau. Il hésita encore une ou deux secondes avant de s'élancer d'un pas vif dans la ruelle. Lorsqu'il fut à quelques mètres d'Amel, il l'interpella d'une voix grave et sèche. « *Bouti* ! Attends-moi, ma sœur. »

Elle sursauta et se retourna brièvement. Lorsqu'elle reconnut l'homme du bar, dont le regard l'avait terrorisée quelques jours plus tôt, elle pressa le pas pour s'éloigner. Elle avait le visage couvert, il ne pouvait pas l'avoir identifiée.

L'inconnu se plaça à côté d'Amel et lui attrapa le bras pour l'arrêter. « Que fais-tu là, ma sœur ? Je ne t'ai jamais vue dans le quartier.

— Vous vous trompez. Je vais prier, comme toujours. » Le ton de la journaliste se révéla peu convaincant et elle changea de tactique. « Vous me faites mal, lâchez-moi ! Vous n'êtes pas correct. » Elle essayait de se dégager en même temps qu'elle parlait, sans y parvenir.

« Pourquoi n'es-tu pas accompagnée ? Tu n'as pas un mari, un frère ? Ton père ?

— J'étais en retard. Eux déjà partis et... »

Karim se mit en colère. « Ne te moque pas de moi ! Je viens de te voir sortir de la voiture d'un *kouffar*. Que veux-tu ? Tu ferais mieux de déguerpir ! »

Amel commençait à avoir très peur. Plus question de se rendre à la salle de prière, elle ne pensait qu'à s'échapper. Elle recommença à se débattre et parvint à libérer son bras.

Son agresseur continuait à crier. « Maudits soient ceux qui cherchent à tromper les fidèles ! Allah punisse les incroyants et les menteurs ! Va-t'en, sinon tu auras des ennuis ! »

Fennec perçut la frayeur de la journaliste. Il n'aimait pas ce qu'il lui faisait mais se félicita de voir son stratagème fonctionner aussi bien. Elle ne devait pas approcher de la mosquée. Là-bas, elle serait vite repérée et peut-être en danger.

« Karim ! » La voix de Mohamed se fit entendre, à l'extrémité du passage Gambetta. Il n'était pas seul mais accompagné de deux autres *salafis*. Tous trois venaient vers eux. En arabe, l'imam lui demanda si quelque chose n'allait pas. Fennec répondit qu'il pouvait régler le problème seul, puis il se tourna à nouveau vers Amel.

Amel vit les yeux de son interlocuteur changer radicalement d'expression.

Il se mit à lui parler tout bas. « Partez avant qu'il ne soit trop tard. N'allez pas rue Poincaré ! »

Elle le dévisagea, surprise, regarda les hommes qui se rapprochaient, ils n'étaient plus qu'à une quinzaine de mètres, puis tourna les talons et rejoignit le plus rapidement possible la rue Saint-Fargeau.

Karim la vit disparaître au moment où Mohamed et ses deux sbires arrivaient à sa hauteur. « Que s'est-il passé, *ghouia* ? »

L'agent hésita à parler, il fixait ses pieds. « Je n'aime pas dire du mal sur les gens, Cheikh. »

Le *salafi* lui tendit une main rassurante, amicale. « Je comprends, mais tu sais que tu peux toujours te confier à moi.

— Cette sœur est venue ici dans une tenue indécente. Elle s'est couverte dans la rue, devant tout le monde. J'ai trouvé son comportement incorrect et je le lui ai dit mais elle s'est mise en colère et maintenant, elle a fui.

— Tu as bien agi, mon frère. Si elle revient nous la reconnaîtrons et nous la chasserons. La honte soit sur les hypocrites. »

L'agent avait toujours la tête baissée, faussement contrit. Il ne vit donc pas le léger signe du menton que Mohamed adressa à l'un de ses deux compagnons. Celui-ci détala et tourna dans la rue Saint-Fargeau, à la suite d'Amel.

« Tu ne dois pas te sentir responsable des fautes des autres, rappelle-toi ce que dit le Coran : *Ne te désole pas sur le peuple incroyant.* » Le *salafi* entoura de son bras les épaules de Karim. « Viens, allons prier, cela apaisera nos cœurs. »

Sans prévenir sa femme, Sylvain s'était permis de convier un couple d'amis, Delphine et Pierre, à dîner. Mariés depuis un an, ils travaillaient tous les deux dans la finance, comme lui. Elle était enceinte de cinq mois, heureuse, épanouie.

Après l'incident de la mosquée et la déception de Rougeard, qui ne s'était cependant pas permis de lui adresser le moindre reproche, Amel aurait préféré passer une soirée au calme. Mise devant le fait accompli et pour ne pas avoir à donner le change, elle s'était réfugiée dans la cuisine pour ne rejoindre les convives qu'une fois tout le monde à table.

Pendant la première partie du repas, les conversations s'étaient focalisées sur le monde de la banque, pour son plus grand soulagement. En revanche, lorsque le plat de résistance fut servi, Delphine se mit en tête de questionner Amel sur son travail. L'intérêt de la future jeune maman semblait sincère mais la journaliste n'était pas d'une humeur très communicative et ne voulait surtout pas entrer dans les détails de ses activités. Elle souhaitait particulièrement éviter d'avoir à évoquer l'incident du jour. Son mari n'était pas au courant et s'agacerait certainement d'apprendre qu'elle avait pris autant de risques pour rien. Elle se contenta donc de réponses monosyllabiques et distantes.

« Pour quelqu'un qui a passé des mois à mettre en avant les qualités de son job, je te trouve peu enthousiaste, ce soir. » L'ironie de la remarque de Sylvain, qui s'énervait en silence depuis quelques minutes, n'échappa à personne.

Amel préféra ne pas réagir.

« Peut-être ne sommes-nous plus assez intelligents pour en saisir toutes les subtilités ? À moins que tu ne nous trouves pas assez de gauche ?

— Sylvain... Je... Amel a l'air fatiguée. » Delphine essaya de calmer le jeu avant que les choses dégénèrent.

« Elle est très souvent fatiguée, ces derniers temps. Elle a un vrai travail, elle, qui l'accapare. Pas comme nous. En plus, tu vois », Sylvain se tourna vers Pierre, « c'est tellement important que c'est secret, elle ne peut pas en parler. » Il allait ajouter quelque chose lorsqu'il vit une larme couler sur la joue de sa femme. Mais ce qu'il lut dans ses yeux n'était pas de la douleur ou de la tristesse, juste de la rage.

« Oui, c'est important et non, tu ne peux pas comprendre. Pour ta gouverne, je vais néanmoins te dire ceci. Aujourd'hui même, à Paris, j'ai été agressée par un homme qui considère que les femmes comme moi... ou comme Delphine », Amel souleva le poignet de sa voisine de table, « devraient vivre couvertes de la tête aux pieds, enfermées chez elles pour élever des gosses et servir leur mari. » Elle renifla et, d'un geste, empêcha Sylvain de répondre. « Et tu veux que je te dise autre chose ? Depuis que je t'ai épousé, j'ai de plus en plus l'impression que ce pauvre mec et toi vous avez beaucoup de choses en commun. » Sur ces mots, prononcés d'une voix égale, elle se leva et alla dans l'entrée pour prendre sac et manteau.

La porte de l'appartement claqua.

Sylvain retrouva sa femme sur l'avenue Daumesnil, une dizaine de minutes plus tard. Elle cherchait un taxi.

Après deux tentatives infructueuses, il parvint à la faire pivoter sur elle-même et l'attira dans ses bras, pour la serrer contre lui. Elle fondit en larmes et ne résista plus. Il s'excusa doucement, se traita d'imbécile, expliqua qu'il ne savait pas, ne lui reprocha rien, lui assura qu'il avait envie d'être heureux avec elle et rien d'autre, s'excusa encore, lui embrassa le front, les cheveux.

Amel ne bougeait pas, ne disait rien.

« On va partir. Demain matin. Non, ce soir. Tout de suite. Ça nous fera du bien. Je t'emmène à Étretat, dans ce petit hôtel où on est déjà allés plusieurs fois. Dis oui, je t'en prie, dis oui. Je tiens trop à toi, Amel, je n'ai pas envie de te perdre pour des conneries. »

24/11/2001

La N191 était l'itinéraire le plus rapide pour aller d'Alainville à Ablis. Après la jonction avec l'A10, la route traversait une plaine de champs puis suivait une longue courbe qui coupait en deux un petit bois. Plusieurs chemins forestiers partaient de cet endroit pour aller se perdre dans les parcelles cultivées. À la sortie de ce virage peu serré, la nationale repartait en ligne droite sur deux kilomètres et se jetait finalement dans une zone d'habitations périurbaine.

Nourredine et Khaled Harbaoui travaillaient la nuit à Alainville. Ils habitaient la commune d'Ablis. Tous les soirs de la semaine, ils empruntaient cet itinéraire pour rentrer chez eux.

Lynx avait garé sa moto à l'abri des arbres, sous un filet de camouflage, peu après minuit. Il avait ensuite retrouvé un emplacement sélectionné à l'avance, à la limite des champs. Musique sur les oreilles, il s'était installé confortablement dans un sursac de couchage en Goretex pour monter son M4 et tester son optique de visée.

C'était il y a presque trois heures.

Depuis une trentaine de minutes, Servier attendait, allongé sur le ventre, avec pour seule compagnie les interférences radio que crachait l'oreillette qu'il portait à gauche, lunette de tir oblige. Devant lui s'étendait un vaste espace labouré, gris, désert. Celui-ci était fermé par l'autoroute, à très exactement 2 357,763 mètres au sud-est de sa position, dixit le télémètre laser avec lequel il s'était préparé. Sans l'éclairage jaunâtre qui marquait le passage aérien de la N191, ou les phares des quelques véhicules qui circulaient encore à cette heure-ci, l'A10 serait restée parfaitement invisible.

Lynx souffla sur ses moufles spéciales et les frotta l'une contre l'autre. Un tic plutôt qu'un remède réellement efficace pour lutter contre le froid coupant de la nuit. Il gratta un peu du givre qui avait commencé à recouvrir les rebords de l'ouverture de son sursac.

Le second appel n'allait plus tarder. Peu après, les Harbaoui apparaîtraient à l'extrémité de ce tronçon de route, de retour de leur chantier clandestin, fidèles à leur routine professionnelle. Depuis que la DST les avait relâchés, ils se tenaient à carreau et appliquaient à la lettre les dernières consignes transmises par Fodil avant son enlèvement. Ils travaillaient normalement et évitaient tout contact avec leur ancien réseau.

Si quelqu'un avait besoin d'eux, Mustapha leur ferait signe.

C'était en substance ce qu'il avait avoué au cours de l'un de ses tête-à-tête avec l'agent. Les deux frères étaient grillés depuis leur arrestation et les autres barbus les laisseraient probablement tranquilles un bon moment avant de refaire appel à leurs services. Fodil le lui avait juré. Ça et le fait que *Nourredine et Khaled ne savaient rien de plus*. C'était plausible. Cependant Lynx aurait préféré s'entretenir plus longuement avec eux, pour s'assurer qu'ils ne disposaient d'aucune information digne d'intérêt. Mais ses commanditaires ne souhaitaient plus perdre de temps ou gaspiller des ressources. Ils fondaient désormais tous leurs espoirs sur une autre personne qui, à mesure qu'*El Hadj* prenait corps sous leurs yeux, se révélait être un pivot important du commando, Nouari Messaoudi.

Messaoudi, présent dans l'environnement de Laurent Cécillon. Messaoudi, donneur d'ordres de Fodil et destinataire des courriers que l'on remettait à ce dernier. Messaoudi, qui apparaissait, en compagnie d'un autre individu pour l'instant non identifié, sur les vidéos enregistrées par les caméras de surveillance de la zone industrielle de Bondy, le 10 novembre 2001. Le jour où l'entrepôt loué par les Harbaoui avait été vidé.

L'ordre était tombé : scier la branche morte des deux frangins et s'arranger pour que cela ait l'air d'un accident. La logique poursuivie était que pour couvrir les traces du Service il fallait faire en sorte que les deux frères ne puissent pas éveiller de curiosités indésirables en allant poser des questions sur la disparition de Fodil... S'ils s'en rendaient compte. Ce qui finirait par arriver.

Servier soupçonnait surtout Montana de s'être pris à son propre jeu, excité par l'odeur du sang, et de vouloir faire des exemples. Un dangereux mélange des genres.

Ouranos de Alecto Quatre...

Voix de femme dans son oreille. Chaude, agréable malgré les parasites.

Ouranos...

Ouranos, la personnification du ciel dans la mythologie grecque, dont le sang répandu sur Gaia, la Terre, avait donné naissance aux Érinyes, l'équivalent hellène des Furies romaines, Mégère, Tisiphone... et Alecto.

Ouranos, top Alainville...

Ouranos, l'autorité de la mission *obs.*

Pour la première fois depuis le début de cette opération, Lynx travaillait en relation directe avec les officiers du Service qui avaient pris en charge Nourredine et Khaled dès leur sortie des locaux de la DST. Ses coéquipiers d'un soir n'étaient théoriquement pas au courant. Mais s'ils étaient malins, ils soupçonnaient peut-être l'imminence d'une action, puisque la consigne du jour, inhabituelle, était de renseigner leur chef de mission en temps réel, sur tous les déplacements des Harbaoui. L'agent clandestin était en vacation radio sur leur réseau de communication. Il écoutait sans rien dire, dans l'attente d'un signal.

Le temps s'écoula, lent. La dernière voiture qui avait emprunté la N191 était passée vingt minutes plus tôt. Le message d'Alainville remontait à huit minutes. Lynx défit puis replia l'avant de ses moufles, pour dégager ses doigts, avant d'allumer son optique de visée.

Ouranos de Alecto Quatre...

Même voix féminine, rassurante dans la nuit.

Ouranos...

Servier cala son œil dans la lunette à intensification de lumière. Il entreprit de suivre le tracé de la nationale, verte et fantomatique, depuis le bois.

Ouranos, top A10. On décroche...

À quatre-vingts mètres de lui, sur un poteau électrique, il avisa son premier marqueur, une croix de sparadrap blanc collée à deux mètres de hauteur. Si les Harbaoui dépassaient ce point, son angle de tir serait trop fermé et il aurait raté son coup.

Il continua à glisser le long de la bande d'asphalte spectrale.

À trois cents mètres de distance, portée pratique de son arme, il aperçut son second repère, son *top action*. Il ne pouvait pas faire feu avant cette limite. Un véhicule lancé à quatre-vingt-dix kilomètres/heure, vitesse moyenne de l'utilitaire de ses cibles, calculée d'après les temps de déplacement des derniers jours, mettait un peu moins de neuf secondes pour parcourir les deux cent vingt mètres qui séparaient ces deux points.

Pas lourd, pour un tir en mouvement. Suffisant pour l'action de ce soir.

Lynx poursuivit sa remontée et s'arrêta sur le troisième marqueur, à cinq cents mètres, qui commandait l'allumage du SABER M203. Il ne bougea plus, concentré sur la petite tache un peu plus pâle qui se détachait du béton, son index gauche sur le commutateur.

La camionnette des Harbaoui apparut dans l'optique. Servier bloqua sa respiration et mit sous tension le gros tube noir fixé au canon du fusil d'assaut. Son œil directeur perçut un léger changement de luminosité alors même qu'il suivait la progression de la cabine de l'utilitaire. Le réticule de sa lunette était fixé sur le conducteur, Nourredine, dont il distinguait nettement les traits.

Le second marqueur apparut une fraction de seconde avant que le véhicule ne le masque complètement. Lynx commença à compter en silence.

1001.

1002.

Il appuya sur le bouton de tir du SABER à 1003. Trois secondes après le *top action*.

Dans l'oculaire, le pare-brise du véhicule fut noyé dans un halo de lumière à l'intensité presque insoutenable. Il n'y eut pas un bruit. Pas tout de suite. Le conducteur avait levé un bras en guise de protection. L'utilitaire se déporta légèrement sur la gauche puis sur la droite. Khaled essaya de se jeter sur la direction avant d'être violemment renvoyé côté passager.

L'agent resta sur le visage de Nourredine trois ou quatre secondes encore avant de retirer son doigt du commutateur. Il ferma les yeux sur l'aîné Harbaoui qui lâchait complètement le volant, respira, écouta.

Des pneus luttèrent pour rester accrochés à la route. Un dérapage interminable.

Choc du métal qui heurte le sol et se tord. Raclements de l'acier sur le goudron.

Second choc puis plus rien pendant quelques secondes.

Petite explosion.

Lentement, un feu se mit à crépiter. Les flammes gagnèrent en force mais furent bientôt couvertes par une longue plainte qui déchira la nuit. Les hurlements de souffrance s'éternisèrent pendant une vingtaine de secondes et s'arrêtèrent d'un seul coup. Ils étaient morts. Victimes d'un laser basse fréquence incapacitant. Une arme non létale conçue pour éblouir l'adversaire.

Et qui ne laissait pas la moindre trace.

Lynx se releva. Aucune voiture en vue. Au pas de course, il longea tant bien que mal la lisière du bois puis la limite du champ, sur la fine bande d'herbe qui le séparait de la route, jusqu'au marqueur des trois cents mètres. Il le décolla d'un geste sec. Puis il revint sur ses pas par la route. Il dépassa l'utilitaire en flammes enroulé autour d'un poteau, s'efforça de ne pas regarder la cabine, atteignit le repère des quatre-vingts mètres, le retira puis fonça s'abriter à nouveau dans les bois.

Démontage sommaire du M4. Il le roula dans la protection en Goretex et fourra le tout dans un sac marin. Sur le dos. La bécane. Lynx allait mettre le contact lorsqu'il entendit le premier moteur approcher puis ralentir. Quelques secondes. Une portière claqua. Puis une autre. Et une autre encore. Trois personnes.

Il attendit.

Il y a du monde à l'intérieur. Un homme.

Cri. Second homme.

Cri. Une femme.

Putain de merde, il y a du monde à l'intérieur ! Second homme.

Recule-toi. Premier homme.

Deuxième voiture. Portière. Les bruits portaient loin, la nuit.

Vous avez un téléphone ? Premier homme.

Oui ! Nouvelle venue. Cri.

Passez-le-moi. Premier homme.

Servier poussa sa moto en position de départ, le plus près possible de la route. Lorsque les sirènes des pompiers se firent entendre en provenance d'Ablis, une dizaine de minutes plus tard, il les laissa passer devant lui, démarra et quitta sa cachette sans allumer son phare.

Tant pis pour le dernier marqueur.

Kamel et Farez, tous deux vêtus de combinaisons de travail siglées *Ville de Paris*, étaient de retour dans la galerie souterraine. Ils contemplaient avec satisfaction la voûte du tunnel. Leur bouchon était toujours en place, intact.

« Ils n'ont rien vu. »

Ksentini se tourna vers son compagnon, un sourire aux lèvres. « Oui, mon frère, parce que Allah est avec nous. Il a guidé ta main pour que tu parviennes à cacher ton œuvre à nos ennemis. » L'inspection de cette section du réseau d'égout, réalisée dans la semaine, n'avait pas mis au jour les travaux réalisés par les deux islamistes le week-end précédent. « Mais ce n'est que le début, nous avons encore beaucoup à faire.

— Par quoi veux-tu commencer ?

— Nous allons d'abord vider la camionnette, comme convenu. Et puis tu iras la garer. Je n'ai pas envie qu'elle traîne trop longtemps dehors. » Ils avaient laissé un utilitaire municipal près de leur point d'entrée, tous warnings et gyrophares allumés. Il était très tôt, l'heure des changements de patrouilles, et il y avait peu de chances qu'un fonctionnaire de police fatigué ou peu réveillé s'interroge sur les raisons de leur présence. Cependant, si la question leur était posée, ils intervenaient dans le cadre d'une urgence tout à fait plausible et officielle. Farez avait fait le nécessaire auprès de son administration. « Pendant que tu seras parti, je commencerai les repérages. *Arroua !* »

Ils se mirent en route vers la surface.

Ksentini espérait marquer cinq emplacements aujourd'hui et réaliser deux percements. Ils reviendraient demain pour les trois autres. Après cela, il leur resterait à creuser six autres conduits, à la fin de la semaine suivante. Dans un mois et demi, sauf incident, ils viendraient installer les tubes dans leurs logements souterrains. Ils attendraient ensuite encore un peu avant de venir poser les premières charges.

Leur souci de discrétion ainsi que la sensibilité des systèmes pyrotechniques expliquaient la longueur des délais. Chaque nouvelle étape permettait de s'assurer que personne n'avait détecté leur passage.

Et puis, le Vx était toujours en transit. Son arrivée sur le sol national n'était pas prévue avant plusieurs semaines. Inutile, donc, de trop se presser.

Un couple, la cinquantaine tous les deux, prenait son petit déjeuner dans la salle de restaurant. Amel devinait la silhouette de l'homme derrière la porte aux vitres dépolies qui fermait l'espace salon-bar. Elle les entendait parler et rire. Lorsqu'ils étaient passés devant elle quelques minutes plus tôt, ils l'avaient saluée d'un large sourire. Il était six heures quinze et ils étaient déjà heureux. Ils étaient encore heureux.

Amel regarda les cendres de la veille, froides, dans la cheminée en face d'elle. À leur arrivée, peu avant minuit, elle s'était assise au même endroit pour contempler le feu mourant pendant que Sylvain s'occupait des formalités d'inscription.

La fuite hors de Paris s'était déroulée dans le brouillard. De retour à l'appartement, ils avaient constaté que leurs amis étaient partis. Quelques fringues dans des sacs, pas de musique dans la voiture, un trajet somnolant dans le silence de l'habitacle et enfin l'hôtel, associé à des moments plus doux.

Passés.

Hier soir, l'idée de cette escapade lui avait paru bonne. Ce matin, Amel se sentait prisonnière de ses souvenirs. Elle était loin, isolée. Seule, en dépit de la présence de son mari, qui dormait encore dans leur chambre. Elle prit conscience qu'elle n'avait pas très envie qu'il se lève pour la rejoindre, pas tout de suite, et baissa les yeux vers son portable éteint, posé sur ses genoux.

Le PIN, 0377. Son mois et son année de naissance. Tellement banal.

Les messages, nouveau message. Ses doigts sur le clavier. *Que fais-tu ?*

Répertoire. Envoyer.

Ponsot faisait la vaisselle lorsque son portable, en charge sur le buffet de la cuisine, se mit à sonner. Il se sécha les mains pour aller décrocher. Coup d'œil dans la salle à manger au passage, tout le monde avait presque fini son dessert. Numéro privé. « Ponsot. »

C'est Meunier...

« Un problème ? »

A priori, non, mais j'ai préféré t'appeler pour te prévenir...

Ponsot échangea un regard avec sa femme, qui tenait compagnie à leurs invités dans la pièce voisine. Il la rassura en secouant la tête doucement et se retourna. « Que se passe-t-il ? »

Je viens d'avoir mon pote Jean-Michel de la ST au téléphone. Tu sais, il bossait avec nous sur les lascars d'Ablis, les Harbaoui. On s'appelait pour autre chose mais juste avant de raccrocher il m'a dit que...

« Il leur est arrivé quelque chose ? »

Ils sont morts.

« Tous les deux ? »

Ouais. Accident de la route, la nuit dernière, en rentrant d'un chantier. Nélaton a eu l'info en milieu d'après-midi. Les gendarmes pensent que c'est dû à la fatigue ou au verglas, peut-être les deux et...

« Non. »

Pardon ?

Ponsot avait pensé tout haut. « Rien. Continue. » Pendant que son adjoint lui expliquait que le conducteur, identifié comme étant Nourredine, l'aîné, avait apparemment perdu le contrôle du véhicule et que celui-ci, après s'être renversé, avait fini sa course dans un poteau en béton, Ponsot repensait à la seule information pertinente dont il se souvenait à propos des deux frères. Cette même information qui avait sans doute poussé Meunier à l'appeler chez lui tard, un samedi soir. Les Harbaoui connaissaient Mustapha Fodil parce qu'ils évoluaient dans les mêmes cercles intégristes. « La DST va tout faire pour mettre la main sur la procédure des gendarmes, débrouille-toi pour que ton copain t'en file une copie. Il y a quelqu'un au bureau, ce soir ? »

Je ne sais pas, je peux essayer de voir…

« Oui, si cela ne te fait pas trop chier. »

Qu'est-ce qu'il te faut ?

« Il doit nous rester pas mal de trucs sur les deux frangins mais », Ponsot soupira, « comme nous n'avons pas forcément fait très attention à eux lorsque nous étions dessus, ce serait bien de creuser un peu à nouveau pour voir ce qu'il y a d'autre à trouver. »

Je m'en occupe. J'ai rien de mieux à foutre, de toute façon. Ma femme s'est barrée chez sa mère pour le week-end…

« T'as pas une petite, en ce moment ? »

Partie aussi…

« Merci d'avoir appelé. »

Je pensais que t'aurais envie de savoir. Bonne fin de soirée.

« Toi aussi. »

Il pleuvait légèrement. La nuit n'était pas encore partie, bientôt. Au large, le ciel gris, sombre et lugubre se confondait avec la mer. Le vent fouettait le visage d'Amel. Elle marchait, tête dans les épaules et mains dans les poches, heureuse d'avoir échappé à l'atmosphère confinée et pesante de sa chambre d'hôtel.

Un jour sans paroles, voilà ce qu'elle retiendrait de ce samedi. La tension était montée doucement, silencieuse, au fil des heures et, au dîner, les vannes s'étaient soudain ouvertes en grand. Elle avait tout dit. Son boulot, Rougeard, leur vie. Calmement, sans paniquer, sans remords.

Sylvain, assommé, avait posé quelques questions inutiles et stupides. *Où ? Combien de fois ? Et ce Servier ? Tu m'aimes encore ?* Puis il avait écrasé son fondant au chocolat de façon artistique et parlé d'avenir, de passé, de leurs projets d'avant. Il était incapable de mesurer la gravité de leur situation. Peut-être refusait-il tout simplement de le faire.

Elle l'avait écouté d'une oreille distraite, l'esprit vagabond. Lorsqu'elle regardait son mari, elle ne parvenait plus à exprimer ce qui l'avait attirée chez lui. Sa patience enthousiaste des débuts peut-être, son absence apparente de préjugés, une vie de petite Française bien intégrée. La peur de l'enfermement. Lorsqu'elle réfléchissait à son couple, elle pensait immédiatement à ses parents et elle avait honte.

Pendant la nuit, Sylvain était venu se coller à elle. Il l'avait entourée de ses bras pour respirer à son oreille pendant un temps indéterminé. Puis la question était venue : « Tu veux partir ? »

La réponse d'Amel, honnête, avait eu du mal à sortir : « Je ne sais pas. »

Ils s'étaient rendormis.

Le petit matin. La plage. La pluie. Le vent. La mer un peu moins sombre dans le jour naissant. Son portable vibra une fois dans sa main, à l'intérieur de sa poche. Elle attendit encore quelques secondes, elle pouvait se le permettre après vingt-quatre heures d'impatience.

SMS de JLS. *Je ne sais pas.*

La ligne d'horizon demeurait indistincte.

Ponsot et Meunier roulaient sur l'A10, en route pour le site de l'accident des Harbaoui. Meunier conduisait et parlait. « D'après les informations transmises par ton copain Magrella, Nezza a beaucoup travaillé depuis vendredi. » Ils étudiaient les résultats des surveillances en cours. « Il a passé son temps en compagnie d'un autre type, un nouveau venu, enfin c'est ce qu'on pensait au début.

— Comment ça ?

— Je me suis rendu compte que nous aussi, on l'avait déjà marqué ce mec. Ailleurs. Y compris vendredi mais je reviendrai là-dessus un peu plus tard. Quoi qu'il en soit, pour le moment, on n'a pas grand-chose sur lui, ni nom ni adresse. Manque de bol ou talent extraordinaire, personne n'a réussi à le suivre. À tel point que les mecs du… Enfin, ils l'ont baptisé *Superbicot*. Je leur ai dit de la mettre en veilleuse, pour éviter de heurter certaines sensibilités hiérarchiques qui pourraient éventuellement traîner sur les ondes. Jusqu'à nouvel ordre, son nouveau nom de code est *Superbe*.

— On sait au moins à quoi il ressemble, j'espère ? » Ponsot se mit à fouiller parmi les chemises cartonnées qu'il avait sur les genoux.

Un œil sur la route, Meunier se pencha légèrement vers lui pour trouver une enveloppe kraft nichée au milieu des autres documents. « Là, celle-là. » Il attendit un peu que son chef de groupe examine une première série de photos. « Celles du haut, avec Messaoudi, font partie du lot de la Crim'. »

Les clichés montraient des plans assez serrés de Nezza et d'un homme plus grand que lui, au visage carré bordé d'un collier de barbe noire bien taillée. *Superbe*, il portait bien son nom. Ponsot remarqua qu'il ne regardait jamais les différents interlocuteurs immortalisés avec lui. Ses yeux clairs semblaient toujours ailleurs, attentifs mais ailleurs.

« Sur les suivantes, qui sont maison, tu vas le retrouver à *El Djazaïr* et à proximité de la mosquée Poincaré, en compagnie de Mohamed Touati. Apparemment, ils se connaissent bien.

— Qu'est-ce qui te fait dire ça ?

— Il y a eu un incident vendredi et leur attitude, à l'occasion de celui-ci, laisse peu de doutes. Ce n'était pas la première fois qu'ils se voyaient.

— Raconte.

— Une de nos équipes a surpris une altercation entre *Superbe* et une jeune femme voilée. Elle, on l'a identifiée plus tard, c'était Amel Balhimer, la journaliste. D'après Trigon, qui était sur place, il semblerait que notre barbu inconnu s'en soit pris à elle sur le chemin de la mosquée, pour une raison inconnue. Peut-être l'a-t-il percée à jour ?

— Touati ?

— Lui arrivait juste au moment où la gamine se barrait. Les deux hommes se sont salués très chaleureusement et ont discuté avant de rejoindre ensemble la salle de prière, bras dessus, bras dessous. »

Ponsot regarda encore quelques photos et les rangea dans l'enveloppe. « Donc, *Superbe* connaît Nezza et il connaît Touati.

— Oui, comme Cécillon.

— Même rôle ?

— Peut-être.

504

— Mouais… à creuser. Rougeard était dans le coin, lui aussi ?

— Pas très loin, c'est grâce à lui qu'on a identifié la fille, lorsqu'elle l'a rejoint. Et on n'était pas les seuls collés à ses basques.

— Touati ? »

Meunier hocha la tête. « Un de ses sbires.

— Ces deux fouineurs ne se rendent pas compte de ce qu'ils font. Cependant, je donnerais cher pour savoir ce qu'ils cherchent. Et pourquoi ils le cherchent. Ils sont où, ce week-end ?

— Ils se sont barrés.

— Ensemble ?

— Non. » Meunier ricana. « Pas cette fois. Ils sont avec leurs moitiés respectives. Rougeard est dans le Vexin, chez ses beaux-parents. La fille et son banquier, on ne sait pas exactement. Quelque part en Normandie, près d'Étretat, si l'on en croit la géolocalisation de son portable à elle. »

Ponsot parcourait les synthèses des derniers jours tout en écoutant. « Je vois qu'il y a eu deux coups de fil professionnels sur le mobile de Rougeard.

— Exact, un entrant, de Klein, son directeur de publication, et l'autre sortant à un certain Yann Soux. Ce n'est pas la première fois que l'on surprend des appels entre ces deux-là. Jusque-là, on n'avait pas fait très attention mais comme ils ont essayé de parler en langage codé…

— Je vois ça.

— Crois-moi, c'était assez pathétique.

— Soux est photographe ?

— Spécialisé dans le *people*. Rougeard voulait savoir s'il avait pu se libérer pour un boulot qu'il veut lui confier. L'autre n'avait pas l'air très enthousiaste. Apparemment, il a d'autres jobs en vue, plus rémunérateurs. »

Ponsot acheva de parcourir les listes d'appels. « Aucune conversation entre les deux journalistes ? »

Meunier secoua la tête. « Rien.

— La fille n'a pas téléphoné ?

— Non, juste des textos. Le dernier date de ce matin.

— À qui ?

— Toujours le même numéro anglais. On ne l'a pas formellement identifié mais je crois bien que c'est celui de ce type qu'elle a rejoint le week-end dernier dans le 12e. Celui avec qui elle correspond aussi par mail.

— Servier ?

— C'est ça.

— Que penses-tu de lui ? »

L'adjoint de Ponsot haussa les épaules. « Je pense qu'il se la tape ou que cela ne va pas tarder. Tu devrais voir les courriers et les SMS, c'est beau comme du Barbara Cartland.

— Elle a la santé, cette petite.

— Ouais. Je plains son mec, il va commencer à fatiguer avec tout ce poids sur la tête. »

Les deux policiers échangèrent un sourire entendu. Ils roulèrent en silence jusqu'à la sortie d'autoroute. Meunier quitta alors l'A10, franchit le péage et s'engagea sur la N191.

Ils trouvèrent sans problème l'endroit où avait eu lieu l'accident. La carcasse de l'utilitaire n'était plus là mais les traces de dérapage et de combustion étaient toujours visibles. Ils se garèrent un peu plus loin et revinrent en marchant pour faire halte au pied du poteau électrique qui avait arrêté la course de la camionnette de Nourredine Harbaoui.

Ponsot examina un instant les marques sur l'asphalte puis fit un tour d'horizon. « Je n'ai jamais aimé les plaines agricoles. Elles me fichent le bourdon. »

Son adjoint hocha la tête et s'apprêtait à lui répondre lorsqu'il le vit tourner en rond autour du pilier de béton. Peu à peu, les cercles s'élargirent et bientôt Ponsot se trouva à une cinquantaine de mètres de distance.

Une voiture apparut sur la nationale. Elle roulait en direction d'Ablis.

Meunier, qui n'avait pas bougé, la suivit quelques secondes du regard avant de revenir à son supérieur. Il était arrêté sur le bord de la route, du côté de l'A10, à trois poteaux de lui. Que pouvait-il bien espérer trouver ? Il l'interpella en criant. « Hé ! Il n'y a rien par là-bas ! Qu'est-ce que tu cherches ? »

Ponsot entendit la question mais ne répondit pas. Il ne le savait pas. Les experts de la gendarmerie avaient déjà ratissé le coin sans rien découvrir de particulier. Ce qu'il faisait était vain mais le savoir ne l'apaisait nullement. Il se retourna vers l'autoroute pour un dernier coup d'œil. Derrière lui, son adjoint râlait contre le froid. Un point blanc attira son attention. Un point blanc très clair qui se détachait sur le gris du béton. Il fit quelques pas lents dans sa direction puis força l'allure.

Meunier aperçut son manège et finit par le rejoindre quelques instants plus tard. Agacé, il lui demanda ce qui se passait.

« Que penses-tu de ça ? » Son chef de groupe lui montrait une croix réalisée avec deux bandes d'adhésif clair, d'une dizaine de centimètres de long chacune, collées sur un poteau électrique à environ deux mètres du sol.

L'adjoint s'approcha. « C'est du sparadrap.

— Neuf. C'est du sparadrap neuf.

— Peut-être, et alors ? »

Ponsot se retourna vers le lieu de l'accident puis laissa ses yeux errer un moment dans le paysage. Ils s'arrêtèrent sur le bois. « Ce sparadrap n'a pas été collé là depuis longtemps. » Il regarda Meunier. « À ton avis, pourquoi quelqu'un a-t-il posé une croix blanche sur ce poteau ?

— J'en sais rien, moi. Pour le marquer ?

— Exactement. Pour le marquer. Tu vois ce qu'il y a là-bas ? » Ponsot invita son adjoint à pivoter sur lui-même. Du doigt, il indiquait le bois.

« Des arbres.

— Bravo. À quelle distance ?

— À vue de nez, environ trois ou quatre cents mètres. À quoi tu penses ?

— Tu m'as bien dit que les gendarmes n'avaient trouvé aucun impact nulle part ?

— Ni sur les corps ni sur l'utilitaire.

— D'un autre côté, ils n'ont le véhicule que depuis ce matin.

— Je vois où tu veux en venir mais tu te trompes.

— Peut-être bien. Ou peut-être pas. Je ne crois pas à cet accident de la route. Pas plus qu'à l'arrêt respiratoire d'Hammud ou au tabassage de Cécillon. Tu sais pourquoi ? »

Meunier soupira. « À cause de Fodil.

— Exactement, à cause de Fodil. Parce que Fodil a été plus ou moins en relation avec tous ces mecs et, comme par hasard, il ne s'agit que de barbus. Elle ne t'interpelle pas, cette soudaine hécatombe dans les rangs islamistes ?

— Si, un peu, mais je ne peux pas dire que ça me dérange des masses.

— Moi, elle m'inquiète beaucoup. » Ponsot se mit en marche vers le bois. « Viens, on va aller jeter un œil là-bas. »

Après un dîner léger, Charles Steiner sortit prendre l'air dans le jardin de sa maison de Chartres. Il venait s'y reposer le plus souvent possible, à l'abri des hauts murs de pierre, et retrouver sa femme qui, elle, habitait là en permanence.

Il traversa sa terrasse, descendit quelques marches et traversa sa longue pelouse pour rejoindre le bosquet de trois cèdres du Liban qu'il avait fait planter en souvenir de la première affectation de sa carrière d'officier de la DGSE. C'était il y a longtemps, lorsque son épouse avait hérité de cette propriété.

D'une main, il caressa l'un des troncs. Son écorce était rêche et glaciale.

Il se rappelait être parti à Beyrouth plein de foutre et d'ambition, l'esprit agité de fantasmes d'exploits à la T. E. Lawrence. Quelques années plus tard, la petite *Suisse du Moyen-Orient* était un champ de ruines et lui avait oublié tous les rêves qui étaient les siens à son arrivée.

Charles tira une bouffée de l'élégant *Gran Panatela* entamé après le dessert et suivit des yeux la fumée qui montait vers le ciel. Au-dessus de lui, les houppiers des grands arbres se découpaient, sombres, sur la voûte étoilée. Il sourit. Leur protection était la bienvenue, les jours de grande chaleur, et leur pardon silencieux toujours réconfortant.

« À ton âge, ce n'est pas prudent de se promener tout seul, dehors, la nuit. »

Steiner, qui avait sursauté en entendant la remarque de Servier, répondit sur un ton qu'il aurait voulu plus serein. « Je ne suis pas seul. »

La silhouette familière apparut dans la pénombre. « Tu veux parler des gusses qui gardent leur cul dans la voiture, devant ton portail ?

— Et des rottweilers que j'ai enfermés parce que tu venais.

— Vous m'avez aussi appris à ne plus avoir peur des chiens méchants, tu sais. »

Le visage de Charles s'éclaira d'un bref sourire, triste. « Nous t'avons appris des tas de choses. Je me demande pourquoi, parfois. »

L'agent perçut l'amertume qui affaiblissait la voix de son mentor. « Mais pour vous servir.

— Pour nous servir, reprit Steiner, pensif, oui... Mais à quoi ?

— À régler certains problèmes. Et à en créer d'autres, lorsque cela vous arrange.

— Des pompiers pyromanes, c'est donc tout ce que nous sommes. »

Lynx garda le silence.

« Félicitations pour le traitement rapide et sans bavure du cas Harbaoui.

— Deux pour le prix d'un. Messaoudi ?

— Il sera bientôt tout à toi, un peu de patience. Tu devrais profiter de cet intermède pour te reposer.

— Les vidéos ont-elles livré d'autres informations ? »

Servier avait posé sa question avec précipitation. Steiner le remarqua mais ne dit rien. « Nous savons que l'évacuation de l'entrepôt s'est effectuée en plusieurs temps. D'abord, deux inconnus se pointent avec un petit camion dont les plaques sont maquillées. Première impasse. Seconde impasse, nos déménageurs mystère portent des casquettes et, à cause de ce détail et de l'inclinaison de la caméra, nos experts n'ont toujours pas réussi à isoler la moindre image de leurs visages respectifs. Ensuite, un des mecs se barre, l'autre reste sur place et attend. Lorsque Nezza le rejoint, second temps des opérations, il arrive à bord d'un utilitaire qu'il a lui-même loué. Ça ne nous apprend rien de neuf. Troisième impasse.

— Retour à la case départ. Messaoudi reste donc notre meilleure chance de coincer les autres membres du commando. »

Le cigare de Charles s'était éteint. Il récupéra un briquet dans sa parka en toile cirée et le ralluma. « C'est ce que pense Montana. Personnellement, je suis d'avis qu'ils se sont barrés. Lui croit que non et qu'ils se sont juste réorganisés différemment.

— Aucune de ces deux hypothèses ne modifie en quoi que ce soit l'objectif premier de ma mission, localiser le Vx. Avez-vous une idée de ce qu'il y avait sur place ?

— Tu veux savoir si le produit était là-bas ? Aucune idée. L'essentiel de ce qui se trouvait là-bas a été chargé dans les véhicules à l'intérieur du bâtiment. Tout ce que nous avons pu identifier, ce sont des tuyaux.

— Des tuyaux ?

— Oui, de fonte. Découpés, ce qui confirme tes observations du 23. »

Lynx revint à la charge, insistant. « Que pensent vos experts », il ironisa sur le mot *experts*, « de ces tuyaux ?

— Rien.

— Pas la moindre petite idée de la manière dont ils pourraient être utilisés ? »

Charles observa Servier quelques instants. Son visage était invisible dans le noir mais il sentait que quelque chose ne tournait pas rond. Cette attitude pinailleuse ne lui ressemblait pas. « À l'issue des visionnages, nous savons que les terroristes disposaient à l'origine de six tuyaux de six mètres chacun, soit trente-six mètres au total.

— C'est beaucoup et peu à la fois.

— Oui, surtout si tu les coupes tous en deux. Ce qu'ils ont fait. Ils sont donc aujourd'hui en possession de douze tubes de trois mètres de long. Que peut-on fabriquer avec ça ? Nous avons envisagé la possibilité qu'ils cherchent à se raccorder à un réseau d'eau ou d'aération, mais les tuyaux ne sont pas vraiment adaptés et...

— Et le Vx est très corrosif, la fonte ne résisterait pas longtemps à son transport.

— Exactement. En plus, une telle mise en œuvre n'aurait guère de sens d'un point de vue tactique. Malgré tout, Montana envisage désormais la possibilité de suggérer à qui de droit de faire attention à ce qui se passe dans le métro tout autour des Champs-Élysées. Personne ne veut d'un *Aum* bis le 14 juillet prochain.

— Vous n'avez pas pu récupérer d'autres bandes de surveillance ?

— La société qui gère la sécurité du parc d'activités les efface toutes les deux semaines et personne n'est venu à l'entrepôt dans les quelques jours qui ont précédé le déménagement. Tu peux nous faire confiance, toutes les possibilités ont été explorées. »

Servier bougea un peu et, pendant une fraction de seconde, il fut éclairé par la luminosité qui provenait des baies vitrées de la terrasse.

« Nom de Dieu... » Steiner ne put s'empêcher de réagir lorsqu'il aperçut les traits creusés et surtout les yeux voilés de son agent. Depuis plusieurs semaines, il ne le voyait que déguisé et ne s'était pas rendu compte de son état d'épuisement.

« Je suis fatigué, Charles.

— Il faut vraiment que tu te reposes. »

L'agent secoua la tête. « Je suis réellement fatigué. » De l'index, il se mit à tapoter sa tempe droite. « Là. » Un temps. « Le plus vite nous finirons, le mieux ce sera.

— Et ensuite ?

— Ensuite, nous verrons. »

Steiner avait toujours su que ce moment arriverait et il se demandait depuis longtemps quelle serait sa réaction lorsqu'il devrait l'affronter. Maintenant il savait, il était soulagé. Toutes ces années, alors qu'il tirait profit des pulsions autodestructrices de Lynx, son malaise n'avait fait que grandir. Même s'il avait admis très tôt qu'il ne pouvait rien contre les démons qui hantaient son agent. Pas question non plus pour Charles d'aller à l'encontre de ce qu'il considérait comme son devoir, quels que soient les sacrifices à consentir. Il n'avait néanmoins jamais commis l'erreur de sous-estimer son clandestin. L'homme n'était pas dupe. Sa seule motivation, depuis toujours, était personnelle, égoïste, et il serait allé trouver ailleurs ce dont il avait besoin, si celui qui l'avait recruté était sorti de son rôle.

Le cigare de Charles s'éteignit à nouveau. Le vieil homme le prit entre ses doigts et l'examina un instant, indécis. Il le jeta finalement par terre avant de l'écraser du pied dans un réflexe inutile. « Nous avons identifié la fuite, il s'appelle Donjon et c'est un de mes proches collaborateurs. Je pense connaître ses raisons. Je voulais t'envoyer la colmater mais Montana a insisté pour le faire lui-même. » Il vit Lynx se raidir. « Les journalistes aussi, peut-être. Mieux vaudra pour la fille que ce soit toi qui t'en charges. »

26/11/2001

Il était vingt-deux heures trente lorsque Jean-François Donjon, assis à son bureau, releva le nez de la lettre qu'il venait d'écrire. Il la relut et, satisfait, la glissa dans une enveloppe blanche au dos de laquelle il inscrivit, un peu mélodramatique : *À celui ou celle qui découvrira ces lignes.* Il ne cacheta pas le pli et se contenta de le poser bien en évidence contre le pied de sa lampe de travail.

Demain soir, il aurait disparu et *Martine* avec lui. À la lumière de cette dernière communication, du faux dossier médico-psychologique préparé depuis des mois pour la circonstance, de son vrai divorce en cours et de la rupture consommée avec le reste de sa famille, tout le monde imaginerait le pire. Il deviendrait, dans vingt-quatre heures, ce dépressif suicidaire parti se cacher pour mourir. Si d'aventure quelqu'un voulait creuser plus loin, la police ou la DPSD par exemple, il n'y aurait rien à trouver. *Arnaud* et ses commanditaires avaient planifié sa sortie avec soin. Ainsi que sa *renaissance*, ailleurs, sous une autre identité.

Il lui restait cependant une dernière tâche à accomplir avant le grand départ final.

Jean-François ramena devant lui une pile de feuilles posée dans une corbeille à courrier. Sur le dessus se trouvait un entrefilet découpé dans l'édition du jour d'un quotidien national.

> **Alainville : Deux morts dans un drame de la circulation** — Deux hommes, âgés respectivement de 24 et 26 ans, ont trouvé la mort sur la RN 191 dans la nuit de vendredi à samedi. Le conducteur a perdu le contrôle de son utilitaire, qui a quitté la chaussée pour terminer sa course dans un poteau électrique. Les deux occupants, sans doute inconscients, ont péri dans l'incendie qui s'est alors déclenché. Si les gendarmes restent pour le moment prudents sur les causes du drame, l'hypothèse de la fatigue et de l'endormissement au volant est privilégiée. En effet, il semblerait que les deux hommes [...]

Les autres documents étaient des copies de mails confidentiels, échangés entre Charles Steiner et un individu non identifié baptisé *Lynx*, si l'on se fiait à l'intitulé du dossier dans lequel se trouvaient ces correspondances sur le disque dur du vieux. Donjon hésita un instant puis, au marqueur, inscrivit ce pseudonyme sur le premier courrier. Il le fit suivre d'une flèche qui montrait l'emplacement de l'adresse électronique de l'expéditeur. À l'exception du corps de deux messages, les seuls qu'il ait eu le temps de passer à la moulinette, tous les textes étaient codés et donc illisibles. Mais cela suffirait à attiser la curiosité des deux journalistes.

Il glissa cette première liasse dans une enveloppe kraft déjà timbrée *À l'attention personnelle de Bastien Rougeard*, à l'adresse de son magazine.

Last but not least, il ajouta également une page sur laquelle figuraient trois colonnes de références alphanumériques. La première ne comportait que des dates, la seconde, une suite de chiffres et de lettres répétée à l'identique sur toutes les lignes. La troisième colonne était remplie de codes tous différents mais structurés de façon similaire, trois lettres, six chiffres, trois lettres.

La manœuvre dont Jean-François n'était qu'un des acteurs n'avait pas pour but de déstabiliser durablement la DGSE et, à travers elle, la France. Juste assez, pendant un temps limité. Pour cette raison, ses employeurs avaient choisi un agneau sacrificiel périphérique, la SOCTOGeP, dont le directeur était proche de la sortie. Lui, petit cadre obscur, serait bientôt introuvable et, après sa *mort*, plus personne ne serait en mesure de prouver ou d'authentifier quoi que ce soit. Des conjectures, des rumeurs, éventuellement des soupçons, voilà tout ce dont disposeraient en réalité Rougeard et ses semblables. De quoi les agiter quelques semaines, rien de plus. Même en cas de scandale public, aucun élément réellement compromettant ne remonterait à la surface. Alecto et son pendant occulte, auquel participait ce Lynx, seraient effacés en quelques heures.

Donjon referma le second pli et quitta son appartement sans prendre la peine de s'habiller, il se rendait juste dans le hall, au rez-de-chaussée. Avantage d'habiter dans le 16e arrondissement, il bénéficiait des services d'une concierge à plein-temps qui postait le courrier chaque matin.

Il venait de lâcher son enveloppe dans la fente de la boîte d'envoi de la gardienne lorsqu'il entendit la gâche électrique de la porte d'entrée de l'immeuble claquer dans son dos. Il se retourna pour découvrir l'un de ses voisins suivi d'une petite blonde à lunettes, jeune, mince, qui portait un trois-quarts en cachemire sombre par-dessus un tailleur-pantalon.

L'homme le dépassa en le saluant d'un signe de tête. Jean-François le connaissait à peine, il savait juste qu'il habitait le second bâtiment, de l'autre côté du jardin.

La fille, elle, s'était arrêtée devant le plan de la résidence et le consultait avec attention.

« Vous cherchez quelque chose ? »

L'inconnue se tourna vers lui, souriante. « Je viens voir un monsieur Donjon. Vous savez où il habite ? »

Jean-François ne répondit pas immédiatement et regarda sa montre pour s'assurer de l'heure, surpris d'une visite si tardive. « Que voulez-vous à ce monsieur ?

— Il s'agit d'une affaire privée.

— C'est moi que vous venez voir. Puis-je savoir pourquoi ? »

La jeune femme lui tendit une main chaleureuse, gantée de cuir beige. « Je suis journaliste et… » Elle se mit à fouiller dans son sac pour en extraire une carte de presse. « Je viens vous voir à propos de ce que vous avez raconté à certains de mes confrères mais que… »

Donjon l'interrompit d'un geste. Il réfléchissait à toute vitesse, paniqué. Aucun autre canard n'était pour le moment prévu au programme et il était impensable que Rougeard et sa mousmé aient accepté de partager leur scoop avec des tiers. Il devait essayer d'identifier les vraies sources de cette fille. « Allons à mon appartement pour en parler. » Il regarda autour de lui, méfiant. « Nous serons mieux. »

Son interlocutrice approuva et ils se dirigèrent vers l'ascenseur. Chez lui, il conduisit la jeune femme dans son salon et lui proposa quelque chose à boire. Elle réclama de l'eau. Lorsqu'il revint de la cuisine deux minutes plus tard, chargé d'un plateau sur lequel étaient disposés deux verres et une bouteille de Perrier, elle l'attendait devant une fenêtre ouverte en grand, perdue dans la contemplation du ciel nocturne.

« Vous allez nous faire attraper la mort. » Jean-François rejoignit la journaliste pour refermer. Lorsqu'il fut juste dans son dos, elle se retourna brusquement, l'attrapa par le poignet, l'épaule et, d'une torsion fluide du buste, le projeta dehors. Il n'eut même pas le temps de crier. L'impact produisit un bruit mat, étouffé. La visiteuse se pencha aussitôt à l'extérieur et observa quelques secondes le corps étendu cinq étages plus bas dans un carré de pelouse. Il faisait noir mais il était impossible de ne pas remarquer l'angle bizarre que formaient la tête et le tronc de Donjon. Aucune animation particulière aux fenêtres qui donnaient sur le jardin. Personne n'avait rien vu ou entendu.

La visiteuse ne perdit pas de temps. Elle commença par récupérer l'un des deux verres vides posé sur le plateau et le fourra dans son sac. Il fallait éviter que quelqu'un soupçonne que la victime avait reçu de la visite ce soir et elle ne pouvait guère se permettre de chercher où le ranger. Elle récupéra ensuite une lettre qu'elle avait apportée avec elle et se dirigea vers le bureau. L'enveloppe posée contre la lampe attira tout de suite son attention et elle prit le risque de l'ouvrir. Son intuition, née d'un bref coup d'œil aux instructions laissées en évidence, fut confirmée par la lecture du contenu de la missive. C'était la note d'adieu d'un traître suicidaire, presque identique à celle que le Service lui avait confiée, fabriquée par des faussaires aux ordres. L'original retrouva sa place et son faux disparut dans son sac à main.

Sur un dernier coup d'œil à la pièce, la pseudo-journaliste quitta l'appartement. Elle redescendit dans le hall par l'escalier, dans le noir, et put ressortir sans être dérangée. Une voiture l'attendait au bout de la rue avec un homme, seul, au volant. Il démarra dès qu'elle fut montée à bord. Lorsqu'ils s'engagèrent sur le périphérique, la fille de la nuit avait déjà retiré lunettes, perruque, lentilles de contact colorées, gants et trois-quarts pour les fourrer dans un sac-poubelle. À la hauteur de la porte de la Chapelle, le verre de Jean-François Donjon passa par la fenêtre et explosa sur le bitume. Quarante minutes plus tard, le sac-poubelle aspergé d'essence mettait le feu à la benne à ordures d'une aire de repos déserte de l'autoroute A1. Un acte de vandalisme qui viendrait bientôt gonfler les statistiques du ministère de l'Intérieur.

27/11/2001

Amel rejoignit Rougeard en début d'après-midi, dans une brasserie de Pigalle plutôt bruyante. Après avoir un peu râlé, il avait fini par accepter ce nouveau lieu de rendez-vous, comprenant que la jeune femme ne se sentait plus très à l'aise chez lui. « Que s'est-il passé en conférence de rédaction ce matin ? » Là se trouvait l'origine de leur réunion impromptue.

« En fait, il m'a coincé entre quatre yeux à la fin de la conf'. Il veut du concret, que nous arrêtions de tourner autour du pot, tout simplement. Il en a marre d'attendre que notre ami *Jean-François* reprenne contact. Les sujets sur le terrorisme sont en train de perdre du terrain au profit de la campagne présidentielle et de l'insécurité. Soit on lui sort quelque chose rapidement, soit je dois tout arrêter et passer à autre chose.

— Et moi ? »

Les yeux de Rougeard se perdirent dehors. « Justement, je voudrais qu'on discute de l'opportunité d'écrire un premier papier et de l'angle que nous pourrions lui donner. Tous les deux. »

Amel hocha la tête, à moitié convaincue.

Une nouvelle fois, ils passèrent en revue tous les éléments en leur possession, depuis les premières révélations de *Martine* sur Steiner et leurs découvertes à propos de ses états de service et de la SOCTOGeP.

« Nous savons grâce aux photos de Yann qu'il est toujours en relation avec eux, via le sulfureux colonel Montana. »

La jeune femme fit remarquer à Rougeard qu'ils n'avaient aucune idée de la nature de ces relations.

« Nous n'avons jamais véritablement abordé le cas Montana. Peut-être serait-il temps de nous y atteler ?

— Tu as raison, il faut le faire. Je vais essayer de persuader Dussaux de revenir me parler ou, à tout le moins, de me mettre en contact avec quelqu'un qui le fera. Ça ne va pas être facile mais on verra bien comment il réagira. Hammud ? »

Amel consulta les notes qu'elle avait prises à propos du Libanais, dont l'identité faisait partie de la seconde fournée de révélations de *Martine*. « *Hawaladar*, en cheville avec divers mouvements fondamentalistes parmi lesquels figurent des salafistes. À Paris, il fréquente des représentants supposés du GSPC dans le 20e arrondissement.

— Et il meurt dans des circonstances que nous qualifierons d'étranges, à défaut de pouvoir dire suspectes, il y a enquête et c'est la brigade criminelle, sous la houlette du Parquet antiterroriste, qui s'en charge. Pour l'instant, les flics ne semblent pas avoir beaucoup progressé. Pas sûr qu'ils en aient vraiment envie, d'ailleurs.

— Oui, ou ils restent discrets. On pourrait peut-être essayer de les approcher, non ? »

Rougeard approuva. « Ouais, d'autant qu'ils s'occupent aussi de Cécillon. Passons à la suite.

— Cécillon… C'est un converti au casier chargé qui fréquentait les mêmes cercles qu'Hammud et…

— Je me demande si je ne devrais pas rappeler Makhlouf.

— Pour quoi faire ? Je croyais qu'il t'avait dit tout ce qu'il savait.

— Il a pu oublier un détail.

— Donc Cécillon…

— Je ne vois pas pourquoi *Martine* aurait associé Steiner à ces mecs s'il n'était pas mêlé à leur décès d'une façon ou d'une autre. »

Amel referma son carnet de notes. « Je sais que tu veux croire à cette histoire de *nettoyage* par les services secrets, mais nous n'avons rien qui nous permette de la vérifier pour le moment. L'autre hypothèse, sur les guerres intestines entre représentants des factions gouvernementales, est tout aussi plausible. Cela dit... »

Rougeard se tourna vers Amel avec une lueur d'espoir dans le regard. « Quoi ?

— Tu te souviens de ce que je t'avais raconté à propos de la fin de mon entretien avec Mme Cécillon ? Qu'elle était convaincue que son fils était la victime d'un complot des autorités ? Elle n'avait parlé que de police...

— Parfois c'est kif-kif bourricot.

— C'est mince, mais cela donne un peu de crédit à ta première théorie.

— J'avais oublié ce détail. Tu es géniale ! Cela va nous aider et bien plus que tu ne le penses. Pourquoi ne pas écrire un papier qui aborderait l'affaire sous cet angle ? En nous débrouillant bien, nous pourrions nous abriter derrière les déclarations de cette femme. Si les choses tournaient mal... »

Le journaliste n'alla pas plus loin, c'était inutile. Amel voyait très bien où il voulait en venir. En cas de problème, ils se défausseraient sur cette *vieille folle* dont *le fils avait mal tourné* et qui en voulait à la terre entière, refusant de reconnaître ses propres manquements.

Elle sentit une vague de nausée lui monter à la gorge.

« Oui, c'est une solution de rechange que je peux soumettre à Klein. » Rougeard, ragaillardi, continuait à réfléchir à voix haute. « Les choses sont assez claires à présent. On doit avancer vite sur trois fronts. Premièrement, *Martine*. Il faut le retrouver et lui faire cracher un témoignage complet, avec des gages, des éléments tangibles. Ensuite, Montana, et enfin... »

Amel ne fit pas attention à la fin de l'explication. Ses yeux s'étaient arrêtés sur Ponsot, dont l'immense carcasse s'avançait vers eux entre les tables. Rougeard eut à peine le temps de saisir l'angoisse dans le regard de sa consœur avant d'être surpris par l'arrivée du policier.

Celui-ci s'installa à leur table sans rien demander. « Il faut qu'on parle. »

Les deux journalistes se regardèrent.

L'officier de la SORS leur laissa le temps de réaliser ce que signifiait sa présence en ce lieu. « Vous vous êtes rendus à plusieurs reprises dans le 20ᵉ où vous n'avez pas atterri par hasard. Corrigez-moi si je me trompe, mais c'est bien par le même biais que vous avez eu vent de la mort de Laurent Cécillon ?

— Puisque vous êtes si bien informé, que… » Rougeard avait du mal à maîtriser sa colère, qui affleurait sous chacun de ses mots. « Vous savez ce que vous risquez, à surveiller des journalistes ?

— Qui prétend que je vous surveille ?

— Vous êtes assis là, devant moi, et ça non plus, ce n'est pas un *hasard*.

— Je venais chez vous et je vous ai aperçu en passant. On arrête de se la montrer ?

— Je ne parle pas aux flics.

— Première nouvelle. » Le policier secoua la tête et soupira. « Vous savez, beaucoup de choses ont changé en quelques années. Auparavant, nous pouvions exercer notre métier sans risquer de voir nos noms et nos adresses placardés sur des forums Internet qui prêchent la haine à longueur d'année. Désormais, ce genre de *désagrément* est assez fréquent. Et il est fort possible, dans un avenir proche, que des journalistes trop curieux bénéficient des mêmes attentions. Même les simples citoyens ne sont plus à l'abri. J'ai un ami, par exemple, il s'appelle Ziad Makhlouf. Récemment, il a dû quitter son domicile, tout ça parce qu'il avait raconté certaines choses à un tiers. Mais bien sûr, son nom ne vous dit rien. »

Les yeux d'Amel croisèrent à nouveau ceux de Rougeard et elle perçut son hésitation.

« Très bien. Mais c'est donnant-donnant. »

Ponsot fixa le journaliste. « Je vous dirai ce que je peux, point barre. Vous savez très bien comment ces choses-là fonctionnent. »

La tentation était trop forte. « C'est une informatrice anonyme qui nous a alertés pour Cécillon.

— C'est tout ?

— Non. Elle nous a aussi donné le nom de Steiner. »

Un sourire ironique apparut sur le visage du policier. « Je m'étonne que vous vous soyez lancé dans une affaire pareille à partir de deux noms lâchés par une inconnue. Et Klein, ce grand paranoïaque, vous a suivi là-dedans ? Remarquez, vous n'avez pas tout perdu, vous avez récupéré une assistante plutôt mignonne. » Il s'était tourné vers Amel.

Celle-ci, blessée d'être réduite au rôle de *bimbo* de service, allait l'envoyer se faire foutre lorsqu'elle lut dans son regard qu'il n'attendait que ça. Il savait.

Rougeard avait compris lui aussi. Ils étaient bel et bien sous surveillance. Restait à déterminer si Ponsot était de mèche avec Steiner et sa clique. On pouvait en douter, les cultures des deux maisons étaient différentes. Ce qui n'était pas une raison pour devenir imprudent. L'officier des RG avait connaissance de certaines choses et pourtant il était venu à la pêche. « Au début, je n'y ai pas cru. » Du coin de l'œil, il vit Amel tourner brusquement la tête pour regarder ailleurs. « Steiner semblait n'être qu'une ancienne barbouze qui attendait la quille. Et puis, j'ai eu quelques infos sur les activités réelles ou supposées de sa boîte, la SOCTOGeP. Ensuite, notre bienfaitrice nous a parlé de Cécillon. Pourquoi est-ce la Crim', cornaquée par Saint-Éloi, qui s'occupe de ces morts ?

— Rien d'autre ?

— Non, rien d'autre. »

Ponsot, qui avait saisi l'agacement de la journaliste, l'observa quelques secondes avant de revenir à Rougeard. « Vous n'êtes pas très raisonnable.

— Je vous ai dit la vérité.

— Oui, mais pas toute la vérité. Ainsi, vous ne m'avez pas dit pourquoi et comment vous êtes entré en contact avec Ziad Makhlouf, ou ce que vous trafiquez avec Yann Soux, le photographe. » Le policier voulait tester une hypothèse, il n'était pas sûr que les deux choses soient liées. Les réactions silencieuses de ses interlocuteurs lui montrèrent qu'il avait raison. « Vous savez que je sais, alors pourquoi ?

— Rien ne m'oblige à vous parler. Et d'abord, qu'est-ce que j'aurais à y gagner ?

— La tranquillité ? Vous soupçonnez quelque chose, je soupçonne quelque chose. Pas évident que nos théories soient raccord mais ce qui est sûr, c'est que vous vous exposez trop.

— C'est une menace ?

— Vous êtes à côté de la plaque. Le danger ne vient pas de moi. » Ponsot continua d'ignorer Amel. « Tiens, par exemple, est-ce que vous vous êtes rendu compte que Mme Rouvières-Balhimer », il prit soin d'insister sur le patronyme, « ici présente, avait été suivie par l'un des sicaires de la mosquée du 20ᵉ après votre pathétique tentative d'infiltration de vendredi dernier ? »

La jeune femme s'affola et supplia Rougeard des yeux pour l'inciter à dire quelque chose. Comme il demeurait silencieux, elle prit la parole. « Notre informatrice est un homme en réalité. Nous ne connaissons que son prénom, Jean-François.

— Vous l'avez rencontré ? »

Amel hocha la tête, en dépit des protestations de son mentor.

Ponsot lui fit face. « Vous savez donc à quoi il ressemble ?

523

— Nous avons quelques photos de lui. Et d'autres de Steiner en compagnie de…

— Ça suffit, tais-toi ! » Rougeard foudroya Amel du regard avant de se tourner vers l'officier de la SORS. « Cet entretien est terminé, nous avons du travail.

— Calmez-vous, tout le monde nous observe. »

Les clients de plusieurs tables avaient interrompu leurs discussions pour voir ce qui se passait.

« Je ne suis pas venu pour avoir des tuyaux, je n'en ai pas besoin. » Le policier fouilla dans la poche intérieure de sa veste. Il y trouva une enveloppe. « Vous n'avez pas réussi à faire grand-chose, à part des conneries », l'ouvrit, « et je doute que ce que vous aviez en tête puisse tenir la route maintenant. » Elle contenait des polaroïds. « Je vais quand même vous montrer ceci, pour vous éviter certains désagréments. » Il les étala sur la table.

Amel porta une main à sa bouche. Les épaules de Rougeard s'affaissèrent.

« Feu Jean-François Donjon, c'était son nom, qui travaillait à la SOCTOGeP, comme vous l'aviez certainement compris. Il était dépressif et s'est suicidé hier soir en se jetant par la fenêtre de son salon. Je précise qu'il habitait au cinquième étage.

— Sérieux, vous croyez que je vais avaler ça ?

— En plein divorce, coupé de ses proches, suivi par un psy depuis plusieurs mois, ça tiendra. Il a même laissé une lettre, a priori authentique, dans laquelle il s'excuse pour tout le mal fait à sa famille et, je cite, *à ses collaborateurs.* » Ponsot rangea les photos et se leva. « Bonne fin de journée. »

Une fois dehors, le policier s'éloigna rapidement pour rejoindre Trigon, garé dans une rue adjacente.

« Comment ça s'est passé ?

— Aussi bien qu'on pouvait l'imaginer. »

Ils attendirent.

Ponsot s'interrogeait depuis quelque temps sur la façon dont Rougeard avait eu vent de toute cette histoire. Son intuition première s'était révélée exacte, quelqu'un de l'intérieur. La confirmation qu'il venait d'obtenir balayait également les derniers doutes qu'il nourrissait à l'égard de la mauvaise foi d'*Arnaud*. Ce dernier avait bel et bien cherché à le baiser. Sa théorie était un joli mensonge, servi entre des couches de vérité, destiné à détourner son attention. Il n'existait pas de règlement de comptes entre islamistes. Jamais les barbus n'auraient mêlé des journalistes à leurs salades. Trop tordu.

Dès lors, la seule conclusion logique était que les *milis* avaient une opération en cours sur le territoire national. Il était même possible que l'un d'entre eux fût déjà repéré, l'évasif *Superbe*. Un autre élément venait renforcer cette hypothèse. Les tractations immédiatement entamées par le ministère de la Défense auprès de l'Intérieur, sitôt la mort de Donjon connue, ainsi que le débarquement en force d'enquêteurs de la DPSD sur les lieux du drame. Fort heureusement, le 36 était toujours, jusqu'à nouvel ordre, aux manettes de l'enquête préliminaire. Magrella pourrait donc avoir discrètement accès au dossier et lui dire ce qu'il pensait de ce *suicide* bien opportun.

Ponsot secoua la tête.

« Qu'est-ce qu'il y a ? » Trigon avait capté le mouvement du coin de l'œil.

« Question à cent balles. Qu'est-ce qui pourrait pousser nos amis les espions à monter une grosse usine à gaz contre les barbus en France ?

— J'en sais rien mais il faudrait que ce soit sacrément gros. Ce qui implique qu'on serait au courant, d'une façon ou d'une autre. Autrement… Non, oublie ça, on n'est pas à New York. »

Pourtant, la DGSE chassait bien sur leur territoire et ils n'étaient au courant de rien.

« Bastien, je...

— Ta gueule. » Rougeard se pencha en avant, saisit le poignet d'Amel et l'attira vers lui pour lui parler dans le nez. « T'es vraiment qu'une pauvre cruche, tu sais. Putain, tu suces bien mais là-haut », il leva les yeux au ciel, « ça tourne pas vite.

— Mais... » Elle renifla pour s'empêcher de pleurer.

« Mais rien. T'as pas compris qu'il cherchait à nous faire peur pour qu'on lui lâche des infos, hein ? Dis-moi, t'arrives plus à imprimer ou quoi ? » Le journaliste la renvoya violemment sur sa banquette.

« Je...

— Quoi ? »

Amel se leva. « J'en ai assez d'avoir peur. » Des larmes coulaient le long de ses joues. « J'y étais, moi, dans cette ruelle, toute seule. Toi-même tu as failli te faire casser la gueule par ces hommes, devant la mosquée. Et maintenant, *Martine*, ou quel que soit son nom, est mort. Tu devrais réfléchir, toi aussi. Ce flic n'a pas besoin de nous. Pourquoi crois-tu qu'il était là sinon pour nous prévenir ? C'est trop difficile à avaler, ça ? »

Rougeard détourna le regard. « Ces mecs-là ne font jamais rien gratuitement.

— Toi non plus. » Amel se dirigea vers les toilettes.

Lorsqu'elle revint quelques minutes plus tard, il n'y avait plus personne à leur table. Ses affaires étaient toujours là, en vrac, mais pas celles de Rougeard. Il était parti sans un mot. Il lui avait même laissé la note à payer.

C'était fini.

Média 1 ici Média 3...

La radio de bord cracha une voix de femme. Trigon prit le micro. « Média 1...

Casse-couilles 1 vient de sortir...

« Média 2 et 3, vous restez sur lui. Média 4 avec moi sur Casse-couilles 2. »

Média 2…

Média 3…

Une quinte de toux. Média 4, Zeroual, était dans la brasserie, assis à une table voisine de celle jusque-là occupée par les deux journalistes.

Ponsot se tourna vers son voisin, un sourire aux lèvres. « Je vois que tu t'es gardé le morceau de choix.

— Chacun son tour.

— T'as bien raison. Bon, je rentre au bureau. Tiens-moi au jus et reste concentré. » La portière s'ouvrit.

« Aucun risque que je la perde de vue, celle-là. »

Rougeard avait foncé au magazine pour parler avec Klein. Le directeur de la publication, livide, faisait les cent pas dans son bureau vitré. Toute la rédaction, répartie dans le vaste *open-space* mitoyen, profitait du spectacle que leur offrait un *grand Bastien* abattu, qui ne la ramenait plus, pour une fois.

Des bribes de hurlements s'échappaient parfois de la caverne vitrée du patron… *Pas vrai… Nom de dieu de merde… Prévenu…* Et certains des présents jubilaient de voir leur illustre confrère se faire apparemment souffler dans les bronches.

La discussion entre les deux hommes finit par se calmer et Klein se planta devant l'une des parois translucides de son bureau pour observer les *grandes curieuses* d'à côté d'un air mauvais. Aussitôt, les têtes replongèrent derrière leurs écrans. « Qu'est-ce que tu veux faire maintenant ?

— Je vais y réfléchir. Peut-être que ça ne vaut pas la peine de continuer. Je t'appelle. » Rougeard récupéra son manteau et quitta le magazine sans faire attention aux regards en coin.

Amel arriva chez elle vers vingt heures trente, après une longue errance. Elle avait tout fait pour retarder le moment de la confrontation avec Sylvain, cet instant terrible où elle lui annoncerait qu'elle s'était aussi plantée professionnellement. L'idée d'aller dormir chez ses parents lui avait traversé l'esprit un instant, mais ce n'aurait été qu'une fuite de plus et elle en avait assez de se dérober.

L'appartement était vide à son arrivée et elle se sentit immédiatement soulagée de ce répit inespéré. Elle se débarrassa de ses affaires et alla dans la cuisine pour se préparer un thé. Pendant que l'eau chauffait, elle essaya de se rappeler si son mari avait évoqué une obligation quelconque ce soir. Hier déjà, il était rentré tard, un verre entre collègues qui s'était prolongé en dîner. Deux soirs de suite, cela ne lui ressemblait pas.

Trigon et Zeroual avaient vu les lumières s'allumer chez les Rouvières-Balhimer une demi-heure plus tôt. La rue était déserte, il faisait froid. La seule activité provenait d'un petit bar de quartier, Le Vieux Paris, à l'angle Wattignies-Capri, à cinquante mètres de là. Deux clients se battaient en duel à l'intérieur.

« Putain, on se les pèle.

— Ouais.

— Et j'en ai déjà plein le cul d'attendre.

— Ouais.

— Tu peux dire autre chose que *ouais* ?

— Ouais.

— Genre ? » Trigon se tourna vers son collègue en rigolant.

« Genre, j'arrive pas à croire qu'ils ont encore perdu *Superbe*. » Pour passer le temps, Zeroual avait appelé les autres équipes du groupe quelques minutes auparavant. Ils venaient une fois de plus de se faire semer par l'islamiste et l'ambiance n'était pas à la fête.

« Ouais, les cons.

— Ouais.

— Dis ?

— Ouais ?

— Tu veux pas qu'on aille s'en jeter un petit ? Ça m'étonnerait qu'elle bouge à nouveau ce soir, l'autre. Et je suis sûr que de là-bas », Trigon montra Le Vieux Paris, « on a une aussi bonne vue.

— OK. »

Nezza et Karim s'étaient donné rendez-vous au métro Porte-Dorée. Ils devaient rencontrer un nouveau client à Vincennes et Nouari le prendrait en chemin. Avant, il serait occupé. L'agent avait accueilli cette annonce, qui sortait de l'ordinaire, avec bonheur, sans rien montrer ni déceler le moindre élément suspect dans l'attitude du dealer.

La parano de Fennec atteignait pourtant des sommets, ces derniers jours.

Il se savait repéré par la police, les RG ou la DST, et s'il s'était jusqu'à présent toujours débrouillé pour échapper aux filatures il était parfaitement conscient que sa chance finirait par tourner court. Dès qu'il entrait à nouveau en contact avec les gens du 20ᵉ, les flics retrouvaient sa trace. Le sujet avait été évoqué avec Louis, pour décider de la meilleure stratégie à adopter, dégager et rompre tout contact ou signaler la présence des policiers aux intégristes, mais aucune instruction précise ne lui était parvenue de la part de son officier traitant. Il devait *gérer à vue*, une logique floue qui ne tenait guère compte des autres problèmes auxquels il était confronté.

Mohamed se méfiait également de lui. L'agent avait senti un très net changement de comportement chez le religieux, depuis le jour de l'incident de la ruelle avec la fille. L'imam doutait, ce qui expliquait que Nouari n'ait pas encore été mis dans la confidence. Karim avait fini par comprendre pourquoi en surprenant une conversation entre deux *salafis*, à la mosquée. L'un d'eux avait suivi la journaliste et découvert dans quoi elle travaillait et avec qui, Rougeard.

Son service faisant la sourde oreille, Karim s'inquiétait à présent malgré lui du sort d'Amel Balhimer. Les islamistes connaissaient trop de choses sur elle et, d'une façon ou d'une autre, il fallait la mettre en garde. Le rendez-vous de ce soir lui en donnait l'occasion à moindres frais.

Après avoir semé tous ses suiveurs, Fennec était donc arrivé porte Dorée très en avance. Sans hésiter, il s'engagea dans l'avenue du Général-Michel-Bizot pour se rendre au domicile de la journaliste. Il ne savait pas encore comment se débrouiller pour établir le contact et faire passer son message. Se contenterait-il de laisser un mot dans la boîte aux lettres ou bien se montrerait-il pour lui parler ? Chaque solution comportait des risques et allait à l'encontre des règles les plus élémentaires du métier.

Une fois sur place, l'agent passa deux fois devant l'adresse de la jeune femme et ne remarqua rien de suspect. Pas d'individu louche dans une voiture, pas de piéton douteux, aucun *salafi* en vue. Un bar était encore ouvert, peu animé. Rassuré, il alla finalement se poster en face de l'entrée de l'immeuble des Rouvières-Balhimer, à l'abri d'un porche, et observa la façade. Les lumières de leur appartement étaient allumées et… Elles s'éteignirent.

Karim vérifia l'heure. Il était trop tôt pour se coucher. Quelques secondes plus tard, les parties communes s'illuminèrent.

Zeroual et Trigon repérèrent *Superbe* dès son premier passage, incrédules puis anxieux. Ils savaient la journaliste menacée et l'islamiste ne pouvait être là sans raison. Ils suivirent son manège avec attention, pétards à portée de main sous la table, prêts à intervenir si l'homme faisait mine de vouloir entrer dans l'immeuble. Mais le barbu se contenta d'aller se mettre à l'abri de l'autre côté de la rue.

Peu après, les éclairages du hall d'entrée des Rouvières-Balhimer s'allumèrent et Amel sortit de l'ascenseur. Elle partait en vadrouille.

« *In-al-din-al-mouk.* » Zeroual. Il commença à se lever.

« Attends ! » Trigon retint son coéquipier par la manche.

« Mais ?

— Attends, je te dis. »

Superbe laissa la jeune femme s'éloigner…

« Je ne crois pas qu'il soit là pour lui faire du mal, sinon ce serait déjà fait. »

Puis la prit en chasse.

« Toi, la voiture, moi, je les suis à pince. » Trigon s'équipa de l'oreillette de la radio portative qu'ils avaient emportée avec eux. « Et tu me fais rappliquer les autres *fissa.* »

Les policiers quittèrent le bar lorsque l'islamiste fut hors de vue.

Tout le monde remonta la rue de Fécamp en direction de l'avenue Daumesnil.

Là, Amel descendit dans le métro.

Servier se trouvait dans la première salle du Canapé, installé contre la longue baie vitrée qui servait de façade à l'établissement et s'étirait dans la cité de la Roquette. De sa table, il pouvait voir un tronçon de la rue éponyme, à l'extrémité de la petite impasse, et surveiller les abords du restaurant. Les personnes qui se précipitaient à l'intérieur également, détrempées. Il s'était mis à pleuvoir. Bientôt, il ne resterait plus dehors que des piétons pressés ou des importuns.

Amel arriva. Visage fermé. Discret signe de la main, maladroit et presque involontaire. Elle vint à lui avec les traits fatigués, les yeux rougis et commanda à boire au passage. Ils ne parlèrent pas. Jean-Loup la regardait attentivement. Elle l'évitait. On les servit.

« Je suis d'accord. »

La journaliste arrêta enfin de fuir, surprise. « Pardon ?

— Je suis d'accord.

— Avec quoi ?

— Les parapluies, c'est très surfait. »

Un sourire apparut brièvement sur le visage d'Amel avant de disparaître sous une mèche rebelle dégoulinante. « Je n'ai pas pensé à le prendre. » Elle rassembla ses cheveux en une couette humide qu'elle fit retomber devant son épaule gauche, inspira profondément. « Je fais tout de travers, ces temps-ci.

— C'est pour ça que tu es là ?

— Il faut que j'arrive à remettre un peu d'ordre dans ma vie. »

Jean-Loup attendit une suite. Elle ne vint pas. Ses yeux dérivèrent dans le restaurant, qui s'animait peu à peu. Les gens se levaient, s'asseyaient, buvaient, mangeaient, discutaient, riaient, s'énervaient. La clientèle normale du mardi soir, jour banal pour sorties raisonnables. Malgré toutes les apparences du contraire, Amel et lui étaient étrangers à cette réalité, le spectacle complice et amical qu'ils offraient, un simple mensonge. Il avait tort d'accepter de maintenir ce contact. « Nous faisons tous des choix pour tracer un chemin, et parmi tous les chemins possibles il y en a de plus faciles et de plus heureux que d'autres.

— Tu parles comme si nous maîtrisions toujours tout, mais il y a des… » Amel s'énerva. À nouveau, elle n'osait plus faire face à son interlocuteur. « Des choses, des événements qui échappent à notre contrôle !

— Ce qui nous arrive ne dépend que de nous.

— Ah oui, et notre rencontre alors, c'est de ma faute ? De la tienne ? »

532

Servier hésita. « Non, tu as raison. »

Ils échangèrent un regard triste.

« Toi aussi. » Amel se tourna vers la cité de la Roquette. « Je me suis laissé embarquer dans une impasse. » Elle secoua la tête. « Je fais du tort à beaucoup de monde ces derniers temps. Il faut que ça s'arrête. Je dois essayer d'arranger les choses et je ne sais pas… » Elle sentit un doigt se poser sur sa bouche et entendit un long *chut* qui s'interrompit brusquement.

Relevant le nez vers Jean-Loup, elle vit qu'il ne se préoccupait plus d'elle. Son index effleurait toujours ses lèvres mais ses yeux, vitreux, se perdaient loin, à l'extérieur. Il fixait la rue apparemment, de cette façon curieuse qu'elle avait déjà observée à plusieurs reprises. Elle se retourna dans l'espoir de découvrir ce qui avait ainsi attiré son attention mais ne remarqua rien.

« Sortons, je veux te montrer quelque chose. »

Amel, désarçonnée par le brusque retour à la normale de Servier, approuva sans demander d'explication. Le malaise était dissipé, l'incident n'avait duré que quelques secondes. Jean-Loup fit signe à la serveuse, paya et aida sa compagne à se rhabiller. Ils quittèrent Le Canapé.

Karim se maintenait dans le flot des passants, là sans y être vraiment, bougeait un peu pour se mêler aux courants qui allaient et venaient sur le trottoir. Il s'habillait normalement lorsqu'il sortait avec Nezza. Ce soir, il ne détonnait donc pas dans la foule.

Son regard oscillait entre la porte du restaurant dans lequel Amel s'était engouffrée, le ciel et sa montre. Pas encore l'heure, pas encore l'heure, bientôt l'heure. Il s'en voulait de n'avoir pas abordé la jeune femme au pied de son immeuble ou dans le métro. Il avait renoncé de peur qu'elle panique. Une erreur.

Ses yeux balayèrent à nouveau la rue à la recherche d'une anomalie et notèrent pour la seconde fois la présence de ce gamin, seize ans, dix-sept peut-être, à la silhouette vaguement familière. Depuis une bonne quinzaine de minutes, il faisait le pied de grue devant l'échoppe de kebabs coincée entre un japonais et une boutique d'objets fantaisie, juste en face du Canapé. Familière. Le garçon n'avait encore rien acheté à manger. Déjà croisé. Il ne parlait pas au cuistot, détournait le visage chaque fois qu'il sentait Karim regarder dans sa direction. Il n'était pas très discret, là, seul devant ce comptoir de verre. Comptoir... Salah... Le nom du patron d'*El Djazaïr* conjura les circonstances de sa première rencontre avec l'adolescent. C'était le jour de la venue de Rougeard dans le 20e, le gamin avait donné l'alerte à propos du visiteur indésirable du vieux Makhlouf.

Karim n'avait pas échappé à tous ses suiveurs.

Trigon avait rejoint Zeroual à bord de la voiture. Il observait *Superbe* à travers le viseur d'un imposant appareil photo. « Où sont les autres ?

— Un piéton dans le PMU à l'angle de la rue des Taillandiers, une voiture rue Sedaine. Une autre en haut de Ledru-Rollin, vers la place Léon-Blum. Tout le monde n'est pas encore là. »

Dans le téléobjectif, l'islamiste se mit à fixer quelque chose sur sa droite, sur le même trottoir que lui. Ce n'était certainement pas la journaliste, qui se trouvait toujours dans un restaurant, de l'autre côté de la rue. « Ah, ah ! Je crois qu'il a enfin remarqué son rémora. Il était temps.

— Tu peux parler ! Qui a presque failli lui rentrer dedans tout à l'heure ? Si j'étais toi, j'appellerais ma femme pour vérifier ce qu'elle fait.

— La chance n'y est pour rien, je suis un pro, c'est tout. » Trigon fit glisser son appareil vers le gamin. Mais Zer' ne se trompait pas, il avait vraiment eu de la veine. L'adolescent était subitement apparu entre deux voitures, tellement concentré sur *Superbe* qu'il n'avait pas vu le policier déboucher dans la rue de Fécamp. « Tiens, petit con, un bout d'âme en moins, un ! » Le policier prit plusieurs clichés du garçon.

« À tous de Média 3 ! » La voix de Zeroual brisa le silence de l'habitacle. « Casse-couilles 2 est en mouvement. Je répète mouvement de Casse-couilles 2. Elle se dirige vers Léon-Blum. »

Le viseur se déplaça à nouveau. Amel Balhimer marchait sur le trottoir et, un ou deux pas devant elle, sur sa gauche, se tenait celui que, depuis dix jours, les policiers avaient rangé dans la case *amant potentiel*, un certain Jean-Loup Servier, consultant en informatique ou quelque chose du genre. Putain de binoclard en costard trois-pièces, les gonzesses n'avaient aucun goût. « Dis au piéton de leur coller au train. » Trigon chercha *Superbe* du regard. « Alors, qu'est-ce qu'il fout, notre super-barbu ? »

Fennec n'avait pas été négligent avant d'arriver dans le 12ᵉ arrondissement. Le gamin n'était pas sur ses talons avant la porte Dorée, il en aurait mis sa main au feu. Cela signifiait que l'adolescent l'attendait sur place, il savait que Karim allait venir. Nezza était donc au courant des soupçons de Mohamed.

L'agent n'eut pas le temps de méditer plus avant sur le sujet. Amel sortit du restaurant et se mit en route vers le haut de la rue de la Roquette. L'espace d'un instant, son regard croisa celui du mec qui accompagnait la journaliste. Il crut voir quelque chose dans la vacuité de ses yeux noirs sans pouvoir dire quoi. Ils avaient glissé alentour sans vraiment s'arrêter sur lui, deux, trois secondes, juste assez pour l'examiner et être examinés, puis s'étaient éloignés à nouveau. Un pro.

Ils avaient infiltré un opérationnel auprès de la jeune femme.

Karim démarra à leur suite, sans même faire attention à son suiveur. C'était inutile. Où que se rendent la journaliste et son compagnon, il décida de les abandonner place Léon-Blum pour éloigner son ombre. Il avait pris suffisamment de risques.

Du coin de l'œil, l'agent observait son *collègue* à l'œuvre. L'air de rien, il anticipait toutes les confrontations avec les autres passants et se maintenait toujours à distance, sans à-coups. Il se tenait devant elle, légèrement décalé sur sa gauche, pour la garder à la périphérie de son champ de vision et savoir à tout moment où elle se trouvait par rapport à lui. Il ne paraissait pas menaçant mais presque protecteur. Une constatation qui exaspéra Fennec.

Le piéton vit passer le couple devant le PMU où il patientait depuis trois cafés. Le barbu sur lequel il avait bossé toute la journée remontait également la rue derrière eux, sur l'autre trottoir. Il attendit que tout le monde s'éloigne un peu et se mit en route à son tour, râlant intérieurement contre la pluie.

À tous de Média 3… Tous les Média et les Super restent sur Casse-couilles 2. Les Orfèvres montent sur Superbe. Je répète, les Orfèvres montent sur Superbe.

En même temps que les instructions se déversaient dans son oreille, le policier aperçut la voiture de Trigon et Zeroual qui se dirigeait vers la place Léon-Blum. Le coin grouillait d'équipes qui se répartissaient des objectifs multiples en temps réel. Il faudrait un miracle pour que leur dispositif ne se fasse pas remarquer.

La journaliste suivit l'inconnu dans une perpendiculaire à la rue de la Roquette, le passage Charles-Dallery. Karim les vit s'éloigner mais continua tout droit, imperturbable. Un peu plus loin, après avoir confirmé dans le reflet de la vitrine d'une boulangerie que le gamin était toujours derrière lui, il pressa le pas. Autant le faire suer un peu.

Servier saisit le bras d'Amel pour lui faire traverser la rue Ledru-Rollin en courant. Deux cents mètres plus loin, ils dépassèrent le passage Rauch et s'arrêtèrent devant une large porte cochère peinte en vert sombre. Jean-Loup composa le code, ouvrit et poussa doucement la jeune femme à l'intérieur.

La ruelle disparut derrière eux et ils restèrent quelques instants immobiles dans le noir et le silence des écoulements de pluie. Au bout du couloir, une luminosité faiblarde apparut enfin à travers une ligne de grands carreaux dépolis. La saleté les avait rendus quasiment opaques.

Amel sentit la main de son compagnon chercher la sienne. « Viens. » Il l'entraîna vers la source de lumière et un second portail.

Trigon rejoignit son *piéton* dans le passage Charles-Dallery.

« Ils sont entrés dans cet immeuble. »

Il examina la grande porte verte que son collègue lui montrait, ne sachant plus que faire. Servier était censé habiter rue de la Roquette. Il regarda autour de lui. Difficile de planquer dans le coin sans se faire remarquer. « Suis-moi. On va les attendre dans la caisse », il montra l'angle de la rue Ledru-Rollin derrière eux, « là-bas. On aura tout en enfilade. »

L'espace dans lequel ils avaient pénétré était assez vaste et agrémenté de poches de verdure touffue. Les plantes, humides, luisaient dans la lumière des ateliers-lofts qui constituaient l'essentiel de la partie gauche de la cour. Celle-ci était bordée, sur les trois autres côtés, par des façades aveugles dont les seules ouvertures étaient des portails semblables à celui qu'ils venaient de franchir.

Jean-Loup s'avança sur le sol pavé inégal et alla prendre place sous un auvent dont les piliers étaient couverts de lierre. Il y avait là une longue table et deux bancs de bois. Amel lui demanda ce qu'ils faisaient ici et il lui fit signe de baisser d'un ton avant de l'inviter à se rapprocher.

Elle vint s'asseoir à ses côtés.

« Comment as-tu découvert cet endroit ?

— En me baladant.

— Qu'a-t-il de si spécial ?

— Il n'appartient à personne. Bienvenue dans une anomalie administrative. »

La journaliste se tourna vers Servier, sceptique.

Il lui répondit avec un sourire faussement outré aux lèvres : « Tu peux me croire. Un problème dans les baux a créé un territoire de non-propriété. Pour le moment, si étonnant que cela puisse paraître, il semble qu'il y ait un consensus entre les syndics des quatre immeubles. Ce que tu as sous les yeux, c'est probablement la dernière vraie zone d'autonomie temporaire de Paris. Tu as déjà entendu parler de ça, les zones d'autonomie temporaire ? »

Amel secoua la tête.

« C'est un concept qui a été développé par un penseur anar — peut-être sont-ils plusieurs, on ne sait pas vraiment — qui se fait appeler Hakim Bey. Je crois que ça veut dire *Monsieur le Juge* en turc. Toujours est-il que le mec a beaucoup voyagé, a apparemment été assez influencé par différents courants spirituels, comme le tantrisme et le soufisme, puis a pondu un grand texte fondateur, sur le terrorisme poétique et la liberté, tout simplement intitulé *Zone d'autonomie temporaire.* »

Jean-Loup regardait devant lui, tout à son explication, étranger à ce qui l'entourait.

« Bey a raisonné à partir d'un principe central, la

Carte. La Carte, ce sont l'État ou les États, la société, tout ce qui tend à nous enfermer dans des frontières ou des normes, des carcans. Le but poursuivi par la Carte est de recouvrir tout le champ humain, tant physique que mental. Il appelle cela la *cartographie du contrôle*. Le problème de la Carte, selon lui, c'est qu'elle ne correspond pas parfaitement à la réalité à chaque instant. Il est donc possible de se glisser dans ses imperfections pour concevoir, de façon éphémère, des espaces libres de toute contrainte, les fameuses zones d'autonomie temporaire. Elles ne peuvent ni ne doivent durer puisque dès que la Carte les identifie elle cherche à s'en emparer à nouveau et, comme les forces en présence sont très déséquilibrées…

— Les représentants de la Carte gagneraient à chaque fois en cas d'affrontement. »

Servier acquiesça.

« Cela me fait penser à la philosophie des *travellers*, ces mecs qui se baladent en camion de *freeparty* en *freeparty*, à travers toute l'Europe. J'ai fait un papier sur eux en seconde année de CFJ, quand les grands rassemblements techno sont redevenus un sujet à la mode.

— Ils font partie des plus fervents adeptes de ce brave *Juge*.

— Étrange, ce choix de pseudonyme pour un anarchiste, tu ne trouves pas ? » Amel attendit un peu avant de poser une autre question : « Pourquoi sommes-nous là ? » Elle n'obtint en guise de réponse qu'un haussement d'épaules.

Ils laissèrent filer le temps et écoutèrent la pluie jusqu'à ce que Jean-Loup reprenne la parole. « Cette cour présente une autre caractéristique intéressante. Tu vois ces portails ? » Il se pencha en avant comme pour se rapprocher physiquement des trois sorties.

La jeune femme l'imita et se retrouva collée à lui.

Il ne s'éloigna pas mais montra l'issue par laquelle ils étaient arrivés. « Si tu repars par là, tu vas retomber sur

Dallery et le chemin qu'on a pris pour arriver. Tu connais, il te suffit de revenir sur tes pas. » Servier pivota sur la gauche et indiqua l'accès opposé. « De ce côté, il y a la rue Basfroi. C'est la porte que je vais prendre pour sortir.

— Et celle-ci, où m'emmène-t-elle ? » Le doigt d'Amel était pointé vers le troisième couloir, en face d'eux, mais elle ne le regardait pas vraiment, elle observait le profil de son voisin.

« Là où toi seule décideras d'aller. Dans l'immédiat, rue de Charonne. » Jean-Loup se redressa. « Je dois me lever tôt demain et j'ai encore pas mal de choses à finir. » Il récupéra son téléphone portable dans son manteau. « Je vais t'appeler un taxi. À quelle adresse dois-je le faire venir ? »

La jeune femme n'avait pas bougé et ne parla pas pendant plus d'une minute.

Servier, légèrement en retrait, devinait son cou allongé, clair dans l'obscurité, ses épaules, qui se soulevaient doucement au rythme de sa respiration, les pensées qui devaient l'agiter. Il ne savait pas ce qu'il lui avait pris, ni à quoi tout cela pouvait bien servir à présent.

Pas d'autre issue.

Lynx regarda ses mains, le cou d'Amel, imagina ses doigts sur la peau douce. Ses mains, les vertèbres affleurantes. Pas encore, patience. Le bois de l'auvent craqua, inquiétant.

Il accueillit le mot *Dallery* avec amertume, peut-être un certain soulagement aussi, c'était confus, et téléphona aussitôt. Il donna son identifiant de client, attendit quelques secondes, transmit le nom et le numéro de la rue et salua la standardiste. « Une Mercedes noire dans cinq minutes. Tu n'auras rien à payer, ma boîte est abonnée.

— Je... Merci. »

Ils n'échangèrent plus un mot jusqu'à ce qu'Amel se levât pour partir. Lorsqu'elle eut franchi la porte et disparu dans l'obscurité, Jean-Loup se mit à fouiller dans ses poches à la recherche de son RIO.

La lecture reprit au milieu d'un morceau.

What a feeling under the stars... My body's rotating from Venus through Mars...

L'ennemi se rapprochait.

There's a war going on between my head and my heart... I wonder how they grew so far apart...

Ce soir, les représentants de la Carte s'étaient manifestés eux aussi.

Dance with me around this fire... The dance of bad angels who'd love to fly higher...

La raison d'être de la Carte était de recouvrir le monde.

God is love, God is love... And her lover I'll be...

Charles avait raison. De combien de temps disposait-il encore ?

I long to lead the world in ecstasy...

Tue 27 Nov 2001, 22:58:22 +2000
From : epeire@lightfoot.org
To : papy1988@lightfoot.com
blank

> *Papy,*
> *J'ai rencontré les cousins des deux branches de la famille ce soir, en compagnie d'amis communs. Nous avons passé une charmante soirée. Malheureusement, il a fallu que je les quitte tôt, puisque je pars ce matin quelques jours pour affaires. Si tu leur parles, essaie de savoir s'ils ont apprécié la fin de leur séjour.*

La voiture de Ponsot et Meunier était garée en double file place des Ternes. Ils discutaient avec Magrella, assis à l'arrière, qui consultait la retranscription d'une conversation téléphonique entre Mohamed Touati et un certain *Nabil*.

« Et vous pensez que ce Karim-là est le même que celui qu'on a enfin réussi à pister après qu'il a quitté Messaoudi ? *Superbe* ? » L'officier du 36 avait posé sa question le nez dans les papiers.

« Oui, m'sieur. » Ponsot observa son ami dans le rétroviseur. « Le *Nabil* en question passe ce coup de fil depuis le domicile de Mouloud Boumessaoud, un des sbires de Touati et accessoirement son père. Il se trouve que le gamin est déjà fiché chez nous. Une petite main. Il n'a pas fallu longtemps à Trigon pour le reconnaître d'après photo. C'est bien lui qui collait aux fesses de *Superbe*, hier soir, dans le 11ᵉ.

— Et il a décroché quand Nezza est arrivé au rendezvous ? » Magrella rendit les feuilles à Meunier. « Qu'est-ce que vous en pensez ?

— Que M. Karim Sayad, si c'est bien son vrai nom, domicilié rue des Solitaires dans le 19ᵉ arrondissement d'après vos découvertes nocturnes, ferait bien de faire attention à lui, parce que ses frères salafistes nourrissent quelques soupçons à son égard.

— Pourquoi suivait-il la journaliste ? Et puis d'abord, est-ce que vous le connaissez déjà, lui aussi ? »

Ponsot regarda son adjoint, qui ne manifesta pas la moindre réaction, avant de se tourner vers la banquette arrière. « Non, on ne l'a jamais croisé, celui-là, et a priori on n'en sait pas plus que toi sur les raisons qui l'ont poussé à rendre visite à Mme Rouvières-Balhimer. Mais j'ai peut-être une petite idée à ce propos. »

Meunier soupira.

« Mon fidèle second pense que je me goure grave mais je vais quand même te dire comment j'envisage les choses.

— Vas-y.

— Nous savons tous les trois que Sayad est un bon. Moi, j'aurais même tendance à dire qu'il est entraîné. Il n'y a qu'à voir combien de temps on a mis à le loger. On sait qu'il traîne avec nos amis les fous de Dieu du 20e, puisque nous l'avons vu à de nombreuses reprises avec Touati et sa clique, à la mosquée Poincaré, à *El Djazaïr* et près de deux ou trois autres repaires clés de toute notre joyeuse petite bande. Nous avons également établi qu'il remplace Cécillon auprès d'un dealer notoire, Nouari Messaoudi, que nous soupçonnons d'aider nos potes salafistes à trouver de l'argent et des soutiens logistiques.

— Jusque-là je te suis. »

Hochement de tête de Ponsot. « Très bien. Sommes-nous également toujours d'accord pour envisager qu'un mal étrange et probablement homicide afflige nos amis islamistes qui semblent tomber comme des mouches ces derniers temps ? »

Les deux autres policiers approuvèrent simultanément.

« Eh bien moi je pense que notre ami Karim est le candidat idéal pour endosser le rôle du vecteur de maladie. Si moi je devais monter un coup pareil, je le ferais en installant quelqu'un au cœur du système à détruire, un proche dont on ne se méfierait pas. Il fallait au moins ça pour approcher Hammud et Cécillon, ou aller chercher Fodil sur son territoire. Un *frère*, par exemple. Un faux frère, entraîné et infiltré.

— Mais dans quel but ?

— Ça, j'aimerais bien le savoir.

— Je ne peux pas croire que les couilles molles qui nous dirigent aient pu envisager une seconde de recou-

543

rir à un escadron de la mort pour régler certains problèmes. Même avec une très bonne raison.

— Nous sommes d'accord. »

Les trois hommes réfléchirent pendant quelques instants avant que Magrella ne parle à nouveau. « Et les deux Harbaoui ? Tu n'en as rien dit. Tu crois toujours que leur décès n'est pas un accident ?

— Oui, m'sieur, toujours. » Ponsot fit un signe du menton à Meunier qui prit la parole.

« Éléments transmis par la DST d'après certaines indiscrétions des pandores. » Il feuilleta son carnet de notes. « Dans le petit bois qui se trouve à la sortie du virage de la N191, les mouches à bœufs ont découvert plusieurs empreintes de bottes, probablement de moto, pointure 42 ou 43. Leur état, leur aspect les rendent compatibles avec la chronologie des événements, si événements il y a eu. Par ailleurs, la maréchaussée a également relevé les indices du passage d'un deux-roues de grosse cylindrée sur un chemin proche. Également compatibles avec la chronologie des événements. Ensuite, il semble bien qu'un homme se soit installé, en lisière de bois, pendant un long moment, la veille ou l'avant-veille de l'accident. Cet homme se serait couché sur une protection qui l'a isolé du sol.

— Un chasseur ? »

Meunier approuva la remarque de Magrella et poursuivit son compte rendu. « D'après les gendarmes, les empreintes de pas pourraient se diriger vers cette position, ils n'en sont pas sûrs, et la taille des pieds est compatible avec celle supposée de l'individu, entre 1 mètre 70 et 1,90.

— Sayad a le profil. » Des yeux, Ponsot chercha l'approbation de son adjoint puis de Magrella.

« C'est vrai. Mais rien ne nous prouve que tous ces indices soient liés à l'*accident*. Et on n'a toujours pas trouvé le moindre résidu de tir sur place. Et toujours pas d'impact sur les corps ou le véhicule, même après une seconde vérification. Comment expliques-tu ça ? »

Nouveau silence.

« Et puis, ce n'est pas le seul problème avec ta théorie. » L'officier du 36 secouait la tête.

« Quoi ?

— Si ma mémoire est bonne, cette nuit-là, Karim Sayad a été aperçu par nos gars quittant Messaoudi peu après deux heures du matin. Et ils avaient passé toute la soirée ensemble. Il lui était impossible de se trouver entre Alainville et Ablis moins d'une demi-heure plus tard. »

Ponsot encaissa sans broncher, peu enchanté de cette objection.

Magrella laissa passer un peu de temps. « Et le mec qui était avec Balhimer hier soir ?

— Servier ?

— Oui. Il ne vous intéresse pas ?

— Rien à foutre avec qui elle baise.

— Ah ? Même s'il vous a filé entre les pattes ? »

Meunier rangea son carnet. « Un de nos mecs a vérifié l'immeuble. C'est très mignon, à l'intérieur, il y a même de quoi s'asseoir. Et surtout trois sorties. Il a dû aller rendre visite à un ami. Mauvaise piste, je ne crois pas qu'il soit impliqué d'une quelconque façon.

— OK. Et maintenant ?

— Maintenant... » Ponsot entrouvrit sa portière, regarda dehors en arrière. « Je vais essayer de voir ce qui pourrait bien justifier l'agitation de nos barbus. Je veux dire, en plus de leurs motifs habituels. On se reparle vite. » Il sortit et commença à slalomer entre les voitures pour traverser la place.

Lorsqu'il franchit la porte, Ponsot fouillait déjà du regard la salle bondée du Gourmet des Ternes. Il était là pour trouver Yazid Benyamina, *obscur* fonctionnaire de l'ambassade algérienne qui avait la particularité, à ses heures perdues, d'exercer la même activité que lui. Tous les mercredis, l'homme venait déjeuner dans ce restaurant réputé pour ses viandes et sa clientèle d'hommes d'affaires toujours à l'affût d'un service ou d'un bon tuyau.

L'officier des RG aperçut celui qu'il cherchait dans le fond. Il dévorait seul une large entrecôte, le nez dans son journal.

« Mon ami ! » Lorsqu'il le vit apparaître devant lui, l'Algérien adressa à son *homologue* un sourire crispé qui défigura son visage rond. « Assieds-toi. Viens, assieds-toi. Comment vas-tu ?

— Pas aussi bien que toi, on dirait. » Le bras de Ponsot traversa la table et, d'une main faussement amicale, il tapota le ventre proéminent de son interlocuteur. « Tu ne fais plus le ramadan ?

— Moi ? » Il balaya la question d'un geste de mépris. « Allons, tu me connais.

— Je le croyais mais… Je pensais pouvoir compter sur toi, pourquoi n'as-tu répondu à aucun de mes derniers coups de fil ?

— J'ai été débordé, mon ami.

— Je sais ce que c'est.

— Mais j'allais le faire, *ouallah* ! »

Ponsot lui adressa un sourire. « Bah, je suis là, à présent. Mais si je te dérange, je peux revenir plus tard. Je ne voudrais pas parler de sujets qui fâchent devant tous tes amis. » Son regard parcourut la salle avant de revenir sur Benyamina.

L'Algérien leva les mains en signe d'apaisement. Ses bajoues en sueur sursautèrent. « Inutile de s'emporter, nous n'avons ni l'un ni l'autre besoin de nous compliquer l'existence, bien au contraire. Que puis-je faire pour toi ? »

Un serveur vint demander au policier s'il souhaitait déjeuner. Celui-ci répondit que non, il ne restait pas, puis se pencha en avant quand l'homme fut reparti. « Y a-t-il une bonne raison pour que nos *meilleurs ennemis* s'agitent en ce moment ?

— En ce moment ? » Yazid pencha la tête avec condescendance. « En ce moment ? Mais tu es sérieux, mon ami ? Tout le monde s'agite partout en ce moment ! »

Ponsot lui attrapa fermement le poignet. « Je me branle de *tout le monde, mon ami.* Ce qui m'intéresse, c'est ce qui arrive en France. Alors, renseigne-toi et rappelle-moi. Vite ! » Il libéra son hôte et se leva. « Ce fut un plaisir, comme toujours. »

« Ma situation devient de plus en plus intenable. »

Louis fit tomber la cendre de sa cigarette dans un gobelet en plastique à moitié rempli d'une eau déjà noire encombrée de filtres.

« La police n'est plus seule sur mon dos.

— Qui ?

— Touati, il se méfie aussi de moi. » Un temps. « Et il me fait suivre. »

L'officier traitant accueillit la nouvelle d'un hochement de tête blasé. « Pourquoi ? Depuis quand ? »

Karim repensa immédiatement à Amel Balhimer, aux événements de la veille et à toutes les fois où leurs routes s'étaient déjà croisées. « Je crois que cela remonte à la nuit où j'ai pénétré par effraction à *El Djazaïr.* » Pas question qu'il en parle à Louis. « Mon explication, lorsqu'il m'a surpris dans la rue, n'a pas dû le satisfaire. » Mentir ne fut pas si difficile. Ça ne l'était plus depuis longtemps.

« Et c'est tout ?

— Non. » Fennec observa attentivement le visage de son interlocuteur, pour surprendre sa réaction. « La rumeur selon laquelle des frères auraient disparu enfle. » Il ne vit rien. « La parano des islamistes est montée d'un cran. Ils sont persuadés de l'existence d'un complot américano-sioniste visant à les éliminer avec la bénédiction des autorités françaises. » Un *rien* en lui-même très révélateur.

Louis griffonna un seul mot, illisible. « Revenons à Touati. J'ai lu tes rapports mais son image est brouillée, morcelée. Redis-moi ce que tu penses de lui, de son rôle.

— C'est un pur, un convaincu. D'abord et avant tout prêcheur, il sert aussi de recruteur. Il trie, conditionne et oriente les jihadistes potentiels. C'est aussi un facilitateur. Je le soupçonne d'être à l'origine du système de rendez-vous mis en place autour d'*El Djazaïr*. Vous avez trouvé quelque chose d'intéressant sur lui dans les carnets ?

— C'est en cours d'évaluation, je te mettrai au jus en temps utile. Pourrait-il être au courant d'une action en préparation ? »

Karim réfléchit quelques instants. « Pas dans les détails, non. Enfin, à mon avis. Si quelque chose était dans l'air, il le saurait ou s'en douterait mais rien de plus. Ce n'est pas un combattant à proprement parler. Tout au plus fait-il office de chien de garde du quartier dans ce domaine.

— Tu veux dire que s'il avait des soupçons à propos de quelqu'un il pourrait intervenir, violemment au besoin ? »

Fennec marqua un temps d'hésitation avant d'acquiescer, il avait l'esprit ailleurs, focalisé sur l'inconnu qui accompagnait la journaliste hier soir et sur les raisons qui avaient pu pousser les services secrets à prendre le risque de se rapprocher ainsi de la presse.

« Quelque chose ne va pas ? » L'officier traitant le dévisageait.

« Est-ce que nous participons à une opération *homo*[1] ?

— Une opération *homo* ?

1. Pour homicide, enlèvement, interrogation dans le jargon de la DGSE.

548

« — Est-ce nous qui avons éliminé ces gens ?

— Il me semble que le général de Stabrath t'a déjà répondu à ce sujet. »

Le regard de Louis semblait suffisamment franc. « Concentre-toi sur la mission, Karim. La priorité c'est Nezza. Par lui, nous pensons pouvoir arriver au cœur du dispositif. Dès que ce sera fait, on te sortira de là. Ne trébuche pas si près du but. »

Les épaules de Fennec s'affaissèrent.

« Je sais que tu es parfaitement capable de gérer les soupçons de quelques flics ainsi que les névroses des salafistes, tiens bon. Je vais essayer de m'arranger pour t'envoyer te reposer quelques jours en décembre. Nous te fournirons une excuse plausible, que tu pourras servir à tes amis barbus, le décès inopiné de ta *mère*, par exemple. »

30/11/2001

« Allô ? Oui, bonjour, madame. Je m'appelle Bastien Rougeard, je voudrais parler à M. Ziad Makhlouf. » Il avait fallu un peu de temps et beaucoup d'efforts au journaliste pour retrouver la trace du Syrien. Il avait d'abord localisé son fils via les urgences chirurgicales de l'hôpital Combarel, à Rodez, avant d'obtenir de haute lutte ses coordonnées personnelles pourtant sur liste rouge.

Je suis désolée, mon beau-père ne peut pas vous parler...

Pas question de flancher dans la dernière ligne droite. « Écoutez, c'est très important. »

Mon mari ne souhaite pas que l'on dérange son...

Rougeard entendit une voix masculine familière s'élever en fond sonore. Le combiné changea de main. La femme avait protesté puis, avant de renoncer, donné le nom de l'appelant.

Bonjour, monsieur Rougeard. Je suis heureux de pouvoir vous parler à nouveau…

« Moi aussi, je… Je suis désolé de ce qui vous est arrivé. Je me sens responsable et… »

Étiez-vous présent lors de l'agression ? Avez-vous envoyé ces gens ?

« Non, mais… »

Alors vous n'êtes en rien fautif…

« Que s'est-il passé ? »

Des hommes m'attendaient dans le hall de mon immeuble, après ma promenade. Ces chiens portaient des cagoules. Ils ne m'ont pas frappé, juste bousculé, pour me prévenir…

« Et ça va, vous êtes sûr ? »

Oui. On m'a conduit à l'hôpital parce que j'ai fait un petit malaise juste après. Et mon fils est venu me chercher pour me ramener chez lui. Il est très en colère. Il pense que je ne devrais pas me mêler de ces choses, m'entêter. Mais il ne comprend pas que si des gens comme moi ne s'entêtent pas, alors lui et sa famille seront bientôt victimes de tous les talafs *de la planète…*

Rougeard hésita avant de poser sa question. « Je… J'aurais aimé reparler de Michel Hammud et de Laurent Cécillon avec vous. »

Moi aussi…

« Comment ça ? » Le journaliste se redressa sur sa chaise de bureau.

Lorsque vous êtes parti, j'ai téléphoné aux quelques amis qui me restent, en Syrie et au Liban. Je voulais essayer d'en savoir un peu plus sur Michel. J'ai fini par apprendre qu'il avait séjourné au Pakistan assez longtemps, du printemps jusqu'à la fin du mois d'août. À Peshawar. Là-bas, il se faisait appeler Nasser Delil. Ensuite, il a passé quelques jours chez une relation professionnelle, en Syrie…

« Quel genre de relation professionnelle ? »

Un homme connu pour faciliter le commerce entre États lorsque les frontières sont contrôlées ou fermées. Celui-ci est spécialisé dans les échanges entre l'Irak et son propre pays...

« Un contrebandier ? »

Makhlouf ne répondit pas à la question de Rougeard.

« Vous connaissez son nom ? »

Malheureusement, je ne suis pas en mesure de vous le donner...

« Vous ne pouvez pas ou vous ne voulez pas ? »

C'est difficile... Le vieil homme s'empressa de conclure poliment leur échange. *Je voulais vous appeler plus tôt mais avec tout ce qui s'est passé... Ensuite, je me suis dit que cela ne vous intéresserait plus...*

« Au contraire. »

Bonne chance, monsieur Rougeard.

« Reposez-vous bien. » Le journaliste raccrocha le téléphone et observa autour de lui l'activité de la salle de rédaction, l'esprit agité par les dernières nouvelles de Ziad Makhlouf, une boule au ventre. Il y avait là, dans les paroles du vieil homme, une clé. Il le sentait.

L'information selon laquelle Hammud fricotait avec les fondamentalistes n'avait rien de très nouveau. Ce qui l'était, c'était son séjour dans l'antichambre du territoire des ombres, Peshawar, la porte vers l'Afghanistan des talibans, refuge des nouveaux gourous du terrorisme islamiste. Plus personne à part les éternels angoissés du complot ne doutait que c'était là-bas qu'avait germé l'idée du 11 septembre 2001. D'autres initiatives similaires étaient peut-être à l'étude. Rectification : étaient probablement à l'étude. Donc, le Libanais, un intermédiaire relativement important, avait très bien pu se rendre sur place pour recevoir des instructions à propos d'une nouvelle attaque. Ou participer aux étapes finales de sa planification. Il avait eu tout le temps de le faire puisqu'il était resté dans la région une saison entière.

Makhlouf avait ensuite parlé d'un séjour en Syrie, autre pays connu pour, lorsque le besoin s'en faisait sentir, instrumentaliser les radicaux musulmans. Hammud y aurait croisé un homme qui facilitait *le commerce entre États lorsque les frontières sont contrôlées ou fermées*, plus particulièrement avec l'Irak. *Oil for Food* avait affaibli le peuple irakien mais stimulé la contrebande avec tous les voisins de Saddam. Rougeard doutait cependant que les fondamentalistes eussent besoin, ou tout simplement envie, de troquer du pétrole, de la nourriture ou même des médicaments avec un régime qu'ils avaient jusque-là voué aux gémonies. Restaient les armes. L'islam combattant avait toujours besoin de fusils d'assaut, de mines et de lance-roquettes pour subvenir aux besoins de son *jihad* permanent.

Une jeune femme s'arrêta devant le bureau de Rougeard pour alimenter la pile de courrier en retard qui s'accumulait. Il la regarda s'éloigner puis commença à parcourir sa volumineuse correspondance. Distraitement. L'idée de cette association entre l'intégriste libanais et un homme réputé pour ses trafics avec l'Irak refusait de le laisser tranquille. Il interrompit son tri en découvrant une enveloppe kraft assez épaisse dont l'adresse avait été libellée à la main. Il reconnut immédiatement l'écriture et fut d'abord excité à l'idée d'obtenir de nouveaux éléments. Mais sa joie fut de courte durée. Il regarda le cachet de la poste. La lettre avait été relevée le lendemain de la mort de Jean-François Donjon. Un témoignage d'outre-tombe ? Une dernière facétie aux dépens de la presse ? Les clichés de Ponsot lui revinrent en mémoire. *Martine* était mort dans des circonstances qui décrédibilisaient ses révélations ainsi que ses motifs.

552

Le journaliste faillit jeter le pli, se ravisa et s'apprêtait à l'ouvrir lorsqu'il fut pris d'une soudaine bouffée d'angoisse. Donjon n'était pas idiot, il devait se douter que son geste fatal réduirait à néant ses chances d'être écouté. Cet envoi n'était peut-être pas de lui, il pouvait s'agir d'un faux ou pire, être piégé. Rougeard secoua la tête. Le voilà qui cédait à la paranoïa ambiante. Il se trouva ridicule de n'avoir pu empêcher l'anthrax de lui traverser l'esprit. C'était idiot, il ne représentait rien. Personne n'avait donc intérêt à lui faire parvenir une arme biologique par la poste.

Arme biologique…

Armes chimiques…

Irak.

Les Américains commençaient à revenir à la charge sur la problématique des capacités de destruction massive du *raïs* qui auraient échappé au contrôle des Nations Unies. En franchissant les frontières, par exemple. Avec l'aide de contrebandiers.

Personne ne savait ce qu'il était advenu de ce soi-disant arsenal. Le consensus général voulait qu'il ait été en grande partie anéanti dès les premiers jours de Tempête du Désert. Le reste aurait été démantelé ou détruit, avec beaucoup de mauvaise volonté, dans les années qui avaient suivi la fin de la guerre. Ce qui, autrefois, avait fait la fierté du régime irakien, avec la complicité et la collaboration de nombreux États occidentaux, ne serait donc plus qu'un mauvais souvenir.

La France n'avait pas été la dernière à soutenir Saddam Hussein dans sa course à la mort. Depuis longtemps déjà, les autorités faisaient le grand écart entre l'intérêt bien senti d'entretenir leurs amitiés irakiennes, avec toutes les entorses à la morale que cela impliquait, et la nécessité de les dénoncer à cause des trop nombreux *dérapages* du dictateur.

Il y avait là des choses à cacher. Rougeard se demanda à quel point mais, alors même qu'il formulait sa question, il sut qu'il connaissait la réponse. En cas d'absolue nécessité, le pouvoir n'hésiterait pas à se couvrir par tous les moyens, y compris le meurtre, évidemment. Hammud aurait-il réussi à faire sortir quelque chose d'Irak que les services secrets souhaitaient intercepter ?

Le journaliste baissa les yeux sur l'enveloppe et, sans plus tergiverser, l'ouvrit.

Elle contenait une liasse de documents. Pas de poudre blanche, juste des feuilles. La première était couverte de colonnes de chiffres. Il identifia des dates, ne comprit pas les autres indications et posa le document de côté. Ensuite venait un article de journal qui évoquait un accident de circulation en grande banlieue parisienne. Il y avait eu deux morts. Les causes du drame n'étaient pas mentionnées, pas plus que les noms des victimes. Rougeard isola les détails relatifs au jour et au lieu du drame, décrocha son téléphone et composa un numéro interne. Sans perdre de temps, il transmit ses infos à son interlocuteur. « Trouve-moi tout ce que tu peux sur ce truc, s'il te plaît. À plus. »

Il passa au reste des papiers. Une correspondance électronique, entre plusieurs interlocuteurs, toujours les mêmes apparemment, qu'il parcourut en diagonale parce que la plupart des mails étaient brouillés. Il décida d'y revenir plus tard.

Rougeard récupéra la première page, avec ses tableaux de chiffres et de lettres. Il avait déjà vu des listes semblables une fois. C'était il y a quelques mois, autour d'un verre. L'un de ses confrères s'était échiné à expliquer à quelques-uns d'entre eux les pratiques opaques et absconses d'un établissement financier luxembourgeois qui dissimuleraient, selon lui, une vaste opération criminelle de blanchiment d'argent. Il n'avait rien compris mais se rappelait des documents qui lui avaient été montrés alors. Ils ressemblaient fortement à celui-ci.

Le journaliste jeta un œil à sa montre, jugea l'heure raisonnable et s'empara à nouveau de son téléphone. Après cinq sonneries, la voix qu'il espérait entendre se manifesta à l'autre bout du fil.

« Paul, j'écoute.

— Salut, c'est Rougeard. Le Duché, ça t'intéresse toujours ? J'aimerais avoir ton avis sur un doc. »

02/12/2001

Ponsot lisait son quotidien du dimanche devant la télévision allumée en sourdine. Habituellement, les journaux levaient le pied en fin de semaine mais celui qu'il tenait entre ses mains n'avait que des nouvelles *anxiogènes*, le nouveau vocable à la mode, à lui offrir. À chaque page, il n'était question que de dérives financières, politiques, criminelles et d'avenir incertain. Autant d'échecs, autant d'indices de la fin de quelque chose. Son travail le traquait jusque chez lui. Au bureau, il recevait tous les jours de nouvelles notes internes, certaines parfois rédigées à partir d'informations qui émanaient de lui. Un juste retour à l'envoyeur. Les nouveaux risques se multipliaient aussi vite que les objectifs se renouvelaient. Il vivait sous le régime de la vigilance renforcée, toujours, partout et en particulier dans les lieux publics et les sites sensibles et, et, et… Le blabla habituel auquel il ne faisait presque plus attention à force de trop le voir. Presque plus. Sauf depuis quelques jours.

Marie, son aînée, passa en trombe derrière lui. « Mamaaan ! » Elle rejoignit sa mère qui rangeait ses courses du marché dans la cuisine. Le policier tendit l'oreille. Un pull avait été égaré et il était *trop important* de le retrouver sur-le-champ. Sa fille avait un rendez-vous galant. Attendri, Ponsot n'eut pourtant guère le temps d'oublier ses appréhensions, la tension familiale monta d'un cran. Sa progéniture était à présent convaincue de l'existence d'un complot maternel destiné à lui gâcher sa journée. Il y avait urgence. Le policier se leva et rejoignit les deux femmes de sa vie. « Mesdames, calmez-vous, c'est dimanche. » Il se tourna vers Marie. « Où dois-tu retrouver *Super-Mourad* ? » Il se moquait avec bienveillance. Hier soir, au dîner, ils avaient eu droit à une heure de superlatifs à propos de ce garçon.

« Trop facile ton ironie, hein ? »

Ponsot haussa les épaules et afficha un sourire faussement innocent.

« Je dois aller chez lui.

— Il habite juste à côté, non ? Je ne vois pas où est le problème.

— Papaaa, tu comprends rien. » Sa fille leva les yeux au ciel. « On ne va pas rester avec ses parents, on va rejoindre des copains à Paris. J'ai pas envie d'être en retard, il faut qu'on prenne le RER. »

Le policier se raidit à l'évocation du RER mais son aînée ne le vit pas, elle fonçait à nouveau dans sa chambre, agacée. Il échangea un regard avec sa femme, remarqua l'angoisse dans ses yeux. Il lui passa une main qu'il aurait aimé plus rassurante sur le visage et s'en voulut de ne pas avoir fait plus attention. Il allait dire quelque chose dans le genre *je vais aller lui parler* mais en fut empêché par son portable qui se mit à sonner derrière eux, sur la commode de la cuisine. Ponsot s'en empara et regarda l'écran. Il mit quelques secondes à reconnaître le numéro.

Amel était enfermée dans la salle de bains. Elle tenait dans ses mains une boîte de médicaments ouverte d'où dépassaient deux plaquettes. Son regard passait de son visage, triste, dans le miroir, aux minuscules inscriptions qui indiquaient les dates de prise de sa pilule. Elle n'avait pas encore détaché celle d'aujourd'hui.

Elle posa le pied sur la pédale de la poubelle et ouvrit le couvercle.

Sylvain frappa à la porte. « Tout va bien ?

— Oui, j'arrive dans une seconde.

— D'accord. Il ne faut pas qu'on tarde, tu sais comment est ma mère. »

Au programme du jour, *brunch* avec les beaux-parents et annonce de la nouvelle.

« J'ai bientôt fini, promis. » La jeune femme attendit que son mari s'éloigne et s'observa à nouveau longuement dans la glace. Le couvercle retomba et le robinet se mit à couler. Amel avala le comprimé du jour, cacha ses contraceptifs dans son sac et essaya de retrouver un visage plus radieux.

Ponsot arriva en retard à son rendez-vous. Il venait de déposer sa fille et son copain sur les Champs-Élysées, où ils devaient retrouver d'autres gamins. Un trajet calme. Marie avait boudé durant tout le voyage, énervée de cette ingérence paternelle intolérable dans ses affaires du jour. Quant à Mourad, devant le mutisme de sa copine, il avait préféré garder le silence et éviter les regards de ce père terrible, dont la fille se plaisait à noircir le portrait à la moindre occasion, pour traumatiser son entourage.

Ponsot savait qu'il s'était montré idiot. Pas parce qu'il avait eu peur mais en insistant pour accompagner Marie. Il ne pourrait pas toujours l'empêcher de vivre sa vie et de prendre, par exemple, les transports en commun.

Le policier entra dans La Coupole et ne tarda pas à repérer la table à laquelle était assis Yazid Benyamina. Celui-ci terminait son plat principal et se leva à peine lorsque son invité se présenta devant lui. « Assieds-toi, mon ami. Tu veux manger quelque chose ? »

Les yeux fixés sur la serviette maculée de sauce de son hôte, Ponsot secoua la tête. « Ma femme m'attend pour un déjeuner tardif. »

L'Algérien acquiesça et, sans perdre de temps, fit un signe du menton en direction d'une enveloppe posée sur la table. Entre deux mastications bruyantes, il précisa qu'elle contenait entre autres des photos. « Un peu anciennes, on n'avait rien de mieux.

— De quoi ?

— De qui. Un ingénieur chimiste, de chez nous, qui s'appelle Zoubeir Ounnas.

— En quoi ce type me concerne-t-il ? »

Benyamina prit le temps de boire une gorgée de vin. « Il est passé à l'ennemi. » Il leva aussitôt une main pour interrompre le policier, qui allait dire quelque chose, et but encore un peu avant de poursuivre. « Tu m'as demandé de te trouver des infos qui sortent de l'ordinaire sur, je reprends ton expression, nos *meilleurs ennemis*. C'est tout ce que j'ai à t'offrir pour le moment. »

Ponsot regarda longuement l'enveloppe avant de la décacheter pour examiner les clichés. « Qu'a-t-il de si intéressant, ton ingénieur ?

— Tu devrais demander ça à tes petits camarades de la DGSE. » Benyamina surprit le regain d'intérêt dans les yeux de son interlocuteur et se permit d'afficher un petit sourire de satisfaction. « Ils le cherchent partout depuis quelques semaines.

— Raconte.

— La rumeur prétend qu'Ounnas serait devenu un artificier hors pair et aurait rejoint les maquis. Elle dit aussi qu'il aurait de bonnes raisons d'en vouloir aux services secrets français qui seraient directement responsables de sa *défection*.

— Et si tu arrêtais de tourner autour du pot ? » Le policier avait parlé sans regarder l'Algérien. Il détaillait à nouveau les photos du chimiste, prises, d'après les indications notées au dos de chacune, en 1996. L'homme avait dû changer depuis. On le voyait sortir d'un immeuble à la façade d'un blanc immaculé et rejoindre une voiture. La perspective suggérait l'usage d'un télé-objectif. Clichés de surveillance.

« Il y a cinq ans, Ounnas était un proche du pouvoir, à Alger. Très proche. Tout allait bien pour lui et sa famille. Il avait cependant une petite faiblesse. Des plaisirs intimes, disons, un peu particuliers, qu'il n'est guère recommandé de rendre publics chez nous. »

Ponsot fixa son homologue. « Quel genre ?

— Il aime les petits garçons. Votre DGSE l'a découvert et a monté une manip' pour retourner Ounnas. Apparemment, tes copains voulaient depuis longtemps placer ou recruter quelqu'un à l'intérieur de notre appareil d'État, dans les milieux pétroliers et gaziers. Lui était le candidat idéal. Malheureusement pour vous, la CIA, qui protège et étend aussi les intérêts américains en Algérie, en a eu vent et a lâché l'info à qui de droit. Vous avez perdu un informateur et Ounnas sa position privilégiée. Il a échappé de peu à notre Sécurité militaire qui a séquestré le reste de sa famille. Ses proches ont fini par le renier et lui n'a pas eu d'autre choix que de rejoindre les rangs des fondamentalistes. »

Ironique, Ponsot s'étonna de la présence d'un *pointeur d'enfants chez les barbus*.

« La foi sait s'accommoder des faiblesses humaines, mon ami. Il a sans doute suffi à Ounnas de montrer patte blanche et de proclamer son retour dans le droit chemin. Une petite prière par-ci, une autre par-là, et son expérience de chimiste aura fait le reste. L'hypocrisie des religieux est la même partout, leur intérêt prime souvent sur leurs pieux discours. De plus, peu de gens sont réellement au courant, personne n'avait envie que la chose s'ébruite. De ce point de vue, les Américains ont plutôt bien manœuvré.

— Comment ça ?

— Ils savent que parmi nos dirigeants il y en a qui résistent à leur implantation et restent amis des Français. Mais ceux-ci perdent du terrain. Les États-Unis nous

559

ont laissés gérer cette crise. Ce qui a pu faire croire à certains que, lorsqu'ils collaborent avec nous, ils le font d'égal à égal.

— Ben voyons ! Ils essaieront de vous baiser, comme ils l'ont fait partout ailleurs et, si ça merde, ils vous laisseront tomber. »

L'Algérien regarda le policier français avec la même condescendance amusée. « Peut-être, mais dans l'immédiat, eux ne souffrent pas de vieux réflexes coloniaux et c'est tout ce qui compte pour la plupart de nos chefs bien-aimés.

— Pourquoi m'aides-tu, dans ce cas ? »

Yazid demanda à un maître d'hôtel de lui apporter la carte des desserts. « Mais par amitié, évidemment. »

Le *brunch* touchait à sa fin. Amel était restée en retrait pendant tout le repas. Les parents de Sylvain ne s'étaient pas vraiment préoccupés d'elle et avaient concentré toute leur attention sur leur fils et ses *exploits* professionnels. À la décharge de son mari, toutes ses tentatives pour impliquer la jeune femme dans la conversation avaient échoué. Celle-ci s'était donc contentée de sourire et de hocher la tête, perdue dans ses pensées.

Sylvain la ramena au présent en lui prenant la main. Amel s'aperçut alors que quatre coupes de champagne avaient été déposées sur leur table et sut que le moment fatidique était arrivé.

« Tous les deux, euh… Nous avons quelque chose à vous dire. »

Amel baissa les yeux, un geste que sa belle-mère interpréta comme un signe de timidité soumise.

« Nous avons décidé d'avoir un enfant. Amel a arrêté de… » La voix de son mari se perdit dans le brouhaha général du restaurant.

Lorsque la journaliste se redressa, elle découvrit que les autres convives avaient saisi leurs coupes et l'attendaient pour porter un toast. Elle les imita et les verres s'entrechoquèrent avec des tintements de cristal bas de gamme.

Complice, Mme Rouvières se pencha vers elle. « Je comprends votre émotion, vous savez. Être mère c'est tellement important pour nous. Et le premier… c'est le plus beau ! » Elle glissa des yeux énamourés vers son fils et ne remarqua pas l'effort surhumain que déployait Amel pour retenir ses larmes.

L'utilitaire attendait en surface, tous warnings allumés, à proximité de l'entrée d'une galerie de service. Kamel guettait le retour de Farez qui rapportait avec lui le reliquat du matériel utilisé ce week-end. La première phase de leur travail était terminée. Tous les emplacements avaient été percés puis dissimulés. Il ne restait aucune trace de leur passage.

Farez allait retourner à sa routine jusqu'à leur prochain rendez-vous. Quant à lui, il devait à présent s'atteler à la fabrication des différentes charges. Les projectiles viendraient en dernier, lorsque le Vx serait arrivé.

Kamel se laissa hypnotiser par le flot continu des automobilistes qui fonçaient sur les quais de la Seine, pressés de rentrer chez eux après un court week-end de repos. Il se souvenait d'une routine similaire, ailleurs, dans une autre vie, lorsqu'il s'appelait encore Zoubeir Ounnas et qu'il était quelqu'un. Il regrettait ce temps et ses douceurs, sa facilité, la torpeur qui était alors la sienne. Aujourd'hui, il vivait une vie de paranoïaque, dissimulée, en alerte, jamais apaisée.

Farez apparut à l'embouchure de la galerie. Il referma une grille derrière lui et s'approcha du véhicule. « Tout va bien. » Il déposa une boîte à outils à l'arrière de la camionnette et abaissa le hayon. « Où veux-tu que je te dépose, *ghouia* ? »

Le regard de Kamel s'attarda encore un instant sur la circulation dominicale. « Gare de Lyon. Je prendrai le RER là-bas. »

Rougeard, de retour du Vexin, laissa sa femme le précéder dans leur appartement. Silencieuse, elle partit directement dans leur chambre et il la regarda s'éloigner, soulagé que ces deux jours sans un mot de plus que nécessaire s'achèvent enfin. Une fois encore, il avait cédé par convention, parce qu'il avait promis et voulait la paix. Par couardise. En dépit de ses beaux discours, il était incapable de quitter le petit confort de sa vie sous perfusion financière. Une situation dont il était en grande partie responsable, devenue plus supportable à mesure que les années passaient. L'argent et l'amertume, de n'avoir jamais pu devenir mère, d'avoir été trahie, étaient les seules choses que son épouse partageait encore avec lui. Quant à Rougeard, son job n'était qu'à lui, son unique possession véritable.

Avec ses maîtresses de passage. L'image du visage en sueur d'Amel, dans les toilettes de ce bar, lui traversa l'esprit. La gamine n'était pas très maligne mais il regretterait son cul.

Rougeard vérifia l'heure et pensa à rejoindre la rédaction de l'hebdo dès ce soir. Il avait pensé à l'envoi posthume de Jean-François Donjon tout le week-end. Dans l'après-midi de vendredi, les en-têtes des mails lui avaient livré quelques éléments intéressants, des correspondances entre les dates de certains courriers et celles des événements sur lesquels le *suicidé* avait attiré son attention. Ces coïncidences chronologiques jetaient par ailleurs une lumière nouvelle sur le contenu des deux messages décodés mais il n'avait pu approfondir le sujet à cause de son départ. Klein avait en effet jugé préférable de conserver tous les documents dans le coffre-fort de son bureau et de ne laisser sortir aucune copie de travail.

562

La documentaliste du magazine était parvenue à lui dégoter les noms des victimes de l'accident évoqué dans l'article. Nourredine et Khaled Harbaoui. Elle lui avait également appris que ceux-ci se trouvaient parmi un groupe d'hommes interpellés par la DST quelques semaines auparavant.

Tout cela l'avait mis sur la bonne voie.

L'un des mails non brouillés avait été envoyé par un expéditeur identifié comme EPEIRE, peu après ce *drame de la circulation*. Le message semblait parfaitement innocent à première vue mais prenait une tournure très différente, plus sombre, une fois mis en perspective avec le décès des frères Harbaoui. L'intuition du journaliste lui soufflait qu'il s'agissait de l'annonce d'un travail accompli dans lequel deux tâches avaient été menées à bien simultanément. Deux morts. Deux exécutions.

Rougeard tenait enfin un lien entre deux des quatre morts suspectes, des courriers codés qui semblaient s'y rapporter et la SOCTOGeP, d'où émanaient vraisemblablement ces échanges épistolaires.

Ce n'étaient pas les seules révélations encourageantes de ce vendredi. Paul était venu examiner le dernier document que contenait le courrier de *Martine*, le listing de données chiffrées. Son confrère lui avait confirmé ce dont il se doutait déjà, le tableau présentait ce qui s'apparentait à une série de transactions financières, organisées à différentes dates, première colonne, par un seul et même donneur d'ordre, dont le nom apparaissait, codé, dans la colonne suivante. Les suites alphanumériques restantes correspondaient probablement aux destinataires de ces opérations. Paul, qui conservait de solides amitiés au sein des rédactions luxembourgeoises, lui avait promis de se renseigner tout en précisant qu'il lui faudrait un peu de temps.

Rougeard devait donc prendre son mal en patience. Il décida finalement de ne pas sortir ce soir et se rendit dans son salon. Il se servait un verre de porto lorsqu'il vit sa femme passer dans le couloir, habillée pour aller se coucher. Il devina sa silhouette un peu avachie sous la soie fine de sa robe de chambre et détourna le regard pour éviter de penser à la nuit qu'il s'apprêtait à passer aux côtés de ce corps vieillissant.

04/12/2001

Charles Steiner descendit de voiture sans un mot pour ses gardes du corps et s'engouffra dans le hall du 33 rue de Bellechasse, dans le 7ᵉ arrondissement. Son chauffeur avança un peu plus loin et se gara sur un emplacement de livraison resté miraculeusement libre. Tout à sa manœuvre, il ne fit pas attention au piéton encapuchonné, en jeans, baskets et parka de randonnée qui entra dans le restaurant situé au numéro 20, juste en face de l'immeuble dans lequel le patron de la SOCTOGeP venait de disparaître.

Ce client singulier détonnait au milieu de la jeunesse dorée et vaguement branchée qui constituait l'essentiel de la clientèle du bistrot. Meunier retira sa cagoule et s'installa au bar, tout près de la porte, et posa le petit sac de sport qu'il transportait avec lui sur le comptoir, prenant soin de l'orienter légèrement de biais. L'extrémité pointée vers l'extérieur était agrémentée d'une fine grille de nylon noir et dissimulait l'objectif d'une caméra ultrasensible.

Le policier dissuada une remarque du barman en montrant discrètement sa brême[1]. « Je n'en ai pas pour longtemps. En attendant, pouvez-vous me servir un panaché bien blanc, s'il vous plaît ? » Il retourna à sa veille.

1. Carte de police.

Bientôt, un second homme se présenta devant le 33. Petit, le cheveu gris et ras, il portait un imperméable kaki et était arrivé à pied. Il disparut rapidement dans le bâtiment.

Meunier ne l'avait pas vu de face mais cela ne posait pas de problème, il le filmerait correctement à sa sortie.

Pierre de Stabrath retrouva le colonel Montana et Charles Steiner, un gobelet à la main, debout dans le salon nu d'un vaste appartement haussmannien presque entièrement vide. Il n'y avait pas de chaise pour s'asseoir et les seuls éléments de mobilier étaient un téléphone au design assez moderne posé sur un appareil qui ressemblait à un répondeur. Ils trônaient sur l'encadrement de marbre d'une cheminée vide. Deux longs câbles partaient des appareils et couraient à travers la pièce jusqu'à un boîtier mural noir agrémenté de diodes vertes qui clignotaient par intermittence. Une ligne sécurisée, disponible en cas d'urgence lorsque des agents avaient besoin de cette planque.

Les trois hommes se saluèrent brièvement. Montana proposa de l'eau au dernier arrivant et, devant son refus poli, attaqua bille en tête. « Messieurs, je suis porteur de mauvaises nouvelles. *On* s'inquiète de la tentative de déstabilisation du Service qui vient d'être partiellement circonscrite et de ses éventuelles conséquences sur l'affaire en cours. Cela tombe mal à propos, mon supérieur vient d'être convoqué au Château. Cette convocation fait suite à celles du Premier ministre et du ministre de la Défense… »

Steiner réprima un sourire. Il savait que la visite du patron de la DGSE à l'Élysée n'avait que peu à voir avec le problème Donjon. Elle concernait surtout les activités du groupe des affaires protégées qui se permettait de fouiller, depuis quelques mois, dans la vie privée de certains candidats probables à la prochaine élection présidentielle. Une histoire qui serait rendue publique tôt ou tard. Et, comme il l'avait pressenti dès le départ, les grands pontes du Service et leurs donneurs d'ordre avaient fini par se rendre compte des risques de leurs errements et commençaient à craindre d'éventuelles répercussions négatives. Les frasques de feu son collaborateur n'avaient fait qu'accélérer ce processus de prise de conscience.

Montana continuait sur sa lancée. « La période n'est pas propice, même si nous profitons pour le moment du fait que l'attention soit mobilisée ailleurs. En conséquence de quoi, j'ai reçu l'ordre de geler pour le moment l'opération Alecto et de m'adapter à ces nouvelles contraintes.

— Cela me semble difficile. » Charles ne lui laissa pas le temps de poursuivre son baratin. « Sans soutien extérieur, ma partie est injouable. Mon personnel va se retrouver beaucoup trop exposé. Je crois qu'il est temps de passer le flambeau à d'autres, qui pourront déployer sur notre territoire les moyens nécessaires au succès de cette récupération délicate. »

Stabrath grogna. « Nous ne voulons pas que cette histoire sorte de la famille, ma hiérarchie a été claire sur ce point.

— Votre hiérarchie et la mienne sont les mêmes, mon général. » Montana répliqua à son homologue de la DRM tout en ignorant sciemment Steiner, agacé par sa sortie.

« Visiblement, non. » Le ton de l'officier général était sec. « Nous ne reculerons pas à la première difficulté, notre priorité reste l'interception discrète du Vx.

— Nous sommes d'accord. »

Charles vit ses deux interlocuteurs se tourner vers lui. Ils faisaient cause commune. Le militaire reprit la parole, d'une voix plus calme. « Rien n'est perdu. Fennec est encore actif et pour le moment au-dessus de tout soupçon. Il peut continuer à renseigner vos opérationnels comme il l'a fait depuis le début.

— Oui, et puis même si nous démantelons temporairement les équipes *obs* d'Alecto, notre logistique et nos informations vous restent acquises. »

Steiner dévisagea Montana avec dédain.

Celui-ci lui renvoya son regard sans ciller. « Peut-on au moins compter sur votre Lynx pour agir comme il se doit ?

— Évidemment… Tant que lui peut compter sur nous en retour. »

L'homme de la DGSE se mit à faire les cent pas dans la pièce. Ses deux interlocuteurs l'entendirent marmonner quelque chose comme *ce n'est pas comme si cet agent avait la moindre existence légale, personne ne viendra le réclamer*, juste avant qu'il ne se retourne vers Stabrath avec des yeux interrogateurs.

Le général approuva du chef. « Tout est clair de notre côté. Si nous devions en arriver à une telle extrémité… » Il se tut un instant, observa Steiner, qui dissimulait son malaise avec peine. « Vieille histoire de famille. Ces gens-là ont l'habitude. »

05/12/2001

Karim examina la porte de son appartement, retrouva ses marqueurs et, à peine rassuré, introduisit sa clé dans la serrure pour entrer. Aucune visite intempestive aujourd'hui. Il traversa son studio sans allumer et se posta à la fenêtre. Après une longue minute d'observation, il parvint à localiser la silhouette du *salafi* qui le suivait depuis la mosquée. Mohamed était toujours sur son dos. Les flics étaient là également, plus discrets, mieux entraînés.

Fennec se retourna vers son unique pièce et la contempla quelques instants dans la pénombre, convaincu que la police l'avait piégé d'une façon ou d'une autre. Vérifier impliquerait de se dévoiler, il se contenta donc de tirer les rideaux et d'allumer. Difficile de faire bonne figure lorsque l'on se savait observé jusque dans son intimité, en permanence.

La confiance des islamistes était au plus bas et son service s'obstinait, en dépit de tout bon sens, sans qu'il puisse comprendre clairement pourquoi. Sauf à envisager le pire. Mais il était le résultat d'un système, un pur produit de la tradition militaire et, contre toute attente, une petite part de lui-même refusait encore d'admettre que sa hiérarchie puisse l'abandonner ou pire, l'instrumentaliser. Que la France puisse commettre à nouveau la même faute.

Sa paranoïa, érigée en seconde nature, achevait de le consumer. Fatigué, il voulait, il devait s'arrêter mais, trop bien conditionné, il parvenait chaque jour à repousser son désir de quitter le jeu.

Pourtant, quelque chose allait se passer. L'assiduité que déployait Mohamed à le faire suivre et les faux bonds récents de Nezza — ce soir même, il avait annulé un rendez-vous — constituaient les signes avant-coureurs d'une réaction qui n'allait plus tarder et dont la forme demeurait imprévisible.

Machinalement, Fennec porta une main à sa taille, sous la chemise blanche qui tombait, ample, par-dessus son pantalon de toile, et trouva la ceinture qu'il s'était remis à porter récemment.

Les flics viendraient peut-être les premiers et il ne savait pas, dans ce cas, quelle attitude il devait adopter. Il existait une procédure pour ce genre de situation mais celle-ci n'expliquait pas comment se comporter lorsque vous doutiez de tout, en particulier de votre propre hiérarchie et de ce qu'elle vous avait inculqué.

Les doigts de l'agent suivirent le cuir d'un passant à l'autre jusqu'à ce qu'ils rencontrent les formes anguleuses du 9 mm SIG-SAUER qui ne le quittait plus depuis quelques jours. Une présence rassurante au creux de ses reins. L'arme, ressortie de sa cachette à la cave, était comme une maîtresse qui l'apaisait un peu chaque nuit.

Karim regarda son coin-cuisine. L'idée même de faim l'abandonna lorsqu'il aperçut les rares boîtes de conserve qui défiaient la poussière au-dessus d'un évier encombré de vaisselle sale. Ces derniers jours, il n'avait plus besoin de forcer son naturel pour être dans le ton, il était entré en survivance et négligeait tout le reste.

Il positionna la commode Ikea, son meuble le plus lourd, derrière la porte d'entrée du studio. Une barrière dérisoire qui n'arrêterait pas longtemps un assaut décidé mais lui laisserait le temps de réagir.

Fennec s'allongea sur son lit, tout habillé. Il éjecta pour le vérifier le chargeur grande capacité et le remit aussitôt en place. Puis le pistolet vint reposer sur son cœur, serré entre ses deux mains. Alors seulement, ses yeux se fermèrent.

07/12/2001

Frank Resnick était assis à une table proche de la vitrine d'un petit café à façade jaune de Zagreb. En dépit de tous les efforts qu'il déployait pour rester discret, sa haute carcasse longiligne, sa peau très blanche constellée de taches de son et ses cheveux d'un roux flamboyant avaient déclenché quelques secondes de curiosité chez les autres clients du bar, des hommes courtauds, râblés, sombres. À l'image des gens qui croisaient entre les étals serrés et mal achalandés du marché de Dolac, sous les parasols rouges déployés pour lutter contre la pluie. Ici, tout le monde était gris, comme en Angleterre, ce pays où il était né et avait grandi. Une terre qu'il avait reniée pour rallier son refuge, le Pakistan, après sa rencontre avec Dieu.

Ante Ademi surgit devant lui, plus noueux que jamais, toujours secoué de tics nerveux. Son regard anxieux circula quelques secondes de la salle du café à la place encombrée de ses tristes maraîchers, dehors, puis il s'installa.

L'Anglais observa attentivement son compagnon, le Croate ne changeait décidément pas, sourit et se rendit compte que cette réflexion revenait à chacune de leurs rencontres.

« Quoi ? » Ademi l'interpella dans un anglais de cuisine.

« Toujours aussi méfiant.

— Comme ça je survis. »

Resnick, ex-soldat de Sa Majesté, s'était retrouvé gardien de prisonniers de guerre en Bosnie, pendant le conflit, affecté à un couloir de cellules où croupissaient Ante et quelques-uns de ses frères d'armes musulmans. Les deux hommes s'étaient appréciés, rapprochés, associés, avant que Frank saute finalement le pas. Il s'était converti aussitôt libéré de ses obligations militaires.

Le Croate lui renvoya enfin son sourire. « Je suis heureux te voir. Toi faire bon voyage, oui ?

— Oui, mais ce n'est pas fini. *Al-hamdoulillah*, bientôt, si...

— Faire attention. » Ademi inspecta de nouveau les environs puis se pencha en avant, conspirateur. « Deux amis de nous partir bientôt.

— Comme d'habitude ?

— Comme habitude. C'est bien. Trois mois à supporter eux, trop long. Depuis qu'ils être arrivés de putain d'Albanie, oui ? Moi, je pas les aimer. »

Resnick hocha la tête, compréhensif, il n'aurait pas été très rassuré non plus s'il avait dû garder des armes chimiques dans sa cave.

« Dire à contact toi qu'ils sont en France près 31 décembre, pour mariage. » Ante montra du doigt le mobile de l'Anglais, posé entre eux sur la table. « Ça, ton nouveau portable ? » Sans attendre de réponse, il s'empara de l'appareil, joua avec les menus, l'écran, le retourna, ouvrit le capot de la batterie, retira celle-ci, la remit en place, ralluma le téléphone. Le manège dura plusieurs minutes. « Beau. Toi être content, oui ? » Puis : « *Hijrah*, dans autre sens. »

Frank ne réagit pas et se contenta de noter mentalement l'information qui ouvrait l'accès à la puce électronique que son interlocuteur venait de glisser discrètement dans son mobile, tandis qu'il le manipulait.

Ils parlèrent encore ensemble un petit quart d'heure, de choses de moindre importance, avant de se saluer sans effusion et de quitter le café l'un derrière l'autre, à une minute d'intervalle.

Dans l'une des rues qui débouchaient sur la place, un couple de touristes, assis dans leur voiture, examinait une carte routière dépliée contre le tableau de bord. L'homme, le conducteur, jeta un coup d'œil à la façade du bar que venait de quitter Frank Resnick. « *They're gone.* »

La femme replia soigneusement le plan et s'empara du petit sac à dos coincé contre le pare-brise, juste devant elle. Sans l'ouvrir tout à fait, elle vérifia que l'appareil photo qu'il contenait avait bien fonctionné. « *Everything is OK.* »

Les deux agents du MI6[1] démarrèrent et quittèrent leur place de stationnement. Ils suivaient leur compatriote depuis quelques mois. Leur service le suspectait d'avoir organisé la branche britannique d'un vaste réseau de trafic d'armes en provenance des pays de l'Est, au profit de fondamentalistes musulmans pas forcément animés des meilleures intentions à l'égard de la Grande-Bretagne et de ses partenaires européens.

1. Homologue britannique de la DGSE.

Une heure, c'était le temps que Ponsot s'était accordé pour réfléchir à ce qu'il allait raconter à son supérieur. Il avait donc rejoint seul la brasserie où il avait ses habitudes, rue La Boétie, et terminait son café lorsque la photocopie d'une coupure de presse fut placée sans avertissement devant son nez. Il ne lui fallut qu'un instant pour identifier l'article avant de se retourner pour voir qui venait l'emmerder pendant le déjeuner. Il découvrit le visage fermé de Rougeard.

« Hammud, Cécillon, ces deux-là, combien d'autres ?

— C'est vendredi, je suis en pause.

— J'en ai un tantinet rien à foutre.

— D'où ça sort ? » Ponsot lut un peu d'hésitation dans les yeux du journaliste.

« Apparemment, Donjon n'avait pas l'intention d'emporter tous ses secrets dans la tombe. Il m'a envoyé ça le soir de sa mort. Bizarre, non, juste avant de se suicider ?

— Qu'est-ce qui vous dit que ça vient bien de lui ?

— Sa gardienne. Elle m'a raconté qu'elle avait trouvé l'enveloppe dans laquelle ce papier est arrivé dans sa loge, parmi le courrier à envoyer, le lendemain du décès de Donjon. Je crois que si elle avait su alors que c'était lui qui l'avait laissée chez elle, elle ne l'aurait pas touchée. Je n'ai jamais vu quelqu'un d'aussi superstitieux. Je suis sûr qu'elle a foncé à l'église après m'avoir parlé.

— Une enveloppe seule ne prouve rien, entre nous. Comment avez-vous trouvé l'adresse de feu le collaborateur de Steiner si vite ?

— Pas facile mais j'y suis arrivé.

— En quoi la mort de ces pauvres types vous concerne-t-elle ?

— Ainsi, vous savez de quoi parle l'article ?

— Vous venez juste de me le montrer. »

Les deux hommes se jaugèrent, puis Rougeard repartit à l'assaut. « Pas ces *pauvres types*. Comme par hasard, des islamistes présumés, interpellés par la DST peu de temps avant leur mystérieux accident de la route. Si j'étais flic, je serais tenté de dire : *sale temps pour les barbus.* Alors, je vous repose ma question : j'en compte déjà quatre, combien d'autres ? »

Ponsot ne répondit pas, il affichait un visage le plus neutre possible.

« Des confrères plus paranoïaques penseraient que votre mutisme est le signe qu'une barbouzerie quelconque, destinée à bouter la menace terroriste hors de France par des moyens expéditifs, est à l'œuvre. »

Le policier ricana. « Qui vous croirait si vous écriviez un truc pareil ? Je vous l'ai déjà dit, tout ce que vous avez, ce sont les élucubrations d'un suicidé dépressif frustré par son travail.

— Comment pouvez-vous être si sûr que je ne dispose pas d'autres éléments plus solides ? »

Surpris par l'aplomb soudain de son interlocuteur, Ponsot se redressa un peu.

Rougeard, satisfait, reprit la parole. « Makhlouf, votre copain, je l'ai pisté lui aussi, chez son fils. Je vais vous confier une des histoires qu'il m'a racontées au téléphone, c'est cadeau. Selon lui, Hammud a vu un trafiquant syrien l'été dernier. Un type spécialisé dans le commerce avec l'Irak. L'Irak, vous savez, notre grand ami Saddam, tout ça. Corrigez-moi si je me trompe, mais c'est bien vous qui m'avez dit que vous aviez bossé avec Steiner sur une histoire de recrutement de dissidents iraniens au profit des services secrets irakiens ? Il doit bien connaître le pays, non ? » Le journaliste jubilait. Même si l'officier des RG ne disait rien, ses yeux le trahissaient et confirmaient à Rougeard qu'il était sur la bonne voie. « J'ai aussi appris qu'il avait passé pas mal de temps au Liban. Je trouve, moi, que cela fait beaucoup de coïncidences d'un coup. Bon, je dois filer. Forcez pas trop sur le café, c'est pas très bon pour l'estomac. »

10/12/2001

Le week-end avait filé sans accroc ni saveur jusqu'au lundi. Amel, désœuvrée, s'était forcée à sortir, à l'origine pour se rendre au supermarché mais, déprimée par l'absurdité de cette tâche, elle avait finalement dérivé en direction du bois de Vincennes.

À proximité du lac, elle croisa la route de deux femmes, l'une du même âge qu'elle, qui manœuvrait une poussette, et l'autre plus vieille. Elles se matérialisèrent au détour d'un sentier, dans la pâleur du soleil d'hiver, souriantes, complices, avant de s'arrêter près d'un banc, à quelques mètres d'Amel.

La plus jeune prit alors un bébé pleurnichard dans ses bras et, sous l'œil bienveillant de sa mère, peut-être sa belle-mère, entreprit de calmer le nourrisson avec toute la douceur du monde, en répétant son prénom. *Alice, Alice...*

Alice...

Amel...

Méli...

Le rythme des incantations la ramena en arrière, à ces moments chéris où la magie de la voix maternelle suffisait à chasser d'un seul coup ses peines et ses détresses. Amel sentit sa gorge se serrer et tourna les talons pour s'éloigner au plus vite. Elle n'avait pas parcouru cinquante pas que son portable se retrouvait dans sa main. Sans réfléchir, elle composa ce numéro auquel elle s'était forcée à renoncer depuis des mois et n'eut pas à attendre plus de trois sonneries.

D'instinct, elle sut que sa mère avait décroché. « *Ama ?* »

Il y eut d'abord un silence surpris à l'autre bout du fil. « Méli ? Méli... Tout ira bien. Je viens te voir. »

11/12/2001

Kamel avait lu dans un magazine que le commerce sexuel dans le bois de Boulogne n'était plus qu'un pâle reflet du passé mais cela semblait difficile à croire tant le trafic automobile était dense en cette première nuit de la semaine.

Ce soir, Kamel était redevenu Zoubeir, l'envie était trop forte. Caché dans l'ombre protectrice des arbres, il observait indécis le manège sordide des voitures familiales qui roulaient au pas, alanguies, pour laisser à leurs chauffeurs, de sortie sans *bobonne*, le loisir de juger une offre composée de créatures de sexe indéterminé, marchandises vivantes prêtes à se faire enfiler en vitesse, à la chaîne, debout dans les buissons ou sur des capots tièdes.

La honte d'être réduit à consommer de la chair en solde, comme les chiens dégénérés qui venaient chercher des fantasmes vulgaires, avait failli faire renoncer Kamel et il s'apprêtait à partir lorsqu'il aperçut le garçon, peu grimé, presque assez jeune, de retour d'une passe. Ce dernier se repoudrait le nez, au propre comme au figuré, lorsque Ksentini, surgi de l'obscurité, l'aborda.

D'abord surpris, le prostitué saisit rapidement la gêne de ce chaland timide et décida de briser la glace en lui effleurant la joue d'une main fine et blanche. Ils s'entendirent rapidement sur le prix et des billets furent échangés avant qu'ils disparaissent à nouveau dans le bois, main dans la main.

Kamel sentit l'haleine chargée de menthe forte du travesti lorsque celui-ci lui effleura l'oreille de ses lèvres — quelle autre odeur cherchait-il à masquer ? — et reçut une capote emballée.

La pute se retourna contre un tronc et releva le morceau de vinyle bleu qui lui servait de jupe. Il attendit le zip caractéristique d'une braguette qui se baissait, s'agaça du temps que prenait son client pour déballer le préservatif, imagina ses mains tremblantes et mal assurées qui emballaient un sexe trop dur qui cracherait bientôt tout ce qu'il avait à dire.

Ce serait vite fini avec celui-là.

Mais Ksentini, mal à l'aise, bandait mou. La pénétration ne se passa pas bien, une première fois puis une seconde. Alors que l'Algérien remettait son jeans, le travesti, excédé, se retourna et commit l'erreur de sourire malgré lui devant son sexe flaccide. L'humiliation, la frustration submergèrent l'islamiste et, avant même d'avoir réfléchi, il se propulsa en avant pour donner un violent coup de tête. Le nez du prostitué éclata. Ses mains baguées aux ongles vernis montèrent vers son visage juvénile tandis qu'un poing trouvait son plexus sous le plastique azur.

Épaules dénudées violemment relevées, le genou de Kamel pulvérisa l'entrejambe de sa victime tandis qu'une érection douloureuse menaçait de faire exploser son pantalon. Il pensa à se branler dans la bouche de ce *hataï zouk* mais il était trop tard pour cela à présent, l'autre était tombé à terre et gémissait bruyamment. Ses *compagnes* d'infortune, alertées par ses cris, commençaient à se montrer curieuses. Ksentini lui envoya un dernier coup de pied au tronc, qui lui coupa le souffle, et disparut dans la nuit.

Magrella rejoignit Ponsot qui s'était garé en double file dans la rue Danton. Il prit place à l'avant, à côté de lui, et posa la copie d'un hebdomadaire sur le tableau de bord. « Tu as lu ? »

Son collègue hocha la tête. « Ça n'ira pas plus loin.

— Il parle quand même d'une série de morts et d'un suicide suspects.

— Conjectures et autres conditionnels. » Ponsot soupira. « Que des riens. La meilleure preuve ? Aucun autre canard n'a repris l'info. Tout le monde s'en fout de quelques biques morts qui se battent en duel. Et moi aussi, entre nous. Tout ce qui compte, c'est l'insécurité, quel candidat survivra aux mois à venir et d'arriver vite à Noël.

— Tu crois qu'ils vont s'arrêter là ? »

Les secondes filèrent sans un mot puis l'officier des RG bougea dans son siège. « Le patron de Rougeard fera là où on lui dit de faire, comme nous tous. » Il regardait dehors, cherchait une sortie, tel un fuyard.

Magrella l'observa plus attentivement, prit conscience de ses épaules affaissées, de sa mine grise, de sa cravate légèrement de travers. Résignation, découragement. Angoisse. « Vous démontez ? »

Pas de réponse.

« Pourquoi ? »

Ponsot se retourna vers lui. « Parce que je l'ai ouverte trop tôt. Je suis allé voir mon patron vendredi, j'imagine que lui est allé voir le sien et que, comme ça, c'est remonté tout en haut de la pyramide. Ensuite...

— Ensuite ?

— Nouvelles priorités, les effectifs ne sont pas extensibles à l'infini, ce genre de blabla. Alors on pioche chez moi pour réaffecter en fonction des besoins du moment, les Corses, les Basques, les élections, tu choisis. Et puis mon histoire d'espions qui zigouillent des barbus ne tient pas debout, c'est la ligne du parti. » Nouveau soupir. « Il tirait la gueule en me disant ça, le parti, et il matait un peu trop ses pompes. Surtout quand il s'est mis à me parler de vacances, de famille, de carrière, si tu vois ce que je veux dire.

— Bande d'enculés.

— Ouais. Pas toujours là où on les attend. » Ponsot émit un son désabusé, pas tout à fait un rire, plus un hoquet. « Quel con ! J'aurais dû la fermer un peu plus longtemps. Et toi, t'en es où ?

— Pas loin. » Magrella haussa les épaules. « On se-
coue, on discute, on recoupe. On piétine en fait, vu
qu'on n'est pas encore allés voir les vrais concernés. Ne
pas éveiller les soupçons, rappelle-toi.

— Pardon.

— T'inquiète, même le Parquet s'y met. »

L'officier des RG se pencha vers la banquette arrière
et récupéra un dossier cartonné qu'il remit à son collègue après un temps d'hésitation. À l'intérieur se trouvait une série de portraits du même homme dont le
visage avait subi des modifications qui tenaient compte
de son âge actuel et des différentes physionomies qu'il
pourrait avoir adoptées.

« Zoubeir Ounnas. » Ponsot détailla le CV de l'Algérien. « Ce n'est pas ton tueur, mais son profil me fait
dire qu'il est une cible à fort potentiel. Localise ce mec
et tu trouveras sans doute celui que tu cherches.

— C'est un peu court, cette histoire de vengeance
contre nous.

— Peut-être, mais les *milis* s'intéressent beaucoup à
lui.

— Tu ne vas pas un peu loin, là ?

— À ton avis, pourquoi m'ordonne-t-on d'aller jouer
ailleurs ? »

Magrella essuya un peu de buée qui s'était déposée
sur le pare-brise devant lui. « C'est pas pour sauver ce
mec que tu me mets dans la confidence, si ?

— Je suis *out* mais j'ai encore la trouille.

— De quoi ?

— De ce qui a poussé la DGSE à s'embarquer dans
une aventure pareille.

— Et qu'est-ce qui te fait croire qu'on va plus me
laisser remuer la merde que toi ? »

Ponsot garda le silence.

Magrella referma le dossier et posa ses deux mains à
plat dessus. « Comment suis-je censé avoir entendu

parler de ce mec, moi, si jamais quelqu'un me le demande ? »

20/12/2001

Putain de temps de merde, il va encore flotter…
Orfèvres 3.

Ouais, je serais mieux au pieu avec ma femme…
Orfèvres 2.

Il t'a donné des idées l'autre, hier soir, hein ?
Orfèvres 4.

Ce ping-pong verbal avait débuté en fin d'après-midi. Les hommes du 36 trompaient l'ennui sur les ondes. Ils étaient là, tout autour de la cité Lepage, répartis sur le boulevard de la Villette et les rues adjacentes, et attendaient que *l'autre*, Nezza, sorte de chez lui. Il n'y avait plus qu'eux. Les RG étaient invisibles ou tout simplement partis depuis plusieurs jours.

Tu m'étonnes, combien de temps elles sont restées, les deux radasses ? Orfèvres 2.

Ils parlaient trop, persuadés que personne n'écoutait parce qu'une telle interception nécessitait des moyens techniques difficiles à se procurer.

Au moins trois plombes… Orfèvres 4.

Servier disposait de ces moyens.

L'enculé. C'est pas normal que ce soient toujours les mêmes qui liment comme des gorets… Orfèvres 2.

Et il leur tenait compagnie sans qu'ils le sachent. Nouveaux ordres, corvée de dossier d'objectif. Lynx s'emmerdait à présent à coller aux basques de Nouari Messaoudi.

Seul, dans l'ombre des policiers.

Plusieurs raisons pouvaient expliquer cette nouvelle approche, les plus évidentes n'étant pas rassurantes. Ce changement l'avait interpellé un moment, avant qu'il décide de ne plus s'en préoccuper. Il avait trop longtemps joué à ce jeu pour ne pas en connaître les limites ou les risques. Le Service réduisait la voilure pour limiter son exposition en cas de tempête, et lui devait se débrouiller.

Seul.

Mais qu'est-ce qu'ils foutent ? Orfèvres 3.

Dans l'ombre des policiers.

Le *ils* en question faisait référence à Messaoudi mais aussi à Karim Sayad, *Superbe*, dans le bréviaire poulaga, arrivé une heure plus tôt. Un homme évasif, aguerri, conscient des filatures, associé à un dealer lui-même suspecté d'amitiés islamistes, mais dont les barbus se méfiaient.

Des cercles dans les cercles.

Sayad et Servier s'étaient déjà *sentis* auparavant, en bas de chez Cécillon, il y a deux mois.

Nezza et Jaffar, pivots d'un même réseau terroriste cloisonné. Sayad ? Non, Sayad et lui, le même monde, les mêmes cibles. L'un au plus près, l'autre au plus loin. Un qui renseigne, l'autre qui agit ? Possible. Probablement pas pour la même crémerie, cependant. *Superbe* n'appartenait ni à l'écurie de Steiner, ni à la DGSE. Mais s'il était toujours là, cela signifiait que ses commanditaires pouvaient ou voulaient également le sacrifier.

Lynx n'était peut-être pas tout à fait seul.

À tous. Une voiture arrive de Colonel-Fabien. Touati est à bord avec deux hommes... Orfèvres 1.

Touati ? Un religieux avec lequel Messaoudi était en contact, imam de la mosquée Poincaré, confesseur des garçons curieux qui filaient leurs pairs. Sayad chez Nezza, Touati avec deux sbires chez Nezza. Quatre contre un.

Servier se redressa lentement au-dessus de la haie derrière laquelle il s'était caché. Ses jumelles quittèrent les guetteurs de la Crim' pour suivre l'arrivée des islamistes qui se garèrent et attendirent.

Messaoudi sort de son appartement... Orfèvres 3.

L'appel intervint moins de deux minutes plus tard, après un silence radio qui avait paru interminable. Lynx vit le dealer s'arrêter à la hauteur du prêcheur, côté passager, lui donner un objet peu volumineux — un trousseau de clés ? — et partir à pied en direction de la place Stalingrad.

Branle-bas de combat sur les ondes. Les flics se remettaient en chasse. Des ordres furent donnés pour que l'équipe stationnée plus haut sur le boulevard parte en dernier, pour ne pas éveiller les soupçons des barbus. Précaution inutile, ceux-ci étaient déjà descendus de voiture et marchaient dans la cité Lepage. Trois contre un finalement.

Messaoudi passe devant nous, il entre dans la station Jaurès... Orfèvres 4.

Nezza partait en métro, pas en voiture. Plus discret. L'agent hésita, son cerveau enregistrait le détail des manœuvres policières mais ses yeux ne parvenaient pas à lâcher Touati.

Un piéton derrière lui... Orfèvres 1.

Superbe ne faisait pas partie de la mission.

Il recula enfin dans l'ombre et, une fois hors de vue, se mit à courir vers sa moto.

L'appartement de Nouari Messaoudi donnait sur une cour et s'articulait autour d'un long couloir qui desservait, d'un côté, trois pièces en enfilade et, de l'autre, une cuisine et une salle de bains. Mohamed déverrouilla doucement la porte d'entrée et laissa passer devant lui ses deux compagnons silencieux. Au loin, le son criard d'une télévision. Aucun autre bruit. Karim devait toujours se trouver devant le poste en attendant Nezza, qui avait prétexté une course rapide pour sortir.

L'imam jeta un coup d'œil dans le corridor. Il était plongé dans le noir, seulement illuminé à son autre extrémité par une partie de l'écran géant du dealer. Toutes les issues latérales étaient fermées.

Hochements de tête. Les trois hommes s'avancèrent, prudents. Ils voulaient surprendre Karim, pour l'embarquer vivant et le faire disparaître discrètement. Après qu'il eut chanté. Et il chanterait.

Nouari leur avait expliqué que la télé faisait face à l'entrée de son salon et qu'entre les deux se trouvait un canapé profond. Ils arriveraient donc dans le dos de leur proie. Il avait juste omis de préciser que la pièce était très grande et mal éclairée. Aussi, lorsque les trois *salafis* se présentèrent derrière le sofa, ils ne trouvèrent personne.

Fennec se signala sur leur droite, légèrement en retrait, à une dizaine de pas. Dans un réflexe, les sbires de Mohamed se ruèrent sur lui. Le plus proche des deux n'eut pas le temps de voir le bras de son adversaire se relever en position de tir. Double top. Impacts sombres et rapprochés près du cœur.

Choc des détonations en milieu clos. Sifflements. L'odeur de cordite envahit la pièce.

Emporté par son élan, le mort vint s'effondrer aux pieds de l'agent, qui s'était déplacé sur le côté et automatiquement accroupi. Le SIG de Karim visait déjà son compagnon en mouvement mais, du coin de l'œil, il aperçut une main de Mohamed qui remontait vers lui.

Changement de cible.

Top ! Top !

Oreilles qui vrillent.

Touati au sol.

Poudre brûlée.

Bouger.

Douleur aux doigts.

Le dernier *salafi*, au contact, venait de balayer devant lui d'un ample revers du bras droit. Fennec lâcha son pistolet, reçut le corps de l'homme de plein fouet, tomba en arrière. Il était sur le dos, un cutter cherchait sa gorge. Il entendait des grognements, des hurlements, les siens, ceux de son ennemi. Ils roulèrent sur le côté.

L'islamiste voulut se retenir et perdit un instant le contrôle de son arme de fortune.

Karim s'en empara, il avait le dessus, appuya vers le bas. La lame crochetée s'enfonça dans le cou, déchira chairs et artères, grinça sur les vertèbres. Mouvement à gauche, la pression diminua un peu sur ses poignets, violente torsion à droite. Chaleur sur ses mains, du sang gicla sur sa doudoune. Plus rien.

Fennec s'assit en arrière, hébété.

Dix.

Hors d'haleine.

Neuf.

Toujours un peu sourd.

Huit.

Vivant.

Sept.

Le cutter. Il l'arracha de la gorge dégoulinante.

Six.

Récupérer le SIG.

Cinq.

Empreintes, traces.

Quatre.

Trop tard. Sortir.

Trois.

Couloir.

Deux.

Un.

Porte, escaliers, dehors. Sirènes sur la Villette. Karim tourna à gauche vers la rue de Meaux. Tout en courant, il entreprit de démonter son pistolet. Chargeur retiré, chambre vidée. Il jeta le magasin et les munitions dans une première bouche d'égout. Sprint dans la rue Sadi-Lecointe. Le corps de l'arme dans un autre collecteur. Avenue Bolivar, garder le rythme, retrouver son souffle, avance putain ! Le canon et la culasse dans une poubelle d'immeuble, tout au fond, sous les sacs, ça pue, avec son anorak. Froid, plus vite !

Plus de cutter.

Il retrouva Belleville et ses esprits pour se perdre dans la foule avec une seule pensée en tête, c'était fini.

Nezza sortit du métro place du Châtelet, après cinquante minutes de coups de sécurité, de retours en arrière, de changements intempestifs de direction et de moyens de transport. Du travail admirable que Lynx appréciait à sa juste valeur. Les flics aussi, même s'ils avaient beaucoup râlé pendant tout le trajet.

Il remonte le quai de la Mégisserie en direction du Louvre...

Suivre les suiveurs s'était révélé payant.

Attention aux vitrines, il se méfie encore...

Le scanner déversait toujours les communications policières dans l'oreillette de Servier, sous son casque intégral.

Jacquet, t'es où, tu l'as ?

Jacquet était le dernier piéton du groupe. Lynx arrêta sa moto sur un trottoir, rue de Rivoli.

C'est bon, paniquez pas... Il va traverser l'avenue de La Bourdonnais. Non, attendez... Il fait demi-tour, il entre dans un hôtel. Un deux-étoiles, le Forum. Je reste en face.

Il partit à pied en direction de la Seine, un mini-plan de Paris à la main.

Qu'une voiture passe dans la rue derrière, voir s'il n'y a pas d'autre sortie...

Les flics annoncèrent leurs positions respectives, il les localisa sur la carte en temps réel. Les rues du quartier, étroites, ne permettaient pas de stationner discrètement, ils verrouillaient donc la zone en aérant leur dispositif. Leur seul point de contact direct était Jacquet.

L'agent ne tarda pas à repérer l'officier de police qui faisait le pied de grue sur le quai, côté fleuve, et se tordait le cou pour maintenir l'entrée de l'hôtel dans son champ de vision chaque fois qu'un véhicule un peu haut passait devant lui. Quelques piétons arrivèrent. Lynx s'engagea à leur suite sur le trottoir, attentif à la circulation, un œil sur le reflet du mec du 36 dans les vitres sombres des animaleries fermées. Un bus accéléra à sa hauteur et lui permit de s'engouffrer dans le hall illuminé du Forum.

Personne au comptoir d'accueil. Il patienta. Une radio diffusait en sourdine un sketch comique. Aucun mouvement. Le flic ne se rapprocha pas, il ne l'avait pas vu entrer. Jingle de *Rires et Chansons*. Toutes les clés étaient accrochées sur le tableau du concierge sauf une, celle de la 22. Servier entendit du bruit dans le fond, alla vérifier discrètement. Un employé de l'hôtel préparait quelque chose à manger dans une cuisine minuscule. Il revint sur ses pas, se pencha par-dessus la banque et trouva le registre de l'établissement, fermé avec un stylo coincé à la page du jour. Cette nuit, quatre clients dont un couple d'Anglo-Saxons, *Mr & Mrs Andrews*, chambre 22. Aucun policier ne signalait que Nezza était ressorti.

Il était donc toujours là.

Plus besoin de baratin puisque la voie était libre, Lynx n'avait plus qu'à monter.

Le code lui revint en tête comme s'il l'avait appris la veille. Un dernier tour d'horizon et Karim entra dans l'immeuble anonyme du 14e arrondissement, transi de froid. Une heure et demie de zigzags dans Paris, pour déjouer une éventuelle filature, sans doudoune. Et il avait également dû retirer son pull pour le nouer autour de sa taille, sur le côté, afin de dissimuler la tache de sang brune qui s'étalait sur sa cuisse de pantalon.

Escalier C, troisième étage, la clé de l'appartement se trouvait comme prévu sous une latte du plancher du palier. À l'intérieur aucun meuble, juste un téléphone.

Il composa le numéro d'urgence.

Allô oui... La femme qui décrocha avait une voix posée, plutôt âgée.

« Bonsoir, je suis un élève du professeur Louis, j'aurais aimé lui parler. » Début de la procédure de secours, Fennec désignait son responsable de mission au central opérationnel.

Malheureusement, il n'est pas là...

L'agent souffla, soulagé. C'était la réponse normale qui laissait à son service le temps de nouer contact avec son officier traitant.

Puis-je prendre un message ?

« Oui, demandez-lui de rappeler Karim Fennec... » À présent, à lui de s'identifier. « Il sait où me joindre. Au revoir. » Inutile de préciser l'adresse. Ce numéro était connu de la DRM, il s'affichait en ce moment même sous les yeux de l'opératrice.

Fin de la communication. Attendre, encore.

Lynx gravit les escaliers de bois avec précaution. Il marchait le long du mur, pour éviter de faire craquer les vieilles marches usées. Au second, il s'avança dans un couloir seulement éclairé par la veilleuse de la sortie de secours, tout au fond. Le sol était couvert d'une moquette élimée qui cachait avec peine un plancher disjoint et branlant. À l'instar des autres portes de l'étage, celle de la chambre 22 était couleur gris souris et ornée d'un numéro en métal doré écaillé.

De l'autre côté du panneau de lamellé-collé, Servier parvint à saisir quelques bribes d'une conversation entre deux hommes qui parlaient tout doucement. Il capta un *Nouari* et sut qu'il avait retrouvé sa cible, mais il ne distingua pas réellement d'autre mot. À un moment donné, Mr Andrews se mit à parler plus fort, en anglais, et demanda à être *refilled*. Puis il baissa à nouveau d'un ton. Lynx entendit encore moins bien après qu'une voix de femme se fut élevée dans la pièce, pour acquiescer à cette demande. Les bruits de pas et de verres qui s'ensuivirent couvrirent les messes basses. Quelqu'un, la femme vraisemblablement, versait une boisson aux deux conspirateurs.

Fennec faisait les cent pas dans l'appartement lugubre, incapable de se calmer, quand il reçut l'appel. Il reconnut immédiatement la voix de Louis.

La Poste, dans quinze minutes... L'officier traitant raccrocha.

Il y avait un bureau de poste dans le quartier ainsi qu'un bar du même nom, fermé à cette heure-ci. C'est là que devait avoir lieu le rendez-vous en réalité, et pas dans un quart d'heure mais dans un plus cinq, soit six minutes. Ils étaient probablement déjà sur place à l'attendre.

Karim n'était qu'à deux rues du salut, il patienta donc encore un peu, les secondes les plus longues de ces derniers mois, et quitta l'appartement.

Jacquet venait de changer de position pour s'abriter derrière l'un des arbres plantés le long du quai lorsqu'il aperçut un homme mal fagoté marcher d'un pas alcoolisé jusqu'à la porte de l'hôtel Forum. Là, l'inconnu s'arrêta et commença à regarder autour de lui. Bientôt, ses yeux se fixèrent sur un point précis. Une patrouille de la BAC, qui roulait au pas le long du trottoir. Trois collègues à bord, qui se trouvaient encore à une cinquantaine de mètres de distance.

Le poivrot vociféra quelque chose que Jacquet ne parvint pas à saisir, à cause du bruit de la circulation, à l'adresse des policiers et, après un ultime geste de défi, se rua dans l'hôtel.

Merde, merde, merde, merde, merde... Et merde !

« Ici Jacquet, on a un souci... »

Dans le hall désert du Forum, l'ivrogne se mit à tourner en rond en marmonnant des propos incompréhensibles. Il parcourut la pièce sans trop savoir quoi faire et avisa enfin une corbeille à papiers, posée sous une banque de dépliants touristiques, au pied des escaliers.

« M'venger, putain… Connards de flics… »

Il fouilla ses poches en quête d'un briquet, qu'il trouva après quelques tentatives maladroites et exaspérées, et s'empara de la petite poubelle d'osier.

« Allez tous vous faire enculer ! »

Tout à son délire éthylique, il alluma les détritus et jeta son tison de fortune sous le présentoir.

Issa Diouf, le gardien de nuit de l'hôtel, sortit de la cuisine à ce moment-là et se mit à râler contre ce SDF indésirable qui s'excitait tout seul. Il l'oublia très vite lorsqu'il aperçut des flammes jaillir d'un seul coup derrière le comptoir, embraser le présentoir et se propager rapidement à la moquette et la rambarde de l'escalier. Il déclencha l'alarme.

Le poivrot, surpris par les cris et la violence du feu, était déjà parti.

Lynx avait entendu l'appel radio qui signalait l'apparition inattendue d'un clochard et d'une patrouille de police, et choisit d'opérer un repli stratégique. Il disposait sans doute de quelques heures pour mettre des visages sur le nom qu'il avait appris ce soir, Andrews, mais pour cela il lui fallait d'abord sortir de l'hôtel en douceur.

L'étage inférieur, à l'instar du second, devait posséder une issue de secours. Leur emplacement suggérait que le Forum disposait d'une autre voie d'accès, probablement sur cour, à l'arrière du bâtiment. Il allait dégager par là.

L'agent s'apprêtait à redescendre mais se figea lorsqu'il entendit les jurons d'Issa Diouf puis l'alarme incendie. Mauvais réflexe. Juste derrière lui, il perçut un mouvement de panique à l'intérieur de la chambre 22, d'autres cris, des pas précipités. La porte s'ouvrit en grand et

Nezza apparut. Le dealer s'arrêta dans son élan lorsqu'il vit la silhouette sombre et courbée qui attendait en haut des escaliers. Un autre homme le heurta, l'Anglais, et le fit réagir. Nouari se précipita vers l'autre extrémité du couloir.

Servier fit un pas dans sa direction. Andrews se plaça en travers de son chemin. Dans son dos, sa femme se mit à hurler.

Le poivrot surgit sur le trottoir et tomba nez à nez avec les hommes de la BAC. Il détala en direction du Châtelet mais fut rapidement rattrapé et menotté.

Jacquet ne se préoccupait plus de lui. Il venait d'apercevoir un gros type noir devant la porte de l'hôtel. Visiblement paniqué, s'exprimant avec de grands gestes, celui-ci criait quelque chose au chef de patrouille qui se mit à parler dans la radio de bord de sa voiture.

Une vitre éclata avec fracas et un panache de fumée noire s'échappa de la façade du Forum.

Début d'incendie... Resserrer sur l'hôtel...

Lynx ne faisait plus attention aux messages des policiers. Il bloquait avec peine la seconde attaque d'Andrews. L'Anglais connaissait les rudiments du corps à corps mais sa grande carcasse était handicapée par la largeur réduite du couloir.

Servier fit pivoter son buste pour dévier un autre direct et, dans le même mouvement, saisit d'une main le poignet de son adversaire, le tira sèchement, tandis que de l'autre il enfonçait le coude ainsi exposé de l'extérieur vers l'intérieur. Le bras plia à l'envers dans un craquement douloureux. Lynx frappa immédiatement au tronc, dans les côtes flottantes, puis au visage. Andrews recula sous les impacts précis et pénétrants, hors de combat. Un balayage le renvoya dans sa chambre.

Quelqu'un a vu ressortir Messaoudi ?

L'agent le suivit à l'intérieur. L'épouse de l'Anglais,

cachée jusque-là, se jeta sur lui. Elle essaya de le griffer mais ne parvint qu'à s'accrocher à ses cheveux et à lui arracher sa perruque. Surprise, elle interrompit son attaque et reçut un coup de poing qui lui écrasa les os du nez. Le visage en sang, elle s'affaissa contre le lit.

Putain, parlez-moi les gars !

Andrews délirait.

Lynx l'attrapa par le col. « *Why was Messaoudi here ?* »

Qu'est-ce qu'ils branlent les pompiers ? Ça crame partout !

« *Nezza, why was he here ?* » Il le secoua. « *Speak or I'll let you fry here !* »

Il faut entrer !

Inutile, il était dans les vapes.

Non !

Servier se redressa, trouva vite ce qu'il cherchait sur la table de nuit, des passeports et un appareil photo de touristes, un jetable. Il prit des clichés du couple puis essaya de remettre la main sur sa postiche lorsqu'une bourrasque brûlante envahit la chambre, suivie par une fumée très dense. Il se précipita dans le couloir, plié en deux pour pouvoir respirer, et réalisa que l'escalier principal était impraticable, noyé dans un épais brouillard sombre piqueté de rouge. Quelques secondes plus tard, il découvrit que la sortie de secours était bloquée. Nezza.

Il faut qu'on entre, bordel !

Lynx se dirigea vers l'une des chambres qu'il espérait côté cour et défonça la porte. Il courut jusqu'à la fenêtre et l'ouvrit. Cela provoqua un appel d'air qui attira l'incendie à l'intérieur de la pièce. Trop tard pour se barricader, il grimpa sur le rebord. Coup d'œil, personne en bas et une gouttière verticale à un mètre cinquante sur sa droite. Servier se plaqua au mur, s'accrocha à l'un des montants et, dos dans le vide, tendit l'autre bras vers le tuyau de métal. Il le touchait presque du bout des doigts lorsque la main qui l'assurait glissa. Il

590

se sentit partir et, dans un dernier sursaut, se jeta vers la gouttière sans parvenir à l'agripper tout à fait, juste assez pour ralentir un peu sa chute, à peine, et ne pas basculer totalement en arrière. Ses jambes encaissèrent mal le choc avec le sol qui lui coupa le souffle. Ensuite, sa tête heurta violemment les pavés et il perdit connaissance.

Nezza avait traversé la cour sans demander son reste. Dans la petite rue située à l'arrière de l'hôtel, il était presque rentré dans deux types qui fonçaient vers le quai, talkies-walkies à la main. Par chance, il avait pu se cacher juste à temps et ils l'avaient dépassé sans le voir.

Ensuite, il avait couru jusqu'au métro. Il se souvenait des sirènes des véhicules de secours, qui approchaient, de sa trouille qui refluait, de l'image de ce type, dans le noir, dans le couloir, menaçant. Il espérait que Frank et sa femme s'en étaient sortis. Mohamed s'était trompé, la menace ne venait pas de Karim, la menace l'avait suivi, ce soir. Elle était sur ses talons. Mais il était trop tard pour le lui dire.

Juste avant de disparaître sous terre, Nouari s'était retourné une dernière fois pour voir si quelqu'un le suivait. Il devait se mettre à l'abri à présent, avec son paquet. Plus question de passer par des intermédiaires, il allait rencontrer Farez en direct, pour lui transmettre le message de Resnick et de ses associés. Cela prendrait du temps et il lui faudrait se cacher un jour, au plus deux. C'était la seule solution, ils ne pouvaient plus se fier à personne.

Le dealer écarta sans ménagement un touriste allemand et força le passage aux portillons de sécurité. Puis il descendit au plus profond de la station, vers le RER.

Karim se trouvait à l'arrière d'un break gris, allongé sous une couverture malodorante, au milieu de cartons vides. Son chauffeur, sans âge, avait un physique quelconque, passe-partout. Leurs rapports s'étaient limités à l'échange des signaux de reconnaissance et des ordres aboyés d'une voix faussement calme. *Le coffre... Sous le plaid...*

Il lui semblait qu'une autre voiture les suivait, avec deux hommes à son bord. Fennec l'avait aperçue en se couchant mais il ne s'était pas relevé pour vérifier qu'elle était toujours là.

Les seules choses qu'il pouvait voir pour le moment étaient les halos orangés des lampadaires autoroutiers qui défilaient au-dessus de sa tête. Ils étaient sur l'A1 s'il avait bien lu le panneau indicateur, un peu plus tôt. Une vision fugace, ils roulaient tellement vite. Il ferma les yeux. Les tensions et les peurs accumulées au cours de l'année précédente refluaient d'un seul coup et il était trop fatigué pour se demander pourquoi on l'emmenait vers le nord.

Karim s'endormit sans s'en rendre compte.

21/12/2001

À LA UNE

DRAME AU CHÂTELET : DEUX MORTS DANS UN INCENDIE CRIMINEL / PYROMANE : PARIS S'EMBRASE SOUS LES FLAMMES D'UN RÉCIDIVISTE / LE CORPS DU TERRAIN VAGUE ÉTAIT BIEN CELUI DU PETIT DISPARU / LA POLICE RIPOSTE PENDANT UNE COURSE-POURSUITE / CINQ POLICIERS TABASSÉS LORS D'UNE RIXE / LE MEURTRIER DES BEAUX QUARTIERS AVOUE / LES GENDARMES TUENT DEUX FUYARDS / UN PRISONNIER S'ÉVADE AU VU ET AU SU DE TOUS / PARIS : DES FONDS SECRETS MUNICIPAUX EXISTAIENT-ILS ? / FAILLITE : NOËL SANS JOIE CHEZ LE FABRICANT DE CHAUSSURES / FÊTES : COMMENT CHOI-

Ponsot retrouva Magrella en milieu de matinée. « Merci de m'avoir prévenu. »

Le policier du 36 l'attendait dans la rue Saint-Germain-l'Auxerrois, en retrait du quai de la Mégisserie. Il paraissait exténué et se contenta dans un premier temps de conduire son ami dans une courette sombre. « On n'a toujours pas retrouvé Messaoudi. On a vérifié chez lui mais rien, pas la moindre trace. » L'un des bâtiments qui l'entouraient, noirci de suie, était vraisemblablement l'hôtel Forum. « En revanche, Touati et deux de ses sbires étaient toujours là-bas et… Enfin, ils ne t'emmerderont plus.

— Pourquoi ?

— Mohamed et un de ses mecs ont été descendus. Tirs groupés, deux fois deux impacts, à la poitrine. Très propre, comme à la foire. On a les douilles, pas de marque, pas d'empreinte. Le dernier a été égorgé, après s'être défendu apparemment. Le légiste pense que ses blessures lui ont été infligées par une arme très tranchante à lame courte de type scalpel, couteau de botte, ou cutter. Introuvable.

— Le pistolet de l'assassin ? »

Magrella fit non de la tête. « Pareil. Touati en avait bien un à la main, un pétard russe je crois, mais les calibres ne correspondent pas. C'est du 9 mm qui a tué, le genre qui fait des trous petits devant et gros dedans.

593

— Balles expansives ?

— Oui. Un des *salafis* avait un cran d'arrêt sur lui, il n'a pas eu le temps de le sortir. »

Ponsot observait toujours la façade arrière du Forum. La plupart des fenêtres étaient brisées, à cause de l'incendie, mais fermées. Une seule était ouverte, au second. « Que s'est-il passé chez Messaoudi, à ton avis ?

— Sayad arrive sur place en fin de journée. Il reste jusqu'à ce que Nezza se barre et que Touati arrive avec sa bande. Nous, on suit le dealer et donc, on s'arrache aussi. Les quatre autres campent cité Lepage. À partir de là, possible que les choses tournent mal entre eux. Peut-être aussi que quelqu'un d'autre débarque mais je n'y crois pas. Mon petit doigt me dit que c'est *Superbe* qui a fait le coup, pour se défendre, sinon, vu ce qu'on sait du bonhomme, il s'y serait pris autrement. Une fois sorti d'affaire, il a pris la tangente. J'ai lancé un avis de recherche mais je doute d'obtenir quoi que ce soit.

— Pourquoi ?

— Parce qu'à cette heure-ci il a déjà changé de peau. »

Ponsot acquiesça. Plus besoin de s'étendre sur le sujet. Ils suspectaient Sayad d'être un pro depuis longtemps et la façon dont il avait expédié les trois barbus ainsi que les munitions utilisées ne faisaient que le confirmer. « Et ici ?

— Gros bordel. » Magrella ouvrit un carnet de notes. « Nezza arrive à vingt-deux heures treize, après nous avoir baladés dans tout Paris pendant une heure. Un gros quart d'heure après, à vingt-deux heures vingt-neuf, un clodo se pointe, suivi par une bagnole de la BAC. Les collègues sont sur le mec depuis sa sortie de taule, c'est un pyromane et ils craignent la récidive. On a été servis. Le gazier s'est énervé de les avoir sur le dos, il a foutu le feu à une poubelle dans le hall puis il est ressorti, chassé par le gardien de nuit.

— Il dit quoi, lui ?

— Rien. Issa Diouf, Sénégalais, quarante et un ans, employé de l'hôtel depuis trois ans, musulman mais clean. Il restait deux clients dans l'hôtel, un couple d'Anglais. En voyage de noces. M. et Mme Andrews. Ils ont cramé.

— J'ai lu le journal. Et Nezza, il l'a vu ?

— Non. Il prétend qu'il a passé un long moment dans la cuisine pour se préparer sa bouffe. Je n'ai pas de raison de ne pas le croire. Plus personne n'a vu Nouari après son arrivée. Je pense qu'il a pris peur quand l'alarme s'est mise à gueuler et qu'il a foutu le camp par cette cour. On ne l'avait pas repérée avant l'incendie.

— On ne peut pas toujours tout savoir. Qu'est-ce qu'il est venu foutre ici ? »

Magrella leva les mains avant de les laisser retomber en signe d'impuissance. « Voir les Anglais, à mon avis.

— Ah, pourquoi ?

— Je ne sais pas encore. Ils occupaient la chambre 22 et ça c'est intéressant. Ils n'ont pas eu le temps de sortir et c'est bizarre parce que tout laisse penser qu'ils étaient conscients au moment du drame. Nous en sommes presque sûrs en ce qui concerne la femme, parce qu'elle n'a pas brûlé sur le lit. Bon, en tout cas, ce qui nous intéresse se passe au second. »

Ponsot releva les yeux vers l'immeuble et la fenêtre ouverte. « Cette fenêtre, là…

— J'y viens, attends, il y a d'abord un autre détail marrant. Il y a une sortie de secours à l'extrémité des couloirs de chaque étage. Celle du second était bloquée, de l'extérieur. Quelqu'un a voulu s'assurer que personne ne le suivait et donc… »

L'officier des RG lui coupa la parole. « Pour sortir, si l'incendie faisait rage dans le reste du bâtiment et que la porte était condamnée, il ne restait que… » Sans la regarder, il montra la façade.

Magrella fit oui de la tête. « Tiens. » Il tendit un polaroïd de l'identité judiciaire à Ponsot. Le cliché montrait un appareil électronique brisé. « On l'a trouvé là. »

Là, c'était juste en dessous de la fenêtre ouverte.

« Ça ressemble à une radio individuelle.

— C'est presque ça. C'est un scanner et pas d'un genre qu'on trouve dans le commerce.

— Branché sur vous ? »

Échange de sourires.

« Nezza a vu le grand méchant loup hier soir et il s'est peut-être déjà fait bouffer.

— Je ne crois pas. Un témoin oculaire a raconté à Jacquet qu'il avait essayé d'aider un homme très mal en point, *qui donnait l'impression de s'être fait renverser*, tout près d'ici, vers vingt-deux heures quarante. Il a décrit le type comme étant de taille moyenne, brun à cheveux courts et portant un treillis avec un blouson de moto. Il n'a pas reconnu Messaoudi d'après photo qui, de toute façon, n'avait pas ce genre de fringues sur lui. Dans le doute, Jacquet lui a aussi montré un portrait de *Superbe*, sans plus de succès. Il y avait quelqu'un d'autre. »

Ponsot regarda une dernière fois le deuxième étage. Belle chute. « Le troisième homme ?

— Ouais, quelque chose comme ça. »

Farez patientait dans sa voiture, nerveux, sur le parking du Carrefour de Montreuil, lorsque Kamel le rejoignit. Beaucoup de gens qui allaient et venaient avec leurs courses.

« Que se passe-t-il ? » Les yeux de Ksentini, mobiles, réagissaient au moindre mouvement. Il n'appréciait pas d'être là lui non plus, cela se sentait.

« Nezza a pris contact, en direct. Il ne veut plus passer par les filières prévues. Il dit qu'il a failli être arrêté, hier, et qu'il veut me voir en personne. Il a parlé de l'incendie dans le centre de Paris. Il était là-bas, apparemment.

— A-t-il précisé s'il avait le paquet ? »

Farez hocha la tête.

« Où souhaite-t-il te voir ?

— Il m'a donné rendez-vous dans une fête sauvage près de Compiègne. Cette nuit.

— Tu as été suivi ? » Kamel regarda une nouvelle fois tout autour de lui avant de revenir à son compagnon, qui lui répondait que non. Deux choix s'offraient à lui. Faire taire Khiari maintenant, définitivement, et disparaître. Tant pis pour la mission, peu de gens le connaissaient sous l'identité de Kamel Ksentini en dehors de ses complices au sein de *El Hadj* et de ses chefs, en Afghanistan. Il pouvait aussi rester et continuer. Sa vengeance n'était pas encore accomplie. L'idée de laisser les Français s'en tirer à si bon compte lui tordit le ventre.

Moins qu'avant cependant.

Renoncer, avancer, il vacillait.

Il y avait des risques. Il fallait sortir du bois, aller à la rencontre de Nezza. Or, il sentait une présence maléfique autour d'eux, depuis longtemps. Depuis ce jour où le dealer avait parlé de la visite de la police. Mais il n'avait rien fait. Pas jusqu'à maintenant, comme un imbécile. Ce soir, il se rattraperait, il couperait tous les ponts sauf un, le dernier. « Tu vas aller là-bas récupérer ce qu'il doit te donner.

— Tu crois, *ghouia* ?

— Fais-moi confiance, mon frère, tout se passera bien.

— *Al-hamdoulillah.* »

Fri 21 Dec 2001, 19:07:15 +2000
From : latrodecte@hotmail.fr
To : latrodecte@alteration.com
TR : *blank*

Fri 21 Dec 2001, 13:38:22 +4000
From : papy@sever.org
To : epeire@lightfoot.com
blank

> *J'ai été déçu d'apprendre le départ précipité de ton ami, j'aurais tant aimé lui parler. Je vais cependant essayer de me débrouiller avec ce qu'il t'a confié. Prends soin de toi et profite des vacances de Noël.*
> *Ton grand-père qui t'aime.*

Vendredi 21/12/01 @ 19:41
De : Amelbal@voila.fr
À : Servier@nextstep.co.uk
Sujet :

> *Les autres portes se sont-elles refermées ?*
> *Amel*

Nezza gara la voiture qu'il avait volée pour venir dans la zone qui servait de parking. Il s'était placé derrière un camion militaire reconditionné aux plaques belges, juste à côté du chemin d'accès. Il n'était pas encore très tard mais les champs envahis par la *freeparty* étaient déjà couverts de tentes, de stands, de murs d'enceintes et de *chépers* qui sautillaient sur place, oublieux de leur environnement.

Il slaloma entre les obstacles et les gens, se boucha plusieurs fois les oreilles à proximité des *sons* les plus puissants, déjà lancés dans des défis de basses, et trouva enfin les *Deepcore*. Le groupe de DJ, plutôt réputé dans le milieu, était programmé pour cette fête depuis plusieurs semaines. C'est au pied de leur installation qu'il avait donné rendez-vous à Farez.

Une fois cet emplacement identifié, Nouari fit un long tour dans la fête, pour semer une éventuelle filature et localiser d'autres voies de fuite. Ensuite, un peu calmé, il acheta de quoi manger et alla se cacher entre deux voitures, dans le noir, pour attendre.

22/12/2001

Farez arriva vers une heure trente du matin, en avance. Il laissa lui aussi sa voiture dans la zone de parking, prêt à démarrer au plus vite. Mal à l'aise, il n'arrêtait pas de se passer la main sur son menton qui le démangeait. Kamel lui avait conseillé de raser sa barbe et il s'était plié à cette exigence de mauvaise grâce. Il s'était également habillé en tenue de ville, la plus décontractée possible, sans parvenir tout à fait à passer inaperçu, tant à cause de son âge que de ses fringues, trop colorées. Le noir et le kaki régnaient en maîtres autour de lui.

D'un pas hésitant, il s'enfonça dans la fête, révolté par le spectacle impie qui s'offrait à lui.

Ksentini, incognito, vit son compagnon d'armes arriver en voiture, s'arrêter et ne le quitta pas des yeux lorsqu'il laissa son véhicule pour partir à la recherche de son lieu de rendez-vous.

Farez faisait attention à son environnement autant qu'il le pouvait, à la recherche de suiveurs, mais il était déconcerté par l'énergie sauvage qui s'était emparée de cet endroit. Il n'aperçut donc pas Kamel, qui marchait à quelques pas de lui, déguisé en *teufeur*, casquette militaire bien vissée sur la tête. Il trouva enfin l'emplacement des *Deepcore* et, à l'heure dite, se positionna juste devant, relativement isolé et visible sous un spot.

Cinq minutes passèrent. Dix. Rien d'autre ne venait à sa rencontre que des vagues de percussions vibrantes, lourdes, accélérées et écœurantes. Une ombre se présenta enfin devant lui, qui, l'instant d'avant, s'extrayait d'un groupe d'adolescents extatiques.

Nouari.

Non loin de là, invisible à la frontière entre la pénombre et la lumière, Ksentini observait les deux hommes qui se parlaient à l'oreille. Il ne repéra rien de suspect alentour, pas d'autre regard trop fixe posé sur eux. Un objet changea de main et Farez s'éloigna, sans que personne ne le file.

La voie était libre, il pouvait entrer en scène. Nouari venait de remettre le dernier message qu'ils attendaient. À partir de maintenant, le noyau de la cellule *El Hadj* pouvait fonctionner en autonomie complète. Nezza était le seul lien qui restait entre lui et Farez, et les gens du 20e, qui constituaient la partie vulnérable de l'organisation ici, en France. Nezza représentait donc un risque sérieux. Tant qu'il était en vie.

Nezza attendit un peu, nonchalamment appuyé contre la carrosserie d'un *camtard*, avant de se mettre à son tour en route vers la sortie. Il prit son temps, discuta au passage avec un type livide et maigrelet, flanqué de quelques chiens faméliques sans laisse et d'une gamine qu'il tirait fermement derrière lui par le poignet, et poursuivit sa route jusqu'au parking.

Kamel réduisit la distance. Dans la poche de son parka, sa main serrait un Opinel déjà ouvert. Il vit Messaoudi s'approcher d'une voiture, jeta un dernier coup d'œil alentour et franchit les derniers mètres qui le séparaient de sa victime d'un pas rapide, noyé dans les échos de la musique.

Le juron de Nezza fut étouffé par la main qui venait de se plaquer sur sa bouche. Il ressentit aussitôt une vive douleur au cou lorsque le couteau pénétra à plat, tranchant de la lame vers l'avant, par le côté.

Ksentini chuta volontairement au sol, tenant fermement le dealer pour l'entraîner avec lui. Ils glissèrent le long d'une carrosserie. Poussée sur le manche pour déchirer la gorge sur toute sa largeur. Nouari, face contre terre, ne cria même pas et cessa de bouger après quelques secondes. Essoufflé, le cœur affolé dans sa poitrine, Kamel se redressa pour vérifier que personne n'avait rien remarqué puis, du pied, fourra le cadavre sous le véhicule le plus proche.

La chaîne était brisée.

Le chauffeur du semi-remorque de ferraille avait laissé Novo Mesto derrière lui quelques heures plus tôt. Il décida de s'arrêter une dernière fois à Kranj avant de quitter la Slovénie. Il entra dans la station-service déserte, salua l'employée qui ne lui répondit pas et s'installa pour boire un café. Il pleuvait, ce qui n'aidait pas à rendre le paysage gris moins triste. La route jusqu'à Sölden s'annonçait longue et ennuyeuse, et il ne put réprimer un bâillement.

En fait, il ne s'était arrêté que pour repousser encore un peu le passage à la frontière autrichienne. C'était le dernier obstacle un brin délicat. Ensuite, dans l'espace Schengen, il n'y aurait plus de contrôle sur les routes et les kalach' dissimulées dans son vrac de métaux auraient toutes les chances d'arriver à bon port. Mais cette partie du transport ne le concernait pas, d'autres se chargeraient de ces acheminements.

Ce que le chauffeur ignorait, parce que ses commanditaires n'avaient pas jugé utile de le lui dire, de crainte qu'il leur réclame plus d'argent, c'était que les enjeux étaient cette fois un peu plus élevés que d'habitude. Au milieu de sa cargaison illicite se trouvaient en effet deux fûts venus de très loin, qui entamaient ce jour l'avant-dernière étape de leur long périple. S'il avait été mis au courant de ce détail, il aurait sans doute prié plus fort pour que le contrôle douanier à venir se fît sans excès de zèle.

23/12/2001

Kamel fit rouler la grosse poubelle métallique vide dans la cour de son garage désaffecté. L'espace était cerné de hauts murs aveugles, en fait les culs des bâtiments mitoyens, et totalement nu. Il revint peu après avec un sac plastique dont il versa le contenu dans le fût avant de le recouvrir d'essence et de l'enflammer. Une fumée noire et grasse s'éleva aussitôt dans les airs et, à l'aide d'un fer à béton, il remua ses fringues de la veille pour s'assurer qu'elles brûlaient correctement.

Tout en surveillant le feu, il mit en place la puce de mobile que Farez lui avait remise plus tôt dans la matinée. Son complice lui avait également transmis les dernières instructions verbales de Nezza, qui les tenait du maillon précédent. *Harjih*, à l'envers. Hijrah, l'Hégire. L'action se passerait en juillet 2002, déjà 1423 selon le calendrier musulman. Le téléphone, une fois allumé, lui demanda son code PIN. Il composa 3241 sur le clavier. Quelques secondes plus tard, il entendit le signal d'arrivée d'un message texte, *23/12/01 10:14 Green — Arnold 196 — 33.*

Green. L'opération était validée pour la seconde et dernière fois.

Kamel soupira, sans trop savoir si c'était de soulagement ou de déception. Le reste du message lui indiquait où trouver ce qui lui manquait, et quand. Il jeta un œil au baril, ses vêtements étaient presque entièrement consumés mais il voulait être sûr. Il partit donc chercher un peu de bois de chauffe avec lequel il alimenta le foyer. Nouvelle rasade d'essence, le feu repartit de plus belle. Ksentini récupéra la puce, la cassa en deux et la laissa tomber dans les braises, fit de même avec le téléphone, donna encore un ou deux coups de tisonnier et dégagea. Il avait beaucoup de travail devant lui.

Amel ouvrit les yeux en fin de matinée, sur une pièce qui ne lui était pas inconnue mais plus tout à fait familière, et il lui fallut quelques instants pour se souvenir des couleurs, des affiches et du mobilier de la chambre de son enfance. Elle était chez ses parents et, avec cette prise de conscience, les souvenirs de la veille remontèrent à la surface. Il y avait eu une énième dispute avec Sylvain, déclenchée par une double découverte, elle prenait toujours sa pilule et lui surveillait son courrier électronique. Ils s'étaient mis en colère, avaient hurlé et elle avait enfin trouvé l'énergie d'aller jusqu'au bout du projet annoncé deux semaines plus tôt à sa mère : quitter son mari. Les cris et les larmes, la douceur retrouvée pendant un court répit n'y avaient rien changé : vers minuit, elle s'était retrouvée dans un taxi en route pour Le Plessis-Trévise et la maison de ses parents, morts d'inquiétude.

L'idée de ce départ anticipé fit naître en elle quelques remords. Amel doutait, les bons souvenirs refusaient de céder complètement la place à l'amertume des derniers mois. Il y avait eu des moments très doux et des circonstances extérieures difficiles, beaucoup d'erreurs des deux côtés. Mais elle était soulagée de ne plus avoir à mentir, à son mari comme à elle-même. Prendre du recul. Alors même que ces mots faisaient leur chemin dans sa tête, elle attrapa son téléphone portable et le mit sous tension. Il bipa une dizaine de fois, appels en absence, signala trois messages vocaux. Sylvain, Sylvain et... Sylvain. Sa voix était de plus en plus enrouée à mesure que les heures passaient et les tentatives se succédaient, son chagrin prenait consistance dans ses oreilles. Dans sa dernière communication, il pleurait. Il l'aimait, il était prêt à tout, il ne voulait pas la perdre, elle était trop importante.

Amel dut lutter pour retenir ses propres larmes. Elle effaça les traces de son mari, regarda un long moment son portable, s'en voulut de penser à cet autre qui refusait à présent de se manifester. Plus de mails, plus de coups de fil. Elle composa le numéro de Servier. Elle le connaissait par cœur pour avoir tenté de lui téléphoner à de nombreuses reprises au cours de la quinzaine écoulée. Sans jamais parler après le *bip*. La messagerie lança son annonce, qui s'acheva. Silence. « Je l'ai quitté. » Elle raccrocha.

Karim patientait dans un manoir perdu en pleine campagne, la tête pleine des images des ultimes heures de sa mission. La première nuit, il n'avait fait que dormir, à nouveau en paix, à l'aise dans ce cadre rassurant. La violence de son action n'était revenue hanter son sommeil qu'hier, avec son lot de culpabilisation — sa mission était un échec — et de remords. Ce n'était pas la première fois qu'il donnait la mort mais jusqu'ici tout s'était toujours déroulé sur des théâtres d'opération militaires, contre des soldats en arme. D'aucuns avanceraient l'argument que l'Europe continentale était déjà un théâtre d'opération militaire qui s'ignorait, mais cela n'atténuait en rien les émotions qui agitaient Fennec après qu'il eut ôté la vie à trois hommes. Même si ceux-ci n'avaient probablement pas été animés d'intentions amicales lorsqu'ils étaient venus le chercher.

La vision du visage de Mohamed, au moment où les balles l'avaient frappé, l'obsédait. Il revoyait l'incrédulité de ses traits, mais pas seulement, il y avait autre chose. Et le seul mot que Karim parvenait à coller sur ce ressenti était *libération*. Comme si la mort avait permis à l'imam de quitter un monde qui ne lui convenait vraisemblablement plus dans l'espoir d'un au-delà meilleur. Savoir cela n'aidait pas beaucoup et venait s'ajouter à son inquiétude grandissante.

S'il était libre de ses mouvements à l'intérieur de la propriété où on l'avait abrité, Karim ne pouvait la quitter pour autant. À cette minute même, deux *surveillants* suivaient de près sa promenade dans le parc clos qui entourait la maison. Ils faisaient partie d'un groupe de huit gardiens, qui se relayaient par équipes de quatre, chargés de veiller sur cette demeure et ses invités. Un haut mur en pisé entourait le jardin qui passait, au plus près, à une vingtaine de mètres du corps de bâtiment principal, où tout le monde logeait. L'environnement était sous contrôle. Caméras à l'intérieur et à l'extérieur, capteurs de mouvements qui allumaient de puissants spots dès que l'on passait à proximité, et un système d'alarme équipé de sondes volumétriques et à vibration.

La DRM n'en avait pas encore fini avec lui et tenait à le garder au chaud.

Il s'approcha du portail d'entrée en fer forgé, le seul point non aveugle de l'enceinte, par lequel on apercevait ce qui se passait à l'extérieur. De l'autre côté de la grille, de part et d'autre de la voie d'accès, un bois de feuillus dénudés ceignait presque entièrement le manoir et ses dépendances. Sauf au sud-est, où une plaine de champs en friche s'étendait à l'infini. Karim l'avait vue depuis sa chambre du second et s'était orienté à l'aide de quelques apparitions timides du soleil.

L'idée de quitter cet endroit occupait un coin de son esprit depuis la veille, lorsqu'il s'était rendu compte qu'il ne pouvait ouvrir discrètement la fenêtre de sa chambre, elle était scellée. Quand bien même serait-il arrivé à descendre deux étages sans encombre, il lui aurait fallu éviter les chiens dressés qui étaient lâchés tous les soirs.

Fennec fit demi-tour pour rentrer. Il gravissait les marches du perron lorsque le bruit d'un moteur monta derrière lui. L'homme qui marchait à ses côtés ne parut pas surpris, il s'attendait sans doute à cette visite. Les deux pans du portail s'écartèrent automatiquement et une berline grise pénétra dans le parc.

Karim regarda sa montre, il était quinze heures quatre.

La voiture s'arrêta devant lui. Louis en descendit, souriant. Le moment du débriefing était arrivé.

24/12/2001

Rave mortelle. Drogue — Plusieurs centaines de jeunes se sont retrouvés, dès vendredi soir, en forêt de Compiègne pour une « rave-party ». Dimanche après-midi, un homme âgé d'une trentaine d'années a été retrouvé sous une voiture, égorgé. Selon les enquêteurs, il pourrait s'agir d'une mort liée à une affaire de drogue. La victime, dont le nom a pour le moment été tenu secret, était en effet connue des services de police. Elle aurait été impliquée dans plusieurs dossiers de trafic de stupéfiants.

La législation « anti-rave » toujours peu appliquée — Malgré une parution au *Journal officiel* ayant suivi de peu le vote parlementaire du 15 novembre 2001, le volet « rassemblements festifs à caractère musical » de la LSQ (loi sur la sécurité quotidienne) n'a toujours pas fait l'objet d'un décret du Conseil d'État [...].

24/12/01. C'est Noël — [...]

Kamel regardait sa paume droite qui vibrait, la tension, dans la lumière crue de sa lampe de chevet. Il était nu, en sueur et ce qui lui restait de dignité s'écoulait, gluant, entre ses doigts. Il pensa à sa chute, se sentit seul. Quelques années plus tôt, le laïc qu'il avait toujours été célébrait régulièrement Noël avec son épouse et ses enfants, pour faire plaisir à ces derniers et leur offrir ces cadeaux français objets de toutes leurs convoitises. Emporté par l'élan festif de cette soirée, il trouvait en général la force de baiser sa femme tout en pensant à ceux qu'il rejoindrait au petit matin, dans l'appartement qu'il louait spécialement près du marché Triolet, à Alger.

Toutes ces choses qui lui étaient si chères se trouvaient à des centaines de kilomètres, peut-être hors de portée pour toujours. Il craignait de ne jamais plus en disposer. Cinq ans qu'il ne savait plus rien de ses gosses. Au moment de sa disgrâce, leur mère les lui avait arrachés. Impossible ne serait-ce que de les effleurer ou de les apercevoir de loin, une dernière fois.

Cinq ans qu'il se retenait également de toucher un corps gracile et offert.

Cinq ans qu'il mentait, par peur.

Cette émotion, c'était tout ce qui lui restait. Et son intensité était montée d'un cran depuis la mort de Nezza. Il était exténué de ne plus oser fermer l'œil. Chaque fois qu'il se laissait aller, il se retrouvait collé au dealer sur le sol, tout près de son cou, avec son visage qui recevait de plein fouet les vagues de tiédeur métallique du sang qui s'échappait de la gorge béante. Avec ses oreilles qui entendaient le gargouillis infâme provoqué par les dégâts de l'Opinel.

Il n'avait pas tremblé alors. Il le faisait depuis.

Farez n'avait rien dit mais il était devenu bizarre après ce soir-là. Il ne lui pardonnerait pas s'il était mis au courant, et il l'égorgerait sûrement à son tour. Encore plus s'il apprenait qui était réellement Kamel. Subitement, l'idée lui traversa l'esprit que Khiari était peut-être déjà au courant et qu'il avait été chargé de le liquider une fois le travail accompli. C'était possible, les gens qui leur donnaient des ordres ne pourraient jamais comprendre la beauté de ses relations avec les enfants. Et eux savaient.

Kamel se recroquevilla en position fœtale et, la tête dans les mains, ignorant l'humidité et l'odeur du sperme, se mit à pleurer sur son lit.

25/12/2001

Chez les Ponsot, l'habitude voulait que les cadeaux fussent échangés le 25 décembre. Du coup, sa fille en avait profité pour inviter Mourad. Pour le moment, timide, celui-ci n'osait pas s'avancer vers le sapin.

Ponsot s'approcha de lui et sentit l'adolescent se contracter encore plus. « Marie a préparé un paquet pour toi. » Il montra le pied de l'arbre de Noël. « Le bleu, là. Tu devrais aller le chercher, sinon elle va faire la gueule. »

Il vit un sourire se dessiner sur le visage du garçon, sans parvenir à décider s'il était dû à la joie de recevoir quelque chose ou à celle de pouvoir s'éloigner de son terrible *beau-père*. Ponsot l'observa tandis qu'il défaisait plusieurs couches d'emballage et, malgré lui, secoua la tête. Il ne durerait pas longtemps, pas assez de nerfs pour son aînée. Elle avait trop besoin d'être cadrée. Dommage, il l'aimait bien, pour une fois qu'elle ne leur ramenait pas un crétin gavé de football et de jeux vidéo.

Au moment même où cette pensée lui traversait l'esprit, son fils poussa un grand cri de joie. Il venait de découvrir l'un de ses cadeaux, celui qu'il attendait le plus. Un jeu de guerre pour sa *Playstation*. Il se déroulait dans un univers où tout était facile, il y avait des armes, des méchants bien identifiés, il fallait les tuer et, si par malheur le joueur venait à mourir, il était possible de recommencer à zéro.

Aucune douleur, aucune tristesse, pas de risque d'échec ou de conflits d'intérêts qui faisaient que parfois, en dépit de la meilleure volonté du monde, avancer dans la bonne direction devenait problématique. Pas de patron qui vous invitait à *prendre des vacances* ou à *penser à vos proches*.

Il aurait dû se réjouir de passer un peu de temps avec les siens, pourtant lorsqu'il les regardait, Ponsot ne pouvait s'empêcher d'imaginer le pire. Il se demandait alors si, pour faire plus attention à eux, il ne devrait pas faire moins attention à eux, justement. Ou à lui.

« Asseyez-vous, capitaine Ramdane. » Un nouveau remplaçait Louis. Sans âge, grassouillet, le visage mou, yeux chafouins, le cheveu rare et gras ramené vers l'avant.

Karim prit place et l'écouta d'une oreille distraite débiter son boniment pour justifier sa présence puis expliquer qu'ils allaient ensemble passer en revue les onze derniers mois. La DRM voulait une seconde évaluation de la situation afin de se faire une idée plus précise de ce qui n'avait pas fonctionné. L'homme, qui s'était seulement présenté sous l'identité du *colonel Michel*, paraissait être de mauvais poil. L'agent comprenait. Être coincé le jour de Noël dans une cave humide perdue au milieu de nulle part, en face d'un opérationnel peu loquace parce que très éprouvé, n'était pas une perspective particulièrement réjouissante.

« Je voudrais d'abord vérifier les renseignements biographiques que l'on m'a transmis à votre sujet. N'hésitez pas à me corriger si je commets une erreur. » Michel se lança dans un récapitulatif administratif de la vie de Fennec, qui ne faisait plus attention à lui mais se concentrait sur une araignée d'une envergure impressionnante qui, à une allure de sénateur, remontait le mur situé dans le dos de son interlocuteur.

« Rien dit, c'est donc que tout va bien ? » Un temps. « Capitaine Ramdane, nous sommes bien d'accord ? »

Karim réalisa que l'officier s'adressait à lui. Il avait perdu l'habitude que les gens l'appellent par son vrai nom. Robert Ramdane. Capitaine Robert Ramdane. Presque un autre homme, un étranger. Dont il n'aimait pas le prénom. Depuis toujours. Il le renvoyait à ce camp de transit insalubre où il avait vu le jour. À l'époque, les fonctionnaires de l'état civil, un peu trop zélés, qui se retranchaient derrière l'excuse du *bien des enfants* pour masquer leur xénophobie rampante, imposaient aux parents *harkis* des prénoms français pour les nouveau-nés. Sa mère aurait aimé l'appeler autrement, elle avait même choisi Karim, elle le lui avait dit un jour, mais les petits kapos de l'administration ne l'avaient pas laissée décider. Ne pouvant être Karim Ramdane, il était devenu Karim Sayad.

Mais c'était fini, il devait réapprendre à vivre sans cette fausse identité.

« Avant de revenir au tout début de cette opération et à votre sélection, commençons par l'incident de la soirée du 20 décembre.

— J'ai déjà abordé cet épisode avec Louis.

— Je sais. Néanmoins, comme je vous l'ai expliqué, votre, notre hiérarchie a jugé utile de…

— Quand pourrai-je partir ? J'ai besoin de voir ma famille.

— Je comprends tout à fait, capitaine, plus que vous ne le croyez… Entre officiers de renseignement, je dirais même entre anciens *cyrards*… » La bienveillance forcée de Michel se mua en un ton plus cassant lorsqu'il comprit que sa piètre tentative d'empathie ne servait à rien. « Plus vite nous nous y mettrons… » Il ne termina pas sa phrase et se contenta de dévisager Karim par en dessous.

Après quelques secondes, celui-ci hocha la tête.

S'ensuivit un tir de barrage à propos du dernier jour de sa mission. *À quelle heure Nouari Messaoudi a-t-il quitté son appartement ? Savez-vous où il allait ? Est-ce qu'il avait des ennemis ? Pourquoi étiez-vous là ? Quand Mohamed Touati et ses deux hommes sont-ils arrivés ? Que s'est-il exactement passé à l'intérieur de l'appartement de Nouari Messaoudi ? Pourquoi avez-vous fait usage de votre arme ? Aviez-vous déjà entendu quelqu'un proférer des menaces à l'encontre de Nouari Messaoudi ? Un concurrent ? Un client ? Un autre isla-miste ? Auriez-vous connaissance d'autres planques de Nouari Messaoudi ? Avez-vous eu des contacts avec Nouari Messaoudi entre votre départ de son appartement et votre extraction ? Nouari Messaoudi avait-il des ennemis identifiés qui représenteraient un danger sérieux et immédiat pour lui ? Etc.*

Cette première série dura un temps indéterminé, une heure, peut-être plus, les menaces dont aurait pu faire l'objet Nezza revenant dans la conversation une bonne douzaine de fois. Karim finit par s'en inquiéter, cela sug-gérait que le dealer avait disparu ou même était mort et, surtout, que les services secrets n'y étaient pour rien, cette fois-ci. Mais qu'il était urgent de le retrouver.

Michel changea brusquement de sujet et s'intéressa à la procédure d'exfiltration. Une nouvelle litanie dé-buta. *Lorsque vous avez quitté l'appartement, qu'avez-vous fait ? Comment vous êtes-vous débarrassé de votre arme ? Où ? Pourquoi ? Qu'est devenu le cutter qui vous a servi à tuer le* salafi...

25/12/01 @ 15:02
De : Servier@nextstep.co.uk
À : Amelbal@voila.fr
Sujet : Vacances, j'oublie tout...

> *J'ai quitté Paris. Je t'attendrai jusqu'à 22 h 30 le 27/12 à l'arrêt de car de Monistrol-d'Allier.*
> *JLS*

27/12/2001

Kamel, un petit sac à dos en toile sur l'épaule, entra dans un cybercafé à l'écart de la place de l'Odéon et s'approcha de la fille qui tenait la caisse. « Bonjour, j'ai besoin d'une machine branchée sur Internet, avec Office. J'aurais aussi besoin de sauvegarder des documents sur mes disquettes.

— Il faut que je les vérifie.

— Pardon ?

— Vos disquettes, je dois les vérifier d'abord, pour les virus. »

Ksentini récupéra une boîte de supports vierges, encore sous cellophane, et la lui tendit.

« Ça ira. »

La jeune femme lui indiqua un numéro d'ordinateur et il alla s'asseoir. Sans perdre de temps, il lança le navigateur Internet et entra l'adresse d'un site d'albums photos personnels en ligne. Pendant que la page d'accueil commençait à s'afficher, Kamel inséra un disque neuf dans son PC. Il tapa *Arnold196* dans la fenêtre de recherche et arriva à une série de soixante-sept clichés de vacances parfaitement anodins. Clic droit sur le numéro 33 qu'il enregistra pour l'emporter avec lui. Dissimulées parmi ses innocents pixels se cachaient des instructions pour établir le contact avec les individus chargés d'acheminer le Vx en France.

Il effaça l'historique de ses opérations et se leva pour retourner à l'accueil.

« Vous avez déjà fini ?

— J'ai oublié mes brouillons.

— On facture à la demi-heure et toute session entamée est due.

— Ce n'est pas grave, je vais régler et j'en profiterai plus tard.

— Non, ça ne marche pas comme ça.

— Tant pis alors. »

Kamel paya la fille avec un sourire et s'en alla.

La première chose qui vint à l'esprit d'Amel lorsqu'elle arriva dans le hall de la gare de Lyon fut le visage affolé de Jean-François Donjon. Cette image la frappa et elle faillit repartir immédiatement. Elle entra néanmoins après quelques secondes de flottement et s'arrêta au pied de l'escalier monumental du Train Bleu. Elle n'avait pas saisi alors l'état de tension du jeune homme, désemparé, aux abois, enfermé dans un univers trop complexe et violent pour lui. Rougeard non plus. Deux aveugles trop occupés à savourer leur succès, ils avaient démasqué *Martine*.

Depuis, il était mort et elle se sentait en partie responsable.

Ce souvenir en réveilla d'autres qu'elle s'efforça de chasser aussitôt. Elle ne pouvait aborder le périple à venir dans un tel état d'esprit, elle était déjà si peu sûre de ce qu'elle faisait là. Elle quittait son mari et retrouvait ses parents pour s'en aller à nouveau très vite, trop peut-être, rejoindre un type dont elle ne connaissait presque rien.

Ses yeux fouillèrent le tableau général des départs à la recherche du train de Clermont-Ferrand, sa première étape. Le quai n'était pas encore affiché. Encore un peu de répit.

Elle ne savait pas grand-chose, à commencer par ce qu'elle désirait vraiment. Sa mère le lui avait fait sèchement remarquer le matin même. Elle aurait dû l'écouter et renoncer à ce voyage. Mais cette recommandation comme son refus étaient autant de signes d'un retour à la normale. Rien n'avait changé entre elles. Une pensée réconfortante.

Une voix féminine monocorde annonça l'arrivée d'un TGV en provenance de Genève.

Le regard d'Amel dériva sur la foule, dense, tout à ses affaires ou ses vacances, dans laquelle croisaient, vigilants, d'omniprésents policiers. Une surveillance renforcée qui empêchait d'oublier le message d'insécurité permanente. Les gens continuaient pourtant comme si de rien n'était. Jamais pendant les fêtes. Le Jour de l'An approchait, c'était le temps du repos bien mérité, des retrouvailles familiales, le début des sports d'hiver. Le reste n'avait plus d'importance.

Elle aurait aimé le croire.

Karim signa de son vrai nom la lettre qu'il terminait juste d'écrire à ses parents. Une correspondance simple, rassurante. En surface. Il n'avait pu s'empêcher de mentionner des épisodes de Bias au cours desquels ses parents avaient dû faire preuve d'un grand courage pour s'en sortir. Il évoquait même l'incident du prénom sans trop savoir si sa famille saisirait l'allusion, comprendrait que quelque chose n'allait pas. Son courrier était transmis dans les mêmes conditions que lors de son infiltration. Tout retour lui parviendrait également. A priori. Il était probable que ses communications fussent examinées.

Il n'avait plus affaire qu'à Michel. Louis ne semblait pas devoir revenir. Il avait l'impression que son service cherchait à l'isoler. Les entretiens avec son nouveau traitant lui posaient problème. L'homme avait une connaissance beaucoup plus approfondie de son dossier qu'il ne le laissait entrevoir. Il avait eu accès à tout, y compris ses notations, et Fennec sentait, à travers certaines de ses remarques, qu'il cherchait à déconstruire sa personnalité pour mieux la reconstruire. Cette impression était confirmée par la façon dont il abordait le passage en revue de l'opération. Comme s'il récrivait l'histoire des derniers mois. Michel le testait souvent, notamment sur ses loyautés. Il envisageait sans doute la possibilité que l'agent ait pu être retourné et que ce fiasco ne soit qu'une vue de l'esprit, une intoxication à l'envers.

C'était absurde, l'ennemi n'était pas assez organisé pour préparer un coup pareil. L'époque des agents doubles ou triples était un souvenir de la guerre froide.

Quelqu'un frappa à la porte de sa chambre. C'était l'un de ses gardiens qui lui annonçait que *le colonel l'attendait en bas*. L'homme lui sourit, ils étaient du même bord. Karim avait sympathisé avec ceux qui lui tenaient compagnie vingt-quatre heures sur vingt-quatre. Après sept jours de vie commune, tous s'installaient dans une forme de routine, ils faisaient même du sport ensemble.

« J'arrive. » Fennec colla l'enveloppe et la donna au messager avant de le suivre à la cave.

Le car s'arrêta à proximité d'un abri de béton blanc, après une demi-heure de trajet sinueux, sur une route enténébrée bordée de grands conifères évocateurs de forêts profondes. Plus ils s'étaient éloignés de Saint-Georges-d'Aurac, plus le paysage avait paru se retirer derrière un épais rideau de brume. Il était toujours là cependant, autour d'eux, invisible et angoissant.

Amel frissonna lorsqu'elle descendit sur la chaussée humide, derrière une autre femme et sa fille. Elle considéra tour à tour le brouillard, qui s'accrochait, le halo blanc faiblard d'un lampadaire isolé, qui ne prodiguait ni éclairage ni réconfort, et, un peu plus loin en contrebas, à deux ou trois cents mètres, d'autres poches de lumière fantomatiques qui dévoilaient avec peine les contours anguleux et trapus des premières maisons du village.

La porte automatique se referma et, bientôt, l'autocar fut aspiré par la nuit de coton.

Un homme attendait les deux autres voyageuses de l'autre côté de la route. La gamine se rua dans ses bras avant que sa mère ne l'embrasse plus timidement en surveillant ses arrières. Père, mari. Famille. Amel sentit leur hésitation, une envie de venir lui parler et peut-être lui proposer de la déposer quelque part. Mais elle ne savait pas où aller au-delà de ce bled et ils se détournèrent finalement pour monter en voiture.

Bientôt, il n'y eut plus de bruit.

Dix minutes s'écoulèrent, sans fin ni signe de Jean-Loup Servier. La brume, plus épaisse encore, noyait tous les sons dans un quasi-silence étouffant. Amel n'avait pas l'habitude de ce genre d'atmosphère. Elle avait froid, se sentait très vulnérable de se retrouver seule ainsi, dépendante, et chercha donc son portable dans ses affaires, pour se donner un peu de courage. Aucun signal. Tout juste consentit-il à lui indiquer l'heure et lui confirmer qu'elle n'était pas en retard.

Nouveau laps de temps assourdi passé à regretter le voyage. Amel se leva et ramassa son bagage. Elle allait descendre au village pour trouver un bar, n'importe quel endroit ouvert, où elle pourrait téléphoner.

« Il fait un peu froid ce soir, non ? »

Ce ne fut pas tant la voix de Servier que sa silhouette, immobile contre l'un des piliers de l'abri, qui surprit la jeune femme. Elle ne l'avait pas vu approcher. Passé le premier sursaut, elle entrevit un sourire bienveillant. Elle fut tentée de se laisser aller vers lui, mais la tension était toujours là et elle ne bougea pas. « J'ai cru que tu avais oublié. »

Pour toute réponse, Jean-Loup attrapa son sac de voyage et lui demanda de le suivre. Elle remarqua sa démarche un peu raide. « Tu t'es fait mal ?

— Mauvaise chute. J'ai glissé dans un thalweg.

— Un quoi ?

— Une sorte de crevasse. Pardon pour cette attente. Tu as fait bon voyage ? » Il la guida vers un chemin de traverse qui croisait la route à une vingtaine de mètres de l'arrêt. Là, un Land-Rover dont la peinture sombre était maculée de boue les attendait.

Amel réalisa qu'elle n'avait pas entendu de moteur depuis le départ de la petite famille. Cela lui sembla impossible. Il était donc là avant… Pas *en retard*.

« Alors, ce voyage ?

— Oui, le voyage, pardon. Ennuyeux. » Il n'avait pas dit *en retard*. Elle était trop fatiguée pour réfléchir. « Long. Je suis crevée. »

Le trajet se poursuivit, aussi tourmenté que celui vers Monistrol. Très tôt, Servier annonça qu'ils avaient encore *un bon petit bout de route à faire,* avant de pousser le chauffage à fond.

Au début, Amel essaya de repérer les panneaux indicateurs, les embranchements, Langeac, Saugues, Grandrieu. Elle renonça assez vite, étourdie par la température qui montait, et se cala plus confortablement dans son siège. « Où allons-nous ?

— Dans un endroit où j'aime venir quand... Enfin, un endroit que j'aime bien.

— C'est ta maison familiale ?

— Non.

— Où vivent tes parents ?

— Ils sont morts. »

Le ton, pas agressif, anxieux, de cette dernière réponse coupa court à la conversation. Amel reporta son attention sur la route mais les virages et les vagues d'air chaud eurent bientôt raison de sa volonté. Ses yeux se fermèrent... Pour ne se rouvrir que lorsque des cahots répétés secouèrent le 4x4. Ils roulaient sur un chemin forestier.

« Presque arrivés. » Servier l'avait vue se redresser brusquement.

Plus de brouillard. Dans les phares du Land-Rover, les arbres cédèrent la place à une clairière herbeuse au centre de laquelle apparut une grande ferme à un étage, plutôt ancienne, aux épais murs de pierres grises. À l'arrière, Amel devina un second bâtiment, partiellement caché par le premier. Ils s'en éloignèrent pour faire le tour à l'opposé et rejoindre l'entrée de la maison. Un autre chemin, apparemment plus praticable, serpentait jusqu'à la cour.

« Bienvenue chez moi. »

28/12/2001

Une pièce claire, inconnue, baignée par la lumière triste de l'hiver, sans décoration, juste peuplée de mobilier métal et bois brut, solide, contemporain, voilà ce qu'Amel entrevit au sortir de son sommeil sans rêve. Elle resta un moment à méditer sur cette période de réveils dans des lieux étrangers et changeants, à l'image des sentiments qui l'agitaient, au chaud mais le nez froid, incapable d'affronter le monde qui s'étendait au-delà de cette chambre éphémère.

La maison craqua plusieurs fois. Une invitation à bouger, à descendre. La jeune femme posa un pied au sol, sur le parquet hostile, le retira vivement puis s'empressa de revêtir ses vêtements de la veille, jetés sur une chaise. Les chaussettes d'abord.

Un couloir sombre, des escaliers plus lumineux et, en bas, dans le vestibule, ce qui l'avait frappée dès qu'elle était entrée la veille au soir, des murs couverts de disques du sol au plafond. Servier avait recommencé à prendre corps à travers cette vénération de la musique. Il redevenait sensible et lui avait même confié, devant son étonnement, qu'aucune autre forme de création ne parvenait à le transporter autant, aussi immédiatement.

Elle traversa le salon, d'autres étagères de CD constituaient l'essentiel du mobilier, et retrouva la cuisine, guidée par l'odeur de café chaud et de fumée. Là, le poêle à bois, garni, diffusait une douce tiédeur et la longue table de ferme était dressée pour le petit déjeuner d'une personne. Il avait pensé à elle avant de disparaître.

Amel s'approcha d'une porte partiellement vitrée qui donnait sur l'extérieur. La maison était plantée à flanc de montagne, encerclée de tous les côtés par des épicéas qui bouchaient l'horizon. Ce panorama limité était gelé de blanc et elle resserra ses bras autour d'elle. Dans l'axe de son poste d'observation, à une quinzaine de mètres, se trouvait le second bâtiment entr'aperçu la veille. Semblable à une grange, il ne comportait d'autre ouverture visible qu'une fenêtre très élevée barrée par des volets, sous la ligne du toit, et un portail de bois massif, suffisamment haut et large pour laisser passer des engins agricoles.

Aucune trace de la voiture. Pas le moindre bruit, même dehors. Amel était vraiment seule.

Elle se retourna brusquement vers l'intérieur de la pièce et son atmosphère plus chaleureuse. La vaisselle du dîner était empilée, propre, sur l'égouttoir à côté de l'évier. Des couverts, deux larges bols et deux verres, dans lesquels ils avaient partagé de la soupe de légumes, très chaude, et un bourgogne capiteux qui lui avait fait venir le rouge aux joues. Elle n'avait pas rêvé la présence de Servier, même s'il demeurait invisible. Elle resta donc collée aux carreaux à le guetter le temps de boire deux grands cafés puis, à contrecœur, remonta se préparer.

Son hôte semblait l'avoir abandonnée.

La chambre qu'elle occupait disposait d'une salle de bains avec sa baignoire à l'ancienne, d'aspect inconfortable, posée sur quatre énormes pattes poilues et griffues. Il y faisait plus froid que dans la cuisine, une sensation renforcée par le carrelage d'ardoise noire et le premier jet, glacial, qui s'échappa de la pomme de douche. Amel se crispa et réprima un sanglot. Elle se sentait mal, accablée par cette année fiasco qui s'achevait sur une note vaudevillesque pathétique et minable, mais retrouva un peu de sérénité lorsque l'eau chaude arriva, apaisante.

Jean-Loup ne s'était toujours pas manifesté lorsqu'elle redescendit un peu plus tard, emmitouflée dans un parka de ski trop grand trouvé à l'étage.

Dehors, les conditions étaient moins rudes qu'elle ne l'avait imaginé. Elle fit le tour de la maison serrant dans sa main son portable — ombilical défaillant incapable d'accrocher le moindre réseau — et revint sur ses pas, pour explorer la grange. L'entrée n'était pas verrouillée. À l'intérieur, elle trouva avec soulagement le 4x4, signe que Servier ne pouvait être loin, et un vaste espace obscur organisé en garage, à droite, et en atelier, de l'autre côté. Au-dessus, une mezzanine encombrée, à laquelle on accédait par un escalier grossier, servait de réserve. N'ayant pas trouvé d'interrupteur, Amel entrouvrit un peu plus le portail, pour faire la lumière, et s'avança, curieuse, dans la pénombre.

Un établi courait le long du mur gauche, apparemment sur toute la profondeur du bâtiment, rangé avec soin. Elle commença à le remonter et s'arrêta devant un étau bizarre, très large, qui comportait plusieurs mâchoires équipées de coussinets, vraisemblablement destinées à accueillir des objets fragiles et allongés. Plus loin, elle remarqua des sections de bois cylindriques, effilées et droites, arrangées dans des présentoirs à côté de tubes de métal d'une taille, environ un mètre, identique. Ceux-ci étaient peints en kaki et marron. Elle remarqua également un présentoir à plusieurs niveaux dans lequel étaient disposés des câbles tressés, des pas de vis, des roues métalliques percées de différents diamètres, des demi-plumes colorées, des pointes et des sections triangulaires aiguisées comme des lames de rasoir.

Les yeux d'Amel se posèrent ensuite sur un rack qui contenait quelques arcs, certains au design classique, qui rappelaient les vieux films de *Robin des Bois*, et d'autres, résolument modernes, aux formes plus tarabiscotées. Plusieurs carquois de flèches étaient également entreposés au même endroit, derrière des panneaux de grillage cadenassés.

Elle poursuivit son exploration et découvrit trois armoires métalliques, semblables à celles que l'on trouverait dans des vestiaires. Fermées à clé, sauf la dernière, ouverte en grand. À l'intérieur, des vêtements normaux, sur des cintres, et une combinaison étrange, taillée dans un filet rehaussé de nombreux lambeaux de tissu camouflé, qui dégageait une odeur organique assez forte. La porte de ce casier comportait un miroir, noirci de traces de doigts plutôt grasses. Machinalement, Amel s'approcha de la glace, lui présenta son profil droit, puis gauche, tordit la bouche, se passa la langue sur les lèvres et remarqua les deux iris noirs orphelins, tout juste cerclés de blanc, qui se détachaient de l'obscurité, juste derrière elle. Ils dévisageaient son reflet, sans manifester la moindre émotion.

Elle se retourna vivement et recula maladroitement, déséquilibrée par la surprise, dans la porte de l'armoire. Servier lui saisit le bras pour l'empêcher de tomber et ils s'observèrent un instant sans rien dire. La jeune femme était visiblement effrayée par son visage et ses mains entièrement recouverts de maquillage sombre.

Mais pas seulement.

Elle venait d'apercevoir le long coutelas à lame recourbée glissé dans la ceinture de son treillis.

« C'est un *kukri*, je l'ai acheté au Népal. » Il lui tendit lentement l'arme, toujours dans son fourreau.

Amel la prit avec répugnance par les deux extrémités. Elle était lourde.

« Il a été fabriqué à la main, à partir d'une section de rail de chemin de fer. »

Le manche était en bois précieux, poli par le temps et l'usage. Il était très doux au toucher. Elle commença à dégager la lame mais Servier l'en empêcha.

« C'est un poignard de guerrier et de chasseur. Là-bas, il est sacré. Selon la légende, il ne peut être tiré sans verser le sang. » Il déposa le couteau sur l'établi. « Pardon de t'avoir refait peur. Tu vas croire que c'est intentionnel, mais tu n'étais pas censée me surprendre dans cette tenue. Je me sens un peu ridicule.

— Où avais-tu disparu ? » Amel reprenait des couleurs.

« Je pensais aller chasser demain matin et je suis parti repérer le terrain, chercher des traces de passage. Euh… Si tu veux bien m'attendre à l'intérieur, le temps de me changer et me débarbouiller un peu et je te rejoins pour prendre un café. »

Jean-Loup retrouva la jeune femme dans la pièce qui lui servait de bureau, devant son unique bibliothèque. « Je n'ai pas beaucoup de livres, malheureusement, je ne suis pas un grand lecteur.

— Sauf si on aime l'histoire, la géopolitique et la géographie, là, tu as tout ce qu'il faut. » Amel était en fait concentrée sur une photo sous verre posée sur l'une des étagères, qu'elle montra du doigt. C'était le seul cliché qu'elle avait pu trouver dans la maison. Huit hommes répartis sur deux rangs occupaient le premier plan. Tous relativement jeunes, avec des cheveux plus ou moins courts, vêtus de combinaisons aux couleurs vives serrées dans des harnais. Ils tenaient des toiles de parachute roulées grossièrement en boule dans leurs bras et souriaient à l'objectif. Derrière eux, ce qui ressemblait à la queue d'un gros avion et, plus loin encore, une plaine très verte, constellée de pièces d'eau. Servier pouvait être le second en partant de la gauche, sur le devant. « C'est bien toi dessus, là, non ?

— Vieille photo. »

Aussi vieille que la voix qui avait répondu et fit se retourner Amel.

Appuyé sur le chambranle de la porte, pieds nus, son hôte était toujours en treillis et vieux T-shirt *Art of Noise* informe. Quelques traces de marron et de vert s'étalaient encore sur son visage. « Je suis vraiment confus pour tout à l'heure. Et hier soir. C'est une mauvaise excuse, je sais, mais j'ai un peu perdu pied, ces dernières semaines et… Enfin, dans ces cas-là, j'ai souvent tendance à me replier sur moi-même. Ça ne facilite pas les rapports avec les autres.

— Moi aussi, je suis un peu tendue. La période est difficile.

— Oui, les fêtes sont toujours difficiles. »

Les mots cédèrent la place à l'absence qu'ils venaient de suggérer.

Amel s'empressa de revenir au cliché. « Qui sont les autres ?

— D'anciens potes.

— Si *anciens* que ça ? De bons potes alors, vu que tu n'as de photo de personne d'autre, pas même de tes… »

Servier encaissa le coup sans rien dire.

« Oh, pardon, je…

— Je vais aller prendre une douche. »

Le reste de la journée fut à l'image de ce dernier échange, quasi silencieuse, souvent pesante, à de rares moments confortable, propice à l'introspection. Amel s'était résolue à rentrer chez elle dès le lendemain, consciente d'être partie à l'aventure sans trop savoir ce qu'elle cherchait, pour fuir une situation qu'elle refusait encore d'affronter. Jean-Loup était incapable de lui apporter le moindre réconfort. Elle avait cru discerner une patience, une faculté d'écouter sans juger, mais ce qu'elle entrevoyait de lui aujourd'hui laissait penser que toutes ces qualités n'étaient pas vraiment là. Il était juste incapable de communiquer. Il se cachait. Il n'était pas très différent de Sylvain, qui avait bonne figure jusqu'à leur mariage, ou Rougeard, dont l'attitude avait changé dès que…

Servier regardait son invitée depuis quelques minutes. Elle jouait avec sa nourriture. « Ça ne te plaît pas ? »

Amel se redressa brusquement. « Si. C'est juste que… Je n'ai pas très faim ce soir. » Elle n'appréciait pas d'avoir été prise en défaut. « Tes parents… » Elle commença, s'interrompit. Un réflexe, la première réaction de défense qui lui était venue à l'esprit. « Je suis maladroite, pardonne-moi. »

Jean-Loup se leva pour débarrasser sa propre assiette.

De plus en plus mal à l'aise, Amel se résolut enfin à lui demander de la raccompagner à la gare la plus proche, au matin. Elle attendit, sans savoir comment aborder le sujet, l'écouta aller et venir dans son dos jusqu'à ce que les bruits cessent. Elle le sentit qui l'observait.

Après une éternité, il prit la parole. « La première fois que j'ai passé Noël sans eux, j'étais loin de chez moi, de permanence, coincé avec un autre type que je connaissais à peine. » Sa voix était très douce, mal assurée. « Mon patron d'alors a bien essayé de me dissuader de rester mais j'ai refusé. J'étais sans attache. Inutile qu'un autre, avec une famille, s'emmerde à ma place. Et puis, je ne voulais pas me retrouver dans leur maison. Je n'y suis d'ailleurs retourné que deux fois après l'accident. Tout de suite et beaucoup plus tard, juste avant de signer l'acte de vente, pour vérifier qu'il ne restait rien. »

Servier fit couler de l'eau, se rinça les mains. Amel n'osait pas bouger, de peur de rompre le fil de sa confession.

« Pour en revenir à ce fameux Noël, toute la soirée, j'ai essayé de me donner du courage en me disant que le temps ferait son œuvre. J'étais bien con, à l'époque. »

Il restait derrière elle, sans doute pour essayer de rétablir l'équilibre des forces. « Mes parents ont été tués dans la nuit du 26 au 27 juillet 1988, par un imbécile qui remontait l'autoroute à contresens, tous phares éteints. Ils rentraient d'un dîner chez des amis. On n'a jamais su ce qui était passé par la tête du chauffard. Un aspirant pilote qui a voulu mettre son *talent* à l'épreuve, qui sait ? Il est mort sur le coup, comme ma mère. Mon père a succombé à l'hosto, au petit matin. »

La jeune femme était sur le point de dire quelque chose mais il enchaîna.

« J'étais ailleurs, ce jour-là, difficilement joignable. Une journée de parachutisme avec des potes. » Il avait insisté sur le *potes*. « Mon père venait de crever quand... » Jean-Loup se tut.

« La photo ?

— J'avais besoin de me prouver des trucs à ce moment-là, de me convaincre que je n'avais pas été trop, comment dire, préservé ? J'ai vraiment l'air d'un imbécile heureux dessus, non ? Je ne suis rentré que le surlendemain. Les médecins ne m'ont pas permis de l'approcher elle, juste lui. Vu la gueule du drap qui le recouvrait, j'ai compris qu'ils lui avaient coupé les deux jambes. Pour le désincarcérer probablement. » Servier soupira. « Je n'ai même pas chialé. Je me suis juste senti très en colère et surtout complètement vide. On m'avait retiré toutes mes émotions d'un coup », il claqua des doigts, « comme ça. La rage a fini par passer, l'autre con était mort après tout. Mais la solitude, je ne suis jamais parvenu à m'en débarrasser tout à fait. À la longue, elle est même devenue très confortable. »

Amel prit le relais et verbalisa ses propres émotions. « Mes parents, je les ai un peu négligés ces derniers temps. Malgré tous les défauts que je peux leur trouver, je sais qu'ils seront toujours là pour moi. J'ai vraiment de la chance. Cette distance que j'ai laissée s'installer entre nous, elle m'a fait du mal, plus que je ne le pensais, mais aussi du bien. C'est seulement maintenant que je touche du doigt à quel point ils me manqueront, le jour où ils ne seront plus là. Je ne veux même pas imaginer comment je vais faire pour...

— On se débrouille comme on peut. »

La jeune femme réalisa qu'elle venait de parler tout haut sans le vouloir lorsqu'elle entendit la réponse de Servier, si proche, au creux de son oreille.

Il s'était accroupi à côté d'elle, fixait un horizon imaginaire, loin devant lui. « Je viens d'une famille peu nombreuse, dont les quelques membres se sont toujours démerdés pour se détester. Je n'avais que mes parents, pas de frère ni de sœur, juste deux ou trois amis, que j'ai perdus de vue au fil des ans. » Rire. « J'ai toujours été très fort pour rencontrer des tas de gens, jamais pour cultiver leur amitié. » Il sentit qu'Amel se tournait vers lui mais ne bougea pas. « Je passe ma vie à me trouver des raisons, parfois bonnes, souvent mauvaises. »

Les lèvres d'Amel effleurèrent sa joue.

« Merci.

— De quoi ?

— D'être venue. » Jean-Loup baissa la tête un instant avant de se remettre debout. « Il faut que j'aille nous chercher du bois pour la nuit. »

30/12/2001

Amel lut *Saint-Privat-d'Allier* sur un panneau indicateur peu avant d'apercevoir le bourg, perché sur une avancée rocheuse qui dominait les gorges de l'Allier. Ils n'avaient pas roulé très longtemps. Le 4x4 s'engagea dans une ruelle pentue, encadrée par des maisons en vieilles pierres, en direction du centre du village. Ils s'arrêtèrent en contrebas de la place principale, cernée par le dernier vestige encore habité d'un ancien château fort, quelques commerces et une église à l'imposant beffroi. Dimanche, les cloches sonnaient, accompagnant la sortie de quelques fidèles. Leurs regards mauvais se posèrent sans détour sur ce couple d'étrangers qui passait devant eux.

En particulier sur la fille.

Amel s'arrêta, surprise par cette hostilité si peu voilée. Servier fit quelques pas puis ralentit pour l'attendre. Elle bougea vers lui et il se remit en route en direction de la boulangerie, comme si de rien n'était.

Elle pénétra dans la boutique, prête à revenir sur l'incident mais fut stoppée dans son élan par l'attitude des autres clients. Elle sentit chez eux la même méfiance agressive que celle qui l'avait accueillie devant l'église. La tension était montée d'un coup à son entrée, tout le monde s'était retourné pour la dévisager longuement. Elle seule était visée. Jean-Loup l'avait très certainement remarqué lui aussi mais préféra se taire une fois de plus.

La jeune femme ressortit aussitôt, exaspérée. Son compagnon la retrouva dehors après quelques minutes et lui proposa d'aller boire un café au bar du village, pour couper court à toute discussion. Il connaissait le patron, lui était *gentil*.

Petit Pierre, c'est par ce surnom que Servier l'interpella, s'activait derrière le comptoir de La Vieille Auberge pour le moment désertée. Les deux hommes se saluèrent chaleureusement, on aurait dit qu'ils s'étaient quittés la veille — Pierre, petit type sec et affable de soixante-cinq, soixante-dix ans, insista pour être présenté à Amel — et se lancèrent dans une conversation dont la journaliste se trouva rapidement exclue. Désœuvrée, elle reporta son attention sur le mur qui se trouvait derrière le zinc. Alignement de bouteilles d'alcool, de fanions, de vieilles publicités sur des plaques de métal et, au bout du comptoir, une petite vitrine.

Elle s'en approcha pour découvrir quelques souvenirs dont l'origine militaire ne faisait aucun doute. Un béret rouge orné d'un insigne métallique circulaire en forme d'aile prolongée par un bras armé d'une épée, sur fond d'ancre de marine. À côté du couvre-chef, la statuette d'un ange terrassant un serpent avec, à sa base, une inscription : *SCH P. Martonet — Sept. 1968.* Un présentoir en velours au centre duquel reposait une décoration constituée d'un ruban rouge défraîchi avec trois bandes blanches verticales, qui dominait deux étoiles l'une sur l'autre. La première plus petite, à cinq branches, en bronze, et la seconde, avec quatre branches seulement, frappée à l'effigie de la République. Quelques vieilles photos en noir et blanc qui montraient des groupes de soldats posant sur fond de désert.

Sur l'une d'entre elles, derrière trois hommes en uniforme français, Amel aperçut des prisonniers. Leur attitude, mains attachées dans le dos, et leur position, jetés sur le sol, ne laissaient guère de doute. Ils étaient vêtus à l'arabe. L'un des captifs, tourné vers l'objectif, paraissait avoir le visage en sang. Elle se pencha un peu plus, pour être bien sûre, puis se redressa brusquement et sortit du bar sans un mot.

Elle faisait les cent pas à côté du Land-Rover lorsque Servier arriva enfin et, avant même qu'il ait pu dire quelque chose, elle demanda à partir.

« Comment peux-tu les supporter, tous ? » Une fois la voiture en route, Amel baissa d'autorité le volume de l'autoradio, coupant la parole à Lenny Kravitz qui les accompagnait depuis ce matin. Sa voix était cassante.

« Que veux-tu dire ?

— Ne fais pas l'idiot, tu sais très bien de quoi je parle. Tu n'as rien dit.

— Que voulais-tu que je fasse ? Que je déclenche un scandale sur la place du village, en criant à tue-tête que tous les habitants de Saint-Privat sont des sales cons ?

— Tu aurais pu dire quelque chose, dans la boulangerie. »

Jean-Loup haussa les épaules et secoua la tête. « Les gens du coin n'aiment pas les étrangers. J'ai eu droit au même traitement que toi. »

Amel s'enfonça dans son siège et son raisonnement. « Ne rien faire, c'est consentir. C'est comme ton pote barman, là, le tortionnaire…

— Arrête tout de suite, tu vas dire des bêtises.

— Encore un gros facho qui regrette le temps de l'Algérie française et des colonies. »

La voiture fit une embardée et pila au milieu de la rue. Servier se tourna brusquement vers sa passagère qui hurlait qu'il était *dingue* ! D'une voix posée mais ferme, il lui ordonna d'arrêter de crier. « Maintenant, est-ce que je peux savoir ce qui t'a pris de partir comme ça ? »

Amel fit oui de la tête. « Dans sa vitrine, il y a cette photo avec...

— Celle avec les prisonniers ? » Jean-Loup soupira. « C'est moi qui lui ai dit de la mettre là. » D'un geste de la main, il l'empêcha de dire quoi que ce soit. « T'as bien examiné les mecs au premier plan ? Les trois soldats ? »

Amel était toujours en colère. Elle regarda ailleurs pour éviter de s'emporter une fois encore.

« Si tu avais fait plus attention, tu aurais remarqué qu'il s'agit de trois Algériens. Ils sont restés derrière, après le départ des Français, en 1962. Peu probable qu'ils aient survécu. C'étaient les potes de Pierre et c'est le seul souvenir d'eux qu'il possède encore. La photo n'était pas exposée au début, il ne voulait pas, par peur de...

— Il aurait mieux fait de s'abstenir. Et toi aussi.

— Ce genre de réaction.

— Ce n'est pas parce qu'il avait deux ou trois copains *harkis* que ça l'excuse du reste.

— Quel reste ?

— La torture, toutes ces choses monstrueuses qui ont été commises pendant...

— Tu as des preuves ?

— Tu te fous de moi ?

— Tu as des preuves que le sergent-chef Martonet a torturé des gens ?

— La photo. » Amel croisa les bras sur sa poitrine. « Je n'arrive pas à croire que...

— C'est une photo prise après une escarmouche, avec des prisonniers de guerre.

— S'ils sont blessés, ils doivent être soignés, point. Là, ils sont sans conteste maltraités.

« — Ça suffit les conneries maintenant ! » Servier attrapa la jeune femme par le bras et la força à se tourner vers lui. « As-tu la moindre idée de ce qu'est une guerre ? Je veux dire, est-ce que tu en as vu une en vrai, et pas juste à la télé ? Tu sais à quoi on est réduit, quand on se retrouve dans une merde pareille ? Non ? Alors ferme-la ! » Il la lâcha.

Effrayée par la soudaineté de sa réaction, Amel s'éloigna le plus possible de lui, sans le perdre de vue.

« Il n'y a pas de justice ou de droits de l'homme dans une guerre. Ça, c'est une illusion de gens qui réfléchissent chez eux, bien au chaud. » Le ton était redevenu normal. « Il n'y a que la mort et la survie. On attaque, on défend et on pense à sa gueule, à celle du voisin de galère. Rien d'autre. » Il attendit un peu avant de poursuivre. « Ceux qui s'interrogent sur la moralité des conflits posent de mauvaises questions. Ils feraient mieux de se demander comment on a pu arriver à de telles situations et comment éviter de les reproduire. »

Amel ne put réprimer une saillie ironique. « Et je peux savoir d'où te vient toute ta science, tu fais la guerre entre deux avions ?

— Non. » Servier hésita à poursuivre. « J'ai juste écouté ce que certaines personnes que j'ai pu croiser, parfois, des types du genre de Pierre, avaient à raconter. Et j'ai évité de les juger trop vite. » Il y avait de la pitié dans ses yeux. « Un peu comme tous ces imbéciles qui se sont permis de te regarder comme une merde tout à l'heure, sans chercher à voir au-delà des apparences, de leurs certitudes et de leurs petites peurs minables. » Il redémarra.

31/12/2001

Farez et Kamel avaient roulé toute la nuit pour arriver au petit matin. Ils dépassèrent Cagnes vers sept heures, s'arrêtèrent une dizaine de minutes à Saint-Laurent-du-Var, pour un café, avant de s'enfoncer dans l'arrière-pays niçois en direction du Broc. Il n'y avait pas grand monde sur la route, à cause de l'heure et du pont du 31 décembre, qui tombait un lundi cette année.

La casse auto fut bientôt annoncée par un panneau publicitaire. Il était presque huit heures, l'heure convenue. Un grillage métallique un peu abîmé, rehaussé de barbelés dans sa partie supérieure, entourait le terrain. À l'intérieur, une seconde enceinte, constituée de monticules de vrac de ferraille et de vieilles carrosseries, doublait ce premier obstacle à la manière d'une muraille de forteresse.

Farez arrêta la camionnette devant le portail. Kamel descendait lorsque deux bergers allemands surgirent de nulle part pour le dissuader de s'approcher trop près. Un homme les suivait, jeune, plutôt maigrichon, hirsute. Il gueula aux chiens de se taire dans une langue incompréhensible, sans grand succès. « Tu es Kamel ? » Un coup de pied partit dans les flancs du premier molosse, qui laissa échapper un petit jappement de douleur.

Ksentini hocha la tête.

« Je suis Ivan. » Nouveaux jurons. Il ouvrit le portail et repoussa les chiens qui s'éloignèrent enfin.

Il y avait deux bâtiments à l'intérieur de la casse. Un vaste hangar, entièrement fermé, et un Algeco, dans lequel Kamel aperçut une ombre qui bougeait. Il s'en approcha à pied tandis que Farez garait leur utilitaire juste devant.

Un second inconnu se présenta à la porte de la baraque de chantier et serra la main des deux islamistes. « Je suis Ante Ademi, nous parler téléphone. Suivez. »

Il les précéda à l'intérieur de son *bureau* et leur offrit du thé. Ksentini remarqua qu'un blouson avait été jeté sur un objet cubique, de la taille d'une petite télévision, pour le cacher. Ils parlèrent du trajet puis le

Croate évoqua la disparition de son ami Frank Resnick, dont les deux voyageurs ne savaient rien.

« Nous voulons repartir le plus vite possible. »

Ademi regarda Farez qui venait de lui couper la parole. « Terminons, oui ? »

Dehors, Khiari remonta dans la camionnette et la conduisit devant le hangar, où se trouvaient déjà les trois autres. Pendant qu'Ivan faisait coulisser la lourde porte, Kamel essaya de repérer des caméras de surveillance, déconcentré par le bavardage d'Ante, et n'en trouva pas. L'obscurité de l'entrepôt fut bientôt chassée par plusieurs rampes de néons blancs qui révélèrent les formes de trois voitures de sport, cachées par des draps, plusieurs tas de cartons d'appareils électroniques et, sous une bâche marron, les formes caractéristiques de deux barils.

Ademi alla retirer la toile de plastique épaisse qui les recouvrait. « Trop risqué, pas assez argent. »

Farez se raidit.

« Ça être saloperie. Dernière fois. »

Ksentini s'avança à son tour et entreprit de retirer les couvercles des fûts. À l'intérieur, il trouva ce qu'il espérait, deux conteneurs acier lourd avec leurs marquages d'origine. Il fit un signe de tête à Farez, qui alla ouvrir l'arrière de l'utilitaire. Un coup de klaxon contraignit tout le monde à s'écarter, Yvan arrivait avec un chariot élévateur.

« Vous être très prudents maintenant, oui ? »

Juste avant le déjeuner, Karim partit courir sous une pluie battante. Il était accompagné par deux anges gardiens de l'équipe du week-end, restée sur place plus longtemps, Nouvel An oblige. Après un kilomètre d'échauffement, il accéléra le rythme. Ses surveillants le suivirent d'abord sans problème mais, quand il devint évident qu'il allait également allonger la distance habituelle, ils commencèrent à montrer quelques signes d'inconfort.

Sans que personne s'en rende compte, Fennec profitait de tous ses entraînements pour reconnaître les abords de la propriété où il était détenu. L'idée qu'il était prisonnier avait fini par faire son chemin dans sa tête. Il n'avait plus accès à la presse et la télé était toujours éteinte au moment des nouvelles. Sa dernière séance de débriefing avait eu lieu trois jours plus tôt. Aucun autre gradé n'était venu le voir depuis et, malgré les ultimes paroles de Michel, *vous pourrez bientôt rentrer chez vous*, il se sentait de moins en moins en confiance. On le maintenait en captivité pour des raisons douteuses.

Vraisemblablement, l'histoire *El Hadj* n'était pas encore terminée, même si Michel avait toujours soigneusement évité de répondre aux questions de Karim sur le sujet. L'exhaustivité de ses entretiens avec son nouveau traitant, les nombreuses interrogations de celui-ci à propos de l'état d'esprit des islamistes, ou de possibles contacts non documentés des membres identifiés de la cellule, par exemple, lui faisaient penser que la DRM cherchait à anticiper d'éventuels mouvements du commando.

Son service n'avait toujours pas remis la main sur ce qu'il cherchait.

Le temps passait et l'hypothèse d'un attentat le 14 juillet prochain, à Paris, se limitait à cela, une hypothèse. Il n'avait jamais trouvé la moindre preuve qui aurait pu la valider. Si les armes se trouvaient déjà sur le territoire, elles pouvaient donc être utilisées n'importe où, n'importe quand. Voire tout simplement causer des dégâts à la suite d'une erreur de manipulation. Un scénario-catastrophe, qui obligerait l'armée à sortir du bois.

Il ne savait rien non plus de l'état d'avancement de l'autre opération, parallèle à la sienne. Le peu qu'il connaissait l'incitait à penser qu'on le gardait en réserve, comme bouc émissaire, pour le cas où elle tournerait mal. Pour cette raison, il préparait son évasion et pensait tous les jours à celle qu'il allait contacter dès qu'il serait dehors, Amel Balhimer, la journaliste. Il voulait la rencontrer et tout lui raconter, pour se protéger et la protéger par la même occasion. Il pensait que la jeune femme était en danger. Sa carrière à lui semblait foutue et il craignait également pour sa propre vie, à présent. Menacer de lâcher cette histoire dans la nature lui redonnerait un léger avantage.

Ses deux ombres peinaient, Karim les entendait haleter derrière lui. Bien entraînés mais pas aussi bons coureurs de fond que lui. Il força encore l'allure.

L'incident de la veille avait refroidi l'atmosphère. Servier sentait qu'Amel hésitait à partir mais aussi qu'elle rechignait à lui demander de la raccompagner jusqu'à une gare ou un arrêt de car. Indécise, elle le suivait dans son programme ou s'isolait dans de longues séances de lecture et de musique. Elle dormait beaucoup aussi.

Et leurs interactions demeuraient superficielles, comme ce soir.

Ils étaient dans le salon, devant la cheminée allumée, face à face dans deux clubs au design épuré, incapables de se regarder vraiment. Entre eux, véritable barrière physique, un canapé aux lignes modernes similaires. Servier se fit la réflexion que dans le magasin l'ensemble n'avait pas eu l'air aussi froid et impersonnel que ce soir.

Amel touillait son thé, perdue dans la contemplation du feu.

« Tu es la première personne que j'invite ici. » Jean-Loup n'avait jamais révélé l'existence de cette maison à qui que ce soit, pas même à Véra. Elle appartenait à une SCI, elle-même contrôlée par une autre société étrangère, et toutes les démarches administratives étaient réglées hors de France, par un cabinet d'avocats. Lui n'apparaissait nulle part.

« Tu le regrettes ?

— Non. » Ce n'était pas tout à fait vrai. Ni faux. Il en avait assez de se protéger, une sensation nouvelle, qui lui plaisait. Seulement, il n'était plus très sûr d'avoir envie de se dévoiler à son invitée, même très partiellement.

« Je peux partir si tu veux. »

Servier observa longuement les flammes. « Trop tard, il va falloir que je te tue, à présent. » Il fit un clin d'œil à Amel et se mit à rire.

« Que se passe-t-il ?

— À force de fuir la rigidité de la normalité, on finit par recréer des systèmes tout aussi stupides et rigides que ceux dans lesquels on essaie d'éviter de tomber. Et on s'enferme encore plus.

— Je ne comprends pas.

— La liberté, c'est un concept inventé pour que nous ne devenions pas tous dingues. »

La jeune femme lui adressa un sourire hésitant. Son interlocuteur donnait l'impression de se parler à lui-même, de poursuivre une conversation imaginaire. Il ne la regardait même pas. Elle ne pouvait pas rejeter complètement ce qu'il disait cependant, elle en avait fait l'amère expérience au cours de l'année écoulée.

« Je me rends compte que je ne t'ai jamais demandé ton âge.

— Vingt-quatre ans.

— Tout espoir n'est pas perdu alors. » Jean-Loup se tourna enfin vers elle. « Moi, il a fallu que j'attende trente-six ans pour admettre la futilité de ma démarche.

— Je ne te voyais pas si vieux, et en même temps, beaucoup moins… *innocent* ? » La voix d'Amel redevint plus légère. « Moi qui pensais faire appel à tes lumières pour m'éclairer un peu, je suis déçue. » Elle était à moitié sérieuse.

« Touché. » Il avait bien capté le changement de ton. « Qu'est-ce que tu vas faire à présent que Rougeard... Enfin, je veux dire, maintenant que vous ne bossez plus ensemble ? Tu vas quand même continuer sur cette histoire ?

— Je ne sais pas. Je ne crois pas. J'ai eu très peur mais depuis que j'ai pris un peu de recul je doute de plus en plus de la solidité de toute l'affaire. En plus, s'il est toujours dessus, ça va être difficile de lui griller la politesse. Et ce ne serait pas très honnête. Une chose est sûre, il faut que je retrouve du boulot. Rapidement. Je ne vais pas pouvoir squatter chez mes parents très longtemps, je ne tiendrai pas. J'ai juste la trouille que Bastien m'ait grillée avec tout le monde, après l'histoire du flic. » La journaliste raconta en détail l'ultime rencontre à la brasserie, avec Rougeard et Ponsot.

« Tu as bien fait de tout dire au policier. Rougeard aurait fini par vous foutre dedans avec sa théorie du complot. C'est tellement facile de voir des conspirations partout, ça aide à faire passer le côté complètement aléatoire et absurde de l'existence. Et puis, après ce qu'il t'a envoyé dans la gueule, c'est une bonne chose que tu t'éloignes de lui. Tu as une vie et une réputation à construire. Lui, c'est déjà fait.

— Je suis plutôt mal partie.

— Que veux-tu qu'il t'arrive ? La seule chose que les gens retiendront, c'est que tu as signé des papiers de qualité pour l'hebdo.

— Deux ou trois, oui, mais pas sous mon nom, question de confidentialité soi-disant. D'ailleurs, ça me fait penser que je n'ai toujours pas été payée pour ces piges. Un autre problème dont je vais devoir m'occuper à la rentrée.

— C'est loin la rentrée. » Il se leva pour remettre une bûche dans le foyer. « J'en ai assez du thé, j'ai envie d'autre chose. Ce soir on peut, non ?

— On peut. »

636

Au moment du fromage, Rougeard s'échappa du dîner donné chez lui à l'occasion de la Saint-Sylvestre, prétextant une envie pressante. Il alla chercher un moment de répit dans la contemplation du panorama que lui offrait la grande baie vitrée de son bureau. La colline de Montmartre, totalement illuminée, était écrasée par la silhouette pâle et massive du Sacré-Cœur, qui se découpait sur le ciel de Paris. L'histoire du monument lui revint en tête et il ne put réprimer un ricanement désabusé. À l'image des espoirs massacrés sur ces pentes quelques siècles plus tôt, ses petites rébellions avaient été ensevelies sous le poids de la complaisance et des compromissions, tant personnelles que professionnelles.

Il entendit des éclats de rire monter du fond de l'appartement. Sa femme s'efforçait, bien mieux que lui, de sauver les apparences devant leurs amis. En dépit de leur situation, détestable à tous points de vue, il savait qu'il ne la quitterait pas. Il se repaissait trop de leurs petites haines routinières. Elles étaient le prix de son confort, sa mesquine repentance. Il pensa à son travail, très agréable lui aussi, qu'il n'était plus capable de mettre réellement en danger. Klein l'avait obligé à des vacances forcées. Pas en personne, cela lui aurait réclamé trop de courage, mais par l'intermédiaire de son chef de rubrique. Juste avant son départ pour les fêtes, ce dernier avait annoncé à Rougeard que ce reportage à l'étranger qu'il souhaitait faire depuis longtemps avait été approuvé, finalement. Son patron l'éloignait et il se laissait faire sans rien dire.

Bastien ! Sa chère et tendre se rappelait à son bon souvenir. Il avait trop tardé.

Le journaliste se détourna, son portable se mit à sonner sur sa table de travail, il hésita, alla voir l'écran et mit quelques secondes à réaliser qui lui téléphonait, tellement la chose lui semblait surréaliste. Paul. « Qu'est-ce qui t'arrive ? »

Je te dérange ?

« J'étais sur le point de retourner à table. »

Bastien ! L'injonction résonna, plus pressante.

Son confrère avait entendu. *Maman n'est pas contente...*

« Elle n'est jamais contente. »

Tu devrais la sauter de temps en temps, ça aide...

« C'est pour m'annoncer ta reconversion en conseiller matrimonial que tu m'appelles ? Tu fais bien, c'est une sacrée nouvelle. Et je risque d'avoir bientôt besoin de tes services, si je traîne trop avec toi. »

À l'autre bout du fil, Paul se marra. *Je m'inquiète à ton sujet, c'est la fin de l'année, je voulais être sûr que tout allait bien...*

BASTIEN !

« Une seconde ! J'arrive ! » Rougeard soupira. « Grouille. »

ok, ok. J'ai un cadeau pour toi, du nouveau, pour les transactions...

« Pardon ? Je ne vois pas de quoi tu... »

Ton listing, je viens d'avoir des infos, enfin. Réveil !

« Le listing, d'accord. Et ? »

Toutes ces opérations sont bien passées par ma chambre de compensation favorite. Elles émanent d'une fiduciaire suisse que l'on soupçonne depuis longtemps d'intervenir en qualité d'intermédiaire financier discret, notamment au profit de certaines administrations françaises qui souhaitent garder profil bas...

« Fonds secrets ? »

Entre autres. Dans quelques jours, j'aurai des noms, le payeur au moins et peut-être certains récipiendaires finaux. Bonne année, Bastien.

Karim se trouvait dans la cuisine du manoir et terminait son repas avec ses quatre compagnons de réveillon. Tous avaient un peu bu, l'atmosphère était détendue. Le maître-chien du jour venait même de rapporter deux autres bouteilles de champagne. Minuit approchait et il commença à ouvrir la première. Le voisin de Fennec se leva légèrement pour attraper la seconde.

L'agent saisit l'occasion. Au moment où la ceinture du surveillant passait devant son nez, il attrapa son pistolet dans le holster de hanche. Tout alla très vite. La sûreté cliqua. Le silence se fit.

Plus personne ne bougeait.

Karim passa derrière l'homme désarmé sans attendre, lui enserra le cou avec son bras libre et recula. « Vos armes sur la table, par le pouce et l'index, mains gauches. Grouillez ! »

Les trois autres gardiens s'exécutèrent avec lenteur.

« Debout, face au mur, jambes écartées. Toi ! » Fennec s'adressait au maître-chien. « Tu soulèves leurs fringues. Oui, comme ça... C'est bien... Les tiennes ? OK. Maintenant, vous baissez tous vos frocs ! Allez, soyez pas... »

Son prisonnier bougea puis étouffa un peu plus.

« Reste tranquille, toi ! Soyez pas timides, les gars, bougez-vous le cul. »

L'agent s'approcha d'un tiroir, récupéra un rouleau de gaffeur volé deux jours plus tôt dans le garage et ordonna au surveillant qu'il avait désarmé d'entraver les poignets de ses copains. « Maintenant, baisse ton pantalon. » Ensuite, il conduisit tout le monde à petits pas jusque dans la buanderie, une pièce sans fenêtre qu'il barricada de l'extérieur après avoir solidement attaché et bâillonné ses gardes-chiourme.

Il avait jeté quelques vêtements dans un sac de sport à l'avance et compléta ses préparatifs avec les armes, tous les papiers et l'argent disponibles, et un peu de nourriture. Juste avant de sortir, il détruisit tous les moyens de communication de la maison.

Il pleuvait toujours dehors. Les chiens étaient invisibles. Karim paria sur la possibilité qu'ils se fussent abrités dans leur chenil, qui restait toujours accessible lorsqu'on les lâchait. L'installation était de l'autre côté de l'annexe. Avec la pluie, Fennec se dit qu'il était peu probable qu'il fût senti ou entendu immédiatement. Au pire, il les tuerait.

Le garage était ouvert et il disposait des clés de la voiture de liaison, dans laquelle il s'engouffra sans attendre. Il démarra et fonça au portail. La commande d'ouverture était sur le tableau de bord. Les deux panneaux de fer forgé commençaient à s'écarter lorsque des pattes griffues percutèrent la vitre conducteur. Karim sursauta et bondit sur son arme, se retenant de tirer au dernier moment. Le rottweiler patinait furieusement sur le verre, impuissant. La voiture accéléra et le fit tomber. Il disparut rapidement dans le rétroviseur.

Fennec ne pouvait pas garder ce véhicule trop longtemps. Il devait faire le point sur sa position au plus vite, ensuite, il se donnait deux ou trois heures pour s'éloigner de Paris et rejoindre la ville la plus grande et la plus proche. Là-bas, il laisserait la caisse dans un parking et prendrait le train pour rebrousser chemin. Dès que possible, ce soir ou le lendemain matin. Avec un peu de chance, ce subterfuge entraînerait ses poursuivants dans la mauvaise direction et les retarderait d'au moins une journée. Il avait besoin de ce temps-là pour rassembler les moyens de disparaître réellement. C'était indispensable avant d'aller voir la journaliste.

« Minuit approche. Tu veux que j'aille chercher du champagne ? J'ai mis un magnum au frais, tradition oblige. Si tu veux, je peux même te faire une Rose Royale, j'ai acheté des framboises. »

Amel s'étira sur le canapé et remonta ses deux jambes sur l'assise. « Le vin me va très bien. » Elle but une gorgée et sourit à Servier qui remuait les braises sans rien voir. « Tu as une bonne mémoire.

— Très sélective. » Il rajouta du bois dans la cheminée et se dirigea vers une étagère de CD.

« J'ai l'impression que ça fait une éternité.

— Il s'est passé beaucoup de choses. En très peu de temps si on regarde bien. » Après quelques tergiversations, il choisit la bande originale de la version de *L'affaire Thomas Crown* de 1968. Il lança la lecture et revint s'asseoir à côté d'Amel.

Elle regardait le feu. « Merci pour le dîner et surtout pour ces quelques jours. Pardon de ne pas avoir été très...

— L'année a été éprouvante. Tu es là, tu es bien, ça me fait plaisir. Le reste n'est pas super-important. » Il porta son verre à ses lèvres.

Round, like a circle in a spiral...

La voix de Noel Harrison monta derrière eux.

A wheel within a wheel...

Des cercles dans les cercles.

Like a clock whose hands are sweeping past the minutes on its face...

Jean-Loup regarda sa montre. « Dans quelques minutes, le franc disparaît. »

Like a tunnel that you follow...

Amel faillit s'étrangler avec du vin puis éclata de rire.

« Quoi ?

— C'est étrange de penser à ça maintenant, non ? »

To a tunnel of its own...

« Peut-être. Ça ne te fait pas peur ?

— Peur ? Non, pourquoi ? »

Down a hollow to a cavern...

« Faire tomber des barrières, c'est très excitant. Un peu angoissant aussi. »

Amel ne répondit pas.

Where the sun has never shone...

Une bûche s'effondra dans l'âtre et leur fit tourner la tête.

And the world is like an apple whirling silently in space...

Amel se pencha pour se resservir du vin. « Cette histoire qui s'achève, elle n'a pas toujours été très jolie. Il faut espérer que la suite sera meilleure. »

Like the circles that you find, in the windmills of your mind...

Leurs mains se touchèrent par inadvertance sur le dossier du canapé lorsque la jeune femme vint se rasseoir plus confortablement.

Half remembered names and faces...

Elles ne se quittèrent pas.

But to whom do they belong...

Leurs doigts se croisèrent, jouèrent.

When you knew that it was over...

« Qu'est-ce qu'on... fait... fera après ? » Amel trébuchait sur les mots.

Never ending or beginning...

« De quoi as-tu réellement envie avant ? » Servier n'attendit pas la réponse. Il posa son verre par terre et fit remonter sa main le long de l'avant-bras de la jeune femme, sous sa manche, avant de l'attirer contre lui.

On an ever spinning wheel...

Ils s'embrassèrent longuement.

As the images unwind...

Une jambe d'Amel passa par-dessus les cuisses de Jean-Loup et elle se retrouva à califourchon sur lui. Dans un souffle, ils s'éloignèrent un peu l'un de l'autre pour se regarder.

Like the circle that you find, in the windmills of your mind...

Elle sentit ses paumes de main qui effleuraient ses seins, écartaient doucement les pans de sa chemise, la retiraient. Elle ne portait pas de soutien-gorge. « Je... Je ne sais... »

Il caressait sa peau en un lent va-et-vient le long de son buste. « Je rêve de ça depuis que je te suis rentré dedans, dans cette brasserie. »

Second baiser, plus violent.

Amel aida son amant à retirer pull et T-shirt. Elle découvrit son torse et se figea. Il était sec, beaucoup plus noueux qu'elle ne l'aurait imaginé. C'était un corps qui travaillait et s'abîmait. Il était constellé de cicatrices, certaines effilées, d'autres plus localisées, apparemment le résultat de traumatismes plus profonds. De l'index, elle se mit à suivre les vestiges d'une longue entaille, qui allait du nombril au muscle pectoral, juste au niveau du cœur. « Je ne savais pas que c'était si dangereux, le métier de consultant.

— Une qui m'a brisé le cœur. » Un sourire d'autodérision se dessina sur le visage de Servier. Son bassin remonta par à-coups et se mit à frotter le sexe de la jeune femme, sous son jeans.

Amel accompagna son désir et vint à nouveau poser ses lèvres sur les siennes.

03/01/2002

Amel s'éveilla heureuse et, de la main, fouilla immédiatement l'autre côté du lit. Il était vide. Jean-Loup s'était encore levé sans faire de bruit. Il lui faisait le coup depuis trois jours. Il partait à l'aube, disparaissait en forêt et ne revenait généralement que quatre ou cinq heures plus tard.

La jeune femme ouvrit très légèrement les yeux et il lui sembla que le soleil brillait derrière les rideaux de la chambre. Elle se redressa sur un coude, pour mieux voir, et constata qu'elle ne s'était pas trompée. Elle ressentit une soudaine envie d'être dehors, d'aller marcher avec Servier, persuadée qu'il se réjouirait d'une balade en sa compagnie dans l'après-midi.

Le regard d'Amel se promena dans la pièce, à la recherche de ses affaires, et tomba sur le tableau accroché au mur, juste en face du lit. Un visage ectoplasmique aux contours flous et déformés qui grimaçait sur un fond gris-noir. Jean-Loup lui avait dit que l'œuvre, peinte par un jeune artiste allemand, Yohan ou Johan quelque chose, s'intitulait *Fantôme*. Elle ne l'aimait pas et s'en détourna pour se lever, stimulée par l'envie d'un café.

Le combiné claqua lorsque, brusque, il le reposa sur son support. Les yeux de Lynx se perdirent alentour. Le centre de Saint-Étienne s'animait peu à peu. Des gens attendaient le bus, les piétons se faisaient plus nombreux, les bars de la place se remplissaient de clients.

Il soupira et sortit de la cabine téléphonique pour rejoindre sa voiture.

Son équipement de chasse l'attendait sur la banquette arrière. Il devait se conformer à la décision qu'il avait prise, une décision dictée par la nécessité. Sinon, tout risquait de recommencer comme avant. Les petites tricheries pour cacher ses vilains secrets. Les enjeux semblaient différents cette fois. Servier se souvint de l'une des dernières phrases de Véra, le soir où ils avaient finalement décidé de se séparer. *On ne construit rien de solide sur du mensonge.* Cela s'appliquait autant à lui qu'à elle. Il venait de lui annoncer qu'il savait qu'elle voyait quelqu'un d'autre et, juste après, s'était déclaré prêt à lui pardonner, pour ne pas la perdre. Mais elle n'avait pas voulu l'entendre. À raison.

Lui n'avait apparemment toujours pas compris.

Amel, fière d'avoir retenu les leçons de Servier, avait allumé un feu dans la cheminée. Elle venait de terminer son petit déjeuner dans le salon. Le *Lost Souls* des Doves tournait en boucle sur la platine CD. Ils n'avaient pas arrêté de l'écouter au cours des derniers jours. Ce serait leur album fondateur.

Un sourire se dessina sur ses lèvres, elle se sentait bien.

Elle se leva pour aller voler de la lecture à Jean-Loup dans la pièce voisine, ayant épuisé sa propre réserve de livres. Sur le rayon le plus haut de la bibliothèque, elle avisa un alignement de volumes de la Pléiade auxquels elle n'avait pas fait attention jusque-là. Amel adorait cette collection, dont elle possédait elle-même quelques exemplaires. Cette pensée la ramena à son appartement, à Sylvain et au moment pénible qui s'annonçait à l'occasion de l'inévitable déménagement. Le premier d'une longue série de désagréments.

Le fauteuil de bureau de Servier était à peine assez haut pour se rapprocher des ouvrages. Elle réussit néanmoins à lire les inscriptions sur les tranches. Ils étaient rangés par auteurs, quelques classiques français, beaucoup d'étrangers, pas mal de textes anonymes, notamment un exemplaire du Coran. Hors d'atteinte. Amel prit appui sur la première étagère en faisant attention de ne pas bousculer la précieuse photo, détendit son corps, allongea le bras, se pencha un peu plus et perdit l'équilibre. Elle se rétablit de justesse en shootant le petit cadre qui tomba et se brisa.

Elle abandonna sa quête du Livre et descendit de son perchoir pour ramasser le bibelot. Le cliché s'échappa de sa prison de verre disloquée et rejoignit à nouveau le sol, face contre terre. En se baissant, elle remarqua une légende, au verso. Tout en haut se trouvaient deux indications, une date, *27/07/88*, et un lieu, *Guéblange-les-Dieuze*. Suivaient deux lignes de noms précédés de sigles. Cinq sur la première, *SCH Féret, SLT Lacroix, ADJ Calmels, CNE Mers, SGT Lachaud.* Trois sur la seconde, *SGT Tarquimpol, ADJ Meyer, SCH Riffe.*

Amel retourna la photo avec la sensation que quelque chose ne collait pas. Les huit hommes étaient toujours là, souriants, cinq devant, trois en retrait. Elle jeta un nouveau coup d'œil aux informations, au dos, revint aux parachutistes, s'attarda sur Servier et réalisa enfin ce qui lui manquait. Son nom n'était pas parmi les autres. En lieu et place de celui-ci figurait *SLT Lacroix*. Elle prit ensuite conscience d'autres détails qui lui avaient échappé. La couleur de la queue de l'avion, d'un gris souris verdâtre, et son immatriculation précédée d'un disque bleu-blanc-rouge. Un appareil militaire. Cette découverte lui donna la clé pour comprendre une partie des initiales placées devant les noms, *SGT* pour sergent, *ADJ* pour adjudant. *CNE*, capitaine ? Et *SLT* ?

Une troisième fois, elle examina avec attention les visages des soldats. Ils semblaient maintenant la dévisager en retour et leurs sourires n'apparaissaient plus si bienveillants. En particulier celui de Servier. Non, Lacroix.

Il lui avait menti. Au moins sur son nom.

Elle remonta le cours du temps et revint aux circonstances de leur première rencontre, dans cette brasserie du 8e arrondissement. Il s'y trouvait par hasard... Peut-être pas. Pour elle ? Cela semblait impossible, pas déjà. Une autre raison pouvait justifier sa présence, celle de Steiner. Ancien de la DGSE, un service à la longue tradition militaire, dont le bras armé avait toujours été principalement constitué de paras, dixit Rougeard. Ils avaient rendez-vous. Mais Steiner n'avait parlé à personne. Ils s'étaient manqués. À cause... d'elle. Évidemment. Parce que Servier/Lacroix l'avait repérée, lui qui était déjà à l'intérieur de l'établissement lorsque le patron de la SOCTOGeP était arrivé.

Rougeard avait raison, depuis le début.

Et depuis plusieurs mois, Jean-Loup la surveillait, de près. Il avait réussi à gagner sa confiance et à tout savoir.

« Je n'ai jamais réussi à me débarrasser de cette photo. »

Amel se rendit compte que la musique s'était arrêtée lorsque la voix de son hôte se fit entendre. Il se tenait, raide, sur le seuil de son bureau, comme le premier matin. Mais il n'y avait plus d'humanité dans ses yeux. Ils étaient juste vides. Elle les avait déjà vus ainsi, à plusieurs reprises, sans comprendre ce qui se cachait derrière ce regard de mort. Jusqu'à aujourd'hui. Étrangement, elle ne ressentait aucune peur, juste de la douleur. « Pas toi. » Celle de la trahison. « Non… Non ! PAS TOI ! »

Jean-Loup s'approcha, ses mains remontèrent, ouvertes.

Mouvement de recul. « Tu es comme tous les autres ! Pourquoi vous m'avez fait ça ? »

Il continua d'avancer.

« POURQUOI ? » Crachat. « MENTEUR ! » Amel se débattit lorsqu'elle sentit des poings se refermer sur ses biceps. Impossible de se dégager. « LÂCHE-MOI ! » Elle tenait toujours le cadre. De toutes ses forces, elle s'en servit pour essayer de frapper Servier à la tête.

Le coup rata sa cible mais contraignit Jean-Loup à reculer, parer et libérer Amel, qui se mit à courir en direction de la cuisine.

Sur la table à manger, elle aperçut les affaires de chasse de l'agent. Le manche du *kukri* dépassait de l'ouverture d'un sac de toile noir. Elle s'en saisit et se retourna brusquement en entendant des bruits de course juste derrière elle.

Le couteau décrivit un puissant arc de cercle horizontal.

Jean-Loup esquiva le coup en partie, d'une torsion réflexe du buste. Néanmoins, la lame, très affûtée, accélérée par l'élan de la rotation, découpa la manche droite de son blouson, traversa son pull et lui entailla le bras au niveau de l'épaule. Il grogna mais ne s'arrêta pas. Il ceintura Amel, la plaqua violemment au sol avant de se redresser au-dessus d'elle et de chercher à reprendre le contrôle de la main qui tenait l'arme. Ses doigts se refermèrent sur le poignet de la jeune femme et serrèrent très fort.

Bruit de métal sur le sol.

Elle se débattait de tous ses membres mais c'était inutile, Servier la clouait au sol de tout son poids. Amel s'arc-bouta encore une fois, retomba lourdement. Un liquide tiède lui éclaboussa le visage et elle se figea à ce contact.

La blessure de Lynx, profonde, saignait abondamment. Mais sa prise ne faiblissait pas.

Ils se dévisagèrent.

07/01/2002

Lorsqu'il ne voyageait pas, Ante Ademi passait tous les jours à sa casse en fin d'après-midi, pour rencontrer un receleur ou un client, discuter affaires courantes avec Ivan, évoquer le bon vieux temps ou régler les détails d'une transaction à venir. Aujourd'hui, c'était principalement pour cette dernière raison qu'il venait. Une centaine d'AK47 arrivait bientôt d'Albanie, via l'Italie, cachée selon la méthode habituelle au milieu de vrac de ferraille, et Ivan devrait la réceptionner. Seul, pour une fois.

Ante s'arrêta devant le portail et klaxonna pour qu'on vienne lui ouvrir. Il attendit deux minutes mais personne ne se montra. Pas même les deux foutus bâtards à moitié aveugles qui ne le reconnaissaient jamais et l'avaient déjà mordu plusieurs fois. Un de ces jours, il allait les flinguer. Il soupira, agacé de devoir sortir pour s'occuper de ça lui-même. Ivan bossait pour lui, c'était à lui de faire ça.

Ademi approcha sa main de la serrure mais arrêta son geste à mi-course. D'un coup d'œil, il vérifia qu'elle était bien verrouillée. Oui. Son compagnon avait dû partir faire un tour. Cela n'expliquait pas la disparition des chiens, sauf s'ils étaient toujours malades et roupillaient quelque part. Apparemment, ils avaient bouffé un truc qui ne passait pas vendredi et ne s'étaient pas montrés très vaillants de tout le week-end.

Le Croate inspecta le paysage, l'intérieur de la casse, la baraque de chantier, le hangar. Tout semblait normal. Le moteur de sa caisse tournait au ralenti derrière lui, de l'eau ruisselait dans le fossé broussailleux qui bordait son terrain. Trop calme. Il pensa police mais chassa immédiatement cette idée de son esprit. Les flics leur seraient tombés dessus au petit matin, chez eux. La concurrence ? C'était plus plausible. Les caïds du coin n'appréciaient pas toujours les petits à-côtés de ses trafics, qui empiétaient parfois sur leurs plates-bandes.

Ademi retourna à sa voiture, côté passager, et fouilla dans le vide-poche. Il allait entrer mais pas à poil. Il devait savoir ce qui se passait. Pas question de laisser son pognon et certaines de ses marchandises derrière lui, surtout s'il s'était fait doubler. Il trouva son pistolet et se retourna pour tomber nez à nez avec une silhouette informe, silencieuse, semblable aux herbes hautes qui poussaient en bordure de route. Ante eut le temps de penser *sniper* avant de ressentir une violente douleur, semblable à une électrocution.

Il s'effondra. Pour se réveiller progressivement avec la tête lourde et le nez qui le grattait. Les yeux du Croate s'ouvrirent sur le haut du crâne d'Ivan, tout près, qui oscillait lentement. C'étaient les cheveux de son compagnon, bizarrement dressés, qui chatouillaient son visage. Il se contracta brusquement et prit enfin conscience qu'il était pendu par les pieds, avec les bras fixés à la taille, très serré, par du gaffeur.

Quelques secondes encore et il comprit qu'il se trouvait dans son propre hangar, juste au-dessus du cadavre d'Ivan, dont les yeux grands ouverts le fixaient. Son torse nu portait de nombreuses marques de coup. Les deux chiens étaient là eux aussi, figés dans la mort sur la même bâche de plastique vert.

Ante fit un second tour d'horizon de l'entrepôt, passa sur quatre sacs à viande noirs, sur le sol, derrière les deux bergers, retrouva les silhouettes familières de ses voitures volées et des cartons de hi-fi, et s'arrêta enfin sur un homme en treillis camouflé, assis sur une chaise pliante, sa chaise pliante, qui écoutait de la musique. Il avait le visage recouvert de maquillage de combat, méconnaissable. À ses pieds, Ademi remarqua un *ghillie*, roulé en boule, et une chemise cartonnée de couleur bleue.

Le sniper.

Lynx avait vu son prisonnier commencer à bouger et se leva pour s'approcher de lui. Il le laissa s'époumoner pendant presque une minute avant de retirer ses écouteurs. D'un mouvement de l'index vers sa bouche, il l'invita à se taire avant de ranger son RIO dans l'une de ses poches. Servier se retourna pour aller ramasser la pochette et en extraire une photo, qu'il montra au Croate. « Pardon. » Il mit le cliché dans le bon sens, à l'envers. « Tu connais cet homme ?

— Toi être qui, fils de pute ? » Ante s'agita et cracha sur le document. « Je vais te niquer, oui ?

— Tu le connais ? »

Ademi jura dans sa langue natale avant de repasser au français. « Je te promets non. Pas vu. » Il vit les dents de son agresseur apparaître dans un rictus moqueur.

« Mesic m'a dit la même chose. »

L'inconnu connaissait le nom de famille d'Ivan.

« Dommage pour lui. Cet homme que tu n'as *pas vu*, il s'appelle Zoubeir Ounnas et il est algérien. J'aimerais bien lui parler.

— Je sais pas. Pas pouvoir aider, oui ? »

L'agent sourit à nouveau. « Tu sais ce que j'ai, là-dedans ? » Il tapota la poche latérale gauche de son pantalon de treillis. « Je vais te montrer. » Une cassette vidéo apparut dans sa main. « En fait, je n'ai pas tellement besoin de toi, tu sais. Sauf si tu me démontres le contraire. »

Les traits du Croate s'étaient crispés.

« Je vous surveille depuis presque quatre jours, toi, ton pote et votre putain de casse. Sans interruption. Et tu sais quoi ? » Servier se mit à tourner autour de son captif. « Il fait super-froid, la nuit, par ici. J'ai connu pire, tu t'en doutes, mais j'étais plus jeune. J'ai vieilli. Je me ramollis, je crois. » Ricanements qui s'arrêtèrent d'un seul coup. « Tu devrais être plus prudent à l'avenir et vérifier avec qui tu t'associes. T'es pas entouré que d'épées, tu sais.

— Quoi ?

— Des épées. Des lumières, si tu préfères. Des gens qui savent bosser. Au hasard, ton pote Frank Resnick.

— Où il être ?

— Il est mort, je l'ai laissé cramer. Avec sa femme. »

Nouvelle série de jurons incompréhensibles, encore plus furieux.

« Calme-toi. » Lynx s'accroupit devant Ademi. « C'est de sa faute si je suis là et si t'es dans la merde. La dernière fois que tu l'as vu à Zagreb, il avait le MI6 aux fesses. Les Anglais, c'est nos grands potes. Ils nous ont parlé de toi et puis on s'est aperçus qu'on te connaissait déjà, en fait. » Il poursuivit ses explications puis relata qu'il s'était caché tout ce temps dans un tas de ferraille, juste à côté de la barrière. Il avait drogué les chiens avec des neuroleptiques, une dose toutes les six heures, pour les assommer. Il n'avait pas envie de les tuer tout de suite, ça aurait attiré l'attention inutilement. « Je voulais y aller en douceur, tu comprends, pour vous coincer, Ivan et toi. M'assurer que vous n'aviez pas de surprise en réserve. Comme des caméras de surveillance, par exemple. » Lynx se releva et reprit son manège autour du prisonnier. « J'ai mis une journée à toutes les repérer. La plus chiante, ça a été celle que t'as planquée derrière la grille d'extraction de ta clim', sur le toit de l'Algeco. Mais quand j'ai vérifié sur les bandes, tout à l'heure, j'ai vu que j'avais eu tout juste, du premier coup. »

Lassé de faire des ronds dans la pièce, Servier retourna s'asseoir. « Ounnas est venu vous voir le 31. » Il repensa au visage de l'Algérien, qui s'était levé plusieurs fois vers la caméra de la baraque de chantier. Il savait mais avait laissé des traces derrière lui, une attitude étrange, surtout après la mise à mort de Nezza. Charles pensait que le dealer avait été exécuté par d'autres islamistes, sans doute Ounnas lui-même. Ou son complice, entr'aperçu sur la cassette du Croate. Lynx était d'accord avec cette hypothèse. « Dommage que tu l'aies gardée, cette vidéo. En plus t'en conservais pas beaucoup. Juste les meilleures, hein ? Elle m'aidera bien en tout cas. Avec ça, je vais rapidement retrouver celui qui a loué l'utilitaire. »

Ademi ne put s'empêcher d'afficher un air surpris.

« Comment je sais ça ? La région d'immatriculation, bien sûr, et puis surtout, le gros autocollant *Europcar*, sur le côté. Pas super-discret. Je te l'ai déjà dit, t'es mal entouré.

— Va faire foutre toi ! » Ante recommença à se tortiller en tous sens.

« Tu vas finir par te faire mal, arrête. Il y a une question que je me pose, qu'est-ce qu'ils sont venus chercher, Ounnas et son copain ? »

Les deux hommes se dévisagèrent longuement puis le Croate, qui s'était calmé, rompit le contact visuel.

« Tu ne veux pas être gentil et me le dire ? »

Un silence s'installa, qui dura une bonne minute.

« Dommage. Je vais essayer de deviner quand même. »

Ademi, qui regardait toujours ailleurs, entendit son tourmenteur se lever…

« Ils sont venus chercher… des barils de pétrole. »

Et s'approcher à nouveau de lui.

« Sauf que ces barils ne contenaient pas de pétrole. À l'intérieur, il y avait ça. »

Une main força Ante à tourner la tête et il découvrit la photo d'un fût qu'il connaissait bien, sans couvercle, dans lequel apparaissait un second conteneur en acier, marqué avec des données techniques et d'autres qui renseignaient sur sa provenance.

« Ça fait six mois qu'on vous cherche, les gars. Maintenant, on vous a trouvés.

— Toi tout savoir, oui ? Comment ?

— Mon petit doigt, évidemment. Il est très fort, mon petit doigt. Par exemple, il m'a dit que toi et ce vieil Ivan, vous vous êtes rencontrés au 2ᵉ REI[1], à partir de 1989. Après que vous êtes devenus de vrais légionnaires, on vous a envoyés vous battre à la maison, dans les Balkans. C'était la mode, à l'époque. C'est là-bas que vous l'avez eue, l'idée de votre petit commerce ? »

Nouvel échange de regards.

« Pourquoi toi pas tuer moi ?

— Ne sois pas trop pressé. J'attends… » Un *bip* se fit entendre, dans l'une des poches de la veste commando de Lynx. Il récupéra un portable. « J'attendais ça. »

Le Croate reconnut le téléphone d'Ivan.

Servier le remarqua. « C'est bien celui de ton copain. Il est pas mal, en fait, je vais peut-être me payer le même. » Il fouilla dans les menus et trouva le SMS qui venait d'arriver. *OK, ton grand-père qui t'aime.* « Ouais, je vais sûrement m'en acheter un. » Ses yeux revinrent se poser sur Ademi. « *Time to die.* » Un temps. « Roy Batty, *Blade Runner*. Un grand film, j'espère que tu l'as vu. »

Ante voulut marchander sa vie mais perdit rapidement connaissance après une nouvelle décharge électrique.

1. Régiment étranger d'infanterie.

Il reprit conscience dans le noir. Assis, il était toujours entravé, il étouffait. Il pensa aux sacs à viande, commença à s'exciter, se cogna contre une paroi, sur sa gauche, puis sur un objet circulaire devant lui, avant de bouger vers la droite et de perdre l'équilibre. Sa tête percuta une surface molle tandis qu'un objet vertical et long s'enfonçait dans son abdomen. Un changement de vitesse. Il était dans une bagnole. Soudain, un bruit de moteur puissant, grave, accompagné de relâchements de pression se fit entendre tout autour de lui.

La presse hydraulique !

Lynx vit la forme assise sur le siège conducteur basculer juste avant d'enclencher la procédure de compactage. Les trois autres emballages se trouvaient également dans la voiture. Les chiens dans le coffre et Ivan sur la banquette arrière. Les lourdes parois de métal commencèrent à descendre vers la carrosserie. Les vitres latérales et le pare-brise explosèrent et un hurlement d'agonie monta de la carcasse de métal.

L'agent relança son RIO et s'éloigna, le temps pour l'opération de s'achever.

Shame, such a shame. I think I kind of lost myself again…

Day, yesterday. Really should be leaving but I stay…

Il aurait dû tuer Ademi. Mais quelque chose l'en avait empêché, une pulsion incontrôlable, détestable, terrifiante. La même qui l'avait poussé à tabasser Mesic à mort. Gratuitement.

Il perdait pied.

Say, say my name… I need a little love to ease my pain…

Il arriva devant les deux cuves de vidange qui servaient, pour l'une, à stocker les huiles moteur, et pour l'autre, les acides de batteries. Il jeta le portable d'Ivan et sa puce, séparément, dans cette dernière.

'Cause it feels like I've been… I've been here before…

Il retira un écouteur pendant quelques instants. Plus personne ne s'égosillait. Les seuls bruits étaient ceux des pistons au travail.

You're not my saviour... But I still don't go...

Servier regarda autour de lui. Un feu mourait dans un baril. La bâche qu'il avait utilisée et le reste des cassettes de surveillance. Son sac à dos, avec la bande du 31, l'attendait devant la porte de l'Algeco.

Fade, made to fade... Passion's overrated anyway...

Le paysage lunaire qui l'entourait était à l'unisson de son mental, chaotique, décadent, pourri. Sa réalité le rattrapait et elle n'était pas belle. Elle n'avait jamais été très belle.

I feel live something... That I've done before...

Lynx aurait aimé être quelqu'un d'autre, ailleurs. Il repensa au visage d'Ounnas, sur la vidéo. L'Algérien était fatigué, il avait laissé filer. Comme lui. Il avait peut-être commis une énorme erreur en ne la tuant pas. Charles n'était pas au courant de cet épisode, évidemment, mais s'il y avait eu une alerte il lui aurait déjà fait signe. Donc Amel n'avait rien dit. Pas encore. La Carte ne tarderait pas à le recouvrir, à l'engloutir.

I could fake it... But I still want more, oh...

Les panneaux de la presse se relevèrent.

11/01/2002

Amel accompagna ses parents jusqu'à leur voiture, garée devant leur pavillon du Plessis-Trévise. Il était dix-sept heures trente et, fidèles à leurs habitudes de fin de semaine, ils partaient passer le week-end chez leur autre fille. Amel ne les accompagnait pas, elle avait besoin de rester seule pour faire le point. Elle les aida avec leurs bagages et attendit ensuite qu'ils disparaissent au loin avant de se mettre en route dans la direction opposée, vers le supermarché local.

Un homme quitta alors une vieille 205 écarlate stationnée plus haut dans la rue. Jeune, vêtu d'un survêtement de marque, d'une doudoune de couleur vive et d'un bonnet sombre, il prit Amel en chasse.

Son équipier le dépassa bientôt avec leur voiture.

Plusieurs minutes s'écoulèrent sans que plus rien ne bouge dans le quartier. Puis une ombre furtive apparut et franchit rapidement la haie qui entourait la maison des Balhimer.

Farez gara son utilitaire de service dans le parking de sa résidence de Montfermeil vers dix-huit heures quarante-cinq. Il faisait nuit, plutôt froid. Il n'y avait pas âme qui vive dehors. Il remonta une allée goudronnée entre les voitures et atteignit bientôt l'espace vert paysagé qui s'étendait au pied de son immeuble. Il leva les yeux vers son appartement dès qu'il arriva à la hauteur du bosquet de sapines planté au centre du petit parc. Sa fille de cinq ans, emmitouflée dans un anorak, guettait l'arrivée de son papa sur le balcon, comme tous les soirs. Une habitude qu'il s'était avéré impossible de lui faire perdre. Aujourd'hui, Azouz, son frère plus vieux d'une année, surveillait avec elle.

Farez ne put s'empêcher de sourire et adressa un signe de la main à ses enfants. Ils lui répondirent de la même manière et il vit leurs visages s'éclairer puis se renfrogner subitement. Leurs yeux se mirent à regarder sur sa gauche, ce qui l'incita à tourner la tête. C'est alors qu'une vive douleur au flanc le fit se plier en deux. Il s'évanouit avec l'impression idiote que les arbustes lui sautaient dessus.

Amel rentra du centre commercial plus tard qu'elle ne l'avait anticipé. Une copine d'enfance, croisée sur place, l'avait embarquée malgré elle dans une longue discussion nostalgique qui s'était fatalement conclue sur une comparaison de leurs situations maritales et maternelles respectives. Un véritable calvaire.

Elle poussa la porte d'entrée et traversa le vestibule de ses parents. Les volets n'étaient pas clos et la luminosité extérieure lui suffisait pour se guider sans allumer dans cet intérieur familier. Elle posa ses courses sur la table de la cuisine et partit à la recherche d'un interrupteur. Une ombre attendait juste derrière elle, immobile, imposante. Elle commença à crier *Jean-Loup* et *Non !* mais une main se colla vite sur sa bouche pour la faire taire. Deux bras puissants la saisirent, l'immobilisèrent et une voix masculine lui murmura à l'oreille : « Nous nous sommes déjà rencontrés. Dans le 20e arrondissement. Je suis l'homme qui vous a dissuadée d'aller à la mosquée. » Karim sentait les tremblements de la journaliste. « Je ne vous veux aucun mal. Je souhaite juste vous parler. Je peux vous lâcher, mais vous ne devez pas crier, sinon vous risquez d'attirer l'attention des types qui vous surveillent, dehors. Et il ne faut pas qu'ils sachent que je suis là. »

Des spasmes continuaient à agiter le corps d'Amel.

« Je peux avoir confiance ? »

Elle acquiesça.

L'agent lâcha sa prisonnière avec précaution, commença à reculer.

Amel essaya de fuir, hurla.

Fennec bondit, la bâillonna et, cette fois, parla d'un ton plus impératif. « Fermez-la. Si je voulais vous tuer, ce serait déjà fait. Nous allons monter au premier pour que je vous montre vos anges gardiens par une fenêtre. »

À nouveau, des hochements de tête.

Karim alla se cacher dans l'obscurité du vestibule, sans perdre la journaliste des yeux, puis reprit la parole, tout bas. « Allumez, sinon ils vont se douter de quelque chose. »

Ils découvrirent leurs visages, aussi peu rassurés l'un que l'autre, lorsque la cuisine s'illumina. Amel fut un instant décontenancée par les traits glabres et fatigués de son agresseur, qu'elle ne reconnut pas immédiatement. Après un temps, les iris verts de l'agent redevinrent sévères et elle retrouva ce regard qui l'avait tant effrayée dans le petit passage.

« Suivez-moi. »

Dans la chambre parentale plongée dans le noir, Fennec invita Amel à s'approcher de la baie vitrée. « Ne touchez pas aux voilages. Cherchez une voiture rouge en mauvais état, sur la droite. »

La journaliste ne tarda pas à repérer le véhicule en question, sale et déglingué, dont elle n'identifia pas la marque. Avec la nuit, il lui fut dans un premier temps impossible de remarquer quoi que ce soit d'anormal. Puis une flamme révéla l'intérieur de l'habitacle une fraction de seconde, avant de disparaître pour céder la place à une minuscule incandescence d'intensité variable. Un passager fumait une cigarette. À côté d'un conducteur.

« Ils se relaient avec d'autres équipes du même genre. » Karim s'exprimait toujours à voix basse et empêcha Amel de répondre d'un geste de la main.

Ils redescendirent et allèrent dans le salon, où l'agent alluma la télévision. Il monta le volume et se pencha vers son interlocutrice pour lui parler à l'oreille. Il souhaitait aller sur la terrasse.

Dehors, il n'y avait pas d'autre bruit que celui du journal de TF1, étouffé par les vitres.

« Que se passe-t-il ?

— Il est probable que quelqu'un écoute.

— Qui ? Et d'abord qui sont ces gens, dans la rue ? Des flics ? » La journaliste virait parano et s'était, elle aussi, résolue aux messes basses.

Karim perçut sa panique. « Non, pas des policiers, plutôt des militaires. De la DGSE ou… » Il hésita. « En fait, je crois qu'ils appartiennent à mon service, la DRM.

— Vous êtes l'un d'eux ? Mais… »

Amel s'écarta, voulut rentrer, mais l'agent la retint.

« Lâchez-moi ! Qu'est-ce que tout ça veut dire ?

— Ils suivent aussi votre confrère. Pour les mêmes raisons.

— Mais quelles raisons à la fin ?

— Savoir ce que vous savez, à qui vous parlez, de quoi, quand. Ils craignent les gens comme vous, c'est atavique. Et plus encore s'ils doutent de la loyauté d'un de leurs officiers.

— Mais qu'est-ce que… Vous ? »

Fennec hocha la tête.

« Que me voulez-vous ? »

L'agent recula jusqu'à une chaise de jardin, se laissa tomber dedans et mit un peu d'ordre dans ses pensées. « Mon nom, le vrai, est Robert Ramdane. » Il sourit de l'étonnement que cette information provoqua. « Oui, Robert. Pas mal, hein ? » Il expliqua ses parents, les camps, les brimades, les renoncements, les quelques amis encore fidèles, l'admission au prytanée. Puis Saint-Cyr, avant de rejoindre, pendant quelques années, un régiment installé à Bayonne dont il ne précisa pas le nom. Après, il y avait eu un séjour dans une école du renseignement, à Strasbourg, l'antichambre de son service actuel. « Quoi qu'il en soit, j'ai trente-quatre ans, je suis divorcé et je suis donc officier de l'armée française à…

— À la DRM, vous me l'avez déjà dit. Comment avez-vous atterri chez moi ?

— J'avais le profil idéal, surtout depuis mon divorce, pour participer à un test grandeur nature d'infiltration d'une filière de recrutement islamiste. Et c'est ce que j'ai fait jusqu'à un passé très récent. » L'année écoulée fut rapidement passée en revue, avec ses compagnons, ses voyages et les raisons pour lesquelles on l'avait envoyé, sous une fausse identité, se mêler aux salafistes du 20e. Il parla de ses frustrations, de sa solitude. « Ça n'a pas toujours été facile, à cause de la rupture quasi totale avec mes proches. Je n'ai plus vu mes parents depuis longtemps. Je me fais du souci pour eux, ils sont vieux. Ils me manquent, ne serait-ce que pour garder le cap. À la longue, dans ce genre d'opération, les repères s'estompent. Plus d'une fois j'ai cru me perdre en chemin.

— Pourquoi ne pas vous être arrêté, dans ce cas ?

— Arrêter, oui, pourquoi pas ? » L'agent s'échappa pendant quelques instants. « Il y a des tas de raisons, j'imagine, probablement toutes mauvaises. Le conditionnement, les ordres, les imprévus. Le 11 septembre a foutu une belle merde. Après ça, la nature de ma mission a changé. On m'a donné de nouvelles priorités. Je n'ai pas su dire stop à temps et ma hiérarchie a joué sur la corde sensible. Ils m'ont laissé entendre qu'ils craignaient un attentat sur le sol national.

— Et c'était vrai ? »

Karim réfléchit puis approuva. « Probablement.

— Vous en êtes sûr ?

— On m'a demandé de renseigner sur une bande de salafistes cheikistes illuminés qui opéraient à partir de la mosquée Poincaré. Ce sont eux que vous avez vus avec moi, le jour où je vous ai trouvée déguisée de pied en cap en parfaite petite musulmane. Mes chefs pensaient que ces gens protégeaient une cellule très cloisonnée chargée de monter une action de grande envergure dans la capitale. J'ai suivi les ordres et il m'a fallu du temps pour m'intégrer, beaucoup de patience, de mensonges. » Fennec baissa la tête, soupira. « Un peu plus tard, j'ai commencé à soupçonner mon service de me cacher des choses, pour finir par comprendre qu'une opération parallèle à la mienne était en cours. Un truc violent, ce que la DGSE appelle action *homo*, parce que dirigée contre des personnes, enlèvements, assassinats, ce genre de choses. »

Amel se crispa mais Karim ne remarqua rien et continua son récit. « Ceux que je surveillais se sont mis à disparaître. Au fur et à mesure, on me refilait de nouveaux noms qui semblaient sortir de nulle part. » Il regarda son interlocutrice droit dans les yeux. « Je n'ai aucune preuve de ce que j'avance mais…

— Vous pensez que certains de vos copains ont torturé des gens pour leur faire cracher le morceau, c'est bien ça ? »

L'agent acquiesça. « C'est l'explication la plus plausible pour justifier les informations régulières et fiables dont j'ai été le destinataire. » Il ironisa. « Notre savoir-faire dans ce domaine est très apprécié, vous savez. »

La journaliste s'éloigna.

« En tout cas, je suis convaincu d'avoir joué au ping-pong avec d'autres agents pendant plusieurs mois. Sans m'en rendre compte. Du moins au début. »

Elle ne disait plus rien.

« Vous me croyez, au moins ? »

Il fallut quelques secondes à Amel pour répondre. « Rougeard, mon confrère comme vous dites, et moi avons reçu, au cours du dernier trimestre 2001, des informations que nous avons d'abord jugées peu vraisemblables, avant de les trouver franchement inquiétantes. Elles émanaient d'une source anonyme que nous avons fini par relier à un ancien fonctionnaire de la DGSE.

— Je me suis toujours demandé comment vous vous étiez retrouvés dans cette histoire. Pas étonnant que mes chefs vous gardent à l'œil. »

L'interruption de Karim n'empêcha pas la jeune femme de poursuivre. « Sans ce témoignage, j'aurais eu du mal à vous croire.

— Mais plus maintenant. »

La journaliste secoua la tête. « Il y a une chose que je ne pige pas.

— Laquelle ?

— La raison de tout ça. Quelle est-elle ? Arrêter un attentat, ça me paraît un peu léger, non », Amel se retourna vers Fennec, « pour prendre de tels risques ? »

Ce fut au tour de l'agent de regarder ailleurs. Ne rien dire, ne jamais critiquer, voilà ce qu'on lui avait inculqué pendant des années et là, il lui fallait une fois de plus oublier sa parole. Trahir. « On peut sans trop de risque dire que cette action terroriste va principalement avoir pour ambition de frapper les esprits. Après New York, elle ne peut s'inscrire que dans un processus d'escalade. Il s'agit de maximiser les dégâts psychologiques et politiques et, accessoirement, humains. Vous devez être au courant, la grande crainte de tout le monde, depuis quelque temps, c'est la bombe sale, réalisée à partir de déchets radioactifs, ou, dans le cas qui nous préoccupe, l'emploi d'un composant chimique.

— Vous êtes sérieux ? » La journaliste se mit à faire les cent pas sur la terrasse. « Vous dites qu'il y a en ce moment même, chez nous, des gens qui ont pour projet d'utiliser une arme chimique ? Mais où ? » Sa voix, presque hystérique, était montée dans les aigus. « Ce n'est pas possible. Je ne vous crois pas ! »

Karim lui fit signe de baisser d'un ton.

Amel continuait à marcher de long en large. « Ne devrait-on pas prévenir le plus de monde possible, mettre toutes les administrations concernées en alerte ?

— Normalement, si.

— Mais ?

— Il semblerait que le toxique détenu par ces fondamentalistes emmerde certaines personnes, ou plutôt certains groupes d'intérêts, disons, proches du pouvoir. Pour eux, l'attentat en lui-même est très secondaire. L'objectif prioritaire, depuis le début, est de cacher cette merde sous le tapis le plus vite possible, là où personne ne la verra et surtout ne risquera de marcher dedans.

— Je ne comprends pas.

— Les islamistes veulent utiliser une saloperie qui vient de chez nous, contre nous, à un moment où cela risquera de remettre profondément en cause nos relations avec nos alliés. Diviser pour mieux régner. Voilà pourquoi on en est là. »

Amel arrêta de s'agiter pour s'adosser contre un mur et se laisser glisser au sol, découragée. « Jusqu'où est-ce que ça monte, enfin, je veux dire, qui est au courant ? »

L'agent leva les mains au ciel. « Qui sait ? Certaines choses ne peuvent se faire sans des ordres signés au plus haut niveau. Maintenant, nul n'ignore que ceux qui décident ne tiennent pas toujours les stylos qui paraphent les documents officiels. Et puis, les hautes sphères vont avoir la tête ailleurs pendant quelques mois. À mon avis, personne n'est au courant mais tout le monde sait. En cas de pépin, il est toujours possible de nier. Ils sont tous très forts pour ça. Et ils se soutiennent entre eux. En dépit du droit d'inventaire, le poids de certaines amitiés, si vieilles et encombrantes soient-elles, est partagé par tous. »

Amel marmonna une phrase que l'agent ne saisit pas.

« Qu'est-ce que vous avez dit ?

— Que tout ceci me fait penser aux trois petits singes. Vous savez, celui qui se bouche les yeux, l'autre les oreilles et le troisième qui se la ferme. »

Un peu de temps passa.

La journaliste se releva, lasse. « Qu'est-ce que vous êtes réellement venu chercher ?

— J'ai faussé compagnie à mon service. Je suis recherché.

— Pourquoi ?

— Il y a un problème. Je crois que l'opération parallèle se passe mal. Sans doute à cause de vous. Du moins, en partie. Mais aussi parce que la police est sur l'affaire. L'illuminé à l'origine de ce délire a négligé un tout petit détail : les morts rapprochées de plusieurs habitués des services du ministère de l'Intérieur ne pouvaient qu'attirer l'attention de quelqu'un à un moment ou à un autre. Celle des barbus aussi. J'ai fait une ou deux conneries, à cause de vous...

— Quoi ? » Amel explosa. « Tout ça va être de ma faute, maintenant ?

— Plus bas... Je n'ai pas dit ça. Mais, à partir du moment où je vous ai repérés, vous et ce Rougeard, mon attitude est devenue suspecte aux yeux de mes frères en *jihad* et il a fallu que je leur fausse compagnie. C'était il y a quinze jours, ils ont failli me tuer. J'ai dû me défendre et j'ai... » Karim se tut, regarda la jeune femme, lut du dégoût dans ses yeux. « La DRM m'a récupéré puis isolé. On m'a débriefé et ensuite on m'a maintenu loin de tout, sous bonne garde. Ce n'était pas normal. J'ai fini par me convaincre qu'ils voulaient me sacrifier, d'une façon ou d'une autre, au cas où les choses auraient mal tourné. C'est drôle...

— Je ne vois pas en quoi.

— Non, pas ça, pas cette histoire. Je pensais à mon père. Il a été rejeté par les siens pour avoir refusé de suivre une clique en laquelle il ne croyait pas. Pour son peuple, c'est un traître, pire, un collabo. Mais il n'a pas fait grand-chose contre qui que ce soit. Moi, j'ai choisi un camp, celui du pays où je suis né, mon pays. Je suis pourtant redevenu ce que je n'ai jamais cessé d'être en fin de compte, un *harki*. »

Amel répéta sa question : « Pourquoi êtes-vous là ? Vous auriez dû aller trouver Rougeard. Il a plus de bouteille que moi. On l'écoutera, lui. » En voyant l'agent hésiter, et surtout éviter de répondre, elle comprit ce qu'il attendait d'elle. « C'est parce que je suis une fille d'immigrés, c'est ça ? Comme vous ? » Elle se remit à crier, oubliant la prudence : « Nous n'avons rien en commun ! »

Fennec, surpris par ce déferlement verbal, essaya d'abord de la faire taire puis, devant la futilité de sa démarche, contre-attaqua. « Je croyais que vous étiez avant tout une journaliste courageuse, intègre. Apparemment, je me suis trompé.

— Épargnez-moi la morale à deux balles, vous êtes mal placé pour venir me faire la leçon. Tout le monde se porterait mieux si des types comme vous ne… » Amel ne termina pas sa phrase.

Ils se défièrent du regard puis la tension retomba.

« Je voulais aussi vous mettre en garde. On vous surveille.

— Je sais, vous me l'avez déjà dit.

— Non, ceux-là sont récents. Il y a quelqu'un d'autre. »

Amel baissa les yeux.

« Je vous ai suivie un soir, à la Bastille. Vous avez retrouvé un homme, pas très vieux, taille moyenne, cheveux bruns très courts. Vous le voyez souvent ? C'est un de vos amis ? »

Pas de réponse.

« Depuis combien de temps le connaissez-vous ? » Karim la prit par les épaules pour la forcer à lui faire face. Il scruta son visage. « Vous savez, n'est-ce pas ? Tout à l'heure, vous avez prononcé un nom, Jean-Loup. C'est lui, non ? Vous avez cru que j'étais lui et vous avez eu peur. Vous avez raison parce qu'il reviendra. Il n'a pas le choix. »

D'un mouvement sec du buste, la journaliste se dégagea de l'étreinte de Fennec. « Je suis désolée, je suis grillée côté presse. Je ne peux rien pour vous. »

Elle recula de quelques pas.

« Vous ne pouvez pas ou vous ne voulez pas ? Ne laissez pas vos émotions vous aveugler sur la véritable nature de cet homme. Ce n'est qu'un tueur et…

— Assez ! Partez d'ici ! »

Fennec inspira, reprit la parole : « Je vais attendre quelques jours. Si vous changez d'avis, j'ai créé une adresse mail sur la base de nos deux prénoms : <u>amelro-</u>

Écrivez-moi. » Il espéra un signe d'assentiment qui ne vint pas. « Bonne chance. » Puis disparut dans la nuit.

13/01/2002

Lynx avait garé son Transit entre deux bâtiments, à quelques mètres d'une section de chemin de fer, dans une petite zone industrielle. Il faisait nuit, tout était calme.

Il vérifia sa montre. Bientôt.

Quelque chose bougea derrière lui, à l'intérieur du véhicule, et il se retourna pour observer Farez Khiari, entravé, qui s'éveillait en geignant. Une longue journée et une nuit sans sommeil avaient suffi pour lui faire cracher ce qu'il savait. Tout cela pour un malheureux signe de la main et un regard attendri en direction d'un balcon d'immeuble. Un point faible, une clé. Difficile de croire que ce même père de famille se préparait, depuis plusieurs mois, à arroser une foule inconsciente du danger avec une pluie neurotoxique.

Un nom, Kamel Ksentini, l'identité d'emprunt de Zoubeir Ounnas, une adresse, le détail de leurs derniers déplacements dans le Sud et de leurs rendez-vous à venir, le jihadiste avait tout livré en échange de la vie de ses enfants. L'agent connaissait ainsi l'heure de leur prochain coup de téléphone, aujourd'hui, en fin de journée. Il s'était même fait préciser leur procédure de reconnaissance et d'alerte.

Puis il avait tout vérifié.

La veille, il s'était rendu à l'endroit indiqué, un garage désaffecté dans l'Ouest parisien, qui correspondait bien à la description donnée par son prisonnier. Ksentini s'y trouvait. Lynx, à l'abri, l'avait vu sortir, vérifier les abords de sa planque et partir faire quelques courses, comme n'importe quel péquin seul un samedi soir. Il ne l'avait pas suivi, pour ne prendre aucun risque. Ce n'était pas nécessaire, Ounnas n'allait pas partir immédiatement puisqu'il devait encore appeler son complice.

Jean-Loup s'était donc éloigné pour réfléchir. À ce stade, il aurait dû prévenir Charles et le laisser s'occuper du reste. Mais il n'en avait rien fait.

Il avala un autre comprimé de Virgyl, le fit passer avec du Coca.

Une chasse ne s'achevait qu'avec la mise à mort de la proie.

Nouveau coup d'œil à l'heure. Il se leva et passa à l'arrière.

Farez ne bougeait plus, ne produisait pas le moindre son. Il se contentait de dévisager son tortionnaire, anxieux.

Lynx lui assena une série de courtes décharges électriques pour l'étourdir. Il découpa ensuite ses liens, confectionnés avec du gaffeur et les éternelles bandes de mousse, et l'aida à se lever pour descendre du véhicule.

Les deux hommes traversèrent tant bien que mal un petit terre-plein goudronné pour rejoindre la voie ferrée. Les rails se mirent à vibrer. Des phares, dans la distance. L'agent les regarda approcher quelques secondes, captivé. La matraque grésilla à nouveau et l'islamiste s'effondra à quatre pattes sur le ballast. Seul.

Farez prit peu à peu conscience de l'arrivée du convoi nocturne. Il essaya de se remettre debout, y parvint presque mais retomba sur les travées. Dans un dernier effort, il releva la tête et observa le train tout proche. Il y eut une montée de sifflements aigus et de vibrations cadencées, fortes, très fortes, de plus en plus fortes, qui couvrirent son ultime *Allahû akbar !* enragé. Le choc fut silencieux au milieu du vacarme. La motrice aspira le corps avant de se mettre à freiner pour s'arrêter trop tard, stridente, quelques centaines de mètres après l'impact.

Servier s'éloignait déjà.

Cinq heures du matin passées de quelques minutes. L'issue était là, dans l'impasse endormie, sous la fine pluie qui venait de se mettre à tomber. Aucune lumière derrière les fenêtres, ni au rez-de-chaussée, ni à l'étage.

Entrer immédiatement ou attendre encore. Offrir à Zoubeir Ounnas un dernier réveil, une sortie, dans une heure ou deux, pour faire un tour, respirer la ville, la vie. Avant de le surprendre, à son retour.

Trop long. Ce serait vite fait, maintenant, le canon sur la tempe pendant son sommeil et *bang !*

Lynx quitta son utilitaire et traversa le carrefour dans lequel se jetait le cul-de-sac du terroriste. Il rejoignit le bon trottoir, se colla au mur pour fermer l'angle d'observation et éviter de se faire repérer depuis une fenêtre, et avança, ses outils d'effraction, impatients, à la main. Il dépassa un rideau de fer et atteignit la porte d'entrée du terroriste.

Guide, crochet palpeur, ratissage, déclic. À peine perceptible.

Pistolet, silencieux.

Il referma derrière lui.

Accroupi, Servier laissa ses yeux s'habituer à la pénombre d'un vestibule de taille modeste. Sur sa droite, il découvrit bientôt un escalier métallique qui menait au premier, peut-être vers un appartement. En face, un bureau vitré, ultime sas avant le reste du bâtiment, probablement le garage, dont l'essentiel de la surface se trouvait devant lui et sur la gauche.

Il hésita. Les marches paraissaient bruyantes et il ressentait un besoin irrépressible de vérifier que ce qu'il cherchait était bien ici.

À pas lents, Jean-Loup pénétra dans la cage de verre, dont le seul mobilier était un vieil ordinateur débranché posé sur une table de classe, la traversa et rejoignit l'atelier.

Le rideau métallique était là, sur le côté, légèrement en retrait. Il permettait de faire entrer des véhicules à l'intérieur jusqu'à une série de trois ponts, en enfilade. Au-delà, alignés le long du mur, des établis sous une rampe d'éclairage éteinte. Encombrés de matériel.

Lynx s'en approcha.

Sur les plans de travail, il découvrit une douzaine de montages de même nature mais à différents stades de fabrication. Sabotage à la chaîne. Il s'approcha de l'un d'eux, le plus complet apparemment, qui tenait dans un *Tupperware* profond de forme arrondie. Une charge de plastique de couleur rouge orangé — Servier pensa Semtex —, moulée, formée, dirigée, baignait dans un lit granuleux de produit dessiccateur. Sur le côté de celle-ci, un câble orphelin, sans doute destiné à un détonateur électrique, dépassait d'un petit montage électronique alimenté par une pile au lithium. Un écran à cristaux liquides indiquait la date et l'heure et le tout était relié à un émetteur-récepteur.

Une minuterie plus un émetteur, étrange. L'agent finit par comprendre le pourquoi de ce système redondant. Ounnas savait ce qu'il faisait et il était sans doute un peu mégalomane. C'était ce que suggérait la possibilité de déclencher le tir à distance. Il voulait le faire lui-même. Il restait prudent cependant. Ses dispositifs étaient conçus pour ne devenir actifs qu'au dernier moment, évitant ainsi tout risque d'interférence et de mise à feu spontanée.

Sur d'autres établis, un peu plus loin, Lynx trouva de nouvelles bombes en cours d'assemblage, toujours organisées par douze. Il y avait des livres également, principalement sur la Première Guerre mondiale. Une guerre chimique. Quelqu'un avait collé un grand diagramme sur un mur. Il représentait une sorte de canon enterré baptisé Livens. À côté, s'étalaient des plans du réseau souterrain de Paris, secteur de la Concorde. Une douzaine de points étaient indiqués sur l'un d'eux, aux quatre coins de la place.

Un bout de tuyau noir dépassait de derrière une table. Servier s'avança. Il compta une douzaine de sections de fonte et repensa aux informations de Charles, extraites d'une bande de surveillance qui montrait le déménagement de l'entrepôt de Bondy. Des cylindres de métal chromé, d'une cinquantaine de centimètres de haut et d'un diamètre comparable, étaient rangés à proximité des tubes. En même quantité.

L'agent était parvenu à la moitié de l'atelier. Cette frontière était matérialisée par un rideau d'épaisses lamelles plastifiées translucides. Il le franchit lentement.

De l'autre côté, son regard se posa d'abord sur deux armoires métalliques ouvertes, dans lesquelles plusieurs tenues de protection NBC[1], semblables à celles des pompiers, pendaient sur des cintres. Puis il aperçut ce qu'il était venu récupérer.

À côté d'une longue table de béton de facture récente, couverte de matériel de chimie, se dressaient deux barils de pétrole rouillés.

Ouverts.

Lynx se figea quelques instants, plus très sûr d'avoir bien fait de venir. Dans sa poche, sa main gauche jouait avec une seringue auto-injectable d'atropine. Une protection qui lui semblait soudain bien illusoire. Il se força à faire un pas vers les fûts, puis un autre et paniqua tout à fait au troisième.

Ils étaient vides !

Ses yeux se mirent à parcourir frénétiquement l'intérieur de l'atelier. Il se rappelait les photos prises à la frontière irakienne mais rien ne ressemblait de près ou de loin à ce qu'elles lui avaient montré. C'est alors qu'il avisa la cabine de peinture de carrosserie. Elle était fer-

1. Nucléaire bactériologique et chimique.

mée mais un hublot permettait de voir ce qu'elle contenait. Le cœur battant, il s'en approcha et souffla,
soulagé, lorsqu'il découvrit le chariot élévateur. Sur ses
lames reposaient une paire de conteneurs en acier
blanc. Leurs flancs arboraient ces numéros de série
qu'il avait fini par apprendre par cœur à force de les
voir, précédés des deux lettres accusatrices qui révé-
laient leur provenance.

« Rien ne garantit qu'il soit toujours toxique, après
tout ce temps. »

Servier plongea sur le côté et roula pour se retourner, son pistolet braqué dans la direction dangereuse.

« Je n'ai pas encore vérifié. » Ounnas, en chaussettes,
vieux survêt' et *sweatshirt* sale, se tenait à la limite du
rideau. Il était hirsute, paraissait très fatigué, n'avait
pas d'arme à la main. « J'aurais pu vous tuer, si j'avais
voulu. » Un sourire sans joie éclaira brièvement son visage. « Vous pouvez baisser votre pistolet, vous savez. » Sa voix trahissait une profonde lassitude. Un
certain soulagement aussi. « Vous ne risquez rien. Allons nous asseoir… » Il leva une main amicale.

Lynx ne bougea pas.

« Pour parler un peu… »

Il pensa aux lots.

« Avant que… »

Il y avait deux lots.

Deux balles, au torse. Elles ne ressortirent pas. L'Algérien, surpris, bascula en arrière à travers les lamelles
de plastique. Servier marcha sur lui et tira une troisième fois, à bout touchant, dans le front.

Le crâne d'Ounnas explosa sur le sol de béton.

Sun 13 Jan 2002, 08:58:22 +2000
From : epeire@lightfoot.org
To : papy1988@lightfoot.com
blank

Papy,
J'ai enfin terminé mon périple. À l'occasion, je te
raconterai cet ami que j'avais perdu de vue depuis
si longtemps et que j'ai enfin pu revoir. À présent,
tout va pour le mieux, je vais pouvoir me reposer
un peu. À bientôt.

14/01/2002

À LA UNE

DÉMISSION DU JUGE DES HLM, L'ENQUÊTE SABOTÉE /
MAGISTRATS AU BORD DE LA CRISE DE NERFS / INDÉ-
PENDANCE DE LA JUSTICE, MYTHE OU RÉALITÉ ? /
QUELLE RÉFORME POUR LA JUSTICE ? / LE PRÉSIDENT
SOIGNE SA DIMENSION EUROPÉENNE / LES VŒUX DU
PREMIER MINISTRE / LE FRANC N'EST DÉJÀ PLUS QU'UN
SOUVENIR / EURO : LES PREMIERS FAUX BILLETS /
SANTÉ : LES MENACES DE GRÈVE SE MULTIPLIENT /
CRISE DE L'INDUSTRIE AUTOMOBILE / FRANCE :
L'ÉLECTROMÉNAGER DANS UNE MAUVAISE PASSE / LE
PDG D'UNE BANQUE MIS EN EXAMEN / PÉDOPHILIE :
L'AFFAIRE D'OUTREAU REBONDIT, D'AUTRES VIOLS DÉ-
COUVERTS / QUATRE MOIS APRÈS L'EXPLOSION DE
L'USINE, LA GUERRE DES POLICES FAIT RAGE / ALERTE
À LA BOMBE GARE SAINT-LAZARE / UN CADAVRE EN
FORÊT / TROIS POLICIERS BLESSÉS PRÈS DE LYON / UN
PÉDOPHILE ARRÊTÉ À PERPIGNAN / MORT D'UNE JEUNE
BANQUIÈRE / UN OCTOGÉNAIRE BATTU À MORT / TEN-
SIONS AU CACHEMIRE, L'INDE ATTEND DES ACTES / LE
MOLLAH OMAR ÉCHAPPE AUX FORCES AMÉRICAINES /
AL-QAIDA S'ENTRAÎNAIT À ASSASSINER DES PERSONNA-
LITÉS / ISRAËL : L'ARMÉE ENVOIE SES BULLDOZERS
CONTRE DES MAISONS / BUSH ET LE BRETZEL / LA
NOUVELLE JAMES BOND GIRL / LA *STAR ACADEMY*
TRIOMPHE À L'AUDIMAT [...]

« Tout ceci est un peu ennuyeux. » Montana se trouvait dans le bureau de Steiner, assis en face de ce dernier qu'il observait de ses yeux mi-clos. « Et inutile, j'imagine que vous vous en rendez compte. Je ne comprends pas ce qui…

— Je ne vous aime pas, Montana, mais surtout, je ne vous fais pas confiance. Votre visite d'hier n'a pas plaidé en votre faveur.

— Vos mots me blessent profondément, Charles, moi qui nous croyais amis. Je ne pensais pas que vous chercheriez à gagner du temps dans mon dos.

— Les vrais amis ne viennent pas avec la bouche pleine de menaces… Ou avec leurs sicaires. » Le directeur de la SOCTOGeP ponctua sa phrase d'un signe du menton vers la pièce voisine, fermée, où travaillait habituellement son assistante. Curieusement, celle-ci ne s'était pas présentée à son poste ce matin. Raisons médicales. Steiner se retrouvait donc seul avec l'éminence grise de la DGSE et trois gros bras qui patientaient à côté, en compagnie de deux techniciens.

« Est-il pour autant nécessaire d'impliquer votre agent dans des querelles puériles qui ne le concernent pas ? Vous lui faites du tort.

— Lynx a agi de sa propre initiative. Il faut croire que lui aussi se méfie de vous. De nous.

— Et vous n'avez rien fait pour le ramener à la raison. »

Un sourire apparut sur les lèvres de Charles. « Passé un certain âge, certains petits arrangements avec sa conscience deviennent trop lourds à porter.

— Oui, l'âge. C'est toujours un problème, en fin de compte. »

Steiner ne releva pas. « L'opération est finie mais les risques sont encore nombreux. Il y a cette fuite, toujours pas colmatée, dont vous n'avez pas encore identifié les causes ou les complicités. Donjon n'a pas agi seul, vous le savez très bien.

— Nous trouverons ceux qui l'ont aidé, en temps voulu, mais en attendant, il faut…

— Des garanties. Nous sommes en première ligne. »

Ce fut au tour de Montana de sourire. « Et vous n'imaginez pas à quel point. J'ai eu vent de certaines informations détenues par un juge luxembourgeois qui collabore avec notre propre justice, sur une autre affaire d'envergure qui nous empoisonne l'existence.

— Les commissions occultes de… »

L'homme de la DGSE opina du chef. « Maintenant, il s'interroge également à propos de la SOCTOGeP.

— Pourquoi ?

— Parce qu'un journaliste bien intentionné lui a fait passer des listings qui faisaient état de paiements effectués par vous au profit de tiers.

— Rougeard ?

— Non, mais vous n'êtes pas loin. Un confrère qui œuvre pour le même magazine. »

Steiner s'enfonça dans son fauteuil. La situation était pire que ce qu'il avait envisagé. Il regarda Montana et lut dans ses yeux la confirmation de ses craintes.

« Nous finirons par le trouver, question de temps. Ah, j'ai une question pour vous. Savez-vous comment on surnommait le lynx dans le temps ? »

Charles ne put masquer sa surprise.

« Bien sûr que vous le savez. Le loup-cervier. Dire que c'était sous notre nez depuis le début. Bravo, Charles, Edgar Poe n'aurait pas fait mieux.

— Les écoutes ?

— Oui, bien sûr. Mais il nous a fallu du temps pour identifier le numéro, vous avez bien travaillé. Cependant, une fois que nous avons réussi à trouver la société qui paie les factures, évidemment… Olav Eneroth, l'autre associé, il est à vous aussi ?

— Non, il fait juste partie de la couverture.

— Tant mieux pour lui alors, parce que si nous ne parvenons pas à détourner les ardeurs des magistrats français et luxembourgeois, ce brave garçon va devoir expliquer pourquoi sa boîte se retrouve mêlée à tout ce pataquès. Avec un peu de chance, sa bonne foi l'aidera à se tirer d'affaire. »

Montana jeta un œil à sa montre. « Mais je vois que l'heure avance », il se leva, « et je suis un peu pressé. » Il alla ouvrir à ses *collaborateurs*.

Servier, vêtu d'une combinaison de travail complète qui lui couvrait la tête, un masque protecteur sur le visage, entama une dernière inspection de sa base de repli en banlieue. Il avait passé toute la soirée de la veille, la nuit et la journée à nettoyer la maison. Les meubles étaient partis à la décharge. Les tuyauteries avaient été décapées à l'acide. Tous les autres déchets, panneaux de mousse, bâches plastique, vaisselle jetable et les quelques aliments qui lui restaient avaient été brûlés. Les résidus de cette première combustion, rassemblés, étaient à présent enterrés profondément, en compagnie du cadavre d'Ounnas et de plusieurs sacs de chaux vive, dans le petit bois qui s'étendait au-delà du jardin.

Satisfait de sa visite, il retourna dans le garage où l'attendait son Transit, dont l'arrière était déjà encombré par des cartons de produits d'entretien, un aspirateur industriel et quelques vêtements de rechange qu'il remettrait une fois parti. Lynx déploya une rampe métallique sur le sol et l'utilisa pour charger sa moto à bord.

L'agent s'assit sur le plateau de sa camionnette et s'accorda une pause pour réfléchir à la suite. Dégager au plus vite et se débarrasser des produits et de l'utilitaire. Il les larguerait dans un coin un peu chaud et y mettrait le feu. Il n'y aurait pas de plainte pour vol ou vandalisme et bientôt plus personne ne se préoccuperait d'une carcasse calcinée abandonnée dans un terrain vague. Le propriétaire de la maison recevrait son dédit, ses clés et une somme couvrant le montant des loyers dus par courrier dans quelques jours. Heureuse surprise, il pourrait même garder la caution. L'homme n'avait jamais entendu le nom *Servier*, et comme il n'avait pas revu son locataire depuis dix mois il lui serait difficile de le décrire si, par le plus grand des hasards, quelqu'un venait lui poser des questions.

Lynx pensa à Charles et se demanda s'il devait essayer d'entrer en contact avec lui. Lorsque son message était arrivé la veille, en fin d'après-midi, il l'avait relu à plusieurs reprises pour s'assurer qu'il ne l'interprétait pas de travers.

Ton courrier me réjouit, je suis content pour toi. D'autres nouvelles suivront peut-être. Papy.

D'autres nouvelles suivront peut-être… Ce n'était pas la conclusion qu'il attendait. Sa mission s'était achevée avec la mise en ligne de l'adresse d'Ounnas, codée, sur un forum anonyme. La suite ne le concernait plus.

Et puis surtout, il y avait ce *Papy*. L'usage de ce surnom était réservé à Jean-Loup. Steiner, de son côté, utilisait systématiquement *Ton grand-père qui t'aime*. Toute inversion de ces deux appellations signalait l'existence d'un danger.

Après avoir pris connaissance du mail, Lynx était retourné chez Ounnas. Rien n'avait bougé, personne n'était venu. Le Vx, les explosifs et le cadavre étaient toujours là. Charles n'avait pas transmis l'information aux autorités compétentes. Cela suggérait qu'il remettait en cause la *compétence* desdites autorités, ou leur fiabilité. Plus particulièrement celle du colonel Montana, dont il semblait se méfier depuis longtemps. Cette opération prenait l'eau de toutes parts et son mentor le savait. Pour une raison qui n'appartenait qu'à lui, il avait décidé de mettre en garde son agent et de le couvrir, le temps pour celui-ci de dégager.

À quel prix ? Celui de la séparation et de la tristesse.

15/01/2002

Lynx quitta la place de la Bastille et engagea sa moto dans la rue de la Roquette vers deux heures du matin. Il la remonta à vitesse normale, derrière trois célibataires en maraude qui cherchaient probablement un dernier bar pour terminer la soirée. Quatre utilitaires aveugles entre Lappe et le Franprix. Beaucoup de clodos sur les trottoirs, juste avant d'arriver chez lui. Trop pour la saison. Trop de nouvelles gueules, trop jeunes, en trop bonne santé. Pas assez marqués par les stigmates qui affectaient habituellement les buveurs sans domicile qu'ils prétendaient être. Ils étaient très éveillés, ils observaient. Avec les mêmes yeux attentifs que lui derrière la visière miroir de son casque intégral.

À l'affût.

Servier accéléra raisonnablement au niveau de son immeuble et dépassa la voiture qui le précédait. La rue Keller était déserte lorsqu'il l'emprunta. Aucun véhicule ne le suivit. Personne ne connaissait cette moto. Personne ne le connaissait lui, véritablement, en dehors de Charles, et il était persuadé que cela n'était déjà plus vraiment un problème.

Il pouvait quitter cette vie, il n'avait plus rien à en tirer.

Fidèle à ses habitudes, Rougeard se leva tôt. Il se fit du café dans la cuisine avec la télé en fond sonore, zappa sur plusieurs chaînes d'information pendant que le breuvage passait dans la cafetière. LCI, iTV, Euronews, CNN, Sky News, l'histoire du bretzel tueur faisait rire la terre entière. En France, la démission d'un juge d'instruction agitait toujours les cercles judiciaires et la presse. Les politiques regardaient ailleurs et vaquaient à leurs occupations, se dézinguer les uns les autres en vue de la prochaine élection présidentielle.

Le journaliste se servit une tasse et alluma son portable. Messages. Une dizaine. Il commença à les écouter. Beaucoup de conneries. EFFACER. Amel. Voix mal assurée. *Bonjour, c'est Amel. Je…* EFFACER. Autres conneries. EFFACER. Paul. *Tu devrais passer à la rédac', demain, j'ai des news*. Demain, c'était aujourd'hui. Son confrère serait à l'hebdo de bonne heure, probablement vers huit heures, comme tous les jours. Lui aussi donc.

Il pleuvait lorsqu'il sortit dans la rue et le réconfort de la douche chaude qu'il venait de prendre ne fut rapidement plus qu'un lointain souvenir. Sa bonne humeur acheva de s'envoler lorsqu'il tomba nez à nez avec Amel, dont les cheveux trempés ruisselaient sur son visage fatigué. Elle avait les yeux gonflés, rougis. Manque de sommeil, sans doute. Elle avait peut-être aussi pleuré. Rougeard pensa *Drama-Queen*, la grande scène des larmes, Acte III.

Elle s'avança timidement vers lui. « Je sais que je t'ai déçu mais je peux me… »

Le journaliste leva une main pour lui couper la parole.

Amel s'obstina. « Laisse-moi au moins te dire ce que…

— Dans ce métier, faut pas avoir peur de se mouiller, cocotte. Change de job, crois-moi, t'as pas ce qu'il faut là où il faut. »

Rougeard essaya de la contourner mais elle se mit en travers de son chemin. Il la repoussa sans ménagement. « J'ai pas de temps à perdre avec les petites connes comme toi, alors dégage ! » Il s'éloigna.

Amel le regarda partir, désemparée. Elle s'appuya contre un mur, soudain exténuée. Elle ne dormait plus depuis trois jours, inquiète pour elle et pour ses parents. Elle s'était même réfugiée chez Sonia pour éloigner le danger. Depuis le passage de cet homme, l'autre soir, elle n'avait plus vu personne rôder autour d'elle. Pourtant elle ressentait une présence, on la surveillait. Il fallait qu'elle parle de tout cela à quelqu'un. Un instant, l'idée lui traversa l'esprit de se rendre au magazine pour essayer à nouveau de convaincre Rougeard de l'écouter ou, au pire, parler à Klein. Mais elle renonça aussitôt, elle ne réussirait qu'à se rendre un peu plus ridicule. Ces deux-là n'en avaient plus rien à foutre d'elle.

Plus personne n'en avait rien à foutre d'elle.

Rougeard retrouva Paul dans le coin de l'*open-space* qu'il partageait avec quatre autres journalistes. L'un d'eux était déjà là et les deux comploteurs se rendirent à la machine à café pour discuter tranquillement.

« Bon, on avait la fiduciaire qui agissait au nom de la SOCTOGeP et maintenant j'en sais aussi plus sur les destinataires des paiements. Sur l'un d'eux en particulier, dont le nom revient le plus fréquemment sur ta liste.

— Qui ?

— Nextstep. C'est une sorte de société en participation à l'anglaise. Bureaux à Londres mais domiciliation à Jersey.

— Les actionnaires ?

— Inconnus… Pour le moment. »

Rougeard hocha la tête, pensif. « Et ils font quoi, exactement ?

— Ça en revanche, je peux te le dire, ils… » Paul n'eut pas le temps de finir.

Plusieurs voix, dont celle de Michel Klein, s'élevèrent, exaspérées, du côté de l'entrée de la rédaction. S'ensuivirent des cris, des bruits de chaises. Les deux journalistes se rapprochèrent pour voir de quoi il retournait. Une vingtaine d'hommes en costume de ville investissaient l'étage en compagnie de policiers en uniforme.

Une perquisition.

Rougeard vit son directeur de publication s'entretenir nerveusement avec une femme brune, maigre, pas très grande, à l'allure sévère. Il faisait de grands gestes et hurlait au scandale, tout en parcourant la pièce des yeux. Lorsque leurs regards se croisèrent, il y eut quelques secondes de malaise puis Klein pointa un doigt vers son reporter.

La maigrichonne acquiesça et marcha jusqu'à Rougeard. « Bastien Rougeard ? Je suis la juge Baumgarly. Je souhaiterais m'entretenir avec vous. » Elle se tourna ensuite vers trois flics qui l'avaient suivie. « Ces messieurs vont vous accompagner jusqu'à votre bureau. Je vous rejoins dès que j'aurai réglé certains détails avec M. Klein. »

16/01/2002

Amel était assise dans le canapé du salon de Sonia, emmitouflée dans une couverture. Nouvelle nuit sans sommeil. Elle se sentait acculée, cernée, incapable de porter son secret seule ou de le révéler à qui que ce soit. Trop dangereux et trop invraisemblable. Elle pensait à Servier constamment. Il n'avait plus donné signe de vie. Elle lui en voulait. Et elle s'agaçait de lui en vouloir. C'était un monstre. De la pire espèce. Il devait payer. Pour cela, il suffisait de parler, une solution qu'elle n'envisageait pas encore. Il l'avait laissée partir et n'était pas revenu pour elle.

Ni vers elle.

À six heures, n'y tenant plus, elle se rendit dans la cuisine sur la pointe des pieds. Son amie dormait encore et elle s'enferma pour ne pas la réveiller. Elle mit de l'eau à chauffer, alluma la radio en sourdine, trouva France Info et rejoignit la fenêtre pour patienter.

Le voisinage s'éveillait peu à peu.

Le scandale bancaire, qui impliquait plusieurs établissements français soupçonnés d'avoir dissimulé un vaste système de blanchiment d'argent entre la France et Israël, faisait la une des nouvelles. La bouilloire commença à siffler. Amel mit un sachet de thé dans sa tasse et continua à écouter d'une oreille distraite. Un éditorialiste reprochait au Premier ministre, présenté avec ironie comme *pas encore candidat mais tout comme*, ses vœux trop tardifs. Il fut ensuite question du bilan définitif de l'explosion du sud de la France. Amel se versa de l'eau. L'évocation d'une perquisition au siège de l'hebdomadaire de Rougeard captura un instant son attention mais aucun détail précis ne fut donné, ni sur les circonstances ni sur les personnes visées, et le chroniqueur s'engagea plutôt dans une longue diatribe sur l'indispensable liberté de la presse et les coups de boutoir que la justice lui faisait subir pour la museler. Elle avait déjà entendu ce type de discours des dizaines de fois au CFJ, chez certains profs et surtout chez les élèves. Elle y avait même souscrit. Il la fatiguait à présent. Il lui renvoyait une image d'elle-même qu'elle ne supportait plus.

La radio poursuivait sa litanie de petits et de grands malheurs.

La nuit dernière, un incendie avait ravagé un immeuble proche des Tuileries. On déplorait quelques dégâts matériels et une victime, un sexagénaire du nom de Charles Steiner, présenté comme un ancien fonctionnaire du ministère de la Défense reconverti dans le privé. Apparemment, le feu l'avait surpris dans les locaux de sa société, la SOCTOGeP, alors qu'il travaillait tard.

La tasse d'Amel explosa sur le sol.

Perquisition, la presse à nouveau inquiétée — Le volet ventes d'armes de l'information judiciaire ouverte à l'encontre d'un groupe pétrolier français a pris un nouveau tournant hier lorsque la magistrate chargée de l'instruction, la juge Baumgarly, a ordonné la perquisition de l'hebdomadaire pour recel de violation du secret de l'instruction. La magistrate cherchait des preuves selon lesquelles des journalistes, MM. Paul et Rougeard, détenaient des éléments confidentiels relevant du secret de l'instruction. Il s'agirait de relevés de transactions effectuées par une chambre de compensation luxembourgeoise, déjà mise en cause dans la procédure de Mme Baumgarly. Nous touchons là à l'un des points essentiels du métier de journaliste : où commence et où s'arrête la liberté d'information ? Rappelons que la Cour européenne des droits de l'homme (CEDH) a déjà, à plusieurs reprises, condamné la France pour ses pratiques judiciaires. [...]

Une victime dans l'incendie des Tuileries. « Le bilan aurait pu être beaucoup plus lourd » — L'incendie qui s'est déclaré tard hier soir dans les locaux de la SOCTOGeP aurait pu causer plus de dégâts si le détecteur de fumée du cabinet d'avocats installé au troisième étage de l'immeuble n'avait pas [...]. Les pompiers, arrivés très vite sur place, ont pu rapidement circonscrire le sinistre sans parvenir à sauver le directeur de la SOCTOGeP, Charles Steiner, dont le corps a été découvert dans les décombres [...]. Ancien haut fonctionnaire du ministère de la Défense, M. Steiner avait rejoint le secteur privé il y a six ans. Grand commis de l'État fort apprécié par ses pairs, M. Steiner laisse derrière lui une femme et un fils, lui-même employé au ministère de l'Agriculture. Les témoignages de sympathie affluent déjà [...].

Cadavre sur la voie — Le corps sans vie d'un homme a été retrouvé sur une voie ferrée dans l'Indre, dans la nuit de samedi à dimanche. Il aurait été percuté par un train alors que celui-ci traversait une zone d'activité déserte. L'enquête immédiatement confiée à la gendarmerie devra chercher à déterminer si l'homme est tombé du train ou s'il se trouvait déjà sur les rails lorsque celui-ci l'a heurté […].

Coupe du monde de football : la soif de vaincre des Français — […]

Ponsot porta sa tasse de café à ses lèvres.

À côté de lui, Magrella feuilletait un journal sur le comptoir. « T'en penses quoi ? »

L'officier des RG jeta un œil au quotidien. « Des chances de l'équipe de France ? Nulles. » Un temps. « Pour le reste, certaines coïncidences ont tendance à me donner mal à la tête, alors j'évite de trop y réfléchir. » Nouvelle gorgée de café. « Et si d'aventure ça me prend quand même, je vais voir mes gosses, ça m'aide à rester concentré sur l'essentiel.

— Bel écran de fumée.

— Je suis d'accord.

— Pendant que tout le monde regarde ailleurs, on boucle en douceur. Tu me diras, c'est pas avec le *quatrième pouvoir* qu'on a que… » Magrella ne termina pas sa phrase.

« Ils disent quoi, au 36, à propos des Tuileries ?

— Rien, ils ne disent rien. J'ai téléphoné à mon patron ce matin pour lui demander s'il ne serait pas opportun de partager mes infos avec les gars qui sont sur l'incendie. Après tout, Steiner apparaît dans les deux procédures. »

Ponsot sourit. « Et il t'a répondu quoi ?

— De ne pas m'emballer. Qu'il fallait attendre les premières conclusions. Il décidera ensuite. Je pense recevoir beaucoup de nouvelles affaires dans les jours à venir.

— Ça vous occupera. »

Magrella regarda sa montre, « bon, je vais devoir filer », puis la rue La Boétie. Elle était noyée sous la pluie. « Temps de… »

Amel Balhimer, détrempée, les fixait depuis le trottoir.

L'homme du 36 donna un coup de coude à son collègue qui se retourna.

La journaliste dévisagea longuement Ponsot. Elle ne bougea pas et il sortit pour lui parler. « Bonjour. Vous allez bien ? Qu'est-ce qui se passe ?

— Dites-moi que le jour où vous êtes venus nous trouver à Pigalle, c'était pour nous protéger. » Les mots furent lâchés précipitamment, au milieu de sanglots. « Est-ce que je peux vous faire confiance ? Dites-moi que vous n'êtes pas avec eux.

— Mais avec qui ? »

Magrella les rejoignit. « Ça va ? »

Ils hochèrent la tête ensemble, sans cesser de s'observer.

« Je vous laisse, alors. »

D'un geste, Ponsot invita Amel à le suivre à l'intérieur. Ils s'installèrent à une table. Elle ne voulait rien boire, ne dit rien pendant un moment.

« Comment m'avez-vous trouvé ?

— Rougeard. Il m'avait parlé de cet endroit. Que vous veniez souvent.

— Il a été arrêté. Il est en garde à vue. »

La journaliste baissa les yeux. « J'ai appris pour la perquisition mais je ne savais pas qu'il était concerné. Qu'est-ce qu'il a fait ? »

Le policier hésita puis décida de jouer franc-jeu. Elle était venue lui confesser quelque chose et il était curieux de savoir quoi. Autant lui faciliter un peu la tâche, même s'il risquait de le payer cher. « Il détenait des infos qui intéressaient certaines personnes. Je crois par ailleurs qu'il n'était pas censé les avoir. Je n'en sais pas beaucoup plus, cela ne me concerne pas. » Il attendit encore quelques secondes avant de reprendre : « De quoi avez-vous peur ?

— Steiner… Ils l'ont tué ! Les gens qui me suivent.

« — Holà, du calme. Qui vous suit et qui a tué Steiner ?

— La DGSE ou d'autres, peut-être même vous, la police. » Amel leva vers Ponsot des yeux à la fois accusateurs et suppliants. « Je ne sais plus où j'en suis.

— Nous n'avons rien à voir avec ça. Ou alors je ne suis pas au courant, mais… Pourquoi vous suivrait-on ? Ça n'a pas de sens.

— Vous l'avez bien fait, non ?

— Les circonstances étaient différentes. Je croyais que Rougeard et vous, enfin, c'était pas fini ?

— Je sais qui a tué ces hommes. Et surtout, je sais pourquoi. »

Ponsot interrompit la journaliste d'un signe de la main puis regarda autour d'eux avant de décrocher son téléphone portable. « Oui, c'est moi. Je suis rue La Boétie. Tu rappliques avec trois mecs et une bagnole. Trigon et Zeroual sont là ? Mayeul… OK… Tu les envoies me rejoindre à pince. Qu'ils fassent un tour discret du quartier… Des *milis* en maraude. » Il prit ensuite Amel par le coude et changea de place à l'intérieur de la brasserie. Ils trouvèrent une table tout au fond, plus discrète, de laquelle le policier pouvait surveiller correctement la rue sans craindre que quelqu'un n'entrât dans son dos. « Reprenons. Qui a tué quels hommes ?

— Les morts suspectes dont Donjon a parlé, je sais qui en est responsable. C'est un homme qui se fait appeler Jean-Loup Servier », Amel capta la réaction de surprise de son interlocuteur, « mais c'est un faux nom. Je pense qu'il appartient en réalité à l'armée ou quelque chose comme ça. Vous le connaissez, n'est-ce pas ? » Elle secoua la tête. « Bien sûr, vous l'avez vu avec moi.

— Nous pensions que vous étiez juste… amis.

— J'ai besoin d'un café. »

Ils commandèrent et attendirent leurs boissons avant de reprendre.

« Quelle est la nature exacte de vos relations avec ce Servier ? »

La journaliste se mordit la lèvre puis raconta brièvement comment elle avait rencontré Jean-Loup et ce qui s'était passé entre eux ensuite. « Je n'ai pas couché avec lui. Pas avant d'avoir quitté mon mari en tout cas. » Elle se raccrocha à ce détail futile un instant avant de ponctuer son récit par une nouvelle crise de larmes.

Ponsot laissa passer l'orage puis recommença à l'interroger, en douceur. « Comment avez-vous découvert sa fausse identité ?

— À cause d'une photo. » Amel évoqua l'incident, décrivit le cliché et livra ce nom qu'elle n'arrivait plus à oublier, *Lacroix*, précédé du sigle SLT.

« Avez-vous par hasard la moindre idée de la date à laquelle a été prise cette fameuse photo ?

— Le 27 juillet 1988, dans un bled qui s'appelle quelque chose-*les-Dieuze*. »

Le visage du policier se ferma à la mention du mot *Dieuze*.

« Qu'y a-t-il ?

— Ce nom, Dieuze, il n'est pas anodin.

— Pourquoi ?

— C'est là que se trouve le quartier général de l'une des unités les plus pointues de l'armée française, le 13e Régiment de dragons parachutistes. » Ponsot s'empara à nouveau de son portable. Alors qu'il attendait la communication, il vit deux de ses coéquipiers entrer dans la brasserie, l'un derrière l'autre. « C'est encore moi… Oui, ils viennent d'arriver. T'es où ? »

Ils allèrent s'asseoir séparément.

« Encore au bureau ? Parfait. On a toujours notre *Gorge Profonde* aux archives militaires de Pau ? Oui ? Alors, il faut qu'il nous sorte tout ce qu'il a sur un sous-lieutenant Lacroix qui aurait été affecté au 13 autour de 1988. T'as tout noté ? Oui… Oui, c'est bon. Tu récupères ça avant de rappliquer. Et fissa, hein ! » Le policier vérifia l'heure. « Bon, on a un peu de temps, expliquez-moi ce que cherche vraiment ce mec. »

Le général de Stabrath n'avait jamais supporté la vie de bureau, d'être enfermé. Il souffrait donc des trois jours et trois nuits qu'il venait de passer dans les installations souterraines de la DRM, à la base aérienne 110 de Creil. Assis dans son bureau de commandement, il observait d'un œil distrait le centre de traitement opérationnel à travers une baie vitrée.

Quelqu'un frappa à la porte.

« Entrez. »

Louis fit son apparition. « Mon général. Nos interceptions viennent de faire remonter ceci. » Il tendit un papier à son supérieur.

Mercredi 16/01/02/01 @ 06:23
De : Amelbal@voila.fr
À : amelrobert@yahoo.fr
Sujet :

> *Oubliez-moi. Désolée.*
> *Amel Balhimer*

« Ramdane ?

— C'est possible. Amelrobert, leurs deux prénoms, c'est facile à retenir. Nous avions évoqué la possibilité qu'il cherche à prendre contact avec la presse.

— Je ne félicite pas vos guetteurs. Il leur est apparemment passé sous le nez.

— Pour rien, la sauce ne semble pas avoir pris.

— Oui, ça ou ils nous mènent tous les deux en bateau. Reste à espérer qu'il n'a pas trop parlé.

— De toute façon, il n'est pas au courant pour la découverte du Vx.

— Encore heureux. Cela dit, nous-mêmes ne savons pas où il se trouve non plus. »

Le téléphone sonna et le général fit signe à son subalterne de décrocher. « Le colonel Montana est arrivé.

— Ah ! Faites-le venir. »

Quelques minutes plus tard, l'homme de la DGSE se présenta à la porte du bureau. Les trois hommes se saluèrent. Montana ne perdit pas de temps, il paraissait tendu lui aussi. « Alors, où en sommes-nous ?

— Toujours sur la fille, c'est notre meilleure chance. » Stabrath se tourna vers Louis.

« Nous la suivons H24, avec des moyens humains et électroniques. Nous pensons qu'elle peut éventuellement nous conduire rapidement à votre… à l'agent de Charles Steiner et donc au Vx.

— Vous êtes prêts à l'intercepter ? En douceur, il faut qu'il parle d'abord.

— Un groupe de Satory est en *stand-by*. Au moindre indice intéressant, nos hommes se mettent en route.

— Où pensez-vous qu'il soit ? »

Le général reprit la parole. « S'il n'a pas quitté le territoire national, nous pensons qu'il se cache quelque part dans le centre de la France. Nous avons analysé toute la correspondance de la journaliste et découvert qu'ils s'étaient vus en Haute-Loire, peu après Noël. En remontant les traces que le téléphone mobile de cette jeune femme a laissées durant cette période, nous nous sommes aperçus qu'elle avait disparu aux alentours de Clermont-Ferrand le 27 décembre pour ne réapparaître que le 3 janvier. Dans la même zone. »

Montana parut surpris. « Rien entre les deux ? Que s'est-il passé, elle se méfiait ?

— Mauvaise couverture du réseau, tout simplement.

— Elle avait rendez-vous à Clermont ?

— Non, plus au sud, mais ça ne veut rien dire, ils ont pu partir dans toutes les directions.

« — Et vous n'aviez personne sur eux ? » L'homme de la DGSE paraissait exaspéré.

Stabrath le remit sèchement à sa place. « Pas plus que vous. À ce moment-là, il n'y avait pas de raison de les suivre. Je vous rappelle que nous courons après l'un des vôtres dont vous ne connaissiez même pas l'identité il y a encore quelques jours.

— Il me semble que vous avez aussi perdu quelqu'un, non ? »

Louis reprit la parole : « Quoi qu'il en soit, il a sans doute quitté la France, plus rien ne le retient dans le coin. Même si nous trouvons l'endroit où lui et la fille se sont réfugiés pendant les fêtes, il y a peu de chances que le Vx y soit. Si ça se trouve, ils sont juste allés à l'hôtel. »

Montana acquiesça. « Vous avez sans doute raison. Mais s'il est à l'étranger, il ne tardera pas à reprendre contact, pour négocier une sortie sans trop de casse. Il sait que nous ne le lâcherons pas. Et s'il le fait, ce sera à moi de m'en occuper.

— Je serais quand même plus heureux de remettre rapidement la main sur le toxique. Où en êtes-vous de votre côté ?

— Nos différentes pistes, Londres, Jersey, ses comptes identifiés ne donnent rien pour le moment. Rien non plus du côté de son associé. Où se trouve la fille ?

— Dans l'immédiat, en ville, dans le 8e, avec un flic. » Louis avait à nouveau répondu.

« Merde. Qu'est-ce qu'ils se racontent ?

— Nous n'en sommes pas sûrs. Les dispositifs d'écoute que nous avons installés dans ses affaires et son portable sont occultés et perturbés par les bruits de fond. Elle lui parle de ces derniers mois, c'est certain, mais les détails restent brouillés. Tout ce que nous avons pu obtenir clairement, et encore parce qu'ils l'ont répété plusieurs fois, c'est un nom, Lacroix. Ils ont parlé du 13e Dragons aussi. »

Montana montra le téléphone. « Je peux ? »

Stabrath hocha la tête.

« Je vais voir si nous avons quoi que ce soit sur un Lacroix proche de Steiner dans nos archives. Et en Auvergne ?

— Nous sommes déjà dessus, mais rien d'intéressant pour le moment. »

Pendant que l'éminence grise de la DGSE appelait les siens, une estafette entra dans le bureau. Elle parla discrètement à Louis qui s'approcha de son supérieur. « Une de nos équipes de surveillance autour de La Boétie vient d'être grillée par des policiers, elle dégage. Le reste du dispositif est toujours en place. »

Stabrath soupira.

Amel acheva son récit. Ponsot resta un moment sans rien dire puis fit signe à l'un de ses coéquipiers d'approcher. « Tu vas aller au magasin IGN qui se trouve un peu plus haut dans la rue. Tu m'achètes toutes les cartes que tu trouves autour de Saint-Privat-d'Allier, jusqu'à La Chaise-Dieu, au nord, et Mende, au sud. »

L'homme s'en alla et croisa Meunier à l'entrée du bar.

« Je ne suis pas sûre de pouvoir retrouver l'endroit sur une… »

Le policier lui coupa la parole. « Attendez. » Il se tourna vers son adjoint. « Alors ?

— Trigon et Mayeul ont détronché deux types juste à côté, mais ils ont réussi à se tirer.

— Et Pau ? »

Meunier tapota l'épais dossier qu'il avait sous le bras.

« On a une caisse de libre ?

— Oui, mais…

— Je vais appeler le patron et la lui jouer en Technicolor. Je vais lui faire miroiter qu'on peut choper un gros poisson, un mec impliqué dans un attentat supergrave, un truc vraiment énorme. » Ponsot se tourna vers Amel qui hocha la tête, pas très sûre de ce qu'il attendait d'elle.

« Tu te rends compte de ce que tu risques si tu te plantes ?

— Il va me pendre par les couilles ou pire, m'envoyer dans un commissariat de banlieue.

— Qu'est-ce qui te fait croire qu'il va accepter ?

— Quand je vais dire chimique, tu crois qu'il hésitera longtemps ? Il va penser danger et puis tout de suite après, carrière. Je vais lui raconter qu'on y va juste pour vérifier, avec une équipe réduite. Tout ce qu'il risquera, c'est quelques frais de déplacement en province pour la journée.

— Une seule équipe ? Nous deux ?

— Oui, bien sûr… Avec le reste du groupe. J'aurai mal compris. Tu bats le rappel et tu donnes rendez-vous à tout le monde à Saint-Privat-d'Allier dans… » Ponsot regarda l'heure, « quatre heures. Non, cinq. Vers quinze heures trente. Dis aux gars de ne pas venir à poil, on ne sait pas ce qu'on va trouver là-bas. »

Les deux policiers s'observèrent en silence puis Meunier prit son mobile et commença à passer des coups de fil.

Langevin avait reçu l'appel vers onze heures quinze. Un quart d'heure plus tard, lui et les membres de son groupe d'assaut, camouflés des pieds à la tête, attendaient sur la zone de poser que les deux Puma de l'armée de terre achèvent leur manœuvre d'approche.

Les portes latérales des hélicoptères s'ouvrirent et les treize hommes se mirent à courir vers elles, pliés en deux, sacs d'équipement à la main.

À l'intérieur de l'appareil de tête, le capitaine se retrouva nez à nez avec un civil revêche qui se présenta comme le général de Stabrath. « Je commande cette opération. Nom de code : *Virginie*. Je serai Victor Alpha, vous serez Victor Zéro. »

Un autre civil était présent mais son nom ne fut pas précisé.

Ils décollèrent.

Ponsot fonçait sur l'A77. Ils venaient de dépasser Nevers. À l'arrière, Amel consultait les cartes achetées à Paris et essayait de reconstituer l'itinéraire jusqu'à la maison de Servier. Elle avait effectué deux trajets de jour depuis celle-ci, un aller-retour jusqu'à Saint-Privat-d'Allier, par des chemins différents, et un aller simple jusqu'à Clermont-Ferrand. Elle ne gardait pas un souvenir très clair de ce dernier voyage. La tristesse, la colère et la déception l'avaient distraite.

Meunier, qui avait pris le temps de digérer l'histoire de la journaliste, ramassa le dossier de Lacroix posé entre ses pieds. « Ronan Lacroix, né à Rennes le 24 juillet 1965, bac C mention Bien, classe préparatoire HEC, diplômé de l'ESCP, promotion 87, part effectuer son service militaire d'abord à l'EAABC de Saumur. » Il se tourna vers Ponsot. « École d'application de l'arme blindée cavalerie.

— Oui bon, passons.

— OK, en janvier 1988 donc. Pas trop mal classé, il rejoint le 13e Dragons cinq mois plus tard comme aspirant et intègre l'escadron de commandement et de soutien. Il est écrit qu'il est plutôt sportif, il y a une remarque sur le fait qu'il a déjà des brevets civils en chute libre, bien noté et apprécié de ses supérieurs. Autre mention selon laquelle il a obtenu une permission exceptionnelle en juillet cette année-là. Motif : décès des parents.

— Au moins, il n'a pas menti sur ce point. »

Amel avait relevé le nez et échangea un regard avec le chef de groupe de la SORS, qui l'observait dans son rétroviseur.

« Le dossier indique qu'à son retour de perm' Lacroix est envoyé quelques jours à l'École militaire, à Paris.

Puis, dès qu'il rentre à Dieuze, il passe les tests de présélection du 13. En tant qu'appelé, normalement, il n'y avait pas droit. D'après notre ami palois, c'est là que ça commence à être franchement bizarre. Et il a flippé encore plus quand il a vu la mention *1-2* apparaître sur les docs. J'ai cru qu'il allait me raccrocher au nez sans rien me faxer.

— Pourquoi ?

— Selon lui, le *groupe 1-2* est un mythe au sein du 13. Lui-même n'avait jamais vu cette notation auparavant, il en avait juste entendu parler. Les recrues *1-2* auraient un profil si particulier que le régiment les isolerait avant de les envoyer ailleurs, pour les faire travailler dans un registre hors norme.

— Ça veut dire quoi ça, un registre hors norme ? »

Meunier haussa les épaules. « Comment veux-tu que je le sache ? Tout ce que je peux te dire, c'est que l'autre, au téléphone, il n'était pas franchement jouasse de me raconter tout ça. Il m'a expliqué que l'affectation suivante de Lacroix était plus surprenante encore. Il est parti au 22ᵉ Régiment d'infanterie de Lyon, une planque. Ceux qui vont là-bas sont surnommés les *commandos bérets roses*.

— Tout un programme. Ça colle pas vraiment avec le reste.

— Pas vraiment, non. D'autant qu'il bouge beaucoup et effectue des stages dans tous les coins de France. Toujours d'après notre copain de Pau, le mec est un vrai catalogue de formations pointues. OPER, CT1-2-3 du CNEC, SOGH, SOTGH, CEFE, j'en passe et des meilleures. Question sigles à la con, ils sont encore pires que chez nous à l'armée.

— Et après ?

— Ben, il est envoyé en stage à Quélern, dans une unité qui s'appelle le CINC[1]. Mais il reste affecté au

---

1. Centre d'instruction des nageurs de combat.

22ᵉ RI. Ensuite, il part à l'étranger pour plusieurs séjours de durée variable, revient en France, et se barre enfin à Perpignan pour intégrer le CIPS[1], un endroit où l'on apprend la guérilla – contre-guérilla, *nous affons les moyens de fous faire barler*, tout ça. » Meunier ricana de sa plaisanterie. Seul. Il donnait toujours le change lorsqu'il était nerveux.

« Étonnant, tout ce que ce mec a fait alors qu'il était dans un régiment lambda.

— Ouais. Sauf qu'il est mort.

— Comment ça ? Mais c'est impossible ! » Amel s'était rapprochée pour écouter.

« Je ne fais que lire ce qui est marqué. Lt Lacroix, porté disparu lors d'un largage d'entraînement à très grande hauteur en mer, au large de Collioure. Officiellement décédé le 7 mai 1994, rayé des cadres la même année.

— Comme c'est pratique.

— Ouais. Là où ça devient franchement drôle, c'est quand on lit les commentaires en fin de document. Quelqu'un a écrit : *Cf. CNE Michel Chevalier*. J'ai pas pu avoir ce dossier-là, mais je m'en suis quand même fait communiquer certains détails. Ce brave garçon, un autre officier donc, a sensiblement le même profil que Lacroix, au numéro d'identification militaire près, mais avec une série d'affectations dans des unités différentes. Il a fini détaché au CIRP[2], dont la seule adresse connue est une boîte postale parisienne. Ça a duré deux ans puis il a été lui aussi rayé des cadres. J'ai vérifié, il est inconnu chez nous. Tu en as entendu parler, toi, de ce bidule, le CIRP ?

— C'est le petit nom administratif du centre d'entraînement du service action de la DGSE.

— Cercottes, près d'Orléans ?

---

1. Centre d'instruction parachutiste spécialisé.
2. Centre d'instruction des réserves parachutistes.

694

— Oui m'sieur. »

Amel prit à nouveau la parole. « Qu'est-ce que ça veut dire tout ça ?

— Tout ça », Ponsot soupira, « c'est le parcours d'un type entraîné jusqu'à plus soif, qu'on a ensuite fait disparaître avant de le lâcher dans la nature. Un mec sans famille, sans attache, sans histoire, complètement vierge puisqu'il était officiellement mort. Ses *créateurs* étaient donc libres de l'utiliser en fonction de leurs besoins. Pour des opérations plutôt délicates, j'imagine.

— Je me demande... » Meunier n'alla pas jusqu'au bout de sa question.

« Quoi donc ?

— Qu'est-ce qui pousse un mec à faire ça ?

— Il n'y a pas d'évaluation psychologique, dans ton fax ?

— Non, rien trouvé. Il doit quand même falloir en tenir une sacrée couche pour... »

Ponsot n'écouta pas la suite et jeta à nouveau un œil dans le rétroviseur.

Amel regardait dehors.

Les Puma se posèrent en bout de piste, à l'aérodrome d'Aulnat, près de Clermont-Ferrand. Plusieurs monospaces gris attendaient là et se mirent en route dès que tous les hommes du groupe d'assaut furent montés à bord. À l'avant du premier véhicule, le général de Stabrath commença à briefer le capitaine Langevin.

Enfin.

« L'objectif est un ressortissant français converti, bien entraîné, dangereux, qui connaîtrait l'emplacement de composants chimiques militaires entrés illégalement sur le territoire et destinés à une action terroriste. Il est primordial de capturer cet individu vivant.

— Sera-t-il seul ?

— Sans doute. Si ce n'est pas le cas, toute personne

qui se trouvera avec lui devra être considérée comme dangereuse pour la sécurité de l'État et neutralisée.

— Pouvez-vous confirmer cet ordre ?

— Tous les individus accompagnant éventuellement l'objectif devront être neutralisés. » Stabrath produisit un document ministériel dûment paraphé.

Langevin lut puis hocha la tête. « Où se cache-t-il ?

— Nous ne le savons pas pour le moment. Nous supposons qu'il s'est réfugié dans la région de Langeac. C'est là que nous allons nous prépositionner dans l'immédiat en attendant des informations plus précises sur sa localisation. » Le général se tourna vers Louis, discret et silencieux depuis le début du voyage, et récupéra une chemise cartonnée. « Dossier d'objectif préliminaire. Familiarisez-vous avec votre colis. »

Langevin consulta aussitôt les documents et découvrit un face-profil de Jean-Loup Servier. Le visage lui sembla vaguement familier, à cause de sa forme générale, de ses contours, mais il ne parvint pas à se souvenir des circonstances dans lesquelles il l'avait déjà vu. Sans doute dans un fichier *rens.* quelconque.

La pluie tombait sur Saint-Privat-d'Allier et sa petite place. Les murs de l'église étaient plus gris que dans son souvenir. L'humidité. Amel acheva son tour d'horizon et hocha la tête en direction de Ponsot. « Faites demi-tour. » Pendant le trajet, elle avait déjà refait le chemin mentalement à plusieurs reprises et se sentait prête à les guider.

« On devrait attendre les autres. » Meunier était de moins en moins à l'aise.

« Je veux juste jeter un œil, c'est tout.

— Ce n'est pas prudent.

— On mate discrètement et on se barre. On sait faire ça, non ? »

Ils quittèrent le hameau et tournèrent à gauche au premier carrefour, pour suivre une route qui descendait vers l'Allier et ses gorges abruptes. Amel ne trouva l'entrée du chemin qui menait chez Servier qu'au bout d'une demi-heure, après s'être trompée deux fois. La voie s'enfonçait dans les bois et il était impossible d'en apercevoir l'autre extrémité.

Ponsot se gara et coupa le moteur avant de se retourner vers la jeune femme. « Quelle distance, jusqu'à la baraque ?

— Environ deux cents mètres et puis c'est la clairière. Je sais qu'on peut y arriver par une autre piste, mais je ne saurais pas en retrouver l'accès.

— De l'autre côté, vers le nord, il y a quoi ?

— Des arbres encore. Ça monte jusqu'aux gorges, je crois. Il devait m'y emmener mais... nous n'avons pas eu le temps de le faire.

— Donc il est coincé par là-haut ? »

La journaliste acquiesça.

Les deux policiers demeurèrent silencieux un long moment puis Meunier parla. « On devrait se barrer et retrouver les autres au point de... » L'ouverture d'une portière arrière le surprit en pleine phrase.

Amel était dehors et remontait déjà le long de la voiture.

Ponsot sortit à son tour, suivi par son adjoint. « Hé, revenez ! » Il la rattrapa et la stoppa dans son élan. « Vous ne pouvez pas y aller, c'est dangereux.

— S'il avait dû me tuer, il l'aurait fait avant. Vous n'êtes même pas sûr qu'il soit là. S'il est bien l'homme dont vous avez dressé le portrait tout à l'heure, il doit déjà être loin.

— Vous vous êtes placée sous ma responsabilité, de votre plein gré, alors écoutez-moi. On joue plus là !

— Je n'ai pas confiance en vous, vous allez le tuer.

— Non, sauf si c'est nécessaire. »

Amel dégagea son bras et se mit à courir. Meunier réussit à l'arrêter à nouveau au bout d'une vingtaine de mètres mais elle parvint à s'enfuir une seconde fois, avant d'être finalement immobilisée par les deux officiers des RG.

Lynx regardait les trois intrus se bagarrer.

Pour le moment, ils étaient seuls.

Il les avait entendus arriver quelques minutes plus tôt, discrets mais pas assez discrets pour qui montait un guet vigilant et offensif. Il était enterré dans une cache, à quelques pas de la voiture des flics, dans le dos de ses trois visiteurs. Au fil des années, il en avait creusé quelques-unes autour de sa maison, en particulier le long des deux chemins d'accès. Une dérive paranoïaque qui trouvait sa justification dans une volonté de ne pas perdre la main.

Servier attendait ce moment depuis quatre jours. Il savait qu'Amel finirait par revenir, suivie, probablement à son insu, par quelques indésirables. Il avait prié pour qu'elle vienne accompagnée d'*amis*. Une présence extérieure inciterait ses anciens employeurs à un peu plus de mesure. Lui avait besoin de témoins pour établir un statu quo et parvenir à ses fins.

Des officiers de police feraient l'affaire bien mieux que n'importe qui d'autre.

Il abaissa le cran de sûreté de son M4 et, d'une légère poussée du dos, releva un peu la trappe de terre qui le dissimulait, juste assez pour viser. « Vous allez mettre vos mains derrière la tête et arrêter de vous agiter. »

Ponsot et Meunier sursautèrent lorsque la voix sortit de terre. Ils eurent le même réflexe au même moment, qui se figea à mi-course.

« Stop ! Croyez-moi, vous n'aurez pas le temps. Mettez les mains derrière la tête ou je vous abats. »

Les policiers s'exécutèrent à contrecœur.

« Couchés, face contre terre. Non, Amel, toi tu restes debout. » Lynx attendit qu'ils lui aient obéi. « Soulève leurs vestes et prends leurs armes. Doucement... OK, maintenant tu les jettes vers la voiture. »

Deux pistolets atterrirent à une dizaine de mètres du véhicule.

« Avec leurs deux paires de menottes, tu vas les attacher l'un à l'autre dans le dos. »

Cliquetis des fermoirs qui se bloquent.

« Relève leurs pantalons. Parfait. Messieurs, vous pouvez vous remettre debout. Vous allez vous retourner lentement. »

Avec difficulté, les deux hommes entravés firent face à l'entrée du chemin.

« Dégage à nouveau leurs manteaux, que j'examine le devant… Merci. »

Les trois prisonniers virent le sol de la forêt se mettre à bouger pour venir à leur rencontre. Amel reconnut alors cette combinaison étrange, déjà aperçue dans la grange.

« Nous allons chez moi. En avant ! » Servier shoota dans les deux pistolets qui disparurent dans des fourrés, au bord du chemin.

Personne n'avait bougé.

« Qu'est-ce que tu vas nous faire ? » La journaliste essayait de garder son sang-froid mais son visage trahissait son angoisse. Elle n'était plus très sûre de savoir à qui elle avait affaire.

« Moi ? Rien. Ne perdons pas de temps, il faut rentrer. »

L'intérieur de la maison était plongé dans l'obscurité. Tous les rideaux étaient tirés devant des fenêtres barricadées par un grillage épais au treillis serré. Il régnait une chaleur étouffante, en partie due au feu qui brûlait, vif, dans la cheminée du salon. Lynx les fit tous asseoir devant l'âtre.

« Monsieur est frileux. » Meunier ne put s'empêcher de lâcher une saillie ironique.

Servier ne releva pas. « Amel, attache leurs chevilles avec ça. » Il lui lança un rouleau de gaffeur. « Ensuite tu t'occupes du feu. Fais en sorte qu'il ne diminue pas, ça vaudra mieux pour vous. »

Ponsot avait remarqué l'importante réserve de bois. Il y en avait tout autour d'eux et il en voyait dans la pièce voisine. Les tas de bûches étaient disposés de façon à être facilement accessibles tout en gênant la circulation. En entrant, il avait également touché un radiateur qui fonctionnait à plein régime. « Qu'est-ce que vous craignez exactement ? »

Lynx avait barricadé la porte d'entrée avec une commode métallique moderne apparemment coûteuse et lourde. Puis il s'était assis en face d'eux, dans un fauteuil de cuir. Il ressemblait à un tas de bandelettes et de branchages informe, qui n'aurait rien eu d'humain sans les deux mains qui tenaient fermement un fusil d'assaut posé sur les accoudoirs. Il mit du temps à répondre. « Lorsqu'ils viendront, ce qui ne tardera plus, ils seront équipés pour voir ce qui se passe à l'intérieur. Ils n'entreront pas sans savoir. Je porte une tenue qui diminue ma signature thermique, pas vous.

— Vous avez occulté et protégé les fenêtres, bloqué les issues, rendu toute progression difficile. Combien de temps pensez-vous que vous tiendrez, tout seul ? »

L'agent sourit mais personne ne le vit. « Suffisamment de temps pour négocier. » Du doigt, il tapota la poignée pistolet du M4. « Mais la question ne se pose pas exactement en ces termes. Combien de types sont-ils prêts à perdre pour m'avoir vivant ? Et combien de temps arriveront-ils à faire en sorte que personne ne s'aperçoive de rien ? Je peux transformer tout le coin en véritable champ de ruines si ça me chante. Ça risque de ne pas être très discret. Et ces gens-là ont horreur de la publicité.

— Pourquoi voudraient-ils vous avoir vivant ? » Meunier continuait sur le registre sarcastique.

« Parce que j'ai quelque chose qu'ils désirent récupérer et…

700

— Et quoi ? » La journaliste lui coupa sèchement la parole.

« Je vais l'échanger.

— Contre de l'argent, c'est ça ? Et pour ça il te faut des otages ? Tu es un menteur, un manipulateur, un meurtrier ! J'espère qu'ils te tueront… » Amel ne parvenait plus à se retenir, elle crachait sa colère et sa peur.

Lynx demeurait impassible.

« Tu vas perdre et tu vas crever. Ils vont te tuer, tu m'entends, et tout ça n'aura servi à rien ! Ta vie est un fiasco total ! Menteur ! Ment…

— Ça suffit ! » Ponsot mit fin au déferlement verbal. Il se tourna vers Servier. « À votre avis ? »

Dans ses yeux, l'agent vit que le policier avait compris. « Deux ou trois heures, peut-être moins. » Il se leva pour s'approcher et lui parla à l'oreille, tout bas. Cette confession dura longtemps. L'officier des RG hocha la tête à deux reprises, grogna une fois puis le silence retomba sur le salon.

Dehors, la pluie se fit lourde, bruyante. Lynx demanda à Amel d'alimenter le feu qui craqua de plus belle. Il n'y avait rien d'autre à faire qu'à attendre.

Et écouter.

« J'ai la liaison avec Creil. » Louis avait déployé une antenne satellite pliante à proximité d'une valise de matériel électronique de la taille d'un attaché-case. Il se trouvait à l'arrière d'un monospace garé sur un terre-plein discret en contrebas du chemin de Servier.

Devant lui, dans un autre véhicule, Stabrath était penché au-dessus d'une carte déployée sur une tablette.

Il se trouvait avec Langevin qui lui indiquait les quatre axes de pénétration retenus pour couvrir tous les angles de la ferme. « Mes deux équipes, organisées en deux plus deux, vont remonter par là, là, là et là. » Puis la position de ses tireurs d'élite. « L'autre THP et son observateur seront bientôt en place à cet endroit. » Il montra une zone en surplomb de la maison, du côté des gorges, à environ trois cents mètres de distance. « Ils vont pouvoir nous renseigner mais je serais quand même plus à l'aise si j'avais des plans.

— Le temps joue contre nous. »

Le général et le chef du groupe d'assaut portaient tous les deux des casques audio équipés de micro. Derrière eux, dans l'habitacle, un haut-parleur débitait les annonces de progression des soldats.

Victor Zéro ici Victor 11. Il y a un véhicule arrêté dans le chemin. J'envoie son immatriculation… Collationnez…

Sans attendre, Louis entra dans son ordinateur portable le numéro indiqué par l'équipe à son autorité. Il relaya immédiatement l'info à la BA 110.

« Victor 11 ici Victor Zéro. Bien reçu. »

Victor Zéro ici Victor Tango, parlez…

« Victor Zéro. »

Nous sommes en place. Pas de mouvement autour de la ferme. Bâtiment principal à un étage. Il y a une issue latérale, côté grange, et une autre sur l'avant…

Langevin reportait les informations sur un schéma simplifié de la maison, à mesure qu'on lui décrivait les lieux.

Impossible de voir à l'intérieur. Toutes les fenêtres sont masquées et protégées…

Il fit la grimace. « On peut oublier les grenades. »

Je bascule en thermique…

Les deux officiers attendirent en silence la suite du rapport d'observation du premier tireur de précision. Les autres Victor commencèrent à rendre compte qu'ils avaient atteint leurs points Delta — de déploiement — respectifs.

Victor Zéro ici Victor Tango, aucun mouvement à l'intérieur de la ferme. Fort dégagement thermique au centre de la maison…

« Il se cache, votre gugusse. Ça veut dire qu'il nous attend. Je n'aime pas ça.

— Il est tout seul.

— Et cette bagnole ? » Le chef du groupe d'assaut se tourna vers Stabrath.

« Oubliez la bagnole, allez-y. »

Langevin réorganisa ses équipes pour les répartir sur les deux points d'entrée et donna l'ordre d'assaut. Il s'imagina aussitôt aux côtés de ses hommes. Il se voyait progresser avec eux vers l'objectif, lentement, à travers les arbres, par bonds et glissements, se couvrant mutuellement avec son partenaire.

Invisible.

Silencieux sous la pluie.

La première déflagration le cueillit par surprise et, dans un réflexe, il se leva de son siège. Elle fut immédiatement suivie par une série d'autres détonations, juste avant que ses oreilles soient saturées de messages de panique.

Trigon et Zeroual débarquèrent sur la place de Saint-Privat-d'Allier à la tête d'un cortège de cinq véhicules. L'endroit était désert et lugubre. Impossible d'apercevoir la voiture de leurs deux collègues.

« Où ils sont, putain !

— Ils avaient un peu moins d'une heure d'avance sur nous la dernière fois que j'ai parlé à Meunier.

— T'en penses quoi, Zer' ?

— Je pense qu'on devrait aller se renseigner là. » Zeroual montra La Vieille Auberge, dont l'intérieur était allumé.

Il n'y trouvèrent qu'un seul client, vieux, accoudé au comptoir, et le barman, de l'autre côté du zinc. Trigon s'approcha de lui. « Bonjour, nous cherchons des amis à nous et…

— Pas vus. » Petit Pierre avait très bien compris à qui il avait affaire.

Le policier soupira et posa un cliché de surveillance sur le bar. « Il s'appelle Jean-Loup Servier, il habite dans le coin. Nos collègues sont venus lui parler. Nous aussi. C'est important.

— Je le connais pas et je vous dis que j'ai vu personne.

— Écoutez, cet homme est dangereux.

— Vous êtes avec les autres ? » Le vieil homme, demeuré silencieux jusque-là, surprit tout le monde en prenant la parole.

« Oui, deux hommes avec une…

— Ils étaient pas que deux, ceux que j'ai vus. »

Trigon allait lui répondre mais Zeroual le précéda. « Ils avaient l'air de quoi ces gens ?

— D'un paquet de mecs pas commodes entassés dans plein de ces bagnoles qu'on dirait des camionnettes.

— Des monospaces ?

— Ouais, c'est ça, des mono-machins. Tout gris.

— Et ils allaient par où ?

— Vous avez un plan ?

— Suivez-nous. »

Les deux policiers ressortirent avec le vieillard et le conduisirent jusqu'à leur voiture. Pendant que Trigon dépliait une carte, leur informateur de circonstance, du doigt, montrait à Zeroual la direction générale empruntée par le convoi suspect. « C'est aussi par là qu'il habite, le copain à Petit Pierre.

— Qui ça ?

— Le gars que vous cherchez, c'est un copain à Pierre, le patron du bar. Il a sa maison par là-bas. » L'homme secoua à nouveau le bras pour ponctuer sa phrase et indiquer, sans le regarder, un vague point dans le paysage. Une série de détonations assourdies et rapprochées lui fit tourner la tête. « Nom de dieu, y pète bizarre cet orage.

— C'est pas l'orage. » Zeroual l'empoigna sans ménagement. « Vous, vous venez avec nous. Vous allez nous guider jusqu'à la baraque en question. » Il le poussa à l'intérieur de sa voiture. « Démarre, démarre ! Grouille ! »

Ici Victor 22… Mines ! Y a des mines !
Un homme à terre…
On a un blessé…
Attention aux mines !

« À tous les Victor de Victor Zéro, repliez-vous sur vos Delta ! Victor 22, quelle est votre situation ? » Langevin lança un regard noir à Stabrath. Celui-ci, nerveux, s'abstint du moindre commentaire.

Ici Victor 22, RAS. Fausse alerte. Mine bondissante d'exercice… De la peinture… Des sonnettes, c'étaient juste des sonnettes…

Le chef du groupe d'assaut souffla mais confirma son ordre de repli. Il avait besoin de réfléchir calmement. Au bout d'un laps de temps apparemment interminable, ses équipes lui signalèrent qu'elles avaient rejoint leurs zones de départ respectives sans rencontrer de problème.

Puis une voix nouvelle se manifesta sur les ondes. Une voix qui n'aurait pas dû être là. Une voix qui parut immédiatement familière à Langevin bien qu'il ne la reconnût pas…

Victor Zéro…

Jusqu'à l'annonce de son indicatif…

Ici Oscar Lima…

Œil de Lynx. Un soldat dont il n'avait fait qu'entrevoir le visage, caché sous une épaisse couche de maquillage de combat. Seulement des contours. Et c'était un soir de colère, il y a déjà quelques mois, sur le tarmac de l'aéroport de Pristina, après une mission qui aurait pu tourner au désastre à cause de la folie de ce mec. Qui était l'un des leurs.

L'un des leurs.

Langevin et ses hommes devaient capturer l'un des leurs. Qui était sur leur réseau, qui connaissait leurs procédures, qui les attendait. Il se tourna vers le général. « Qu'est-ce que ça veut dire ? »

Stabrath eut un geste d'agacement.

« Qu'est-ce que c'est que ce bordel, merde ! C'est un exercice ?

— Calmez-vous, capitaine, vous oubliez à qui vous parlez ! »

Victor Zéro, une fois de plus, j'arrive avant vous pour le grand nettoyage... Sauf que cette fois, c'est moi qu'il faut nettoyer... Qu'est-ce que ça fait, de passer du côté obscur pour de bon ?

Il n'y eut pas de réponse.

Ils ne vous ont rien dit, hein ? Il y a une autorité avec vous ?

Hésitation. « Affirmatif. »

Parfait... Moi non plus, je ne suis pas seul... Il y a deux policiers et une jeune femme avec moi. Une journaliste... Il faut qu'ils sortent, ce problème ne concerne que votre autorité et moi...

« Pas question. » Stabrath fixait Langevin. « Il ment. »

Le chef du groupe d'assaut acquiesça lentement. « À tous les Victor de Victor Zéro, on bascule en fréquence de dégagement. » Aussitôt après, il sollicita à nouveau ses deux tireurs d'élite. Voyaient-ils du mouvement à l'intérieur de la maison ? Plusieurs méchants ?

Toujours pas de visuel... Aucun Mike en vue...

La radio de bord était encore branchée sur la fréquence initiale et la voix d'Oscar Lima se fit à nouveau entendre.

Je souhaite parler à votre autorité...

Le général attrapa un autre micro. « Ici Autorité. »

Mes compagnons vont sortir... Dès qu'ils seront hors de danger, ils prendront contact avec moi... Alors seule-

ment je vous remettrai ce que vous cherchez... La suite ne regarde personne d'autre...

« Vous n'êtes pas en position de négocier. »

Rappelez-vous d'où je viens. J'ai pris quelques assurances. Si jusqu'à maintenant je me suis contenté d'avertissements sans frais, la suite pourrait se révéler plus douloureuse...

« Vous bluffez. »

Comme il vous plaira...

Stabrath, de rage, balança le micro sur l'émetteur-récepteur. « Vous allez me sortir ce trou du cul de là vite fait ! »

Langevin allait réagir lorsqu'une voiture se présenta sur le terre-plein. D'autres suivaient. L'un de ses hommes, accompagné de Louis, alla à la rencontre des nouveaux arrivants qui descendaient en nombre de leurs véhicules, l'air déterminé. Ils étaient armés.

« Et maintenant ? » La voix de Ponsot brisa le silence qui était retombé sur le salon.

Servier debout derrière l'une des fenêtres, en retrait de quelques pas, regardait dehors.

« Vous savez qu'ils ne négocieront pas. Ils ne peuvent pas.

— Soyez patient. La nuit tombe, ça va leur compliquer la tâche. Langevin n'est pas idiot. Il est conditionné pour être précis, prudent. Tactiquement, c'est lui qui prend les décisions. Après ce qui vient de se passer, il va beaucoup penser. Et perdre du temps. »

Les trois prisonniers virent l'agent se raidir brusquement et relever son fusil d'assaut en position de tir. Son canon, prolongé par un imposant réducteur de son, se mit à bouger comme s'il suivait une cible en mouvement qui venait vers... la porte d'entrée !

Trigon cria bientôt de l'autre côté du panneau de bois.

Je veux parler au commandant Ponsot...

Servier hocha la tête.

« Je suis là. »

Tout va bien ?

« Oui, nous allons bien. Les autres sont là ? »

Oui. C'est le bordel en bas, personne ne comprend rien à ce qui se passe...

Ponsot ne répondit pas à son subordonné, Lynx lui parlait à voix basse. « Il faut que vous dégagiez. Maintenant. J'ai ce que je voulais. Il y a trop de témoins pour qu'ils puissent étouffer complètement cette histoire à présent.

— Trigon ? »

Je suis toujours là...

« Va chercher une bagnole et reviens. Après, on sortira. »

L'agent vit le policier retraverser la clairière en courant. Il s'éloigna de son poste d'observation et envoya les clés des menottes à Amel. « Libère-les... Mais restez près du feu pour le moment. »

La journaliste s'exécuta puis fit quelques pas vers Servier, qui l'arrêta d'un geste avant qu'elle ne le rejoignît. « Que vas-tu faire ?

— Rien.

— Pourquoi tout ça ? »

Jean-Loup répondit d'un ton neutre : « Pourquoi pas ? » Il ricana sans conviction. « Je pourrais te donner des tas de raisons mais à quoi bon ? Aucun de nous n'a plus de raisons de vivre que de mourir. Nous ne sommes rien. Des poussières sur un caillou perdu dans un grand néant. Un de plus, un de moins, ça ne change pas grand-chose. Et tout le monde s'en fout, en fait.

— Tu ne m'as pas tuée. Tu ne t'en fous pas. Dis-le-moi... S'il te plaît. »

Servier secoua la tête.

Il leur fallut attendre deux longues minutes avant qu'un bruit de moteur se manifestât dans la cour. Lynx fit signe aux deux officiers de police de s'approcher pour déplacer la commode. Une fois l'entrée dégagée, il positionna Amel entre eux. Le regard qu'elle lui jeta faillit lui faire ajouter quelque chose mais il la força juste à baisser la tête.

Ponsot fermait la marche. Il fit un geste du menton en direction d'un montage marron dont partaient plusieurs câbles épais, installé discrètement contre la base d'un mur porteur. Il en avait repéré plusieurs autres dans le salon.

Servier se contenta d'ouvrir la porte en prenant soin de rester à l'abri. Il les poussa dehors, surtout la jeune femme, qui ne voulait plus partir. Elle résista et se mit à crier. Les deux policiers l'entraînèrent avec eux dans la voiture qui démarra et s'éloigna au plus vite.

Zeroual, tendu, attendait le retour de ses collègues avec le reste du groupe SORS.

Trois Mike embarqués… Véhicule en mouvement…

Langevin était toujours à l'écoute.

Stabrath faisait les cent pas.

La voiture banalisée apparut au bout du chemin. Ponsot débarqua aussitôt qu'elle fut arrêtée. Amel l'avait suivi sans attendre mais il l'éloigna et la confia à Trigon. Il lui ordonna de l'installer confortablement et de se tenir prêt à partir. Ensuite, il s'approcha du général et le toisa quelques instants sans rien dire, avant de lui tendre sa carte de visite. « Nous discuterons à Paris. D'ici là, ne faites rien de stupide. »

Victor Zéro ici Oscar Lima…

« Victor Zéro. »

Nous y sommes enfin…

Amel s'était arrêtée en entendant la voix de Servier. Il sifflait doucement à la radio. Au début, personne ne parut réagir mais la journaliste s'aperçut rapidement que les deux soldats qui se tenaient à côté de l'émetteur murmuraient des paroles.

Au bout de la nuit qui descend, voyage grise esca-dre... L'orage gronde...

Le haut-parleur crachait des notes aiguës et ha-chées...

En avant vole grise... Tu reviendras vers nous qui sait...

Les militaires poursuivaient leurs messes basses.

Comme toi toujours nous allons, grise armée dans la guerre...

Le vieil homme nerveux à qui Ponsot avait parlé ne bougeait plus et gardait la tête baissée.

Murmure-nous si nous tombons, la dernière prière...

Et puis ce fut le silence.

Lynx éteignit le scanner, il ne lui servirait plus à rien à présent. Il passa sous l'escalier et ouvrit la trappe de la cave, qu'il referma sur lui une fois descendu. En bas, il se débarrassa de son *ghillie* et de son fusil. Lui aussi était inutile pour ce qui allait suivre. Il récupéra le reste de son équipement, ajusta son harnais et se dirigea vers le mur qui donnait du côté des gorges.

Il posa ses mains sur les poignées métalliques du panneau qu'il avait lui-même aménagé lorsqu'il avait retapé la maison. Il tremblait et lâcha prise pour fermer les poings plusieurs fois. Essayer de chasser la tension. Le grand moment était arrivé. Ce qu'il y avait de l'autre côté demeurait incertain. Servier repensa à ses parents et se sentit soudain très proche d'eux. À quoi pensaient-ils l'instant d'avant ? De quoi parlaient-ils ?

La construction craqua autour de lui. De l'eau ruisse-lait dans les tuyauteries. C'étaient peut-être les der-niers sons qu'il entendait. Son père et sa mère étaient partis accompagnés par l'explosion d'un pare-brise. Il dégagea l'entrée de sa galerie de secours. Pour lui aussi, un grand *boum !* ou peut-être une simple détona-tion. Il mit les écouteurs de son RIO en place, parcourut sa *playlist* et choisit un morceau stimulant. Ou rien de tout cela.

L'air frais en provenance de la cheminée se fit sentir après deux ou trois minutes passées à ramper dans le tunnel exigu. Il avait à peine parcouru une vingtaine de mètres. De la poche de son treillis, il fit remonter un déclencheur à distance. La plage suivante commença à jouer dans ses oreilles. En sourdine, il entonna la mélodie qui montait lentement derrière les premières plaintes des synthétiseurs.

Right here…

Des percussions retentirent. La rythmique se mit en branle.

Right now…

Servier arma son dispositif.

Les policiers entendirent l'explosion alors qu'ils manœuvraient pour partir. Leurs voitures se figèrent sur place au moment où un énorme nuage de fumée enflammée s'élevait au-dessus des cimes des arbres. Des débris de toutes tailles commencèrent à s'écraser autour d'eux.

Amel eut l'impression qu'ils chutaient au ralenti, à retardement. Elle profita de la confusion pour s'extraire du véhicule dans lequel on l'avait enfermée contre son gré et se mit à courir vers les miliaires, sans trop savoir pourquoi. Eux s'abritaient tant bien que mal dans leurs monospaces.

Pendant quelques secondes, elle ne capta rien d'autre que ces sifflements, directement dans sa tête, qui étouffaient les autres sons, la pluie, les moteurs, les cris. Son nez la piquait. Tout le monde était K-O debout.

Le haut-parleur s'excita à nouveau.

Victor Zéro ici Victor Tango… Nous avons un Mike en mouvement vers le nord !

Stabrath se précipita sur un micro. « Immobilisez-le, c'est un ordre ! Arrêtez-le ! »

Right here, right now…

Lynx courait de toutes ses forces sur le sentier. Le souffle de l'explosion l'avait surpris malgré tout, son cœur battait trop vite avant même d'avoir commencé à produire son effort.

Right here, right now…

Il tourna à gauche et tenta d'accélérer. Il lui restait cent ou cent cinquante mètres à parcourir. Ses fringues lui collaient à la peau à cause de la pluie. Pénible.

Right here…

Impact, à gauche, dans les taillis. Ils visent bas. Il fit un pas sur le côté, réflexe inutile et tardif, força l'allure. Tir en mouvement de nuit sous la pluie… Après une grosse émotion… Pas évident, même pour un pro.

Right now…

Mais pas impossible.

Un tronc éclata à côté de lui. Il ressentit un choc violent à la cuisse qui le fit tomber en avant. La musique ralentit. Il était au sol. Sa jambe donnait l'impression de s'être détachée du reste de son corps.

Right here, right now…

Trempé. Le dos raide, la nuque aussi, le visage en flammes. Froid. Dans sa bouche, le goût du sang. De la boue.

Right here, right now…

La douleur monta. Les percussions aussi. Juste… un éclat de bois. Juste… une… grosse… écharde… Hurlement de rage.

Pas comme ça.

Right here…

Pas ici !

Servier se releva avec difficulté mais il tenait le coup. Il se remit à trottiner en zigzag, à moitié courbé. Trop bas. Il devinait la lisière. Trop court.

Right now…

Encore un effort.

Waking up to find your love's not real…

L'arbre qui signalait l'appel du saut et les gorges apparut dans son champ de vision. Il parcourut son harnais d'une main.

Waking up to find your love's not real…

Impact sur la droite, au sol. De la boue se souleva. Esquive. Dans un rocher, deux fois. Raté. Raté.

Right here, right now…

Lynx tendit le bras vers le tronc, son salut. Trop… court.

Right here, here, here, here, here…

Ses doigts effleurèrent l'anneau. Emporté par son élan, il fit encore un pas, deux, puis trois, rugit et bascula dans le vide.

ÉPILOGUE

Quod vis, esse velis.

22/04/2002

Karim se trouvait en Grèce depuis quarante-huit heures. Il s'était laissé pousser les cheveux, arborait une barbe de trois jours, avait bronzé. Et il ne portait plus le même nom. Il ne s'appelait plus Karim ou Robert mais Oddone, Oddone Russo. Une identité en accord avec le passeport qui lui avait permis d'arriver jusqu'ici sans encombre. Un document officiel volé qui faisait partie des lots trafiqués par ses *frères* jihadistes. Subtilisé à leur insu durant son infiltration. À l'insu de son ancien service également.

Oddone Russo. Il était donc temporairement devenu citoyen italien après avoir été portugais, espagnol et même belge au cours des quatre derniers mois, toutes nationalités compatibles avec sa physionomie. Mais il ne se faisait pas à ce nom, pas plus qu'aux trois précédents. Il se pensait toujours en Karim, parfois en Fennec, les personnalités avec lesquelles il avait fini par faire corps pendant sa longue crise de schizophrénie professionnelle. Karim. Ce prénom était son dernier lien symbolique avec des parents qu'il s'était résigné, par précaution, à ne plus jamais revoir et, inconsciemment, il refusait de le rompre tout à fait.

Le serveur du petit café à la terrasse duquel il s'était

installé lui apporta son verre d'ouzo. Karim le regarda glisser vers la table voisine, où deux touristes venaient de prendre place. Un type rougeaud et musclé en bermuda, T-shirt et baskets, la quarantaine, et un autre, plus fin, proche de la cinquantaine, très blanc de peau, habillé de lin et vraisemblablement grand fumeur de pipe. Il avait posé une bouffarde d'écume et une blague à tabac devant lui aussitôt assis.

Karim se pencha sur le journal déplié sur ses genoux, l'édition du jour d'un quotidien français acheté dans le centre d'Athènes. Il le parcourut une première fois rapidement, fidèle à cette vieille habitude adoptée lorsqu'il avait commencé à s'intéresser à la presse, il y a longtemps, à Cyr, et s'arrêta sur les pages *Opinions*. La tribune principale évoquait les résultats du vote du premier tour de l'élection présidentielle française qui s'était déroulé la veille. Il y était question de *mauvaise surprise*, de *scandale*, de *honte*, de *faire barrage*, de *nécessaire sursaut citoyen* et surtout de *faire preuve de détermination et de courage en ces heures sombres*. Karim ne put s'empêcher de ricaner lorsqu'il découvrit la signature de l'auteur de ce texte vindicatif : Amel Balhimer.

Il reprit sa lecture depuis le début du canard sans parvenir à se concentrer. Ses deux voisins s'étaient engagés dans une conversation bruyante où se mêlaient l'anglais et le français. Le rougeaud, un Américain, s'appelait *Dick* et le cachet d'aspirine, français d'après son accent, répondait au nom d'*Arnaud*. Chacun parlait la langue de l'autre avec aisance.

Karim aurait dû se méfier avant de s'arrêter ici. L'établissement se trouvait dans une venelle ombragée mais passante, située à un jet de pierre du grand marché de l'Acropole.

Ses yeux distraits dérivèrent en direction de la devanture grillagée d'un bazar ouvert à quelques pas de lui, de l'autre côté de la ruelle. Derrière la vitre, une télévision plutôt ancienne diffusait en boucle les extraits d'une sélection de DVD dont les jaquettes artisanales étaient exposées autour du poste.

Les deux importuns poursuivaient leurs échanges indiscrets. Malgré lui, Karim, qui les distinguait à la périphérie de son champ de vision, se mit à les écouter.

DICK : *What about the product, the Vx ? Qui l'a récupéré, finalement ?*

ARNAUD : *L'Intérieur. J'ai cru comprendre que l'agent clandestin avait essayé de négocier une sortie honorable avec les RG quand ils étaient dans la maison. Ça ne s'est pas passé comme il voulait, apparemment. La police n'avait pas autorité pour promettre quoi que ce soit, de toute façon.*

Karim tendait à présent l'oreille, nerveux. Qui étaient ces mecs ? Il se força à ne pas trop tourner la tête et à fixer la vitrine.

DICK (*hochant la tête*) : *I see. Et ensuite ?*

ARNAUD (*tirant longuement sur sa pipe*) : *Discussion entre ministères et entre les deux candidats principaux surtout. Pas longtemps, tout le monde était d'accord pour s'arranger. Ils ont récupéré les lots dans un garage de banlieue puis se sont empressés de les neutraliser, et zou, sous le tapis ! Plus de lots, plus de preuve. Plus de preuve, plus de problème.*

À l'écran, on voyait un homme transpirant dans la pénombre d'une chambre, debout devant une glace, en slip.

DICK : *You guys really are amazing. Fant-tas-ti-ques ! Et la fille ?*

ARNAUD : *La journaliste ? Vivante.*

DICK : *I know, mais...*

ARNAUD : *She'll shut up, elle sait où est son intérêt. On lui a obtenu une bonne place dans un journal réputé et quelques garanties, pour elle et sa famille, en échange de son silence.*

DICK : *And the agent ?*

Arnaud se contenta de hausser les épaules et de secouer la tête. Il ralluma sa pipe et de la fumée vola vers Karim.

Dans la vieille télé, les pales d'un ventilateur se confondaient avec celles d'un hélicoptère. Le visage du type à moitié à poil apparut en gros plan, tête en bas. Il avait des yeux bleus inquiets et une cigarette au bec.

ARNAUD : *Dommage pour Jean-François D, c'était un bon collaborateur.*

DICK : *Il connaissait les risques.*

ARNAUD : *Je regrette néanmoins que notre petite manœuvre n'ait pas marché et qu'il se soit fait prendre avant de pouvoir déguerpir.*

Karim avait déjà vu ce film mais ne se rappelait pas le titre. L'homme en slip brisa le miroir d'un coup de poing. Après ça, la main entaillée, il roula sur le lit, sang sur les draps, et s'affala sur le sol en pleurant.

DICK : *Fuck that ! Win some, lose some… C'est la vie ! Of course, il aurait été mieux d'avoir une vraie arme de destruction massive irakienne sous la main, en France en plus, pour faciliter la mise en œuvre de la nouvelle politique de mon gouvernement. Mais on se débrouillera autrement. Au pire, on fabriquera des preuves contre Saddam.*

Ces images rappelèrent une chanson à Karim, un truc connu mais dont les paroles lui échappaient pour le moment. Il commença à fredonner une vague mélodie pour essayer de faire remonter les mots à la surface de sa mémoire.

Arnaud se mit soudain debout, rangea sa pipe, salua son compagnon et s'éloigna après qu'ils eurent convenu de se téléphoner *quickly*, rapidement, pour savoir *si l'offre avait été acceptée*. Lorsqu'il passa devant Karim, il lui adressa un sourire entendu et, familiarité étrange, un clin d'œil.

Dick ne tarda pas à l'interpeller à son tour. « Vous avez une minute ? »

Karim s'était raidi et redressé, prêt à dégager.

« Ne vous inquiétez pas, vous ne risquez rien. » L'Américain avait perçu le malaise de son voisin de table. « Je suis seul et je n'ai aucune envie de vous faire du mal. C'est même plutôt le contraire.

— Qui êtes-vous ?

— Je m'appelle Richard, mes amis se contentent de *Dick*. » Un temps. « Pas facile de remettre la main sur vous, *Robert*. »

Surprise.

« Et pas très malin de lire un journal français quand on essaie de se faire passer pour un Italien. »

Karim bougea sur sa chaise qui était devenue subitement très inconfortable. Il allait dire quelque chose mais fut interrompu alors même qu'il ouvrait la bouche.

« Ne perdons pas de temps, voulez-vous ?

— Pour qui travaillez-vous ? »

Dick regarda autour de lui et baissa d'un ton, conspirateur. « Vous ne devinez pas ?

— Que me voulez-vous ?

— J'ai une offre à vous faire.

— Quel genre ?

— Mon pays va avoir grand besoin de gens plutôt compétents et sensibilisés à certaines cultures. Capables de se fondre dans des populations étrangères aussi.

— Lesquelles ?

— Plus tard. Sachez pour le moment que nous sommes prêts à mettre le paquet pour vous avoir. »

Les deux hommes s'observèrent un instant puis Karim reprit la parole. « Quand bien même je n'aurais pas tiré un trait sur certaines choses, vous n'êtes pas les seuls à pouvoir vous payer mes services. Il y a d'autres causes, l'argent ne suffit pas.

— *Noble causes, I imagine.* Nous, ces temps-ci, nous n'avons guère le temps de faire dans la noblesse et la grandeur. *Too busy* à faire le tri parmi nos vrais amis, sans doute. Mais je suis d'accord, on risque de finir par négliger ce qui est important. » Dick se leva. « Richard Pierce, au Hilton, sur Vassilissis Sofias, jusqu'à vendredi midi. Vous perdriez beaucoup à ne pas venir me voir. » Un rictus se dessina sur son visage pivoine. « *We found you once*, vous savez. » Il s'en alla.

This is the end,
Beautiful friend.
This is the end,
My only friend, the end.

Karim le regarda disparaître dans la foule du marché et réalisa d'un coup qu'il se rappelait les paroles de la chanson qu'il avait associée au film, tout à l'heure.

Of our elaborate plans, the end.
Of everything that stands, the end.
No safety or surprise, the end.
I'll never look into your eyes… Again.

À la télévision, *Apocalypse Now* avait cédé la place à une production locale.

REMERCIEMENTS

Il est temps, avec la sortie de ce troisième roman, de rendre hommage à deux personnes qui sont là, derrière moi, depuis le commencement, Joa et Valère, fidèles, solides et patients.

Je souhaite saluer mon éditeur, Aurélien Masson, dont la clairvoyance et le talent ont permis d'arriver à la version finale de ce travail. Merci également à Antoine Gallimard, P-DG des Éditions Gallimard, pour sa confiance.

Il me faut enfin remercier tous ceux qui, par leurs avis ou leurs connaissances, m'ont aidé à comprendre, rédiger et affiner aussi bien que possible la matière brute de ce livre. Tito Roche-Fondouk, Jet_Men, Jean X, La Chute, Butor, quelques hippocampes et jeteurs de chiffon, Lionel A., Charlotte B., Honorine C., Jérôme C., Cathy D., Vincent G., Hélène L., Alain L., Pascal V.

Pour la rédaction de cet ouvrage, j'ai bénéficié du soutien du Centre national du Livre.

ANNEXES

1

Quelques personnages

Protagonistes principaux :

LYNX : clandestin.
AMEL BALHIMER : journaliste.
KARIM SAYAD : apprenti jihadiste.
JEAN-LOUP SERVIER : consultant.

Presse :

BASTIEN ROUGEARD : journaliste à l'hebdo.
MICHEL KLEIN : directeur de publication de l'hebdo.
YANN SOUX : photographe.

SOCTOGeP :

CHARLES STEINER : directeur général.
JEAN-FRANÇOIS DONJON : collaborateur.

Défense, DGSE :

COLONEL MONTANA : éminence grise.
Arnaud : officier de renseignement.

Défense, DRM :

Général PIERRE DE STABRATH : éminence grise.
LOUIS : officier traitant de Fennec.

Intérieur, DCRG-SORS :

Commandant PONSOT : chef de groupe.
Capitaine MEUNIER : adjoint du groupe Ponsot.
TRIGON, ZEROUAL, MAYEUL, LAYRAC, etc. :
officiers du groupe Ponsot.

Intérieur, préfecture de police de Paris,
brigade criminelle :

Commandant MAGRELLA : chef de groupe.
Capitaine JACQUET : adjoint du groupe Magrella.

Islamistes :

MOHAMED TOUATI : Algérien, imam salafiste.
SALAH SAÏFI : Algérien, patron de bar, sympathi-
sant.
NASSER DELIL a.k.a. MICHEL HAMMUD :
Libanais, jihadiste.
LAURENT CÉCILLON a.k.a. JAFFAR : Français
converti, jihadiste.
MUSTAPHA FODIL : Français d'origine algérienne,
jihadiste.
NOUARI MESSAOUDI a.k.a. NEZZA : Français
d'origine algérienne, dealer.
NOURREDINE et KHALED HARBAOUI : Français
d'origine algérienne, jihadistes.
KAMEL KSENTINI a.k.a. ZOUBEIR OUNNAS :
Algérien, artificier.
FAREZ KHIARI : Français d'origine algérienne, jiha-
diste.

2

Organigramme simplifié du renseignement français

Ministère de la Défense :

DGSE : Direction générale de la sécurité extérieure, parfois appelée « Piscine ». Les espions de l'extérieur. Bras armé : la Direction action.

DRM : Direction du renseignement militaire. Service chargé de fournir du renseignement à l'armée sur ses différents théâtres d'opération, d'origine humaine (ROHUM), image (ROIM), ou électronique (ROEM). Bras armé : le COS, Commandement des opérations spéciales.

DPSD : Direction de la protection et de la sécurité de la défense. Service chargé de veiller sur l'intégrité des installations militaires nationales et des personnels de la Défense.

Gendarmerie nationale.

Ministère de l'Intérieur :

DCRG : Direction centrale des renseignements généraux. Branche opérationnelle : la SORS, Section opérationnelle de recherche et de surveillance (désormais appelée SNRO, Section nationale de recherche opérationnelle).

DST : Direction de la surveillance du territoire. Les espions de l'intérieur.

DNAT : Division nationale antiterroriste, dépendante de la Direction centrale de la police judiciaire.

UCLAT : Unité de coordination de la lutte antiterroriste. Structure qui permet aux représentants des différents services ad hoc du ministère de l'Intérieur de se réunir.

3

Playlist

Le 24 mars 2001, Lynx passait le temps avec **ALAIN BASHUNG** (Alb : Fantaisie Militaire / Track : Aucun Express), **DAVID BOWIE** (Alb : Station to Station / Track : Wild is the wind) et les **PIXIES** (Alb : Surfer Rosa / Track : Where is my mind). Le 15 juin 2001, Jean-Loup Servier s'abandonnait sur les rythmes d'**ARMAND VAN HELDEN** (Alb : 2 future for U / Track : U don't know me) et de la bande originale de *Moulin Rouge* (Track : Lady Marmalade). Le 17 juillet 2001, Lynx se laissait emporter par **LEFTFIELD** (Alb : Leftism / Track : Afro-left). Le 11 septembre 2001, Lynx cauchemardait avec **THE PRODIGY** (Alb : The fat of the land / Track : Firestarter). Le 29 septembre 2001, Lynx patientait avec **JIMI HENDRIX** (Alb : Are you experienced ? / Track : Hey Joe). Et le lendemain, 30 septembre 2001, il s'enflammait avec le même **HENDRIX** (Alb : Are you experienced ? / Track : Fire). Le 1er octobre 2001, les **PIXIES** (Alb : Surfer Rosa) faisaient leur come-back. Le 3 octobre 2001, Lynx se rappelait sa jeunesse avec **XTC** (Alb : Transistor blast — The best of the BBC sessions / Track : Making plans for Nigel). Le 5 octobre 2001, il se laissait embrigader par **FRONT 242** (Alb : Official Version / Track : WYHIWYG). Le 18 octobre 2001, Lynx écoutait **DEPECHE MODE** (Alb : The singles 86-98 / Track : Never let me down). Et le 23 octobre 2001, il leur préférait les **PINK FLOYD** (Alb : The wall). Le 25 octobre 2001, Lynx perdait les pédales avec **THE CHEMICAL BROTHERS** (Alb : Surrender / Track : Out of control). Le 14 novembre 2001, révolutionnaire, Lynx combattait avec les **PUBLIC ENEMY** (Alb : Fear of a black planet

/ Track : Fight the power). Le 18 novembre 2001, plus calme, Jean-Loup Servier découvrait les **DOVES** (Alb : Lost Souls / Track : Sea song). Le 27 novembre 2001, il se consolait avec **BOOTH AND THE BAD ANGEL** (Alb : Booth and the bad angel / Track : Dance of the bad angels). Le 30 décembre 2001, Amel et Jean-Loup s'engueulaient sans faire attention à **LENNY KRAVITZ** (Alb : Let love rule). Et le 31 décembre 2001, ils se réconciliaient sur **NOEL HARRISON** (Alb : *Thomas Crown Affair* soundtrack / Track : The windmills of your mind). Le 7 janvier 2002, Lynx tuait sur fond de **MASSIVE ATTACK** (Alb : Mezzanine / Track : Dissolved girl). Le 16 janvier 2002, Lynx disparaissait après avoir sifflé l'air des *Oies Sauvages* (Alb : Chants des armées françaises) et couru sur **FATBOY SLIM** (Alb : You've come a long way, baby / Track : Right here, right now). Et enfin, le 22 avril 2002, Karim perdait tout espoir avec **THE DOORS** (Alb : *Apocalypse Now* soundtrack / Track : The end).

Composition Nord Compo
Impression Novoprint
le 10 janvier 2011
Dépôt légal : janvier 2011
1er dépôt légal dans la collection: janvier 2009

ISBN 978-2-07-037207-2./Imprimé en Espagne.

182452